숨은 골짜기의 단풍나무 한 그루

숨은 골짜기의 단풍나무 한 그루

지은이   윤영수
펴낸이   임상진
펴낸곳   도서출판 넥서스

초판1쇄 인쇄   2024년 11월 20일
초판1쇄 발행   2024년 11월 25일

등록   2011년 10월 19일 제406-251002011000302호
주소   10880 경기도 파주시 지목로 5 (신촌동)
전화   (02)2088-2013

ISBN   978-89-98454-88-3   03810

저자와 출판사의 허락 없이 내용의 일부를
인용하거나 발췌하는 것을 금합니다.

가격은 뒤표지에 있습니다.
잘못 만들어진 책은 구입처에서 바꾸어 드립니다.

엔드리스(Endless) 시리즈는 도서출판 넥서스가 '문학의 영원함'을
캐치프레이즈로 삼아, 탁월한 한국문학 작품을 엄선하여 재간간하는
프로젝트입니다.

Endless 05

숨은 골짜기의
단풍나무 한 그루

윤영수 환상소설

단풍동 가계도

1. 자오 집안

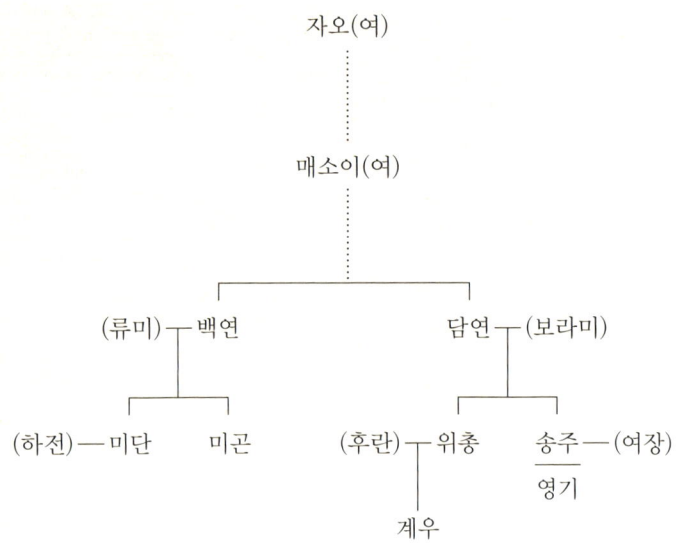

- **송주와 영기는 한깍지**
  산분: 침모, 미단을 따라 운흘 집안에 옴
  귀우치: 옛 하인, 살촉동 장군이 됨
  이안: 귀우치의 아들, 단풍동 주둔 살촉군 대장이 됨
  푸푸와 훈치: 비비추의 자식들

2. 운흘 집안

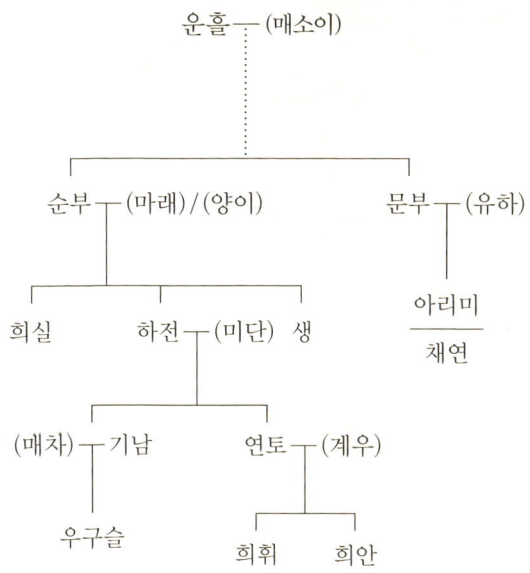

- **아리미와 채연은 한깍지**

  사로: 행랑아범

  찬금: 행랑어멈

  산이와 응척 부부: 산이는 운흘 집안의 먼 일가

  사흔: 갓바치 일립의 아들

3. 차미한 집안

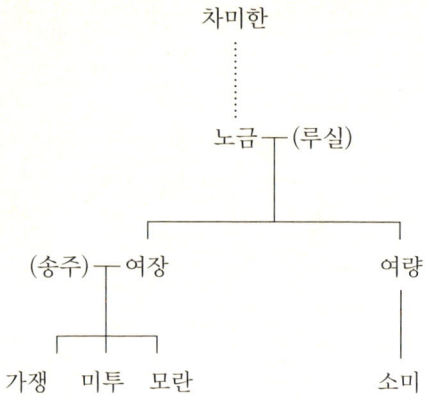

4. 선치 집안

선치
│
무질

5. 부루 집안

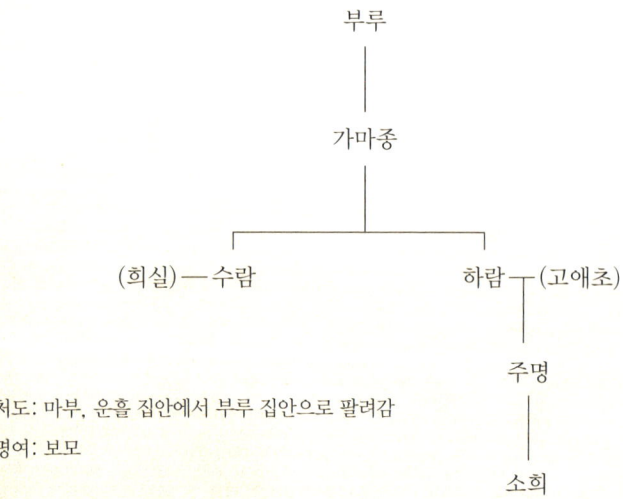

처도: 마부, 운흘 집안에서 부루 집안으로 팔려감
명여: 보모

기타 인물들

1. 일립: 갓바치
2. 생오: 갓바치
3. 예홍: 유곽 여자. 연토를 짝사랑한다.
4. 란홍: 유곽 여자. 무질의 애인. 마약 과복용으로 죽음.
5. 비비추: 하전의 첩
6. 초춘: 단풍동 어미산지기
7. 용개: 약장수
8. 지화: 방물장수
9. 애희지: 술집 여주인. 여량과 선치와 삼각관계를 이룸.
10. 무미여: 옷장수
11. 춘: 대장장이
12. 오비토와 미린 부부: 호랑가시동 집안. 무녀 영기가 팔려갔던 집.
13. 다루오: 살촉동 왕
14. 정고: 청매동 삼신어른
15. 이허: 대상 두목(살촉동→아후밀탄)
16. 미호: 아후밀탄의 여자
17. 융: 아후밀탄의 우체부
18. 봉고: 대상 두목(아후밀탄→제울)
19. 후언: 선인장 농장 작업반장
20. 재이: 후언의 아들
21. 바히체: 제울의 여자
22. 해츠무: 바히체의 남편
23. 고말: 대상 두목(제울→아후밀탄→살촉동)

어른이족의 종류

맑은이: 어른이족 중 가장 특징적인 종자. 이들은 단풍동 어미산의 맨 꼭대기, 수정바위 근처의 척박한 땅에서 자란다. 몸이 투명하여 기쁘거나 평온할 때에는 붉은빛, 노엽거나 슬플 때에는 푸른빛이 선명하게 드러난다. 맑은이들에게는 앞날의 장면을 볼 수 있는 특별한 예지력이 있다. 이 능력 때문에 다른 어른이들이 맑은이들의 명을 따른다. 그러나 이들은 개체 수가 적고 몸이 약하다. 한정된 체력에 비해 뇌를 과도하게 쓰는 데다 감정에 민감하여 대부분 단명한다.

하얀이: 동굴에서 사는 어른이족 중 한 종자. 어미산 중턱에서 자란다. 흰 몸빛을 내며 반투명하다. 맑은이에 비해 건강하고 활동적이며 개체 수도 많다. 이들 역시 빨판으로 수분을 흡수할 뿐 음식을 먹지 않는다. 맑은이처럼 예지력은 갖추지 못했으나 신체와 두뇌 능력이 조화로워 이상적인 어른이의 형태라 할 수 있다. 맑은이들을 도와 세상을 이끌어가는 중추 역할을 맡고 있다.

황인: 동굴에서 사는 어른이족 중 한 종자. 어른이의 대부분은 어미산 아랫자락에서 태어나는 황인들이다. 이들은 누런빛을 내며 몸체가 불투명하다. 이들은 맑은이나 하얀이와 달리 먼 옛날부터 습관적으로 음식을 먹어왔다. 그들이 키우는 가축들이 음식을 먹고 힘을 내는 것을 알았기 때문이다. 황인들은 두뇌보다는 신체를 많이 쓰는 일에 종사한다. 하지만 이들 역시 어른이인지라 체내에 배설 기관이 없다. 음식 찌꺼기를 직접 피부로 내놓기 때문에 더럽고 악취가 난다. 자주 씻지 않으면 몸이 썩기도 한다. 황인들이 농사를 짓고 노동을 하는 가장 큰 이유는 돈을 벌어 음식을 마련하고 몸을 씻는 등 자신의 삶을 책임져야 하기 때문이다.

햇빛족: 동굴 주변의 밝은 숲 지대에서 사는 어른이족. 풀이나 열매, 숲의 짐승들을 잡아먹고 산다. 발바닥에 빨판이 없어 물을 따로 마셔야 한다. 지상의 인간과 다름없어 보여도 이들은 분명한 어른이족이라 큰 몸으로 땅에서 태어나 세월이 지날수록 몸체가 작아진다. 배설 기관이 없어 온몸에서 악취를 풍긴다. 밝은 곳에서 사는 이들에게는 몸빛이 없다. '몸빛이 곧 그의 영혼'이라 믿는 동굴 어른이족들은 햇빛족을 천대하고 무시한다. 하지만 햇빛족들은 힘이 세고 지구력이 강하다. 발바닥의 빨판이 없으므로 멀리 떠나 살아갈 수도 있다. 그럼에도 이들은 동굴 어른이족으로부터 완전히 독립하지는 못한다. 햇빛족들끼리는 자손을 퍼뜨릴 수 없기 때문이다. 이들이 자손을 얻으려면 동굴 어른이족 여자의 알에 햇빛족 사내의 씨물이 묻어야 한다. 생식에 관한 한 햇빛족 여자들은 별 쓸모가 없다. 하지만 갓 캐어낸 큰 몸체의 자식을 돌보고 집안의 크고 작은 일을 도맡아 하는 이는 모두 햇빛족 여자들이다.

땅옷족: 햇빛족이 동굴 밖, 밝은 곳에서 사는 데 비해 땅옷족들은 동굴 중에서도 가장 어두운 부분, 천장과 바닥의 구분이 명확하지 않은 동굴의 어귬니 부분에서 산다. 식물인 땅옷이끼와 비슷하지만 이들은 분명한 어른이족이다. 땅이 부푸는 것처럼 큰 몸으로 태어나 나이가 들수록 잎과 가지가 부서져 내려 작은 몸으로 죽어간다. 상체는 자유로우나 땅에 뿌리 박혀 있는 땅옷여자들은 예로부터 어른이족 사내들의 노리갯감이 되어왔다. 땅옷여자의 알에서 나는 냄새가 이들의 정욕을 자극하기 때문이다. 땅옷여자들은 이들의 막무가내 행동을 그대로 감내한다. 몸에 달린 수십 개의 알을 희생시켜서라도 단 한두 개의 알에 그들의 씨물을 묻혀 후손을 얻는 것이 목적이기 때문이다. 하지만 땅옷사내들은 제대로 수정된 알을 자신의 든든한 몸체 밑에 심고 덮음으로써 땅에서 자라는 자손을 보호한다. 새 열매가 뿌리내려 땅 위로 온전한 모습을 드러낼 때가 되면 그 위를 감싸고 있던 늙은 땅옷족들은 마른 이끼처럼 부서진다.

어른이들의 삶과 세월

1. 어른이의 수정란은 어미산 땅속에 묻힌 후 52년의 세월을 보내면서 큰 몸체를 갖춘다. 그리고 부모의 손에 의해 캐어져 그 가족의 일원이 된다. 어른이는 보통 13년씩 두 번의 세월을 지내고 난 후 성년식을 치른다. 성년에 올라야 자식을 캐어올 수 있다. 물론 그 자식이 자기들의 살과 피를 나눈 후손은 아니다. 50여 년 전의 조상들이 뿌린, 어미산이 큰 몸체로 키운 어른이를 캐는 것이다.

자식을 두는 행위는 사회의 관습이자 어른이 세상을 이어가는 고리다. 어미산에서 갓 캔 어른이는 딱딱한 겉껍질이 있고 관절 또한 굳어 있어 크게 다치기 쉽다. 누군가의 도움을 받음으로써 훨씬 안전하고 편안한 삶을 시작할 수 있다. 부모는 자신들이 캐어온 자식을 돌봐주고 훗날 스스로 책임질 수 없는 자신들의 노후를 맡긴다.

겉껍질이 떨어지고 몸이 자유로워지는 스무 살 안팎이 되면 이들 역시 이성에 눈을 뜨고 성욕도 생긴다. 하지만 어미산에 올라 자손을 남기는 '생식례'는 혼례를 치르고도 13년씩 두 번의 세월을 더 보낸 후, 즉 52세가 지나서의 일이다. 여자의 성숙한 알에 사내의 성숙한 씨물, 그리고 가장 왕성한 정욕을 자랑하는 때가 바로 이 생식 시기다. 이때 심어진 수정란 역시 땅속에서 50여 년의 세월을 보낸 후 낯선 부모의 손으로 캐어져 삶을 시작할 것이다.

몇 년에 걸쳐 생식례를 치른 어른이들의 몸체는 하루가 다르게 작아진다. 두뇌 역시 급격히 작아져 성품이 과격해지고 이른바 '노망의 세월'을 맞는다. 또 힘이 약해지는 만큼 음식에 더욱 집착한다. 죽음이 가까워지면 이들은 우리 인간 세상의 아기들처럼 걷지도 말하지도 못한다. 자리에 누워 잠자는 시간이 점점 길어지고 결국 죽음을 맞는다.

2. 어른이세상의 기본은 4행과 13진법이다.

1_ 어른이들은 세상의 모든 물질을 흙·물·나무·불의 속성, 즉 4행으로 나눈다. 흙에서 물이 나오고 물이 나무를 키우고 나무가 불을 만들고 불이 모든 것을 흙으로 돌려보낸다.

2_ 또 이들은 시간과 세월을 셈할 때 13진법을 사용한다. 흙·물·나무·불의 해를 각기 13년씩 두어 52년을 한 주기로 삼는다. 어른이들의 성품 역시 이 속성을 따른다.

흙에서 갓 태어난 어른이는 13년 동안 흙을 닮아 성품이 차분하고 주위를 살핀다. 이후 13년 동안은 물의 성품을 닮는다. 물처럼 다른 이들과 소통하고 서로 스며들어 세상의 이치를 깨닫는다. 성년식을 치른 어른이는 나무의 속성을 지닌다. 삶의 방향을 확립하고 하루하루 눈에 띄게 성장한다. 태어날 때 이미 어른이들의 뇌는 가장 크고 수많은 정보들을 담고 있지만 그것은 일관되게 쓰일 수 있는 정보가 아니다. 26년 동안 자신을 정립한 후 비로소 쓸모 있는 판단과 행동을 하게 된다. 39세가 지나면 불의 속성을 지닌다. 성품이 강해지고 자신의 판단을 무조건 밀고 나가며 반대에 부딪혀도 물러서지 않는다.

태어날 때부터 예지력이 있는 맑은이들은 수많은 정보들 속에서 미래의 장면을 가려내어 앞날을 대비하기도 한다. 하지만 이들 역시 나이는 어쩔 수 없다. 세월이 지날수록 몸도 줄어들고 마음도 성급해져서 다른 어른이들과 똑같은 노후를 맞게 된다.

★ 년

흙의세월 13년→물의세월 13년→푸른나무의세월 13년(또는 붉은나무의세월 13년)→불의세월 13년→다시 흙의세월 13년→물의세월 13년……. 나무의세월은 붉은나무의세월과 푸른나무의세월로 번갈아 바뀐다. 즉 불과 물, 흙의 세월은 52년 만에 다시 오는 데 비해 붉은나무의세월이나 푸른나무의세월은 104년 만에 다시 온다. 맑은이는 어느 세월에나 태어난다. 하지만 붉은나무의세월에 태어나는 맑은이들 중 일부는 날 때부터 목이나 어깨에 붉은이파리 무늬가 있다. 이 '붉은이파리 맑은이'들은 예로부터 '단풍동이 처한 위기를 극복하는 중요한 존재'들이라 알려져 있지만, 또 한편으로 '이들이 태어남으로써 단풍동에 위기가 온다'하여 꺼리는 이들이 많다. 붉은이파리 맑은이들 역시 52살 안팎에 생식, 그 열매가 땅에 묻혀 52년을 자라므로 104년 후인 다음 붉은나무의세월이 되어야 그 자손이 태어난다.

★ **월**

1년은 큰달(52일) 2달과 작은 달(20일) 13달, 위령의 날 하루 또는 이틀로 이루어진다.

어른이의 손가락은 8개, 양손을 합치면 16개다. 이들은 자기들의 손가락으로 세월과 시간을 셈한다.

우선 엄지가 바깥으로 가도록 양손을 편다. 왼손 엄지는 1년 중 처음으로 맞는 큰달 52일이다. 모아진 양손의 작은 손가락들은 왼쪽부터 흙의 3달, 물의 4달, 나무의 3달, 불의 4달이다. 하지만 물을 중시하고 불의 화를 두려워하는 어른이 세상에서는 불의 달을 3달로 줄였다. 그리하여 어른이들 중에는 일부러 오른쪽 손가락 하나를 없앤 이도 많다. 그렇게 함으로써 평생 불의 화를 입지 않는다고 믿기 때문이다. 작은 달 13달을 지낸 후 오른손 엄지에 닿으면 큰달 52일이다. 이로써 한 해가 마무리된다. 다시 새해를 맞이하려면 위령의 날을 하루 또는 이틀 지내야 한다. 자연의 일부인 어른이들은 자신들 때문에 희생당한 자연과 모든 생명들에게 속죄해야 재앙 없는 새해를 맞을 수 있다고 생각한다. 어른이들의 달력을 지상의 날과 시간으로 따지자면 다음과 같다.

- **첫 큰달 52일**: '새생명을심는큰달', 12월 23일부터 2월 12일.
  성숙한 남녀가 어미산에 생식하러 올라 씨물과 알을 뿌린다.

- **흙의 3달 총 60일**: 2월 13일부터 4월 13일.
  집터를 다듬거나 농사, 어미산 부역 등 흙에 관계되는 일을 한다.

1. **누에달**: 2월 13일부터 3월 4일.
   누에는 불필요한 풀을 먹고 필요한 비단실을 토한다. 또 누에는 성장을 위해 계속 탈바꿈을 한다. 헌 옷을 벗고 새 옷을 걸치는 달이다.
2. **도마뱀달**: 3월 5일부터 3월 24일.
   도마뱀은 작은 벌레와 해충을 잡아먹어 흙을 청소해 준다. 어른이들도 땅을 청소하고 깨끗하게 지킨다. 어미산에 뿌려진 어른이의 열매를 깊이 묻어주고 다른 풀들을 솎아주는 부역은 이 도마뱀달에 이루어진다.
3. **타조달**: 3월 25일부터 4월 13일.
   길 길들이진 타조는 어려운 난관을 뛰어넘어 사람을 도와준다. 타조가 그렇듯이 모든 이들도 노력한 만큼 훗날 대가를 받는다.

- **물의 4달 총 80일**: 4월 14일부터 7월 2일.
  나루터나 배, 수로를 손보는 등 물과 관계되는 일을 한다.

4. **물방개달**: 4월 14일부터 5월 3일.
   물방개는 바삐 헤엄쳐 우리에게 깨끗한 물을 가져다준다. 수로를 깨끗이 정리하면 앞날이 시원하게 열린다.
5. **잉어달**: 5월 4일부터 5월 23일.
   큰 잉어는 물을 흐리는 해충이나 물고기들을 잡아먹으며 유유히 헤엄친다. 힘든 일을 묵묵히 해내면 자잘한 고민들이 어느새 사라진다.
6. **검은꼬리거북달**: 5월 24일부터 6월 12일.
   검은꼬리거북은 세상의 고민을 없애주어 오래 살게 해준다. 거북의 작은 꼬리처럼 방향을 잘 잡으면 큰 걱정거리를 피해 편안한 삶을 누릴 수 있다.

7. 푸른용달: 6월 13일부터 7월 2일.

푸른용은 힘의 상징이다. 물에서 하늘로 뛰어올라 온 세상의 생명에게 힘을 준다. 보이지 않는 큰 힘을 믿으면 어른이들도 용처럼 강한 물의 기운을 가질 수 있다.

- **나무의 3달 총 60일**: 7월 3일부터 8월 31일.

  목재를 이용한 집짓기나 담장 두르기 등 나무와 관계되는 일을 한다.

8. 버섯달: 7월 3일부터 7월 22일.

버섯은 땅을 보호하고 땅의 말을 전한다. 마음을 가라앉히면 땅의 말이 들린다.

9. 푸른나무달: 7월 23일부터 8월 11일.

푸른나무는 변치 않는 의지를 보여준다. 늠름한 나무를 생각하면 의지가 강해진다.

10. 붉은나무달: 8월 12일부터 8월 31일.

붉은나무는 변화무쌍하다. 마음만 굳게 먹는다면 우리는 얼마든지 지금과는 다른 삶을 살 수 있다.

- **불의 3달 총 60일**: 9월 1일부터 10월 30일.

  대장간 작업이나 아궁이 수리 등 불과 관계되는 일을 한다.

11. 흰날개호랑이달: 9월 1일부터 9월 20일.

흰날개호랑이는 한걸음에 날아와 불씨를 가져다준다. 필요한 것은 이미 내 손에 있음을 가르쳐준다.

12. 불새달: 9월 21일부터 10월 10일.

불새는 모든 것을 태워 정화시킨다. 다른 사람에게 품은 악한 마음 역시 이 시기에 태워 없애야 한다. 그렇지 않으면 내게 불의 화가 미칠 수 있다.

13. 반딧불이달: 10월 11일부터 10월 30일.

반딧불이는 어두움을 밝혀 검은 마음을 드러내준다. 아무리 힘든 상황이라도 잘 살피면 살 길이 열린다.

- **마지막 큰달**: '새생명이태어나는큰달', 10월 31일부터 12월 21일.
부부가 어미산에 올라 자식을 캐는 기간이다. 어른이들의 생일은 별 의미가 없다. 부모의 손길이 닿지 않고 혼자 영글어 태어나는 어른이들은 조금 달라질 수 있지만, 수천 년 이어온 전통으로 땅에 뿌려진 시기가 같으므로 이들이 태어나는 시기 또한 거의 같다.

- **위령제**: 한 해의 마지막 하루 또는 이틀. 12월 22일 또는 23일.
낮이 가장 짧은 동짓날에 위령제를 지낸다. 이 행사에서는 어른이의 팔다리를 닮은 떡을 만들어 날짐승과 길짐승들에게 던져준다. 어미산에도 이 떡들을 뿌림으로써 새해 큰달에 뿌려질 생식례의 수정란들을 보호하는 이점도 있다.

★ 일
하루도 13시간으로 나뉘어져 있다.
흙의 시간: 내일을 위해 조용히 쉬어야 할 시간.
1누에 2도마뱀 3타조: 333분(자정~5시 33분까지).
물의 시간: 열심히 일할 시간.
4물방개 5잉어 6검은꼬리거북 7푸른용: 441분(~낮 12시 54분까지).
나무의 시간: 오늘 행했던 일을 마무리하고 반성하는 시간.
8버섯 9푸른나무 10붉은나무: 333분(~저녁 18시 27분까지).
불의 시간: 내일 할 일을 준비하는 시간.
11흰날개호랑이 12불새 13반딧불이: 333분(~자정까지).

차례

단풍동 가계도 ― 4
어른이족의 종류 ― 8
어른이들의 삶과 세월 ― 10
어른이들의 세상 ― 18
단풍동의 여덟 샘과 마을 ― 20

시작 ― 22

1
숨은 골짜기의 단풍나무 한 그루

무녀 영기 ― 26
짐승과의 만남 ― 41
저잣거리 ― 56
네 이름은 준호 ― 81
하전의 귀향 ― 94
기남의 성년식 ― 115
훈장 하전 ― 137
신문물 ― 154

2
빗겨 앉은 바위 틈

순부부리의 장례식 ― 172
준호는 의사 ― 190
미단의 인형 ― 212
이안과 외삼촌 미곤 ― 231
위령제 ― 254
저쪽 세상에서 온 사내아이 ― 273
연토의 성년식 ― 288
연토의 결혼례 ― 299
장저휜과 김점례 ― 319
잡혀가는 준호 ― 336
액막이 인형 소동 ― 351

3
맑은 샘물 한 줄기

여행의 시작, 호랑가시동 —— 378
청매동 —— 396
붓동과 살촉동 —— 417
거대한 숲 —— 439
아후밀탄을 향해 —— 458
사막을 통과하다 —— 482
제울에서 —— 501

4
찾으시거든

귀향 —— 552
행복의 의미 —— 585
삼신각 —— 613
전쟁에 대한 불안 —— 654
또다시 밝은샘마을로 —— 664
전쟁 —— 699
새로운 시작 —— 732

추천의 말 정재서(신화학자·문학평론가) —— 735
해설 장경렬(영문학자·문학평론가)
        환상문학의 진경眞境, 그 가능성을 찾아서 —— 736
작가의 말 —— 775

• 어른이들의 세상

사막

숲

살촉동

붓동

청매동

아버지강

단풍동

● 단풍동의 여덟 샘과 마을

빛바위에서 직접 흐르는 샘은 밝은샘과 은은샘뿐이다.
나머지는 모두 복류천으로 저잣거리 밑에서 다시 솟아난다.

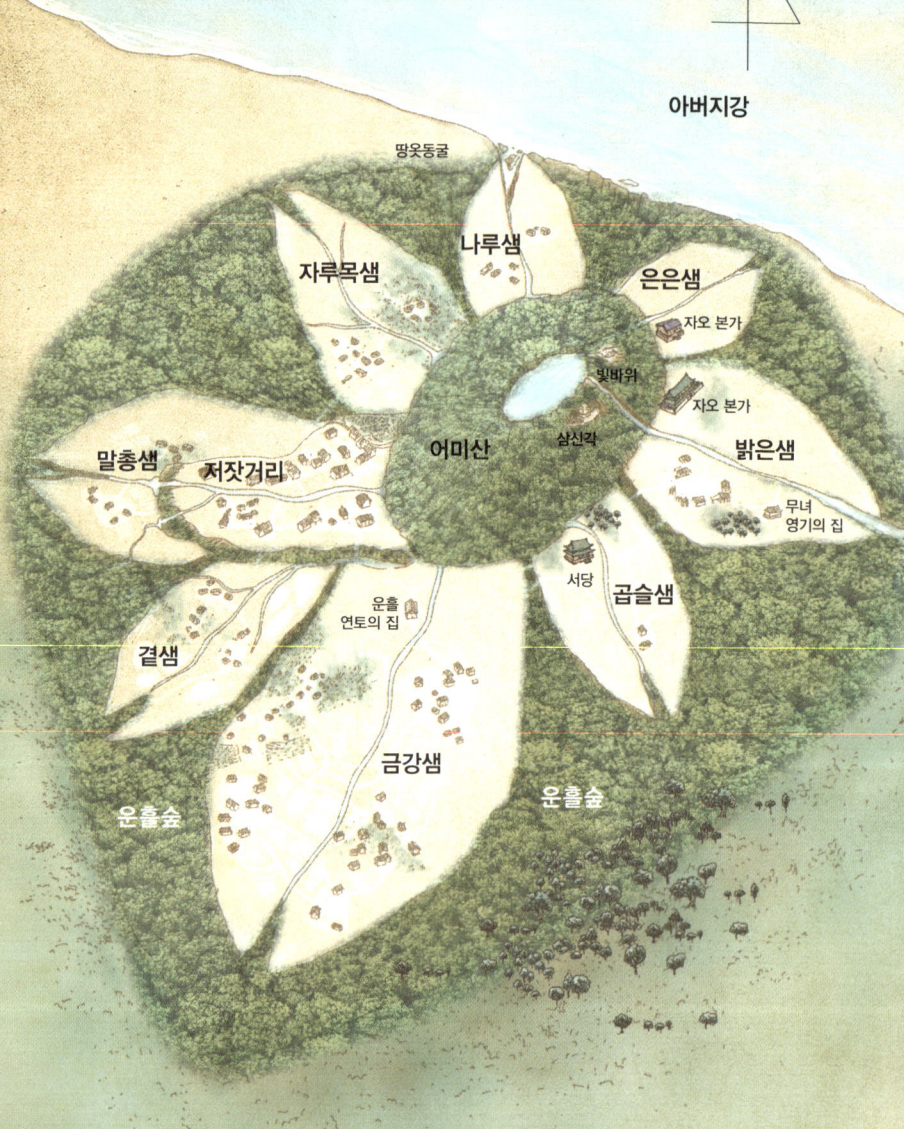

우리는 살아있다.
살아있으므로 판단하고 선택할 수 있다.
살아있으므로 우리 자신을
지금까지와는 다르게 발전시킬 수 있다.
죽음이 아니라 삶이 담인 것이다.

시작

✻   올가을로 만 네 살이 된 손주는 힘이 좋다. 낙엽 쌓인 골짜기를 저만치 앞서 뛰어오르면서 몇 번이고 나를 재촉한다. 얼마 가지 못해 또 너럭바위에 걸터앉는 나를 보고 녀석이 하는 수 없다는 듯 걸음을 멈춘다. 한적한 가을 산자락은 어디나 푸근하다. 선들바람에 나뭇잎들이 우수수 우수수 날린다. 내 무릎에도 손등에도 붉은 단풍잎이 얹힌다. 올해 단풍은 특히 선명하다.

단풍나무둥치를 껴안은 채 한동안 나무에 귀를 대고 있던 손주가 나를 돌아본다.

"할머니, 나무도 말할 줄 알아."

"그래?"

"반갑대. 나랑 할머니를 만나서."

어느새 녀석은 바위 밑 샘물로 뛰어내려가 손을 담근다.

'긴 여름, 수고 많으셨소. 당신도 나도.'

사내의 목소리가 들린 것이 바로 그때다. 단풍나무였다.

'놀라시기는. 당신들의 말을 배웠지. 내 친구 준호로부터.'

그가 푸수수 웃었다. 나직한 그의 웃음소리는 골짜기를 훑는 바람소리를 닮았다.

'이렇게 사는 것도 그리 나쁘지는 않소. 당신들의 세상이 궁금했던 것도 사실이고. 그런데…… 우리 어른이 세상으로 돌아가기는 틀린 것 같네. 보다시피 땅에 뿌리가 박혔으니.'

 이후로 나는 그의 이야기를 듣기 위해 종종 골짜기에 올랐다. 그의 이름은 연토, 땅밑 나라 단풍동 운흘 집안의 자식이라 했다.

그를 처음 대한 순간 나는 가슴이 설렜다. 심장의 박동 소리, 버거우면서도 뿌듯한 기대. 다른 한편으로 내가 깃든 세상의 의미를 곱씹어야 할 슬픈 예감이 맞닿아 있었다.

1

숨은 골짜기의 단풍나무 한 그루

무녀 영기

*　　　물의세월 여섯 번째 해, 땅의 말이 들린다는 버섯달 중순에 나는 밝은샘마을에 가기 위해 집을 나섰다. 무녀 영기에게 타조 한 마리를 가져다주라는 어머니 미단의 심부름 때문이었다.
　—서당이 있는 곱슬샘마을만 지나면 밝은샘마을이잖아. 모를 수가 없어. 밝은샘은 향기부터 달라. 덤불을 헤칠 때는 타조에 올라타면 되고.
　전혀 쓸모없는 것을 묻는다는 듯 미단은 도리어 나를 답답해했다. 아무리 목줄을 잡아채어도 제멋대로인 얼룩타조를 끌고 곱슬샘마을까지 가는 일만으로도 나는 녹초가 되어 있었다. 더구나 곱슬샘마을을 벗어나 내가 맞닥뜨린 것은 덤불이 아니라 저희끼리 얼크러진 한 덩어리의 숲이었다. 넓게 퍼진 느우나무, 작지만 가지가 촘촘한 매타리나무, 두툴나무, 그 나무들을 타고 오른 등칡덩굴, 새솜, 삼채덩굴이 이 가지에서 저 가지로, 저 나무 둥치에서 이 나무 둥치로 뻗쳐 한 그루의 거대한 나무처럼 엉켜 있었다. 그때의 내 나이 열여덟, 무릎과 팔꿈치에 피부 껍질이 남은 데다 그것들이 부분 부분 들고 일어나 어디에 스치기만 해도 비명을 지르던 때였다. 가시 덮인 새솜과 삼채덩굴 덩어리를 뚫다니 어림없는 일이었다.

그것들을 쳐다보는 것만으로도 온몸이 따끔거렸지만 다른 선택은 없었다. 덤불 왼쪽으로는 어미산으로부터 내리꽂힌 높은 절벽, 오른쪽은 밑으로 툭 떨어지는 경사 심한 비탈에 열 길 스무 길 낮은 땅으로부터 솟아오른 큰 나무들이 들어차 발 한 짝만 잘못 옮겨도 언제 그리로 처박힐지 알 수 없었다. 방법이 없을 때 방법이 생긴다고 했던가. 맨 왼쪽, 절벽과 닿은 부분에 굵직한 등칡덩굴 한 가지와 그보다 가는 삼채덩굴 서넛이 밑으로 처진 것이 눈에 들어왔다. 올라서기에는 높은 위치였지만 절벽에서 비어져나온 너설을 왼발로 먼저 밟는다면 가능할 수도 있었다. 그랬다. 무녀 영기 일행이 밝은샘마을로 갔다면 이곳이 통로였음이 분명했다.

통로를 찾았다 해도 타조의 목끈을 쥐고 있지 않았다면 엄두도 내지 못했으리라. 내 망설임을 눈치를 채기라도 한 듯 타조가 어느새 등칡덩굴로 튀어 올라 꾹꾹거렸다. 녀석 역시 그곳이 통로임을 알아본 것이다. 바위너설에 발을 올린 나는 간신히 녀석의 목을 그러안았다. 타조를 믿은 것은 일단 옳은 듯했다. 허방을 디딜 때마다 녀석은 재빨리 양 날개를 퍼덕여 또 다른 덩굴로 바꿔 탔다. 타조를 '숲의 신발'이라 부르는 이유가, 이런, 잡아 죽일! 하마터면 나는 머리부터 거꾸로 박혀 나무가 될 뻔했다. 땅바닥에 기어가는 도마뱀이 녀석의 눈에 띄었던 것이다. 연이어 실뱀, 남생이를 쪼아대는 녀석의 모가지를 더욱더 움켜잡는 것 외에 내가 할 수 있는 일은 없었다.

새솜덤불에 쓸려 얼굴과 다리에 상처를 입긴 했어도 어쨌든 녀석과 나는 덤불을 건넜다. 사람의 발길이 분명한, 가지치기한 나무와 관목들 틈에 나 있는 오솔길에 내려선 것이다. 앞서가던 타조가 갑자기 걸음을 멈추자 나는 또 긴장해야 했다. 방향을 잘못 잡은 것일까. 왼쪽으로 보이던 어미산 빛바위도 무성한 나무들에 가려 보이지 않았다. 귀를 세웠다. 멀리서 가까이서 우는 각기 다른 새소리, 덤불에서 바스락대는 토끼와 고라니의 발짝 소리, 그것들에 섞여 들리는 웅얼거림은…… 나무인간들의 말소리였다. 다행이었다. 나무인간들이 있다면 사람을 해치는 맹수는 주위에 없다는 뜻이다. 그제야 나는 밝은샘마을이 고립된 지 기껏해야 15년임을 떠올렸다. 내가 앞장서서 타조의 목끈을 잡아끌기 시작했다.

계곡의 물소리가 점점 커지더니 드디어 환한 물줄기가 눈앞에 펼쳐졌다. 밝은샘. 커다란 바위를 타넘고 돌아치는 위용이 대단했다. 물안개가 깔린 물에서는 신선한 향내도 피어올랐다. 계곡을 따라 내려가기 시작했다. 무성한 잡초와 덤불은 여전했지만 물줄기로부터 일정한 간격을 두고 양쪽으로 갈라진 풀들이 우리를 인도해 주었다. 영기의 집이 가까워진다고 생각하니 그동안의 피곤이 다 씻기는 기분이었다.

하기야 어머니 미단이나 영기에게는 쉬운 길이었으리라. 밝은샘마을과 은은샘마을은 자오 집안 소유인 데다 특히 밝은샘마을은 그녀들의 고향이기 때문이다.

무녀 영기는 내 어머니 자오 미단이 우리 운흘 집안으로 시집올 때 가져온 혼수 물목이다. 내가 어렸을 때 가장 잘 가던 곳이 바로 우리 집 앞의 제당, 영기의 처소였다. 하지만 그녀는 내가 여덟 살 때 단풍동을 떠나 호랑가시동으로 팔려 갔다. 내 아버지 운흘 하전부리가 진 빚을 갚기 위해서였다. 새 문물을 배워 오겠다는 명분으로 살촉동에 건너간 하전부리의 방탕은 끝이 없었다. 집안 소유의 나루샘마을과 자루목샘마을을 처분하고도 빚은 감당하기 어려울 정도로 컸다.

짐 보따리를 어깨에 메고 집을 떠나던 영기의 모습이 아직도 어제 일처럼 생생하다. 어디 가느냐는 내 물음에 그녀는 눈을 껌벅이며 대답했다.
 ―세월을 따라가지요. 언젠가는 세월을 따라 돌아오겠지요. 걱정 마세요. 제가 돌아오는 날, 누구보다도 먼저 도련님이 저를 반겨주는 그림을 보았답니다.
 그때로부터 10년이 흐르고 그녀의 예언은 적중했다. 영기의 마차가 집 앞에 닿는 것을 처음 본 사람이 나였고 마차에서 내리는 그녀를 얼싸안은 사람도 나였다. 영기는 많이 늙어 있었다. 얼굴과 몸이 닳아 주름 하나 없고 팔과 손등은 속껍질까지 팬 상태였다. 두 번째로 영기를 그러안은 사람은 미단이었다.
 ―올 줄 알았어. 언제고 올 줄 알고 하루하루 기다렸어.
 ―그럼요 마님, 이년은 단 한 순간도 마님을 잊은 적이 없답니다.
 둘은 서로 몸을 쓰다듬고 핥으며 어쩔 줄 몰랐다. 그들이 발을 담근 물확에서 안개가 피어올라 그들을 감쌌고 그들의 몸이 내뿜는 환한 붉은 빛으로 마당의 이끼들이 꽃망울을 터뜨렸다.
 ―요란을 떨어, 자오의 여편네들이라니.
 고모 희실이 투덜거렸지만 헛일이었다.
 영기가 단풍동으로 돌아온 데에는 극적인 사연이 있었다. 그녀가 주인으로 모시던 호랑가시동의 오비토부리가 죽자 그녀는 감옥에 갇혔다. 주인의 죽음을 알아내지 못한 무녀는 사형을 당하는 것이 마땅했다. 형 집행을 하루 앞두고 그녀는 겨우 목숨을 건졌다. 오비토부리의 부인인 미린이 보안대에 찾아와 그녀의 무죄를 증명했기 때문이다. 미린으로서는 어쩔 수 없는 선택이었다. 남편의 장례식을 치르는 동안 그녀는 머리칼을 낱낱이 뽑히는 듯한 고통에 시달렸다. 문상객들이 그녀를 의심스레 노려보았다. 머리칼의 고통은 누군가가 그 사람에게 씻을 수 없는 원한을 가지고 있음을 뜻했다. '미린이 남편을 죽여 강에 버렸다'는 소문이 삽시간에 퍼져나갔다. 그때 미린에게 쪽지가 전해졌다.

「무엇을 어떻게 처리해야 할지 지금쯤은 아시겠군요.」

감옥에 갇힌 영기가 옥사장을 통해 보낸 글귀였다. 영기는 죄가 없었다. 오비토부리가 강물에 빠져 죽기 훨씬 전부터 영기는 미린에게 '주인님의 죽음을 바라는 강한 기운이 있다.' '주인님이 강가에 가면 그 힘을 이길 수 없다.' 등 몇 번이나 그의 위험을 경고했다.

살촉동과 청매동을 상대로 석물을 팔아 큰돈을 번 오비토부리는 타고난 성품이 인색하고 천박했다. 그는 천민 홀아비나 즐기는 싸구려 땅옷여자 화분을 여러 개 사서 수시로 자신의 정욕을 해소했다. 온갖 비명에 한탄을 늘어놓는 땅옷여자들의 분답을 견디며 미린은 마음속 깊이 남편을 증오했다. 그러던 중 미린은 집에 땔감을 대는 햇빛족 사내와 눈이 맞았다. '오비토부리가 강가에서 발을 헛디뎌 죽으리라'는 영기의 예언은 미린으로서는 바라던 바였다. 남편이 죽고 나면 무녀 영기 역시 사형당할 테니 뒷말이 날 것도 아니었다. 하지만 미린은 무녀 영기의 강한 초음을 이길 수 없었다. 갈수록 심해지는 머리칼의 통증을 견디다 못해 미린은 결국 보안대에 자진 출두했다. 그녀로서도 남편을 죽였다는 누명을 쓰느니 무녀의 말을 무시했던 자신의 잘못을 인정하는 편이 나았다.

감옥에서 풀려난 영기는 호랑가시동 저잣거리에 점집을 차렸다. 오비토부리의 죽음을 예언한 사실로 그녀는 이미 유명해져 있었다. 호랑이가시동뿐 아니라 살촉동과 청매동에서 온 상인들까지 그녀의 점괘를 듣기 위해 줄을 섰다.

돈을 번 그녀는 맨 먼저 미린에게 찾아가 자신의 몸값을 치렀다.

―어른이의 마음을 읽는 것이 내 직업이랍니다.

미린은 아무 말도 하지 못했다. 남편의 죽음을 방조한 이유로 가족들로부터 버림받은 그녀는 그러지 않아도 무녀 영기의 원주인이던 우리 운흘 집안을 찾아 영기의 몸값을 요구하려던 참이었다.
그 길로 영기는 단풍동으로 향했다. 자유인의 신분 따위는 필요 없었다. 오로지 내 어머니 미단 곁으로 돌아오는 것이 급선무였다.
두 사람의 회포가 잦아들 무렵 미단이 영기에게 말했다.
ㅡ내 동생 미곤이 돌아오기 전에 밝은샘마을을 정리해 두는 게 어때? 15년이 지났으니 독초의 피해는 더 이상 없을 거야.
ㅡ좋고말고요! 밝은샘마을이라니, 드디어 제가 천국으로 돌아가는군요.
영기는 자신의 돈으로 햇빛족 일꾼을 셋이나 사서 밝은샘마을로 떠났다. 그리고 엊그제 영기의 편지가 전해졌다.
「샘은 예전보다 더욱 맑고 향긋하며, 마을은 예전과 똑같은 천국이랍니다.」
미단은 곧바로 축사에 가서 타조 세 마리 중 가장 크고 힘 좋은 놈을 골랐다. 폐허였던 밝은샘마을에서 살려면 뱀과 독충을 쫓아줄 타조가 무엇보다 요긴할 것이었다.
볼수록 밝은샘은 단풍동의 여덟 샘 중 으뜸이라 할 만했다. 은은하면서도 밝은 물이 어미산 빛바위를 눕혀놓은 듯 눈부셨고, 멀리 상류 쪽에는 뜨거운 물이라도 솟는지 안개가 뭉글뭉글 피어오르고 있었다. 대체 누가 이 아름답고 향기로운 샘에 독초를 풀었을까.
밝은샘마을을 한순간에 거덜 낸 그 끔찍한 독초 사건은 흙의 세월 세 번째 해, 내가 세 살 때의 일이었다. 누군가가 밝은샘 수원에 맹독성의 비상초 가루를 풂으로써 샘의 주인이자 내 외할아버지인 자오백연부리와 외할머니 류미 그리고 집안 하인들 모두가 한날한시에 딱딱한 시체로 변했다. 독초의 피해는 자오 집안에서 그치지 않았다. 물을 이어받는 밝은샘 상류 스물두 가구의 사람들 역시 죽음의 잠에서 깨어나지 못했다. 중하류 마을에서도 사지가 굳어 한 발짝도 뗄 수 없는 중증 환자가 속출했다. 가까스로 목숨을 건진 사람들이 서둘러 떠난 후 마을은 이백 구에 가까운 시신들, 그리고 온갖 고통을 겪으며 죽어가는 노인들과 가축들의 신음뿐이었다.

어미산의 수장인 삼신어른 생은 금강샘 하류의 햇빛족들을 시켜 밝은샘마을의 시신들을 수습했다. 격식을 따르자면 한 사람 한 사람 어미산의 조용한작별바위에 올려 풍장과 화장을 치르는 것이 마땅했다. 하지만 그들은 한꺼번에 헌 수레에 실려 단풍동을 싸고도는 아버지강에 던져졌다. 독으로 희생된 시신은 아버지강 하류 폭포로 떠내려 보내는 것이 법이었다. 자오 집안의 주인이며 단풍동의 큰 어른이던 내 외할아버지 백연부리 역시 마찬가지였다. 독 퍼진 시신으로 후손들이 자라고 있는 어미산에 묻힐 수는 없었다. 백연부리가 죽은 후 그의 동생 담연이 자오 집안을 대표하는 '부리'의 호칭을 이어받았다. 하지만 담연부리는 밝은샘을 복구할 생각을 하지 않았다. 자오의 또 다른 샘인 은은샘으로 옮겨 앉아 그는 오로지 은은샘 수원을 지키는 일에 몰두했다. 두 명으로도 족할 일을 십여 명의 하인들을 세워 밤낮으로 샘을 지키는가 하면 그들이 작당하여 샘에 독초를 넣을지 모른다는 불안감에 그들을 감시할 또 다른 하인들을 보강하느라 여념 없었다.

눈앞에 집 한 채가 나타났다. 느우나무 판자로 담을 두른 단출한 집에 삼각 깃발이 꽂혀 있었다. 양날이 벌어진 가위, 가위를 감싼 둥그런 바늘과 실. 바로 무녀의 문장이었다.

"영기! 나야, 연토."

대답이 없었다. 집 안으로 들어갔다. 낯선 풍경에 타조가 계속 꾹 꾹거렸다. 작고 아담한 거실이었다. 바닥에는 가느다란 물줄기가 부챗살처럼 퍼져나가고, 어스름한 빛이 드는 맞은편 둥그런 창문 밖으로는 등칡덩굴 몇 줄기가 방문자의 얼굴이라도 확인하려는 듯 남실거렸다. 각기 다른 모양의 의자 세 개도 그런대로 편안해 보였다. 거실 오른편의 나란한 방 두 개는 문이 활짝 열려 있었다. 방 하나에는 박쥐와 용, 꽃나무들이 수 놓인 무녀의 내리닫이 옷들이, 또 다른 방에는 커다란 북과 깃발 그리고 화장 도구들과 방울들이 시렁 위에 가지런히 정리되어 있었다.

거실 의자에 걸터앉아 물줄기에 발을 담갔다. 청량하고 향기로운 물을 빨판으로 받아들이면서 나도 모르게 고개를 끄덕였다. 어머니 미단의 단언이 아니라도 밝은샘마을 사람들은 이 물줄기 하나만으로도 자부심을 가지기에 충분했으리라는 생각이 들었다. 어디선가 잉잉대는 소리의 주인은… 천장에서 내려온 자주색 거미였다. 그제야 내가 데려온 타조가 허공에서 버둥대는 놈을 노리고 있음을 알았다. 거실 문고리에 매두었던 타조의 목끈을 더욱 짧게 줄여 매었다.

목숨의 위험을 느낀 녀석은 거미 말고도 또 있었다. 맞은편 창가에 있던 주먹만 한 민달팽이 두 마리가 천장으로 급히 오르다가 떨어지기를 몇 차례나 반복하는 중이었다.

"연토 도련님?"

하얗게 분칠한 얼굴에 검은 선을 내리그은 콧등, 흰 비단에 화려한 꽃수를 놓은 무녀복의 영기가 두 팔로 내 어깨를 휘감았다.

"귀하신 도련님이 직접 오셨군요. 반가워라."

내 얼굴과 머리카락, 어깨와 엉덩이까지 차례대로 어루만진 후에야 그녀는 나를 놓아주었다. 그녀의 옷차림을 위아래로 훑어본 것이 실례였는지 모른다. 이마에 두른 띠는 그런대로 괜찮았는데 그녀의 내리닫이 무녀복이 해어져 아랫부분에 수놓은 이파리와 나무들이 너덜거리는 중이었다.

"잠깐만 기다리셔요, 옷을 갈아입어야겠네."

옷을 바꿔 입은 그녀가 새처럼 밝게 떠들며 창문 밑에 놓인 물확으로 나를 이끌었다.

"여기, 제 물확에 발을 담그세요. 밝은 샘 상류의 신선초를 띄웠답니다."

그녀의 이번 옷은 안팎이 뒤집혀 있었다. 갈아입은 옷 역시 심하게 낡았음을 보이고 싶지 않은 것이었다. 그녀가 이끄는 대로 창문 밑 물확에 발을 담갔다. 빨판으로 스며드는 물이 씁쌀한 것이 거실 바닥의 물줄기와는 또 달랐다.

영기가 내 손바닥에 누에를 얹어주었다. 내가 어릴 때도 그녀는 자기 누에나 민달팽이들을 내게 올려주곤 했었다. 손등과 목을 간질이던 그때의 느낌이 살아나는 듯했다.

"밝은샘 주변의 나무인간들이 촐싹대는 모습을 도련님이 보셔야 하는데. '왜 이리 늦게 왔느냐'며 얼마나 호들갑들을 떨어대는지. 엊그제는 그것들이 이 나무 그릇을 쥐어주더라고요. 꽤 쓸 만하죠?"

영기가 내민 두툴나무 그릇은 훌륭했다. 변죽을 돌아가며 세세하게 나뭇잎을 조각한 정성이 저자에서 파는 그릇들과는 비교되지 않았다. 밝은샘 나무인간들의 손재주가 세밀하고 정교하다는 말은 전에도 들은 적이 있었다.

"마을이 고립되긴 했지만 덕분에 물줄기가 더 깨끗해졌어요. 사람들도 하나둘씩 늘어나고요. 마을을 둘러보고 돌아간 이도 있지만 그중 두 가족은 눌러앉았답니다. 누구나 자기가 태어난 곳으로 돌아오게 되어 있지요."

타조를 본 영기가 새삼 미단에게 감사했다.

"이 귀한 것을! 게다가 이렇게 실한 놈을 주시다니. 먹이는 따로 주지 않아도 되겠죠?"

"그럼. 바깥 말뚝에 묶어놓기만 해. 올 때도 도마뱀이랑 실뱀을 실컷 먹어 치웠어."

영기가 웃으며 화덕에 인두를 올렸다. 끝이 뾰족한 삼각 인두가 불에 달궈지기 시작했다.

"그러지 않아도 물뱀들이 골치였거든요. 그놈들이 내 누에와 달팽이를 노리니까요."

그녀가 타조의 목끈을 풀어 녀석의 발을 묶었다. 나도 그녀를 도와 녀석을 탁자에 올렸다. 달궈진 인두가 녀석의 엉덩이에 닿자 예상했던 대로 녀석의 비명이 터져 나왔다. 운흘 집안의 화인(火印) 바로 옆자리에 드디어 새로운 인장이 찍혔다.

"무녀의 인장이 가위와 바늘이라니 좀 우스워. 옷 짓는 침모도 아니면서."

"둥그런 바늘과 실로는 사람의 인연을 잇고 가위로는 악한 인연을 자르지요. 때로 엉뚱한 인연을 이어 붙여 사달이 나지만. 그래도 꼿꼿한 바늘과 칼 문양인 의사 문장보다는 낫잖우? 그놈들은 사람의 목을 뎅강 잘라놓고도 꿰매면 멀쩡하다고 우긴다니까요."

영기와 나는 큰 소리로 함께 웃었다. 바닥에 내려진 타조는 어느새 아무렇지 않게 이리저리 걸어다녔다.

"마님이 오셨으면 반딧불이를 제대로 반기셨을 텐데. 먼 나라 하늘에 떠 있다는 별들도 자오 저택의 밤 풍경만큼 아름답지는 못할 거예요."

미단의 어린 시절 자오 저택 거실에서 기르던 반딧불이가 지금 한창이라고 했다. 하지만 미단은 집을 비울 수 없었다. 그녀는 할아버지 순부부리의 시중과 그의 세 끼 죽, 또 몇 마리 되지 않는 가축 여물까지 쑤어야 했다.

"불일까지 하시다니, 불쌍한 우리 마님."

영기가 개등나무 열매를 탁자에 쏟았다. 그리고 창문틀 위에 달라붙었던 누에와 달팽이를 떼어 열매 무더기 위에 올려놓았다. 한동안 구무럭대던 그것들이 움직이기 시작했다. 누에는 사선 모양의 직선을 그었고 달팽이는 자리에서 맴을 돌며 씨앗들을 젖혀놓았다.

"마님께서는 당신의 세상을 얻으실 거예요. 마님보다 호화롭게 살 여자는 있어도 마님보다 행복한 여자는 없어요. 그리고 참! 이 말을 전해주세요. 미곤 도련님이 오고 계셔요. 몰라보게 성숙해지신 도련님이 우리 마을의 부서진 집 기둥들을 어루만지는 그림을 며칠 전 이년이 보았어요."

다행이었다. 미단은 남동생인 미곤을 찾지 못해 내내 애태우는 중이었다.

독초 사건 이후로 미곤은 자취를 감췄다. 사고 전날 그는 밝은 샘 마을을 벗어나 저자에 머문 바람에 죽음의 독을 피했다. 하지만 그는 자오 집안 식구 중 혼자 살아남았다는 사실 때문에 독초의 범인으로 몰렸다. 후에 밝혀진 일이지만 그를 범인으로 몬 사람 중 하나는 바로 우리 집의 침모 산분이었다. 수다쟁이 그녀 역시 어머니 미단이 시집올 때 따라온 혼수 물목 중 하나다.

―계집이 억지로 술을 먹였다면 모를까, 우리 미곤 도련님은 술 한 방울 입에 대지 못해. 자오 집안 일 중에 내가 모르는 일은 하나도 없고말고.

그녀의 말은 저자를 한 바퀴 도는 동안 '술 한 방울 마실 줄 모르는 계집에게 미곤이 억지로 술을 먹였음은 자오 식구들은 다 안다'로 바뀌어 있었다. 그 말을 들은 산분이 손뼉을 치며 떠들어대었다.

―세상에! 미곤 도련님도 사내가 분명하군. 하기야 밝은샘의 깊은 계곡이라면 사내랑 계집이 어울릴 곳이 널리고 널렸지.

그 말은 결국 '미곤이 계집과 함께 밝은샘 수원에 올라 독을 푼 사실을 아는 사람이 널리고 널렸다.'로 굳어버렸다. 자초지종을 알게 된 미단은 산분의 입과 손을 지지려다 겨우 분을 삭였다. 가세가 기울어 하인이라고 달랑 셋인 터에 침모까지 없앨 수는 없었다.

미곤이 독초의 범인이 아님은 밝혀졌지만 그의 행방은 알 수 없었다. 청매동의 어떤 상인은 '미곤이 마부가 되어 청매동에서 마차를 끌고 있다'고 했고 어떤 방물장수는 '팔다리를 모두 잃은 채 살촉동 저잣거리에서 구걸하고 있다'고 했다. 또 '계집 빚 때문에 유곽에 잡혀 두 다리를 잘렸다'는 말도 있었다. 그때마다 미단은 고개를 흔들었다. 무녀보다는 약하지만 맑은이인 미단의 예지력 또한 무시할 수는 없다. '사막 건너 제울까지 가는 대상 행렬에 맑은이가 끼어있다'는 말은 지난해 검은꼬리거북달에 집에 들른 방물장수 지화가 꺼낸 얘기였다. 미단이 그녀를 족대겼다.

―다시 말해봐! 들은 대로 낱낱이, 먼지 하나 털거나 바꾸지 말고 정확히 말해!

―몇 달 전에 대상을 그만둔 자가 그렇게 말했어요. '투명한 머리카락에 투명한 피부를 가진 이가 대상의 무리에 섞여 있었다'고. 목에 두른 천을 절대 풀지 않는 희한한 사람이었대요.

―만세! 미곤이다. 내 장례는 미곤이 치러줄 거야. 하마터면 박쥐가 될 뻔했어!

발목이 끊기는 듯한 통증에 시달리던 미단이 의자에서 벌떡 일어서며 외쳤다. 자신이 태어난 곳으로 돌아가 삶을 마감하지 못하면 죽은 후 땅에 내려앉지 못하고 검은 하늘을 떠돈다는 말을 미단은 굳게 믿고 있었다.

한동안 머뭇거리던 나는 결국 영기에게 입을 떼었다.

"미곤 삼촌은…… 붉은이파리 맑은이지? 그래서 밝은샘의 독초 사건도 생겼던 거지?"

영기의 눈이 커졌다. 나는 얼른 남은 말을 마저 뱉었다.

"하람 훈장도, 할아버지 순부부리도 그랬어. 붉은이파리 맑은이가 태어나면 세상이 뒤집힌다고. 그리고 단풍동의 가장 큰 집안이 가장 크게 다친다는 말도 했어. 자오 집안이 우리 운흘 집안에 샘마을들을 넘긴 것도, 아버지 하전부리가 방탕한 것도 '가장 큰 집안'이라는 표적을 피하기 위해서였대. 또 하나, 붉은이파리 맑은이는 자오와 운흘 집안에서만 태어난대."

영기가 나를 의자에 다시 앉혔다. 그녀의 말이 이어졌다.

"흙과 물과 나무와 불의 세월이 가각 13년씩 52년, 그중에도 나무는 푸른나무와 붉은나무가 바뀌니 붉은나무의세월은 104년 만에 오지요. 붉은나무의세월 13년 동안 태어나는 맑은이들 중 어깨나 목에 붉은이파리 점을 가진 이가 있는 것은 사실이에요. 하지만 운흘이나 자오 집안이라서 붉은이파리가 태어나는 것은 아녜요. 도련님도 아시잖아요? 어미산에 오른 부모가 어느 봉분을 파헤치느냐에 따라 새 생명의 미래가 정해지지요. 초추아나 천민 중에도 붉은이파리가 있어요. 운흘이나 자오 집안 자손 중에도 하얀이나 황인들이 있는 것처럼."

영기가 내 두 손을 마주 잡았다. 그리고 내 눈을 한참 동안 깊숙이 바라보았다.

"그리고 또 한 가지, 도련님의 얘기는 앞뒤가 바뀌었어요. 붉은이파리들 때문에 세상이 뒤집히는 게 아녜요. 세상이 뒤집혔기 때문에 붉은이파리들이 드러나는 거죠. 자오 집안에 내려오는 말이 있어요.「붉은이파리는 땅이 찍은 인장. 그들만이 땅의 뜻을 전한다.」붉은이파리가 있어서 세상이 평안해져요."

그즈음 나는 붉은이파리가 수도 없이 떨어져 땅을 붉게 물들이는 꿈을 되풀이하여 꾸고 있었다. 험한 길을 마다치 않고 영기를 찾은 이유도 실은 그 꿈의 뜻을 알고 싶었기 때문이었다. 되풀이되는 꿈은 머잖은 미래에 어떤 식으로든 앙갚음한다.

―봐라. 꿈에 자꾸 빗들이 어른대더니, 연토 네가 결국 내 귀한 빗을 부러뜨리는구나.

고모 희실의 뿔빗이 내 발 앞에 떨어져 박살 난 것도 그녀가 꾼 꿈 때문일 터였다.

"어린 시절에는 누구나 그렇답니다. 수많은 장면이 대단한 의미를 지닌 것처럼 머리를 어지럽히다가 또 어느 순간 씻은 듯이 사그라지지요."

영기가 민달팽이와 거미를 내 어깨에 올려놓았다. 잠시 후에 그것들을 떼어 탁자 위 개등나무 열매 위에 올려놓았다. 한동안 머무적대던 그들이 내 쪽으로 기어 오기 시작했다.

"물줄기들이 합쳐져 강물이 되어요. 도련님을 도울 운명의 존재가 오고 있어요. 도련님, 폭포처럼 내리꽂힌다 해도 겁내지 마세요. 물은 흩어질 뿐 부서지지 않아요."

"그 운명의 존재가…… 미곤 외삼촌이야?"

"그렇게 생각하세요?"

나는 고개를 마구 흔들어 댔다.

"모른다니까! 이것이 맞다고 생각하면 저것이 분명해! 그래서 저것으로 바꾸고 나면 또 이것이 분명해! 나를 도울 존재가 나타난다 해도 나는 그를 알아보지도 못할 거야."

"분명히 알아보실 거예요. 자오와 운흘 집안의 귀하신 도련님, 도련님이야말로 이 천한 년이 아끼는 분이라는 사실은 알고 계시죠?"

영기가 내 얼굴과 목덜미를 장난스럽게 간질였다.

잠시 밝아졌던 마음은 돌아오는 길에 도로 무거워졌다. 결국 나는 영기에게 꿈 얘기도 속 시원히 하지 못한 채 변죽만 울리다 만 것이다. 아니, 그렇지 않을 수도 있었다. 영기는 내가 꾸는 꿈의 장면을 환히 보았을 수도 있다. 그녀는 무녀 아닌가. 그렇다면 나는 어떻게 해야 할까. 내 나이 열여덟, 맑은이에게 예지력이 생긴다는 서른까지 그 긴, 불안한 세월을 어떻게 견딘다는 말인가!

그래도 실낱같은 희망 하나는 쥔 셈이었다. 그녀의 말대로 나를 도울 누군가가 내 곁에 나타나 준다면 지금의 고민과 불안은 한 순간에 사라질 수도 있었다.

짐승과의 만남

✱　　　　"……큰물이 13년을 흘러 세상의 불을 끄고 화마도 물에 빠졌다. 땅의 주인이 그의 팔을 건져 올리니 새와 박쥐가 되고, 다리를 건져 올리니 뱀과 도마뱀이 되고, 몸통을 건져 올리니 온갖 짐승과 벌레가 되었다. 머리통을 건져 올리니 어른이가 되었다. 모든 생명은 물로부터 왔다.' 뭐해? 받아쓰지 않고."

학생들의 책상에는 삼나무 공책과 붓, 먹물이 놓여있었지만, 공책에 받아쓰는 학생들은 한 명도 없었다. 훈장 부루 하람의 단조로운 목소리만 대기를 흔들었다.

"……나무가 불을 일으키고 불이 모든 것을 태워 흙으로 돌린다. 흙에서 물이 솟고 물이 나무를 키우니, 이렇게 흙과 물과 나무와 불의 세월이 각기 열세 해로 쉰두 해 한 주기가 된다. 사람도 마찬가지다. 열세 살까지는 흙의 나이라 매사에 조심하고 얌전하다. 열셋부터 스물여섯까지는 물의 나이라 힘과 지혜가 서서히 차오른다. 서른아홉까지는 나무다. 깊이 생각하고 이치에 맞는 행동을 한다. 쉰두 살까지는 불이라 용감하지만 성격이 급해진다. 쉰부터 예순, 씨와 알을 뿌리고 나면 덤의 세월이다. 몸도 마음도 작아진 노인은 자식의 보살핌으로 걱정 없이 살아간다."

"덤은 무슨 덤? 그악스런 노인들, 죽지도 않아."

한 학생의 이기죽거림에 하람이 그를 노려보았다.

"고얀 놈들. 옛사람들은 너희처럼 못되지 않았다. 착한 마음으로 부모들을 돌봤어."

"옛날 얘기를 왜 해요? 지금 얘기를 하지."

되바라진 대구를 신호로 여럿이 한꺼번에 떠들기 시작했다. '씨물까지 뿌렸으면 할 일 다 했는데 뭣하러 더 살아?' '훈장님은 씨물 뿌려봤어요? 어미산엔 못 올라도 연습은 하셔야지.' '부인 고애초가 만족하시려나. 훈장님 혼자 감당하기 어려울 텐데.' '땅옷여자 화분은 어때요? 고애초가 가만 놔둘까?'

단풍동 서당은 곱슬샘 상류의 평평한 대지에 자리 잡았다. 벌레가 꾀지 않는 감향나무 울타리에 바닥의 물줄기 또한 어느 자리에서도 깨끗한 물을 접할 수 있도록 스물여섯 방향 물꼬를 튀운 이상적인 구조였다. 서당에 비해 훈장 부루 하람의 격이 떨어지는 것도 사실이었다. 비싼 비단 배자에 금실 머리띠를 한들 배자는 치켜 올라가고 머리띠 위로 몽글몽글 말린 머리카락은 아무리 풀을 발라 가라앉혀도 헛일이었다.

"……나무의 달에 나무일을 하고 불의 달에 불일을 한다. 하지만, 물의 달이라고 무작정 물일을 해선 안 돼. 봐라, 석 달 전 잉어달에 우리 배가 폭포로 떠내려갔잖니. 올해가 물의세월인데 게다가 물의 달이니 물이 차서 넘친 거지. 그렇다고 물의 넉 달 내내 배를 안 띄울 수도 없고. 뱃삯을 더 올려 받을 수밖에. 배 한 척 잃으면 손해가……."

"왜 맨날 뱃삯 얘기만 해요?"

"그러는 너희는 왜 맨날 씨물 얘기만 하냐?"

"그럼 천문편 공부해요."
"시끄러워! 버릇없고 고약한 종자들 같으니."
훈장이 돌아앉았다. 천문편의 첫 구절인 「하늘은 북에 있고 검은 물이며, 땅은 남에 있고 누런 불이다.」부터 그는 학생들에게 시달렸다. '물이 왜 북에 있어요? 집집마다 골목마다 있는데.' '아버지강은 단풍 동 서쪽에서 북쪽으로 돌아 동쪽으로 흘러요. 북쪽만 물이고 서쪽이나 동쪽 물은 물이 아니에요?' '땅이 왜 불이에요? 그래서 훈장님은 불같은 고애초한테 꼼짝 못 해요?' 짓궂은 학생들은 기어이 훈장의 눈물까지 봐야 끝을 내었다. 그런 그가 요사이 당당해졌다. 그의 아버지 부루 가마종의 장례식에서 삼신어른이 그를 감싼 것이다.
— 서당은 단지 모르는 것을 배우러 가는 곳이 아니오. 학생들이 서로 친분을 쌓고 예의를 배우는 중요한 곳이오. 그런 면에서 성품 좋은 부루 하람은 누구보다 훌륭한 훈장이오.
그날 이후로 훈상은 학생들을 두려워하지 않았다. 책 내용을 적당히 읊다가 수업이 제대로 되지 않으면 화를 내어 학생들의 탓으로 몰면 그뿐이었다.
"연토가 밝은샘마을에 갔었다고? 제법이네, 겁쟁이인 줄 알았는데."
자오 계우의 쨍한 목소리였다. 뒷눈을 떠보니 차미한 가쟁이 그녀에게 바짝 붙어 있었다. 계우를 마음에 두고 있는 가쟁은 무슨 얘기든 늘어놓아 그녀의 관심을 끌고 싶어 했다. 하지만 계우는 가쟁에게 전혀 관심이 없었다.
서당의 여학생이라고는 자오 계우와 차미한 소미 둘뿐이었다. 차미한 여량가지의 딸로 가쟁과는 사촌인 소미는 누가 보아도 여자였다. 수정 목걸이에 비단실을 꼬아 만든 팔찌, 머리부터 어깨까지 붉은 비단 댕기를 드리운 그녀는 자기 치마가 구겨질까 봐 온종일 몸을 들썩였다. 그녀에 비해 계우는 남학생이나 다름없었다. 장신구라고는 오로지 자오 집안의 문양이 새겨진 은팔찌 하나뿐, 남학생이 두르는 투박한 어깨띠를 두른 계우는 여학생 티가 전혀 나지 않았다. 하지만 나 역시 소미보다는 계우에게 마음이 끌린 것이 사실이다. 뼈가 다 비칠 만큼 맑은 피부에 이목구비가 깔끔한 그녀는 한눈에 봐도 예사롭지 않은 맑은이였다. 그뿐인가, 그녀가 아무리 남학생 흉내를 내어도 속일 수 없는 것이 그녀의 날카롭고 맑은 목소리였다.

"영기가 연토를 귀하게 여긴다는 말은 예전부터 들었어."

"무녀 영기를 알아? 어떻게?" 가쟁이 계우에게 물었다.

"영기는 자오의 맑은이야. 우리 고모 송주랑 한깍지인걸."

쉿! 가쟁이 계우에게 주의를 주었다. 그렇다고 목소리를 줄일 계우가 아니었다.

"젠장! 멀쩡히 존재하는 한깍지를 언제까지 쉬쉬하려는지."

한깍지라는 말을 금기시하는 이유는 같은 깍지에서 태어난 둘 중 하나는 죽이야 하는 잔인한 관습 때문이리라. 은은샘 자오 담연과 그의 아내 보라미가 어미산 맑은이밭에서 딸을 캐어온 이틀 후 딸과 똑같이 생긴 영기가 집에 찾아들었을 때 온 가족이 기겁한 것은 당연했다. 그래도 영기는 목숨을 부지할 수 있었다. 한깍지라 해도 맑은이의 경우는 비밀리에 살려주는 것이 또한 관례다. 맑은이의 숫자가 워낙 적기 때문에 생겨난 편법이리라. 하지만 영기는 그날로 팔다리가 잘렸다. 몽당 몸으로 마차에 실린 영기는 담연의 형인 밝은샘 백연부리의 집에 보내졌다. 무녀로 쓰기 위함이었다. 새로 날 팔다리가 원래의 것보다 짧고 굵을 테니 그들의 딸 송주와는 구별되는 데다, 촉수인 머리카락이 상대적으로 튼실하게 자라 예지력이 더욱 강해질 테니 무녀로서는 최적인 셈이었다. 이후 영기는 백연부리의 딸 미단과 자매처럼 컸다. 비록 미단의 혼수 물목으로 우리 운흘 집안에 따라와 호랑가시동에 팔려가는 수모를 겪었지만 영기가 미단을 위하는 만큼 미단도 영기를 끔찍이 아끼니 그녀의 삶이 전혀 헛되다고는 할 수 없었다.

"항상 잘난 집안들이 문제야. 붉은이파리도 그래, 자오와 운흘 두 집안에서 태어나잖아?"

훈장이 혀를 차자 계우의 날카로운 목소리가 허공을 갈랐다.

"정확히, 분명하게 말해요! 붉은이파리가 태어나서 세상이 뒤집히는지, 아니면 뒤집힌 세상을 붉은이파리들이 구하는지. 게다가 훈장님은 지금 자오와 운흘을 헐뜯었어요. 운흘 출신인 삼신어른 생도 욕보였어요."

"내, 내가 어, 언제 삼신어른을!" 훈장이 당황하여 나를 쳐다보았다

"나노 들었어요. 훈장님이 방금 우리 운흘과 자오 집안을 싸잡아 헐뜯었어요."

당황한 훈장이 주위를 둘러보았지만, 그의 편을 들어주는 학생은 없었다. '땅옷여자 냄새가 죽여준다니까.' '온몸이 짜릿짜릿하다니까.' 선치 무질이 자기 아버지 가게에서 가져온 최음제를 나눠 마신 학생들은 서로 껴안고 바닥에 뒹구는 중이었다.

"아랫배 훑지 마. 땅껍질도 채 벗겨지지 않은 것들이 무슨 짓들을 하는 거야!"

훈장은 잔뜩 화가 난 척 의자 등받이에 머리를 기대었다. 그는 이제 잠을 잘 참이었다.

훈장의 고개가 외로 떨어졌다. 제 씨물주머니를 주무르며 해롱대던 학생들도 하나둘씩 눈을 감기 시작했다. 잠은 전염성이 있었다.

감향나무 울타리에 앉았던 새도 꼬박꼬박 졸고 학생들의 발치에 있던 얼룩토끼 두 마리도 잠들어버렸다. 계우와 가쟁 역시 잠에 빠져들었다. 정신이 또렷한 이는 나뿐이었다. 이 한심한 서당에 계속 다닐 필요가 있을까, 나는 또 똑같은 고민에 빠졌다. 서당을 세운 삼신어른은 나를 볼 때마다 서당의 중요성을 강조했다.

ㅡ서당에 나가야 한다. 머지않아 집안끼리의 교류와 협조가 필요한 날이 온다.

그것도 모자라 삼신어른은 학생들 몇을 어미산 삼신각에 불러 직접 제례 글자를 가르치고 있었다. 운흘 집안의 나를 비롯하여 자오 계우, 선치 무질, 차미한 가쟁 그리고 훈장의 아들 부루 주명이다. 제례 글자는 위령제와 사람의 장례식을 지낼 때 제주가 사용하는 글이다. 그러니 이 다섯 명이 미래의 삼신어른 후보라는 뜻도 되리라.

삼신어른 생은 어미산의 수장이지만 개인적으로는 내 아버지 하전 부리의 동생이다. 그래서 삼신어른은 내 형 기남을 젖히고 둘째인 나를 점찍은 것일까? 기남은 용감한 군인이 되는 것이 꿈이다. 나는 아직 무엇이 되겠다는 결론을 내지 못했다. 하지만 삼신어른은 아니었다. 아무리 사람들의 존경을 받는다 해도 평생 어미산이나 돌보며 외떨어져 살 생각은 없었다. 나만의 특별한, 가슴 뜨거운, 누가 보아도 부럽고 당당한 삶. 그런 삶이 분명히 있으리라.

쿵쿵. 쿵쿵쿵. 울타리 밖을 내다보았다. 사람의 발짝 소리가 분명한데 아무도 없었다. 쿵쿵쿵. 쿵쿵쿵. 친구들은 그대로 자고 있었다. 뿐 아니다. 귀 밝은 토끼도 발치에서 깊은 잠에 빠져있었다. 이들의 귀에 들리지 않는다면 혹시…… 내 가슴에서 나는 소리? 두 손으로 가슴을 움켜잡았다. 큰 힘, 운명을 함께 할 존재가 내게 오고 있는 것일까! 무녀 영기의 말대로 '내 몸이 먼저 그를 알아보는 것'일까? 울타리 밖 나뭇가지가 흔들리기 시작했다. 나도 모르게 낸 신음에 계우가 눈을 떴다.

"왜 그래? 무슨 일이야?"

계우 옆에 있던 가쟁과 무질도 눈을 떴다. 내가 소리죽여 말했다.

"조용히 해. 누군가가 오고 있어."

"누가?"

"내…… 운명의 존재."

의자에서 일어나 뒤로 돌아섰다. 뒷눈으로 볼 일이 아니었다. 내 앞눈 두 개로 확실히, 정식으로 맞아들여야 했다. 서당마당으로 들어선 이는 어이없게도 어미산지기 초춘이었다.

"훈장 어른 안녕하세요? 초춘이어요."

"여, 여보. 나, 난 그저 잠깐."

히럼이 깜짝 놀라 두 손으로 얼굴을 가렸다. 어느새 잠에서 깬 학생들이 약을 올렸다. '또 주무셨군! 우리 훈장님. 공부만 시작하면 주무시지.' '악몽을 꾸셨군, 고애초 꿈.' 훈장이 의자에서 벌떡 일어났다.

"자다니! 너희들을 어떻게 가르쳐야 하나, 잠깐 눈을 감고 고민했을 뿐이야."

"그럼요. 훈장 어른이 수업 시간에 주무실 리 있나요."

초춘이 누런 이를 드러내며 느물대었다. 그의 건방짐은 자신이 어미산 삼신어른을 직접 모신다는 데서 오는 것이었다. 문제는 초춘이 아니었다. 그의 발에 또 한 몸체, 흙탕물로 뒤발한…… 그렇다, '검은머리짐승'이란 낱말이 괜히 나온 것이 아니었다. 검은 실타래처럼 칙칙하고 떡진 머리카락이 위에 얹힌, 어쩌다 길에서 마주쳐도 재수 없어 침을 뱉는 검은머리짐승 한 마리가 그의 발에 들러붙어 있었다. 생각해 보라. 그 흉한 몰골을 보고 어떻게 훗날 내 소중한 친구가 될 준호를 알아볼 수 있었겠는가.

"이놈을 잠시 맡아 주십사 하고요. 삼신어른께서 오늘 아침 살촉동에 가셨거든요. 돌아오실 때까지 길어야 열흘이지요."

초춘이 검은머리짐승을 떼어놓으려 신경질적으로 다리를 흔들어댔다. 훈장이 펄쩍 뛰었다.

"더러운 검은머리짐승이야 청매동 감옥에 보내면 될 일이지 이 무슨!"

"새로 나타난 짐승들은 삼신어른께서 먼저 보겠다고 하셨거든요. 군인들에게 넘길 수는 없지요. 더럽고 재수 없기는 해도 이놈들도 엄연한 생명 아니겠습니까요."

초춘은 한 달 전 술 취한 군인들이 여흥거리로 검은머리짐승을 잡아 그의 팔다리를 찢어버린 일을 설명했다. 입으로는 한없이 동정적으로 말하면서도 그는 다리를 심하게 흔들어 발목이 묶인 짐승을 마구 잡아채었다. 이리저리 쓰러지던 짐승이 무릎을 꿇고 손바닥을 비벼대었다. 가쟁의 동생 미투와 부루 주명이 손을 비비며 짐승 흉내를 내었다. 학생들의 웃음소리가 커지자 흥이 난 초춘은 본격적으로 짐승에게 발길질을 해대었다.

초춘이 돌아가고 수업이 이어졌지만 학생들의 뒷눈은 모두 검은머리짐승에게 박혀 있었다. 나 역시 짐승에게서 뒷눈을 뗄 수 없었다. 한동안 바닥에 엎드렸던 짐승이 조심스레 고개를 들어 주위를 살폈다.

"재수 없어, 목 돌아가는 것 좀 봐."

미투가 쳇머리를 흔들었다. '재수 없어, 재수 없어.' 학생들이 모두 머리를 흔들어 댔다. 짐승은 다시 엎드려 죽은 척 꼼짝하지 않았다.

"그런데 연토, 네 운명의 존재가 초춘이었어?" 계우가 뜬금없이 물었다.

"초춘은 무슨!" 내가 깜짝 놀라 잡아떼었다.

"그럼, 저 검은머리짐승? 아까 네가 '운명의 존재가 오고 있다'고 했잖아."

'운명? 재수 없는 검은머리짐승이 운흘 연토의 운명?' 학생들이 발을 구르며 웃어젖혔다. '맑은이의 예지력으로 알아본 운명! 검은머리짐승이 운흘 연토의 운명!' 나는 앞뒷눈을 다 감아버렸다. 눈을 감았다고 달아오른 얼굴까지 감출 수는 없었다.

"내가 데려갈게요."

그때 내 입에서 불쑥 쏟아진 말은 나 스스로에게 내린 벌이었다. 흉측한 검은머리짐승 따위에 심장이 뛴 나 자신을 용서할 수 없었다. 훈장이 반색했다.

"그래? 역시 훌륭한 집안의 자손이라 다르구나. 남을 위해 희생할 줄 안단 말이야."

학생들의 이기죽거림이 이어졌다. '운흘, 가난뱅이 주제에 허세는.' '알 수 없지, 검은머리짐승을 찢어 가축 먹이라도 할는지.'

검은머리짐승을 집에 끌고 오면서 느꼈던 창피함과 자괴감을 어떻게 표현할 수 있을까. 짐승이 발짝을 제대로 떼지 못할 정도로 힘들다는 것을 알면서도 나는 사정없이 놈의 발목 끈을 잡아채었다. 누구에게 화풀이하랴. 정말 미운 것은 나 자신이었다. 영기가 위로 삼아 말한 '운명의 존재'를 믿은 내가 바보였다. 게다가 검은머리짐승을 데려가겠다고 스스로 나서다니! 하는 수 없었다. 말을 뱉었으니, 책임은 져야 했다. 따지고 보면 큰일도 아니었다. 집안 축사에 며칠 묶어 두었다가 어미산지기 초춘에게 되넘기면 그뿐이었다.

얼마나 걸었을까. 짐승의 발목에 묶은 끈이 자꾸 뒤쪽으로 당겨지는 것을 느꼈다. 뒷눈을 떠서 놈을 보았다. 희한하게도 놈은 손을 들어 길옆의 개울을 가리키는 중이었다. 목이 마른 모양이었다. 하는 수 없었다. 길바닥에서 죽어도 골치였다. 개울 앞에 쭈그린 검은머리짐승은 두 손을 모아 물을 떠서 제 입에 갖다 대었다.

그때였을까, 그와 나 사이에 보이지 않는 끈이 이어진 것은. 그가 갑자기 측은하게 느껴졌다. 짐승 주제에 물에 직접 주둥이를 대지 않고 나이 든 노인처럼 물을 떠서 입에 가져간다는 이유로 '재수 없다'는 말을 듣는 것은 억울하겠다는 생각이 들었다. 물이야 사실 어떻게 마시든 관계없지 않은가. 그때 그가 다시 나를 바라보았다. 그리고 발목 끈이 조금 더 당겨졌다. 설마 물속으로 들어가려는 건……, 그렇다, 그가 개울물 안으로 발을 떼었다. 마을 집집에 흘러들 물에 짐승이 들어가다니, 사람들의 눈에 띄었다가는 당장 사지가 찢길 참이었다. 그 어이없는 상황에서 내가 웃음을 터뜨린 건 또 무슨 일인지.

물에 잠깐 들어간 정도가 아니었다. 그는 정식으로 몸을 씻기 시작했다. 개울 한가운데, 제법 물살이 있는 곳에 버티고 선 그가 손발을 씻고, 얼굴을 씻고, 고개 숙여 에푸수수한 머리털까지 물속에 넣었다. 뿐 아니었다. 그는 몸에 꿴 옷을 벗어 개울물에 헹구기까지 했다. 검은머리짐승이 더럽다는 사실은 누구나 아는 사실이다. 옷이 썩어 들어가도 절대 벗지 않는다는, 자신의 맨몸을 드러내는 것을 죽을 만큼 싫어한다는 놈들이 바로 이들이다. 대체 이놈은 무슨 생각으로 이런 행동을 하는 것일까. 그의 맨몸이 드러났을 때 나는 나도 모르게 고개를 돌렸다. 옹이 하나 없는 밋밋한, 털가죽을 벗긴 듯한 살덩어리. 그의 맨 살갗이야말로 속이 느글거릴 정도로 번지럽고 흉측했다.

그때 인기척이 들렸다. 급히 그의 발목 끈을 잡아당겼다. 다행히도 검은머리짐승은 눈치가 빨랐다. 물가 덤불 밑으로 몸을 숨긴 짐승은 미동도 하지 않았다. 사내들 세 명이 내 곁을 스쳐 지나갔다. 내게 목례를 하는 것으로 보아 금강샘마을 농부들인 듯했다. 그들이 완전히 사라진 후 나는 발로 누르고 있던 그의 발목 끈을 다시 집어 들었다. 순간적으로 마음이 흔들린 것도 사실이다. 검은머리짐승을 이곳에 두고 혼자 가버릴까? 이깟 짐승 한 마리, 사람들에게 다시 잡히든 군인들에게 몸을 찢기든 알 바 아니었다. 짐승은 어느새 개울에서 나와 젖은 옷을 다시 걸치고 있었다. 위아래 따로, 게다가 두 겹씩이었다.

"네 등에 붙은 게 뭐야! 연토, 너 제정신이냐? 세상에 저 더럽고 끔찍한 것을!"

집 대문에 들어서자마자 맞닥뜨린 이는 고모 희실이었다.

"며칠 데리고 있으래요. 부루 하람 훈장님의 명이에요."

"하람 서방님이? 이상하시네. 저 더러운 것을 왜 우리 집에 맡기시나?"

그녀의 목소리가 갑자기 부드러워졌다. 그녀가 훈장을 감싸는 이유는 한때나마 그가 자기 시동생이었기 때문이다.

부루 집안의 맏아들이자 하람의 형이었던 부루 수람은 희실과 결혼식을 올리기 이틀 전에 죽어버렸다. 그는 나루샘과 자루목샘 사이 숲에서 목이 부러진 채 발견되었는데 훗날 밝혀진 바로 수람은 그 숲의 나무인간 중 특별히 연약한 하나를 찍어 지속적으로 괴롭혔다. 그것의 목소리가 여자처럼 가늘다며 놀리다가 나중에는 그에 올라타고 하체를 부비고 장난으로 팔을 부러뜨리기도 했다. 반복되는 수람의 만행을 보고 주위의 나무인간들이 마음을 합쳤다. 목도리뱀을 시켜 수람의 목을 물게 하고 그가 정신을 차리기 전에 거꾸로 떨어뜨려 목을 부러뜨린 것이다. 그 사실은 나무인간들의 실토로 밝혀졌다. 입이 가벼워 비밀이라고는 품을 수 없는 그들이 자신들의 무용담을 노래로 만들어 자랑스레 불러댄 것이다. 부루 집안은 수람이 처박혔던 숲에 불을 놓았다. 그리고 그곳에 나무인간들이 자라지 못하도록 바위들을 쌓았다.

희실은 예정대로 부루 집안에 시집갔다. 수람의 동생 하람이 차미한 고애초와 결혼하여 자식을 캘 때까지 7년 동안 부루 집안의 며느리로 살다가 친정으로 돌아왔다.

"뭐야, 검은머리짐승 아냐? 이것 가지고 놀아도 돼? 찔러도 돼?"

중간마당으로 내려서는데 할머니 양이가 나타났다. 그녀가 마당에 떨어져 있던 나뭇가지로 짐승의 몸을 찔러대었다. 이어 양이는 땅에 엎딘 짐승의 몸뚱이를 밟고 올라섰다가는 뛰어내리고 또 올라서기를 반복했다. 아래 마당 부엌에서 어머니 미단이 나왔다. 그녀의 손에는 제사 죽을 휘젓던 주걱이 들려있었다. 누워있는 할아버지 순부부리의 시중과 그가 먹을 죽, 가축 여물을 쑤는 일만으로도 그녀는 온종일 바빴다. 그런데도 그녀는 한 달에 두 번 흰쌀로 제사 죽을 쑤어 어미산에 올리고 아버지강에 뿌리는 일을 잊지 않았다. '죽은 잡귀신들을 굶기면 살아있는 어른들에게 해코지한다'는 믿음 때문이었다.

"봐! 자네가 아끼는 둘째 아들이 뭘 끌어들였는지. 저, 저런! 물길을 밟네, 저 흉측한……."

희실의 말이 끝나기도 전에 미단이 입을 떼었다.

"축사에 넣어라. 끈은 가운데 기둥에 묶고. 연토, 앞으로 네가 가축들을 모두 돌봐라. 빨리 움직여. 살아서 손발을 움직이지 않으면 죽었을 때 땅이 네 손발을 흔든다."

미단은 다시 부엌으로 들어갔다. 희실의 넋두리가 이어졌다.

"저것 좀 봐. 살림을 맡은 여편네는 귀한 곡식을 쑤어 산에나 처바르고, 덜 떨어진 자식 놈은 검은머리짐승까지 집에 끌어들이고. 내 동생 하전만 아무것도 모르지. 그놈의 얼룩박쥐만 있었어도……."
 얼룩박쥐가 사라진 지는 5년도 넘었다. 하전부리에게 날려 보낸 박쥐가 영영 돌아오지 않은 것이다. 그렇다고 다른 박쥐를 새로 마련하는 것도 쉽지 않은 노릇이다. 박쥐야 저자에서 구한다 해도 그놈을 큰 초롱에 가두어 먹이를 주며 대여섯 달은 족히 길들여야 한다. 밤낮으로 울부짖는 소리도 시끄럽거니와 무엇보다 어려운 점은 주인의 냄새가 밴 옷가지가 없다는 점이다. 하전부리가 집을 떠난 지 워낙 오래라 박쥐가 그의 냄새를 익힐 수가 없는 것이다.
 축사 안의 타조와 돼지들이 검은머리짐승 주위를 돌며 꿱꿱거렸다. 겁에 질린 짐승은 기둥에 찰싹 들러붙어 꼼짝하지 않았다. 그제야 나는 검은머리짐승이 어둠에 특히 약하다는 사실을 떠올렸다. 빛이 있는 길가에서는 그런대로 발짝을 떼었지만, 컴컴한 집 마당이나 축사에서 그는 장님이나 다름없는 것이다. 어찌 되었든 나는 홀가분했다. 할 일이 끝났기 때문이다. 하지만 나는 내 방에 들어와 어깨 가리개를 떼기도 전에 검은머리짐승의 온몸이 찢기는 비명을 들어야 했다. 축사 앞에 선 사람은 형 기남이었다. 기남이 죽창으로 그를 찔러대고 있었다.
 "잘 잡아왔어. 살을 찌르는 것이 어떤 느낌인지 이참에 연습해야지."
 고모 희실이 고자질한 것이었다. 그 순간 기남의 죽창이 검은머리짐승의 이마를 찍었다. 검붉은 피가 쏟아지기 시작했다. 바닥에 쓰러진 그의 목을 겨누는 찰나 내가 기남의 허리를 휘어잡았다.
 "그만! 삼신어른의 명이야. 더 이상 찌르면 삼신어른에게 이를 거야!"
 "……오랜만에 힘 좀 써보나 했더니. 하기야 오늘만 날은 아니지. 겁쟁이 연토, 저놈의 목숨을 구하려면 네 방에 들여 품고 자기라도 해야 할걸?"

 기남이 돌아간 후에도 나는 한동안 축사를 지켰다. 검은머리짐승이 찝찝하고 재수 없는 것은 나도 마찬가지였다. 하지만 이마를 손으로 눌러 지혈하는 모습을 보니 한편으로 안쓰러운 마음이 드는 것도 사실이었다.

 방에 돌아와서도 나는 안절부절못했다. 결국 나는 축사로 향했다. 흐르는 피로 눈도 제대로 뜨지 못하는 짐승에게 내가 아는 온갖 욕을 퍼부으며 그를 끌어내었다. 작정한 일은 어떻게든 끝장을 보는 기남으로부터 짐승을 보호하려면 결국 그의 말대로 내 방에 들이는 수밖에 없었다.

 내 방 문설주에 묶인 검은머리짐승은 한동안 웅크린 채 꼼짝하지 않았다. 나 역시 의자에 앉아 바닥 물줄기에 발을 담그는 것으로 하루 일을 끝냈다. 그나마 다행인 것은 물길이었다. 바닥을 적시는 물줄기가 문 쪽으로 나가니 검은머리짐승이 물을 더럽혀도 내 쪽으로 흐를 일은 없었다.

 얼마나 시간이 흘렀을까. 짐승이 움직이기 시작했다. 제 깐에는 내가 잠들기를 기다린 듯했다. 두 손으로 이마의 상처를 더듬어 피가 멈춘 것을 확인한 그는 이번에는 주위 바닥을 더듬었다. 물줄기에 손이 닿자, 몸을 굽혀 물에 주둥이를 대었다. 물의 양이 많지 않으니 엎드릴 수밖에 없으리라. 이어 그는 손에 물을 묻혀 얼굴과 목, 팔에 묻은 핏자국을 씻어내었다. 그리고 다시 더듬거려 방구석으로 기어갔다. 구석이라고 별다른 것이 있을 리 없었다. 바닥의 물줄기를 바꾸기 위해 가끔 쓰는, 널찍한 돌덩이 하나가 놓여 있을 뿐이었다. 그가 그 돌 위로 올라가 웅크리고 앉았다. 촉촉하고 부드러운 바닥을 두고 하필이면 돌덩이 위라니 알 수 없는 노릇이었다. 그를 바라보다가 잠이 들었다. 희한하게도 악몽을 꾸지 않고 아침까지 푹 잤다.
"시체는 숲에 갖다 버려. 두엄에 버리면 벌레들이 꾄다. 그러게 너는 생각이란 걸 좀 하고 살아라. 너희 형 기남이 아니면 집안 꼴이 뭐가 되겠니?"
마당에서 마주친 고모 희실이 한 마디 보탰다.

저잣거리

　*　　　　검은머리짐승을 방에 들인 지 나흘째, 나는 친구들과 저잣거리에 나갔다. 유곽 출입에 재미를 붙인 선치 무질과 하람 훈장의 아들 부루 주명은 자기들 무리에 나를 넣지 못해서 안달이었다. 그들의 끈질긴 권유를 내내 뿌리치기가 쉽지 않았다. 내게도 그들이 서당에서 가장 가까운 친구들임은 분명했다.

　주명의 마차는 또 바뀌어 있었다. 지난번 것보다 크고 지붕 장식도 화려한데다 말도 두 마리가 매어져 있었다.

　"운흘 언토가 같이 간다니까 내주더군. 고애초는 좋은 집안이라면 사족을 못 쓰거든."

　"운흘 도련님이 함께 놀아주시다니 영광이고말고."

　무질이 말을 받았다. 말은 그리하면서도 그들은 이미 마차의 뒷자리를 차지하고 있었다. 둘 사이에 낀 가쟁이 안절부절못했다. 빈자리는 마부 옆자리뿐이었다.

　"훌륭하신 도련님이 앞에 앉으셔야 대단한 행차로 생각할 것 아냐. 안 그래 연토?"

　몸피도 크고 목소리도 굵은 무질은 피부 껍질도 나보다 빨리 벗겨지고 있었다.

"오랜만입니다. 도련님. 운흘 소식이야 항상 듣고 있지요."

마부 처도가 인사했다. 하인 주제에 감히 '운흘 소식!' 그는 몇 년 전만 해도 우리 집안의 마부였다. 화를 내면 무엇하랴. 이왕 마차에 올랐으니 군소리 없이 다녀오는 것이 상책이었다. 뒷자리의 녀석들이 떠들기 시작했다. 뒷눈을 감았다.

하기야 부루 주명과 선치 무질도 당당한, 아니 이제는 그들이 단풍동 최고의 도련님들이라 할 만했다. 부루 집안과 선치 집안을 빼고 단풍동의 집안을 얘기할 수 없기 때문이다.

훈장 부루 하람의 아버지와 할아버지는 원래 아버지강을 오가는 나룻배의 사공 출신이다. 청매동이나 살촉동과의 교류가 확대되고 단풍동 안에서도 마차의 수요가 늘자 나룻배와 마차를 가지고 있던 그들이 부자가 되었다. 선치 집안도 마찬가지다. 저자에서 싸구려 향수를 팔던 선치가 배를 통해 청매동 향수와 화장품을 들여오면서 돈을 벌기 시작했다. 특히 금지 품목인 마약을 함께 들여와 수백 배의 이익을 얻었다. 최근에는 부루 집안의 배로 선치의 마약을 운송하여 두 집안이 이익을 나눈다는 소문도 자자했다. 하지만 아무리 떼돈을 벌었다 해도 단풍동의 샘과 그에 딸린 샘마을을 소유하지 못하면 '집안'이라는 말은 붙일 수 없다. 그들에게 나루샘과 자루목샘을 넘겨준 이가 내 아버지 하전부리이니 그들을 키워준 가장 큰 공은 우리 집안에 있다고 할 것이다.

따지고 보면 그 샘들도 우리 운흘의 것이라고 잘라 말할 수는 없다. 자오 집안이 지금으로서는 밝은샘과 은은샘을 가졌을 뿐이지만 단풍동을 이루는 여덟 샘물과 마을들은 모두 자오 집안의 소유였다고 한다. 한 집안의 뿌리, 주인이라는 뜻으로 '부리' 칭호를, 둘째의 이름에 '가지' 칭호를 쓴 것도 자오 집안에서 유래되었다. '자오'라는 이름이 '붉은 잎의 밝음, 총명함'에서 온 이름이라면 우리 '운흘'은 '습기, 물꼬를 다스리는 사람'이라는 뜻이다. 먼 옛날 자오의 집사였던 운흘에게 딸 매소이를 시집보내면서 남쪽으로 흐르는 금강샘과 곁샘, 그에 딸린 마을들을 혼례 예물로 넘겨준 것이 우리 운흘 집안의 시작이다. '자오의 금강석이 운흘로 넘어간다'며 무녀들이 탄식한 것은 금강샘이나 곁샘보다도 매소이를 가리킨 말이라 했다. 매소이의 타고난 미모와 영민함뿐 아니라 특히 그녀의 목덜미에 있던 붉은색 이파리 반점, 그 반점이 짙게 또는 옅게 색이 변하여 단풍동의 변고를 알린다는 점 때문이었다. 수백 년 전의 일이니 사실을 확인할 수는 없어도 그녀가 붉은이파리 맑은이의 조상임은 틀림없으리라.

  운흘 다음으로 생겨난 집안이 차미한 집안이다. '차미한'의 원래 뜻은 '말의 먹이를 주는 사람'이라는 뜻이다. 단풍동 서쪽, 말과 나귀들을 키워 외부의 침략에 대비하는 임무를 맡은 차미한 역시 자오의 딸을 아내로 맞아 말총샘을 받음으로써 집안을 일구었다. 말총샘마을의 규모는 우리 금강샘마을에 비하면 4분의 1도 되지 않을 정도로 작다. 하지만 아버지강의 험한 물살 때문에 단풍동 북쪽의 뱃길이 뚫리지 않았던 3, 40년 전만 해도 바깥세상과 소통할 수 있는 통로는 서쪽 말총샘을 통해 호랑가시동으로 가는 육로가 유일했다. 대부분의 봇짐장수들은 바로 옆 물길인 자루목샘보다 말총샘 길을 선호했다. 돌이 많은 자루목샘 길에 비해 말총샘 길이 부드러운 흙길인 데다 간간이 물길이 이어져 발을 적실 수 있기 때문이었다. 여관과 마구간, 안장, 쇠 편자 가게 등으로 말총샘마을은 호황을 누렸다. 지금의 단풍동 저잣거리가 서쪽으로 길게 뻗은 것도 그 때문이었다. 차미한 집안이 만들어 내는 말총 붓도 덩달아 잘 팔려나갔다. 원래의 샘 이름인 말죽거리샘에서 말총샘으로 바뀐 이유도 호랑가시동 상인들을 통해 청매동과 살촉동까지 알려진 질 좋은 말총 붓 덕이었다.

 나루샘에서 아버지강 건너 뱃길이 뚫리고, 자루목샘에서 호랑가시동으로 통하는 마찻길이 닦이자 말총샘마을은 급격히 쇠락했다. 봇짐장수의 어깨로 옮겨지는 짐들이 배와 마차로 빠르게 소통되는 대량의 물자들과 대적할 수는 없었다. 그나마 차미한 집안이 말총 붓과 함께 닥나무로 만든 고급 종이를 생산하지 않았더라면 말총샘마을은 그야말로 나무인간들의 노래에나 등장하는 전설의 마을이 될 뻔한 것이다.

 "……란홍에게 살촉동 옥피리를 사주었다고? 그 비싼 것을!"

 차미한 가쟁의 큰소리에 나도 모르게 뒤쪽으로 두 귀를 기울였다.

 "금실 박힌 내 어깨 가리개를 내놓았더니 옥피리를 사고도 돈이 남든 걸. 어깨 가리개야 그것 말고도 여러 개니까. 란홍은 무엇보다도 향내가 독특해."

 무질의 말에 주명이 변죽을 맞추었다.

 "계집의 향내가 강한들 너희 아버지 가게 향수만 하겠냐. 나는 환각제보다도 모타리 향내가 자극적이더라."

 "사람 미치게 만드는 건, 내가 그렇게 정성을 들이는데도 그년이 나를 여전히 애송이로 본다는 사실이야."

 "애송이? 장차 선치 집안의 부리가 될 너를! 괜히 그러는 거야. 그 애들 수법이라니까."

 "그런데 연토!"

 선치 무질이 갑자기 내 등을 쳤다.

 "란홍의 말로는 유곽의 예홍이 너를 좋아한다더라. 어때, 오늘 한번 품어볼 테야?"

 나는 대꾸하지 않았다. 마침 뒷눈을 감고 있었기 때문에 그들은 내가 잠이 든 줄 알았을 터이다. 녀석들의 화제는 이내 유곽 여자들로 돌아갔다. 그때의 내 머리 속 한 쪽에는 내 방에 있는 검은머리짐승이 떠나지 않고 있었다.

다행인지 불행인지 서당 친구들은 내가 데려간 검은머리짐승에 대해 까맣게 잊고 있었다. 집안 식구들도 마찬가지였다. 고모 희실이나 미단, 심지어 짐승을 괴롭히던 형 기남도 그의 존재에 대해 전혀 관심이 없었다. 짐승과 한방을 쓰게 된 나로서야 녀석을 의식하지 않을 수 없었다. 무엇보다도 녀석이 앓고 있는 것이 마음 쓰였다. 부러진 나뭇가지처럼 바닥에 누운 녀석은 온몸에서 높은 열이 나 멀리 떨어져 앉은 내게도 후끈함이 느껴졌다. 신음을 내는 것이 그나마 다행이었다. 어쩌다 신음 소리가 그치면 녀석이 죽은 것은 아닐까 신경이 곤두서곤 했다.

바닥에 흐르는 물줄기에 발이라도 담그면 열이 내리련만 녀석은 불편한 돌덩이 위에 쭈그린 채 꼼짝하지 않았다. 녀석도 물을 좋아하지 않던가. 손으로 물을 움켜 마시고, 씻고, 옷까지 빨지 않았던가. 발을 꿈적여 녀석에게 물방울을 튀겨보았더니 녀석은 질겁하며 벽에 들러붙었다.

어차피 며칠 동안이었다. 삼신어른이 청매동에서 돌아와 녀석을 내어주고 나면 녀석이 아파 죽든 찢겨 죽든 알 바 아니었다. 그런데도…… 마음이 쓰였다. 녀석의 신음 소리를 안타깝게 듣다가 어젯밤에는 한 가지 방안이 떠올랐다. 짚! 몇 년 전 할아버지 순부부리가 심하게 아파 열이 났을 때 미단이 순부부리를 짚더미 속에 넌 일이 생각난 것이다.

─몸이 썩어 열이 날 때는 짚 속에 넣어둬야 해. 그래야 짚이 대신 썩고 몸이 성해지지.

한달음에 곳간으로 가서 가축 여물로 쓰이는 마른 짚가리를 가져다주었다. 아니나 다를까 녀석이 반응하기 시작했다. 짚단을 풀어 돌 위에 깔고 남은 짚으로 제 몸을 덮는 것이었다. 그리고도 녀석은 애타는 눈으로 나를 또 쳐다보았다. 짚가리 뭉치를 대여섯 개 더 던져주었다. 녀석이 그 뭉치들도 얼른 풀어 제 몸을 감쌌다. 그런데도 녀석은 몸을 추스르지 못했다. 몸뚱이가 뵈지도 않을 만큼 짚 속에 처박히고도 신음은 여전했다. 오늘 아침부터는 오물 내도 났다. 가축우리에서 나는 냄새와는 또 달랐다. 쿰쿰하면서도 오래 삭힌 듯한 오물 내가 온 방 안과 내 몸에 배었다.

─죽을 테면 얼른 죽어라.

녀석에게 한 마디 던지고 나온 참이었다. 죽으려면 내가 없을 때 죽는 것이 나았다. 고모 희실의 말대로 바깥 길섶에 갖다 버리면 끝나는 일이었다.

"미단 마님은 잘 계시죠?"

마부 처도가 내 눈치를 보다가 조심스레 말을 이었다.

"세상의 나쁜 일도 오직 나쁘기만 한 건 아닌 것 같아요. 밝은샘마을이 하루아침에 죽은 혼들의 놀이터가 된 것은 기막힌 일이지만 그 때문에 미단 마님이 정신을 차리셨잖아요. 주인님 빚 때문에 밭이고 하인들을 내주시면서도 마님은 꼼짝하지 않으셨거든요. 친정 식구들이 그리되지 않았다면 마님은 방에 완전히 뿌리를 내려 나무가 되셨을 거예요."

"뭐야, 아버지 하전부리가 빚을 진 것이 독초 사건 훨씬 전인 거야?"

처도의 말 따위 무시하리라 마음먹었던 내가 나도 모르게 되묻고 있었다. 할아버지 순부부리에게 들었던 얘기와는 달랐다. 순부부리는 '밝은샘 독초 사건이 난 후 하전부리가 방탕하기 시작했다.'고 말했다.

"그럼요, 독초 사건보다 훨씬, 훨씬 전이고말고요."

처도가 신이 나서 말을 이었다.

"독초 사건은 연토 도련님 세 살 때 일이지요. 하전부리 주인님이 유학하여 돈을 물처럼 쓰기 시작한 것은 기남 도련님이 태어나기도 전, 미단 마님이 시집오자마자부터지요. 혼례를 올리고 이틀 만에 주인님이 살촉동으로 떠나셨거든요. 이후로 주인님은 몇 년 가야 한 번, 빚 가림으로 땅이나 샘마을을 팔 때에만 집에 오곤 하셨지요. 그때 캐어온 분들이 기남 도련님과 연토 도련님이고요. 두 분이 혼례를 올린 것이 내 나이 스물한 살 때지요. 지금 내 나이가 마흔여섯이니 독초 사건보다 10년은 앞섰지요. 제가 싯누런 황인이긴 하지만 기억력 하나는 비상합니다요. 사람들이 다 제게 물어요. 누가 누구랑 생식하러 갔던가, 전번 술값은 누가 냈던가, 전번에도 저자의 그릇가게 주인이……."

이어지는 처도의 자기 자랑에 나는 다시 눈을 감았다. 한동안 혼자 떠들던 그가 다시 우리 집안 이야기를 이어갔다.

"밝은샘마을이 폐허가 되었다는 소식을 듣고 미단 마님이 방에서 나오셨어요. 금방이라도 부러질 듯 가느다란 두 다리로 가까스로 벽을 짚고 나오셨지요. 마님의 발은 이미 나무뿌리처럼 뾰족하고 길게 변해 있었어요. 무녀 영기가 마님의 발을 어루만지며 통곡하던 모습이 눈에 선해요. 그때로부터 한 달, 다리에 힘이 붙은 마님은 더 이상 힘없고 조용한 분이 아니셨어요. 모든 집안일을 도맡고 농사일, 불일까지 가리지 않으셨죠. 순부부리 어르신은 미단 마님이 마차에 하인까지 차례로 처분하는 것을 보고 '운흘 집안을 망하게 한 장본인'이라고 탓하셨지만, 천만에요. 하전부리 주인님의 빚이 워낙 많이 쌓여 더 이상 버틸 수가 없었어요. 오죽하면 나루샘에 자루목샘까지 넘기셨겠어요. 집안이 기울어지지 않았다면 저 역시 부루 집안으로 팔려 오는 일은, 아악!"

갑자기 처도가 비명을 질렀다. 무질이 처도의 등짝을 갈긴 것이다.

"아버지 가게 앞으로 마차를 몰다니, 누굴 욕 먹이려고!"

마차는 이미 저자에 들어서서 선치의 향수 가게 앞을 지나는 중이었다. 처도가 급히 고삐를 당겼다. 말들이 히힝거리며 앞발을 들었다. 그 결과로 마차는 저자 사람들의 모든 이목을 모았다. 그나마 다행인 것은 무질의 아버지 선치가 마침 가게를 비웠다는 사실이었다.

"멍청하고 둔한 처도 놈! 살가죽을 벗겨버릴 테야."

부루 주명도 이를 갈며 욕을 퍼붓기 시작했다. 유곽에 드나드는 사실을 부모들이 알게 되면 무질뿐 아니라 주명 역시 곤욕을 치를 것이 뻔했다.

저잣거리를 싫어하는 이는 아무도 없을 것이다. 저잣거리에 나오면 나도 모르게 가슴이 트인다. 단풍동에서도 가장 넓은 지역인데다 천장 또한 제일 높아 시원하기 때문이다. 물론 샘마을을 벗어난 햇빛족 마을이나 샘과 샘 사이 등성이 숲에는 천장이 높다 못해 뚫린 곳도 있다. 하지만 그런 곳은 눈이 멀 정도로 빛이 강한 데다 건조하여, 그곳에서 태어난 햇빛족이라면 혹 모를까 우리 어른이들로서는 깃들어 살 수가 없다.

어미산 입구에 자리한 저잣거리 광장 또한 평소에는 뜨내기 좌판 장사들이나 달구지 등으로 북적대지만 위령제 등의 주요 행사가 열릴 때는 깨끗이 정돈되어 주민들의 집합 장소로 모자람이 없다. 밝은 샘이나 은은샘마을 사람들이야 어미산을 돌아 한참 내려와야 하고 청매동이나 호랑가시동에서 배나 마차를 타고 오는 장사꾼들은 '저자가 너무 높은 곳에 있어 힘들다'며 투덜대기는 해도 곳곳에 흐르는 맑은 물에 발을 담그기만 하면 그런 불평이 쑥 들어가는, 어른이들에게는 최적의 공간이라 할 만하다.

마차가 드디어 멈추었다. 유곽 앞에는 이미 여자들이 몸을 꼬며 서 있었다. 알집들을 노골적으로 드러낸 이들은 꽤 나이들이 있어 보였다.

"새까만 먹물들이시네. 우리는 물러가야겠군."

그들이 옷깃을 여미며 여관 안으로 사라졌다. 뒤쪽에 서 있던 우리 또래의 여자들이 앞으로 나섰다. 진한 향내에 얇은 비단 천으로 몸을 휘감은 그녀들은 마차에서 내리는 우리에게 경쟁하듯 들러붙었다. 여자들의 허리에 찬 자잘한 방울 소리가 요란스러웠다. 희한했다. 방울들이 허리에 잠깐 스치기만 했을 뿐인데 뭐라 표현하기 힘든 야릇한 힘이 아랫배에 느껴졌다.

"처음 뵙는 이 도련님은 인물이 훤하시네요."

내게 들러붙은 두 여자가 아양을 떨자 무질이 얼른 거들었다.

"그 봐, 지난번에도 같이 오자니까 그렇게 점잔을 떨더니. 하기야 유명한 집안 도련님은 나처럼 값싸게 놀면 안 되지. 안 그래, 운흘 연토?"

운흘? 운흘 집안의 도련님? 여자들이 수군거렸다. 나는 그만 돌아서 버렸다. 얼굴에 불이 붙는 듯했다. 따지고 보면 당연한 일이었다. 이 저속한 놈들과 어울리면서 이 정도 망신이야 당연히 각오했어야 했다.

"자, 여기 좀 봐. 내 둘도 없는 친구, 운흘 연토."

더는 참을 수 없었다. 뒷눈으로 무질을 노려보는데 어느새 그의 곁에는 두 여자가 나란히 서 있었다.

"예홍과 란홍 중에서 골라. 까짓, 란홍을 골라도 돼. 내가 양보하지. 하지만 딱 한 번이야. 더 이상 넘보면 무슨 일이 벌어질지 몰라. 고르라니까?"

초면인 란홍이 큰 눈으로 나를 쳐다보며 어쩔 줄 모르는 반면 예홍은 고개를 떨어뜨린 채 부들부들 떨기만 했다.

오뚝한 코에 작은 얼굴, 미끈하게 뻗은 목선. 다른 여자들처럼 화려하게 치장하지는 않았지만 예홍만한 인물도 드물 터였다. 그녀와는 남다른 인연이 있는 것도 사실이다. 2, 3년 전, 삼신어른과 저잣거리에 왔을 때였다. 술에 취한 군인 네 명이 한 여자의 머리채를 휘어잡고 옷을 찢으며 희롱하고 있었다. 여자가 아무리 비명을 질러도 사람들은 모른 척 지나갔다. 술 취한 군인들을 상대하다가 자칫하면 칼에 찔릴 수도 있기 때문이었다. 삼신어른 역시 그냥 지나치려 했다. 사내들이 유곽 계집을 희롱하는 일이야 다반사였다. 보다 못한 내가 가장 못되게 굴던 군인의 팔을 잡았다.

― 그만 해! 싫다잖아!

― 뭐야 이놈은?

군인들의 눈빛이 번들거렸다. 군인 두 명이 내 팔을 뒤로 꺾었다. 하지만 그들은 더 이상 나를 괴롭히지 못했다. 삼신어른의 뒤를 따르던 어미산 자위대가 그들을 제지했기 때문이다. 찢어진 치마로 아랫도리를 가리느라 애쓰면서도 감사하다는 말을 되풀이하던 그녀를 나 역시 또렷이 기억하고 있었다.

이후 그녀는 우리 집에도 두어 번 온 적이 있다. 그녀의 이름이 예홍이며 부모 없이 혼자 태어난 초추아라 유곽 계집이 되었음은 침모 산분에 의해 알게 된 사실이다. 저잣거리의 모든 얘기를 다 듣고 짓떠들어대는 수다쟁이 산분은 '예홍이 우리 집에 올 심부름을 자청한다'며 킬킬거렸다.

─방물장수 지화의 심부름까지 하더라고요. 희실 마님께 화장품을 전해주고도 계속 우물쭈물, 연토 도련님 방을 흘끔거리는 거예요. 사실 우리 도련님 인물이면 웬만한 계집 다 넘어가지. 반듯한 코에 큼직한 귀, 피부도 화장한 여자처럼 환하시고요. 아무리 그런들, 초추아 유곽 년 주제에. 뽀얀 분 화장에 갖은 치장을 하고 들이댄들 어림도 없는 일이지.

하지만 그 이상은 아니었다. 예홍도 그 이후 우리 집에 온 적이 없을 뿐 아니라 나 역시 그녀에게 특별한 감정을 품은 적이 없었다. 무엇보다도 나는 어린 나이에 여자에게 마음을 두는 것 자체가 잘못이라 생각하고 있었다. 오늘 어쩌다가 분위기에 휩쓸려 유곽에까지 오게 되었지만 씨물 빼는 일에 벌써 정신을 빼앗겨서야 사내로서 어떻게 제 할 일을 하겠는가. 여자와의 교접이야 13년의 세월을 네 번 보낸 후 어미산에 생식하러 오를 때쯤 생각해도 늦지 않을 것이었다.

예홍도 란홍도 엉거주춤하는 사이, 내게 달라붙었던 계집 둘이 몸을 비벼대기 시작했다. 방울들, 내 아랫도리에 닿는 방울의 감촉 때문에 나는 엉겁결에 한 계집을 껴안았다.

"옳지! 란홍은 아니란 말이지? 고마워."

무질이 웃음을 터뜨리며 란홍의 허리를 휘어잡았다. 무질은 란홍과 함께, 주명도 또 다른 계집과 함께 방으로 향했다. 가쟁도 내 눈치를 보며 다른 계집의 손을 잡았다.

낯모르는 계집이 이끄는 대로 구석방으로 향했다. 방에 들어설 때까지 나는 뒷눈을 뜨지 못했다. 나를 바라보는 예홍의 시선을 감당하기 힘들었기 때문이다. 하필이면 예홍이 있는 유곽이라니! 하지만 그 역시 예상했어야 하는 일이었다. 돈 자랑을 하고 싶은 무질과 주명으로서는 악대까지 거느린 최고급 유곽을 드나드는 것이 자기들의 자존심을 채우는 일일 터였다.

색색의 꽃이 그려진 어깨 가리개로 모자라 뺨에도 꽃을 문신한 계집과 눈을 맞추거나 말을 나눌 생각은 전혀 없었다. 계집 역시 말 한 마디 없었다. 방에 들어서기 무섭게 나를 껴안고 내 아랫도리에 자기 몸을 문지르는 일에만 열중했다. 방 안은 좁고 더웠다. 방에서 나는 진한 향내도 머리 아플 정도로 역했다. 계집은 뺨뿐 아니라 팔과 어깨, 가슴에도 꽃 문신이 있었다. 계집이 몸을 움직일 때마다 갖가지 색깔의 꽃들이 살아있는 듯 움찔거렸다. 드디어 계집이 방울띠와 치마를 벗었다. 알몸이 된 계집이 내 몸에 달라붙어 위아래로 내 아랫도리와 엉덩이를 쓰다듬기 시작했다. 기껏해야 스무 살 안팎, 이 계집의 알 역시 내 또래 사내들의 씨물처럼 30년은 기다려야 제대로 영근다. 그러니 계집의 허리춤에 탱탱하게 달린 알들은 돼지나 양, 사슴의 오줌통으로 만든 가짜들이 분명하다. 가짜임을 뻔히 알면서도 알집들의 자극에 반응하는 나는 무엇인가. 의지와는 전혀 다르게 부푸는 내 씨물주머니가 한편으로 난감하고 곤혹스러웠다. 숨이 가빠지고 아랫배가 뜨뜻해지면서 나도 모르게 무릎이 꿇려졌다. 씨물을 쏟아낸 내 씨물집이 물에 젖은 솜처럼 흐물흐물해졌다. 겨우 다시 일어난 내게 계집은 제 알을 문지르는 일을 멈추지 않았다. 곤혹스런 일은 계속되었다. 계집의 허리에 붙은 알집들이 탱글탱글하다고 느낀 순간 내 가슴이 새로 벌렁거리면서 씨물집이 다시 딱딱해졌다. 무릎에 힘이 빠지고 또 한 번 씨물을 쏟은 후 나는 울고 싶은 심정으로 벌떡 일어났다. 바닥에 흐른 씨물의 싸한 냄새는 방 안을 채운 향수와는 확실히 다른 냄새였다. 뭇 사내들의 씨물 냄새를 가리기 위해 이렇게 강한 향수를 뿌려놓았던 것일까! 진저리가 났다. 사내들과 계집들이 몸부림친 마룻바닥 틈새에 혹여 계집의 영근 알이라도 떨어졌다면 그 자리에서 초추아가 자랄 판이었다. 허둥지둥 방을 빠져나왔다. 모든 것이 징그럽고 귀찮았다.

"따라오지 마. 나도 나를 몰라."

계집이 방문 앞에서 벗은 몸을 반쯤 드러낸 채로 깔깔대었다.

"순진한 운흘 도련님, 얼른 다시 오세요. 저는 꼼짝 않고 기다릴 거예요."

정신없이 저잣거리로 나섰다. 대체 남녀의 접촉, 요상한 향내로 피어오르는 추잡한 정욕에 우리의 삶이 얼마나 휘둘려야 하는 것일까! 어미산에 가서나 쓰일 이 행위에 사람들이 온통 미쳐 있다는 생각이 든다. 보라. 행여나 상대방의 관심을 끌 수 있을까 하는 목적으로 드나드는 옷 가게, 장신구 가게, 손 발가락 색칠 가게, 뒷골목에서 은밀히 거래되는 가짜 알집, 가짜 씨물주머니.

다른 아무런 생각도 목표도 없이 정욕 해소만이 삶의 이유인 것처럼 말하는 이들을 나는 한껏 경멸해 왔다. 하지만 이제 다른 이들을 흉볼 수도 없었다. 친구들의 심기를 건드리고 싶지 않다는 것은 그저 핑계일 뿐 그들을 따라 유곽을 찾은 이유는 바로 나, 씨물을 쏟을 때의 기분이 어떤지 궁금했던 나 자신 아니었던가.

좁은 길로 짐마차들이 오갔다. 비켜나시오! 돌확이 실린 짐수레가 지나갔다. 곧이어 사람들이 탄 마차도 뒤를 이었다. 비키라니까! 마부가 또 소리를 질렀다. 제사 도구들과 양초 등을 파는 만물상, 옷감 가게가 이어졌다. 새로 생긴 악기점에서는 제법 듣기 좋은 음악 소리도 들려왔다. 손풍금을 켜는 사내는 서른 살은 되어 보였다. 지그시 눈을 감고 기우뚱 기우뚱 몸을 기울이는데 행인들 서넛이 그를 따라 몸을 기울이며 흥얼거렸다.

철물 가게 앞에는 짐을 끌어내리는 인부들과 길을 지나는 사람들이 엉켜 혼잡했다. 비뚜름하게 세워놓은 짐마차로부터 쟁기와 호미, 낫 등의 농사 도구가 철물상 안으로 옮겨지는 중이었다. 주인으로 뵈는 사내는 큰 체격으로 보아 햇빛족이 분명한데 황인 인부들에게 마구 화를 내고 삿대질을 해대었다. 하기야 저자에서는 돈이 사람을 부린다. 돈이 없으면 황인 아니라 하얀이라도 천한 햇빛족에게 굽신거려야 하는 세상이다. 한창 떵떵대는 철물 가게 주인은…… 다시 보니 낯익었다. 성년식도 치르지 않은 형 기남에게 창과 화살촉을 팔아 우리 집까지 불려 와 호된 꾸지람을 들었던 대장장이 춘이었다. 어머니 미단 앞에서는 순순히 고개를 조아렸지만, 높은마당에 올라 대문을 벗어날 때 이미 헛기침하며 태도가 뻣뻣해지는 바람에 또 한 번 미단의 참을성을 시험했던 사람이다.

─가도록 놔둬. 저놈도 제 할 몫이 있으니 태어났겠지.

행랑아범 사로가 그를 다시 잡아 오려 하자 미단이 한숨을 쉬었다.

"그릇 좀 사세요 도련님. 어머니가 좋아하실 거예요."

새된 여자의 목소리가 들려온 곳은 그릇 가게였다. 가게 앞에는 크고 작은 나무 그릇들이 수북이 쌓여 있었다. 꽃과 이파리가 정교하게 조각된, 나무인간들이 제 주인에게 꽤 들볶였을 고급 그릇도 몇 개 보였다. 가게 한 쪽에는 등나무 줄기로 엮은 튼튼한 발채도 쌓여 있었다. 덤불이나 숲을 건널 때 발채를 신는다면 확실히 도움이 될 터였다.

골목 안쪽은 가축 가게였다. 가게 양쪽 기둥에 돼지, 말, 타조들의 고삐가 잔뜩 매여져 있었다. 그것들이 싸놓은 오물 내 또한 대단했다.

"말 잘 듣는 타조 한 마리 사시면 덤으로 예쁜 땅옷년 화분 하나!

갖고 놀기 딱 알맞은 크기지요! 뿐인가요, 이년들은 머리떠도 제대로 짭니다요. 싱싱해요!"

가게 주인은 입으로는 연신 떠들어대면서도 손으로는 새끼 타조에게 채찍질을 하고 있었다. 타조에게 무릎 꿇는 동작을 가르치는 중이었다.

"제발 저를 데려가 주세요, 더러운 돼지 오줌에 절여지지 않게 해주세요."

땅옷여자들의 목소리가 간절했다. 주인의 꾀가 빤했다. 가축들 사이에 땅옷여자 화분을 놓으면 오물 내를 참지 못하는 그녀들이 기를 쓰며 손님을 부르는 것이다.

—연토, 땅옷동굴 어때? 실은 나도 아직 못 가봤거든. 나쁜 짓도 아니잖아. 그년들도 우리 씨물 없으면 번식하지 못하니까. 싸구려 화분 사봤자 온 집안 시끄럽기만 하고.

지난달 서당에서 무질이 내게 한 말이다. 땅옷여자들이 땅옷사내의 씨물 대신 우리 어른이의 씨물을 받아야 제대로 열매를 맺는다는 사실만큼 어처구니없는 땅의 법칙이 또 있을까.

땅옷동굴은 단풍동 중에서도 어두운 서쪽 나루샘과 자루목샘 사이의 숲에 있다. 가난한 사내들이 향내 나는 땅옷동굴에 들어가 정욕을 푼 것은 까마득한 옛날부터였다고 한다. 땅옷여자의 허리에 난 알을 잔인하게 잡아채는 이는 물론 어른이 사내들이다. 땅옷여자들은 아픔을 참지 못한다. 그들이 내지르는 단말마의 비명, 상처에서 나는 진액 냄새가 사내를 더욱 흥분시킨다. 땅옷여자의 몸에 씨물을 쏟은 사내가 드디어 지쳐 물러나면 그제야 땅옷여자들은 가까스로 정신을 차린다. 씨물이 묻은 나머지 알들을 조심스레 건사해 땅에 심음으로써 자식을 얻는 것이다.

최근 들어 땅옷여자 화분값이 꽤 올랐다는 말도 들려온다. 단풍동 땅옷여자들이 사내의 희롱감으로 제격이라는 말이 청매동과 살촉동까지 알려져 그쪽으로 많이 팔려 가기 때문이다. 몇 달 전에는 청매동으로 가는 배 안에서 땅옷여자들 넷이 한꺼번에 자살하는 사건도 있었다. 뾰족한 꼬챙이로 서로의 뿌리를 찔러주어 함께 죽은 사건이었는데, 그들은 '청매동, 살촉동의 사내들은 거칠고 성격이 급해서 땅옷여자의 알들을 다섯 개 열 개 한꺼번에 칼로 베어내기 때문에 그 고통이 끔찍하다'는 소문을 들었기 때문이었다. 소문이야 대부분 과장일 경우가 많지만 근거가 있는 때도 있다. 하여간 그 일이 있은 후로 마차건 배건 땅옷여자 화분을 실을 때에는 그들끼리 같이 붙여놓지 않는 것이 원칙이라 했다.

   가축 가게 옆에는 가죽제품을 파는 가게가 이어져 있었다. 돼지 오줌보 물통, 쇠가죽 안장, 채찍, 덜 마른 타조 가죽 가방들이 즐비했다. 그나마 사람들에게 이용당하는 땅옷여자나 나무인간들의 삶이 낫다고 해야 할까. 자신들의 살가죽과 피비린내 속에서도 욕 한마디 시원하게 내뱉지 못하는 가축들이 불쌍했다.

   애희지의 술 가게에는 웬 사내가 그녀의 등 뒤에 찰싹 들러붙어 있었다. 애희지의 어깨에 턱을 올리고 황홀한 표정으로 눈을 감은 그는…… 무질의 아버지 선치부리였다. 그가 자기 돈과 권력을 이용해 저자의 여자들을 건드리고 최근 술 가게를 연 애희지에게도 치근덕거려 보안대장 차미한 여량가지에게 경고를 받았다는 말을 들은 적이 있다. 하지만 언뜻 보기에는 애희지도 그를 좋아하는 듯했다. 그렇지 않고야 어떻게 자신의 등을 내어주고 저런 몽롱하고 행복한 표정을 지을 수 있단 말인가. 아니, 애희지는 선치부리가 준 약을 마셨을 수도 있다.

─한 번 입에 물면 그저 행복한 약이 있어. 호랑가시동에서 들여온 약인데 이것을 씹으면 아픈 곳이 사라져서 누가 몸 껍질을 벗겨가도 모른다는 거야. 발바닥의 빨판이 말라도 느끼지 못하고. 계속 씹다 보면 결국 몸이 바짝 말라 부스러지지.

언젠가 무질이 자랑처럼 늘어놓은 말이었다. 그의 아버지 선치부리는 최근 식충식물의 진액도 들여왔다고 했다. 아후밀탄에서 들여온 것인데 그 진액을 마시면 머릿속이 온통 교접할 생각으로 가득 찬다고 했다. 생각해 보니 조금 전 유곽에서 나를 상대하던 계집도 수상했다. 반쯤 눈을 감고 아랫도리를 문지르며 몽롱하게 해죽거리던 표정이 아무래도 제정신이 아닌 듯했다. 친구 녀석들은 아직도 계집들과 어울리고 있을까. 앞으로는 그들이 아무리 종용해도 유곽 출입은 다시 하지 않을 작정이었다. 예홍의 놀란 표정도 당황스러웠지만 무엇보다 내 일부분인 씨물을 그곳에 쏟아놓았다는 것이 영 찝찝하고 역겨웠다.

문방구 앞에는 이끼 낀 돌판들이 가지런히 놓여 있었다. 이끼 밑으로 제례 글자가 새겨진 돌판이 눈에 띄었다. 가늘고 굵은 선으로 그림이 그려진 것도 있었다.

"이 돌판들은 누가 사 가나?"

"돈 많은 집안에서 사 가시죠. 아시다시피 글자가 새겨진 돌을 갈아 먹으면 똑똑해지거든요. 금방 효과는 없더라도 훗날 똑똑한 사람으로 태어나는 것도 분명하고요. 돌판 하나면 1년 동안 식구들 서넛이 충분히 먹지요."

귀한 제례 글자 돌판들이 이렇게 사라지는 탓에 삼신어른이 돌판을 모으는 것이다. 글자와 그림이 그려진 돌판은 총 일곱 개였다. 그것들을 모두 유곽 앞 마차로 가져가도록 했다. 마부 처도를 시켜 어미산으로 보내면 돌판 대금이야 그쪽에서 치를 터였다. 신바람 난 문방구 주인이 인부를 데리러 간 동안 맞은편 석물 가게 주인이 다가와 큼직한 돌 거울을 내밀었다.

"훌륭한 집안의 도련님, 돌판만 잡숫지 마시고 거울도 하나 잡숴보시지요. 이 매끈한 거울을 드시면 사내건 계집이건 감추고 있는 약점이 훤히 보인답니다."

"필요 없어. 남의 약점은 알아 뭣하게?"

"뭣하다니요! 상대방의 약점을 알면 그 사람을 마음껏 휘두를 수 있지요. 자, 여덟 닢에 드릴게요. 단돈 여덟 닢에 도련님이 애태우는 그 아가씨의 콧대를 꺾으시란 말입니다."

싫다는 데도 석물 장수는 집요했다.

"글쎄 잡숴보시라니까요! 나중에 후회하지 마시고요. 알았어요! 여섯 닢. 여섯 닢이면 이건 공짜나 다름없……."

"거울을 먹지 않아도 당신 약점은 환히 보이는군. 한 닢도 비싼 걸 여섯 닢이라 사기를 치다니."

석물 장수에게 쏘아붙인 이는 서른 중반의 예쁘장한 여자였다. 금실로 짠 솔에 귀걸이, 목걸이, 손가락에도 붉고 푸른 보석 반지들이 번쩍였다. 그녀가 무릎을 굽혀 예를 갖추었다.

"채연이라 합니다. 도련님이 조금 전에 들르셨던 유곽을 운영하고 있답니다. 영기로부터 도련님 얘기를 들었어요. 무녀 영기가 제 친구거든요."

석물 장수는 쉽사리 물러서지 않았다. 이번에는 돌 인형을 내밀었다.

"어떠십니까? 예쁘지요? 미래의 도련님 색시 모습 그대로랍니다……."

채연의 차갑고 단호한 눈빛에 석물 장수가 움찔하여 물러났다. 혹시 맑은이? 어미산에서 혼자 태어나 내려온 초추아 중에는 얼마든지 맑은이나 하얀이가 있을 수 있다. 하지만 그녀의 피부색으로는 전혀 가늠할 수 없었다. 얼굴뿐 아니라 어깨와 손에도 흰 분칠을 했기 때문이었다. 그녀가 나를 데려간 곳은 외국 물건들을 파는 수입 점포였다.

"귀하신 도련님께 작으나마 선물을 드리고 싶어서요."

세상은 과연 하루가 다르게 변하고 있었다. 유리알을 끼운 큼직한 확대경에 환각제 빨부리, 금실은실을 섞어 짠 어깨 가리개, 화려한 깃털 가방들은 지난번 저자에 왔을 때만 해도 없던 물건들이었다. 확대경을 눈에 대어보자 그녀가 미소 지었다.

"눈에 보이지 않을 정도로 작은 것은 모습을 드러내지 말아야 할 이유가 있겠지요."

그녀가 손에 든 것은 한 뼘 크기의 수정 모래시계였다. 허리가 잘록하여 손에 쥐기도 편하고, 속에 든 색색의 모래알들이 반짝이며 흘러내리는 것이 한눈에 보기에도 고급스러웠다. 수입상이 수다를 떨기 시작했다.

"시간을 모으는 통이지요. 필요할 때 거꾸로 놓으면 시간을 다시 쓸 수도 있고요."

채연이 소리 내어 웃었다.

"지나간 시간이야 어떻게 다시 쓰겠어요? 하지만 시계는 아무도 내 시간을 훔쳐 가지 않는다는 것을 확인해 주지요. 내 시간은 항상 내 손아귀에 있다는 것을요."

그녀와 나는 곧 헤어졌다. 그녀는 나루샘에 볼일이 있다고 했다.

마차가 세워져 있는 유곽 앞으로 돌아오면서 나는 또 마음이 무거워졌다. 살촉동이나 청매동에서 들어온 수입 물건들의 가격은 자오나 운흘이 주민들로부터 받는 물세, 농산품값에 비하자면 단위 자체가 틀리다. 우리 운흘이 마을주민 한 명으로부터 받는 1년 물세라 봤자 엽전 두 닢, 금강샘에 곁샘, 곱슬샘을 다 합쳐봤자 기껏해야 은화 400잎 남짓이다. 그런데 내 손에 든 이 조그만 모래시계 한 개 값이 은화 두 잎, 엽전으로 따지면 여덟 닢이다. 금실로 짠 숄이나 어깨가리개 하나가 은화 50닢, 무질이 란홍에게 선물했다는 옥피리도 30닢. 하지만 이런 답답한 사정은 물세를 받아 생활하는 자오와 운흘 집안에 해당할 뿐이다. 졸부인 부루 집안은 아버지강에 하루 한 번 배를 띄우고 은화 20닢 이상을 번다. 한 명 왕복 뱃삯이 은화 한 닢이기 때문이다. 뿐인가, 마약으로 몇백 배 수익을 남기는 선치의 가게, 돈 많은 장사꾼들을 상대로 영업하는 여관이나 음식점 등에서는 '엽전은 무거워서 취급 안 한다.'는 우스갯소리까지 떠돌고 있다. 결국 내 아버지 하전부리가 빚을 지지 않았더라도 부루와 선치의 번영은 막을 수 없었다는 결론이 나온다. 게다가 요즘은 단풍동에 없는 것들만 수입되는 것이 아니다. 여느 집에 흔한 돼지, 타조, 그들이 먹을 여물까지 산더미처럼 마차에 실려 오고 있다.

─힘들여 가축을 기르고 곡식 농사를 지어도 헛일이라니까요? 강 건너 청매동으로부터 들여오는 가축과 곡식이 그 비싼 마찻삯이나 뱃삯을 물고도 훨씬 싸단 말이지요.

행랑아범 사로의 말이 맞다. 이제까지의 세상이 아니다. 저잣거리 한복판에는 멀리 아후밀탄으로부터 온 대상들과 그의 나귀들이 묵을 여관이 새로 지어지고 있었다. 대상들이 찾는 독특한 모양의 두건이나 각반, 그들이 즐기는 음식들을 파는 가게도 하나둘씩 생겨나는 중이었다.

유곽 앞에서는 마부 처도가 큰소리로 투덜대고 있었다.

"아무짝에도 쓸모없는 일을 왜 시키는가 말이야! 무거운 돌들을 이렇게나 많이 사서 언제 다 먹으려고…….”
"삼신어른의 명이야. 거역하는 거야?"
"사, 삼신어른, 아뇨, 삼신어른의 명이라면 당연히 해야죠."
처도가 깜짝 놀라 고개를 숙였다. 그리고는 이내 분풀이라도 하듯 멀쩡히 서 있는 말에게 채찍을 휘둘렀다.
"똑바로 서지 못해! 말을 듣지 않으면 오늘부터 먹이는 없어. 굶겨 버릴 테야."
그 순간이었다. 먹이. 먹이! 바로 먹이였다. 검은머리짐승에게 필요한 것은 바로 먹이였다. 내가 음식을 먹지 않으니 녀석에게 먹이를 줄 생각을 미처 하지 못했다. 그놈이야말로 이름 그대로 짐승 아닌가. 왜 그 생각을 하지 못했을까!
"왜 이리 서둘러? 아직 재미도 다 못 봤는데."
가쟁과 주명과 무질이 차례로 나오며 투덜거렸지만, 그들 역시 내가 서둘러 마차에 태운 것이 싫지 않은 눈치였다. 계집들과 있었던 일을 경쟁이라도 하듯 떠벌이면서도 막상 가쟁이 '여자들 손길이 자극적이기는 했지만 마냥 좋지만은 않더라.'고 말하자 무질과 주명 역시 슬그머니 입을 다물었다. 덩치 큰 무질도 사실 여자들과의 교접보다는 친구들 앞에서 다 큰 사내인 양 껍적거리고 싶은 마음이 더 컸다. 오던 때와 마찬가지로 나는 처도의 옆자리에 앉았다.
"내가 먼저야. 나를 우리 집에 먼저 내려준 다음에 너희들 집에 가. 끝으로 처도는 어미산으로 가서 돌판을 내리고."
마차를 빨리 몰도록 재촉한 것도 물론이다. 검은머리짐승을 살리려면 한시가 급했다.
친구들이 자신들의 어깨 가리개, 사치스러운 물건들을 자랑하느라 바쁠 때 처도가 슬그머니 입을 열었다.

"역시 운홀 집안의 도련님이라 다르시군요. 한 말씀하시니 부루고 선치고 꼼짝 못 하네요. 저도 도련님 댁에 있을 때가 좋았어요."

술만 마시면 망나니가 되는 부루 집안 사내들은 걸핏하면 여자나 하인들에게 말채찍을 휘두른다고 했다. 며칠 전에는 배를 잘못 댄 뱃사공에게 노를 휘둘러 눈알이 터졌다고 했다.

"한쪽 눈이 터지면 다른 쪽 눈도, 뒷눈도 금방 망가지지요. 평생 장님으로 살아야 할 뱃사공에게 눈 값으로 던져준 돈이 달랑 은화 두 닢이었습죠. 지난번 고애초 마님이 사들인 머리띠 한 개가 은화 열 닢이었는데 말입죠."

돈을 벌었다고 이제껏 없던 교양과 품위가 생기는 것은 아닐 터이다. 부루뿐 아니라 선치 집안도 마찬가지다. 무질의 아버지 선치부리는 '약효를 보여준다'며 직접 정력을 돋우는 마약을 먹고 씨물주머니를 드러낸 채 거리를 활보하여 사람들의 비웃음을 샀다.

"그린데 언보 노련님, 하나만 여쭤볼게요. 도련님 아버지가 누구셨던가요?"

"무슨 소리야? 네놈이 감히!"

"죄, 죄송해요. '내가 먼저'라는 도련님 말씀에 갑자기 그날 일이 떠올라서요. 제가 기억력 하나는 좋거든요. 오죽하면 다른 이들이 제게 자기 이름을 묻겠어요?"

처도가 연신 내 눈치를 보며 말을 이었다.

"그날 하전부리 주인님이 살촉동으로 다시 떠나셨거든요. 어미산 입구에서 마님이 내리신 후 도련님의 칠성함을 내리는데, 주인님이 마차에서 내리지도 않고 '내가 먼저'라며 서두르셔서는, 주인님을 나루샘 선착장에 모셔다드리고 다시 어미산 입구로 와보니, 자위대장이 '마님 걱정은 마, 삼신각 마차로 움직이신다'고, 그래서 집으로……."

"처도 이놈! 땅에서 눈을 뜨자마자 내 두 눈으로 하전부리와 미단을 확인했어. 나를 뉜 칠성함을 메고 두 분이 함께 어미산을 내려왔어. 네놈은 그때 어미산 입구에 마차를 대고 기다리고 있었어. 집으로 마차를 몰던 네 놈 얼굴도 나는 똑똑히 기억해. 설마, 황인놈 기억력이 맑은이인 나보다 낫다는 건 아니겠지?"

"그, 그럼요. 도, 도련님 기억이 확실하시지요. 주인님과 마님이 기남 도련님을, 아니 참 연토 도련님을, 칠성함에 실린 기남 도련님을, 아니 연토 도련님을……."

"다음엔 어떻게 했어? 확실히 말해!"

무슨 일이야? 뒤 칸에 앉은 친구들이 그제야 내 말을 들은 듯했다. 나는 아랑곳하지 않고 처도를 다그쳤다.

"여, 연토 도련님의 칠성함을 내려서는, 행랑아범 사로와 함께 거실로, 죄송해요, 제가 기억력 하나는 좋은데, 아니 참, 기억력이 엉망이라, 늙으니까 헷갈려서는."

"살을 저며버릴 테야. 네놈이 감히 나 연토를 모욕해? 감히 운흘 집안을 모독해?"

"사, 살려주세요, 이 주둥이가, 또 이런 일이 있으면 제 손으로 제 살을 저며 오지요."

"천한 마부 놈이 또 무슨 잘못을 한 거야?" 무질이 흥분했다. "천것들은 채찍으로 다스려야 해." 주명도 부르르 몸을 떨었다. 나는 다시 한번 마부 처도에게 입단속을 시켰다.

태어나 눈을 뜬 순간 처음으로 마주하는 사람이 부모다. 자식은 그 기억을 평생 잊지 못한다. 처도의 말은 사실이었다. 내 어머니가 미단임은 분명하다. 하지만 아버지 하전부리의 얼굴은 내 기억에 없었다. 미단 곁에 다른 누군가가 있었던 것 역시 분명하다.

─얼굴을 돌려요. 아이가 보고 있어요.

미단의 낮은 목소리를 나는 똑똑히 기억한다. 얼굴을 보여주지 못할 사정의 그는 누구였을까. 삼신어른일 수는 없다. 어미산의 수장인 그는 어미산에서 자식을 캘 수도 자식을 둘 수도 없다. 그렇다면 산지기 초춘? 어미산 자위대 중 한 사람? 하지만 그들이라면 미단이 존댓말을 하지는 않았으리라.

8년 전, 내 나이 열 살 때 집에 온 아버지 하전부리를 보았다. 낯선 얼굴이었다. '아버지 얼굴이 많이 달라졌다'며 형 기남에게 슬그머니 운을 떼었다.

─빤빤해진 건 당연하지, 나이가 몇인데.

기남이 코웃음을 쳤다. 그는 똑똑히 하전부리의 얼굴을 기억하고 있는 것이었다.

언젠가 어머니 미단에게 '내 아버지가 누구냐'고 어렵게 물은 적도 있었다. 미단은 내게 눈길도 주지 않고 차갑게 말했다.

─초추아인 게로구나. 저를 캔 부모도 기억하지 못하다니.

마차에서 내리면서 나는 한 번 더 처도를 쏘아보았다. 그가 목이 부러질 정도로 몇 번이고 고개를 숙였다. 집에 들어서자마자 부엌으로 향했다. 미단은 아궁이 앞에서 여물을 쑤고 있었고 행랑어멈 찬금은 장작을 나르는 중이었다. 침모 산분은 삶은 누에고치를 물에 씻고 있었다. 내가 아궁이에 다가가 순부부리의 죽을 나무 그릇에 폈다. 또 다른 그릇에는 가축 여물을 폈다. 미단은 막지 않았다. 그녀는 검은머리짐승이 먹지 못해 사경을 헤매고 있음을 이미 알고 있었다. 그런데도 차갑고 매정한 그녀는 내게 인질 한 마디 주지 않았다.

방에 들어서서 나는 검은머리짐승 앞에 죽 그릇 두 개를 내려놓았다. 그랬다. 죽 냄새가 퍼지자, 짚가리에 파묻혀 썩은 고깃덩어리처럼 시들어 가던 녀석이 얼굴을 내밀었다. 그리고 한쪽 팔로 주위를 더듬기 시작했다. 방의 어둠 속에서 눈은 제 역할을 하지 못해도 코는 확실히 냄새를 맡은 것이다. 드디어 녀석이 두 손으로 죽 그릇을 잡고 입으로 가져갔다.

 다음 날 아침 나는 빈 죽 그릇을 확인했다. 가축 여물은 조금 남겼지만 순부부리의 호밀 죽 그릇은 설거지라도 한 듯 깨끗이 비어 있었다.

네 이름은 준호

*   여느 날과 다름없는 어수선한 아침이 시작되었다. 높은마당 너럭바위 앞에서는 기남이 기합을 넣으며 칼을 휘둘렀고, 고모 희실은 '잡히기만 해 보라'며 할머니 양이를 따라붙었고, 양이는 희실을 피해 너럭바위로 올라 담장을 뛰어넘었다. 희실이 담장 밖을 향해 고래고래 소리 질렀다.

"혹시라도 내가 아닌 딴 사람이 잠꼬대를 들으면 어쩌려고 그래! 우리 집안 꼴이 뭐가 되겠느냐고. 집안 식구들에게도 속 시원히 말 못 하는 내 심정을 대체 누가 알아!"

집안 식구들 중 양이의 잠꼬대 내용을 모르는 이는 없었다. '어미산의 삼신어른 생이 실은 햇빛족이며 순부부리가 비밀로 하라고 하여 말하지 못할 뿐'이라는 실로 황당한 내용이었는데 식구들뿐 아니라 가축우리에 있는 타조와 돼지들조차 귀에 딱지가 앉을 정도로 듣고 또 들은 말이었다. 바로 희실 덕이었다. 그녀가 '삼신어른이 햇빛족이라는 터무니없는 말을, 순부부리가 절대 지키라던 그 엄청난 비밀을 또 잠꼬대로 떠벌였다'며 양이를 다그치든가 아니면 '삼신어른이 햇빛족이라는 그 잠꼬대를 어젯밤에는 하지 않아 내내 잠을 설쳤다'며 아침마다 양이를 따라잡기 때문이었다.

부엌에도 전날과 같은 풍경이 벌어지고 있었다. 미단은 아궁이 앞에서 작은 주걱과 큰 주걱을 양손에 들고 순부부리의 죽과 가축 여물을 번갈아 휘젓는 중이었고 행랑어멈 찬금은 누에고치를 삶는 또 다른 아궁이에서 재를 끄집어내느라 바빴다. 침모 산분은 삶은 누에고치가 담긴 커다란 냄비 위에 긴 막대기를 올려 실을 감는 중이었다. 바쁜 와중에도 찬금과 산분의 입은 쉬지 않았다. '순부부리 양주가 생식하러 어미산에 올랐는데 맑은이밭이나 하얀이밭에 오르지 않고 황인들이 씨를 터는 산허리에 자리 잡았다는 것', '그나마 양이 마님이 도망쳐 순부부리가 황당해했다는 것', '갓바치 일립이 곁에서 그것을 보고 다른 이에게 말했다는 것', '일립이 삼신어른에게 불려가 하마터면 목이 잘릴 뻔했다는 것' 등이었는데 이십여 년 전의 그 일을 한 구절 한 구절 주고받으며 되풀이하는 것은 혹여 자신들이 그 얘기를 잊을까 서로 확인하는 형국이었다. 내가 미단의 큰 주걱을 받아 대신 여물을 휘젓기 시작했다.
 "나는 단풍동을 떠날 거야! 살촉동의 군인이 되어 세상을 호령할 거야."
 기남이 너럭바위를 내리치며 큰 소리로 말했다. 부엌에 있는 어머니 미단에게 허락받으려는 속셈이었다. 하지만 미단은 어림없었다. '칼로 사람을 겨누면 다른 칼이 그를 겨눈다'는 것이 그녀의 주장이었다. 희실 역시 기남 곁에서 그 못지않게 큰 소리로 외쳤다.
 "그렇고말고! 아무 걱정 마라. 이 운흘 희실이 어떻게든 너를 살촉동 대장으로 만든다."
 희실은 기남을 자기 아들로 삼아 자신의 노후를 맡길 심산이었다. 그녀의 말로는 '하전부리로부터 기남을 자식 삼아도 좋다는 허락을 받았다'지만 그 말을 믿는 식구들은 아무도 없었다. 하지만 마을 사람 중에는 희실의 말을 믿는 이도 있었다. 물세를 내러 왔던 곁샘마을의 한 농부는 희실의 말을 하도 들어 '희실이 기남을 캐어 칠성함에 실어 오는 것을 직접 봤다'며 눈을 부릅뜨기도 했다.

당사자인 기남 역시 사막스러운 성품의 희실을 좋아하지 않았다. 하지만 그는 희실을 적절히 이용했다. 미단이 허락하지 않을 칼과 창을 희실을 통해 얻는가 하면, 서당에 가지 않아 삼신어른에게 훈계를 들을 때도 희실 뒤에 숨어 꾸지람을 면했다. 따지고 보면 희실과 기남은 비슷한 점도 많다. 성격이 급한 데다 남들 앞에서 으스대고 싶어 하는 충동이 둘 다 꽤 강할 뿐 아니라 우리 단풍동을 문물에 뒤처진 고리타분한 두메산골로 치부하는 점도 같았다. 부루 집안에 시집가 있는 동안 부루의 배로 청매동에 가보았던 희실은 '청매동이야말로 어른들이 살아야 할 곳'이라며 그곳을 선망해 마지않았다. 기남 역시 희실의 주선으로 청매동에 잠깐 가본 적이 있다. 기남 역시 그쪽의 문물과 물건에 무조건적인 집착을 보였다.

"이따위 두메산골에서 썩을 수는 없어. 나는 청매동 건너 살촉동으로 갈 거야! 살촉동의 당당한 장군이 될 거야."

미단이 순부부리의 죽을 들고 부엌을 나서며 한마디 했다.

"단풍동을 떠나는 순간 네 불행이 시작될 거야. 그림을 보았어."

"자식에게 악담하다니! 자오 여편네는 저게 문제라니까. 세상이 곧 무너질 것처럼 큰소리나 치고. 정작 세상을 망치는 건 붉은이파리인 자기 주제에."

희실이 흥분했다. 미단은 그대로 순부부리의 방으로 향했다. 기남이 슬그머니 칼 휘두르기를 멈추고 희실에게 물었다.

"희실도 맑은이지? 내 앞날의 그림을 보긴 한 거야?"

"그럼! 맑은이인 내가 네 그림을 봤고말고. 내가 워낙 말수가 적어

말을 안 한다 뿐이지. 자오 여편네는 저 골칫덩이 연토 놈이나 책임지라고 해! 짐승을 제 방에서 키우다니 제정신이야?"

내 방으로 죽을 나르는 나를 가리키며 희실이 발을 굴렀다.

검은머리짐승과 생활한 지 만 두 달, 희실과 기남이 뒤늦게 그의 존재를 알았지만 더 이상의 해코지는 없었다. 미단이 정색하며 '검은머리짐승을 키우겠다'고 공언했기 때문이다. 검은머리짐승은 아침마다 주는 죽을 무척 고마워했다. 짚단 위에 얌전히 무릎을 꿇고 두 손으로 죽 그릇을 받는 모습이 경건하기까지 하여 웃음이 나기도 했다. 무엇보다 다행인 것은 그가 어둠에 점점 익숙해지고 있다는 사실이었다. 검은 밤에야 물론 장님처럼 더듬거렸지만 빛이 흘러드는 대낮이면 그는 이제 별 어려움 없이 주위의 물건들을 알아보았다. 방 안에는 그의 물건도 하나둘씩 생겨났다. 죽 그릇을 깨끗이 비우기 위해 짚을 추려 만든 뭉텅이라든가 잠잘 때 머리에 대는 짚베개 등은 그가 손수 만든 것들이었다. 내가 마련해준 발 주머니 두 켤레도 있었다. 찢어진 발 주머니 한 짝을 보물처럼 다루는 모습이 안쓰러워 내가 침모 산분에게 요구했던 것이다. '시신에 신기는 발 주머니가 왜 벌써 필요하냐'며 산분은 알 수 없어 했지만, 발 주머니를 건네주었을 때 녀석의 모습을 생각하면 아직도 나는 웃음이 나온다. 녀석은 수십 번 내게 고개를 조아렸다. 가슴에 손을 얹고 천천히 눈을 감았다 뜨는 것도 아마 '많이 고맙다'는 표현이리라. 내가 쓰던 비단 어깨가리개를 건네주었을 때의 표정 또한 잊을 수 없다. 어떻게 사용하는지 몰라 한동안 머뭇거리던 그가 어깨 가리개를 두르고는 무릎을 꿇으며 고마워했다. 그때만 해도 나는 그가 몸을 꾸며주어 고마워한다고 생각했을 뿐 그가 정작 추위와 습기에 떨고 있다는 사실은 알지 못했다. 바닥에 깔아놓은 두툼한 짚단만으로도 방은 내가 숨쉬기 어려울 정도로 후텁지근했기 때문이다.

 어미산 산지기 초춘은 그동안에도 몇 번이나 검은머리짐승을 찾으러 집에 왔다. 그때마다 나는 '짐승이 혼자 도망쳤다'고 확인해 주었다.

 ─그런데 도련님, 도망친 검은머리짐승은 지금 어디쯤 있을까요? 제가 삼신어른께 꾸지람을 듣지 않으려면 혹시 앞날의 그림이라도…….

 ─시체 그림을 보았어. 덤불에 반쯤 덮여 있는데 굶어 죽은 건지 아니면 군인들이 찔러 죽인 건지 모르겠어.

 ─주, 죽은 것은 분명하네요. 그러니까 제가 돌아가서, 처음에는 살아 있었지만 제가 못 본 사이에……, 그런데 또 찝찝한 것이 도련님 댁에서 짐승을 키운다는 소문이, 아니, 죽기 전이라도 한 번 보았으면 제가, 아, 희실 마님, 안녕하신가요.

 예를 갖추는 초춘 곁을 쌩하니 지나치며 희실이 새된 목소리로 말했다.

 ─봐 연토, 네가 증인을 서라. 꼴같잖은 산지기 주제에 '죽기 전이라도 한 번 나를 보는 것이 소원'이라잖니. 온갖 사내들 등쌀에 내가 못 산다니까?

 희실의 어리광병은 날로 심해지는 중이었다. 그녀는 기회만 닿으면 사내 앞에서 나른한 눈으로 몸을 꼬거나 어떤 때는 실수를 가장하여 사내에게 쓰러져 그의 몸을 더듬곤 했다. 하기야 그녀의 나이가 마흔여섯이니 당장 어미산에 올라 사내들과 생식한다 해도 자연스러운 나이다. 희실이 집에서 검은머리짐승을 내치지 않은 것도 실은 짐승 때문에 드나드는 초춘을 의식해서였다. 초춘이 나타나면 희실은 진한 화장에 향수까지 뿌리고 그가 갈 때까지 공연히 그의 곁을 알짱거렸다.

행랑아범 사로의 말에 의하면 고모 희실 만큼 불쌍한 이도 드물다. 피부도 거친 데다 코도 심하게 비뚤어져 그녀를 캐어온 어머니 자오 마래조차 거들떠보지 않았다고 했다.
―마래 마님이 워낙 몸이 약하셨거든요. 주인님과 자식을 캐러 어미산에 올랐다가 쓰러지셨대요. 주인님이 마님을 부축하여 내려오다가 마침 깨어나는 희실님을 보신 거지요.
이후 마래는 건강이 호전되어 내 아버지 하전을 캐어왔다. 이듬해 한 번 더 자식 욕심을 내어 산에 올랐다가 지금의 삼신어른 생을 캐고는 그만 절벽 아래로 떨어져 목숨을 잃은 것이다.
하지만 사로는 희실의 재산 자랑에 대해서는 어이없어했다. 걸핏하면 끄집어내는 '부루로부터 가져온 돈으로 운흘을 살렸다'는 희실의 말은 전혀 엉터리라는 것이다.
―희실님을 부루로 시집보낼 때 줄어든 재산은 어쩌고요? 나루샘의 가장 비옥한 논과 밭, 일 잘하는 하인들을 네 쌍이나 딸려 보냈어요. 그것 아니었으면 부루가 무슨 재주로 자리를 잡았겠어요? 둘러쳐 봐야 기껏 뱃놈 주제에.
부루에게 나루샘마을이 통째로 넘어간 것에 대해 사로는 무척 억울해했다. 희실 덕에 나루샘마을의 논과 밭을 야금야금 차지한 부루가 일부러 하전부리에게 돈을 꾸어주고 그 대가로 샘과 나머지 땅을 차지했다는 것이다. 무엇보다 그가 발을 구르며 억울해하는 것은 희실이 데려온 찬금을 어쩔 수 없이 아내로 맞아들인 일이다. 행랑어멈 찬금은 일 마무리도 제대로 못 하는 덜렁이에 잠시도 가만히 있지 못하는 말괄량이다. 하람의 아내 고애초가 친정으로 돌아가는 희실에게 자기 집안의 골칫덩이인 찬금을 일부러 떠넘겼다는 것이 사로의 주장이다. 사로는 하인들 중 가장 분별력 있고 기억력이 뛰어나다.

부모 없이 혼자 어미산에서 내려왔으니 초추아이기는 해도 내 생각에는 아무래도 그는 하얀이가 틀림없다.

― 미단 마님이야말로 훌륭하시죠. 미단 마님의 말씀이나 행동을 보면 왜 모든 이들이 자오 집안을 섬기는지 알 수 있어요.

충직한 사로는 어머니 미단을 진심으로 존경하고 있었다. 그는 또 밝은샘 독초 사건이야말로 의문투성이라고 했다.

― 독초 때문에 마을 전체가 떼죽음을 당한 거야 어쩔 수 없었겠지요. 하지만 자오 집안의 맑은이들이 아무런 저항 없이 죽음을 받아들인 것은 이상하잖아요? 그분들의 예지력으로 마을에 닥칠 그 큰 위험을 몰랐을 리 없지요.

자오 집안 맑은이들의 예지력은 유명하다. 그들의 예지력과 지휘로 그동안 밝은샘뿐 아니라 단풍동 전체가 안전하게 보전됐음도 모두 인정하는 사실이다. 하지만 할아버지 순부부리는 전혀 다르게 생각하고 있었다. 밝은샘 독초 사건 때 자오의 맑은이들이 죽음을 피하지 않은 것은 바로 자오 집안의 고질병인 '자살병'때문이라는 것이다.

― 죽고 싶은 것이 소원이라니까! 자오의 맑은이들은 평생 죽고 싶은 충동을 내내 품고 살아. 태어났으면 삶을 생각해야지 왜 아직 오지 않은 죽음에 매어 사느냐고. 희실과 하전을 캐어온 네 할머니 마래도 그랬어. 운명을 벗어나고 싶어 우리 집안으로 시집왔건만 결국 죽으려고 또다시 어미산에 올랐지. 덕분에 나까지 죽을 뻔했잖아.

순부부리는 며느리 미단의 충실한 수발을 받으면서도 항상 미단을 껄끄러워했다.

― 이게 다 밝은샘 자오 백연부리의 농간이야. 붉은이파리이자 화근덩어리인 미단을 우리 집안으로 넘겨 화를 피하려 한 거지. 하전이 기껏 열아홉, 미단도 열여섯밖에 안되었는데 몇 번이고 결혼을 요구

하더라고.

─어찌 되었든 화근덩어리 미단이 밝은샘을 떠나왔잖아요. 그런데 왜 밝은샘마을이 피해를 입었을까요?

내 물음에 순부부리가 버럭 화를 내었다.

─자오 집안의 붉은이파리가 어디 한둘이냐? 미단의 동생 미곤에다 은은샘 자오 담연 집안에도 수두룩하고. 밝은샘 얘기는 이제 꺼내지도 마라. 저희 걱정은 잘난 저희들이 하겠지. 문제는 불똥 튄 우리 집안이야. 생각다 못해 네 아비 하전이 집을 떠났잖아. 어떻게든 운흘을 지켜보려고. 자오는 자오끼리 살게 해야 해. 옛날처럼 저희끼리 생식하게 해야 한다니까!

운흘이나 차미한 집안이 생기기 전 자오 집안은 저희들끼리 결혼했다고 한다. 어미산 빛바위까지 올라가 저희끼리 생식하고 그곳에서 자식들을 캐어왔다. 문제는 그들의 수명이었다. 서른을 채 넘기지 못하고 죽은 맑은이들이 대부분이었다고 했다.

순부부리의 말을 들은 때가 6년 전, 내 나이 열두 살 때니 순부부리가 이미 일흔 넘어 성마른 노인이 된 후이기는 하다. 하지만 붉은이파리들이 세상을 뒤엎는다는 생각은 순부부리뿐 아니다. 훈장 하람을 비롯하여 단풍동의 모든 이들이 '붉은이파리가 태어나면 머지않아 전쟁이 난다'는 말을 믿고 있었다.

여느 날과 다름없이 서당의 일과를 마치고 돌아온 나는 내 방문을 열면서 갑자기 한 가지를 깨달았다. 냄새. 언제부턴가 방에서 검은머리짐승의 퀴퀴한 오물 내가 사라진 것이다. 짐승들은 음식을 먹으니 당연히 오물을 싼다. 오물 내가 심하여 코를 막았던 것이 엊그제 같은데 어느새 내가 녀석의 냄새에 적응된 것일까?

오물 내가 사라진 데 대한 의문은 그로부터 며칠 후 한밤중에 풀렸다. 작지만 분명한 인기척에 잠에서 깬 나는 짐승이 움직이고 있음을 알았다. 벽을 짚고 일어난 짐승이 향한 곳은 문 쪽이었다. 놀랍게도 그의 발에 묶인 끈은 이미 풀려 있었다. 그가 문을 빠져나갔다. 나 역시 소리 나지 않게 일어나 문 쪽으로 가보았다. 어둠 속에서 짐승은 여전히 장님처럼 더듬거렸지만, 그가 힘들여 간 곳은 마당 한쪽의 풀숲이었다. 그가 쭈그리고 앉은 잠시 후 희미한 냄새가 풍겨왔다. 배설이었다. 잠시 후 그가 일어나 옷을 추슬렀다. 그는 방 앞에서 다시 한번 지체했다. 방 밖 물줄기에 오물 묻은 손과 엉덩이를 씻는 것이었다. 방에 들어선 그는 두 손을 더듬거려 풀어놓았던 끈을 집었다. 자기 발을 다시 묶은 그가 잠자리에 누웠다. 한동안 침묵이 흐르고 이윽고 규칙적인 숨소리가 들렸다.

나는 밤새 잠을 이룰 수 없었다. 그가 밖에 나가 오물을 처리했다는 사실보다 더 충격적인 것은 그가 자신의 끈을 풀고 다시 묶었다는 사실이었다. 언제든 도망칠 수 있는 그가 왜 도망치지 않는 것일까! 먹이 때문에? 내 곁이 안전하기 때문에? 돌아누운 그의 널쩍한 등, 시커먼 머리카락으로 뒤덮인 뒤통수 속에 무슨 생각이 들어있는지 궁금했다. 몸피로 보자면 그나 나나 비슷했다. 아니, 다리통이 훨씬 굵은 그가 힘이 더 셀 수도 있었다. 우리 어른이를 제압할 수 있으면서도 약한 척 기회를 엿보는, 어쩌면 그는 내 생각보다 훨씬 치밀하고 교활한 놈일 수 있었다.

이틀 후, 축사의 오물을 치우러 갔다가 따로 하수구 옆 땅에서 나는, 가축들의 것이 아닌 퀴퀴하고 습한 오물 내를 맡았다. 검은머리짐승의 오물 내였다. 일을 그만두고 방으로 되돌아온 나는 이번에는 갑작스런 둔탁한 소리에 놀라야 했다. 검은머리짐승이 나를 보고 놀라 엉덩방아를 찧은 것이다. 저녁때마다 내가 축사를 돌보느라 방을 나서면 꽤 시간이 걸린다는 것을 알고, 자기도 그 시간을 이용해 마음 놓고 방 안을 걸어 다니고 있었다. 그가 얼른 발에 끈을 묶고는 돌 위에 웅크리고 앉았다. 내가 그의 끈을 잡고 방 밖으로 끌어당겼다. 겁을 잔뜩 먹은 그는 끌려 나오지 않으려 안간힘을 썼다.

"괜찮아. 잠깐만 마당에 나가자는 거야. 매일 나가면서 뭘 그래?"

내 말을 알아들을 리 없었다. 하지만 내가 자신을 해치지는 않을 것이라는 느낌은 받은 듯했다. 나는 그를 그의 오물 내가 나는 하수구 쪽으로 데려갔다.

"여기에 배설하면 안 돼."

나는 삽을 가져와 그의 배설물을 퍼서 두엄으로 옮겼다.

"여기, 두엄에 누어. 다른 가축들 오물을 모아둔 곳에다."

그가 고개를 끄덕였다. 그를 다시 방에 데려왔다. 그리고 발에 묶인 끈을 풀어주었다.

"끈은 없어도 돼. 마음대로 움직여."

그는 선 채로 한동안 꼼짝하지 않았다. 나는 다시 마당으로 나서며 뒷눈으로 그를 바라보았다. 긴 목으로 이리저리 둘러보고 다시 나를 지켜보는 모습이 목도리뱀처럼 요사스럽기는 했지만, 그가 내 말을 알아듣고 있다는 사실이 나쁘지 않았다.

그날 이후로 그의 오물 내가 다른 곳에서 나는 일은 없었다. 축사 옆 두엄에서 쿰쿰하면서도 시큼한 검은머리짐승의 오물 내가 연하게 날 뿐이었다. 그는 똑똑했다. 두엄 옆에 놓인, 오물이 잘 썩도록 간간이 뿌려주는 왕겨를 제 손으로 퍼서 제 오물을 덮었다.

"나는 연. 토. 연토. 연토."

내가 손을 들어내 가슴을 가리켰다.

"너는?"

내가 그를 가리켰다. 머뭇거리던 그가 드디어 입을 열었다.
"준, 호."
"나는 연토, 너는 준, 호? 맞아? 준, 호?"
그가 고개를 끄덕였다. 그의 이름은 준호였다.

내 친구 준호, 그와 첫인사를 나누던 그때를 떠올리면 나는 아직도 가슴이 벅차다. 확실히 운명은 있다. 어떤 필연적인 한 가지 일이 이루어지는 데에는 여러 사람이, 여러 사건이 자신도 모르게 도움의 손길을 뻗쳐준다. 영기가 '운명의 존재'를 들먹이지 않았다면, 산지기 초춘이 서당으로 준호를 데려오지 않았다면, 희실이 형 기남에게 준호에 대해 고자질하지 않았다면, 기남이 준호를 심하게 다루지 않았다면, 그런 여러 상황으로 그를 내 방에 들여놓지 않았더라면. 무엇보다도 미단이 처음 준호를 보았을 때 받아들여 주지 않았다면 그는, 또 나는 어떻게 되었을까. 수많은 잡념에 갈피를 잡지 못하던 열여덟 살의 나로서는 미단이 희실과의 기 싸움으로 엉겁결에 내 편을 들어준 것으로 생각했었다. 하지만 그런 이유만은 아니었다. 훗날 준호가 우리 가족과 친해져 더 이상 남이 아니었을 때 어머니 미단은 무뚝뚝하게 그때의 사정을 설명해 주었다.

─양이를 돌볼 손이 없었으니까.

그녀가 본 앞날의 그림은 당시보다 훨씬 작아진 양이가 환하게 웃으며 준호와 놀고 있는 장면이었다. 준호가 처음 우리 집에 왔을 때 그녀가 부엌에서 나온 이유도 그림에서 보았던 그 검은머리짐승인지 확인하기 위함이었다.

─또 끝없는 입질! 가! 축사의 타조만큼이라도 네 값을 해.

여물죽을 쑤던 그녀가 주걱으로 가마솥을 쳤다. 하기야 내 물음에 그만큼 대답해 준 것만 해도 대단한 일이었다.

확실히 사람은 이름을 따라 산다. 아니면 이름이 사람을 만든다고 해야 할까. 어머니 미단의 이름이 '아름다운 붉은 나무'라는 뜻인데 아버지 하전은 '숨은 골짜기의 한가함'이다. 물론 미단의 '붉은 나무'가 불쏘시개라는 뜻은 절대 아니리라. 하지만 어머니 미단이 부엌에서 불을 때며 벌겋게 익어가는 동안 아버지 하전부리는 평생 돈 벌 생각을 하지 않고 한가로이 놀기만 한 것이 사실이다. 또 형 기남의 이름이 '사내의 패기'라는 뜻인 데 비해 내 이름 연토는 '물가의 부드러운 모래땅'이다. 그래서 나는 다른 사람의 부탁을 거절하지 못하고 마음이 약한 것일까? 기남의 이름은 아버지 하전이 지었다고 순부부리가 말했다. 하지만 내 이름은 누가 지었는지 순부부리는 기억하지 못했다.

―네 어미 미단이겠지. 자신의 독한 성격에 비해 네가 영 물러 터졌던 모양이지.

날이 갈수록 준호와의 공동생활은 자리 잡혀갔다. 규칙적인 일과가 준호와 나를 훨씬 자유롭고 편하게 해주었다. 이를테면 내가 죽을 가져와 그에게 준 뒤 서당에 가면 그동안 준호는 내가 늘어놓은 옷과 책을 정리하고 바닥의 물줄기도 깨끗하게 손본다. 또 방에서 내가 무언가 일을 하고 있으면 준호는 부엌으로 나가 얌전히 불일을 돕는다. 어둠과 추위에 약한 준호로서는 밝고 따뜻한 아궁이 앞이 어느 곳보다도 좋은 일자리였다.

채연으로부터 선물 받았던 수정 모래시계도 준호 차지가 되었다. 모래시계는 자꾸 거꾸로 놓아야 시간을 잴 수 있는데 준호는 어쩐 일인지 처음부터 사용법을 아는 듯했다. 그는 그것을 수십 번 수백 번 거꾸로 놓고 다시 점검하여 낮 시간은 얼마나 되는지, 밤은 또 얼마나 긴지 내가 준 닥나무 종이에 작대기를 그어대었다. 그는 모래시계를 목숨처럼 아꼈다.

―시계는 아무도 내 시간을 훔쳐 가지 않는다는 것을 확인해 주지요. 내 시간은 항상 내 손아귀에 있다는 것 말이에요.

채연의 말을 들려주고 싶었지만 준호와 말이 통하지 않으니 방법이 없었다. 그녀는 또 '시계가 도련님에게 유용하게 쓰이면 좋겠어요.'라고도 했었다. 자신이 선물한 시계를 재수 없는 검은머리짐승이 쓰고 있다는 사실을 알면 그녀는 어떤 표정을 지을까.

하전의 귀향

✽   "봐라. 내 동생 하전부리가 온다."
 높은마당 너럭바위에 오른 희실이 감격스럽다는 듯 말했다. 담장 건너 저자로 난 길에는 아직 아무것도 보이지 않았다. 물의세월 여덟 번째 해, 큰 걱정거리가 사라져 마음이 평안해진다는 검은꼬리거북 달이었다. 나루샘의 심부름꾼이 '하전부리가 집에 온다'는 기별을 전한 지 나흘째, 기다리다 지친 희실이 나루샘마을로 행랑아범 사로를 보내어 다시 알아본 바로는 하전부리가 단풍동 나루에 도착한 것은 닷새 전이 맞고 다른 배에 실린 그의 여러 짐 중 하나가 도착하지 않아 늦어지는 중이라 했다. 그 마지막 하나가 배에서 내려지는 것을 보고 사로가 집에 돌아온 때가 어젯밤이니 또 다른 일이 없다면 하전부리가 오늘 중 집에 올 것은 틀림없었다.
 "기남, 네 아버지 하전은 내 말만 듣는다. 봐라, 내가 오라니까 이렇게 오지 않니."
 지난 나흘 동안 희실은 들떠 잠도 제대로 자지 않았다. 매일 아침 꼭두새벽부터 부산을 떨며 화장을 도와라 새 옷을 입혀라, 마치 하전부리가 자신의 남편이기라도 한 양 잠이 덜 깬 식구들을 볶아 대었다. 그녀의 나이 벌써 마흔여덟, 아무리 화려한 어깨 가리개에 화장 연필로 얼굴 주름을 그려도 머지않아 어미산에 생식하러 오를 노인임은 부인할 수 없었다.

"아버지 따위 보고 싶지 않아. 도둑놈! 내 샘을 팔아먹었어."

희실의 등쌀에 못 이겨 마당에 나온 기남은 잽싸게 몸을 돌리며 칼을 겨누었다.

"아니라니까! 샘을 팔아먹은 이는 하전이 아니라 저 자오 여편네 미단이야."

"아냐. 샘을 팔아먹은 건 하전이야. 미단은 샘을 가져왔어."

희실의 말에 토를 단 사람은 새된 목소리의 할머니 양이였다. 담장 밑 덤불에서 토끼를 쫓는 그녀는 목소리만 들릴 뿐 보이지 않았다. 희실이 바락 화를 내었다.

"그깟 곱슬샘! 당연히 가져와야지. 망조 든 붉은이파리 여편네를 받아주었는데."

"하전부리 주인님도 붉은이파리잖아요. 그래서 미단 마님이 시집 오셨죠."

자오 집안에서 따라온 침모 산분이었다.

"산분!" 높은마당으로 올라서는 산분을 희실이 노려보았다.

"너희 잘난 마님이 네 입을 지지려 했을 때 그걸 말린 사람이 나라는 것만 기억해. 그리고 다시 말하지만 내 동생 하전은 재수 없는 붉은이파리가 아냐. 내가 아닌데 내 동생이 어떻게 붉은이파리란 말야?"

"하전은 붉은이파리 맞아. 내 자식을 내가 모를까 봐?"

덤불에서 양이가 고개를 내밀었다. 희실이 양이를 잡으려 하자 양이는 덤불 속으로 다시 들어가 버렸다.

"망령 덩어리 양이! 삼신이 햇빛족이라 잠꼬대를 해대더니 이제는 하전이 붉은이파리라고? 늙으려면 곱게 늙어! 몸이 닳았으면 그놈의 주둥이도 이제 닥칠 때가 되……"

"닥쳐!" 날카로운 쇳소리와 함께 바위에서 불꽃이 튀었다. 기남이 바위 한 귀퉁이를 내리친 것이다. 희실이 얼른 어조를 낮춰 기남을 타일렀다.

"기남, 내 말만 믿어. 네 아비는 붉은이파리가 아냐. 물론 햇빛족도 아니지. 네 어미 미단이 붉은이파리에 햇빛족인지 몰라도. 그……, 그러네, 햇빛족 맞네! 미단이 아궁이에 붙어사는 것만 봐도!"

희실이 눈을 크게 뜨고 침모 산분과 행랑어멈 찬금을 노려보았다. 그녀들이 어이없다는 듯 서로 쳐다보았다.

미단에 대한 희실의 험담은 사실 어제오늘 일이 아니다. 미단이 시부모를 굶겨 남편으로부터 버림받았다는 얘기, 그녀가 붉은이파리라 친정 부모들이 독살당했고 이제 그 나쁜 운이 운흘의 금강샘마을까지 망치고 있다는 얘기, 어떻게든 감싸주려 해도 그녀의 성품이 불같아서 모든 것을 태워버린다는 얘기들을 희실은 처음 보는 저자의 장사치를 붙잡고도 끝없이 늘어놓았다. 그녀가 집 밖에서 한 말과 행동은 방물장수 지화를 통해 고스란히 집안에 전해졌다.

— 사람들이 다 믿지는 않지요. 하지만 똑같은 말을 계속 듣다 보면 그런가 보다 하지요. 게다가 붉은이파리 얘기야 누구나 찜찜해하니까요.

지화의 말에도 미단은 어깨 가리개 옆으로 비어져 보이는 붉은이파리 점을 굳이 감추려 하지 않았다. 한숨을 쉬며 혼잣말처럼 중얼거렸을 뿐이다.

— 붉은이파리고 불같은 성품이고 그런 것들 덕에 아궁이 불씨나 꺼지지 않으면 좋지.

"어쨌든 기남! 하전이 가져오는 좋은 것들은 다 네 차지다. 왜냐하면 네가 이 집안의 부리가 될 테니까!"

갑작스레 커진 희실의 목소리는 마침 높은마당에 오른 미단을 향한 것이었다. 정작 미단은 아무도 없는 숲길을 가듯 한가로이 곡식창고로 향했다. 나 역시 그녀를 도와 곡식단을 집어 들었다.

"희한해, 자오 여편네나 그 뒤를 졸졸 따르는 아들이나. 집안일 좀 하는 것으로 저렇게 당당하고 뻣뻣하다면 부엌 아궁이를 지키는 짐승이 이 집안의 부리 아니겠어?"

희실의 이기죽거리는 소리가 계속 이어졌다.

준호가 우리 집에 온 지 2년, 그는 이제 우리 집안에 없어서는 안 될 큰 일꾼이었다. 그는 순부부리의 죽과 가축 여물 뿐 아니라 누에고치를 삶고 비단실을 잣는 등 누구나 꺼리는 불일을 맡아 빠르고 정확하게 해치웠다. 살 껍질이 오그라드는 아궁이 옆에서 그는 알 수 없는 노래까지 흥얼거렸다. 준호 덕에 미단은 불일에서 손을 뗄 수 있었다. 그녀는 농사지은 곡식들을 더욱 알뜰히 갈무리하고 다른 집에서 생산한 누에고치까지 가져와 비단실을 자아줌으로써 돈을 벌었다. 그 돈으로 미단은 가축을 더 샀다. 조상의 제사도 더욱 알차게 준비했고 살 날이 얼마 남지 않은 순부부리의 뒷바라지도 더 충실히 했다.

어미산지기 초춘은 잊을 만하면 다시 집에 나타났다. 희실이 준호를 미끼로 초춘을 불렀음은 온 식구가 다 아는 사실이었다. 이제 초춘을 막아서는 이는 내가 아니라 미단이었다.

―다시는 오지 마. 그리고 삼신어른께 전해. 짐승이 필요 없어지면 그때 내가 보내겠다고.

군소리 없이 돌아서는 초춘을 보며 희실이 아쉬운 듯 종알거렸다.

― 삼신이야 자오 여편네라면 죽는시늉도 하니까. 밑엣사람만 고생이지. 저렇게 칼같이 구니 제가 왜 왔는지도 까먹고.

밤낮으로 불가를 지키는 준호에게 미단은 목욕도 허락했다. 집을 휘돌고 나가는 하수구에서 몸을 씻을 수 있도록 허용한 것이다. 준호의 기쁨은 상상 이상이었다. 가슴을 치고 무어라 중얼거리고 발을 구르다가 나를 껴안기도 했다. 그의 모양새는 갈수록 멀끔해졌다. 수수하나마 미단이 마련해준 어깨 가리개와 바지도 잘 어울렸고 벼 뿌리처럼 에푸수수하던 그의 검은 머리털도 끈으로 틀어 올려 깔끔히 정리되었다. 판금이 사다 준 가축용 쇠 빗 덕이었다.

― 귀엽잖아. 머리도 잘래잘래 흔들고. 가축 중에 저렇게 애교떠는 것은 처음 봐.

준호는 방 청소뿐 아니라 축사 청소, 때로 하수구 물을 이용하여 가축들을 씻기기도 했다. 가축들 역시 깨끗한 것을 좋아한다는 사실을 나는 그때 처음 알았다. 가축들을 가둬놓지 않았다면 준호는 아무 일도 못 했으리라. 타조들과 돼지와 개들이 그에게 몸을 비비고 그의 팔과 다리를 핥아대었다. 하수구의 곰치들도 그를 좋아했다. 그가 몸을 씻으러 물에 들어가면 서로 경쟁하듯 그의 발에 입을 맞추었다. 침모 산분만큼은 그를 싫어했다. 그가 아궁이에서 끝없이 누에고치를 삶고 실을 잣는 바람에 그녀는 베틀에서 내려올 새가 없었다.

― 준호는 불귀신이 분명해. 그렇지 않고는 불일을 저렇게 좋아할 리 없어.

집안 모습 또한 나날이 깔끔해졌다. 손이 모자라 제대로 치우지 못했던 마당은 물론이고 석류꽃이 진 지 오래인데도 그 향이 은은하게 나기도 했다. '꽃 향이 어디서 나느냐'는 말을 준호에게 여러 번 물었으나 내가 알아들은 것은 단지 '꽃을 물에 넣었다.' 정도의 손짓, 발

짓뿐이었다. '꽃송이를 찧어 물에 끓여 졸여놓았다가 두고두고 그 물을 이용한다.'는 대답을 내가 알아들은 것은 그가 내게 똑같은 몸짓을 한 지 1년도 더 지났을 때였다.

  불일을 맡음으로써 그는 또한 자기가 좋아하는 죽을 먹을 수 있었다. 그의 죽은 순부부리의 것과는 또 달랐다. 쌀과 좁쌀, 밀 등을 많이 넣어 풀처럼 빽빽한 데다 그는 특히 햇빛족 마을에서 나는 목이버섯과 석이버섯, 그리고 멀리 나무인간들이 사는 숲의 도라지, 취 등을 넣어 먹기도 했다. 가축들이 아플 때를 대비하여 말려둔 그것들을 준호가 축낸다고 해서 나무랄 사람은 아무도 없었다.

  자연스레 준호의 잠자리는 부엌의 불가로 옮겨졌다. 그렇다고 준호와 내 사이가 멀어진 것은 아니다. 부지런한 그는 내가 서당에 간 동안 내 방을 정리하는 것은 물론 때로 내가 기분이 가라앉은 듯하면 내 방에 찾아와 자기 손발을 흔들어 가며 나를 웃기려 애썼다. 자기 목에 일부러 목끈을 매어 그 끝을 내게 주고 바닥에 무릎을 꿇기도 했다. '주인 마음대로 하라'는 넉살이었다. 하지만 나는 그가 내 방에서 몸을 다칠까 걱정되었다. 처음 우리 집에 왔을 때와 마찬가지로 그는 여전히 어둠에 익숙지 못했다. 그가 불일을 하지 않았더라면, 그가 부엌 아궁이 불을 가까이하지 않고 내 방에서 조금만 더 버텼더라면 그는 어쩌면 우리 어른이처럼 칠흑의 어둠에서 사물을 볼 수 있는 시력을 얻었을지 모른다. 하지만 그는 불을 떼어놓지 못했다. 어른이들이라면 누구나 꺼리는 건조함과 뜨거움이 그에게는 안락함, 따뜻함, 자신을 지켜주는 안전함이었다.

  형체보다 소리가 먼저 달려오고 있었다. 우렁우렁 울리는 소리가 점점 커지고 천장에 부딪힌 소리가 땅으로 반사되어 뒤죽박죽 허공을 메웠다.

"온다! 와! 기남, 들리지?"

희실이 너럭바위에 다시 올랐다. 양이가 따라 올라서자 희실이 그녀를 밀어뜨렸다. 내가 넘어진 양이를 일으켜 바위에 다시 올려주자 희실이 사정없이 내 팔뚝을 걷어찼다.

"준호나 불러! 그놈은 어디 자빠져서 제 할 일을 안 하는 거야?"

그랬다. 말썽쟁이 양이를 돌보는 일도 준호의 몫이었다. 양이는 준호를 잘 따랐다. 말이 통하지 않으면서도 그와 함께 있으면 목끈이라도 매인 양 얌전했다. 하지만 그는 내 방에서 나올 수 없었다. 하전부리가 검은머리짐승을 어떻게 생각할지 몰라 내가 조심시킨 터였다.

뒤죽박죽 섞였던 소리가 드디어 각각의 소리로 나뉘어졌다. 짐마차의 덜컹대는 소리, 말발굽 소리, 동네 노인들의 함성과 그들에게 화를 내는 마부의 고함이었다.

"봐라, 짐마차가 한두 대가 아니야. 내 동생의 배포가 이 정도라니까."

대문 앞길에 마차 다섯 대가 줄지어 멈췄다. 짐마차가 네 대, 맨 뒤의 것 하나는 지붕 덮인 승객용 마차였다. 짐마차마다 동네 노인들이 다닥다닥 들러붙어 있었다. 노파들은 달구지 위나 짐에 들러붙어 떠들어대는 것이 고작이었지만 노인 중 서넛은 이 마차에서 저 마차로 몸을 날리는 위험천만한 장난을 즐기는 중이었다. 그중 한 노인이 승객용 마차 지붕 위로 뛰어오르다 바닥으로 떨어졌다. 그가 비명을 질렀지만, 누구 하나 거들떠보지 않았다. 바닥에 쓰러졌던 노인이 혼자 일어나 몸에 붙은 흙을 털었다. 역시 노인들의 몸은 유연했다.

승객용 마차에서 내린 사내가 기분 나쁜 표정으로 주위를 둘러보았다. 붉은색의 어깨 가리개를 두르고 그 위에는 백옥 목걸이, 코에는 운모로 만든 커다란 안경이 올려져 있었다. 비싼 장신구로 꾸미지 않았다 해도 그를 우습게 볼 사람은 없을 것이다. 아버지 하전부리, 뼈가 비칠 듯 그의 투명한 피부가 단풍동의 정통 맑은이임을 증명하고 있었다. 그가 마당으로 들어섰다. 감격한 희실이 금방이라도 울음을 터뜨릴 듯한 표정으로 그를 안으려 했지만 그는 그녀의 팔을 간단히 젖혀버렸다. 머쓱해진 희실이 얼른 기남을 가리켰다.
"하전, 네 아들 기남이란다. 내가 씩씩하게 잘 키웠지?"
기남이 앞으로 나서고 나는 뒤로 두어 발짝 물러섰다.
"조심해! 네놈들을 한꺼번에 내다 팔아도 모자라는 비싼 물건이야!"
우리에게 한 소리가 아니었다. 하전부리는 뒷눈으로 마부들을 노려보느라 바빴다.
하전부리는 특히 붉은 천에 싸인 물건에 대해서는 마차째 마당으로 들여놓아 거실로 옮기도록 명령했다. 하지만 쉬운 일이 아니었다. 마부들 다섯이 힘을 합쳐 짐마차 한 대를 밀고 끌어당겼지만, 마차는 어느새 다시 미끄러져 제자리에 설 뿐이었다. 바깥 길보다 집의 높은 마당이 훨씬 높기 때문이었다. 왁자지껄 소동을 피우는 사이에 하전부리가 가장 신경 쓰는 붉은 천의 물건이 금방이라도 뒤로 넘어갈 듯 꺼떡거렸다.
"물건을 마부의 등에……"
나도 모르게 나온 말에 그의 귀가 움직였다. 뒷눈으로 내 머리부터 발까지 훑은 그가 마부들에게 소리쳤다.
"제일 힘 좋은 놈이 등에 메면 되잖아! 나머지가 옆에서 거들고. 대가리라고 어깨 위에 장식으로 얹어놓은 한심한 놈들."
그제야 마부들이 물건을 붙들어 맨 밧줄을 풀기 시작했다. 물건이 안전하게 높은마당과 중간마당을 지나 아랫마당 거실로 들어가는 것을 확인한 하전부리가 뒷눈으로 나를 보았다.

"머리를 쓰는구나. 내 아들이냐? 어디서 본 듯도 하고."

"아들이면 뭐하니? 배알도 없이 제 어미 꽁무니나 쫓는 놈을."

희실이 기남을 찾았지만 그는 어느새 사라지고 없었다. 하전부리 역시 마부들에게 다른 지시를 내리느라 여념 없었다. 나는 부엌으로 들어가 미단에게 물었다.

"'머리를 쓴다'는 건……."

"저주야. 머리를 쓰면 손발이 썩어."

그녀가 말을 잘랐다.

붉은 천의 큰 물건에 이어 노란 천으로 싼 여남은 개의 물건들이 모두 거실로 옮겨졌다. 수고비를 넉넉히 받은 마부들이 하전부리에게 몇 번씩이나 인사하고 물러갔다. 희실은 마당에 따라 들어온 노인들의 등짝을 갈기느라 바빴다. '왜 자꾸 때려? 네년 손에 종기가 날 거야.' '무슨 물건인지 보기만 하자니까? 빌어먹을 연놈들, 아무 데나 씨를 쏟을 것들.' 쫓겨 나간 노인들의 욕설이 한동안 계속되었다.

노란 천을 끄르자, 물건들이 모습을 드러내기 시작했다. 가장 크고 묵직했던 덩어리는 탁자였다. 느우나무 뿌리로 만든 커다란 탁자는 가장자리로 뻗은 잔뿌리까지 그대로 살린, 누가 보아도 감탄할 만한 고급품이었다. 의자들도 하나씩 모습을 드러냈다. 나무의 몸통을 파내어 앉는 이의 엉덩이를 포근하게 감싸는, 위쪽에는 머리 받침까지 달려있어 휴식뿐 아니라 잠자기에도 불편 없는 훌륭한 것들이었다.

"나는 이 의자가 좋아! 오늘부터 나는 여기서 잘 테야."

탁자에 올랐던 양이가 의자로 뛰어올랐다. 희실이 감격한 목소리로 말했다.

"고마워, 내 귀한 동생 하전. 우리를 위해 이 비싼 물건을 사 오다니."

"쓰던 것들이야." 하전부리가 어깨의 먼지를 털어내며 간단히 대꾸했다.

"그래도 고맙지. 쓰던 것이라 해도 우리를 생각하지 않았다면 팔아 버리지 않았겠니?"

"누가 사야 말이지. 유행이 바뀌었거든. 양이! 얌전하게 굴어."

양이가 의자에서 뛰어내린 순간 쩡, 쇳소리가 났다. 하전부리가 조심하라며 몇 번이나 호통치던, 붉은 천으로 싼 물건에서 난 소리였다. 한숨을 쉰 하전부리가 드디어 천을 끌렀다. 의자도 탁자도 아니었다. 길쭉한 나무통 위쪽에는 둥그런 접시, 그 아래쪽에는 나무 열매를 닮은 뾰족한 것이 쇠줄 끝에서 덜렁대었다. 접시 위에는 조그만 종들도 달려있었다.

"괘종시계야. 이거야말로 이번에 새로 샀지. 하도 잠꼬대 운운하는 바람에."

"희한해, 접시 위에 젓가락이 매달렸어!"

양이가 소리쳤다. 하전부리가 말을 이었다.

"모두 들어. 앞으로는 시계의 종소리에 맞춰 다 같이 자고 다 같이 일어나야 해."

"내 귀한 동생 하전! 네가 양이의 잠꼬대를 멋지게 해결해 줄 줄 알았어."

희실이 웃음을 터뜨렸다. 미단이 마른 목소리로 입을 열었다.

"이것이 시계라면 잘못 사 왔어. 접시 위의 점이 열두 개잖아. 하루가 열세 시간이라는 건 축사의 돼지도 알아."

"이 시계는 살촉동에서 샀지만 아후밀탄보다도 더 먼, 더 훌륭한 제울에서 들여온 거야. 제울 사람들은 하루를 열두 시간으로 나눠. 제울의 기계들이야말로 정확하기로 유명하지."

"나머지 한 시간은 어쩌고?"

"그건 제울 사람들에게 물어. 지금부터 내 말이나 잘 들어."

하전부리의 설명은 장황했다. 시계가 가리키는 시간은 한 치의 오차 없이 정확하며, 새벽을 알리려 목청을 빼는 수탉이나 밤을 알리려 푸드덕대는 박쥐들이 어미산 빛바위에 맞춰 행동하는 것같이 보여도 실은 이 시계에 맞춰 우는 것이고 그 이유는 단풍동의 빛바위가 빛의 땅 제울에서 제작한 이 시계에 맞춰 밝아지고 어두워지기 때문이었다. 살아있는 것들뿐 아니라 자리에 누워 온종일 잠만 자는 노인들도 이 시계에 맞추느라 죽지 않고 버티고 있으며 이미 죽은 것들 역시 이 시계에 맞춰 썩고 가루가 되고 다른 생명으로 바뀌어 가는 중이었다. 덥고 시원한 공기와 제멋대로 부는 바람조차 복종하는 이런 시계를 '기계'라 하는데 이 정도로 큰 기계는 보통 사람들은 죽어 다른 생명으로 태어나도 구경 못 하는 귀하고 비싼 물건이며 그렇게 비싼데도 이 기계를 사는 이유는 틀린 시간을 가리키는 기계는 엄밀히 말하여 기계라 할 수 없기 때문이었다. 또한 이 괘종시계는 하루에 한 번 사람이 시계추를 잡아당김으로써 이전의 날과 그날과 그다음 날로 이어지는데 추를 잡아당기는 바로 그 사소한 동작이 사람의 마음에 달려있으므로 '사람이 시간을 지배한다'라는 말이 생겨났다. 하지만 엄밀히 말해 사람이 시간을 지배한다는 것은 있을 수 없는 일이며 다만 이런 비싸고 권위 있는 기계의 능력으로 시간을 조금 당기거나 조금 늦출 수는 있다. 옛날이나 지금이나 또 앞으로도 도도히 흘러갈 시간과 기계에 대한 밀접한 관계를 언급해봤자 하전부리 자신 외에 이해할 사람이 없으므로 설명은 생략하되 단 한 가지, '시간은 기계로 다스릴 수 있지만 기계는 시간으로 다스릴 수 없음을 명심하여 모쪼록 기계를 소중하게 다뤄야 한다'는 말로 하전부리의 말이 일단 끝났다.

드디어 하전부리가 나무 열매처럼 생긴 추를 잡아당겼다. 치컥치컥 희한한 소리가 나기 시작하자 그는 이번에는 기계 보는 법을 설명하기 시작했다. 둥그런 판 한가운데에서 돌아가는 바늘이 아주 조금씩 움직여 하루에 한 바퀴를 도는데, 바늘이 오른쪽을 가리킬 때 종소리가 한 번, 땅을 가리킬 때 두 번, 왼쪽을 가리킬 때 세 번, 맨 꼭대기에 그려져 있는 조그만 부엉이를 가리킬 때 네 번 울린다고 했다.

"자, 여기 오른쪽, 종이 한 번 울리면 모두 잠을 자는 거야. 종이 두 번 울려도 계속 자야 해. 세 번 울리면 일어나는 거야. 그때 일어나서 가축들에게 여물을 주면 돼."

"두 번 울리는 것은 하지 말라고 해. 잠에서 깨어난 후 한꺼번에 울든가."

미단의 말에 하전부리가 벌컥 화를 내었다.

"말 같지 않은 소리! 둘을 지나지 않고 어떻게 하나에서 셋으로 가? 오른쪽에서 움직이던 바늘이 어떻게 땅을 가리키지 않고 왼쪽으로 가냐고! 게다가 기계의 바늘이 땅을 가리키는 바로 그 순간에 오늘이 어제가 되고 내일이 오늘로 바뀌어. 모두 잠든 한밤중에 종이 두 번 울리는 것은 무엇보다도 중요한 그 사실을 알려야 하기 때문이야."

"덕분에 나는 잠자기는 틀렸어."

"걱정 말고 푹 자라잖아! 잠잘 시간, 일어날 시간을 다 가르쳐주는데 왜 잠을 못 자?"

"기계가 밤에 멈추면 가축들과 순부부리는 굶어 죽어. 이것이 낮에 멈추면 우리는 잠을 자지 못해 죽어."

"기계는 멈추지 않아. 그게 바로 기계야. 살촉동의 가장 훌륭한 이들도 다 이 기계에 맞춰 살아."

"아무리 훌륭한 사람도 죽어. 아무리 훌륭한 기계라도 죽어. 그것이 땅의 명령이야."

"죽고 사는 문제가 아니잖아! 종이 한 번 울릴 때 자서 세 번 울릴 때 일어나라는데 뭐가 그리 심각해? 명심해. 잠자는 시간에는 누구도 돌아다닐 수 없어. 누구도 예외는 없어."

양이가 시계의 줄을 잡아당기려 하자 희실이 양이의 손등을 후려쳤다. 양이가 하전부리에게 매달렸다.

"하전, 희실이 나를 자지 못하게 해. 잠들기만 하면 나를 꼬집어."

"잠을 못 자는 사람은 나야! 양이의 잠꼬대 때문에 잠을 잘 수가……."

"그만 해!" 희실의 말을 잡아챈 하전부리가 말을 이었다.

"골치 아픈 집구석. 또 하나, 이왕 온 김에 기남의 성년식은 글피 아침에 치러. 그깟 성년식 안 한다고 어른이 되지 않을 것도 아닌데 성화는."

미단이 하전부리를 한동안 노려보다가 입을 열었다.

"잘난 기계가 아무리 시간을 잘 붙잡는다 해도 저것이 고작 두 바퀴 도는 동안에 성년식 준비를 끝낼 수는 없어. 상차림은 그만두고라도 손님들을 부를 시간이 있어야 해. 그리고 기남에게도 검은꼬리거북달보다는 푸른용달이 좋아."

"미단의 말이 맞아. 다음 달이 좋겠어."

웬일로 희실이 미단의 편을 들었다. 희실이 말을 이었다.

"기남의 어깨 가리개와 머리띠를 만들 시간은 있어야지. 성년식에 입을 내 옷도 새로 만들어야 하고. 게을러터진 침모 산분 혼자서는 어림없어. 미단은 죽이나 쑤어 산으로 들로 흩뿌릴 뿐 바늘 따위는 손에 쥐지도 않고, 내가 부루 집안에서 데려온 찬금은……."

"글피 아침이야! 그다음 날 나는 떠날 거야. 집에 들어서기만 하면 머리가 아파. 걱정거리가 사라지는 검은꼬리거북달이 얼마나 좋아? 푸른용달이 되려면 아직……."

이번에는 미단이 하전부리의 말을 잘랐다.

"집에는 없더라도 단풍동에는 있어! 순부부리가 갈 날이 머지않았어. 기계가 아무리 시간을 늦춰도 순부부리는 땅의 명령을 따라."

"순부부리 타령으로 입이 부르트겠군. 똑같은 편지를 끝없이 보내더니."

그의 투덜거림에 희실이 뒤늦게 무릎을 치며 깔깔거렸다.

"미단이? 저 자오 여편네가 네게 편지를 끝없이? 암내 풍기는 돼지처럼!"

"……한 번이라도 답장했더라면 다시 보내지 않았을 것 아냐!"

분노로 얼굴이 새파래진 미단이 거실에서 나갔다. 희실도 급히 침모 산분을 찾아 나섰다. 나는 나갈 수 없었다. 시계추를 거머쥐려는 양이를 말려야 했다. 하전부리가 의자에 걸터앉아 나를 쳐다보았다.

"몇 살이냐?"

"스무 살이오."

"그럼 내가 20년 만에 집에 온 건가?"

"제가 열 살 때도 한 번 오셨어요. 그때 제가 둘째라고 인사드렸어요."

"둘째라. 그러니 내가 캔 놈은 내가 죽을 때에도 나타나지 않는다는 말이지."

그가 중얼거린 '내가 캔 놈'은 기남이 분명했다. 그 말은 또한 둘째인 나는 그의 손으로 캐지 않았다는 말이었다. 희실이 다시 거실로 들어섰다.

"하전, 미단의 편지 얘기나 자세히 해 보렴. 정말 웃기는 일이구나."
"하긴 배달부가 제대로 편지를 전했는지는 미단이 알 수 없었겠지. 얼룩박쥐라면 몰라도. 빌어먹을 놈의 박쥐, 얼마나 시끄러운지. 청매동에서 팔아치우는 순간에도 귀가 찢어지는 줄 알았어."
"얼룩박쥐를…… 네가 팔았구나. 그걸 몰랐네. 그건 그렇고, 하전, 네 여편네는 정상이 아니야. 똑같은 편지를 끝없이 보낸 것만 봐도 그렇지. 게다가 이건 창피해서 말도 못 하는 일인데, 검은머리짐승 있잖니, 그 더럽고 사특한 놈을 끼고 산단다. 그 찝찝한 놈에게 순부부리의 죽도 쑤게 하고. 어떻게 우리 집안에……."
하전부리가 그의 어깨에 놓인 희실의 손을 뿌리쳤다.
"검은머리짐승이 쓸 만은 하지, 오래 쓰지만 않는다면. 그놈들은 언제 배신할지 모르거든."
의자에서 일어난 그는 곧바로 순부부리의 방으로 향했다. 갑자기 나는 날아갈 듯 마음이 가벼워졌다. 적어도 준호가 검은머리짐승이라는 이유로 내쫓길 일은 없을 터였다.
순부부리는 조그맣고 뽀얀 몸피로 침상에 누워 있었다. 나이가 78세이니 2년에 한 번 살 껍질을 벗었다 해도 근 마흔 번을 벗은 셈이었다. 하루 중 거의 대부분을 잠자거나 힘없이 울어대는 그는 키도 이제 내 종아리뼈만큼 작아졌다. 하전이 순부부리를 힐끗 보고 중얼거렸다.
"죽을 시간을 기다리는 이유를 모르겠어. 대체 무슨 낙을 보겠다고."
마침 미단이 순부부리의 죽을 가지고 들어왔다. 미단이 순부부리를 품에 안고 죽을 떠먹이기 시작했다. 하전 곁에 바싹 붙어 앉은 희실이 화제를 돌렸다.

"그런데 하전, 생 좀 따끔하게 혼내주렴. 삼신이라며 거들먹대는 꼴이 얼마나 건방진지. 네가 형 아니냐. 나는 생이 정말 싫어. 너랑 생이 내게는 똑같이 동생이라도 나는 정말 생이 껄끄럽고……."

"자를 수 있는 가지가 있고 자를 수 없는 가지가 있어. 생은 단풍동을 구할 사람이야."

"단풍동을 구해? 결국 난리가 나는 거야? 붉은이파리들 때문에 결국!"

희실이 갑자기 이리저리 서성이며 혼잣말하기 시작했다. '자를 수 없는 가지가 삼신이면 자를 수 있는 가지는, 미단을 자르면 우리 집안은…….' 희실의 가지 타령에 하전부리 역시 혼잣말을 시작했다. '갈라져 나온 가지라니, 그놈이 어떻게 그런 말을…… 기껏해야 환쟁이 놈이.'

"미단," 하전부리가 미단에게 심각한 표정으로 물었다.

"살촉의 장군 귀우치 말야, '자오가 망한들 운흘이 자오보다 클 수는 없다'는 거야. 그놈이야 자오의 밝은샘 출신인 데다 장군까지 되었으니 그럴 수 있다 쳐. 사흔 말야, 그놈이 또 내게 '갈라져 나온 가지가 아무리 성한들 둥치만큼 굵을 수는 없지요.'하는 거야. 그놈은 우리 운흘의 곁샘놈 아니었어?"

"갓바치 일립의 아들 사흔?"

희실이 또 끼어들자 하전부리가 그녀를 노려보았다. 그리고 미단에게 답을 재촉했다.

"말해 봐 미단, 갈라져 나온 가지는 운흘이지? 부루와 선치야 아직 가지 축에 들지 못할 거고."

"맞아, 갈라져 나온 가지가 둥치를 대신할 수는 없어."

미단이 순부부리를 침대에 내려놓으며 대답했다. 하전부리의 얼굴이 환해졌다.

"맞지? 그러니 우리 운흘이 당하더라도 자오만큼은 아니라는 거지? 역시 고향에 잘 왔어. 이제야 편두통이 가시네. 요즘 내 머리통이 씰그러져 비뚤게 닳는 중이었거든."

미단이 죽 그릇을 들고 나가자 희실이 다시 하전부리에게 들러붙었다.

"하전, 그렇게 가지니 둥치니 둘러 말할 것 없어. 첩을 데려왔다면서? 이참에 저 뒤숭숭한 여편네를 잘라내고 네 첩을 들여. 무엇보다 저 여편네는 붉은이파리잖아. 하루도 마음 편히 잘 수가 없어. 집안에 어떤 난리가 닥칠지 불안……."

"미단을 괴롭히지 마! 이 집안의 주인은 내가 아니라 미단이야. 지금도, 앞으로도 그래."

그가 희실을 노려보았다. 희실이 어이없는 표정으로 다음 말을 생각하는 동안 그는 이미 순부부리의 방을 빠져나가 높은마당으로 올랐다. 무녀 영기와 채연이 거기 서 있었다.

"문안 인사를 드리러 왔답니다. 주인님이 돌아오셨다는 말을 들었지요."

영기가 고개를 숙였다. 그 뒤에 서 있던 채연이 또 곱게 인사했다.

"채연이라 합니다. 저자에서 여관을 운영하는 보잘것없는 년이지요."

채연은 부엌에서 나온 미단에게도 다시 예를 갖추었다. 하전부리가 채연을 뚫어지게 바라보았다. 그녀의 면구스러움도 가려줄 겸 내가 먼저 그녀에게 말을 걸었다.

"반가워, 채연. 수정 모래시계는 고마웠어."

"무슨 말씀을요. 누구든 요긴하게 쓰시면 좋지요."

추측했던 대로 채연은 맑은이가 분명했다. 수정 모래시계를 내가 아닌 다른 이가 사용하고 있음을 그녀는 이미 알고 있었다.
"너는 곁샘의 아리미 아니냐? 네가 저자에 여관을 차렸다고?"
하전부리가 채연에게 물었다. 영기가 대신 대답했다.
"잘 보셨습니다, 주인님. 여기 있는 채연은 곁샘마을 운흘 아리미 아씨와 한깍지랍니다. 저주받은 인생이지요. 6년 전 아리미 아가씨의 장례식에서 진혼곡을 불러드렸지요."
그제야 나도 이해가 되었다. 저잣거리에서 채연을 처음 보았을 때 왠지 낯이 익던 이유는 작은할아버지 문부가지의 딸 아리미와 헷갈렸기 때문이었다. 영기가 채연의 신상에 관해 자세히 말하기 시작했다.
무녀로나마 자오 집안에 받아들여졌던 영기와 달리 채연은 정식 초추아의 길을 걸었다. 문부가지 부부가 어미산에서 아리미를 캐어 간 후 늦게 눈을 뜬 그녀는 부모의 얼굴을 기억하지 못했다. 어미산을 내려와 이리저리 떠돌다가 마을 밖 숲의 나무인간들과 친해졌다. 나무인간들의 음악을 듣고 그들이 만들어 준 피리를 입에 댄 후 그녀는 잔치에 불려 다니는 악사가 되었다. 타고난 재능과 눈썰미로 돈을 모아 유곽의 주인이 되었지만 비천한 초추아의 신분으로 손가락질당하는 것은 여전했다.
채연이 아리미와 한깍지임은 문부가지의 부인인 유하가 먼저 알았다. 20여 년이 지나 말총샘마을 잔치에 갔다가 피리를 부는 채연을 보았다. 문부가지와 유하는 그들의 자식인 아리미에게 또 다른 깍지가 있었음은 상상조차 하지 못했다. 하지만 유하는 남편 문부가지에게도 그 사실을 알리지 않았다. 채연을 해칠 수도 있기 때문이었다. 사실 아리미는 캐어올 때부터 다리 한쪽이 불구인 데다 몸이 약해 바깥출입을 하지 못했다. 그러니 그들이 사는 곁샘마을에 채연을 부르지 않는 한 아리미와 채연이 직접 맞닥뜨릴 일은 없었다.

아리미가 살아있는 동안 아리미와 채연의 대면은 이루어지지 않았다. 유하의 청으로 채연이 곁샘마을에 간 것은 아리미의 장례식날이 처음이었다. 채연을 본 문부가지는 그녀가 아리미의 혼령인 줄 알고 기절해 버렸다. 채연은 장례식 내내 곡진하게 피리를 불었다. 쌍둥이들은 서로 연결되어 있어 상대방의 기쁨이나 고통을 함께 느낀다고 한다.

"진혼곡이 얼마나 슬펐는지 장례식에 모인 모든 사람이 울었대요. 저는 그때 호랑가시동에 있어 참석하지 못했지만요."

"그건 또 무슨 소리야? 내 집안의 무녀가 호랑가시동엔 왜 갔어?"

영기는 말없이 웃을 뿐 자신의 고생에 대해서는 말을 아꼈다. 하전 부리는 자신의 방탕으로 집안 식구들이 어떤 일을 겪었는지 알지도 못할 뿐 아니라 알고 싶어 하지도 않았다.

"아리미 아씨의 장례식이 끝난 후 유하 마님은 채연을 따로 부르셨어요."

아리미가 쓰던 물건과 화장품들을 채연에게 넘겨주자 채연이 아리미의 몸종이었던 도울을 불렀다.

—내가 쓰던 가루분은 왜 안 가져와?

도울은 허겁지겁 아리미의 가루분을 가져다주었다. 그리고 도울은 겁에 질려 거품을 물었다. 채연이 이어 도울에게 '빼돌린 어머니 유하의 목걸이며 반지, 금붙이들을 모두 가져오라'며 명령했기 때문이다. 도울은 병약한 아리미를 간호하면서 아리미의 물건뿐 아니라 문부가지와 유하의 값나가는 장신구들, 곁샘의 밭문서 중 일부도 빼돌린 상태였다. 문부가지와 유하는 저잣거리의 여관 한 채를 채연 앞으로 사주었다.

"……아리미 아씨가 죽었다 하여 채연이 그 자리를 대신할 수는 없지요. 하지만 채연은 저자에서 알아주는 부자가 되었답니다."

영기의 말이 끝나기도 전에 하전은 지루하다는 듯 하품을 했다.

"여관방이나 하나 내줘. 내가 혼자가 아니거든. 금방 떠날 수도 없는 입장이고."

그의 첩 비비추와 그녀의 자식들 둘은 나루샘마을의 주막에 머무는 중이었다.

하전부리가 채연의 마차를 얻어 타고 나루샘으로 갈 채비를 하는 동안 무녀 영기가 나를 보고 활짝 웃었다.

"귀하신 연토 도련님, 내 친구 채연은 도련님을 뵙고 큰 위안을 얻었답니다."

"위안?"

"저자에서 도련님을 뵌 순간 밝은 기운을 느꼈대요. 제가 보기에도 도련님에게는……."

영기가 내 주위를 한 바퀴 돌았다. 그리고는 활짝 웃었다.

"환한 빛이 생기셨네요. 운명의 존재를 만나셨나요?"

"무슨! 2년이 지났는데 운명 비슷한 낌새도 없었어. 영기, 신통력이 없어진 것 아냐? 나는 아직도 붉은이파리 꿈을 꿔. 하전부리도 그랬어. 단풍동의 난리를 삼신어른이 수습할 거래."

내가 투정 부리듯 영기에게 따졌다. 그녀가 두 손을 올려 내 뺨을 따뜻하게 감싸주었다.

"굳은 땅은 한 번씩 뒤집어줘야 한답니다. 그래야 씨앗이 제대로 뿌리를 내리지요."

검은머리짐승 준호. 그가 나를 도울 운명의 존재였을까. 준호가 곁에 있음으로써 내가 위로를 받는 것은 사실이었다. 그렇게 느리게 가던 시간도, 근원을 알 수 없는 슬픔과 잡념들도 어느새 잦아든 지 오래였다. 하지만 준호를 내 운명의 존재라 받아들이기에는 아무래도 찜찜한 구석이 있었다. 아무리 좋게 보려 해도 그는 축사의 가축, 그중 말귀를 알아듣고 집안일을 잘 돕는, 눈치 빠른 가축에 불과했다.

기남의 성년식

✱   형 기남의 성년식 준비로 집안은 눈코 뜰 새 없이 바빴다. 타조의 목이 비틀려 끓는 물에 던져지고 막대에 꿴 돼지는 불에 그슬려졌다. 나 역시 두 번이나 저잣거리를 오가며 등칡열매와 노인들을 위한 사탕을 구해와야 했다. 물확에 넣을 향으로는 라플레아 원액이 제격이었지만 라플레아는 등칡보다 다섯 배나 비쌌다.

71개의 손님용 물확을 꺼내어 마당에 늘어놓느라 만 이틀을 고생한 행랑아범 사로는 발바닥이 부어 걸음도 떼지 못했다. 마침내 친구 부루 주명이 집에 들렀다. 주명의 몸종 견호가 등칡열매를 빻고 마당을 둘러싼 울타리와 나무 둥치에 등칡 봉지를 매달아 주었다. 언제 봐도 그렇지만 견호는 우리 집 찬금에 못지않게 덤벙댄다. 등칡 봉지를 잘 단다고 칭찬해 주기 바쁘게 그는 버중나무에서 떨어져 다리를 부러뜨렸다. 장작을 지고 온 햇빛족 일꾼이 견호의 다리를 완전히 부러뜨려 주었다. 소동의 주범이었던 등칡향은 정작 잔치에는 쓸모없었다. 잔치 하루 전날 무질의 아버지 선치가 온 집안에 쓰고도 남을 만큼의 라플레아 원액을 보내왔기 때문이다.

성년식 당일 아침 준호는 방에 갇혔다. 노인들의 엿과 죽을 만드느라 밤낮으로 고생한 이가 바로 준호였지만 그를 사람들 앞에 내보일 수는 없었다.
"괜찮아. 여기서 내다보면 잔치가 다 보이는걸. 이쪽 바닥은 마침 물길도 없고."

준호가 마당 쪽의 나무벽에 바짝 붙어 누웠을 때 나는 또 순간적으로 가슴이 섬뜩했다. 그와 생활한 지 2년인데도 그가 드러눕는 모습은 아직도 죽은 사람을 연상시켰다. 가축들도 물론 엎드리거나 눕는다. 하지만 검은머리짐승처럼 바닥에 등을 대고 나자빠지지는 않는다.

마당에 나간 나는 내 방 벽 앞에 음식용 탁자들을 붙여놓았다. 손님들이 나무벽에 바짝 자리잡을 경우 준호의 시야가 가려질 염려가 있기 때문이었다. 다른 문제는 없었다. 마당 이곳저곳에 횃불을 밝힌 데다 내 방이 마침 아랫마당의 거실 맞은편이니 그가 성년식을 구경하는 데에는 그나마 수월할 터였다.

거실 앞마당에 붉은 천이 깔렸다. 마당으로 내려서는 거실 계단 난간에는 구름버섯 모양 부채와 박쥐 모양 부채가 꽂혔다. 붉은 천 위에 갈잎 돗자리가 덧깔리고 그 위에 키다란 탁자가 놓였다. 상 위에는 검은 돌거북, 흰 밀가루를 씌운 삶은 돼지와 붉은색 물감을 들인 삶은 타조, 그리고 탁자 한가운데에는 푸른 잎으로 장식한 쌀떡이 똬리를 튼 뱀 모양으로 놓였다.

각 마을에서 온 손님들이 들어서자, 아랫마당은 물론 중간마당과 높은마당까지 사람들로 가득 찼다. 물길이 없는 높은마당이야 당연히 물확이 필요하지만 중간마당과 아랫마당은 물확이 없어도 발이 마르지는 않는다. 하지만 주인 입장으로서는 모든 손님들에게 물확을 제공하는 것이 예의일 터이다. 물확을 차지하지 못한 이들의 불평이 들려왔다. '일인용 확을 늘어놓으니 그렇지. 저자에 널린 큰 확 몇 개만 들여도 훨씬 나을걸.' 하지만 일찌감치 와서 확을 차지한 이들은 무척 만족해했다. '훌륭한 집안 잔치는 역시 격이 달라. 요새 쓰는 그 몹쓸 확이라니, 알지도 못하는 이와 함께 발을 담글 바에야 차라리 집에 가고 말지.' '물확이야 자오 것이 최고지.' '끝이 가느스름한 것이 여러 개를 붙여놓으면 예쁜 꽃이 되기도 하고.' 밝은샘마을이 거덜난 지 18년인데도 자오 집안의 잔치를 그리워하는 이들도 있었다.

마당 이곳저곳에 놓인 탁자와 소반에는 엿과 떡들이 그득했다. 잔치를 처음 맞는 나로서는 왜 먹지도 않는 음식을 만드느라 며칠씩 고생하는지 이해할 수 없는 구석이 있었다. 우리 같은 맑은이와 하얀이들은 상노인이 되기 전에는 음식을 먹지 않는다. 하지만 손님 중 반을 차지하는 황인과 햇빛족들은 죽과 떡, 사탕들을 즐긴다. 음식을 먹는 만큼 피부로 배어나는 오물 찌꺼기를 씻어야 하고 악취를 가리기 위해 향수까지 필요하니 이래저래 황인들과 햇빛족의 삶은 고단할 수밖에 없다. 잔치 음식은 그들뿐 아니라 어미산에도 필요하다. 음식을 어미산 곳곳에 뿌려 산짐승과 새들의 배를 채워줘야 그 땅에서 자라는 어른이들이 피해를 입지 않는 것이다.

채연의 악대가 연주를 시작했다. 칠현금에 손풍금, 피리까지 어울려 흥겨운 가락이 이어지자 드디어 미단이 거실에서 나왔다. 연분홍빛 어깨 가리개와 머리띠, 연분홍빛 비단에 연수정이 점점이 박힌 치마를 받쳐 입은 그녀는 품위 있었지만 표정은 굳어 있었다. 계단 밑에 서 있던 영기가 미단을 인도하여 탁자 옆 의자에 앉혔다. 탁자에서 조금 비켜난 의자에 앉은 희실이 미단을 위아래로 훑으며 흠을 잡았다.

"아무리 사정이 궁해도 그렇지. 이십여 년이나 묵은 옷을 입고 손님을 맞다니, 집안 창피를 주려고 작정했어."

급작스러운 성년식 준비에 자기 옷을 걱정하던 희실은 결국 저잣거리 옷 가게에서 값비싼 청매동의 치마와 어깨 가리개를 사 입었다. 희실에 비해 어머니 미단은 성년식 준비를 하느라 새 옷을 마련할 돈도 시간도 없었다. 하지만 누가 보더라도 금실로 번쩍이는 요란스러운 희실의 새 옷보다 미단의 연분홍 비단옷이 훨씬 아름답고 우아했다. 미단이 걸친 옷은 그녀가 하전부리와 혼례 올릴 때 입은 혼례복이었다. 값지고 의미 있는 혼례복을 집안의 크고 작은 일에 예복으로 입는 것은 당연한 일이니 미단의 복장은 누구에게도 흠 잡힐 일이 아니었다. 희실이 들으란 듯 계속 투덜거렸다.

"끼니 굶는 거지가 아닌 담에야 요새 누가 낡아빠진 수의 조각을 걸치느냐고. 창피해서 내가 얼굴을 못 들겠다니까?"

혼례복은 훗날 본인의 수의로 쓰이는 것도 사실이다. 형편 어려운 사람들조차도 혼례복에 한껏 신경을 쓰는 이유는 혼렛날 본인과 집안을 돋보이려는 욕심도 있지만 땅으로 돌아가는 순간 작은 몸에 걸치는 마지막 옷으로서 '부디 귀하고 높은 신분으로 다시 태어나라'는 염원이 옷 한 땀 한 땀에 담기기 때문이다.

이어 오늘의 주인공인 형 기남이 나타났다. 급히 지어냈음에도 무궁화를 가득 수놓은 긴 두루마기와 머리띠, 색색의 나비를 수놓은 바지와 각반이 훌륭했다. 그가 발짝을 뗄 때마다 그의 머리띠 양쪽에 꽂힌 긴꼬리공작새 깃털 두 개가 박자를 맞추듯 한들거렸다.

"훌륭하네. 언제 저리 늠름하게 껍질을 벗었나."
"사내 노릇하겠네. 집도 짓고 마누라도 거느리겠네."
"오늘 아예 결혼시키지."

중간마당과 높은마당의 손님들이 내려다보며 큰 소리로 덕담을 늘어놓았다. 이어 여기저기서 숙덕거리는 소리가 들려왔다. 기남 다음으로 등장한 하전부리 때문이었다. 살촉동 멋쟁이 하전부리가 걸친 옷은 당연히 혼례복이 아닌 새 옷이었다. 그의 옷차림 중에서도 가장 눈에 거슬린 것은 배를 드러내는 짧은 윗도리였다. 점잖은 집안의 남자들은 넓은 폭의 긴 어깨 가리개를 두른다. 짧은 가리개는 큰 죄를 짓거나 부모가 죽어 스스로 죄인을 자처할 때나 입는 것이다.

"죄를 지어도 심하게 지었구먼."

중간마당의 누군가 무심코 던진 소리가 퍼져 낄낄거리는 웃음으로 변했다. '짓긴 지었지. 유학하시느라 집안이 휘청하셨지.' '짧으니 시원하기는 하겠군. 천도 얼마 들지 않고.'

"무식한 것들. 비싼 옷들을 몰라보다니. 모르면 가만히나 있든지!"

하전부리의 편을 드느라 손님들을 쏘아보던 희실도 그의 가죽 장화와 코에 얹힌 검은 운모 안경까지는 감싸주지 못했다. 무릎까지 올라오는 긴 장화는 시신에 신기는 불편한 물건이었다. 검은 안경도 그러했다. 다른 이에게 눈빛을 들키지 않기 위한, 무언가 일을 꾸미는 사람들이 사용하는 찜찜한 물건이었다.

"귀찮아. 얼른 시작해."

하전부리가 말했으나 웅성거림은 그치지 않았다. 옷장수 무미여도 말을 더듬었다. '머, 멋이라기보다는 파, 파격이지요. 보세요, 모두들 깜짝 놀라잖아요.' 그녀의 궁색한 답변에 사람들의 웃음이 더 크게 퍼졌다. 파격? 일부러 놀래주려고? 재미있어! 하전부리가 더욱 꼿꼿이 목에 힘을 주었다. 안절부절못하던 희실이 큰 소리로 말했다.

"하전, 네 멋쟁이 부인과 함께 왔더라면 요새 살촉동 유행이 어떤 건지 제대로 보여줬을 것 아니니! 지금이라도 하인을 보내 데려오렴."

"멋쟁이 부인? 아아, 부채도마뱀?"

웃음이 또 퍼져나갔다. 저자의 소문을 전해 주는 방물장수 지화의 말에 의하면 채연의 여관에 머무는 하전부리의 첩 비비추는 단 이틀 만에 '부채도마뱀'이라는 별명을 얻었다. 요란스러운 색깔의 깡똥치마에 아장아장 걷는 걸음걸이, 쥘부채를 흔들며 걷는 그녀가 숲의 부채도마뱀을 연상시키기 때문이었다.

"빨리 시작하라니까!" 하전부리가 재촉했는데도 집사를 맡은 차미한 여장부리는 계속 머뭇거렸다. 결국 그가 하전부리에게 다가와 귀엣말로 속삭였다.

"먼저 절을 하셔야 성년식이 시작됩니다."

아비가 손님들에게 절을 함으로써 아들의 성년식이 시작되는 법이었다. 하지만 그는 꼼짝하지 않았다. 하기야 긴 가죽 장화를 신은 채 무릎을 꿇으면 혼자 일어날 수도 없을 터였다.

"누가 감히 내 절을 받아! 얼른 시작하지 못해?"

하전부리의 호통에 손님들의 웃음이 사라졌다. 집사가 엉겁결에 입을 열었다.

"다, 단풍 운흘 하전! 붉은나무의세월 첫 번째 해 태어나 마흔여섯!"

집사가 운을 떼자 사람들이 따라 외쳤다. 단풍 운흘 하전, 붉은나무의세월 첫 번째 해 태어나 마흔여섯!

"단풍 운흘 기남, 불의세월 여덟 번째 해 태어나 스물여섯!"

집사의 목청이 커지자 사람들의 목소리 역시 커졌다. 단풍 기남, 불의세월 여덟 번째 해 태어나 스물여섯!

"오늘, 물의세월 여덟 번째 해, 물의 달 세 번째 검은꼬리거북달에 아뢰옵니다. 생명을 키워주신 땅이여, 운흘 집안의 기남이 인사드리옵니다."

집사가 기남에게 손짓하자 기남이 사방으로 절을 올리기 시작했다. 절을 올릴 때마다 그의 이마와 코와 입이 땅에 닿았다. 다음은 부모에게 인사드릴 차례였다.
"땅이 정해주신 부모님, 부족한 자식 기남이 인사드리옵니다."
기남이 무릎을 꿇어 하전부리와 미단에게 절을 올렸다. 사람들이 갑자기 웅성거렸다. 희실이 하전부리와 미단 사이를 비집고 선 것이다. 희실이 사람들을 노려보며 소리쳤다.
"내가 당연히 인사받아야지! 기남을 여태 돌본 이가 누군데?"
하전부리가 호미와 칼과 밧줄을 기남에게 넘겨주었다. 자식을 캐어올 때 쓸 연장들이었다. 기남이 밧줄 꾸러미를 목에 걸쳤다. 이어 바지춤에 호미와 칼을 꽂았다. 집사가 소리쳤다.
"동네 사람들! 운흘 기남이 산에 올라 자식을 캔다!"
운흘 기남이 산에 올라 자식을 캔다! 사람들이 따라 외쳤다.
하전, 억울하겠다! 잠도 못 자겠다!
억울하기는? 시원하지. 하전은 이제 씨물 뿌릴 일만 남았다!
성년의 자식을 둠으로써 하전부리와 미단이 노인의 반열에 오른 것이다. 노인이 되었으니, 그들은 이제 사람들의 반말에도 화를 낼 수 없었다.
기남이 한쪽에 세워두었던 둥근 나무통 모양의 새 칠성함을 들었다 놓았다. 자식을 캐어올 새 칠성함 뚜껑에 일곱 개의 별만 덜렁 새겨졌을 뿐 나무이파리나 상서로운 동물들의 조각이 없음은 성년식이 급작스레 열려 준비가 덜 되었기 때문이었다.
칠성함이 크기도 해라. 거인 자식을 캐어오려나 보다!
자식은 데려다 무엇 하려고! 손발만 빤빤히 닳는다네.
칠성함이 실하기도 해라. 세상 구할 위인이 오려나 보다!
자식은 거두어 무엇 하려고! 부모 밥도 안 주고 구박한다네.

덕담과 함께 얄밉게 이기죽거리는 목소리가 번갈아 들렸다. 좋은 잔치일수록 악귀가 끼어드는 법이다. 악귀의 시샘을 막으려면 적당한 험담도 필요하다. 기남이 이번에는 거실 계단 건너편에 놓인 헌 칠성함을 들었다가 놓았다. 하전부리와 미단이 그를 캐었을 때 그를 실어 온 칠성함이었다. 그가 늙어 땅으로 돌아갈 때 그의 주검을 담을 함이기도 했다.

좋단다, 제가 늙을 것은 모르고.

좋단다, 제가 죽을 것은 모르고.

악대의 연주와 노랫소리에 맞춰 사람들이 덩실덩실 춤을 추기 시작했다.

원망한들 무엇하나 한숨 쉬어 무엇하나. 에라, 오늘 놀아 원이나 풀어보세.

걱정한들 무엇하나 한탄한들 무엇하나. 에라, 오늘 놀아 주름이나 지어보세.

채연의 비파는 특이했다. 울림판 전체에 그려진 꽃들도 화려했지만 윗부분 양쪽에 그려진 사람의 째진 눈은 그녀가 비파를 뜯으려 팔을 들 때마다 그녀의 겨드랑이를 훔쳐보는 것 같아 기분이 묘했다.

기남이 떡을 들고 손님들 사이를 비집는 동안 집사가 하전부리에게 술잔을 건네었다. 술을 입에 댄 하전부리가 취한 척 고개를 갸웃거렸다.

헤헤이, 아비가 술에 취했구먼.

사람들의 추임새가 이어졌다. 집사가 또 새로운 술잔을 내밀었다. 하전부리가 몸을 기울여 쓰러지는 흉내도 내고 오줌 싼 바지를 추켜올리는 시늉을 했다.

몸도 못 가누는군. 질질 싸는군. 괜찮고말고. 자식이 있는데 무슨 걱정인가.

하전이 탁자를 두 손으로 잡고 엉거주춤 다리를 구부렸다.

씨를 뿌리는군. 힘도 좋군.

팔자 늘어졌네. 자식이 거둬준다네.

잔치의 골칫덩이이자 방해꾼이라면 역시 노인들일 것이다. 부엌에서 국수 그릇이 나오자 노인들이 한꺼번에 달려들었다. 저희끼리 때리고 할퀴고 울음보가 터져 시끄러웠지만 잔칫날이니만큼 큰 소리로 꾸짖을 수도 없었다. 보모는 보이지 않았다. 미단이 고애초를 노려보았다. 부루 집안의 고애초와 그의 남편 하람 훈장은 손님들 중 맨 앞자리에서 물확을 차지하고 버젓이 앉아 있었다. 미단은 사실 새벽부터 부루 집안의 보모 명여를 기다렸다. 바쁜 중에도 찬금을 나루샘 마을에 보내어 보모를 보내주도록 부탁했건만 고애초가 모른 척 시치미 뗀 것이었다. 화려한 옷에 온갖 보석으로 치장한 고애초는 노인들의 분탕질이 자신과는 아무 관계 없다는 듯 짜증을 내며 잔치 준비가 미흡함을 흉보기 바빴다. 노인들의 행패로 이곳저곳에서 큰 소리가 터져 나오기 시작했을 때야 높은마당에 명여가 나타났다. 엿 그릇을 든 명여를 따라 몇몇 노인들이 밖으로 나가기는 했지만 중간마당과 아랫마당의 손님들을 휘젓고 다니는 노인들은 이미 제어할 수 없었다. 술잔을 엎는가 하면 손님들의 입에 든 엿을 빼내려 손가락으로 그들의 입을 후벼대었다. 개구쟁이 노인들은 사람들의 등에 올라타고 물확에 뛰어들어 첨벙거렸다. 그때 높은마당이 술렁거렸다.

"삼신어른 오시네. 무궁 만세."

중간마당과 아랫마당 손님들도 물확에서 발을 빼고 삼신어른에게 예를 갖추었다.

"잔치가 왜 이리 소란한가."

삼신어른의 권위는 역시 남달랐다. 그의 말 한마디에 손님들이 일사불란하게 노인들을 제지했다. 멱살을 잡힌 노인 중 한둘이 울자 얼른 그의 입을 틀어막았다. 높은마당에 다시 들어선 명여가 서둘러 그들을 집 바깥으로 몰아갔다.

삼신어른이 드디어 아버지 하전부리의 옆 의자에 걸터앉았다. 꼬리 긴 봉황을 수놓은 황금색 비단 두루마기와 갖가지 색깔의 꽃들을 수놓은 그의 각반은 상서로운 잔치에 잘 어울리는 복장이었다. 뒷눈과 머리카락을 가리는 그의 검은 비단 모자는 '판단이 정확한 삼신어른은 뒤돌아볼 일, 후회할 일이 없다'는 뜻이었다. 갸름한 얼굴에 적당한 눈주름, 침착한 몸가짐의 삼신어른은 확실히 사람들의 칭송대로 존경받을 만한 품위를 갖추고 있었다. 하지만 바로 옆에 앉은 하전부리는 삼신어른에게 눈길 한 번 주지 않았다. '왜 저런대, 삼신어른께 예를 갖추지도 않고.' 음식을 나르던 아낙네들이 수군대었다.

"평안하십니까. 향술 한 잔 받으소서."

보안대장 차미한 여량가지가 삼신어른에게 술을 권하는 순간 하전부리가 그의 술잔을 가로채었다.

"오랜만이로군. 잘 마시겠네."

당황한 사람은 오히려 여량가지였다. 하전부리의 손에 들어간 술잔을 빼앗을 수도 없고, 그렇다고 두 번째 술잔을 삼신어른에게 권하는 것도 예가 아니었다. 삼신어른에게 술을 권하기 위해 앞으로 나왔던 사람들이 슬그머니 자리로 돌아갔다. 하전부리가 또 술잔을 가로채게 되면 당사자들뿐 아니라 잔치를 망칠 수도 있었다. 중간마당에서는 또 다른 소동이 벌어지고 있었다. '붓동놈이 어떻게 이 자리에.' '아무리 운흘 집안이라 해도 어떻게 붓동 놈을 초대할 수 있어!' '재수 없어. 붓동 놈과 나란히 앉다니!'

"촌놈들 같으니. 붓동 놈만큼이나 똑똑해 보라지."

이미 술이 오른 하전부리가 이죽거렸다.

단풍동이 외적의 침입을 받은 것은 단 한 번, 아버지강 북쪽 땅이 살촉동으로 통합되기 전 붓동으로부터였다. 아버지강 북쪽에 위치한 살촉동과 붓동, 청매동은 땅이 한데 붙어있어 예로부터 자기들끼리의 영토 분쟁이 끊이지 않았다. 그에 비해 우리 단풍동은 아버지강 남쪽에 따로 떨어진 오지다. 물살 센 아버지강을 건너 단풍동에 쳐들어오기가 쉽지 않을뿐더러 단풍동에서 마주 보이는 청매동 나루도 단풍동보다 하류에 위치해 있다. 그 덕에 단풍동에서 청매동으로 건너가기는 수월해도 그쪽에서 단풍동으로 건너오려면 거센 물살을 거슬러야 한다. 게다가 강 하류로 조금만 더 내려가면 어슷하게 놓인 두 겹의 폭포가 있다. 숙련된 사공의 재빠른 솜씨가 아니면 땅속으로 내리꽂히는 듯한 급한 물살에 배고 사람이고 박살이 난다. 단풍동에 쳐들어오는 육로로는 아버지강 상류에 위치한 서쪽의 호랑가시동이 큰 방어벽이 되어준 것 또한 사실이다. 지금은 비록 아후밀탄에게 복속되기는 했지만, 옛날 호랑가시동은 살촉동이나 청매동 못지않은 탄탄한 상권과 인구를 가지고 있었다.

붓동이 우리 단풍동에 쳐들어온 때가 80여 년 전 불의세월이니 아후밀탄이 호랑가시동을 점령한 물의세월보다도 훨씬 전의 일이다. 붓동 주력군 역시 서쪽의 호랑가시동을 향해 진군했는데 그 이유는 아버지강 상류인 호랑가시동에서 뗏목을 띄워 우리 단풍동에 닿기 위함이었다. 그들의 작전은 성공했다. 외적의 침입이라고는 당해 본 적이 없었던 단풍동의 병력은 마을을 지키는 보안대와 어미산 자위대를 합쳐 고작 이백여 명에 불과했다. 햇빛족과 화전민들까지 무기를 잡았지만 그들과 맞서기에는 어림없었다. 수많은 이들을 죽이고 저자에 불을 지른 붓동군은 그러나 사흘 만에 물러서야 했다. 주력군이 빠져나온 틈을 타 붓동 본토에 살촉동 군대가 쳐들어왔기 때문이었다. 단풍동의 어미산을 눈앞에 두고 철수하면서 붓동군은 아버지강을 건너 본토로 되돌아가기로 마음먹었다. 서쪽의 호랑가시동을 둘러 육로로 돌아가자면 아무리 빨라도 열흘 이상 걸리기 때문이었다. 아버지강의 물살이 거세다고는 해도 딱히 불가능한 일도 아니었다. 그들은 몇 척 되지 않는 단풍동의 배에 자신들이 타고 온 뗏목들을 밧줄로 묶었다. 선도하는 배에 힘센 사공들을 태워 맞은편에 보이는 청매동 강기슭에 닿기만 하면 모든 것은 해결이었다. 그때 단풍동을 돕는 아버지강이 제 몫을 했다. 선봉에 선 배 두어 척이 거센 물살에 어물거리는 사이에 뗏목의 밧줄들이 엉키기 시작했다. 모든 배와 뗏목들이 한꺼번에 떠내려가기 시작했다. 붓동 군대 팔백여 명 중 고국 땅을 다시 밟을 수 있었던 이는 서쪽의 험한 숲을 뚫고 육로로 돌아간 오십여 명이 다였다. 이를 계기로 붓동은 살촉동에 병합되었다. 붓동의 이름이 없어진 지 80여 년이 흘렀지만 전쟁을 처음 겪어본 단풍동 사람들에게 붓동의 이름은 영원했다. '상종 못 할 붓동놈', '흉악한 육지 붓놈' 이 상대방을 향한 가장 큰 욕이었다.

  손님들이 목청을 높이고 손가락질하는데도 붓동 관리는 천연덕스러웠다. 단풍동 사람들과 똑같은 복장과 똑같은 몸짓으로 술병을 기울일 뿐이었다.

  성년식의 꽃이라 할 수 있는 약혼례가 시작되었다. 동네 아낙 하나가 큰 소리로 외쳤다.

  "마을 어귀 버섯이 예쁘다네요. 아가씨들도 못지않아요!"

  이어 마당 구석구석에 흩어져 선 사내와 아낙들이 손나팔을 만들어 소리쳤다.

"윗논 뒷옆에 순휘가 다 컸다네."

"물판 너머 하미도 얼마나 고운데."

"금강샘 후야네 큰딸 시리도 살림 잘하기로 이름났어요."

"말총샘의 모란이라면 더 볼 것도 없지."

"나루샘 오르헤도 다리 껍질을 다 벗었대요."

"자루목샘 산호이는 지나가기만 해도 향내가 나요."

이윽고 풀과 바위, 나무 이름들이 들먹여졌다.

"박달이도 좋고 산 너머 우렁바위도 좋고."

"나리꽃도 좋고 송이버섯도 좋고."

함성이 터졌다. '여섯이나!' '역시 운흘 집안이야. 삼신어른의 운흘 집안 아닌가.' 여염집이라면 성년 잔치에서 거론되는 신붓감은 한두 명에 불과하다. 양쪽 집안의 양해로 미리 결정된 신붓감을 강조하고, 나머지 두어 명은 있지도 않은 여자를 들먹이거나 풀과 바위, 나무 이름을 소리쳐 준다. 하지만 큰 집안은 다르다. 부모들끼리 의논하는 경우는 거의 없고, 자기 집의 집사나 침모를 보내어 딸의 이름을 부른 후 신랑 측의 의향을 공개적으로 묻는다.

"스무 명을 늘어놓으면 뭣해? 저들 중에 우리 기남의 색시가 있기나 하고?"

희실이 이기죽거리자 엿을 나르던 마을 아낙 하나가 걱정된다는 듯 중얼거렸다.

"어머나, 아버지강 건너 여자를 찾으시나 봐. 설마 부채도마뱀 같은?"

누군가가 또 말을 보태었다. '며느리로 도마뱀을?' 킥킥대는 웃음과 함께 말이 퍼지기 시작했다. '차라리 우렁바위가 낫지.' '송이버섯은 먹기나 하지.' 희실이 벌떡 자리에서 일어났다. 웃음이 점점 퍼져 한바탕 깔깔대는 이들을 그녀라고 막을 도리는 없었다. 하전부리 뒤쪽으로 옮겨 선 그녀가 계속 투덜거렸다.

"자기들이 퇴짜 당할 걸 미리 안 거지. 망조 든 집안이 무슨 낯으로! 우리 속셈을 알고 잔치에 나타나지도 않은 거야. 안 그러냐 하전?"

자오 집안을 그리 욕하면서도 희실은 내심 자오 집안의 신붓감을 탐냈던 것이다. 자오의 큰 집인 밝은샘마을 백연부리 일가는 비록 몰살당했지만 작은 집인 은은샘마을의 담연부리, 그의 손녀 자오 계우라면 단풍동 최고 집안의 신붓감이기는 했다. 그러고 보니 은은샘 사람들이 아무도 보이지 않았다. 그 집안에서는 기남을 사위로 맞을 생각이 없다는 뜻이었다.

하전부리가 일어나 손을 들었다.

"기남의 색시는 차미한 여랑가지의 딸 모란이다."

사람들이 환성을 질렀다. 당연했다. 자오 집안 신부가 아니라면 다음 순번은 차미한 집안이었다. 자리에 앉은 하전부리가 웬일로 옆에 앉은 삼신어른에게 술을 권했다.

"한가하신 모양이구려, 집안 잔치까지 챙기시고. 그러다가 내 아이 결혼도 손수 시키겠다고 나서는 건 아닐지."

하전부리의 말을 들은 앞쪽의 손님들은 모두 긴장했다. 아무리 삼신어른의 형이라 해도 하전부리의 말투가 너무 불량했다.

"하전, 삼신어른께는 예를 갖춰야지. 훈장으로서 한마디 하지 않을 수 없군."

하전부리 앞에 다가서서 입을 연 이는 훈장 하람이었다. 하전부리가 코웃음을 쳤다.

"뱃놈 부루가 운흘 잔치에서 목소리를 내다니 세상 참 좋아졌군.

네놈이 훈장? 돌보다 못한 대가리로 가르칠 것은 있던가?"

 돌보다 못한 대가리? 너무 심하지 않은가. 사람들의 수군거림이 다시 커졌다. 주위를 돌아본 훈장이 한발 늦게 화를 내었다.

 "돌보다 못한 대가리라니! 하전, 학생들을 가르쳐 보지도 않았으면서 어떻게 그런 말을."

 "발가락으로 가르친들 자네보다 못하겠나? 아는 것이라곤 뱃삯밖에 없는 주제에."

 "배, 뱃삯이야, 자네도 배를 탔으니 알 테지. 뱃삯이 비싸서, 아니, 뱃삯이 워낙 싸서 남는 것이, 뱃삯을 올리면 사람들이…… 하여간! 잘난 자네가 훈장을 해 보게! 뭘 어떻게 가르치려나."

 "굳이 원한다면 못 할 것도 없지."

 하전부리의 말을 삼신어른이 잘랐다.

 "안 된다. 바람처럼 물처럼 흘러 다니는 하전에게는 서당을 맡길 수……."

 "훈장은 내가 맡지. 모두들 원한다면."

 삼신어른의 말을 되자른 하전부리의 목소리는 얄미울 정도로 매끄러웠다. 삼신어른도 더 이상 입을 떼지 않았다. 어쩔 줄 모르던 훈장 하람이 제자리로 돌아갔다. 고애초가 잡아먹을 듯 그를 노려보았다.

 "뭐야, 지금 훈장직을 내놓고 온 거야? 내게는 한마디 의논도 없이? 잘됐네! 지금부터 뱃사공이나 하면 되겠네. 마침 사공도 떠내려가 아직 구하지 못했으니."

 고애초의 신경질적인 말투에 하람이 연신 헛기침을 했다. 그때 하람에게 술잔을 내민 이는 무질의 아버지 선치였다. 그는 다른 자리의 저자 상인들과 술잔을 주고받느라 하람과 하전부리의 말다툼은 전혀 모르고 있었다. 하기야 바로 곁에서 들었다 해도 무슨 얘기인지 모를 정도로 그는 이미 만취한 상태였다. 하람의 잔에 철철 넘치게 술을 부은 선치는 킬킬거리며 악대를 향해 걸어갔다. 한창 피리를 불고 있는 여자의 치마를 거세게 끄집어 내리고 자신의 아랫도리를 문질러댄 것은 눈 깜짝할 새였다. 악대 중 가장 앳된 란홍이었다. 란홍이 비명을 질렀다. 선치가 그녀를 두 팔로 옥죄었다.

"가만히 있어! 유곽 년이 어디서 반항이야?"

'급하셨구먼. 하기야 계집질보다 즐거운 일이 있나.' '약이 좋긴 좋아. 툭하면 저 짓거리라니.' 술 취한 사람들이 여기저기서 낄낄거렸다.

"남의 잔치에서 무슨 짓이야! 대체 약을 얼마나 먹은 거야?"

집사가 다가가 선치를 꾸짖었다. 그 정도로 물러날 선치가 아니었다. 두어 명이 선치를 둘러싸 떼어놓으려 했지만 막무가내였다. 선치보다도…… 그의 아들 무질이 걱정이었다. 나는 얼른 중간마당 한쪽에 모여 있는 친구들 곁으로 갔다. 무질이 이빨을 마주치며 몸을 떨고 있었다. 가쟁이 혀를 찼다.

"저러니 선치 집안이 욕을 먹지. 아버지랑 아들이 한 계집에게 씨물을 쏟아대……."

가쟁은 더 이상 말을 이을 수 없었다. 무질의 주먹이 날아왔기 때문이다. 가쟁의 무릎이 꺾였다. 머리카락이 부러진 자리에서 흰 피가 흐르기 시작했다. 옆 사람들이 놀라 자리를 피했다. 그 와중에도 욕을 당하는 란홍의 비명이 들려왔다. 마당을 빠져나가는 무질의 얼굴이 처참하게 일그러져 있었다. 몇 번이고 팔을 뿌리치는 무질을 잡아세운 곳은 집에서도 한참 떨어진 개울가였다.

"진정해. 우리 아버지 하전부리는 첩도 거느렸어."

"첩이면 숫제 낫지. 어떻게 어린 란홍에게, 사람들이 보는 앞에서……."

무질이 어깨를 들썩이며 눈물을 비쳤다. 그는 아버지 선치를 끔찍이 싫어했다. 마약 판매뿐 아니라 선치 스스로가 마약 환자로 온갖 창피한 짓을 서슴지 않기 때문이다. 싫어하면서도 한편으로 그는 선치를 닮아가고 있었다. 마약을 빼내어 스스로 즐기는가 하면 친구들에게 나눠주고 그것을 입에 대지 않는 나나 가쟁을 겁쟁이라며 놀리기도 했다. 약의 부작용인지 몰라도 무질의 성격은 갈수록 종잡을 수 없었다. 어미산 산신이라도 된 것처럼 으스대다가 다음 순간에는 자신이 시궁창과 다름없다며 괴로워했다. 그가 유일하게 의지한 사람이 유곽의 란홍이었다. 무질의 단짝 친구인 주명의 말로는 '란홍도 무질에게 마음이 있다'고 했다.

마당에서는 취객들의 웃음과 주정이 점점 커지고 있었다.

"아무리 봐도 하전부리님은 잘 생기셨다니까. 성격은 또 얼마나 화통하신지."

혀 꼬부라진 소리는 단연 선치였다. 하전부리의 심부름을 도맡고 있는 행랑아범 사로의 말로는 선치가 하전부리를 만나러 수시로 여관을 찾는다고 했다. 선치에게는 오늘 집사를 맡은 차미한 여장부리의 동생 여량가지가 눈엣가시였다. 술 가게 여주인 애희지를 가운데 놓고 밀고 당기는 문제가 아니더라도 그가 저자에서 장사를 하는 한 보안대장 여량가지를 직접 치받을 수는 없었다. 차미한 집안에 명령할 수 있는 유일한 집안이 운흘임을 눈치 빠른 선치가 모를 리 없었다. 이번 잔치에 선치가 라플레아 원액뿐 아니라 축하금까지 따로 전한 것도 여량가지를 견제하려는 의도와 무관하지 않을 터였다.

삼신어른이 자리에서 일어섰다.

"더 노시게. 나는 자루목샘 상드르의 묏자리를 봐야 한다."

"살펴 가소서. 삼신어른님. 무궁 만세."

사람들이 물확에서 발을 빼고 다시 예를 갖추었다. '묏자리는 무슨, 심기가 불편하여 자리를 뜨신 게지.' 사람들이 또 수런대었다. 자루목샘 상드르 노인은 맑은이가 아닌 하얀이였다. 장례를 치르는 조용한작별바위가 어미산 중턱의 하얀이밭에 있으니 주위에 뼛가루만 흩으면 끝이었다. 하전부리는 아무 일 없다는 듯 술병을 기울였다.
 집사가 다시 순서를 이끌어갔다. 그가 하전부리에게 다가섰다.
 "이제 아버님이 아드님한테 술을 따르실 차례입니다. 덕담도 한마디 건네시고요."
 '굶기지 말라고 부탁해!' '그래도 자식한테 비비는 게 최고지.' 사람들이 또 한마디씩 거들었다. 하전부리가 아무 말 없이 기남의 잔을 채웠다. 기남이 어미산을 향해 절하고 그 술을 땅바닥에 부었다. 집사가 지팡이를 들어 땅을 쳤다.
 "운흘 기남은 어른이 되었다! 좋은 날이다!"
 잔치는 다음 날까지 계속되었다. 잔치의 끝은 으레 술주정과 주먹다툼이다. 그런데도 사람들은 잔치를 즐긴다. 헛잔치를 벌이는 이도 있다. 남의 잔치에 가서 얻어먹기만 하는 것이 염치없으려니와 손님들을 불러 떠들썩하게 땅을 다져야 집안이 흥한다는 믿음 때문이다. 나는 슬그머니 부엌으로 향했다. 준호에게 죽을 가져다줘야 했다.
 부엌 앞에서는 잔치를 도왔던 아낙네들의 수다가 이어졌다. 하전부리가 사들인 시계와 그의 첩 비비추의 사치, 헌 나무 그릇 신세가 된 본처 미단 마님의 이야기들이었다. 부엌 안에서는 미단과 영기가 그들의 말을 고스란히 귀에 담고 있었다. 순부부리의 죽을 푸는 미단에게 영기의 위로가 이어졌다.
 "마님, 잊어버리세요. 첩년은 마님 앞에서 거꾸러질 거예요. 제가 그림을 보았어요."

준호의 죽을 퍼서 부엌을 나서려는데 마침 부엌문이 열렸다. 희실이었다.

"첩을 시샘하다니, 잘난 자오 집안의 체면이 있지. 안 그래 미단?"

"체면 때문만은 아니지요, 희실 마님."

희실을 따라 부엌에 들어선 채연이 대신 대꾸했다.

"어디 감히 유곽 여편네가 토를 달아?"

희실이 그녀에게 눈을 부릅떴다. 채연은 눈 한 번 깜빡이지 않고 희실을 마주 보았다.

"아내가 버젓이 있는 차미한 여장부리님을 죽자구니 따라다니는 한 대갓집 마님을 보았어요. 어쩌나, 숫제 힘 좋은 햇빛족 사내를 원하셨으면 이 유곽 여편네라도 나서서 구해 드렸을걸."

"여, 여장부리 여편네가 다 죽어가는 거야 세상이 다 아는……, 참, 술이 모자라던데."

당황한 희실이 내빼자, 영기가 큰 소리로 웃었다. 채연도 웃으며 말을 이었다.

"온갖 괴상한 이들만 마님 편이 되네요. 더러운 짐승에 무녀, 이제 유곽의 포주까지."

채연의 너스레에 미단도 피식 웃음을 흘렸다.

집안은 다시 조용해졌다. 모든 손님과 채연, 무녀 영기도 떠나갔다. 오로지 고모 희실만 미단을 몰아붙였다. '첩 비비추를 집안에 들여야 하전이 단풍동을 떠나지 않으며 그래야 순부부리도 아들 앞에서 눈을 감는다'는 것이었다. 또 하나, '첩을 들이는 대신 금강샘마을과 곁샘마을의 물세를 내놓으라'는 말도 이어졌다. 첩을 받아들이는 일에 희실이 왜 나서는지, 그 일로 왜 희실이 집안의 물세를 차지해야 하는지 미단은 물론 집안 식구 누구도 이해하지 못했다. 수백 번 되풀이되는 희실의 주장에 미단이 결국 손을 들었다.

"물세는 네가 가져. 하지만 비비추는 들일 수 없어."

사람을 이기는 괴물은 외눈박이라는 말이 있다. 한 번 마음 먹으면 어떻게든 이루고야 마는 희실은 물세를 차지했을 뿐 아니라 첩 비비추를 직접 데려왔다.

"이렇게 좋은 누님을 그이는 왜 싫어하는지 모르겠어요. 희실 누님이라면 목소리도 끔찍하다는 거예요."

앵앵거리는 목소리의 비비추가 눈치 없이 종알거렸다.

"그, 그럼. 하전은 미, 미단 목소리만 들어도 끔찍해하지. 오죽하면 첩을 보았겠어."

둘은 꼭 붙어 다녔다. 그리고 닷새 만에 갈라섰다. 한 치의 양보 없는 '귀하신 몸'끼리 어울리는 것이 처음부터 무리가 있었다. 희실이 그동안 알아낸 비비추의 정체를 마구 까발리기 시작했다. '비비추가 살촉동 관리 사토모의 부인'이라는 소문은 전혀 가짜였다. 거리에서 우연히 하전부리와 마주친 비비추가 벌벌 떨며 하전부리에게 도움을 청했다.

— 살려주세요. 남편이 저를 때려요. 제 비명이 그를 행복하게 한대요.

순간적으로 하전부리가 속은 것은 사실이었다. 하지만 이내 그녀가 사토모 부인이 아니라 몸종이며, 매를 맞는다는 말도 거짓임을 알았다. 하전부리는 껄껄 웃었다.

— 감히 나를 속이다니. 하지만 남의 인생으로 사는 건 타고났군.

"……몸종 주제에 '귀하신 몸'? 타조가 웃어! 미단, 그런 넌 따위 전혀 신경 쓸 것 없어. 내 집에 발 한 짝이라도 들여놓으면 내가 나서서 쫓아내 줄게."

희실이 크게 선심 쓰듯 결론지었다.

진짜 '귀하신 몸'은 내 방에 있었다. 검은머리짐승 준호, 그야말로 귀하신 몸이었다. 조금만 다른 곡식을 먹어도 배탈이 나는 데다 조금만 굶어도 허기져 어쩔 줄 몰랐다. 조금만 추워도 영락없이 열이 오르고 조금만 더워도 땀을 흘리며 힘들어했다.

준호는 똑똑하여 우리말을 잘 따라 했다. 하지만 그는 도리어 내가 똑똑하다며 감탄했다. 자신이 말하기도 전에 그 뜻을 짚는다는 것이었다. 가축들, 풀과 나무들 모두가 쓸 줄 아는 초음을 준호는 인정하지 않았다.

"초음? 소리나 냄새, 손짓발짓을 보지 않고도 상대방의 뜻을 알 수 있다고? 설마!"

우리 어른이들 중에는 평생 몇 마디 말하지 않고 사는 이도 있다. 초음으로 자신의 뜻을 전하고 상대방의 뜻을 알 수 있기 때문이다. 초음뿐 아니라 맑은이들의 예지력도 준호는 믿지 못했다.

"미래의 그림을 보다니, 그러면 미래가 다 정해져 있다는 말이잖아."

준호가 믿는 것은 오로지 자신의 불완전한 눈과 귀, 코뿐이었다. 긴 대화 끝에 인정한 것도 있다. 그가 살던 검은머리짐승세상에도 지진이라든가 배가 바다에 가라앉는 등 미래의 큰 변고를 쥐나 벌레, 새 떼들이 먼저 알고 피하는 경우가 있다는 것이다. 그가 조심스레 덧붙였다.

"우리도…… 예전에는 그런 감각이 있었을지 몰라. 이제는 없어졌지만."

"그럼 너희는 다른 가축들과는 어떻게 소통해? 말 못 하는 가축이나 풀, 나무들과는?"

내 말에 그가 나를 이상하다는 듯 쳐다보았다.

"가축 주인이야 가축들의 울음소리나 행동을 통해 상태를 짐작하기도 하겠지. 하지만 다른 동물이나 나무의 감정은 모르는 게 낫지 않아? 하찮은 풀과 나무들의 눈치까지 보고 살 수는 없지. 어차피 우리를 위해 존재하는 것들인데."

우리? 누구? 자신 있게 말하는 준호가 나는 처음으로 불편했다. 준호 자신도 우리 집의 가축 아닌가. 다른 종족의 생각은 무시되는 것이 마땅하다는 발상은 대체 어디서 온 것일까. 물론 더 힘센, 주도권을 잡은 생명에게 상대적으로 약한 생명이 먹히고 희생되는 것은 어쩔 수 없다. 하지만 아무리 작은 벌레라도 남에게 희생되기 위해 태어나는 생명은 없다. 자신을 위해 자신의 삶을 살 뿐이다. 우리가 다시 땅으로 돌아갈 때, 그리고 땅이 주는 큰 자비로 또 다른 생명의 일부가 될 때, 지금의 내가 아닌 다른 하찮은 생명으로 태어날 수도 있음을 그는 모르는 것일까?

그날 나는 준호에게 더 이상의 말은 하지 않았다. 그와 내가 서로 아는 많지 않은 낱말들로 내 생각을 정확하게 전달하는 것이 쉽지 않을뿐더러 '다른 생명들의 감정 따위 무시하는 것이 맞다'는 그의 확신, '아무리 너희 어른들이 예지나 초음 따위를 들먹여도 이 검은 어둠 속에서 내 생각을 알아차릴 수 없으리라'는 그의 오만함을 초음으로 읽었기 때문이었다. 그랬다. 그는 직접적인 말과 몸짓이 아니면 다른 이의 생각을 알지 못하는, 그리하여 자기가 표현하는 말과 몸짓 외의 다른 어떤 감정도 상대방에게 들킬 리 없다고 믿는, 가축보다도 훨씬 못한 검은머리짐승 한 마리일 뿐이었다.

훈장 하전

　＊　　　　　　　서당 훈장이 된 하전부리가 가장 먼저 한 일은 학비를 열 배로 올린 것이었다.
"비싼 지식은 비싸게 사야 해. 내 머릿속에 든 지식은 온통 비싼 것들뿐이야."
　학비에 불만을 가지는 학부형은 없었다. 오히려 그들은 보통 사람들이 감당하지 못할 학비를 낸다는 사실에 자부심을 느끼는 듯했다. 우리 운흘이야말로 비싼 학비가 버거웠지만 형과 나는 예외였다. 서당과 서당이 자리한 곱슬샘마을이 우리 집안의 것이니 시비 걸릴 일도 없었다.
　하전부리가 학비를 들먹였기 때문에 나는 그가 돈에 몹시 쪼들린다고 생각했다. 사실 그가 고향에 온 이유는 할머니 양이의 잠꼬대를 덮는 일 외에 '곁샘을 살 작자가 나타났다'는 고모 희실의 전갈 때문이었다. 희실은 나루샘과 자루목샘 등 운흘의 샘을 처분할 때도 거간꾼으로 나서 적잖은 돈을 챙겼다. 게다가 이번 곁샘 건에 관해서는 그녀는 또 다른 사심이 있었다. 곁샘의 작자라면 그 첫 번째는 당연히 곁샘마을과 접한 말총샘의 차미한 집안이었다. 희실은 이미 곁샘 가격을 의논한다는 핑계로 차미한 여장부리를 두어 번 만난 상태였다. 채연의 말대로 희실은 차미한 여장부리에게 마음이 있었다. 그의 아내 송주가 몸이 약해 언제 죽을지 모른다는 소문이 저잣거리에 떠돈 것도 사실이었다. 하지만 희실의 시도는 물거품이 되었다. 소식을 들은 삼신어른이 여장부리를 불러 거래를 중지시켰기 때문이다. 삼신어른은 이어 하전부리와 희실에게 '더 이상 운흘의 재산을 건드렸다가는 단풍동 땅을 밟지 못하리라'고 경고했다. 곁샘은 우리 운흘 금강샘의 곁줄기라 크게 보자면 금강샘이다. 곁샘의 주인이 달라진다면 운흘 집안의 재원이 뿌리째 흔들릴 판이었다.

곁샘을 팔려던 계획이 무산되고도 하전부리가 단풍동에 남아 훈장직에 오른 이유는 자신의 말대로 '단풍동을 위한 고귀한 희생'일 수 있었다. 오랜 기간은 아니었지만 그가 학생들에게 살촉동과 청매동의 새로운 문물을 소개하고 그에 따른 자극을 준 것은 분명하다. 삼신어른도 불안하나마 그가 훈장을 맡은 것에 대해 나쁘지 않다고 생각하는 눈치였다.

하지만 하전부리는 서당에 나오는 날이 별로 없었다. 어쩌다 나타나도 학생들을 가르칠 생각이 전혀 없었다.

"이 확대경 좀 들여다봐라. 네놈들이 평생 못 볼 신기한 세계를 보여준다!"

확대경으로 들여다보면 우리의 피부 껍질은 마당의 하수구처럼 지저분하고 물길이 패어 있었다. 그런가 하면 담장을 두른 감향나무 껍데기는 그 갈라진 틈이 울창한 숲인 양 빽빽한 나무들로 속속들이 차 있었다.

흥이 나면 그는 큰 소리로 노래를 불렀다. '삶이 지겹고 의미 없으니 어떻게 살든 마찬가지'라는 가사였다. '괴롭고 힘든 일을 누구에게도 터놓지 못해 가슴이 찢어진다.'는 노래도 불렀는데 정작 그는 가슴이 찢어지기는커녕 누구보다도 즐겁고 행복해 보였다. 아무도 의식하지 않는 그의 태도, 아무 때나 터지는 신경질적인 고함과 비아냥거림을 따라 하면서 우리는 희한하게도 숨통이 트이는 듯한 자유로움을 느꼈다. 예측할 수 없는 그의 행동거지, 학생들에 대한 그의 무관심이 우리에게는 바로 선진문명이었다. 학생들 무리에 검은머리짐승 준호가 섞여 들 수 있었던 것도 그 덕이었다. 준호는 내게 '서당에 따라가 무언가 배우고 싶다.'고 했다. 하지만 그의 목적이 그것만은 아님을 나는 초음으로 짚을 수 있었다. 그는 자신이 짐승세상에서 떨어져 내린 지점을 찾을 생각이었다. 그가 초춘을 처음 만나 끌려온 곳이 서당이니 그곳에서 멀지 않은 곳이라는 추측도 과히 틀리지는 않을 터였다.

어깨 가리개에 머리띠까지 두른 준호를 보고 친구들이 어이없어한 것은 사실이다. 하지만 시간이 지나면서 그들도 준호에게 마음을 열었다. 석판을 집어준다든가 어깨를 주물러 주는 등 준호가 그들의 비위를 제대로 맞추었기 때문이다. 끝끝내 꺼림칙해한 친구들도 물론 있다. 차미한 가쟁은 한사코 준호를 '흉측한, 재수 없는 검은머리짐승'이라며 진저리 쳤다.

준호는 무엇이든 금방 익혔다. '그래'라는 뜻으로 눈을 질끈 감는다거나 '아니다'라는 뜻으로 손을 내젓기, '좋아한다'는 뜻으로 친구들끼리 머리카락 만지기 등 우리가 하는 행동을 금방 따라 했다. 그 덕에 혼찌검이 나기도 했다. 하전부리에게 다가가 그의 머리카락을 만졌기 때문이다.

"뭐야!"

하전부리가 휘두른 손에 준호는 까무러쳤다. 학생들이 배를 잡고 웃었다. 정신을 차린 준호는 안타깝게도 그의 머리카락을 다시 만지려 했다. 머리카락 만지기는 친구들끼리 허용될 뿐, 윗사람에게는 무례임을 몰랐기 때문이었다.

준호가 실수를 반복하며 어른이들의 표현을 배우듯 나 역시 서투르나마 검은머리짐승의 몸짓과 표정을 익혔다. 상대방을 처다보며 고개를 끄덕이면 '맞다' 또는 '네 기분과 같다'는 뜻이고, 고개를 가로 젓거나 한 손을 천천히 내저으면 '모르겠다, 아니다'라는 뜻이었다. 물론 이해할 수 없는 몸짓도 많았다. 그중 하나가 배를 불룩하게 만들어 숨을 헐떡이는 동작이었다. 그가 하는 몸짓을 내가 그대로 흉내 내는데도 그는 무조건 손을 내저었다. 몇 번 시도해 보다가 결국 그와 나는 똑같이 가슴을 쳤다. 그리고 동시에 웃었다. '답답하다'는 몸짓은 짐승세상이나 우리 어른이세상이나 똑같았다. 훗날, 어미산생식을 지켜본 후에야 나는 그가 했던 몸짓이 '아이를 낳는 검은머리짐승 암컷'이었음을 알았다. 어른이인 내가, 특히 사내인 내가 어찌 상상조차 할 수 있었겠는가.

하전부리의 이야기는 흥미로웠다.

〈어떤 섬에 두 부족이 살았다. 그들은 섬을 독차지하기 위해 마주치기만 하면 싸웠다. 상대방을 공격하려면 창과 화살들이 필요했고 그것들을 만들려면 나무가 필요했다. 그들은 서로 경쟁하듯 나무를 베어 무기를 만들었다. 싸움은 오래 이어졌으나 결국 끝났다. 승리한 부족이 패한 부족을 모두 죽인 후 주위를 둘러보았다. 나무들이 없었다. 나무가 없는 땅에는 물이 고이지 않았다. 물이 없으니 사람도 살 수 없었다. 승리한 부족 역시 죽어갔다. 섬에는 이제 아무도 살지 않는다.〉

"나무가 없어지면 왜 물이 없어져요? 물은 흙에서 나오잖아요"

"나무뿌리가 있어야 물을 품지! 그래야 땅이 풀과 나무를 키우지.

필요 없는 것은 어른이들뿐이야. 그건 또 땅 탓이기도 해. 뭣 때문에 어른이를 이리 많이 내놓느냐 말야?"

하전의 논리는 책 속의 천문 편, 즉 '나무가 불을 지피고 불이 모든 것을 흙으로 되돌리고 흙이 물을 내고 물이 나무를 키운다.'는 것과는 전혀 달랐다. 그는 또 살촉동이나 청매동, 붓동 사람들의 조금씩 다른 말투와 성격, 큰 숫자들에 대해서도 말했다.

"가장 큰 수가 있어야 그보다 작은 수가 있을 수 있어."

만의 만 배가 억인 것은 우리도 알고 있었다. 그런데 그는 억의 억 배, 그 수의 억 배도 있다고 했다.

"자기 눈과 머리로 확인할 수 있는 것만 진짜라고 우기는 놈이야말로 그놈의 머리통을 부숴버려야 할 확인된 놈이야. 큰 것이 있으면 작은 것이 있어. 어둠이 있으면 밝음이 있어. 보이지 않는 것을 인정하지 않으면 보이는 것도 거짓말이 돼. 세상은 상상할 수 없을 만큼 크고 우리는 아주 작은 부분을 더듬다가 죽어. 멍청이들! 말해주면 알아듣기나 해?"

그는 학생들이 듣건 말건 아무 때나 뚝 끊었다가 또 아무 때나 읊조렸다.

"살촉동 왕과 왕을 지키는 놈들이 문제야. 동굴국을 다스리기는커녕 씨물 쏟는 일밖에 관심이 없어. 학자라는 것들도 하나같이 바보야. 뜻도 없는 글 한 구절에 눈물이나 쫄쫄 흘리면 누가 자기를 천재로 봐줄 줄 안단 말이지. 그래도 그놈들이 필요하긴 해. 아후밀탄에게 굽실거리려면 머리 텅 빈 놈들이 제격이지. 그런데 너희는…… 뭐 하나? 서당에 왔으면 글자라도 익혀야 할 것 아냐! 뭣 때문에 우왕좌왕 몰려다녀!"

그가 석판에 휘갈긴 글자들은 낯선 살촉동 글자들이었다.

"단풍동 글자는 잊어! 강만 건너면 아무도 모르는 글자를 뭣 때문에 익혀?"

살촉동 글자들은 모양이 날카롭고 가늘어 말총 붓으로는 써지지도 않았다. 그는 대나무 필기구를 갖추지 못한 우리가 '칼과 창이 없는 군인'이라며 발까지 구르다가는 또 한순간에 쉬쉬 조용히 하라며 발치에 있는 토끼가 놀랄 것을 걱정했다. 그의 난데없는 호령과 변덕에 적응하지 못한 학생들은 머리가 아프다며 서당을 빠지기도 했다. 그중 한두 명은 한참 후에 나타나 '돌가루를 먹어 똑똑해졌다'며 자랑스레 말했다. 그가 한숨 쉬었다.

"많이들 먹어. 이 땅을 지킬 놈들은 결국 너희 돌대가리들이니. '무게 있게 산다'는 말이 괜히 나왔겠니."

살촉동 글자를 배워야 한다던 그가 또 어느 날은 '살촉동 글자를 왜 배우느냐'며 발을 굴렀다.

"아후밀탄은 자기들 글자가 따로 있어. 아후밀탄보다 더 선진국인 제울 역시 그들의 글자가 있어. 그들이 쳐들어올 때마다 그 글자들을 다 익힐 거야? 너희 대가리로?"

어떤 때는 '글자 자체를 익힐 필요가 없다'며 학생들의 공책을 빼앗고 찢기도 했다.

"글자를 익힌다는 것 자체가 다른 이가 써놓은 글을 읽기 위함이지. 그게 무슨 소용이야? 그 내용이 옳기는 해? 제 생각을 제 마음대로 써놓았을 뿐이잖아. 글은 다 거짓말이야. 빤히 알면서도 남을 속이려 쓴 거짓말이거나 아니면 스스로도 속은 거짓말이거나."

"그래도 제례 글자는 알아둬야 하잖아요. 그래야 제사도 지내고 제례 책력도 읽고."

말대꾸한 부루 주명은 자신이 삼신어른으로부터 제례 글자를 배운다는 티를 내고 싶었다.

"제사. 얼음물에 튀겨 죽일 놈의 제사! 그 잘난 제례 글자로 제사 지내지 않으면 죽은 이들이고 귀신이고 못 알아먹나? 위령제도 그래. 유식한 제례 글자로 가축들을 위로하면 그놈들이 알아먹어? 차라리 가축들 울음소리를 배워 곡을 해!"

사실 제례 글자뿐 아니라 제례 책력도 제사 때에만 쓰인다. 우리의 1년은 52일인 큰달 두 달과 20일인 작은 달 13달, 위령제를 지내는 하루나 이틀을 합쳐 삼백예순다섯 날 또는 삼백예순여섯 날이다. 그런데 제례 책력으로는 3년이 37달이다. 한 달의 길이도 28일, 29일, 30일 등 고르지 않다. 왜 그리 복잡한 책력으로 제사를 지내야 하는지는 삼신어른도 모르는 듯했다. '어미산이 생기기도 전에 제사 책력이 있었으니 무조건 지켜야 한다.'는 말뿐이었다.

"드디어 사진기가 왔어! 아후밀탄부터 오는 데만 넉 달이 걸렸어."

서당으로 사진기가 배달되었을 때 하전부리는 눈물을 흘릴 정도로 감격스러워했다.

"우리가 살아가는 모습을 정지시킬 수 있다는 게 얼마나 신기해? 계속 움직이는 우리들이 실은 하나씩 정지되어 있는 장면의 연속이라는 게 얼마나 놀라워? ……자, 사진 찍자. 너희 모습을 이 통에 넣었다가 종이로 옮기는 거야. 다들 똑바로 서!"

'통에 우리를 넣어?' '저 작은 통에?' 학생들이 불안해하자 그가 버럭 소리를 질렀다.

"뭘 겁내? 아픈 것도 아닌데. 쓸데없이 떠드는 놈들은 씨물주머니를 훑어버릴 테야."

학생들이 서로 껴안아 씨물주머니를 감추고는 울음을 터뜨렸다.

"돌대가리에 겁쟁이들. 거기, 머리 큰 놈, 네가 시범을 보여."

그가 가리킨 사람은 바로 나였다. 하는 수 없었다.

"자, 찍는다. 옳지!"

펑 소리와 함께 주위가 환해졌다. 흰 연기가 났고 무언가가 탔다. 정신이 아뜩했다. 다리가 풀린 나를 친구들이 부축했다. 그가 사진기에서 네모난 판을 빼들었다.

"멍청이! 몸을 떠니까 사진이 흔들렸잖아. 다들 그대로 있어! 움직이기만 해봐."

하전부리가 방으로 들어간 후 학생들 두엇이 목 놓아 울기 시작했다. 서당은 순식간에 울음바다가 되었다. 끝없이 울 수는 없었다. 밤이 되고 새벽이 다가오는 동안 우리는 그저 서로의 번들대는 눈을 바라보며 하염없이 그의 지시만 기다렸다. 기다리다 못한 주명이 방을 살피고 왔다.

"훈장님은 아직도 형체를 그리고 있어. 다 그리려면 멀었어. 연토가 워낙 크잖아."

드디어 하전부리가 나왔다. 숯 검댕으로 까매진 손에는 젖은 종이가 들려있었다.

"봐! 이게 사진이란 거다."

석판 위에 펴놓은 종이를 보고 학생들이 탄성을 질렀다. 놀라 눈을 부릅뜬 사람의 형체, 어깨띠도, 양쪽으로 솟은 머리칼도, 짙은 눈썹에 처진 눈매도 틀림없는 나였다. 뒤쪽에 선 학생들 몇도 희미하게 보였다. '연토, 너야?' 내 뒤에 섰던 준호가 귓속말로 물었다. 캄캄한 밤이라 준호는 장님이나 다름없었다. 학생 중 하나가 입을 떼었다.

"훈장님, 그림을 정말 잘 그리시네요."

"그림이 아니라 사진이라니까! 펑 소리가 난 순간에 형체가 사진기로 들어간 거야. 자, 이제 너희 전체를 찍을 거야. 웃어!"

학생들이 일제히 다시 통곡하기 시작했다. 펑! 다시 한번 주위가 환해졌다. 다음 순간 그의 표정이 일그러졌다. 사진기 뒤쪽에 달린 뚜껑이 꽤 힘을 주었는데도 닫히지 않았다. 하는 수 없이 그는 사진을 찍고 또 찍었다. 뒤쪽 뚜껑이 어중간하게 열린 채였다. 펑 소리를 내며 번쩍이던 빛도 사그라지고 나중에는 소리조차 나지 않았다.

"너희들이 꽥꽥 울어대서 이 모양이 됐잖아! 재수 없는 것들."

하전부리가 방에 들어간 후 준호가 내게 자초지종을 물었다. 설명을 한다고는 했지만, 그가 제대로 알아들었는지는 알 수 없었다. 그때 하전부리가 나왔다.

"저자로 가야겠어. 가축 가게에 쓸 만한 검은머리짐승이나 한 마리 있으면 좋으련만."

'검은머리짐승이 통을 만져?' '짐승이 우리 몸을 주물러?' 울음이 다시 터졌다.

"저…… 쓸 만한 검은머리짐승이 있기는 해요."

서당 문을 나서는 하전부리에게 내가 말했다. 하전부리가 뒷눈으로 나를 바라보았다.

"맞아! 우리 집에 짐승이 한 마리 있었지? 머리 큰 놈, 당장 데려오지 않고 뭐해?"

나는 서당 기둥 뒤에 들러붙었던 준호를 앞으로 끌어내었다. 그때만 해도 나는 준호가 하전부리의 사진기를 고칠 수 있으리라고는 상상도 하지 못했다. 하전부리가 혀를 찼다.

"짐승 주제에 서당까지? 잘들 돌아간다. 하여간 너, 짐승! 사진기나 제대로 고쳐봐. 살촉동 가게에서는 너 같은 놈들이 고장 난 사진기를 자유자재로 고쳐. 참, 불이 있어야지."

황급히 방으로 들어간 하전부리가 부싯돌과 양초들을 가져왔다.

역시 그는 짐승이 어둠에 약하다는 사실도 알고 있었다. 여섯 개의 양초를 모두 밝힌 후 준호의 손에 사진기가 쥐어졌다. 모두들 숨소리도 내지 못했다. 그때 준호가 학생들을 헤쳤다. 하전부리가 사진을 찍던 자리에 가더니 바닥에 쭈그리고 앉았다. 눈치 빠른 하전부리가 양초로 바닥을 밝혀주었다. 잠시 후 준호의 손에는 조그만 나사와 둥그런 유리알이 쥐어져 있었다. 고쳐진 사진기를 들여다보고 하전부리가 환성을 질렀다.

"됐다! 너희들 얼굴이 제대로 보인다. 그런데…… 네가 누구라고?"
"준호요."
"준호? 준호! 이름도 맘에 들어. 그것참, 쓸 만한 놈이 바로 우리 집에 있었군."

하전부리가 준호에게 사진기를 들이대었다. 펑! 준호는 가만히 서 있었지만 그 역시 긴장한 것은 틀림없었다. 방에 들어갔던 하전부리가 웃음을 터뜨리며 나왔다.

"봐라! 사진기가 우리 어른이와 짐승을 구별한다."

그랬다. 준호의 몸뚱이는 진하고 또렷한 데 비해 뒤에 섰던 우리는 흐릿하고 불분명했다.

"이래서 기계가 무서운 거야. 옷을 입혀놓아도 어른이가 아니란 걸 딱 집어내지 않니."

하전부리는 준호의 이름을 확실히 외웠다. 내 이름은…… 아니었다. 이후로도 나는 그에게 '머리 큰 놈', 때로 '준호와 붙어 다니는 놈'이었다.

사진기 사건 이후로 내가 준호를 경계하게 된 것은 사실이다. 그가 초음을 쓰지 못하는 것이 다행이라는 생각도 들었다. 처음 보는 기계도 척척 고치는 그가 초음으로 우리의 생각을 다 읽는다면 감당할 수 없는 일이 벌어질지 몰랐다. 우습게도 준호를 지켜보는 데에는 뒷눈이 요긴했다. 그는 내게 뒷눈이 있다는 사실을 자주 잊어버렸다. 자신에게 뒷눈이 없기 때문이었다. 앞에서는 환히 웃다가 뒤에서 소리 없이 한숨 쉬는 그가 한편으로 안쓰러웠다. 그로서는 한순간도 나를, 그리고 우리 어른이들을 의식하지 않을 수 없는 것이다.

"준호! 준호 어딨어?"

근 한 달이 지나 서당에 나타난 하전부리가 급히 그를 찾았다.

"준호, 너희 짐승 말을 해 봐. 아무 말이나 얼른!"

준호가 몇 마디 중얼거렸다. 하전부리가 이상한 말로 대답했다. 준호가 또 말했다. 하전부리 역시 무어라 말했다. 하전부리가 이내 발을 구르며 짜증을 냈다.

"얼음물에 튀겨 죽일, 대체 어느 나라 말인 거야! 제울에서 온 대상에게 그쪽 말을 배워왔는데 그 말도 아니잖아? 짐승세상 놈들, 이 흉측한 놈들은 대체 어떤 길을 통해 이리로 오는지 알 수가 없어. 제울이나 아후밀탄이 얌전하면 뭐 해? 이놈들이 골치를 썩일걸!"

하전부리가 준호를 노려보았다. 준호가 그의 눈빛에 놀라 슬그머니 내 뒤로 숨었다.

"까짓, 지레 겁먹을 것은 없지. 대가리만 조금 쓸 뿐 제대로 볼 줄도 들을 줄도 모르니까. 어둠 속에서는 장님인 데다 물리고 죽이고 먹지 않으면 사족을 못 쓰지. 저희들이 여기서 뭘 어쩌겠어?"

하전부리가 혼잣말처럼 중얼거렸다.

집에서는 또 다른 상황이 벌어지고 있었다. 호화로운 마차를 타고 온 채연이 어머니 미단에게 예를 갖춘 후 말을 이었다.

"기남 도련님과 희실님이 배를 타더랍니다. 지난번 성년식에 참석했던 상인이 알려주었어요. 짐이 꽤 많았다는 군요, 영영 돌아오지 않을 사람들처럼."

기남의 방은 텅 비어 있었다. 희실의 방도 마찬가지였다. 빈 화장품 병들과 헌 어깨 가리개가 널려 있을 뿐 아무것도 없었다.

"들리는 말로는 기남 도련님이 강을 건너가 결혼한답니다. 매차라는 이름의 아가씨라는데, 제가 알고 있는 매차가 아니면 좋겠는데요."

매차는 아버지강을 오가는 상인들 사이에서는 유명하다고 했다. 청매동 나루 하역부의 딸로 식충식물의 피를 받은 그녀는 남자들을 홀리는 데 주저함이 없다고 했다. 권력자들에게 상납하기 위해 어미산에 생식하러 오르는 여자들을 납치하는 일에 앞장서기도 했다고 했다.

"피해를 당한 이들이 최근 매차를 보안대에 신고했고, 매차는 자기 신분을 숨기기 위해 기남 도련님과 결혼하는 듯해요. 매차의 아비가 옷장수 무미여의 친척이란 말도 있고요."

채연이 미단 편이 된 것은 다행이었다. 그녀는 저자뿐 아니라 보안대, 멀리 청매동 삼신어른인 정고와도 아는 사이였다. 정고가 한때 그녀에게 빠졌었다는 소문이 진실인지는 아무도 모른다. 하지만 그녀의 매력적인 큰 눈이나 오뚝한 코, 도톰한 입술 등을 보면 그 말들이 괜히 나온 것은 아니라는 생각이 든다.

공교롭게도 그때 대문으로 짐꾼들이 들어섰다. 차미한 집안에서 신랑 집에 보내는 가구와 옷, 곡식 등의 예물이 도착한 것이다. 물건을 부리자마자 미단은 곧바로 채연의 마차에 올랐다. 마차가 비좁았다. 마차에 먼저 올라 절대 내리지 않는 할머니 양이에다 양이를 돌볼 준호, 준호가 가니 하는 수 없이 나까지 탔기 때문이다. 그나마 채연이 준호와 마주 앉는 것을 꺼리지 않아서 다행이었다.

"매, 매차야 지, 집안이 훌륭하죠. 그럼요." 옷장수 무미여가 말을 더

들었다.
 나중에 알려진 사실이지만 희실에게 매차를 처음 소개한 이는 부루 하람의 부인 고애초였다. 고애초는 희실이 싫었다. 희실이 운흘 집안임을 내세워 거들먹거리는 것도 아니꼬웠지만 한때 부루의 맏며느리였음을 내세워 자기 손윗동서 노릇을 하는 것이 못마땅했다. 마침 저자에 나온 희실이 '차미한 모란이라니, 운흘의 며느릿감으로는 어림없다'며 거드름을 피우자 고애초는 심하게 마음이 상했다. 지난해에 있었던 그녀의 아들 주명의 성년식에서 고애초는 며느릿감으로 차미한 모란을 기대했다. 하지만 모란의 이름은 호명되지도 않았고 결국 주명은 강 건너 청매동 상인의 딸을 신부로 맞았다. 엎친 데 덮친 격으로 남편 부루 하람이 하전부리에게 훈장직을 빼앗기자 그녀는 운흘 집안과 희실을 어떻게든 창피 주겠다고 마음먹었다. 그녀는 청매동에 건너가 나루 하역부의 딸인 매차를 만났다. 그녀를 잘 꾸며 희실 앞에 세웠다.
 ─청매동 군인 가문 출신에다 미인이지요. 물론 희실 마님의 미모에는 비할 수 없지만.
 매차는 희실 앞에서 눈을 내리깔고 얌전을 떨었다. 희실은 흡족해했다.
 ─인물은 쓸 만하군, 나보다는 못하지만. 청매동 출신이라니 그것도 맘에 들고.
 매차를 본 기남 역시 한눈에 그녀에게 빠져들었다.
 '당장 청매동으로 건너가 혼례를 치르겠다'는 기남의 결정에 정작 당황한 이는 고애초였다. 차미한 모란과 약혼한 기남이 다른 여자와 결혼하겠다는 것도 어이없었지만 그 일에 자신이 연루된 것이 알려지면 운흘이나 차미한 집안으로부터 큰 화를 당할 터였다. 게다가 자신이 소개한 매차가 그토록 악독한 계집임은 그녀로서도 뒤늦게 안 일이었다. 매차의 아비가 마침 단풍동 저잣거리의 옷장수 무미여와 먼 친척임을 알게 된 그녀는 얼른 손을 썼다. 무미여로 하여금 '매차가 청매동 군인 집안인 훈건누의 후손이며 집안 아주머니인 무미여를 찾아왔다가 기남과 우연히 만났다'고 꾸며 말하게 시킨 것이다. 무미여는 쾌히 승낙했다. 훈건누 집안이야 어떻든 매차가 운흘의 며느리가 되면 단풍동에서의 자신의 입지도 한층 좋아질 터였다.

"한마디 거짓 없이 말해. 입을 지져놓을 거야."

새파란 분노의 빛에 휩싸인 미단을 보고 무미여는 급히 입을 가렸다.

"후, 훈, 훈건 뭐라더라, 자, 잘못 했어요 미단 마님, 저는 매차라는 계집을 본 적도 없어요, 고애초 마님이 그렇게 말하라고, 미단 마님, 제발 한 번만 살려주세요."

채연의 만류로 미단이 가까스로 화를 참았다. 마차가 두 번째로 간 곳은 채연의 여관이었다. 하전부리는 첩 비비추와 그녀의 아이들 둘과 함께 여관 1층의 널찍한 방 세 개를 차지하고 있었다. 하전부리는 녹차를 마시고 있었고 맞은편 방에서는 비비추의 아들 둘이 장기를 두며 놀고 있었다. 미단이 하전부리를 향해 소리 질렀다.

"희실이 기남을 빼돌렸어! 살촉동 초추아년과 접을 붙인다는 거야. 기남은 내 아들이야. 어미산에서 내 손으로 캔 자오의 아들이야!"

하전부리가 비비추를 불렀다. 비비추가 나타나자 그가 으스대었다.

"봐, 내 아들놈이 고향을 떠나 타지 여자랑 사는 그림을 봤다고 했지? 이런 게 바로 맑은이의 예지력이야. 세상천지에 쓸데없기는 하지만."

"신기해라! 손님이 오실 거라더니 그 말도 맞고. 당신은 정말 놀라운 사람이에요."

비비추가 손뼉을 치며 코맹맹이 소리를 내었다. 미단이 울먹이듯 소리쳤다.

"기남은 죽어서도 기껏해야 우리 집 마당에나 묻힐 거야. 그렇게 내가 만류했건만!"

"녹차나 마셔. 고향 집 마당에 묻히는 것도 아무나 되는 일은 아냐."

비비추가 녹차를 내어왔다. 하전부리의 태평함에 미단이 몸을 떨었다.

"둘 다 내 눈앞에서 죽어버려! 세상 쓸모없이 살다가!"

하전부리가 큰 소리로 웃자 비비추는 영문도 모르면서 따라 웃었다. 아이들의 장기판이 탐나는 양이가 뛰어 들어와 미단에게 떼를 쓰기 시작했다. 미단이 양이를 밀어젖혔다.

"양이는 여기서 살아. 세상 쓸모없는 년이라도 쓸모 있는 일 한 가지는 하고 죽어야지."

"무, 무슨 말씀을? 나한테 노인을 맡기다니 말도 안 돼요!"

비비추가 놀라 소리쳤다. 비비추가 하전부리에게 매달렸다.

"하전, 나는 쓸모없이 살 거예요. 쓸모없이 살다가 쓸모없이 죽는 게 꿈이에요."

"걱정 마. 양이는 미단을 따라갈 거야."

하전부리의 말을 증명이라도 하듯 양이가 결사적으로 미단에게 매달렸다. 독하게 쏘아보는 미단의 눈길에 하전부리가 어깨를 추켰다 내렸다. 그가 나를 가리켰다.

"한 놈은 갔어도 저 머리 큰 놈이 있잖아. 아무러면 어때? 검은대가리짐승이 보란 듯이 단풍동을 휘어잡는 판에."

여관을 나온 미단이 비비추의 녹차 나무를 발견했다. 미단이 나무를 가리켰다.
"양이, 더러운 것을 발라!"
양이가 나무에다 발을 털고 침을 뱉었다. 분이 덜 풀린 미단이 직접 다가가 차나무 가지를 동강동강 부러뜨리기 시작했다. 사람들 둘이 걸어오고 있었다. 선치와 술집 주인 애희지였다. 선치는 대낮부터 약에 취해 비틀거렸다. 애희지가 부러진 나무를 보고 말했다.
"자오 미단 마님이 산 나무를 분지르시다니, 누가 감히 상상이나 했겠어요?"
미단의 이글거리는 눈을 보고 애희지가 놀라 입을 가렸다. 애희지가 선치를 재촉하여 얼른 자리를 떴다.
"축하드려요, 미단 마님. 이제야 남을 무시하는 법을 배우셨네요."
채연의 말이 끝나기도 전에 또 하나의 목소리가 들려왔다.
"첩년의 관절을 차곡차곡 접어버리지 그러셨어요?" 무녀 영기였다. 그녀가 말을 이었다.
"마님, 첩년 따위 신경 쓰실 것 없어요. 죄송한 말씀이지만 하전부리 주인님도 마찬가지고요. 그림을 봤어요. 주인님이 머리카락을 쥐어뜯으며 자기 예지력을 저주하셨어요. 기남 도련님도 결국은 마님 품에 안길 거예요. 마님이 낳으실 알들도 좋은 땅을 만날 거예요."
미단은 어렵사리 고애초를 응징하는 일을 포기했다. 고애초에게 분풀이하는 일이야 언제든 가능한 일이었다.
오랜만에 집에 들른 방물장수 지화는 하전부리의 첩 비비추가 앓는다는 소식을 전했다. 희실도 떠나고 비비추마저 앓아누워 화장품이 팔리지 않는다는 엄살도 함께였다.
"차나무가 다 부러졌으니, 비비추가 그토록 아프죠. 그런데 누가 나무를 부러뜨렸을까요? 저자에는 미단 마님이 투기를 부렸다는 흉한 소문도 있어요."

"말 조심해! 자네 주둥이를 지져버리기 전에."

내 말에 놀란 지화가 황황히 가버렸다. 준호가 물었다.

"차나무가 부러졌는데 왜 비비추가 아파?"

"비비추의 나무였던 모양이지."

준호는 알아듣지 못했다. '사람이 땅속에서 자랄 때 같이 자란 나무가 있으면 그 나무는 그와 더불어 고통을 같이 느끼고 같은 순간에 죽는다.'는 설명을 짐승세상 말까지 섞어가며 몇 번씩 되풀이한 후에야 그는 겨우 고개를 끄덕였다. 그리고 혼잣말처럼 중얼거렸다.

"'이유 없이 죽는 나무는 없다'는 말이 그 뜻이었어? 그렇다면 내게도, 내 생명을 같이 나눈 나무가 있었나? 혹시 내 나무가 위험해져서 나를 이곳으로 불러들인 것일까?······"

그의 표정이 조금만 밝았어도 나는 '네 나무는 나무인간 중 하나일 거야.'하고 농담을 던졌을 것이다. 나무인간들은 제 말을 들어주는 이가 없으면 자신의 줄기나 몸통을 상대로 묻고 대답하며 세월을 보낸다고 한다. 알아듣지도 못하는 짐승세상 말로 끝없이 중얼거리는 준호에게 나는 모른 척 입을 다물었다. 준호에게 그 말을 했다가는 나무인간에 대한 설명뿐 아니라 당장 그들이 있는 숲으로 가자고 채근당할 수도 있었다.

신문물

✷   해가 바뀌고 생식의 달이 끝나자 여느 때와 다름없이 사내들의 패싸움이 시작되었다. 어미산에서 씨물을 뿌리고 내려오는 이들과 산에 부역하러 올라가는 이들과의 싸움이었다. 산에서 내려온 이들은 알아보기 쉽다. 어미산에 오르기 전 몸과 얼굴에 그린 붉고 푸른 나뭇잎들이 쉽사리 지워지지 않기 때문이다. 그들이 집에 돌아가지 않고 산 입구에서 서성이는 이유는 자신들이 뿌린 씨를 지키려는 본능 때문일 것이다. 힘세고 성질 급한 그들은 어미산 자위대도 섣불리 건드리지 못한다. 하지만 산에는 부역도 필요하다. 새로 자리 잡은 생명들을 흙으로 덮고 잡초들을 제거해 주지 않으면 어른이의 씨가 제대로 자랄 수 없다.
 "농부들도 얼굴에 색깔을 칠하는구나. 신기해. 얼굴에 재를 묻히고 발가벗은 몸에 나무뿌리와 이파리를 그려놓으니, 나무들이 움직이는 것 같아."
 준호가 감탄했다. 그들의 대립을 농사꾼들끼리의 패싸움으로 이해하는 그가 답답했지만 나는 또 입을 다물었다. 세상의 일들을 모두 말로 표현하여 이해시키기가 얼마나 피곤한 일인지. 길섶의 풀과 나무까지 자연스레 나누는 초음을 그가 알아들을 수 있다면 그런 수고는 하지 않아도 될 터였다. 가장 손쉬운 '내게로 와.' '조용히 해.' 따위, 가장 간단한 초음도 준호는 알아듣지 못했다. 하지만 초음을 알아듣고도 그 스스로 알아들었는지 모를 때도 있었다.

"왠지 방에 가봐야겠다는 생각은 들었어. 하지만 네가 나를 부른 거라면 그건 우리 짐승세상 말로 '초능력'이야. 짐승세상에서는 아주 특별한 몇몇 이들만 초능력을 써. 그나마 속임수가 아닌지 의심스럽지만."

길들인 박쥐가 편지를 전하는 일이 초음을 이용한 것이라는 사실은 웬일로 준호도 쉽게 동의했다. 하지만 풀과 나무, 이끼에게도 '가지를 저쪽으로 뻗어라. 이쪽으로 뻗으면 잘라 버릴 거야.' 식의 초음을 보냄으로써 그들이 복종한다는 것에 대해서는 그는 고개를 내저었다. '어미산에서 부역하는 동안 대화뿐 아니라 초음도 나누지 못하는 이유도 땅속 생명들을 불필요하게 긴장시키기 때문'이라는 내 말에 그는 답답하다는 표정을 지을 뿐이었다.

흙의 첫 번째 달, 헌 옷을 벗고 새 옷을 입는다는 누에달에 미단은 가족들을 모두 거실로 불러 모았다. 거실에는 아버지 하전부리뿐 아니라 첩 비비추까지 자리 잡았다.

"하전, 시계와 나 중 하나를 골라."

"무슨 소리야? 시계는 단지 시간을 가르쳐주는 기계일 뿐이야. 네 경쟁 상대가 아니야."

미단이 하전부리를 똑바로 쳐다보았다.

"아무리 들어봐도 시계가 치컥대며 하는 말은 딱 한 가지야. '시간이 얼마나 중요한지 알아? 알아? 알아? 알아?' 시계는 밤낮으로 흘러가는 모든 시간이 똑같이 중요하며 똑같이 귀하다고 종주먹을 대. 빛바위가 자고 모든 생명이 잠든 순간에도 그는 깨어 건방을 떨어. 자기가 자지 않고 시간을 쟀기 때문에 그만큼 시간이 흘러갔으며 그 시간들은 영원히 되찾을 수 없다며 야죽거려. 시계는 끊임없이 명령해. 자기 말을 들으라고. 후회하지 않으려거든 자기에게 맞춰 자고, 자기에게 맞춰 일어나고, 자기에게 맞춰 일하라고.

하지만 하전, 시계가 없을 때도 빛바위는 꼬박꼬박 밝아졌고 어두워졌어. 시계가 없을 때도 우리는 잘 살았고 잘 죽었어. 우리뿐 아냐. 나무와 풀과 가축과 새들 모두 잘 살았고 잘 살고 앞으로도 계속 잘 살 거야. 우리는 모두 시간을 마음대로 쓰고 마음대로 낭비할 권리가 있어. 하전, 네 말대로 시계는 기계야. 사람이 만든 기계가 사람을 휘두를 수는 없어. 편리함을 가장한 기계의 감시 따위 나는 더 이상 받을 수 없어."

미단은 거실 시계 바로 앞에 의자를 갖다 놓고 걸터앉았다. 한동안 미단을 설득하던 하전부리도 여관으로 가버리고 하인들도 다 제자리로 돌아갔지만 미단은 꼼짝하지 않았다. 그녀는 낮에는 앞눈으로 시계를 보며 뒷눈을 감았고 밤에는 돌아누워 뒷눈으로 시계를 보며 앞쪽 두 눈을 재웠다. 그런 집중이 오래갈 수는 없었다. 이틀째 되는 날부터 미단은 양손으로 머리를 잡고 눈물을 흘렸다. 친구들과 놀다 지친 양이가 들어와 그녀에게 말을 걸었다.

"미단, 머리 아파? 내가 만져줄까?"

미단이 양이에게 기대어 울먹였다.

"빛바위가 환해지면 나는 순부부리와 양이, 가축들의 먹이를 준비해. 또 빛바위가 어두워지면 그들의 먹이를 좀 더 많이 준비해. 우리가 잠을 잘 때에는 빛바위도 잠을 자. 빛바위가 일어나면 우리도 일어나. 잠을 자지 않는 것들은 죽은 것들이야."

"죽은 것들이야."

"어미산이 사람을 키워. 아버지강이 사람을 거둬. 내 아버지 백연부리와 어머니 류미는 아버지강으로 갔어."
"순부부리는 아버지강에서 왔어. 내가 순부부리를 건졌어."
"백연부리와 류미는 물이 되었어. 이슬과 안개가 되었어."
"불이 가마를 핥았어. 쇠스랑과 질그릇이 되었어."
"사람을 살려야 해. 나무와 풀을 살려야 해."
"사람이 살아야 해. 나무와 풀을 베어야 해."
"잊힌 것은 적고 기억나는 것은 많아. 당장 끊지 않으면 계속 이어져."
"잊힌 것은 많고 기억나는 것은 적어. 계속 잇지 않으면 당장 끊어져."

둘은 끝없이 나무와 물과 불과 흙에 대해 주고받았다. 소와 돼지와 타조, 단풍동의 나무와 풀과 덤불, 편안한 어둠에 대해 말했다. 사람을 괴롭히는 쇠와 기계 귀신, 그것들을 만들어 돈을 버는 독한 인간들, 사정없이 눈을 찌르는 강한 빛에 대해서도 말했다. 날이 밝고 다시 어두워졌다. 드디어 시계가 멈췄다. 미단이 하품하고 눈을 감았다. 두 사람은 서로 기댄 채 깊은 잠에 빠져들었다.

미단이 시계를 노려보던 나흘과 깊은 잠에 빠진 나흘 동안 준호와 나는 쉴 틈 없이 일해야 했다. 순부부리의 시중이 특히 까다로웠다. 죽을 먹이고 씻기는 일뿐 아니라 면포로 싸주는 일도 중요했다. 어쩌다 면포 자락이 풀리면 순부부리는 자기 손발 짓에 놀라 미친 듯이 울어대었다. 미단보다 더 잘한 일도 있었다. 준호가 더러워진 면포를 헌 냄비에 담아 삶았다. 면포가 새것처럼 하얘져 새로이 장만할 필요가 없었다. 산분이 그것을 보고 찬금을 꼬드겼다.

"찬금, 죽 솥에 들어가. 황인인 너도 하얀이가 될 수 있어. 글쎄, 나만 믿으라니까.”

그날 밤, 깊은 잠에 빠진 미단과 양이를 제외한 나머지 사람들은 아무도 잘 수 없었다. 뜨거운 물에 덴 찬금이 밤새 산분을 쫓으며 죽솥에 처넣겠다고 소리 질렀다.

잠에서 깬 미단은 아무 일도 없었던 것처럼 집안일을 해나갔다. 양이 역시 이전과 다름없이 토끼와 도마뱀들을 따라다녔다. 집에 들른 하전부리는 시계가 움직이지 않음을 확인했다. 추를 아무리 잡아당겨도 소용없었다. 화난 하전부리가 시계에 물을 끼얹자 시계가 미친 듯이 종을 쳐대었다. 모두들 귀를 막고 머리를 흔들었다. 하전부리도 참다못해 집을 뛰쳐나갔다. 미단은 끊임없이 쳐대는 시계 종소리와 다시 싸우기로 마음먹었다. 하지만 싸움은 금방 끝났다. 그녀가 시계 앞에 의자를 다시 갖다 놓자마자 소리가 멈췄다.

며칠 후 하전부리가 집에 와 준호를 불렀다.

“시계를 고쳐. 하루에 몇 바퀴가 돌아가도 괜찮아. 며칠 동안 한 바퀴만 돌아가도 돼. 아후밀탄의 상인이 가진 시계는 사흘이 지나야 한 바퀴 돈다고 했어. 살아있게만 해.”

준호는 고치지 못했다. 시곗바늘을 움직여 주는 톱니 날이 무슨 일인지 뭉그러졌다고 했다.

“톱니 날을 다시 세우면 되잖아! 검은대가리가 그깟 것도 못 해? 바보천치! 다들 들어! 누구도 이놈에게 먹이 주지 마! 굶겨야 정신을 차려.”

화가 잔뜩 난 하전부리 앞에서 준호에게 죽 그릇을 건넨 이는 미단이었다.

“살아있는 척하던 시계는 이제 없어. 살아있는 것만 살리기에도 바쁜 세상이야.”

다행스러운 것은 미단과 함께 깊은 잠에 빠졌던 양이가 더 이상 잠꼬대를 하지 않는다는 점이었다. 시계를 가져온 이유가 그녀의 잠꼬대 때문이었다면 목적은 달성한 셈이었다.

하전부리의 분이 덜 풀려 미단을 노려보고 있을 때 마침 삼신어른이 집 마당에 들어섰다. 그가 하전부리에게 경고했다.

"누구도 달가워하지 않는 기계를 가져와 혼란을 주지 마. 무엇이 단풍동을 위한 것인가를 깊이 생각해 봐."

"세상이 바뀌는데 단풍동만 이대로 있으라고? 그게 깊이 생각해 본 결과야? 새로운 것을 받아들이는 자만이 제 땅도 지킬 수 있다는 사실은 누구보다 삼신어른이 잘 아실 텐데?"

하전부리가 저자의 남쪽 끝, 갓바치 생오의 가게 옆집을 얻어 사진관을 차린 것은 아무래도 삼신어른을 향한 시위였던 듯싶다. 그의 사진관은 차릴 때부터 순탄치 않았다. 회벽을 칠한 후 나무로 선반을 얹어야 했는데 인부들이 '나무의 달이 아니라'는 이유로 움직이지 않았다. 흙의 두 번째 달인 도마뱀달이었다. 도마뱀달 이후로도 타조달, 이후로도 물의 넉 달이 지나야 나무의 달이었다. 성질 급한 하전부리는 결국 청매동으로부터 세 배의 임금을 주고 인부들을 데려왔다. 하지만 그는 인부들뿐 아니라 나무도 들여와야 했다. 목재 가게 역시 나무의 달이 될 때까지 문을 닫아 버렸기 때문이다. 숱한 난관 끝에 사진관은 물의 첫 번째 달인 물방개달에 문을 열었다. 문 앞에는 살촉동 글자로 쓴 '사진관'이라는 간판이, 가게 안에는 '한 판에 금화 한 닢'이라는 요금표가 붙었다. 하지만 잉어달을 거쳐 검은꼬리거북달이 되었을 때에는 간판은 살촉동 글자가 아닌 단풍동 글자로, 요금도 '은화 한 닢 또는 돼지 한 마리'를 거쳐 '쌀 세 홉'으로 바뀌었다. 사진을 찍겠다는 이가 없었다. 부루와 차미한의 하인이 다녀가기는 했다. 그들은 서당 학생인 자기들의 도련님 대신 혼을 뺏겨야 하는 기구한 운명을 한탄하며 사진관에 들어섰다. 사진을 찍은 후 집에 돌아간 그들은 혼 빠진 이가 어떤 행동을 하는가를 확실하게 보여주었다. 일은커녕 주인의 멱살을 잡고 갖은 욕지거리에 네 발로 땅을 기고 음식을 토하고 다시 먹기를 거듭했다.

　사진관에 대해 긍정적인 사람은 단 한 명, 여관 주인 채연이었다. 그녀는 살촉동과 청매동 상인들을 통해 사진이 위험한 것이 아님을 알고 있었다. 그녀가 예홍과 란홍을 데리고 사진관을 찾았다. 유곽에 자기들의 사진을 걸어 하전부리의 사업을 도와줄 생각이었다. 하지만 그녀들 역시 사진관 문을 여는 순간 평생 보지 못할 광경과 맞닥뜨렸다.

　사진기를 살 때 같이 구입했던 이십 개의 사진판들을 하전부리는 이리저리 허비해 버렸다. 그가 정작 사진관을 열었을 때 그의 손에는 사진판이 겨우 넉 장밖에 없었다. 청매동 상인을 통해 살촉동에 새로 주문하기는 했지만 새 사진판이 언제 도착할지는 알 수 없었다. 채연 일행이 사진관에 들어서기 직전, 하전부리는 마지막 남은 한 장의 사진판으로 다른 이 아닌 자신의 모습을 찍기로 마음먹었다. 혼자 사진을 찍는 것은 쉽지 않았다. 왼손에 사진기를 잡고 오른손으로 불붙은 조명판을 들었는데 사진기를 자신에게 향하도록 다시 잡다가 그만 조명판을 떨어뜨렸다. 조명판의 불씨가 튀면서 얼굴과 가슴을 덴 그가 펄쩍 날아올랐다. 불붙은 조명판이 바닥에 떨어졌고 그 위로 하전부리의 몸뚱이가, 그리고 그의 배 위에 사진기가 떨어졌다. 채연 일행이 본 것은 연기에 휩싸인 귀신이 허공에서 비명을 지르며 무언가를 던졌다가 잡고 또다시 무언가를 던지는 모습이었다.

　사진관을 닫은 후 하전부리는 기계 귀신을 인정했다. 그가 본 귀신은 '앞뒷눈이 너무 커서 이마와 턱이 떨어져 나갔으며 몸통에는 팔다리가 너무 많이 붙어 아랫도리가 없는 모습'이었다. 이는 지금껏 알려진 단풍동의 귀신, 눈 네 개에 팔다리 여덟 개가 정방향으로 달린 모습과는 전혀 달랐다. 사진관을 지었던 목수와 미장이들이 집으로 몰려왔다. 그들이 미단으로부터 약속어음을 받아 갔다.

물의 마지막 달인 푸른용달을 열흘 남겨두고 하전부리는 또 다른 사업을 구상했다.

"커다란 수조를 만들어 물을 채우고 물고기를 풀어놓는 거야. 낚시로 물고기를 잡는 거지. 한번 해 본 사람은 또 하고 싶어 안달 날 걸? 게다가 아직 물의 달이잖아."

수조를 만드는 일은 사진관 때보다 훨씬 힘들었다. 구덩이를 판 후 횟가루를 이겨 바닥과 벽을 발라야 하는데 땅에서 물이 솟아나 곤죽이 되곤 했다. 인부들은 '물의 달이라 물이 솟는다.'며 당연하다고 했다. 하지만 그들의 말대로라면 물의 달에 이어진 나무의 달에는 물이 솟지 말아야 했다. 물은 계속 솟아났다. 큰 우물에 횟가루를 푸는 형국이었다. 나무의 넉 달 중 마지막 달인 붉은나무달에야 수조가 겨우 완성되었다. 난관은 그것으로 그치지 않았다. 수조에 곰치들을 넣는 족족 그것들이 허연 배를 드러내고 떠올랐다. 횟가루 독 때문이었다. 곰치 삼십 마리를 풀려던 하전부리는 삼십 배도 넘는 천여 마리의 곰치를 사야 했다. 곰치를 실은 마차가 끝없이 오가는 모습은 '하전부리의 몸에 든 기계 귀신이 아침저녁으로 곰치를 먹는다.'는 소문을 낳았다. 실내낚시터가 문을 연 때는 불의 석 달도 지나 한 해의 마지막 달인 새생명이태어나는큰달이 되어서였다.

아버지강에서 보자면 단풍동 저잣거리는 높은 절벽에 자리 잡고 있다. 저자의 실내낚시터는 일단 사람들의 흥미를 끌었다. 하지만 낚시를 위해 돈을 내야 한다는 것은 아무도 이해하지 못했다. 사람들을 설득하다 지친 하전부리는 한발 물러섰다.

"한 번만 공짜야. 두 번째부터는 돈을 내."

한 번 온 손님은 두 번 다시 오지 않았다. 곰치를 낚아봤자 쓸모가 없었다. 대부분의 집 시궁창에서 곡식 찌꺼기를 처리하느라 기르는 곰치는 아무리 배고픈 노인들도 입에 대지 않았다. 하전부리도 그 점을 생각지 않은 것은 아니지만 산 채로 옮길 수 있는 물고기는 곰치가 유일했다. 다른 물고기들은 아버지강으로부터 마차로 옮겨지는 이틀을 견뎌내지 못했다. 또 하나, 하전부리가 예상하지 못했던 것은 곰치들의 끼끽대는 울음소리였다. 횟가루 독이 우러나는 수조에서 죽어가는 곰치들의 비명이 실내에 가득 차, 하전부리조차 가게 안으로 들어서지 못하고 밖으로 서성였다.

빚쟁이들이 다시 몰리고 하전부리는 서둘러 살촉동으로 떠났다. 미단은 대문에 종이를 붙였다. 「이름, 물목과 금액을 써놓고 돌아갈 것. 급한 사람은 살촉동으로 가서 운홀 하전부리와 직접 해결할 것.」

하전부리는 새해 첫 달인 새생명을심는큰달에 다시 돌아왔다. 그의 뒤에는 덩치 큰 사내 둘이 따랐다. 격투기 선수들이었다. 하전부리가 호기롭게 말했다.

"돈 들 일은 전혀 없어. 수조에서 물만 빼내면 돼. 선수들에게도 이익이 났을 때만 돈을 주기로 했어."

북과 징을 쳐서 사람들을 모은 후 하전부리는 그들에게 싸우도록 명령했다. 이끼 낀 수조에서 서로 때리고 미끄러지는 그들을 보면서 사람들은 그들이 왜 싸우는지 궁금해했다. 격투기 역시 호응을 받지 못할 것을 직감한 하전부리가 큰 소리로 외쳤다.

"자, 당신들이 수조에 들어가서 때려! 선수들은 맞기만 해!"

엉겁결에 수조로 미끄러져 들어간 구경꾼 하나가 한동안 머뭇거렸다. 그가 조심스레 선수의 배를 쳤다. 선수의 어리둥절한 표정을 보고 사람들이 웃어대었다.

하전부리는 드디어 돈을 벌기 시작했다. 남을 때리고 기분 좋아지는 사람이 꽤 많았다. 그들은 은화 두 닢을 지불한 후 선수들을 때리고 차고 목을 죄고 머리털을 뽑았다. 매일 찾아와 선수들을 패는 단골들도 생겨났다. 하지만 격투장은 한 달을 채우지 못하고 문을 닫았다. 선수들이 그들을 약 올리던 단골 두엇을 실컷 팬 뒤 하전부리의 얼굴에 은화 두 닢을 뿌리고 가버렸다.

더 이상 집안을 이끌어갈 수 없을 만큼 형편이 나빠졌던 그해, 불의 마지막 달인 반딧불이달에 집에 들른 삼신어른이 곁샘마을의 농부와 맞닥뜨린 것은 우리 집으로 봐서는 큰 다행이라 할 수 있겠다. 짧은 어깨 가리개에 안경까지 코에 걸친 농부는 건방지기 짝이 없었다.

"운흘의 하인이 어제 곁샘 아랫밭에서 거둬들인 곡식은 내 것이오. 왜냐하면 내가 그 땅의 임자거든."

하전부리와 희실이 곁샘과 곁샘마을을 팔려던 계획은 삼신어른이 막은 바 있었다. 하지만 곁샘 하류의 토지는 그보다 훨씬 전에 하전부리로부터 희실로 옮겨져 있었다. 삼신어른이 농부를 계속 추궁했다. 희실이 기남과 함께 청매동으로 떠난 때가 재작년이었다. 작년이나 올해 희실이 땅을 팔았을 리 없었다. 곁샘 농부가 하는 수 없이 대나무 쪽에 쓴 땅문서를 가져와 내보였다. 그는 소작인에 불과했다. 농부에게 땅과 함께 안경과 짧은 어깨 가리개를 준 사람, 밭의 실제 주인은 농부가 아니라 청매동 상인이었다. 희실이 청매동에서 땅문서를 내놓았다. 물론 농부가 꼼수를 부린 것은 사실이다. 운흘의 하인들이 그 땅에 힘들여 농사짓고 곡식을 거둘 때까지 그는 말 한마디 없이 팔짱을 끼고 기다렸던 것이다.

삼신어른이 단안을 내렸다. 장례나 혼례 등을 주관해 주고 답례로 받았던 자신의 전 재산을 내놓아 운흘 집안의 빚과 토지를 정리했다. 그는 곁샘 하류의 토지뿐 아니라 희실이 판 또 다른 곱슬샘 밭도 되사들였다. 그것들은 모두 미단의 것이 되었다. 하지만 미단은 삼신어른에게 겉치레 인사조차 차리지 않았다.

"당연한 일을 한 거지. 삼신도 이 집안의 자식이잖아. 나는 이제 쉴 테야."

방에 들어간 미단은 한 달이 넘도록 밖으로 나오지 않았다. 방을 둘러싼 나무벽 틈으로 푸른빛이 새어 나왔다. 그 빛을 보고 준호는 감탄을 거듭했다.

"푸른빛이 너무 아름다워. 어디서도 보지 못할 은은하고 아련한 빛이야."

사람의 괴로움, 노여움을 즐기다니 어이없는 일이었다.

준호로서는 이해할 수 없었겠지만 미단의 괴로움은 농부의 안경에서 비롯된 것이었다. 운흘의 재산이 얼마인지 빚이 얼마인지는 그녀에게 큰 문제가 아니었다. 그녀를 움츠리게 한 것은 살촉동과 청매동에서 들어오는 새로운 문물들, 지금껏 없었던 낯선 그것들이 사람들에게 좋을 수도 있다는 것, 사람들이 그것들을 반갑게 받아들이고 행복해한다는 사실이었다. 곁샘의 농부는 장님은 아니지만 시력이 나빠 길도 혼자 다니지 못하던 사람이었다. 그런데 그가 청매동의 안경을 쓰고는 땅문서까지 읽어가며 미단에게 조목조목 따져대었던 것이다. 괘종시계 사건만 해도 그랬다. 다른 이의 눈에는 시계가 공교롭게 고장 난 것처럼 보였어도 그것은 미단이 자신의 염력을 다해 겨우 얻어낸 결과였다. 더 이상은 힘들었다. 끝없이 밀려올 수많은 기계들,

수많은 새로운 문물들을 대적할 힘이 그녀에게는 이제 없었다. 끝이 보이는 싸움이었다. 머지않은 미래에 살아있는 생명들이 죽은 기계에 의해 휘둘릴 것이고, 기계를 따르지 않았다는 이유로 죽임을 당하거나 스스로 목숨을 끊는 이가 나올 것이었다. 그리고 미단 자신이 그 선봉에 있을 것은 분명했다. 그리하여 그녀는 자신을 스스로 격리시킨 것이었다.

"오래 계시면 안 되는데. 그대로 앉아계시면 뿌리가 내릴 텐데."

찬금이 아궁이에 불을 때며 미단을 걱정하자 준호가 피식 웃었다.

"뿌리를 내리다니, 미단이 마치 나무라도 될 것처럼 말하네."

준호의 말이 끝나기 무섭게 난데없는 여자의 새된 목소리가 끼어들었다.

"뿌리라니! 뿌리가 내리면 어떡해! 세상에 둘도 없는, 내 소중한 올케 미단이 나무가 되다니 어떻게 그런 일이 있어!"

고모 희실이었다. 씻어진 치마에 악취 심한 거지가 그녀임을 알아본 이는 아무도 없었다.

"내가 기남을 얼마나 말렸는데. 매차랑 결혼하면 안 된다고, 단풍동으로 되돌아가자고 수백 번이나 말했지. 그런데도 기남의 고집을 꺾을 수가 있어야지."

희실이 식구들의 눈치를 보며 울먹였다. 그녀는 빈털터리였다. 희실이 자신의 재산을 다 털어 청매동의 번듯한 집을 마련할 때까지만 해도 그녀는 남부럽지 않은 귀부인이었다. 그녀는 자신이 좋아하는 청매동에서 기남과 매차를 보란 듯이 거느리고 편안한 노후를 즐길 예정이었다.

─청매동의 집이나 재산은 청매동 사람으로 주인을 해놓아야 여러모로 편해요. 고모님이야 무슨 걱정이세요? 제가 청매동 사람이잖

아요.

 매차의 꾐에 넘어가 집의 명의를 옮겨준 순간부터 매차의 태도는 돌변했다. 희실에게 물일에 불일, 심지어 매차의 머리를 감기고 몸을 씻기는 일까지 요구했다.

 ―제 할 일은 당연히 해야지. 내 집에 빌붙어 사는 주제에.

 단풍동으로 돌아오기 위해 희실은 청매나루에서 잡역부들의 빨래와 설거지까지 해야 했다.

 사람의 근본도, 서로 간의 관계도 쉽게 변하지는 않는다. 희실이 빠르게 마님 자리를 되찾은 것과 함께 희실이 빈털터리라며 얕보던 하인들 역시 어느새 희실 밑으로 기어들었다. 희실은 전처럼 미단을 들볶았고 미단 역시 그녀의 등쌀에 방에 처박혀 있을 수만은 없었다.

 "다 내 덕인 줄 알아! 내가 아니었으면 저 게을러빠진 자오 여편네는 방에 뿌리박혔고말고."

 미단과는 반대로 발전된 문물을 받아들이기로 결심한 하전부리는 스스로 고안한 '움직이는 의자' 때문에 자신의 다리를 부러뜨렸다. 의자 밑에 바퀴 세 개를 달고 양손으로 저을 수 있는 노를 달아 어느 방향으로든 앉은 채로 편안히 가겠다는 것이 그의 의도였지만 그의 의자는 어느 쪽으로도 움직이지 않았다. 바퀴 세 개가 각기 정삼각의 꼭지 방향으로 향해 있었기 때문이었다. 움직이지 않는 의자에 화가 난 하전부리가 의자를 번쩍 들다가 의자에 달려있던 노에 팔이 걸리면서 종아리뼈가 부러졌다. 그는 급히 회반죽을 찾아 종아리에 발랐다. '다친 다리를 끊어내고 새 다리가 나도록 기다리는 것이 훨씬 빠르다'고 의사가 충고했지만, 그는 듣지 않았다.

 "새로 나는 다리는 짧고 굵어. 볼품없는 다리로 절름거리며 사느니 차라리 죽지."

하전부리가 다리를 부러뜨린 것에 대해 희실은 '악독한 자오 여편네가 제 남편을 저주한 결과'라며 미단을 헐뜯었다. 하지만 그것은 희실이 두 사람의 속내를 모르고 하는 말이었다.

하전부리와 미단 사이에 해코지란 있을 수 없었다. 서로를 향해 한껏 화내는 순간에도 나는 그들이 상대방이 아니라 자기 자신에 대해 화내고 있음을 느낄 수 있었다. 한 사람은 새로운 문물에 빠져, 또 한 사람은 모든 문물에 대해 이유 없는 두려움으로 떨고 있어도 그들은 서로의 속마음을 수시로 확인하고 나누고 있었다. 그들은 둘로 나뉜 한 사람이었다. 희실을 대하는 태도는 물론이고 나를 대하는 마음도 똑같았다. 준호의 이름은 기억하면서 자식인 내 이름은 묻지도 않는 하전부리나, 아무리 내가 살갑게 굴어도 단 한 번 따뜻하게 말을 건넨 적 없는 쌀쌀맞은 미단 역시 한깍지에서 태어난 쌍둥이처럼 똑같았다. 어미산과 운흘 집안을 위해 최선을 다하는 삼신어른을 업시여기고 무시하는 태도와 강도도 마찬가지였다. 도리어 나는 그런 대접을 받는 삼신어른이 이상했다. 둘에게 핀잔을 당하거나 때로 혐오스러운 눈초리를 받을 때면 슬그머니 물러섰다가 그들이 누그러진 듯하면 다시 나타나 그들에게 잘 보이려 애쓰는 그의 속내가 무엇인지 나로서는 이해되지 않았다. 스스로 검은 벽을 두른 삼신어른의 마음을 초음으로 읽어봤자 둘에게 어떻게든 잘 보이고 싶은 마음, 그것 외에 아무것도 없었다.

하전부리가 소개하는 수많은 기계와 어이없는 시도들을 그나마 내가 이해할 수 있었던 것은 발달된 문물을 받아들여야 한다고 무언의 압력을 가한 검은머리짐승 준호의 덕이라 할 수 있다. 준호 역시 끊임없이 무언가를 만들어 내 주위를 바꾸고 있었다. 방 벽에 높고 낮게 맨 나무 선반을 비롯하여 바닥의 물길을 적절히 조절하는 조리개 장치, 신경 쓰지 않아도 저절로 닫히는 문, 의자에 앉거나 서서 자는 우리 어른이에게는 전혀 필요 없지만 누워서 자는 그에게는 꼭 필요한 침상까지 준호는 자기 쪽 세상의 모든 문물이 이곳보다 훨씬 좋고 편리하다는 확신에 차 있었다. 새 문물에 대한 미단의 입장이 지금 누리고 있는 것 외의 모든 것을 부정함으로써 불안감을 떨쳐내려 하듯, 나 또한 준호의 여러 장치와 물건들을 보면서 미단의 마음에 공감할 수 있었다. 검은머리짐승들은 약자가 아니었다. 지금으로서는 사진기의 조그만 구멍처럼 그들의 문물을 잠깐 맛보고 평가하는 정도지만, 어쩌면 구멍 저쪽에는 우리가 대적할 수 없을 정도로 큰, 넓은, 강한 세상이 실제로 존재할 수 있다는 가능성, 비록 지금은 우리 세상에 몇몇 검은머리짐승이 떨어져 냉대받고 죽임을 당하지만 그들과 우리가 정면으로 맞선다면 우리는 결코 이길 수 없으리라는 불안감이 내 속에서 점점 커지고 있었다. 나는 새로운 악몽에 시달리기 시작했다. 구멍, 준호가 말하는 '통로'로 수많은 짐승과 기계들이 꾸역꾸역 쏟아져 내려, 나를, 우리 단풍동을 부수고 짓누르고 먹어버리는 꿈이었다.

나와 그는 다르다. 우리와 그들은 다르다.
누가 이길지는 알 수 없다.
땅의 법을 따르는 이들이 살아남을 것이다.
지금껏 그래왔듯 앞으로도.

2

빗겨 앉은 바위 틈

순부부리의 장례식

✱   물의세월 열한 번째 해 흙의 마지막 달인 타조달 열하루, 집 앞에 마차가 서고 곧이어 악대의 음악 소리가 들려왔다. 무녀 영기의 뒤를 이어 채연의 악대가 들어섰다. 악대 중에는 오현금을 든 예홍도 보였다.

"마님, 그동안 수고하셨어요. 순부부리님은 편안히 가실 거예요."

영기가 미단에게 예를 갖추었다. 미단의 뒤를 따라 영기와 채연이 순부부리의 방으로 향했다. 준호가 놀라 물었다.

"순부부리가 가다니, 그를 죽이려는 거야?"

"아냐. 그는 곧 죽을 거야."

잠시 후 그들이 방에서 나왔다. 그리고 영기가 큰 소리로 외쳤다.

"운흘 집안의 순부부리가 땅으로 가셨다! 훌륭한 일생이었다!"

올해로 여든, 그만하면 순부부리는 장수한 셈이었다. 슬펐다. 가족 중에서 나를 따뜻하게 대해준 사람은 단 한 사람, 순부부리밖에 없었다. 하지만 땅이 키워준 생명은 땅으로 돌아가게 마련이다. 준호가 내 뒤에 바짝 붙어 물었다.

"초음이야? 죽어가는 순부부리가 무녀 영기와 채연에게 초음을 보낸 거야?"

"초음이 아니라 예지야. 영기도 채연도 맑은이거든."

그는 아직도 초음과 예지력의 차이를 이해하지 못하고 있었다.

"연토, 너도…… 다른 이의 앞날을 볼 수 있어?"

그의 눈빛이 간절했다. 그는 자기가 짐승세상으로 돌아갈 수 있는지 알고 싶은 것이었다. 나 역시 그의 그림을 보려 애쓴 적이 있었다. 하지만 불투명한 검은머리짐승의 몸체만을 보았을 뿐 아무것도 볼 수 없었다. 영기의 말로는 '맑은이가 예지력을 모은다 해도 어른이들의 앞날을 볼 뿐 검은머리짐승이나 가축의 앞날을 볼 수는 없다'고 했다.

"아직은 아냐. 서른 살이 되면."

여지를 남겨둔 것은 그의 기대를 간단히 꺾기가 안쓰러워서였다. 사실 맑은이라 해도 서른은 되어야 확실한 예지력이 갖춰진다. 혹시 알랴. 그 나이가 되면 준호의 앞날이 보일지. 준호가 긴 한숨을 내쉬었다. 앞으로 7년, 그에게는 너무나 긴 시간일 터였다.

영기와 채연이 순부부리의 몸을 향유로 닦았다. 기별을 받은 삼신어른이 집에 들어서서 옷을 갈아입었다. 삼신어른이 상주가 되는 것은 안 될 일이었지만 하전부리도 기남도 없으니 어쩔 수 없는 일이었다.

기남의 성년식 때와 마찬가지로 마당에 손님용 물확들이 놓였다. 아랫마당에는 큰 탁자도 다시 놓였다. 성년식과 다른 점이라면 탁자 위에 음식 대신 순부부리의 칠성함이 놓였다는 것이었다. 순부부리의 칠성함은 두껍고 고급스러웠다. 뚜껑에 새겨진 일곱 별뿐 아니라 함 안팎의 나무 덩굴 조각이 살아 움직이는 듯 세밀하고 아름다웠다. 평소 나는 사람들이 칠성함을 중히 생각하고 공을 들이는 것에 대해 쓸데없는 집착이라 생각하는 편이었다. 칠성함이라는 게 어미산에서 자식을 캐어 실어 오면 그뿐, 훗날 그가 죽을 때 시신과 함께 불사르고 말 물건 아닌가. 정성스레 새긴 순부부리의 칠성함을 손으로 쓸어보다가 갑자기 기억나는 것이 있었다. 수의로 쓰일 혼례복. 칠성함 역시 혼례복과 함께 땅에 있을 때보다 땅으로 돌아갈 때를 위한 물건이었던 것이다. 다 닳아 없어진 조그만 몸을 땅으로 돌려보내면서 우리 모두의 어머니인 땅에게 바치는 기도, '고인이 살아있을 때의 업적과 우리의 정성을 감안하시어 부디 귀한 생명으로 태어나게 해주시라'는 마지막 축원이었다. 내 방에도 나를 캐어올 때 쓴 칠성함이 벽에 기대어져 있었다. 순부부리의 것만큼 두껍지는 않아도 함 안팎으로 나무와 잎들이 가득 새겨진 정성스러운 물건이었다. '각자의 방 가장 좋은 자리에 칠성함을 소중히 보관하고 수시로 닦아야 한다'는 서책의 가르침 또한 '땅으로 돌아갈 생명임을 항상 기억하고 채비하라'는 뜻이었으리라.

마당에 손님들이 들어차기 시작했다. 저마다 순부부리와의 인연을 늘어놓으며 그의 죽음을 아쉬워했다. 집사는 형 기남의 성년식 때와 마찬가지로 차미한 여장부리가 맡았다. 집사의 선포로 장례식이 시작되었다. 엿을 차지하려는 노인들의 분답은 아예 없었다. 삼신어른이 상주인 만큼 보모 명여와 아낙네들이 일찌감치 그들을 단속했기 때문이다.

미단이 면포로 싼 순부부리를 칠성함에 넣었다. 양이와 미단, 희실 그리고 내가 그의 칠성함 주위에 둘러섰다. 검은 내리닫이에 검은 띠를 두른 삼신어른이 순부부리의 면포를 벗겼다. 동네 사람들의 곡이 이어졌다.

그리운 순부부리 정든 집을 어찌 떠나시나.

착하신 순부부리 땅으로 어찌 스미시나.

삼신어른이 순부부리의 앞눈과 뒷눈을 차례로 쓰다듬었다. 머리를 외로 꼰 조그만 순부부리는 기분 좋은 꿈을 꾸듯 편안해 보였다. 삼신어른이 손에 물을 묻혀 순부부리의 몸에 뿌렸다. 아버지강의 물이었다. 씻김 의식이 끝나고 순부부리는 새 비단 강보에 싸였다. 이어 집사가 크고 납작한 돌을 순부부리의 이마에 올려놓았다.

"무슨 짓이야! 저렇게 큰 돌을 올려놓다니 머리가 깨지잖아!"

갑자기 양이가 시신에 달려들며 울부짖었다. 희실이 양이를 잡아떼었다.

"편두를 해야 머릿속의 잡생각들이 빠지지. 양이! 순부부리가 머리만 커다란, 원한 맺힌 귀신이 되면 좋겠어? 양이에게 그 귀신이 붙으면 좋겠어?"

하인들 셋이 들러붙어 양이를 집 바깥으로 끌어낼 때까지 그녀의 난동은 계속되었다. 집 밖에서 양이의 찢어지는 듯한 울음소리가 들려왔다.

"미단! 내가 죽으면 돌은 안 돼! 약속해 미단! 내 머리에 돌을 올려놓으면 안 돼!"

양이가 햇빛족임은 틀림없는 듯했다. 햇빛족들에게는 칠성함도, 편두의 풍습도 없다. 사람이 죽으면 시신을 작은 뗏목에 실어 아버지강에 띄워 보내는 것으로 끝이었다.

밤이 되자 대문 앞에 화톳불이 피워졌다. 한 인간이 걸쳤던 옷가지들은 그가 지은 죄이기도 하다. 그의 옷을 불태움으로써 그는 죄에서 놓여나 편안히 땅으로 돌아갈 수 있다.

일을 많이 했어. 순부부리는 좋은 데 갈 거야.

가난한 이도 많이 도와주었어. 순부부리는 좋은 데 갈 거야.

타조와 돼지에게 잘했어. 곡식과 나무에게도 잘했어. 순부부리는 좋은 데 갈 거야.

좋은 주인이었어. 좋은 이웃이었어. 순부부리는 좋은 데 갈 거야.
좋은 자식이었어. 좋은 아버지였어. 순부부리는 좋은 데 갈 거야.

채연의 피리 소리와 예홍의 오현금 소리가 슬프면서도 평안했다. 옷가지를 태운 사람들이 다시 마당으로 들어서고 아낙네들이 향술을 돌렸다.

"저 여자 보여? 아까부터 너만 쳐다보고 있어."

내 곁으로 슬그머니 다가온 준호가 오현금을 뜯는 예홍을 가리켰다.

"초추아야."

내가 대꾸했다. 아무리 예쁘고 착하다 해도 초추아와 맺어질 수는 없었다.

"초추아!"

준호의 난데없는 부름에 가슴이 철렁했다. 예홍이 오현금을 뜯다 말고 멍하니 준호를 쳐다보았다. 예홍뿐 아니었다. 그녀 주위의 악대들이 모두 준호를 쳐다보았다. 황급히 준호를 끌고 방으로 들어갔다.

"무슨 짓이야! 사람들 앞에서 초추아라 부르다니. 그 여자들이 얼마나 창피하겠어?"

아무것도 모르는 준호가 눈을 껌벅였다. 내 불찰이었다. 준호와 생활한 지 5년, 나는 그가 '고아'를 가리키는 초추아를 당연히 알리라 생각했다. 준호는 초추아가 예홍의 이름이라 오해했던 것이다. 그는 그제야 자신의 실례를 알고 어쩔 줄 몰라 했다.

초추아로 태어난 이들을 천대하고 가혹하게 다스리는 이유는 어미산이 아닌 노지에서 함부로 생식하는 것을 금하려는 의도일 것이다. 초추아 사내들은 복인 마을로 보내어 천민의 화인이 찍히고 초추아 여자들은 유곽으로 보내어 몸 파는 계집이 된다. 초추아들 중 한눈에 반할 정도로 예쁜 남녀가 있는 것도 사실이다. 노지에서 생식하는 이들은 대부분 상대의 용모에 반하여 욕정을 참지 못한 경우가 많다. 하지만 노지가 아닌 어미산에서 태어났다 해도 초추아가 될 수 있다. 땅이 키운 생명이 완전히 여물었는데도 누군가의 손에 캐어지지 않으면 그는 스스로 고치를 깨고 어미산을 내려올 수밖에 없다. 그리하여 초추아 중에도 맑은이가 있을 수 있는 것이다.

"초추아도 있어야 해. 햇빛족도 땅옷족도 다 필요하듯이. 그것들이 필요 없다면 땅이 왜 그들을 내놓았겠어?"

점잖은 집안 부인들이 남편의 눈을 피해 무식하고 지저분한 햇빛족 사내들과 상대하는 이유, 멀쩡한 사내들이 땅옷족 여자들의 암내에 자기들의 씨물을 뿌리는 이유, 초추아들과 어울리는 이유도 모두 우리로서는 가늠할 수 없는 땅의 질서와 법칙인 것이다.

날이 밝고 열세 명의 사내들이 칠성함 주위에 둘러섰다. 편두에 쓰인 돌을 들어내니 순부부리의 자그마한 머리통이 알맞게 납작해져 있었다. 사내들이 소리쳤다.

생각 없이 가시겠네. 복 노인이로세.

걱정 없이 떠나시겠네. 복 노인이로세.

순부부리의 몸에 붉고 푸른, 몸체에 비해 너무 큰 비단옷이 입혀졌다. 그가 젊은 시절 걸쳤던 혼례복이었다. 손과 발에 비단 주머니가 씌워지고 큼직한 가죽신도 신겨졌다. 먼 훗날 땅으로부터 새 생명을 얻은 귀한 신분의 순부부리가 입고 신을 것들이었다. 드디어 칠성함 뚜껑이 닫혔다. 장정 열세 명이 칠성함을 메고 집을 빠져나갔다. 이제 어미산 언덕 조용한작별바위로 옮겨 망자와 작별할 차례였다.

'조용한작별'은 조용하지 않았다. 칠성함이 바위에 놓이기도 전에 독수리 떼가 끼룩대며 허공을 날았다. 함 뚜껑이 열리고 그의 혼례복 앞섶이 헤쳐지자 독수리들이 경쟁하듯 부리를 박았다. 펄럭대는 그들의 날갯짓이 한동안 요란했다. 독수리가 뜸해지자, 이번에는 작은 새들이 다시 들러붙었다. 일곱 명의 사내가 양손으로 큰 날갯짓을 하기 시작했다.

하늘로 가시네. 하늘로 높이 오르시네. 순부부리 어른이 하늘로 올라가시네.

나머지 여섯 명의 사내들이 땅에 무릎을 꿇고 벌레 흉내를 내었다.

억울해라, 억울해라. 하늘로 가버렸네. 땅에는 오지 않았네.

곡소리가 더욱 커져 새 소리를 가렸다. 하늘로 가시네. 순부부리 어르신이 하늘로 오르시네. 억울해라 하늘로 가버렸네. 땅에는 오지 않았네. 옆에 있던 가쟁이 손나팔을 만들어 내 귀에 대고 말했다.

"너희 할아버지랑 우리 할아버지가 만날 일은 없겠다. 우리 할아버지는 두더지와 개미들이 들러붙어 땅으로 가셨거든."

칠성함을 들었던 이들은 사흘 후 다시 이곳을 찾을 터였다. 남은 뼈와 혼례복, 가죽신들을 칠성함과 함께 태워 그 가루를 어미산에 뿌리고 나면 모든 절차는 끝이었다.

우리가 작별바위에서 집으로 돌아왔을 때 마당에는 손님들 열댓 명만이 술판을 벌이고 있었다. 하인들이 물확과 탁자를 정리하는데 그제야 아버지 하전부리가 다리를 절뚝이며 집에 들어섰다. 술에 취한 말총샘마을의 응척이 비틀대며 앞을 막자 하전부리가 버럭 화를 내었다.

"나무백정놈이 감히 내 앞을 막아?"

응척은 말총샘 인근 숲에 있는 나무인간들을 부려 나무 그릇을 생산하고 있었다. 돈이야 꽤 벌어도 나무인간들을 죄고 괴롭히는 천한 직업이라 저자에서도 홀대받는 인물이었다.

"늦게 왔으면 조용히 근신하시게."

삼신어른이 하전부리를 제지하자 기분이 좋아진 응척이 느물대기 시작했다.

"훌륭하신 운흘 집안의 부리님, 아버님 장례에 이제야 나타나셨네. 수조에 사람을 넣고 팬다더니 이제는 저도 때리시려고? 봐주쇼, 형님 좋다는 게 뭐겠소. 안 그래요 형님?"

응척의 부인 산이가 멀기는 하지만 우리 운흘 집안이니 남이라 할 수도 없는 입장이었다. 그의 술주정이 이어졌다.

"별 소문이 다 있다오. 순부부리님이 양이 마님과 어미산에 올라 황인들 밭에서 놀았다는 얘기, 그것도 양이 마님이 도망쳐 순부부리님은 씨물조차 뿌리지 못했다는 얘기. 벌써 옛날 일인 데다 순부부리님도 가셨으니 어차피 얘기들도 갖고 떠나시겠지. 그런데 말요 형님, 요새 나무인간들이 무슨 노래를 부르는지, 이 미천한 나무백정놈 주둥이로 한 번 들어보시려오?"

응척이 어깨를 들썩이며 노래를 부르기 시작했다.

"'희실과 하전은 햇빛족이라네.

시신에서 골과 내장을 꺼내어 구워 먹고는 안 먹은 척 시치미를 뗀다네.

하지만 속일 수는 없고말고. 두엄에 얹은 그들의 똥 냄새가 대신 외치는걸.

희실과 하전은 햇빛족이라네.

등허리에 징그러운 햇빛족 화인, 빨판이 없어 물을 마시면서도 시치미를 뗀다네.

하지만 속일 수는 없고말고. 흐르는 물에 그들의 오줌 내가 퀴퀴 쿰쿰한걸.'"

마당에 앉은 이들이 짓떠들어대기 시작했다. '골과 내장을 먹었다

고? 햇빛족이 틀림없군.' '햇빛족 화인까지! 허리에? 아니면 엉덩이? 하전부리가 설마!'

"자자! 소문일 뿐이라니까!"

한창 신이 난 웅척이 사람들을 둘러보며 큰 소리로 말을 이었다.

"하지만 아무리 소문이라도 당사자들은 얼마나 억울하시겠소? 우리 형님과 누님이 밤잠인들 제대로 주무시겠소? 방법이 있지요. 까짓, 웃옷 한 번 벗어주시면 되는 일 아뇨? 햇빛족이 아니라 맑은이다, 이참에 보여주시면 누가 감히 주둥이를 놀리겠소?"

소문을 퍼뜨린 이는 보모 명여가 분명했다. 집에 드나들던 그녀가 여느 가축들과 다른 검은머리짐승의 오물 내를 맡고 멋대로 짚어 떠들어댄 것이다. 희실이 급히 웅척의 먹살을 잡고 흥분했지만 사태를 수습하기에는 이미 늦어 있었다. 사람들의 눈과 귀가 세 명에게 쏠려 있었다. '그렇겠네. 햇빛족이 아니라면 못 보여줄 것도 없지.' '그게 제일 간단하겠네.'

"희실 누님이야 뭐, 여자니까 그만두고라도, 그렇지, 하전부리 형님이 보여주시면 되겠네. 까짓 어깨 가리개만 내리면 되는 일 아닙니까. 안 그렇소, 형님?"

웅척이 사람들을 둘러보며 으쓱거렸다. 그가 노리는 것은 소문의 진위가 아니었다. 항상 자신을 무시하는 하전부리를 이번 기회에 망신 주자는 의도가 분명했다. 하전부리가 웅척을 노려보았다. 하지만 사태는 희실로 인해 더욱 악화되었다.

"나더러 햇빛족이라고? 누가? 이 운흘 희실이? 알지도 못하면서 떠들기는! 햇빛족은 따로 있다고. 내가 차마 남부끄러워 입을 떼지 못하지만……"

하전부리가 희실의 말을 막았다. 그가 어깨 가리개의 단추를 풀기 시작했다. 그가 잠깐이나마 망설였던 것은 햇빛족 화인이 아니라 어깨에 있는 붉은이파리 반점일 터였다. 그때 삼신어른의 굵은 목소리가 들려왔다.

"감히 운흘 집안의 부리를 모욕하다니! 그의 얼굴과 손발을 보면 단풍동의 정통 맑은이임을 모르는가? 응척은 물론, 이곳에 모인 모든 이들의 혀를 뽑으리라!"

어미산의 자위대가 앞으로 나서서 응척을 포박했다. 그제야 사람들이 깜짝 놀라 응척을 욕하기 시작했다. '응척, 저 술 먹은 개! 천한 나무백정놈!' '어떻게 운흘의 부리님께 감히!' 한 사람이 자기 발을 담갔던 확의 물을 응척에게 뿌리자 너도나도 물을 뿌리기 시작했다. 그중 몇은 응척을 향해 침을 뱉기도 했다. 그제야 정신이 든 응척이 어쩔 줄 몰라 했다.

손님들이 돌아간 후에도 하전부리는 탁자 앞, 삼신어른 옆 의자에 걸터앉아 계속 술을 들이켰다. 삼신어른 역시 술을 마셨다. 둘 사이의 긴장감이 팽팽했다. 누구도 숨소리조차 내지 못했다. 이윽고 삼신어른이 자리에서 일어났다. 그가 돌아갈 채비를 하자 하전부리가 입을 떼었다.

"고맙기도 해라. 곤경에서 구해주시다니. 햇빛족이 아니라는 보증을 단풍동 삼신어른께서 친히 서주시다니. 그런데 어쩌나? 모든 사람을 증명해 주는 그 훌륭한 분은 누가 증명해 주나? 삼신어른의 손발을 자처하는 초춘놈의 혀는 왜 뽑지 않는가 말요!"

그가 삼신을 쏘아보며 말을 이었다.

"그 찢어 죽일 놈이 술집에서 떠들더란 말요. '삼신어른이야말로 희한하다니까. 뒷눈을 가린 거야 후회하지 않는다는 뜻이라지만, 발의 빨판도 쓰지 않고 입에 물을 대는 걸 보면 햇빛족이 따로 없다니까.

누가 알겠어? 잔뜩 껴입은 제의를 벗겨보지 않는 한 누구도 장담할 수 없지, 순부부리가 삼신어른을 어미산에서 캐었는지 햇빛족 마을에서 주워 왔는지.'"

하전부리가 의자에서 일어나 두 손으로 무언가를 비트는 시늉을 했다.

"이렇게, 이렇게! 애희지의 술집에서 지껄여 대는 초춘놈의 모가지를 내가 비틀어 올렸지. 언제? 아들인 나를 캐자마자 '재수 없는 종자'라며 부들부들 떨던 겁쟁이 순부부리가 숨이 끊어지던 그 순간에. 죄의 씨를 거둔 것 말고 한 일이라곤 없는 내 아버지 순부부리가 하늘로 오르던 그 순간에!"

그가 다시 삼신어른을 뚫을 듯 노려보았다.

"어미산만큼이나 높으신 삼신어른, 나 운흘 하전이야 햇빛족이건 아니건 나 하나로 끝나는 일이겠지. 하지만 삼신이 햇빛족이라면 얘기는 다르지. 내가 왜 그 비싼 시계를 사 왔다 생각하시오? 내 사치벽 낭비벽 때문에? 아니면 희실의 채근 때문에? 설마! 당신 때문이었어. 초음이 안되면 눈치라도 있으시든가. 앞날을 못 보시면 지난날이라도 짚으시든가."

완전한 적막이었다. 삼신어른이 의자에서 일어났다. 이어 그의 내리닫이 옷이 아래로 떨어졌다. 내리닫이 안에 받쳐 입은 속곳 내리닫이, 그 속에 챙겨 입은 얇은 바지, 얇은 어깨 가리개…… 마지막 속곳을 남긴 채 삼신어른이 마당 한쪽에 서 있던 어미산 자위대 대장을 노려보았다. 대장과 대원들이 황급히 고개를 숙였다.

"그만!" 삼신어른의 행동을 만류한 사람은 의외로 하전부리였다. 그가 양팔을 들어 삼신어른의 몸을 가렸다. 그때 하전부리를 밀어젖힌 이는 희실이었다.

"그만두긴 왜 그만둬! 확인해. 이참에 햇빛족인지 아닌지 확실히 보자고!"

삼신어른의 옷이 다 벗겨졌다. 어깨와 허리, 두 엉덩이가 완전히 드러났다. 깨끗했다. 햇빛족 화인은커녕 점이나 얼룩 하나 없이 뽀얗고 깨끗한 피부였다. 물론 맑은이의 투명한 피부는 아니었다. 전체적으로 흰빛이 나는 하얀이였다. 삼신어른은 이어 자신의 한쪽 발을 들어 의자에 올려놓았다. 그의 발바닥에는 빨판이, 두툼한 살집 틈으로 건강하고 촉촉한 빨판이 자리 잡고 있었다. 희실이 달려들어 그의 발바닥을 만졌다.

"이, 이럴 리 없는데? 양이가 분명히 말했는데! 삼신어른 생이 햇빛족이라고 했는데."

다시 옷을 갖춰 입은 삼신어른이 홀을 들어 바닥을 두드렸다. 자위대 대장이 하전부리와 희실을 무릎 꿇렸다. 삼신어른이 드디어 입을 떼었다.

"하전과 희실은 단풍동 어미산의 삼신을 능멸했다. 하전, 네게서 부리의 호칭을 거둔다. 그리고 너희는 이제 나의 형과 누이가 아니다. 또한 운흘 집안도 아니다."

희실의 울음에 이어 하전부리의 웃음이 터졌다.

"좋은 날이로군. 감사하오, 삼신어른. 땅이 단풍동을 돕는군."

삼신어른이 하전부리의 말을 잘랐다.

"나, 운흘 생이 말한다. 오늘부터 운흘 집안의 부리는 미단이다. 이 집을 비롯하여 금강샘마을과 곁샘마을, 곱슬샘마을 그리고 거기에 귀속된 땅과 주민들은 자오 미단부리의 것이다. 운흘의 물뿐 아니라 흙, 공기조차 미단부리의 허락 없이는 사용할 수 없다. 또 한 가지, 여러 오해를 불러일으킨, 냄새나는 더러운 것은 오늘로 이 집에서 치운다."

가슴이 철렁 내려앉았다. '냄새나는 더러운 것'은 바로 준호를 가리키는 말이었다. 이때 거실 계단에 섰던 어머니 미단이 천천히 입을 열었다.

"내가 이 집안의 부리라면…… 준호는 치울 수 없어. 내가 부리가 아니라 해도 준호는 치울 수 없어. 자위대는 나를 끌어갈 수 있어도 준호를 끌어갈 수는 없어."

"미단!" 삼신어른이 그녀를 타일렀다.

"미단은 검은머리짐승이 얼마나 더럽고 위험한지 잘 몰라."

"준호는 이 집에 필요해. 운흘 집안의 부리로서 처음 내린 결정이야."

삼신어른은 결국 미단의 고집을 꺾지 못하고 어미산으로 돌아갔다. 방에 돌아와 나는 준호의 팔을 거머잡았다. 그리고 그에게 한쪽 눈을 찌그러뜨렸다. 검은머리짐승의 몸짓으로 '아무 문제 없다', '걱정 마라'의 표시였다.

아버지 하전을 욕보인 웅척은 혀가 뽑히지는 않았다. 그의 아내 운흘 산이가 '웅척이 하얀이인 데다 술에 취해 제정신이 아니었음'을 미단부리에게 눈물로 하소연한 덕이었다. 대신 그는 다음 날로 단풍동 북쪽 절벽 부근의 보안대로 보내졌다. 보안 근무가 가장 고되다는 곳이었다.

순부부리의 장례식 이후 아버지 하전은 자취를 감추었다. 물론 서당에도 나오지 않았다. 훈장이 있건 없건 서당에 오는 학생들은 꽤 있었다. 준호 역시 나와 함께 서당에서 대부분의 낮 시간을 보냈다. 집에 오는 길에 준호가 내게 물었다.

"양이 친구 어훈이 자리에 누웠다고? 왜? 병에 걸렸어?"

"병은 무슨. 늙어서 작아졌잖아. 우리 할머니 양이도 이제 몇 년이면 자리에 누울걸."

준호가 갑자기 걸음을 멈추었다.

"무슨 소리야? ……순부부리가 갓난아이가 아니었어?"

"갓난아이라면 갓 태어난? 갓 태어난 사람이 어떻게 그리 작을 수 있어?"

나는 그가 무슨 말을 하는지 알 수 없었다. 그 역시 내 말을 알아듣지 못하고 있었다. 그가 내게 다시 물었다.

"사람이 늙으면 몸피가 약간 줄기는 하지. 하지만 순부부리는 갓난아이였잖아. 순부부리가 미단부리의 자식이잖아. 그리고 미단부리는 네 자식이잖아."

"내 자식? 내가 미단부리와 하전의 자식이지. 말해줬잖아? 내 방에 있는 칠성함에 대해서."

"자식을, 사람을…… 어미산에서 캔다고?"

초음이나 예지 따위는 아무것도 아니었다. 5년이라는 세월 동안 준호는 어른이의 기본적인 생태와 삶에 대해 전혀 모르고 있었다.

준호가 우선 오해했던 것은 '부모'와 '자식'이라는 낱말이었다. 이를테면 내가 '순부부리는 하전부리의 아버지다'라고 한 말을 그는 '순부부리는 하전부리의 자식이다'로 받아들였다. 그리하여 그는 하전부리와 희실을 내 자식으로, 순부부리와 앙이를 내 손자와 손녀로 알고 있었다. 그가 궁금해하던 '임신'과 '출산'은 우리 세상에는 아예 없는 낱말이었다. '수컷의 씨물을 암컷의 몸속에 넣어 자식을 품고 그 자식이 혼자 살아갈 수 있을 만큼의 조건을 갖춘 뒤 세상에 내놓는 과정'은 말 못 하는 가축이나 동물들에게 있을 뿐 우리 어른이에게는 있을 수 없는 일이기 때문이다. 굳이 그의 말을 대입하자면 어른이의 알과 씨를 키우는 어미산이 '임신'하는 것이고 결혼한 남녀가 어미산에 올라 자식을 캐오는 일이 짐승세상의 '출산'에 해당하는 말일 것이었다. 이틀 밤낮 동안 우리는 서로 헷갈렸던 낱말들을 정리했다. '어머니'와 '딸'을, '할아버지 할머니'와 '손자 손녀'를, '젊음'과 '늙음'을, 그 뜻들을 제자리에 놓았다. 머리가 아팠다. 너무 많은 낱말을 고치느니 차라리 그대로 오해하며 사는 것이 낫지 않을까 싶기도 했다.

"어떻게 크게 태어나 점점 몸이 닳을 수 있지? 어떻게 생명을 땅에서 캘 수 있지?"

그는 몇 번이고 탄식하고 또 반문했다. 그가 받은 충격에 비하자면 내 충격은 아무것도 아니었다. 검은머리짐승들의 생태가 축사에 갇힌 돼지나 소, 말 따위와 크게 다르지 않기 때문이었다. 그럼에도 나 역시 지레 짚은 점이 있었다. 그의 큰 몸피를 보고 젊은이, 성년식을 치르지 않은 내 또래로 착각한 것은…… 그렇다, 그것은 내 바람이었을지 모른다. 나도 모르게 그를 나와 똑같은 어른이로 생각했던 것이다. 그는 한참 나이를 먹은, 이를테면 죽을 날이 얼마 남지 않은 노인이었다. 주름이 자글거리는 피부 역시 젊음의 표시가 아니라 늙어가면서 늘어진 힘없는 피부였다.

검은머리짐승과 우리의 삶 중 한쪽을 거꾸로 놓고 견줘보면 신통하게도 맞아떨어지는 부분이 있음은 신기했다. 우선 몸피가 그러하다. 검은머리짐승은 조그맣게 태어나 점점 커져서 결국 7, 80년 후 몸이 큰 상태로 죽음을 맞는다. 우리 어른이는 크게 태어나 점점 작아져 7, 80년 후 조그만 몸체로 죽음을 맞는다. 또 검은머리짐승은 태어나서 20년 후 가장 건강할 때 수컷이 암컷의 몸에 씨를 뿌려 후손을 만든다. 그리고 나머지 60년 동안 서서히 늙어간다. 우리 어른이는 몸에 붙었던 딱딱한 각질을 5, 60년 동안 서서히 떼어낸다. 몸이 가장 자유롭고 잘 움직일 때쯤 배우자와 함께 어미산에 올라 씨물과 알을 심는다.

그 후 1, 20년 동안 어른이들의 몸과 머리는 급격히 작아진다. 땅으로 돌아가기 직전, 거의 온종일 잠자다가 숨을 멈추는 어른이의 모습 역시 갓 태어난 검은머리짐승의 모습과 묘하게 맞아떨어지는 것이다. 완전히 반대의 삶을 살면서 두 세상에서 공통인 점도 있었다. 태어나서부터 7, 80년쯤 혹은 그 이상도 살아간다는 것, 갓 태어난 이를 귀히 여기고 죽음에 임박한 노인들을 본능적으로 싫어한다는 것도 우스울 정도로 똑같았다.

사흘 밤낮 동안 말 한마디 없이 제 생각에만 빠져있던 준호가 드디어 입을 떼었다.

"이제야 '어른이는 땅의 자식'이라던 네 말을 이해하겠어."

그렇다. 내가 그에게 수십 번 했던 말이었다. 검은머리짐승을 포함하여 어미 배 속에서 작게 태어난 가축들은 땅의 산물인 풀과 나무, 고기들을 먹고 점점 몸을 키운다. 그에 비해 우리 어른이는 그 자체로 이미 땅의 산물이다. 땅이 키워준 커다란 몸이 소진될 때까지 삶을 이어간다. 황인들이나 햇빛족들, 죽을 일만 남은 노인들이 음식을 먹기는 하지만 어른이의 본류라 할 수 있는 맑은이나 하얀이들은 발바닥 빨판으로 물을 흡수할 뿐, 음식을 먹지 않는다. 그가 다시 말을 이었다.

"내가 살던 세상에 '젊어지는 샘물'이라는 옛날이야기가 있었어. 어느 깊은 산속에 샘물 한 줄기가 흐르는데, 그 물을 마시면 마실수록 힘이 나고 몸도 마음도 젊어진다는 거야. 어떤 욕심 많은 늙은이가 샘물을 마시고 또 마셔 나중에는 아주 조그만 아이가 되었대. 이제 생각해 보니 그 샘물이 바로 너희 세상의 물이었네. 너희 물은 마시면 마실수록 주름이 없어지고 몸체가 작아지잖아. 우리로서는 점점 젊어지는 거지. 너희로서는 그것이 점점 늙어가는 거겠지만."

어느덧 그의 목소리에 축축한 물기가 섞이고 있었다.

"'젊어지는 샘물'이 있다면 마시고 싶었어. 한창 팔팔할 때에 자식을 낳은 후 그 후로 몇십 년, 점점 힘이 빠져가는 노년의 시간들이 너무 지루하고, 지겹고, 무의미하다고 생각했어. 왜 우리의 삶은 이 모양일까. 왜 힘이 넘치는 젊은 나이에는 지식과 지혜가 모자라 실수와 후회를 되풀이하며, 왜 정작 지식과 경험이 쌓인 노년에는 힘이 달려 아무것도 할 수 없을까. 나이가 들면서 몸도 같이 완성되어 간다면 얼마나 바람직할까. 강한 신체와 함께 강한 지력을 갖춘다면 정말 훌륭한 업적을 남길 수 있지 않을까. 목표를 이룬 후의 삶이야 짧아도 상관없다고, 아니, 짧을수록 좋다고 생각했어. 몸도 지력도 한꺼번에 약해지면 노년의 불편함도, 삶의 덧없음도 느끼지 못할 테니까."

그의 뺨에 눈물이 흐르기 시작했다.

"어쩐지 몸 상태가 나아진다고 생각했어. 나는 앞으로 70년을 더 살겠네. 이 답답한 어둠 속에서."

이후 준호는 거의 말하지 않았다. 오로지 부엌에서 일하고 아궁이 앞에서 잘 뿐 내 방에도 오지 않았다. 방을 혼자 쓰니 편한 점도 있었다. 5년 만에 되찾은 시원함, 축축함, 호젓함, 자유로움. 나 역시 혼자만의 휴식, 혼자만의 생각할 시간이 필요했던 모양이었다.

준호는 미친 듯이 일에만 매달렸다. 밤잠도 자지 않고 음식도 마다한 채 금강샘과 곁샘마을 전체의 누에고치 삶는 일을 닷새 만에 끝내버렸다. 아궁이 앞에 쓰러져 잠든 준호를 보고 산분이 혀를 찼다.

"봐, 밤이고 낮이고 고치만 밝히더니 누에의 원혼들이 준호를 삶아버렸어. 어쩐지, 미단부리 마님이 희한하게 싸고돌더라니. 두고 봐야지, 저 큰 삶은 번데기를 마님이 어떻게 처리하실지!"

저자 사람들이 '사람만큼 큰 번데기'를 보러 높은마당을 기웃거렸다. 새로운 소문이 퍼지는 중이었다. '운흘의 미단부리가 밤이고 낮이고 검은머리짐승을 밝힌다.' '검은머리짐승의 씨물주머니가 삶은 번데기처럼 쭈글쭈글한데 미단부리가 그것만 보면 밤이고 낮이고 미쳐 돌아간다.' 심지어 '소박맞은 미단부리가 남편을 물에 삶아 제 기둥서방인 검은머리짐승에게 먹인다'는 말까지 나돌았다. 미단부리는 이번에야말로 산분의 주둥이를 지져버리겠다며 부젓가락을 들었다. 산분은 곁샘마을로 도망쳤다. 그녀는 두 달 동안이나 집에 오지 못했다.

집 안팎이 잠잠해졌다 싶을 때 준호가 본격적으로 아프기 시작했다. 방에 들어와 침상에 쓰러진 준호는 손가락 하나 까딱이지 못했다. 악몽에 시달리는 그를 깨우면 잠시 눈을 떴다가 다시 감았다. 물도 음식도 입에 대지 않는 그는 부러진 나뭇가지처럼 말라 들어가고 있었다. 그는 가장 심각한 병, 죽고 싶은 병에 걸린 것이었다.

"산부부리가 떠나고 편해졌다 싶었더니 이제 짐승이 나를 부려 먹는구나."

미단부리가 준호의 죽을 직접 끓이고 새 짚을 챙겨주었다. 하지만 그는 몸을 추스르지 못했다. 미단부리가 약장수 용개에게 인삼을 주문했다. 인삼은 나무인간의 새끼다. 나무인간들이 목숨을 걸고 제 자식을 감추기 때문에 그야말로 몰인정한 나무백정이 그들을 때리고 팔다리를 자르고 횃불로 그슬려야 겨우 얻을 수 있는 귀한 약재다. 인삼을 달여 먹은 후 그가 서서히 기운을 차렸다.

"그래. 또 살아봐야지. 목숨이 붙어있으니."

힘없는 그의 목소리를 들은 때가 푸른용달, 사람에게 강한 기운을 준다는 물의 마지막 달이었다. 서로의 차이를 확인한 지 넉 달 만의 일이었다.

준호는 의사

*   집안이 평온했다. 한동안 기별 없던 하전은 첩 비비추와 그녀의 자식들과 함께 살촉동으로 다시 떠나갔고 기운을 차린 준호는 부엌일 뿐 아니라 할머니 양이도 잘 돌보았다. 무엇보다 반길만한 일은 고모 희실이 얌전해졌다는 사실이다. 돈 한 푼 없는 그녀는 운흘의 주인인 부리가 미단으로 바뀐 뒤 미단부리에게 잘 보이는 것만이 자신의 살길임을 깨달았다. 희실의 까탈과 쓸데없는 참견이 줄어들자, 집 안팎에 웃음이 돌았다. 돼지와 타조들이 경쟁하듯 새끼를 낳았고 운흘의 밭에서도 탐스러운 곡물이 가득 자랐다. 그 밭들을 보고 운흘 집안의 소작인이 되겠다고 스스로 찾아오는 농부도 있었다. 단하나 걱정거리가 있다면 미단부리가 자신의 방을 안으로 걸어 잠그고 도통 나오지 않는다는 사실이었다. 그녀의 시중이 필요한 대상도, 줄을 서던 빚쟁이도 사라지고 까닭 없이 그녀를 들볶던 희실도 순순해지니 그녀야말로 입을 뗄 일도, 움직일 필요도 없어진 것이었다.

"마님, 벌써 두 달이 넘었어요. 뿌리박히시면 안 돼요. 억지로라도 걸으셔야 해요."

수다가 심한 만큼 잔정도 많은 산분이 미단부리의 방 앞에서 하소연했지만 미단부리는 들은 체도 하지 않았다. 사태의 심각성을 안 준호가 미단부리의 방을 억지로 열고 들어갔다.

　식구들의 채근을 견디다 못한 미단부리가 드디어 의자에서 일어났다. 하지만 그녀는 중심을 잡지 못했다. 그녀의 발은 이미 뾰족해지고 발목 주위에 가느다란 촉수가 세 개나 뻗는 중이었다. 발이 아파 비명을 지르면서도 그녀는 준호의 부축을 거세게 뿌리쳤다. 준호에 대한 미단부리의 마음이 하루에도 수십 번 '참아줌'과 '참을 수 없음'으로 바뀌는 데 반해, 초음을 읽지 못하는 준호는 그녀의 태도를 여자들의 부끄러움, 변덕스러움으로 이해하고 있었다.

　"다 그렇지, 그게 여자들의 매력이지."

　준호가 멋쩍게 웃었다. 그는 미단부리가 삼신어른으로부터 자신을 보호해 주고 값비싼 인삼까지 구해 간호해 준 사실로 그녀가 속으로는 자신을 좋아한다고 믿고 있었다. 자신의 손길을 거세게 뿌리친 것도 그녀가 아무리 내 어머니이기는 하지만 자기보다는 훨씬 나이 어린 여자인 데다 지난번의 황당한 소문들까지 겹쳐 예민하게 반응하는 것이라고 오해하는 중이었다. 그의 오해가 어이없었지만 나는 아무 말 하지 않았다. 어른이들의 복잡한 속내를 한낱 짐승이 짐작이나 할 수 있겠는가. 그가 아는 온갖 낱말을 동원하여 오해를 풀어준들 그에게 이익될 것도 없었다.

　미단부리와 함께 금강샘 계곡에 발을 담그고 발치에 모여드는 물고기를 보는 일은 나쁘지 않았다. 집보다 물가가 훨씬 밝다는 사실 하나로 준호 역시 많이 들떠 있었다. 노인들의 행동거지는 어디서나 말썽이다. 집에서 쫓겨나 개울가 동굴에서 지내는 그들은 서로 먹을 것을 차지하려 물어뜯고 할퀴고 욕을 해대었다.

　"그럴 수도 있지. 배가 고프면."

　준호가 자신의 어린 시절, 먹을 것이 없어 배를 곯던 때를 회상했다. 어머니의 배에서 나온 형제들이 여섯, 특별한 기술이 없던 준호의 아버지는 하루 일하고 나면 사흘 닷새 술 마시기 바빴다고 했다. 술 취한 아버지의 행패를 피하려면 집 밖으로 나오는 수밖에 없었다. 햇볕 바른 나무담장 앞에 쪼그리고 앉아 준호는 배가 고파 손가락을 빨았다. 어머니의 젖을 빠는 어린 동생이 부러워 동생이 죽기를 바란 적도 있다고 했다.

하기야 짐승세상에는 내가 짐작할 수도 없을 만큼의 수많은 짐승들이 우글거린다고 한다. 그러니 음식이 모자라는 것은 당연하리라. 그 수많은 짐승들이 쏟아놓는 오물은 또 얼마나 엄청날 것인가!

"……어린 시절은 다 기억나는데 내가 이곳에 오기 바로 전의 상황은 전혀 모르겠어. 내 머리에 문제가 있는 걸까."

준호는 개울가 주위를 둘러보며 또 어느새 짐승세상으로 가는 통로를 찾고 있었다.

미단부리는 우리가 나누는 모든 대화에 심드렁했다. 그녀는 그저 물가의 축축한 흙을 손에 쥐고 주물럭거릴 뿐이었다. 그녀가 무언가를 만들어 바위에 올려놓았다. 팔다리가 달린 조그만 사람 형상이었다.

"미단부리가 만든 거야? 예쁘다."

준호의 감탄에 미단부리가 희미하게 미소 지었다. 그때 누군가가 미단부리를 밀어젖혔다.

"어디서 날도둑질이야! 준호는 내 거야!"

할머니 양이였다. 올해로 예순다섯이 된 양이는 땅의 법칙대로 몸도 마음도 많이 작아졌다. 그녀는 오로지 준호만을 따랐다. '좋아', '싫어', '괜찮아' 등 뜻도 모르는 짐승세상 말을 이어 붙여 노래처럼 흥얼거리는가 하면 어떤 때는 '싫어!' 한 마디로 노인들을 불러 모으기도 했다. 아무 말이나 마찬가지였다. 양이의 짐승세상 말은 모두 동네 노인들에게 '준호가 놀아주러 나왔다'는 뜻이었다. 노인들 모두 준호를 따랐다. 때로 노인들이 그를 독차지하려는 몸싸움으로 준호가 다치거나 머리털이 뽑히기도 했는데 준호는 전혀 신경 쓰지 않았다. 서투르나마 노인들이 함께 '좋아!'하고 짐승세상 말 한마디를 외쳤을 때 그는 기뻐 눈물을 글썽였다.

집집마다 골칫거리인 노인들을 돌봐주는 그를 마을 사람들은 '금강샘의 성자'라 불렀다. '성자'란 '다른 이가 꺼리는 일을 기꺼이 맡아서 하는 사람'이다. 내 풀이를 듣고 준호는 무척 감격스러워했다. 하지만 그 말은 '제 줏대도 없이 남이 하라는 대로 다 해주는 바보'를 뜻하기도 한다. 그 뜻은 말해주지 않았다. 그의 기분을 굳이 상하게 할 필요는 없었다.

"너희 세상이 부럽기도 해. 늙을수록 몸이 작아지니 노인을 돌보기가 일단 쉽잖아. 무엇보다도 죽음을 앞둔 당사자가 행복하다는 게 가장 큰 장점이지. 뇌가 작아져 삶에 대한 후회도, 더 이상의 욕심도, 죽음의 공포도 느끼지 못할 테니. 우리 짐승들은 그렇지 못해. 자신이 싼 오물을 제 손으로 치울 수 없을 정도로 늙었을 때는 머릿속도 더러운 잡쓰레기로 가득 차 좀처럼 빠져나가지 않아. 지난 세월 동안 당했던 서러움, 억울함, 좀 더 살면 훨씬 잘 살 수 있으리라는 미련도 떨쳐내기가 쉽지 않아."

노인들의 그악스러움을 견디기가 얼마나 힘든지 준호는 모르고 있었다. 작은 몸으로 아무 데나 뛰어오르고 집안의 물건들을 부수는 노인들, 골칫거리 악마들을 그는 그저 '귀엽다'고 말했다. 하기야 준호의 말대로 몸체까지 큰 노인들이 날뛴다면 집이고 살림살이고 남아나는 것이 없으리라. 음식도 체구가 크면 훨씬 많이 먹을 것 아닌가. 커질 대로 커진 머리는 편두도 어려울 터였다.

포악을 떨던 양이가 갑자기 덤불에 누워 몸을 비틀어 댔다. 온 살껍질이 벌겋게 부푼 양이는 사타구니를 드러낸 채 손톱으로 벅벅 긁어대었다. 준호가 나를 쳐다보았다.

"가려워서 그래. 나무의 달이잖아. 불의 달이 되면 말짱해지지."

나무의 달인 버섯달, 푸른나무의달, 붉은나무의달은 피부병의 계절이기도 하다. 나 역시도 온몸이 근지러웠지만 '살갗에 붙은 나무벌레를 떼어내면 재수 없다'는 말을 생각하며 끈기 있게 참는 중이었다. 집에 돌아온 준호는 그토록 아끼는 양초를 여덟 개나 밝히고 내 겨드랑이를 들여다보았다.

"털구멍마다 조그만 벌레들이 하나씩 박혀 있어. 벌레를 기르는 거야?"

"기르다니! 이 근지러운 벌레들만 없다면 세상 살기가 즐겁겠지."

"그렇다면…… 내가 벌레들을 잡아줘도 돼?"

자세히 보느라 준호가 양초를 들이대는 바람에 하마터면 나는 겨드랑이를 델 뻔했다.

"잡아주기만 하면 고맙고말고. 하지만 몸을 태우지는 마."

이틀 후 준호는 내게 푸르스름한 가루를 내밀었다. 그가 시키는 대로 가루를 겨드랑이에, 그리고 온몸에 발랐다. 희한했다. 그토록 나를 괴롭히던 가려움증이 언제 그랬더냐 싶게 가셨다. 그가 준 가루의 정체는 물가에 있던 쑥과 석영이었다. 빈 솥에 쑥을 덖은 후 석영을 불에 구워 함께 빻은 것이었다.

준호의 기적의 가루는 금세 퍼져나갔다. 물가의 노인뿐 아니라 소문을 들은 금강샘마을, 곁샘마을 사람들이 모두 그 가루를 원했다. 준호의 말에 의하면 우리 어른이는 검은머리짐승들보다 껍질의 숨구멍이 훨씬 크다. 눈으로도 보이는 연회색의 조그만 벌레들이 숨구멍마다 박혀 진액을 빨아먹으니 그토록 근지러웠던 것이다. 며칠 후 미단부리가 준호를 불렀다.

"가루를 만들지 마. 불의 달이 오기 전에 벌레를 떨어뜨리면 땅속 생명들이 가려워."

그랬다. 몸에서 떨어진 벌레들이 땅이 키우는 생명들을 괴롭힐 수도 있었다. 하지만 준호는 단호했다.

"땅속 생명을 걱정하실 필요는 없어요. 가루가 묻는 순간 벌레는 이미 죽거든요."

"벌레가 죽어? 그렇다면 벌레들이 살아서 할 일을 준호 네가 대신할 참이야?"

"벌레들이 살아서 하는 일이라면…… 제 자손을 불리는 일이겠지요. 그러기 위해서 평생 사람의 숨구멍에 박혀 살면서 사람을 괴롭히겠지요."

그녀가 입을 다물었다. '사람을 괴롭히는 것이 바로 그 벌레가 할 일'이라는 그녀의 초음을 준호가 알아들을 리 없었다. 나 역시 입을 다물었다. 그녀가 곧이어 '내 신경을 건드리는 것 또한 이 건방진 짐승이 할 일'이라는 초음을 냈기 때문이다.

준호는 더욱 바빠졌다. 낮에는 쑥을 뜯으러 물가를 뒤지느라, 밤에는 그것들을 불에 덖느라 쉴 틈이 없었다. 그는 노인들의 배앓이도 고쳤다. 나무건 돌이건 무조건 입에 넣는 노인들은 배앓이를 하는 경우가 꽤 있었다. 준호는 아픈 노인들을 뉘어놓고 손으로 그들의 배를 문질러주었다. 처방이라 해 봤자 기껏해야 끓인 물을 식혀 마시게 하는 정도였다. 그런데도 노인들의 배앓이가 대부분 나았다.

계곡 옆 큰 동굴에서 사는 노인들은 준호를 볼 때마다 환성을 지르며 그를 반겼다. 동굴에 드나들던 준호가 어느 날 나를 불렀다. 동굴 한 귀퉁이에 그가 만든 침상이 있었다. 넓적한 돌들을 늘어놓고 그 틈을 진흙으로 메운 번듯한 침상은 내 방의 것보다 네 배는 되게 널찍했다.

"이제야 온돌에 불을 땔 수 있을 것 같아."

준호가 내 방에 설치한 것이 침상이 아니라 '온돌', 넓적한 돌 밑으로 불을 때어 그 온기로 몸을 덥히는 장치인 것을 나는 그때 처음 알았다. 준호는 일찌감치 내 방에 온돌을 설치하고도 내 눈치를 보느라 불을 때지 못한 것이었다. 어이없었다. 그동안 나는 내 방에서 오로지 그를 위해 내 몸이 익을 정도의 더위와 건조함을 견뎠다고 생각했다. 그런데 그에게는 그 정도로는 어림없는, 훨씬 더 뜨겁고 건조한 공기가 필요했던 모양이었다.

처음으로 온돌 아궁이에 불을 넣는 날, 노인들은 불안에 떨었다.

"우리를 구워 먹으려는 거야."

한 사람이 훌쩍거리자 모두들 통곡하기 시작했다. 그들의 울음소리가 동굴을 메웠다.

"시끄러워! 울지 말라니까!"

아마 그것이 준호가 어른이들에게 지른 처음이자 마지막 호통인 듯하다. 온돌에 불을 지핀 그는 굳은 표정으로 배앓이가 심한 노인들 둘을 들어 온돌 위에 뉘었다. 겁에 질린 그들은 아무 저항도 하지 못하고 준호의 지시에 따랐다. 한 시간 후 그들이 동굴 밖으로 뛰쳐나갔다. 그들의 배앓이는 말끔히 나아 있었다. 따끈하게 데워지는 돌판, 돌판 밑으로 세심하게 설계된 불길은 우리 세상에 일찍이 없었던 새로운 문물이 분명했다. 이후로 준호는 집안일을 마치기 무섭게 개울가의 동굴을 찾았다. 병난 노인들과 함께 온돌 위에 누워 자신도 따뜻한 온기를 즐기곤 했다.

물론 모든 병이 온돌로 나은 것은 아니다. 피부병이나 배탈에는 효과가 있었지만 노인들에게 흔한 우울증이나 이명 등은 고치지 못했다. 어떤 병은 더 악화하기도 했다. 발바닥의 빨판이 망가져 말라 죽는 마름병이나 몸이 굳는 화석 병은 뜨겁고 건조한 온돌과는 상극이었다. 준호와 함께 온돌에 눕기 좋아했던 한 노인이 마름병으로 죽자 준호는 '불귀신'이라는 악명을 얻었다. 약장수 용개의 소행이었다. 그의 피부연고가 준호 때문에 전혀 팔리지 않았기 때문이다. 사실 그의 피부연고는 효과가 없었다. 식충식물의 잎을 찧어 만든 그 약은 독한 냄새로 피부에 붙은 벌레를 쫓아내는 것이었는데 벌레보다도 사람이 냄새에 먼저 취해 쓰러질 지경이었다. 용개와 한패가 되어 준호를 욕한 또 한 사람은 부루 집안의 보모였던 명여였다. 골칫덩이 노인들을 돌봐주고 생계를 이어가던 그녀는 노인들이 모두 준호를 따르는 바람에 햇빛족들의 빨래를 빨거나 나무인간들이 만들어 낸 그릇을 나르는 등 힘든 일을 해야 했다.

"봤지? 내 준호는 불귀신이야. 까불기만 해 봐. 불귀신을 시켜 다 구워버릴 테야."

양이는 '불귀신'이 준호에 대한 험담인 줄도 모르고 하루 종일 짖떠들어대었다.

온돌이 특히 문제가 된 것은 그것을 설치한 때가 붉은나무의달이었기 때문이다. '불일은 불의 달에 해야 한다'는 인부들의 말에 준호는 '나무를 태우는 일이니 나무의 달에 작업해도 된다'는 구실을 대고 작업을 강행했다. 인부들의 불만은 '불귀신이 불장난을 시작했으므로 머지않아 단풍동 곳곳에서 불이 날 것'이라는 소문을 낳았고 그것이 바로 '전쟁의 시작'으로 오인되어 저자 사람들이 몰려와 따지는 소동까지 벌어졌다. 소문의 배후가 용개임을 안 준호가 그를 따로 불렀다.

"내 가루를 가져가서 사람들에게 팔아. 필요한 만큼 얼마든지 만들어 줄게."

사흘 후 용개는 준호를 다시 찾아왔다. 그의 가루를 얻기 위해서였다. 용개는 단풍동뿐 아니라 청매동까지 장사를 할 참이었다. 용개가 구해다 준 큰 가마솥을 동굴 속 온돌 아궁이에 걸고 준호는 온종일 쑥을 덖었다. 열기가 동굴 전체를 덥히고 개울가까지 새어 나와 주위의 풀과 덤불이 불기운에 말라 죽는 데도 '단풍동에 불이 날 것'이라는 소문은 사라지고 없었다. 용개가 명여에게 '단풍동의 어느 한 곳에라도 불이 나면 그 범인은 너, 명여가 분명하고, 네가 불 지르는 것을 보았다고 내가 사람들에게 말할 것이고, 너는 저잣거리에서 산 채로 불에 태워질 것'이라 엄포를 놓았기 때문이었다.

준호가 검은머리짐승 세상에서 '의사'였음을 나는 그때 처음 알았다. 그들의 의사는 다친 이의 살을 째고 고름을 빼어 아픔을 없애주며, 혼이 빠진 환자에게는 그에 맞는 약물을 먹여 나간 혼을 되찾아 주기도 한다. 끊임없이 공부하고 연구해야 하는 그쪽 세상의 의사들은 여러 종류로 나뉜다. 몸의 겉껍질만 치료하는 의사가 있는가 하면 몸속 통로로 음식을 잘 내려가도록 도와주는 의사, 숨을 쉬는 폐와 심장만을 고치는 의사, 팔다리를 고쳐주는 의사도 따로 있다고 했다. 그중에서도 준호는 '임신한 여자를 도와 배 속의 아이를 건강하게 꺼내주는 의사'였다고 했다.

"아기를 낳다가 진액을 너무 흘려 죽는 여자도 있어. 아기가 숨이 막혀 죽을 수도 있고. 목숨이 위험하다 싶으면 칼로 여자의 배를 가르고 아이를 꺼내기도 하지. 아이를 낳는 엄마야말로 세상에서 가장 용감한 사람이야. 새 생명을 위해 자기가 죽을지도 모르는 위험을 건

디거든."

　위험한 상황에서 여자와 아이를 살려내어 흐뭇했던 일, 또 어쩔 수 없이 그들을 잃어야 했던 슬픈 일을 들려주었을 때 나는 준호가 짐승세상의 삼신어른, 아니 그보다도 더 위대한 신 같은 기분이 들었다. 하지만 내가 그에게 해줄 수 있었던 말은 '의사라는 말을 함부로 하지 말라'는 경고뿐이었다. 우리에게 의사란 저자의 가축 장수보다도 못한 천한 직업이다. 죽은 시신을 씻기거나 찢어진 시신을 꿰매는 일, 황인이나 햇빛족 등 무언가 먹지 않으면 살 수 없는 천한 이들이 체했을 때 그들의 등을 두드려 토하는 음식을 손으로 받아내는 일, 혼 빠진 사람의 머리를 칼로 그어 진액을 빼내고 땅으로 돌려보내는 일이 그들의 임무인 것이다. 똑똑한 준호는 금방 알아들었다.

　"그럼 약장수로 하지. 사실 너희 몸을 고칠 능력도 없으니까. 가축들이면 혹 몰라도."

　불의 둘째 달 불새달에 삼신어른이 개울가에 나타났다. 어미산 자위대가 동굴 안에 있던 준호와 노인들을 다 나오도록 했다. 삼신어른이 혼자 동굴에 들어갔다. 잠시 후 바깥으로 나온 삼신어른은 자위대에게 '온돌을 부수라'고 명령했다.

　"발칙한 검은머리짐승을 봐주는 것은 이번뿐이다. 또 한 번 해괴한 문물을 퍼뜨리면 사지를 찢어 저자에 걸겠다."

　삼신어른의 날카로운 눈빛을 본 준호는 그의 경고가 거짓이 아님을 알았다.

　집에 돌아온 준호가 내게 어렵사리 말을 꺼내었다.

　"부탁이 있어. 가루약 만드는 법 말야, 다른 이에게 알려주지 않으면 좋겠어."

　준호는 약장수 용개가 가루약을 만드는 방법을 알아낼까 경계하고 있었지만 사실 그것은 준호의 기우였다. 용개야말로 한때 준호를 비방하기 위해 자신이 지어낸 '불귀신'을 누구보다도 깊게 믿고 겁내는 중이었다. 하지만 나는 간단히 고개를 끄덕여 주었다. 언제고 해코지 당할지 모르는 우리 세상에서 짐승이 살아가려면 그 나름의 생존 수단도 있어야 할 것이었다.

한 해의 마지막 달인 새생명이태어나는큰달에 양이가 호들갑을 떨었다.

"큰일 났어! 미단이 땅속의 어른이들을 죄 꺼내고 있어. 아직 크지도 않은 조그만 사람들이야. 땅이 화를 낼 거야! 전쟁이 날 거야!"

아랫마당 평상에 놓인 것들은 다행히도 어른이가 아니었다. 환하게 웃는, 어떤 것은 두 손으로 앞눈 둘을 가리며 우는 조그만 흙인형들이었다.

"미단부리에게 좋은 일이야. 방에 뿌리박히는 것보다는 낫고말고."

미단부리의 인형을 보고 준호는 감탄했다.

"너희들의 손재간은 정말 놀라워. 이 어두운 곳에서 손으로만 물체를 만져 저렇게 빚어내다니 나로서는 흉내도 낼 수 없어."

검은머리짐승인 자기만 어둠에 약하다는 사실을 그는 또 깜빡 잊고 있었다.

희한한 일이 벌어졌다. 아랫마당 물길이 조금씩 바뀌더니 꽤 큰 줄기가 되어 창고를 향해 흐르기 시작했다. 부엌 옆에 달린 창고는 원래 바닥에 돌판이 깔린, 부엌에서 쓸 곡식과 마른 짚단을 쌓아두는 곳이었다.

창고 문을 열었을 때 미단부리는 내가 들어서는 것도 느끼지 못했다. 허벅지까지 차오른 커다란 웅덩이 한가운데 서서 그녀는 인형을 만드느라 여념 없었다. 인형 흙을 얻기 위해 바닥의 돌판을 드러내고 그 밑의 흙을 퍼내었기 때문에 일어난 일이었다. 나는 하인들을 시켜 집 밖의 흙을 실어 오게 했다. 창고 바닥을 제대로 정리한 후 튼튼한 나무 탁자를 놓아주었다. 그리고 인형을 만들 흙은 따로 창고 밖에 잔뜩 쌓아주었다. 작업을 방해한다며 불같이 화를 내던 그녀가 그제야 입을 다물었다.

그녀의 인형은 예쁘고 앙증맞았다. 얼굴과 몸통뿐 아니라 손과 발, 머리카락까지 갖춘 깜찍한 것들이었다. 하지만 물기가 많아 목이나 팔다리가 떨어지고 어떤 때는 형체도 없이 소복한 흙더미로 되돌아가기도 했다. 화가 난 그녀가 인형을 집어던졌다. 몇 되지 않는 멀쩡한 인형들도 그녀의 팔매질에 함께 부서지곤 했다. 준호가 그때 다시 머리를 썼다. 내 방에 설치했던 온돌에 불을 지핀 것이다. 온돌이 따뜻해지자, 준호는 그녀의 인형들을 그 위에 올려놓았다. 신통했다. 인형들이 꾸덕꾸덕 마르자 녹아내리는 일이 없어졌다. 하지만 팔과 다리에 금이 간 것은 어쩔 수 없었다.

"무슨 걱정이야? 팔다리야 새로 날 텐데."

양이와 하인들은 이해하지 못했다.

미단부리의 고민은 엉뚱하게 풀렸다. 갓바치 일립의 가게를 이어받은 생오 덕이었다. 3년 전, 하전부리가 괘종시계를 가져온 다음 날 고모 희실은 갓바치 생오에게 시계에 입힐 최고급 가죽옷을 주문했었다. 하지만 덩치 큰 시계를 감쌀 큰 소가죽이 없어 제작이 마냥 미루어졌다. 결국 가죽옷은 순부부리의 장례식 때 시신에게 신길 가죽신과 함께 도착했다. 순부부리의 장례식이 끝나자 산분과 찬금은 시계를 장례 지낼 채비를 시작했다. 하지만 그들은 시계에 옷을 입히는 일만으로 지쳐버렸다. 시계가 사람 셋의 무게는 될 정도로 무거운 데다 빤빤한 가죽이 매끄러워 도무지 손에 잡히지 않았기 때문이다.

그러고도 시계옷은 맞지 않았다. 생오가 불려 오자 하인들은 시계옷을 다시 벗겨야 했다. 앞뒤 판이 바뀌었다. 하인들 다섯이 들러붙어 옷이 제대로 입혀졌다. 시계에 깔려 다리를 부러뜨릴 뻔한 사로는 생오에게 '손잡이 하나 만들지 않은 바보'라고 화냈다. 생오는 사로에게 '앞뒤 판도 못 알아보는 미련퉁이'라고 받아쳤다. 마당에 뉘어놓은 시계를 보고 희실이 질겁했다.

"시계를 장사 지내다니! 아무리 고장 났어도 이 시계는 우리 집의 보물이야!"

시계를 다시 세워야 했던 사로는 실수인 척하며 시계옷의 등판 한가운데를 칼로 째었다. 부젓가락 두 개를 나란히 놓은 모양으로 길게 찢고 가운데 부분을 가로질러 자르니 손잡이 두 개가 생겨났다. 잠시 후 시계를 둘러보던 희실은 칼로 찢긴 등판을 보고 마구 화를 내었다. 그렇다고 시계옷을 새로 장만할 수는 없었다.

"아교만 있으면 돼요. 찢어진 시계옷도, 팔다리 떨어진 인형들도 다 붙일 수 있어요."

생오가 창고 앞마당에 수북한 인형의 팔다리를 보고 말했다. 그는 또 우무질에 대해서도 말했다. '인형에 우무질을 바르면 윤기뿐 아니라 금 간 것도 어느 만큼은 붙는다'는 것이었다.

"구하기 어려운 게 문제죠. 삼신어른께 말씀드려 볼게요. 저랑은 허물없으시니까요."

생오의 자신 있는 말에 미단부리가 물었다.

"자네도…… 예전의 일립처럼 삼신어른의 신발을 만드나?"

"그럼요, 일립의 것보다 제 가죽신이 낫다고 좋아하시는걸요."

새해가 되자 생오가 조그만 항아리를 가져왔다. 미단부리가 놀라 두어 발짝 물러났다. 땅에서 사람을 캘 때 그의 몸을 싸고 있는 우무질은 사람의 일부라 할 수 있다. 우무질이 쓰이는 곳은 단 한 군데, 위령제 때 사람 대신 우무질을 가죽 그릇에 담아 불에 태울 때뿐이었다.

우무질을 바른 미단부리의 인형은 지금까지의 것과는 달랐다. 우선 인형 자체가 세밀해졌다. 얼굴에는 입가 주름이, 뭉툭하던 손에는 크고 작은 손가락 여덟 개가 다 붙어있었다. 인형들은 옷도 걸치고 있었다. 색색의 어깨 가리개와 치마, 사내 인형은 검은 각반까지 신고 있었다. 인형들이 누군가를 닮았다는 사실을 나는 그제야 알아보았다. 입을 찌그러뜨리고 우는 양이, 뾰족 두건에 누군가를 비웃는 듯 입가가 올라간 인형은 아버지 하전이었다. 첩 비비추도 있었다. 가느다란 허리에 가늘게 찢어진 눈, 찻주전자를 든 모습이 똑같았다. 삽을 든 사로, 실을 잣는 산분 그리고 나도 있었다. 하얀 얼굴에 빠른 하관, 기다란 팔다리가 누가 봐도 영락없는 나였다. 집안 식구들 모두 자기 인형들을 찾고 즐거워하는 동안 희실이 화를 내고 가버렸다. 그녀와 똑같은 치마를 걸친 인형은 얼굴도 비딱한 데다 입까지 비뚜름하게 붙어있었다. 준호도 횃불을 들고 와 수십 개의 인형들을 조심스레 살폈다. 아쉽게도 그의 것은 없었다.

"나야 뭐. 그런데 나머지 사람들은 누구야?"

그가 묻고 난 후에야 나는 집안 식구들과는 다른, 훨씬 칙칙하고 무표정한 인형들을 알아보았다. 그 인형들을 찬찬히 살펴보면서 미단부리에게 인형 작업이 무조건 재미있고 신나는 놀이만이 아님을 알 수 있었다. 길고 뾰족한 풀이 발에 붙어있는 남녀 인형들은 밝은샘 독초 사건에 희생된 그녀의 아버지 백연부리와 어머니 류미, 그리고 밝은샘마을 사람들이 분명했다. 미단부리가 내게 빈 우무질 항아리를 내밀었다.

"삼신각에 다녀와."

그 후로도 나는 여러 번 그녀의 심부름을 했다. 삼신어른 생은 우무질뿐 아니라 색색 가지 물감들을 준비했다가 건네주기도 했다. 그녀의 인형들은 나날이 세밀해지고 훌륭하게 바뀌어 갔다.

물의세월 열두 번째 해 흙의 첫 달인 누에달, 나와 함께 거리를 걷던 준호는 또 다른 충격을 받아야 했다. 앞서가던 사람이 돌부리에 넘어져 팔을 부러뜨리는 사고 때문이었다. 준호가 급히 자기 어깨 가리개를 찢어 그의 팔을 감아주었다. 팔을 다친 이는 한눈에 보기에도 가난한 농부였다. 그는 준호가 하는 행동에 겁을 먹고 온몸을 떨었다.

"비싼 가리개를, 나, 나는 돈이 없어요."

그는 건들거리는 왼팔을 오른쪽 손으로 우지끈 부러뜨리고는 황황히 가버렸다. 준호가 놀라 입을 다물지 못했다. 진액이 뚝뚝 지는 사람의 팔을 든 채 그는 한동안 움직이지 않았다.

"그만 내버려. 팔이야 새로 나올 텐데 뭐."

"팔이…… 새로 나온다고?"

"그럼. 나뭇가지도 잘라주면 새 가지가 나오잖아."

"그렇지. 하지만 너희는 나무가 아니잖아."

"너희는 새로 나오지 않아? 그렇다면 팔이 없거나 다리가 없는 채로 살아?"

준호가 신음 소리를 내며 땅바닥에 주저앉았다.

집에 돌아온 준호는 또다시 여러 개의 양초에 불을 붙였다. 우리는 둘 다 맨몸으로 섰다.

"이게 뭐야? 언제 불에 덴 적 있어?"

내 등허리에 남아 있는 우툴두툴한 피부 껍질을 만지면서 그가 물었다.
 "태어날 때의 피부 껍질이 덜 벗겨진 거지."
 '거친 껍질이 벗겨지고 또 그 말간 속살이 다시 벗겨지면서 몸피가 작아진다'는 말을 그는 또 지금에서야 실감하고 있었다.
 "살갗을 다쳐도 어차피 벗겨질 테니 큰 문제는 없겠네. 너희가 왜 그리 힘을 아끼는지도 알겠어. 힘을 많이 쓰고 많이 움직일수록 몸이 빨리 닳는 거지."
 나 역시 그의 몸을 샅샅이 훑어보았다. 축사의 소와 돼지들에게 먹이를 주고 오물들을 치워주기는 했어도 정작 가축들의 몸을 자세히 살핀 적은 없었다. 준호의 배 한가운데, 제법 깊이 들어간 옹이 자국이 있었다.
 "봐! 너도 다리가 부러진 자국이 있네."
 "이건 '배꼽'이야."
 준호의 설명에 의하면 그것은 아이가 엄마 배 속에 있을 때 엄마로부터 음식을 받는 줄의 흔적이라고 했다. 엄마가 아이를 낳았을 때 의사는 맨 먼저 그 줄을 가위로 자른다. 그래야 두 몸체가 분리되는 것이다. 짐승들은 정말 어쩔 수 없는 존재다. 어미의 몸속에 있는 동안에도 무언가를 먹어야 사는 종자인 것이다!
 끝없이 음식을 먹으니 찌꺼기를 내놓는 기관도 당연히 필요할 터이다. 준호의 사타구니에 붙은 오줌 뿌리개와 오물 찌꺼기가 나온다는 구멍을 나는 눈으로 확인하고 손으로 만져보았다. '소화'란 음식을 먹고 그것을 몸에 필요한 양분으로 바꾸는 일 그리고 '배설'이란 그 찌꺼기를 오줌과 똥으로 내놓는 일이다. 소화기관의 첫 번째 것으로 준호는 자기 입속의 이빨들을 보여주었다. 수십 개의 이빨 중 몇 개는 금속으로 씌운 이빨도 보였다. 그제야 기억나는 것이 있었다. 그

가 짚으로 손가락 굵기의 다발을 만들어 입속 이리저리로 넣었다 빼
곤 하던 것, 그것이 바로 이빨을 건강하게 유지하기 위한 행위였다.
이빨로 씹은 음식은 길고 긴 곱창으로 내려간다. 곱창 여기저기에서
물이 나와 소화를 돕는다. 배설 기관의 마지막인 오줌 뿌리개와 오물
구멍에서는 역시 예상했던 대로 악취가 났다. 이외에도 뱀 대가리처
럼 휘휘 돌아가는 긴 목, 뒤통수와 정수리에 난 촘촘한 머리털들, 뚜
껑 없는 귀와 코도 가축들의 그것과 그리 다르지 않았다. 준호의 가
슴 부분에서 발견한 작은 혹 두 개는 암퇘지 가슴에 달린 젖꼭지 모
양과 비슷했다. '아이에게 젖을 먹이지 않는 사내에게 왜 젖꼭지가 있
느냐'는 내 물음에 그가 고개를 저었다.

"글쎄, 짐승의 기본이 암컷이었는지도."

신체 기관들의 모양과 쓰임새를 알아내기 위해 짐승세상의 의사들
은 지난 수백 년 동안 수많은 환자들과 시신들을 들여다보고 그 내
용을 써놓았다고 했다. 칼로 가르고, 꿰매고, 약물에 넣어 녹이기도
굳히기도, 때로는 잘게 썰어 그것들이 무슨 음식의 어떤 성분으로 만
들어졌는지 연구했다고 했다. 그리고도 아직 모르는 부분이 많다고
도 했다.

서로의 몸을 훑어보았지만, 이번에도 나보다는 준호가 훨씬 많이
놀라는 중이었다. 그는 내 팔과 다리 옆에 있는 예닐곱 개의 옹이를
촛불까지 밝혀가며 들여다보았다.

"지금 쓰는 내 팔다리를 밑뿌리부터 깔끔하게 부러뜨리면 이 옹이
에서 새것이 나와. 하지만 전의 것만큼 길고 날씬하지는 않아. 더 굵
고 튼튼한 팔다리가 나오지. 일부러 부러뜨리는 때도 있어. 용한 무
당이 되려면 팔다리로 가는 진액을 아껴 머리칼로 보내야 해."

내 설명을 듣고 그가 마침내 결론을 내렸다.

"너희는 식물의 일종이야. 가지를 잘라내면 새로운 씨눈에서 움트는 나무 같은. 수정된 알을 땅에 떨어뜨려 자식을 번식하는 것도 그래. 하지만 발이 달려 움직일 수 있다는 점에서는 동물이야. 자기 씨를 안전한 곳에 가려가며 심을 수 있지. 그런 면에서 너희는 동물과 식물의 중간이야."

내 뒤통수의 눈과 짧은 목덜미를 살펴보고 그는 또 말했다.

"목이 짧은 것도 당연해. 뒷눈이 있으니 목을 돌릴 일이 없지. 하지만 뒷눈 때문에 똑바로 누울 수는 없겠네."

"우리는 평생 서거나 앉을 뿐이야. 시신이 되기 전까지 누울 일이 없지."

"그러니 피곤하지. 바닥에 누우면 얼마나 편한데. 모든 가축도 우리 짐승처럼 편안히 눕잖아."

준호는 어떤 때는 지나치게 똑똑하면서 또 어떤 때는 멍청하기 짝이 없다. 자기들이 다른 가축들과 비슷하다는 점으로 우리 어른이를 안쓰러워한다는 게 말이 되나?

"바닥에 눕는 다른 가축들도 너희처럼 눕지는 않아. 너희는 팔다리를 벌리고 천장을 향해 눕지. 아무 힘없는 시신처럼. 그래서 너희 짐승들을 우리가 재수 없어 하는 거야."

준호는 이미 내 말에는 관심이 없었다. 어른이에게만 있는 코와 귀 꺼풀, 여덟 개나 되는 손가락 발가락 숫자에도 그는 '나무뿌리를 연상시킨다'며 신음 소리를 내었다. 나는 양손을 공처럼 쥐어 우리의 13진법과 13달을 설명해 주었다.

"왼손 엄지부터 시작하여 왼쪽으로 돌아가 봐. 엄지 다음에 작은 손가락 일곱 개, 그리고 오른손의 작은 손가락 일곱 개, 마지막으로 오른손 엄지. 다시 왼손 엄지로 이어지지."

왼손에서 특별히 큰 엄지는 새생명을심는큰달, 즉 생식의 달 52일을 뜻한다. 다음으로 이어지는 7개의 작은 손가락들은 20일씩으로 흙의 석 달과 물의 넉 달을 가리킨다. 다음으로 이어지는 오른손의 작은 손가락들 7개는 나무의 석 달과 불의 넉 달을 뜻한다. 그렇게 오른손 엄지로 오면 새생명이태어나는큰달, 한 해의 마지막 달인 큰달 52일이다.

"불의 달은 석 달이라며? 물의 달만 넉 달이고."

"불의 달도 원래는 넉 달이었어. 그런데 불이 많으면 화를 입지. 그래서 불의 한 달을 없애 작은 달이 13달이 된 거야. 불의 달, 불의 시간에 태어난 사람들은 불의 화를 없애기 위해 오른손 엄지 바로 옆 손가락 마디를 찧어버리기도 해. 그것도 완전히 자르면 안 돼. 움 손가락이 새로 나면 더욱 크게 불의 화를 입거든. 끝으로, 오른쪽 엄지에서 왼쪽 엄지로 넘어가는 시간, 두 큰달 사이에 위령의 날이 있어. 우리 때문에 희생된 모든 생명에게 용서를 빌고 새로운 해를 맞는 거지."

　준호 역시 자기 손가락들을 보여주었다. 그들은 손가락이 열 개라 10진법, 모든 것을 열 개로 묶는 습관이 있다고 했다. 엄지를 뺀 손가락 마디들로 앞날의 길흉을 점치기도 한다고 했다.

　키를 유지하는 척추, 가슴과 폐를 감싸는 갈비뼈, 그리고 서로를 관찰함으로써 처음 안 사실이지만 엉덩이뼈 뒤쪽으로 꼬리의 흔적이 남아 있는 것도 검은머리짐승과 어른이의 공통점이었다.

"그러니 너희들도 척추동물이 분명해. 그래서 자유롭게 걷고 앉을 수 있지. 그런데 아무리 이해하려 해도 이해할 수 없는 부분이 있어. 크게 태어나 점점 작아지는 문제. 어떻게 그럴 수 있지?"

　준호는 어른이의 종류에 대해 내게 다시 확인했다. 예지력을 가진

극소수의 맑은이들, 훨씬 많은 숫자로 우리 세상의 중추가 되는 하얀이들, 누런색의 체액을 가지고 힘든 일을 도맡아 하는 황인들, 초추아들, 햇빛족에 대해서도 다시 새겼다.

"너희가 동물임은 분명하지만, 식물 쪽에서 비롯된 것도 사실인 것 같아. 한 자리에 가만히 있으면 뿌리가 내린다고 했잖아. 움직이지 못하는 식물들은 자기 후손을 퍼뜨리기 위해 바람이나 벌레, 때로 동물을 이용하기도 해. 동물들에게 자신의 열매를 속절없이 빼앗기는 듯해도 동물들이 먹는 것은 과육뿐, 열매 속에 든 단단한 씨는 동물의 배설을 통해 싹을 틔우고 또 그 동물 덕에 멀리까지 종자를 퍼트리지. 크게 태어나 점점 닳아가는 너희 몸은…… 그런 열매의 속성에서 비롯된 걸까?"

어른이들이 자신이 태어난 장소와 자신을 캐어 준 부모를 기억한다는 점에 대해서도 준호는 또 한 번 고개를 갸웃거렸다.

"태어나는 순간에 이미 기억력을 갖추다니. 연토, 혹시 땅에서 몸체가 자라는 동안의 기억은 없어? 하기야…… 우리 짐승세상의 오리들도 처음 눈떴을 때 본 짐승을 자기 어미로 알고 쫓아다닌대. 오리 물갈퀴의 숫자가, 물론, 너희 손가락 숫자보다야 훨씬 적겠지. 아니, 어른이가 오리 종류와 관계있다는 건 아냐. 그냥 이리저리 생각해 보는 거지."

우리 어른이의 조상이 어느 생물에서 비롯되고 어떻게 갈라졌는가가 준호에게는 그렇게 중요한 것일까? 생명의 본질을 따지고 확실히 구분하는 것만이 실체를 파악할 수 있다는 논리는 그가 짐승세상의 의사였기 때문일까? 아니면, 이해할 수 없는 문제들을 자기들이 알고 있는 지식에 어떻게든 이어 붙이고 정리하는 것이 검은머리짐승들 전체의 속성일까? 그래서 저들의 문명이 높이 세워진 것일까? 세상의 모든 생명을 기억하고 그 차이를 찾느라 바쁜, 똑똑하기 짝이 없는 준호라 해도 그는 '조금 더 정신을 집중하기 위해' 사지를 펴고 누워서 잠을 자야 했다. 그리고 '목숨을 이어가기 위해' 음식을 먹어야 했다.

약장수 용개가 고마움의 표시로 준호에게 꽃다발을 가져다주었다. 호랑가시동 골짜기에서 핀다는 그 꽃은 깜깜한 데서는 환한 붉은 색으로, 밝은 데서는 어두운 자주색을 띠었다.

"다행이야. 이곳 꽃도 예뻐서."

그가 꽃다발에 얼굴을 파묻고 한동안 어깨를 들먹였다. 그는 또 짐승세상을 그리워하고 있었다. 봄이면 온갖 꽃이 피어 아름답다는 짐승세상에 나도 한번 가보고 싶다는 생각이 들었다.

용개의 꽃이 또 다른 소동을 벌였음을 우리는 몰랐다. 그가 꽃을 들고 집에 들어왔을 때 고모 희실과 마주친 것이 발단이었다. 모든 사내가 자신에게 관심이 있다고 믿는 희실은 용개가 그 꽃을 자신에게 가져온 것이라고 믿었다. 이제나저제나 마당을 서성이며 용개를 기다리는 희실을 마침 집에 들른 채연이 보았다.

"어떡하나. 희실님이 아니라 검은머리짐승 준호에게 가져온 꽃이라네요."

"주, 준호, 그, 그런, 그렇겠지. 내가 용개를 찾은 것은 약을 사려던 거야. 머, 머리가 아파서 들 수가 없거든."

쫓기듯 자기 방에 들어간 희실은 분김에 잿물을 얼굴에 발랐다. '옷감을 잿물에 넣으면 삶지 않고도 하얗게 된다'는 말에 혹시 얼굴도 하얘질까, 하여 전날 부엌에서 슬쩍 가져온 것이었다. 비명이 집을 흔들었다. 준호의 치료로 소동은 그쳤지만 희실의 푹 파인 뺨과 이마는 영영 펴지지 않았다.

용개가 준호를 만나러 오듯 저잣거리의 대장장이 춘도 가끔 집에 들렀다. 하전의 사진관 간판 대금을 받으러 드나들다 준호와 안면을 튼 그는 준호가 원하는 칼과 가위, 바늘 등을 만들어 주었다. 그것으로 준호는 아픈 이들의 살갗을 떼어내기도 하고 꿰매기도 했다. 불을 만지는 대장장이들은 대부분 햇빛족이다. 춘의 소개로 금강샘 하류의 햇빛족 족장이 조용히 내 방에 스며들어 가슴에 난 커다란 종기를 뗀 일도 있었다. 족장은 감사의 표시로 준호가 평생 먹고도 남을 만큼의 마른 산나물과 버섯들을 가져다주었다.

인형 만들기에 여념 없는 미단부리는 어느 때보다도 양순하고 기분이 좋았다. 덕분에 나도 마음이 편했다. 그녀가 인형을 말리기 위해 내 방에 들어올 때를 제외하고는 낮이고 밤이고 그녀의 눈치를 볼 일이 전혀 없었다.

미단의 인형

★　　　　인형 작업에 열중함으로써 얻은 미단부리의 행복감과 그에 따른 집안 식구들의 평온은 오래 가지 않았다. 작업에 몰두하면 할수록 미단부리는 칼끝처럼 뾰족하고 날카로워져 갔다. 그녀의 인형 역시 더 이상 귀엽거나 예쁘지 않았다. 사진기에 얼굴을 처박은 하전, 머리에 색색의 헝겊을 매단 슬픈 얼굴의 영기, 오현금을 뜯으면서도 사람을 노려보고 있는 채연을 보면서 나는 미단부리가 무슨 생각으로 이것들을 만드는지 궁금했다. 뒤로 돌린 손에 큰 수갑을 채웠거나 두 발에 족쇄를 찬, 삐죽삐죽한 풀들이 온몸에 붙어있는 눈 감은 인형도 있었다. 미단부리 자신으로 추정되는 인형도 있었다. 입을 앙다문, 팔이 축 늘어져 비쩍 마른 나무 같은 인형이었는데 하체가 반쯤 뒤틀려 위쪽 팔과 아래쪽의 다리가 각기 다른 방향을 가리키고 있었다. 괴상한 몸체임에도 불구하고 그것을 미단부리라고 생각한 이유는 왼쪽의 머리털 하나와 오른쪽의 머리털 두 개가 꽤 굵고 세차게 솟아있기 때문이었다. 그녀의 인형 중에는 더 이상 나, 운홀 연토라고 꼭 집을 만한 인형은 없었다. 물론 내가 내 인형을 알아보지 못했는지도 모른다. 만일 그렇다면 나는 그녀가 보기에 아무런 특징 없는, 있어도 없어도 그뿐인, 수없이 많은 사람 중 하나라는 말이 되었다. 그렇

다고 섭섭함을 털어놓을 수도 없었다. '네가 특별한 존재라도 돼?', '내가 왜 네 인형을 만들어야 해?' 식의 모진 답을 들으니 모른 척 넘어가는 편이 나았다.

　인형을 만들면서 그녀는 자신만의 세계에 빠져있었다. 창고의 나무 벽 틈으로 들여다보면 그녀는 아무도 없는 허공의 누군가에게 화를 내기도 하고 또 어떤 때는 그를 어르고 달래느라 고개를 갸웃거리기도 했다. 창고 앞에 내다 버린 인형들이 수북이 쌓인 날에는 도리어 그녀의 기분은 나쁘지 않았다. 속 시원하다는 듯 집 안팎을 돌아다니며 노래까지 흥얼거렸다. 식구들이나 준호조차 '미단부리가 기분 좋으면 된 거지.' 대수롭지 않게 여겼지만 나는 그렇지 않았다. 칼부림으로 조각난 인형의 몸통, 팔다리, 마구 짓찧어 뭉개진 얼굴을 볼 때마다 나는 세상 사람들을 향한 미단부리의 냉정함, 잔혹함을 보는 것 같아 섬뜩했다.

　"대체 왜 사는지. 약한 속살을 보란 듯이 내보여 쪼아 먹히고도 뭘 잘못했는지조차 모르지."

　미단부리가 내 곁을 스치며 들으란 듯 말했다.

　인형 재료에 대한 그녀의 불만도 갈수록 늘어갔다. 우무질이야 삼신어른이 준 것을 그대로 썼지만, 인형의 몸체가 될 흙에 대해 그녀는 심하게 까탈을 부렸다. 운흘 소유의 곁샘 상류 흙, 자오 집안의 은은샘마을 흙, 때로는 나루샘의 북쪽 강안, 아버지강 쪽으로 깎아지른 절벽 아래의 흙까지 퍼오느라 행랑아범 사로가 며칠씩 집을 떠나야 했다. 그녀가 필요로 하는 흙은 한마디로 '조용한' 흙이었다. 가축들이나 사람들의 목소리에 시달리지 않은, 물론 나무인간의 수다로 피곤한 흙도 자격 미달이었다. 아교도 마찬가지였다. 처음에는 갓바치 생오가 갖다준 것을 그대로 사용했지만 그녀는 이내 '아교가 고

생 덜 했다'는 애매한 이유로 퇴짜를 놓았다. 살촉동에서 가져온 비싼 아교도 맘에 차지 않은 그녀는 결국 아교가 아니라 아교의 재료를 구하기로 결심했다. 아버지강 하류, 두 단의 거센 폭포 밑 바다에서 햇빛족들이 채취했다는 바다풀을 확인한 후 그녀는 갓바치 생오를 불러 자신이 보는 앞에서 그것들을 고게 했다. 살촉동의 바다풀을 가져와 아버지강 폭포 밑의 것이라 속인 살촉동 상인은 미단부리의 노여움으로 입을 데기도 했다. 단풍동에서 한 발짝도 나간 적 없는 그녀가 어떻게 먼 바닷가의 물풀을 구별할 수 있는지 알 수 없는 일이었다.

인형들이 섬세해질수록 그녀의 모습도 변해갔다. 가뜩이나 마른 몸이 더욱 마르고 머리통에는 앞뒷눈들만 퀭하니 걸려 그녀 자체가 기이한 인형처럼 보이기도 했다.

"어쩐지 집에 오고 싶더라니."

오랜만에 집에 온 아버지 하전은 창고 앞에 수북이 쌓인 인형 더미에서 눈을 떼지 못했다. 부서진 인형들을 가려내느라 무릎까지 꿇은 그가 이윽고 서너 개의 인형을 집어 들었다. 그리고 미단부리를 불렀다.

"부탁이야. 이 인형 중 몇 개만 내가 가져도 돼?"

"그깟 쓰레기 때문에 사람을 오라 가라 부르다니."

창고로 이내 들어가는 그녀는 무언가 골똘한 생각에 묶여 자신도 모르게 끌려다니는 중이었다. 정성껏 고른 인형들을 품에 안은 하전은 미단부리가 있는 창고를 한동안 지켜보았다. 그의 손에 있는 인형 중 팔다리가 멀쩡한 것은 단 두 개뿐이었다. 그가 돈이나 돈 될 만한 것을 손에 넣지 않고 집을 나선 것은 그때가 처음이었다.

이후로도 미단부리의 인형들은 변모를 거듭했다. 그녀의 인형들은 더 이상 주위 사람들의 얼굴이나 동작을 취하고 있지 않았다. 어느 부분만 아주 커지거나 작아진, 이를테면 몸통은 아주 굵은데 손과 발이 작달막해 나무둥치를 연상시키는, 또는 앞눈 두 개와 뒷눈이 너무 커서 이마와 턱이 금방이라도 분리될 듯한, 또 어떤 것은 가느다란 몸에 손과 발이 덩굴처럼 길어 온몸을 휘감은 기형적인 것들이었다. 목을 대롱처럼 길게 뽑아 금방이라도 부러져 버릴 것 같은 일곱 개의 인형은 저희끼리 목을 꼬아 한 덩어리로 엉켜 있기도 했다. 어딘가 과장되고 축소된, 무언가 한 가지만을 강조하고 있는 그 인형들에 대해 뭐라 품평할 수 없었던 이유는 실은 인형들이 풍기는 서늘한 기운 때문이었다.

"왜 그런지 몰라요. 그쪽 가까이만 가면 저도 모르게 손발이 오그라들어요."

집안 하인들만 미단부리의 창고 쪽을 꺼리는 것이 아니었다. 담장 밖을 지나는 마을 사람들도 미단의 창고가 접한 동쪽 길을 기피했다. 금강샘마을의 농부가 높은마당 창고에 곡식을 쌓으며 투덜거렸다.

"차갑고 오싹한 기운이랄까, 저뿐 아니에요. 가축들도 느껴요. 동쪽 길로 몰면 어떻게든 가지 않으려고 발버둥을 치는걸요."

저자로 가려는 마을 사람들이 북쪽 어미산 자락 바위언덕까지 올랐다가 다시 내려가는 이유, 또 그들이 아예 남쪽 길을 택해 곁샘마을로 에두르는 이유는 오로지 창고가 있는 동쪽 길을 피하고자 함이었다. 서늘한 기운은 그 자체로 살아있었다. 형체도 무게도 없으나 그 자리에 있는 것이 분명한, 사람이나 가축의 숨결 아니 그보다도 훨씬 미세한 나무나 풀들의 호흡처럼 귀에 들리지 않으나 숨 쉬고 있는 것이 분명한 살아있는 생명체였다. 그러니 그것은 흙으로 만든 인형들이 뿜는다기보다 그것을 만든 미단부리의 일부분이라 할 수밖에 없었다. 그녀의 손에서 태어난 인형들은 그녀의 생명을 나눠 받은 수많은 작은 미단부리였다. 차갑고 당당한 미소, 누군가를 조소하고 업신여기는 듯한 그들의 묘한 입매는 어떤 때는 '우리가 입을 열지 않는 것을 다행으로 여기라'고 말하는 것 같았다. 또 '말로 표현할 수 없는 어떤 것을 말하려면 바로 내가 정답'이라며 자기들의 비틀린 몸을 들이대는 것 같기도 했다.

"짐승세상에서 보낸 내 일흔여섯 해가 무지했음을 알겠어."

준호 역시 그녀의 인형들이 범상치 않음을 느끼는 듯했다.

"예술가라는 이들을 나는 인정하지 않았어. 힘들여 일하기는 싫은 고도의 얌체, 하찮은 것을 대단한 것인 양 허풍 떨어 남의 돈이나 채뜨리는 사기꾼, 별것 아닌 시도를 자신만의 전유물인 양 눈을 부릅뜨는 파렴치한쯤으로 매도했었지. 그런데 미단부리의 인형들을 보면서 깨달았어. 예술가들은 모험을 해. 세상이라는 우묵한 그릇이 어떻게 생겼는지, 얼마나 높은지 알기 위해 그들은 자기 자신을 끊임없이 그릇 입술에 세워. 때로는 미끄러져 밑바닥으로 처박히기도 하고 때로는 불구가 되기도, 그 시도로 죽음을 맞기도 하지. 왜 그렇게 피곤하고 위태롭게 사느냐고 물어봤자 그들 자신도 모를 거야. 그들의 목적은 돈도 명예도 아니야. 그들은 그저 그 일을 하기 위해 태어났어."

짐승세상의 예술가들이 어떤 삶을 사는지, 미단부리가 과연 그가 생각하는 예술가인지 아닌지는 내게 별 의미가 없었다. 허투루 대할 수 없는, 함부로 다가서다가는 내가 크게 다칠 것 같은, 차가우면서도 명료한 인형의 기운을 준호가 나만큼 느끼지 못한다는 것이 답답할 뿐이었다. 그것은 흡사 외침 같기도 했다. 미단부리의 기괴한, 섬뜩한 인형들을 대하면서 내 귀에 들린 것은 고함, 죽음으로 몰린 이가 어쩔 수 없이 지르는 단말마의 비명 같은 것이었다. 의외로 미단부리는 아주 약한 사람일 수 있었다. 겉으로는 독설을 퍼부어 자신의 마음 먹은 바를 이루는 강한 사람으로 비칠지 몰라도 그녀의 속살은 건드리기도 겁나는, 이미 갈가리 찢겨 아무리 가는 꼬챙이로라도 다시 헤집어지면 영영 복구될 수 없는 허약체일 수도 있었다. 그녀의 몸과 마음을 감싸줘야 한다는 당부는 어떻게든 그녀에게 힘을 주고 싶어 하는 무녀 영기가 몇 번이나 내게 한 말이었다. '불일을 감당하기에는……, 언제 어떻게 될지 몰라 조마조마한…….' 나뿐 아니라 우리 집안의 모든 식구는 미단부리가 돌처럼 쇠처럼 강한 여자라는 선입견을 나눠 가지고 있었는지 모른다. '약한 몸, 약한 마음 자체가 죄'이며, '약함을 드러내는 것은 결국 남에게 자신을 밟고 올라서도 된다는 허락'임을 힘주어 말하는 그녀가 자신을 보호하지도 못할 만큼 약할 리 없기 때문이었다. 그녀의 인형을 찬찬히 살피면서 나는 그녀가 인형 작업을 통해 그녀 속의 수많은 상처를 조금씩이나마 치유 받고 있는지 모른다고 생각했다. 아무런 구속 없이 자유로이 숨쉬던 정갈한 흙, 거친 폭포와 거대한 바다가 키운 싱싱한 물풀, 갓 태어난 사람의 힘찬 정기를 섞어 인형을 만들면서 그녀는 어쩌면 세상 누구에게도 지지 않을 힘센, 자신이 죽고도 자신의 기운을 고스란히 간직할 새 생명을 빚고 있는 것인지 몰랐다.

저자에 나갔던 찬금이 기괴한 소문을 듣고 왔다. '운흘 집안의 주인 미단부리는 온몸에 우무질을 발라 젊음을 유지한다. 그녀는 그 젊음으로 검은머리짐승뿐 아니라 돼지, 소, 말과도 교접한다. 가축들이 그 집 가까이 가지 않으려는 이유는 그녀에게 혼을 뺏기면 껍데기만 남는다는 것을 알기 때문이다. 또 미단부리는 우무질을 얻기 위해 밤마다 어미산을 파헤치고 다닌다. 어미산에서 자라고 있는 아직 어린 어른이들도 그녀의 요구에 꼼짝없이 혼을 빼앗겨 빈 고치만 지키고 있다'는 것이었다. 술이라면 마다치 않는 어미산지기 초춘의 입에서 나온 말이 틀림없었다. 평소의 미단부리였다면 벌써 초춘을 불러 입을 지져버렸을 테지만 그녀는 아랑곳하지 않았다.

"맞아. 인형을 만드느라 늙을 틈이 없어."

마음에 드는 인형을 얻었을 때 그녀의 표정은 마약이라도 삼킨 듯 행복해 보였다.

할머니 양이는 온종일 준호를 따라다니며 칭얼거렸다. 그녀의 나이 예순일곱, 하지만 그녀의 몸피는 일흔다섯 노인 정도로 조그마했다. 그녀의 실제 나이가 몇인지는 사실 누구도 알지 못했다. 하루에도 수십 번 뛰어오르던 담장에 오르지 못하고 집안이 떠나가라 울어 젖히는 그녀를 준호는 따뜻하게 보듬었다. 그는 양이를 통해 짐승세상의 자기 아이들을 보는 듯했다.

"아들과 딸이 하나씩 있었어. 내가 좋은 환경에서 태어났다면 꼭 그랬을 것 같은 내 아이들."

사랑하는 여자의 몸속에 내 씨물을 뿌려 생명을 얻은 내 아이. 어미의 위험 따위 아랑곳 안 하고 세상 밖으로 나온, 몸체도 얼굴도 나를 닮은, 내가 죽더라도 내 삶을 이어줄 아이. 그 아이를 내 품에 안는다면. 그때 나는 가슴 저릴 정도로 준호의 짐승세상에 가보고 싶었다. 한 번만, 꼭 한 번만. 물론 불가능한 일이었다. 그쪽 세상에 간다 하더라도 내 씨물을 몸속에 받아줄, 그리하여 내 아이를 품을 여자를 만날 수도 없었다. 점점 커가는 배 속의 아이 때문에 여자의 몸이 터져버릴 것이었다.

햇빛족들이 준 버섯으로 죽을 끓여 먹으면서 준호는 또 이런 말도 했다.

"어른이들 중에도 순수 혈통인 맑은이나 하얀이들은 굳이 돈을 벌

이유가 없겠네. 음식도 필요 없고, 추위도 타지 않으니, 집도 필요 없고. 게다가 엄밀히 말해 연토 너를 대신할 자식도 없으니 그들의 앞날을 걱정할 필요도 없지. 그런 너희가 편하고 부러우면서도 또 한편으로 바로 그런 점이 너희 어른이 세상을 낙후시켰다는 생각이 들어. 따지고 보면 너희는 그저 살아 숨 쉴 뿐, 삶의 목표가 없잖아."

'필요를 느껴야 문물이 발전된다', '힘들고 답답하다고 느껴야 더 나은 삶이 시작된다'는 식의 준호의 주장이 이해되지 않는 것은 아니었다. 하지만 삶의 목표가 문물이나 편리한 기계의 발전이어야 하는가의 물음은 또 다른 관점으로 봐야 할 새로운 문제일 터였다. 내가 그의 세상을 부러워한 것은 자신과 똑같은 자식을 안아보고 키우는 기쁨, 의미가 있든 없든 자신의 일생을 바쳐 무언가를 이루어 내려는 그들의 끊임없는 정열과 진지함이었다. 끊임없이 더 나은 문물이 나와 거꾸로 그 문물들 때문에 불안해하고, 그 혜택을 누리는 이와 누리지 못하는 이들로 나뉘고, 그리하여 어떻게든 돈을 벌어야 하고 오로지 돈 때문에 다른 이들 앞에 무릎 꿇어야 하는 복잡하고 비정한 세상은 아니었다.

한 해의 마지막, 새생명이태어나는큰달이 거의 끝나갈 즈음, 나루샘의 심부름꾼이 도착했다. 형 기남과 매차가 집에 오고 있다는 전갈이었다. 희실이 미친 듯 흥분했다.

"봐, 내 자식들이 날 데리러 오는 거야. 날 보러, 드디어 내가 그리워서! 이런 날이 올 줄 알았어. 언제고 올 줄 알았어!"

그녀는 하인들을 시켜 비어 있던 기남의 방을 치웠다. 그러면서도 한편으로 그들이 온다는 소식을 창고에 처박혀 있는 미단부리에게 알리지 말도록 하인들의 입을 단속했다.

"기남과 매차는 내 자식이야! 내가 그 애들을 결혼시키고 집까지 사주었어. 자오 여편네야 창고에서 흙이나 주무르면 되는 일이고."

돌아온 기남은 전보다 더 거들먹거렸다. 살촉군의 군복과 견장을 갖춘 그는 눈물을 흘리며 그의 가슴에 달려드는 희실을 한 손으로 간단히 젖혀버렸다. 매차 역시 마찬가지였다. 온갖 꽃을 수놓은 화려한 어깨 가리개에 꽃분홍색 치마를 받쳐 입은 그녀는 높은마당에 들어서자마자 '더러운 오물 내가 난다'며 코를 싸쥐었다.

온 식구들을 거실에 모이게 한 기남이 입을 열었다.

"미단, 운흘 귀우치를 아시죠? 귀우치는 내 할아버지 운흘 순부부리의 동생이에요. 삼신어른 생과 하전부리에게는 삼촌이고요. 나도 살촉동에서 처음 안 일이에요."

미단부리는 기남의 말이 끝나기도 전에 거실에서 나가버렸다. 내가 얼른 기남에게 '하전은 더 이상 집안의 부리가 아니며 미단이 집안의 주인'임을 알려주었다.

"잘됐네. 미단부리가 듣고 인정했으니 다들 그런 줄 알아."

"기남, 혹시 사기당한 것 아냐? 귀우치라니 우리 집안에는 그런 사람이……."

희실의 물음에 기남이 큰 소리로 화를 내었다.

"시끄러워! 살촉군 대장 귀우치 장군을 사기꾼으로 몰다니."

"내가 정리하지요." 매차가 말을 이었다.

"단풍동 어미산과 아버지강을 두고 맹세하건대 귀우치 장군은 운흘 집안이 틀림없어요. 운흘 집안의 모든 이가 운흘이 아니어도 귀우치 장군은 운흘이에요. 그걸 모른다면 그는 바보거나, 옛날부터 이 집안을 등쳐먹으려 사람을 홀리는 사기꾼이에요."

할머니 양이가 매차의 팔에 매달렸다.

"나는 귀우치를 몰라. 그런데 나는 바보는 싫어. 사기꾼이 낫겠어.

매차, 나는 사기꾼 할 거야. 집안을 등쳐먹으려 사람을 홀릴 거야."

기남과 매차가 의자에서 일어나 기남의 방으로 가버렸다. 희실이 따라가 기남의 방을 두드렸지만 그들은 열어주지 않았다. 얼마 지나지 않아 동네 노인들의 합창 소리가 들려왔다.

'운흘 집안은 바보 사기꾼 집안. 사기꾼 아니면 바보, 바보 아니면 사기꾼.

바보 사기꾼 집안에 귀우치가 들어왔다네. 바보 귀우치 사기꾼 귀우치.

귀우치는 사기꾼, 사기꾼 아니면 바보.'

매차가 노래를 듣다못해 발끈했지만, 기남이 그녀를 말렸다. 노인들의 입을 틀어막아봤자 반발만 더 세어질 터였다.

다음 날 아침, 집 앞에 짐마차가 도착했다. 기남과 매차가 살촉동으로부터 주문한 새 칠성함이 온 것이었다. 침향나무를 갓 베어 만든 새 칠성함에서는 진한 향이 났다.

"아이를 캘 거야. 매차와 함께 어미산에 오를 거야."

기남이 말했다. 희실이 또 흥분하여 눈물을 글썽였다.

"잘 생각했어! 운흘 집안을 이어야지. 기남, 피부가 맑고 깨끗한 맑은이를 캐어야 한다. 어미산 꼭대기, 내가 태어난 높은 곳까지 올라가라. 아이를 캐면 칠성함에 넣어 그 자리에서 일곱 바퀴를 돌아라. 그래야 아이가 영특해지지."

아무리 맑은이 타령을 해도 희실이 맑은이가 아님은 세상이 다 아는 사실이었다.

"그런데 살촉동 칠성함은 왜? 단풍동의 것이 훨씬 좋은……."

"물건이야 무엇이든 살촉동 것이 낫지요. 아이는 단풍동 것이 낫다니 어쩔 수 없지만."

매차가 차갑게 희실의 말을 잘랐다.

행랑아범 사로가 새 칠성함 뚜껑에 별 자국을 지지는 것을 본 준호가 내게 물었다.

"누가 또 죽어? 그리고 칠성함에는 웬 별? 하늘도 보이지 않는 이 동굴국에서?"

"새삼 무슨 소리야? 자식을 캐려면 칠성함이야 당연히 필요하지. 여기, 내 방에도 내 칠성함이 있잖아."

나는 준호에게 방 벽에 기대어 놓은 내 칠성함을 다시 열어 보여주었다. 그는 양초를 손에 들고 경첩이 달린 뚜껑 두 짝, 뚜껑에 새겨진 일곱 개의 별들, 그리고 안팎의 조각들을 찬찬히 더듬었다. 눈도 어두운 데다 우리말에 서툴렀던 그는 칠성함이 그저 장례식 때 쓰는 관이라 여긴 듯했다.

준호와 나는 또 서로의 말을 이해하지 못해 한참 동안 헤매야 했다. '별은 어둠 속에서만 보이며 대낮에는 빛 때문에 보이지 않는다'는 준호의 말은 '빛만 있으면 무엇이든 볼 수 있다'던 지금까지의 그의 말과 반대라 나로서는 알아들을 수 없었고 '칠성함 양 뚜껑에 새긴 별들은 그저 ㄴ과 ㄱ 모양으로, 사람은 땅에서 오지만 결국 땅에 돌아가리라는 방향을 가리킬 뿐 별 의미가 없다'는 내 말에 준호는 계속 땅과는 관계없는 허공을 가리킴으로써 서로 가슴을 쳐야 했다.

이번에도 어렵사리 비슷한 점을 찾기는 했다. 짐승세상에는 '일곱 개의 별에 기도하면 좋은 자식을 얻는다'는 말이 있었고 우리 세상에는 '칠성함 새기는 일에 정성을 들일수록 좋은 자식을 얻는다'는 말이 있었다. 또 짐승세상에서도 죽은 시신을 옮기거나 불태울 때 칠성함을 사용한다고 했다. 하지만 그들의 칠성함은 뚜껑이 없는 밋밋한 판 한 장이라 이름도 칠성판이라고 했다.

"어미산에 가보고 싶어. 사람을 어떻게 캐는지, 땅에서 캤을 때의 상황은 어떤지 보고 싶어. 짐승세상에서는 꿈도 꾸지 못하는 일이야."

준호의 말은 들어줄 수 없었다. 신성한 어미산에 검은머리짐승을 들이다니 혹시라도 삼신어른이 알면 단숨에 그의 사지를 찢어버릴 것이었다. 뿐 아니었다. 새로 태어나는 아이가 준호를 보게 되면 아이는 준호를 제 부모로 기억할 터였다. 준호와의 대화 덕에 나는 또 기억하기 싫은 장면을 떠올려야 했다. 새벽안개 속에서 나를 캐내던 미단부리, 그리고 목소리로 기억되는 내 아버지 삼신어른 생. '좋은 아이인 거요?' '고개를 돌려요. 아이가 기억해요.' 왜 얼굴도 보여줄 수 없는 삼신어른이 내 아버지가 되어야 했는지 나는 몇 번이고 미단부리에게 묻고 싶었다. 하지만 번번이 그녀의 초음이 나를 막았다. 그녀는 매번 신경질적으로 '알아도 모른 척 절대 묻지 말 것'을 내게 명령했다.

"……피부가 약한 여자는 배의 살갗이 늘어나 금이 가기도 해. 하지만 배가 터지는 건 아니야. 아이를 낳을 때 엄마의 몸에 무리가 가는 건 사실이지……."

준호는 여자의 임신과 출산을 열심히 설명했다. 사실 검은머리짐승뿐 아니라 돼지나 소, 말 따위의 수많은 가축과 동물들이 어미 배 속에 새끼를 키우고 세월이 지나면 그것들을 몸 밖으로 내놓는다. 준호의 상세한 설명은 나를 위한 것이 아니라 그 자신을 위한 것이었다. 자신이 짐승세상에서 했던 일을 떠올리고 내게 설명하는 것이 그에게는 커다란 위안이 되고 있었다.

"……아이는 무척 미끄러워. 엄마의 몸속 물에서 내내 헤엄치며 살았거든. 아기의 두 다리를 얼른 잡아 쳐들고 아이의 등을 쳐. 하나, 둘, 셋! 바로 그 순간 아이가 토하듯 숨을 내뱉지. 커다란 울음소리! 그때부터 아이는 자기 심장과 폐로 숨을 쉬어. 엄마와 완전히 분리된 새 생명, 평생 멈추지 않을 심장의 박동 소리가 얼마나 듣기 좋은지. 강보에 싸인 아이를 품에 안을 때 부모가 느끼는 기쁨은 또 얼마나 큰지. 그 힘든 고통을 겪고도 둘째를 다시 몸속에서 키우는 엄마는 위대해. 그녀는 또 다른 자기 자신을 만든다는 기대감에 부풀어 있어."

어미산에 올랐던 기남과 매차가 아이를 캐어 돌아왔다. 아랫마당에 미리 준비해 놓은 탁자에 칠성함을 올려놓고도 그들은 그것을 열 생각도 안 하고 말다툼을 계속했다. 하얀이인 기남은 적어도 자신이 태어난 어미산 중턱까지 올라가 자식을 캘 생각이었다. 청매동의 황인인 매차는 어미산 입구부터 제일 가까운 봉분을 찾기 바빴다. 매차가 협조하지 않는 바람에 결국 기남은 하얀이밭에 오르지 못했다. 그나마 매차를 어르고 달래어 길거리의 봉분이 아닌, 조금 외진 비탈의 황인 봉분을 캐는 것으로 만족해야 했다.

둘의 말다툼이 다시 커지자, 행랑아범 사로가 주의를 주었다. 갓 태어난 아이의 귀는 예민하여 찢어질 염려가 있었다. 칠성함을 묶은 끈이 풀리고 드디어 뚜껑이 열렸다.

"훌륭한 아가씨예요. 피부도 예쁘고 팔다리도 잘 갖추셨고요."

산분이 작은 소리로 소곤거리며 미단부리에게 가위를 쥐어주었다. 아이의 머리카락을 잘라야 했다. 땅의 양분을 흡수하던 잔뿌리를 잘라 땅과의 인연을 끊어내면 이제 아이는 땅 위의 사람으로 살아갈 것이었다. 아이가 검은 눈을 굴리며 미단부리를 뚫어져라 쳐다보았다. 산분과 찬금이 아이의 발바닥 흡반에 물을 축였다. 아이의 흡반이 조금씩 열리기 시작했다. 이제부터 아이는 머리칼이 아닌 자기 흡반으로 물을 흡수할 것이었다. 산분과 찬금이 작은 소리로 노래를 부르기 시작했다.

'어쩌나 세상에 나오고 말았네. 어쩌나 땅에서 캐어지고 말았네. 그래도 다행이지 양친 부모 다 갖췄으니. 그래도 다행이지 온몸을 다 갖췄으니.'

"노래는 무슨! 인장 새길 준비는 않고."

아직도 기분이 나쁜 매차가 고함을 질렀다. 그 소리에 아이가 울음을 터뜨렸다. 가위를 빼앗겨 억울했던 희실이 얼른 끼어들었다.

"말소리를 줄이라니까. 그리고 인장은 삼십구일 상을 차려준 후에 찍는 법이야. 일가친척이 모인 자리에서 물건잡이가 끝나야 인장을 찍지."

물건잡이란 아이 앞에 여러 물건을 놓고 그중 무엇을 집는지 보아 아이의 미래를 점치는 과정이다. 희실의 말이 끝나기도 전에 미단부리는 머리칼 뭉치를 손에 든 채 창고로 가버렸다. 매차가 단호하게 대꾸했다.

"위령제가 이틀밖에 남지 않았어요. 그전에 우리는 살촉동으로 돌아가요. 아이의 인장은 지금 찍을 거예요."

말문이 막힌 희실이 매차를 쳐다보기만 했다.

인장은 거실에서 찍기로 했다. 찬금이 숯 담긴 화로를, 산분이 물단지를 들여왔다. 희실이 인장 상자를 가져와 탁자 위에 놓았다. 희실은 어느새 미단부리를 흉보느라 여념 없었다.

"자오 여편네에게 귀신이 붙은 게 확실해. 제 손녀의 혼을 빨아먹다니 말이 돼? 아무리 달라고 해도 내주질 않아. 그 여편네의 뒤숭숭한 인형들에 귀신들이 떼로 붙을 거야."

갓 태어난 사람에게서 잘라낸 머리칼 뭉치는 화롯불에 인장을 달굴 때 태우는 법이다. 머리칼이 그대로 남아 있으면 아이에게 아직 미련이 있는 땅이 아이를 일찍 불러들인다는 말이 있다. 두말할 것 없이 미단부리는 우무질이 묻은 그것들을 자신의 인형 작업에 쓸 생각이었다. 희실이 화롯불에 인두를 달구는데 매차가 자기 짐에서 또 다른 인두를 꺼내어 불에 얹었다.

"화살촉 인장을 찍을 거예요."

"화살촉 인장이면…… 살촉동 인장?"

희실뿐 아니라 기남도 놀라 매차를 쳐다보았다. 매차가 빠르게 대꾸했다.

"당연하지. 아이는 살촉동에서 귀우치 장군의 자식으로 클 거야."

"귀우치 장군의 자식? 우리 자식이 아니고? 그럼 왜 단풍동까지 와서 아이를 캔 거야?"

"말했잖아! 아이는 단풍동 것이 낫다고. 복인도 없고 피부도 깔끔하고."

기남이 매차의 기세에 눌려 말을 더듬었다.

"다, 단풍동에서 낳았으니 당연히 단풍동의 인장을, 귀, 귀우치 장군도 우리 운흘 집안이니 우리 운흘 것을……."

"단풍동 촌년의 티를 낼 수는 없어. 장군도 촌티를 내지 않으려고 얼마나 애쓰시는데."

당황한 희실이 미단부리의 창고로 달려갔다. 미단부리가 한가롭게 말했다.

"맞아! 인형들에게 인장 찍는 것을 잊었었네. 대장장이 쿤에게 조그만 인두를 주문해야지."

혼자 발을 구르다 거실로 되돌아온 희실이 드디어 소리 지르기 시작했다.

"운흘 인장이어야 해! 암, 운흘이고 말고! 단풍동 것이 아니면 아이는 죽어서도 어미산에 묻히지 못해."

아이 울음소리가 집안을 흔들었다. 이미 달궈진 화살촉 인장이 아이 엉덩이를 지지고 있었다. 아이 이름은 우구슬, 살촉동 말로 '총기가 있어 집안을 일으킨다'는 뜻이라 했다.

시간이 촉박했다. 화인이 아물기도 전에 아이는 출생례의 아픔을 또 겪어야 했다. 희실이 아이의 허리 부분에 달린 조그마한 알집들을 하나하나 손톱으로 터뜨리기 시작했다. 아이의 자지러지는 울음이 계속 이어졌다. 알집에 고인 땅속의 물을 빼주어야 훗날 어미로서 제대로 된 알을 갖추게 된다. 출생례는 계집아이뿐 아니라 사내아이도 치른다. 사내아이의 씨물주머니를 터뜨려 주머니 속의 지저분한 것을 털어버려야 훗날 제대로 사내구실을 할 수 있는 것이다. 나를 캐어왔을 때 내 씨물집을 턴 이는 할아버지 순부부리였다. 죽을 듯이 아팠던 기억이 지금도 생생하다.

우구슬은 지쳐 울음소리도 제대로 내지 못했다. 찬금이 물단지의 물을 퍼서 아이의 엉덩이와 불긋불긋한 허리에 끼얹었다.

"이래서 계집이 불쌍하다니까. 사내야 씨물주머니 한 번 잡아당기는 것으로 끝이잖아."

아픔에 정신마저 혼몽한 우구슬이 그대로 마차에 올려졌다. 기남의 뒤를 이어 매차가 올랐다.

"매, 매차, 나도 타야지! 내가 우구슬을 돌볼게. 말도 잘 들을게!"

짐 보따리를 챙기느라 조금 늦은 희실이 마차 난간을 겨우 잡았다. 매차가 희실의 손을 가차 없이 훑쳐버렸다. 마차는 떠나갔다. 땅에 고꾸라진 희실이 발을 구르며 끝없이 악담을 쏟아내었다. 더없이 나쁜 연놈들 세상 말종. 마차 바퀴나 덜컥 빠져라. 청매동 가는 배나 홀랑 뒤집어져라. 머리칼이고 팔다리고 다 부러져라.

기남의 마차 소리가 멀어지기도 전에 하전의 첩 비비추가 나타났다. 희실이 옳다구나 비비추를 잡고 자신의 팔자타령을 늘어놓았다. 비비추가 위로랍시고 한마디 했다.

"그이들은 대체 왜 그랬을까? 내가 보기에는 운흘 인장이 훨씬 예쁜데. 제가 하전님 엉덩이에서 봤잖아요."

아랫마당에 내려선 비비추는 사로와 찬금에게 인형 쓰레기들을 모두 광주리에 담도록 했다. 인형 더미는 엄청났다. 높은마당 창고에 있던 열한 개의 광주리가 다 동원될 지경이었다. 비비추는 이어 달구지를 불렀다. 그녀는 달구지꾼에게 몇 번이고 주의를 주었다.

"하전님이 몇 번이나 얘기하셨거든요. 하나라도 깨뜨리면 큰일 난다고."

비비추가 떠나간 후 미단부리는 한동안 고개를 갸웃거리며 마당에 서 있었다.

"대체 저 쓰레기들을 어디에 쓰려는 거지?"

새해 첫날, 하전과 비비추가 인형 더미와 함께 배를 탔다는 소식이 들렸다. 그들은 옛 붓동 지역으로 갔음이 틀림없었다. 하전이 서당 훈장일 때 하던 말이 있었다.

─청매동이고 살촉동이고 다 엉터리야. 붓동놈들만 조금 보는 눈이 있지. 살촉동이나 아후밀탄의 부자들도 일부러 붓동까지 와서 장식품들을 사간다니까.

사람의 마음이 희한했다. 서늘한 힘의 정체, 갈수록 골칫거리이던 인형 더미가 깔끔하게 치워졌는데 그것을 반기는 식구들이 아무도 없었다. 하인들의 어깨가 축 처져 기운을 차리지 못하는가 하면 축사의 가축들도 병이 든 것처럼 늘어져 먹이도 잘 먹지 않았다. 나 역시 그러했다. 몸을 지탱해 주던 뼈들이 갑자기 주저앉은 기분이었다. 오로지 미단부리만 시원해했다.

"잘됐어. 다 엉터리였어."

남아 있는 인형이라고는 미단부리의 창고 안에 놓인 열댓 개가 다였다.

삭막할 정도로 집안이 조용해진 이유는 없어진 인형 더미 때문만은 아니었다. 할머니 양이가 없어졌다는 사실을 식구들 모두 뒤늦게 알아차렸다. 산분과 찬금, 준호까지 동네 노인들을 찾아다니며 양이의 행방을 쫓았지만, 그녀는 어디에도 보이지 않았다. '양이가 하전과 비비추를 따라 배를 탔다', '배가 아파 죽었다', '아버지강에 떠내려가는 것을 보았다' 등은 노인들이 되는 대로 지껄인 말이었다. '나무인간을 희롱하다 목이 부러져 죽었다'는 말의 진원지는 희실이었다. 20년 전, 그녀의 신랑 부루 수람이 나무에서 떨어져 죽은 후로 그녀 자신도 까마득히 잊어버렸던 일을 갑자기 기억해 내고는 희실은 양이가 그리된 것을 보았다며 벅벅 우겨대었다.

양이가 없어진 지 한 달, 계속 속을 태우는 이는 준호뿐이었다.

"연토, 왜들 더 찾지 않아? 양이가 지금 어딘가에서 굶어 죽어가는지도 모르잖아!"

"뭘 찾아? 햇빛족 마을로 돌아갔겠지."

새로 들여온 흙이 마음에 들어 한껏 기분이 좋아진 미단부리가 불쑥 끼어들었다.

"양이 몸에는 햇빛족 화인이 없어요. 황인일지도……"

내 말에 미단부리가 혀를 찼다.

"멍청이에 귀머거리. 양이의 잠꼬대는 어디로 들었어? 저런 놈이 무슨 머리를 쓴다고."

그녀의 말이 맞기는 하다. 화인이 없다고 햇빛족이 아니라고는 할 수 없다. 어미산 자위대가 수시로 햇빛족 마을에 가서 새 생명들에게 화인을 찍는다지만 숲에 퍼져 사는 햇빛족들을 모조리 찾아 화인을 찍을 수는 없을 터였다. 방에 들어온 준호가 내 눈치를 보았다.

"우리 햇빛족 마을에 가볼래? 어떻게든 양이를 찾아야지. 햇빛족 마을이 이곳보다 훨씬 밝다면 내 눈으로도 찾을 수 있어."

그는 언젠가 자신이 치료해 준 햇빛족 족장을 떠올리고 있었다. 하지만 그의 청은 이번에도 들어줄 수 없었다. 금강샘과 곱슬샘 하류에 있는 햇빛족 마을은 깎아지른 절벽 밑이다. 지리에 밝은 햇빛족들이나 넘나들 뿐 우리로서는 목숨을 걸어야 하는 험한 곳이다. 뿐 아니다. 숲속에 퍼져있는 거친 햇빛족들, 그들이 행인을 공격하여 불에 구워 먹는다는 것은 누구나 아는 사실이었다. 그제야 준호가 속마음을 털어놓았다.

"햇빛족마을이 내가 떨어져 내린 곳일 수도 있으니까. 그들에게 빨판이 없다는 것, 음식을 꼭 먹어야 하는 것도 우리 검은머리짐승들이랑 닮았어. 혹시 통로가 그쪽에……."

"통로 때문이라면 가야지. 혼자 가봐. 당장이라도."

내 눈치를 보던 준호가 떠듬떠듬 말을 이었다.

"한동안 괜찮다가도…… 어느 순간에는 미칠 것 같아. 내가 있던 세상에 돌아가 죽을 수만 있다면 소원이 없겠어."

7년이 되어가고 있었다. 그가 아직도 단풍동의 어둠과 습기에 적응하지 못하는 이유는 단지 부엌 아궁이와 자신이 만든 온돌 곁에 머물렀기 때문만은 아니었다. 환한 빛도 문명의 이기도 없는 이곳이 결코 행복할 수 없다는 그 나름의 독단, 무엇보다도 검은머리짐승을 포기하고 어른이로 사는 것을 용납할 수 없는 그의 자존심, 오만 때문일 수 있었다.

이안과 외삼촌 미곤

✻　　　　　물의세월 마지막 해 물의 넉 달이 시작되었다. '만물이 물방개처럼 부지런하다'는 물방개달에 준호의 다리에 뱀이 붙었다. 그가 비명을 지르며 뱀을 훑치자 뱀이 엉겁결에 그를 물었다. 뱀독이 오른 그는 한 달 내내 앓았다.

"땅에 물이 차오르면 뱀은 아무 데나 기어올라. 자기들이 살기 위해 잠깐 의지하는 거지. 뱀을 훑지 말고 마른 땅까지 천천히 걸어가면 자연스레 떨어져."

"그게 말이 돼? 뱀이 언제 물 줄 알고."

준호가 어이없다는 듯 나를 쳐다보았다.

"숲에서 사람이 피를 흘리면 뱀이 지혈 풀을 물어다 줘. 개는 피곤한 사람의 손과 발을 핥아줘. 그런 후에 눈을 감고 한동안 휴식을 취하면 피곤함이 사라지지. 새나 박쥐들도 그래. 가까이에 맹수가 있거나 우리가 가는 길에 위험한 절벽이 있으면 짧고 절박한 소리를 내어 위험을 알려주지. 그들이 뭣 때문에 우리를 해치겠어?"

"검은머리짐승들이 다른 동물들을 믿지 못하는 건 사실이야. 많은 생명을 무고하게 희생시켜 모든 동식물의 가장 큰 적인 것도 분명하고. 하지만 우리가 살기 위해서는 그들을 죽일 수밖에 없어. 너희와 우리는 달라."

"그렇지. 너희는 말 그대로 검은머리짐승이지. 시체처럼 누워 자는, 모든 동물에게 죽음을 상징하는 짐승."

그가 고개를 외면했다. 내 깐에는 농담이었는데 그는 영 마음이 편치 않은 듯했다.

기력을 회복한 준호는 우리의 약초와 민간 처방에 관심을 보였다. 신경안정제로 쓰이는 대마, 갈라진 살 껍질에 바르는 가축의 우무질, 남자의 정력제로 쓰이는 땅옷여자의 진액, 누에고치와 타조알 영양제에 대해 준호는 일리 있다며 고개를 끄덕였다. '손톱에 붉은 꽃물을 들이면 자살 병을 피한다'는 단풍동의 처방은 '손톱에 붉은 꽃물을 들여 잡귀를 내쫓는다'는 짐승세상의 것과 비슷했다. 또 사람의 팔다리를 닮은 나무뿌리인 '인삼'이 짐승세상에서도 귀한 약재라는 것도 재미있었다. 나무인간이 없다는 짐승세상에서 무엇을 인삼이라 부르는지 알 수 없지만. 하지만 머리가 좋아진다는 돌가루, 이명에 좋다는 죽은 사람의 뼛가루 등에 대해서는 그는 고개를 갸웃거렸다. 특히 생명나무에 관해서는 절대 믿을 수 없다고 몇 번이고 고개를 내저었다. 비비추의 차나무를 직접 경험하고도, 준호 자기 입으로 '내 생명나무를 찾고 싶다'는 말을 하고도 그는 '너희 어른이들이 그렇게 믿고 싶을 뿐'이라며 부정했다.

"고통을 함께 느낄 수는 있겠지. 나무와 그 나무 주인이 진심으로 서로를 아낀다면. 하지만 한 생명이기 때문은 아니야. 쌍둥이도 그렇잖아? 한 깍지에서 태어났다고 삶을 절반씩 나눠 사는 건 아니야. 모든 생명은 자기 독립적인 삶을 살아."

준호의 강한 확신을 뒤집을 언변이 없어 물러섰을 뿐 내가 준호의 주장에 동의한 것은 아니다. 눈으로 보는 것, 귀로 확인되는 것만이

세상 전부는 아니지 않은가. 각각의 삶을 사는 것처럼 보이는 그들이 땅속으로 이어져 있을 수도 또는 잠시 어떤 것으로 가려져 이음새가 보이지 않을 뿐 얼마든지 한 뿌리, 한 생명일 수도 있지 않은가. 땅 위에 태어났다가 땅으로 돌아가는 우리, 죽음의 시간을 거쳐 얼마든지 전혀 다른 생명으로 태어나는 우리가 죽음 이전의 생명과 전혀 별개라고 단언할 수 있는가? 긴 세월로 보면 모든 생명은 모두 한 덩어리, 땅이라는 매개체로 이어진 한 몸체일 수 있다는 생각을 짐승들은 왜 하지 못하는 것일까.

 준호가 비록 나와 다른 생각을 가졌고 모든 이에게 질시 받는 검은머리짐승이라 해도, 자기 스스로를 믿고 무언가를 끝까지 해내려는 모습은 존경스럽기도 하고 어떤 때는 아름답게 느껴지기도 했다. 짐승세상에서 의사였던 그는 특히 아픈 사람들을 보면 어떻게든 낫게 해주려고 애썼다. 다른 이가 욕을 하건 겁을 내건 불이나 훈증을 이용하여 사람들의 상처를 지지기도 하고, 죽어가는 이에게 자신이 만든 죽을 먹여 살려내기도 했다. 환자의 고통이 안쓰러워 같이 밤을 설치고, 병이 나으면 자기 일처럼 기뻐하는 그는 사람들의 칭송처럼 '땅이 보낸 구원자'의 모습이었다. 준호야 당연히 부정하겠지만 나는 준호 역시 우리와 같은 몸체인 생명나무의 한가지라는 생각이 들었다. 다른 이가 행복하면 나도 즐겁고 다른 이가 고통스러우면 나 역시 괴로워지는 것, 그것은 서로 사랑하는 이들 사이에서만 국한된 감정은 아니다. 사람들뿐 아니라 풀, 나무, 박쥐, 축사에 갇힌 타조라도 그가 행복하고 편안하면 그 감정이 내게 전해진다. 모든 생명이 보이지 않는 땅속뿌리로 다 이어져 있다는 증거 아니겠는가.

 나무의 첫 달인 버섯달, 가죽 어깨띠에 불새 견장까지 두른 살촉동 장교가 높은마당에 들어섰을 때 나는 그가 누구인지 알아보지 못했다. 그가 '물에 발을 담그고 싶다'며 나를 쳐다보았을 때도 나는 그가 긴 가죽구두를 벗지 못해 길가 개울에 발을 담그지 못한 모양이라고 혼자 짐작했을 뿐이다. 물이 풍성한 아랫마당 물줄기에 발을 담근 그가 평상 위에 널린 인형들을 보았다.

"연토 도련님, 이것들 모두 미단부리님이 만드셨습니까?"

내 이름을 부르는 것을 듣고야 나는 그를 알아보았다. 밝은샘 출신의 이안이었다.

올해 초 새생명을심는큰달이었다. 무녀 영기와 함께 저자를 지나는데 누군가가 영기에게 '송주 마님!'하고 불렀다. 영기가 못 들은 척 그대로 지나쳤다.

— 송주 마님이 아니라면 영기인가?

내가 뒷눈을 떠 그를 보았다. 불새 견장을 두른 살촉동 장교였다. 우리가 거리 모퉁이를 돌 때까지 그는 내내 우리를 쳐다보고 있었다. 영기가 내키지 않는다는 듯 입을 떼었다.

— 귀우치의 아들 이안이에요. 귀우치는 자오의 밝은샘을 지키던 네 명의 하인 중 하나였어요. 독초 사건이 있던 날 귀우치도 사라졌기 때문에 그가 범인이 아닐까, 의심했었죠. 귀우치는 살촉동으로 도망쳐서 군인이 되었어요.

— 귀우치? 살촉동 장군 귀우치?

작년 마지막 큰달, 기남과 매차가 아이를 캐러 왔을 때 운흘 집안에 넣으려던 바로 그 이름이 틀림없었다. 자초지종을 들은 그녀가 말을 이었다.

— 누구를 어떤 집안에 넣는다 해서 그 집안사람이 될 수는 없지요. 그건 모두 땅의 결정이니까요. 귀우치는 살촉동에 건너가서 자신이 자오 집안의 맑은이인 척 행세했어요. 몸에서 빛이 나지 않으니,

밤에는 사람을 만나지 않았고요. '어떤 사람의 죽음을 보았다'고 예언하고는 그 사람을 몰래 죽여 자신을 믿게 하는 식이었지요. 뿐인가요, 그는 나이를 스무 살이나 젊게 속여 행동했죠. 나이가 들어 더 이상 숨길 수 없을 만큼 몸이 작아지자, 그는 그간 모른 척했던 아들 이안을 불렀어요. 이안을 살촉군 장교로 만들어 우리 단풍동에 파견했어요. 양심에 털이 수북한 귀우치도 죽을 때가 되니 고향이 걱정되었던 모양이지요.

그 기억을 떠올리고서야 이안이 단순히 발을 담그기 위해 우리 집에 온 것은 아니라는 생각이 들었다.

"미단부리 마님은 안녕하신가요? 혹시 인형을 하나 살 수 있을까 해서요."

그때 창고 문이 열렸다. 미단부리가 나오면서 고개를 끄덕였다. 예를 갖춘 이안은 평상에 놓인 인형 하나를 조심스레 손에 쥐었다.

그가 돌아간 후 미단부리는 평상에 놓고 간 그의 돈 때문에 적잖이 당황했다. 인형 한 개에 금화 한 닢! 큰돈이었다. 최근에 그녀가 만든 인형은 앞눈을 똑바로 떠서 사람을 노려보는 것들이었다. 눈을 치뜨고 상대방을 노려보다니, 아무리 인형이라 해도 그것은 상대방을 가만두지 않겠다는 단죄의 몸짓이었다. 이안이 가져간 것은 다행히 그 종류는 아니었다. 몸통과 목의 두께가 똑같은 데다 몸의 하반신은 앞쪽이면서 상반신은 뒤쪽을 향한, 앞눈이 어느 것인지 알 수 없는 괴이한 것이었다.

"그 장교에게도 앞뒤가 꼬인 어떤 일이 있는 모양이지."

말은 그렇게 하면서도 준호 역시 찜찜함을 감추지 못했다. 사람의 몸통이 꼬였음은 폭력적인 힘, 저항할 수 없는 상황으로 삶이 비틀려졌음을 뜻하는 것 아니겠는가.

"폭력적인 힘, 저항할 수 없는 상황으로 삶이 비틀려질 수도 있고."
 준호가 혼잣말처럼 중얼거렸다. 보라! 어둠 속에서 준호는 내 마음을 글자 하나 틀리지 않고 정확히 읽어내지 않는가. 그런데도 그는 한사코 자신이 초음을 쓸 줄 모른다고 우기고 있다.
 이안이 다녀간 며칠 후, 삼신어른이 갑작스레 집에 들렀다.
 "더는 안 돼. 더럽고 사악한 검은머리짐승이 '땅이 보낸 구원자'로 대접받는 것을 더 이상 두고 볼 수는 없다."
 청매동의 삼신어른 정고를 만나러 갔던 그는 그곳에서 '단풍동의 용한 약장수 준호'의 소문을 들었다. 그나마 다행인 것은 청매동 사람들은 아직 준호의 정체를 알지 못한다는 점이었다. 사실 단풍동에서도 준호가 검은머리짐승임을 아는 이는 몇 되지 않았다. 삼신어른이 미단부리를 창고에서 불러내었다.
 "죽을 사람은 죽어야 한다. 죽을 사람을 억지로 살리는 것은 땅을 거스르는 일이야. 특히 더러운 짐승이 그런 짓을 하다니 용서할 수 없어. 갈기갈기 찢어 저자에 내걸겠다. 그리고 아버지강 폭포로 떠나보내겠다."
 "준호에게 죽을 사람을 살릴 능력은 없어요. 그는 단지 하인으로 우리 집에 필요할 뿐이에요."
 미단부리 역시 물러설 생각이 없었다. 마침 방물장수 지화를 따라 높은마당에 들어서던 고애초가 그 말을 들었다. '봐, 준호가 자오 여편네의 샛서방 맞지? 바람을 피울 만도 하지, 첩에게 남편까지 빼앗겼으니.' 고애초가 아무리 작게 속삭였어도 내 귀에 들리는 말이 미단부리라고 듣지 못할 리 없었다.
 "고애초 이년! 네년의 주둥이!"
 "미, 미단부리 마님, 저는 그, 그저 사람들이……."

고애초가 하얗게 질려 말을 더듬었다.

"네년은 무미여와 함께 짜고 내 아들 기남을 떠나게 했어. 그리고 지금, 네년은 감히 자오의 맑은이인 나를 욕보였어."

미단이 손을 들어 고애초의 입을 가리켰다. 그녀의 입이 부풀어 오른 것은 순식간이었다.

"입, 내 입!" 고애초가 입을 잡고 주저앉았다.

"고마운 줄 알아. 마님께서 네 숨통을 끊어버릴 수도 있었어."

영기가 마당으로 내려서고 있었다. 영기의 뒤에는 채연도 따르는 중이었다. 돼지 주둥이처럼 입이 부푼 고애초가 겁에 질려 도망쳤다. 방물장수 지화도 급히 내뺐었다. 영기와 채연이 삼신어른에게 예를 갖추었다.

고애초의 소동으로 삼신어른은 결국 준호의 일을 매듭짓지 못하고 그대로 어미산으로 돌아갔다. 사실 고애초가 우리 집에 온 이유는 삼신어른이 집에 들튼다는 소식을 듣고 '남편 부루 하람을 다시 훈장직에 올려달라'는 청탁을 하기 위해서였다. 기억력이 나쁜 고애초는 미단부리가 기남의 혼사로 노여워하고 있음을 까맣게 잊고 희실과 함께 미단부리를 흉보던 말버릇이 튀어나온 것이었다. 영기와 채연이 미단부리에게 새로이 예를 갖추었다.

"마님, 반가운 말씀을 드리려고요. 미곤 도련님이 오고 계세요. 아무 걱정 마셔요. 마님을 위해서라면 당장이라도 검은머리짐승 준호를 끓여 올리지요. 삼신인들 못 끓일 건 또 뭐겠어요?"

"영기! 아이가 듣고 있어."

미단부리의 제지에 영기가 내 머리를 흩뜨리며 크게 웃었다. 채연 역시 평상에 놓인 인형들을 들여다보며 딴청을 부렸다. 그들의 어색한 무마가 나는 도리어 겁이 났다. 그들이 하려고 마음먹으면…… 해낼 수도 있을 터이다. 맑은이들이 그들의 속내를 감추면 내 초음은 소용이 없다. 그들의 마음을 정확히 짚으려면 내 나이 서른 살, 그들만큼 강한 초음을 갖출 때에야 가능한 일일 터였다.

채연이 영기를 따라온 이유는 기남의 딸 우구슬 때문이었다.

"모든 것은 매차의 잔꾀였어요. 자오의 비천한 하인 귀우치를 운흘 집안에 넣으려던 것이나, 귀우치에게 잘 보이기 위해 자식을 캐어 바친 것 모두요. 기남 도련님은 그런 얄팍하고 조잡한 꾀는 생각도 못하시죠. 그런데 귀우치가 우구슬을 거부했어요. 그에게는 아들 이안이 있는 데다 살촉동 어미산에서 캔 자식도 둘이나 있거든요. 특히 귀우치는 우구슬의 엉덩이에 찍힌 화살촉 인장에 기겁했어요.

ㅡ단풍동 출신에게 화살촉 인장이라니!

창피를 당한 매차는 우구슬을 집에 데려와 분풀이했어요. 아이의 머리카락을 뽑고, 삼끈으로 꽁꽁 묶어 말려 죽이려 했어요. 마침 집에 들렀던 이안의 눈에 띄어 가까스로 구출되었죠. 지난번 이안이 이 댁에 들른 것은 우구슬 문제를 의논하기 위해서였어요. 아무리 살촉동 인장이 찍혔어도 우구슬은 기남 도련님이 캔 운흘 집안의 딸이 확실하니까요. 마님이 인형 작업에 열중하신 것을 보고 이안은 말도 꺼내지 못하고 돌아갔지요. 우구슬은 지금 흙을 먹어요."

흙을 먹는다는 것은 그녀가 죽음을 생각한다는 뜻이었다.

다음 날 우구슬이 집에 왔다. 기남이 쓰던 방에 들어간 그녀는 방에서 한 발짝도 나오지 않았다. 그녀는 사람을 두려워했다. 사람들의 인기척은 물론 박쥐나 새 울음소리만 들려도 벽에 찰싹 들러붙어 어쩔 줄 몰라 했다. 준호가 우구슬에게 말을 걸었다. 끊임없이 그녀를 칭찬하고 웃게 하려 애썼다.

"불쌍해. 덩치가 커서 어린아이라는 실감은 나지 않지만."

사실 우구슬은 머리카락은 많이 뽑혔어도 못생긴 편은 아니었다. 황인치고 피부도 깨끗하고 눈도 컸다. 그녀가 제 발로 방에서 나온 것은 두 달 만이었다. 준호의 노력 덕이었다.

불의 첫째 달인 흰날개호랑이달에 준호와 나는 숲으로 갔다. 금강샘마을과 곁샘마을을 구분 짓는 운흘 숲은 집에서 그리 멀지는 않아도 사람들의 발길이 뜸했다. 약초를 공부한 이후로 준호는 내게 몇 번이나 숲에 데려가 달라고 부탁했었다. 하지만 나무의 석 달은 참아야 했다. 일 년 중 빛도 가장 강할뿐더러 나무가 자신들의 가지와 몸피를 키우는 때라 우리를 공격할 수도 있었다.

"나무가 공격해봤자 뭐 그리 대단하다고."

그것은 준호가 모르고 하는 소리였다. 독 오른 나무의 가지나 잎은 뱀독보다도 강하여 스치기만 해도 생명을 잃을 수가 있었다.

약초 중에도 망초와 물망초는 비교적 흔한 약재다. 망초는 통증 치료제로 쓰이지만 과용하면 모든 과거를 잊어버리고 자기가 세상의 중심이 된 것처럼 막무가내로 행동한다. 교만하고 건방진 사람을 '망초 먹은 인간'이라 부르는 것도 이 때문이다. 반대로 물망초는 머리가 또렷해지는 효과가 있다. '과거를 기억하게 함으로써 자신을 해칠 수도 있는 위험한 약'이라는 내 말에 준호가 중얼거렸다.

"과거가 있기 때문에 살 힘을 얻기도 하지. 과거를 기억하는 동안만큼은 현재가 아니니까."

하지만 그는 정반대의 말을 한 적도 있다. 태어나는 순간부터 모든 것을 환히 기억하는 맑은이와 하얀이에 비해 황인이나 햇빛족은 기억력이 떨어진다는 사실을 내가 설명했을 때 그는 '과거야 깔끔히 잊어버릴수록 좋지. 어차피 우리는 과거가 아니라 현재에 사니까.'라 했던 것이다. 정반대인 그의 말들이 실은 같은 뜻일 수도 있었다. 어느 시간 어느 장소에서든 그의 마음속에는 너무나 그리운 그의 짐승세상이 자리 잡고 있었다.

숲길에 들어서자, 저희끼리 수다를 떨던 나무인간들이 바삐 나무그릇들을 손질하며 노래를 불렀다.

'훌륭하신 분들이 오셨네요. 여기, 땅속부터 죄를 타고난 저희가 인사드려요.

온정 많은 당신들을 뵈옵는 일이 저희를 얼마나 기쁘게 하는지.

훌륭하신 분들이 오셨네요. 땅속부터 죄를 타고난 저희가 인사드려요.

자비로운 어르신들 덕에 한세상 살고 나면 우리의 다음 삶은 편해지겠죠.'

준호가 놀라 내 뒤로 숨었다.

"나무인간이야. 말을 하고 손을 움직일 뿐 수많은 다른 나무들과 똑같아."

"그래. 그 자리에서 한 발짝 움직이지 못하는 식물일 뿐이지."

말은 그리하면서도 준호는 여전히 내 뒤를 벗어나지 못했다. 나무인간 중 하나가 코를 킁킁대며 말을 이었다.

"향초 냄새가 나는 것을 보니 귀한 댁 도련님이시군요. 뒤쪽에 숨은 물건은 아무거나 주워 먹는, 구린내 나는 검은머리짐승이고. 도련님, 제 발치의 썩은 잎들 좀 헤쳐주시겠어요? 손이 뿌리까지 닿지 않아서요. 저희 주인님은 매정하답니다. 뿌리가 썩는데도 모른 척 그릇만 빼앗아 가시지요."

"네 주인이 너희 손을 자른 이유가 있겠지. 망초가 어디 있는지 가르쳐주면 한 번 생각해 보지."

대답만 그렇게 했을 뿐이었다. 나무백정이 애써 덮어놓은 썩은 잎들을 내가 일부러 치울 수는 없었다.
"못됐어, 늙은 거나 젊은 거나 마찬가지라니까." 뒤쪽의 나무인간 하나가 삐죽거렸다.
"빨리 대지 못해? 짧은 손마저 동강 내기 전에!"
내 호통에 나무인간이 턱으로 한쪽을 가리켰다. 나는 다시 으름장을 놓았다.
"잘못 가르쳐주기만 해! 나는 운홀 연토야. 너희 주인의 주인이야."
"아이고 도련님! 그쪽이 아니라 이쪽이어요. 망초에 물망초에 각성수도 있어요."
뒤쪽에 섰던 큰 나무인간이 자기들의 사잇길을 가리켰다. 우리가 걸음을 떼자 나무인간들이 또 조잘대기 시작했다.
'각성수라 각성수, 그 이파리 많이 많이 떠드세요. 온몸이 말라 기분 좋게 돌아가시지.
환각수라 환각수, 그 이파리 많이 많이 떠드세요. 배실배실 웃다가 땅으로 가시지.'
나무인간들의 교활한 노래에 준호가 겁을 내었다.
"나무인간들을 믿어도 될까? 잘못 건드리면 독도 쓴다면서?"
"나무인간들은 독이 없어. 사람들이 저희를 부려 먹으니까 삐쳐있는 거지. 사나운 짐승이 우리를 해치려고 하면 큰 소리로 쫓아주기도 하는걸."
황인 중에도 여간 독하고 무딘 사람이 아니고는 나무백정 노릇은 할 수가 없다. 그들은 나무인간들의 고통 어린 비명 속에서도 나무인간의 아래쪽 손들을 솎아버리고 위쪽 손은 짧게 베어낸다. 그다음으로는 나무인간들의 발치에 썩은 잎과 가축 기름을 붓는다. 이쯤 되면 나무인간들은 주인의 말을 따르지 않을 수 없다. 밑동이 썩어 들어가도 제 손으로 그것들을 치울 수 없기 때문이다. 나무인간들은 주인이 쥐어준 칼과 나무토막으로 그릇을 깎고, 자기들의 팔에 얹힌 채반에 이파리를 올려 누에를 키우기도 한다. 그들이 할 수 있는 반항이라고는 오로지 시끄러울 정도의 노래, 자기들끼리의 신세 한탄뿐이다.

"입을 벌려 말만 하지 않는다면 나무인간들은 수백 년이라도 살 수 있어. 다른 나무들과 구별할 수 없거든. 사람도 그렇잖아? 쓸데없는 말로 제 목숨을 단축시키는 사람들이 있지."

내 말에 용기를 얻은 준호가 겨우 발짝을 떼며 말했다.

"나 역시 나무인간을 택하겠어, 말할 수 없는 나무보다는. 그런데…… 동물도 아닌 식물이 말하다니 난 정말 생각도 못 했어."

동물. 준호의 강한 우월의식. 그의 변치 않는 믿음대로 동물이 식물보다 우월한 것일까? 그 순간 나는 끝이 보이지 않게 높은, 집채만큼 굵은, 수백 수천 년을 살아가는 나무 한 그루가 내 눈앞에 서는 듯한 느낌을 받았다. 그것은 나 혼자만의 상상이 아닐 수 있었다. 운흘 숲의 말 못 하는 나무들, 풀들, 덤불들이 한꺼번에 내게 초음으로 소리친 것일 수 있었다. 말하지 못한다 해서 감정까지 없는 것은 아니다. 움직이지 못한다 해서 움직이는 것들보다 열등한 것은 아니다.

"입으로 하는 말만 듣느라 다른 방식으로 하는 말을 듣지 못하는 이가 있다면 그가 동물이건 식물이건 가장 어리석은 존재겠지."

내 말에 준호는 아무 대꾸도 하지 않았다. 또 초음에 대한 얘기이겠거니 싶은 모양이었다. 나 역시 더 이상 말하지 않았다. 어차피 그는 검은머리짐승 아닌가. 자기 생각대로 살아도 충분한 그에게 우리 생각을 굳이 이해받으려는 내가 욕심이 과한 것일 수도 있었다.

가져온 호미로 망초를 캐는데 멀리 떨어진 나무인간들의 말소리가 들려왔다.

'저건 또 누구야? 거지 아냐? 처음 보는 사람인데.'

'본 것 같기도 해. 위험해 보이지는 않아.'

준호의 열등한 귀로는 그들의 속삭임이 들릴 리 없었다. 준호는 나뭇잎 사이로 뵈는 하늘을 쳐다보느라 정신없었다. 약초를 캐러 숲에 가자는 그의 말이 핑계였음을 나는 이미 알고 있었다. 그의 머릿속에는 오직 그의 세상, 천장이 뚫린 숲에서 자기들의 세상으로 오를 가능성을 따지는 중이었다. 나무 사이로 한 사람이 걸어오고 있었다.

"준호, 누군가가 오고 있어."

그의 귀에 인기척이 들린 것은 낯선 이의 몸체가 우리 앞에 완전히 드러난 후였다.

"물망초건 망초건 무엇을 먹더라도 절대 잊지 말아야 할 사람이 있지."

어깨 가리개가 바래고 찢어졌지만, 피부 껍질이 벗겨져 자작나무처럼 빤빤하고 군데군데 터진 곳도 있었지만, 그는 내 외삼촌, 단풍동에서 가장 미남이라는 자오 미곤이 분명했다. 반가움에 그를 얼싸안았는데 무안하게도 그는 손을 내린 채 가만히 서 있었다. 내가 얼른 두 손을 모아 예를 갖췄다.

"사막에서 너를 본 적이 있다."

사막이라면…… 살촉동을 지나 먼 아후밀탄, 아후밀탄에서도 더 먼 제울로 가는 길에 있다. 사막에서 나를 보았을 리 없었다. 아마도 그가 사막을 건너며 나를 생각했던 모양이었다.

"이젠 단풍동에서도 공공연히 검은머리짐승을 키우는구나."

맑은이는 역시 달랐다. 어깨 가리개에 모자까지 쓴 준호를 미곤은 한눈에 알아보았다.

"어머니 미단부리도 무녀 영기도 외삼촌을 내내 기다렸어요. 그리고 두 분 다 무사해요."

나도 모르게 '무사하다'는 말을 덧붙인 것은 그가 발짝을 옮길 때마다 심하게 다리를 절었기 때문이다. 다리 한쪽이 부러진 탓일까, 두 다리의 균형이 크게 어긋났다.

"그들의 고통스러운 일상이…… 그들을 구했군."

그가 천천히 대꾸했다. 내가 뒷눈으로 준호를 보았지만 준호 역시 무슨 뜻인지 모르는 듯했다.

미단부리는 이미 집 앞에 나와 있었다. 그녀와 미곤이 힘차게 얼싸안았다. 기쁨의 붉은빛이 둘의 몸을 감쌌다. '아름다워. 정말 아름다운 색이야.' 준호는 감탄하느라 바빴다.

거실 의자에 걸터앉은 미곤이 물확에 발을 담갔다.

"드디어 돌아왔네. 단풍동의 물은 모든 것을 잊게 해."

미곤이 미단부리를 쳐다보며 말했지만 그 말은 거실벽 뒤에서 엿듣고 있는 준호를 의식한 말이었다. 미단부리가 그의 발을 정성스레 어루만졌다.

"험한 숲과 사막을 건넌 발이로구나."

피부뿐 아니라 피까지 투명한 맑은이들은 곱고 부드러운 대신 사지가 무척 약하다. 먼 아후밀탄뿐 아니라 사막 건너 제울까지 다녀오는 여행길이 맑은이 미곤으로서는 목숨을 건 사투였음이 틀림없었다.

'힘들었어.'

'다리를 부러뜨렸구나. 빨판이 상했었구나.'

'하는 수 없었지. 제울에서도 살촉동에서도 사람들의 도움을 받았어.'

예상했던 대로 미곤은 상한 발을 부러뜨리고 새 발이 나기를 기다려 돌아온 것이었다.

살면서 자신도 모르게 아주 불편하고 어색한 자리에 있게 되는 수가 있다. 미단부리와 미곤의 초음을 듣던 그때의 내가 바로 그러했다. 그들이 초음으로 계속 이어간, 다음 얘기부터는 내게 들리지도 않았고, 어쩌다 들려도 내가 전혀 알아들을 수 없는 그들만의 것이었다. 그렇게 자기들만의 비밀스러운 얘기를 나눌 요량이면 평소의 미단부리처럼 '거실에서 나가라'고 내게 명령하면 되는 일이었다. 그러나 그들은 말로도 초음으로도 내게 명령하지 않았다. 오히려 그들은 내가 자기들 주위를 지키고 있어야 마땅하다고 생각하는 눈치였다. 나는 불편했다. 내 발로 거실에서 나갈 수도, 그들 옆자리에 앉아 얘기에 끼어들 수도 없었다. 세상 어떤 말보다 대단한 비밀인 듯 초음을 나누는 그들의 분위기를 내 쪽에서 깨뜨릴 수가 없었다. 숨 막힐 듯한 긴장감으로 거실 구석을 서성이고 있을 때 삼신어른이 거실로 들어섰다. 미곤이 물확에서 나와 예를 갖추었다.

"삼신어른 무궁 만세 하소서. 살촉동과 아후밀탄에서는 삼신어른 덕에 단풍동이 지켜진다고들 합니다."

삼신어른이 의자에 걸터앉았다.

"미곤이 왔으니 이제야 밝은샘마을을 다시 세우겠군. 독초의 범인은 찾았나?"

"찾지 못했습니다. 그 역시 땅의 깊은 뜻이겠지요."

삼신어른이 내게 힐끗 시선을 던졌다.

"연토에게 많은 것을 가르쳐줄, 좋은 외삼촌이 생겼다."

미곤이 허리까지 굽혀 공손히 인사했다. 이것이었을까. 자신이 유익한 인물이라는 사실을 삼신어른으로부터 인정받기 위해 지금껏 나를 그 자리에 세워두었던 것일까.

삼신어른이 거실에서 나올 때 나 역시 겨우 그 자리를 빠져나올 수 있었다. 미곤이 내게 내린 거스를 수 없는 명령, 말도 초음도 아닌 그 압박감의 정체가 무엇이었는지 두고두고 생각해도 희한한 경험이었다.

며칠 후 나는 미곤에게 어떻게 운흘 숲에 나타났는지에 관해 물었다. 청매동에서 배를 탔다면 나루샘마을에 닿았을 터이다. 그렇다면 그는 당연히 저잣거리를 통해 집으로 왔어야 한다. 마차를 타고 육로로 왔어도 마찬가지다. 서쪽 자루목샘이나 말총샘을 지나 저자를 지르는 것이 집으로 오는 가장 가까운 길이다. 단풍동의 지리를 잘 알고 있는 그가 금강샘과 곁샘 사이의 운흘숲, 그중에도 남쪽으로 외떨어져 나무백정이나 약초꾼 외에 아무도 드나들지 않는 그곳에 나타났다는 것이 이상했다.

"저잣거리가 싫어서."

그의 대답을 듣고 나니 그럴 수도 있겠다는 생각이 들었다. 독초의 범인으로 몰렸던 그날의 저잣거리가 그에게는 악몽일 수 있었다.

'독초 사건의 범인을 알아요?'

내 초음에 그는 졸린 듯이 입을 열었다.

"이 부드러운 어둠도 자기 세월을 기다리지."

더 이상의 말도 초음도 없었다. 밖에서 엿듣는 검은머리짐승 준호를 의식할 뿐 미곤은 내게 전혀 관심이 없었다. 글쎄, 나는 부모로부터 받지 못한 따뜻함을 외삼촌 미곤에게서 기대했는지 모른다. 그가 누나인 미단부리에게 보였던 따뜻함의 아주 작은 일부라도 내게 주리라 믿었는지 모른다. 하지만 그의 태도는 하전이나 미단부리가 나를 대하는 것과 전혀 다르지 않았다. 미단부리와 하전이 지금껏 차갑게 나를 대한 것이 당연히 옳았다고 확인해 주는 꼴이었다.

하릴없이 그의 곁에 서 있다가 내 방으로 돌아오자 준호가 겨우 참았다는 듯 큰 숨을 내쉬었다.

"너희들의 문답을 이해할 수가 없어. 세상도 어둡고 너희들의 생각은 더 어두워."

"소통하는 방법이 말 뿐은 아니니까."

준호 앞에서야 미곤과 대단한 초음을 나눈 듯 꾸며대었지만 나는 허전하고 외로웠다. 까짓, 준호와 함께 짐승세상으로 가버릴까, 하는 생각까지 들었다. 아무리 서로를 밟고 오르려는 욕망과 극심한 경쟁에 시달린다 해도 짐승세상에서는 이런 식의 차가움, 뼛속 깊이 스미는 소외감은 느끼지 않아도 되리라. 사랑하는 가족들을 위해 자신의 목숨도 기꺼이 내놓는다는 검은머리짐승들끼리의 정, 끈끈함이 나는 그리웠다.

미단부리와 하전, 미곤 등이 보여주는 차가움 때문에 내가 더욱 준호에게 애착을 느낀 것은 분명하다. 언제고 내칠 수 있는 애완 짐승에서 모든 것을 의논하고 의지하는 친구로, 그리하여 누구에게도 뺏기고 싶지 않은 내 운명의 동반자로 그를 받아들인 것은 마음 약한 나 때문이 아니라 바로 그들 탓임을 나는 그들 앞에서 언제라도 당당히 밝힐 수 있었다.

또 그 며칠 후 나는 준호의 부탁으로 미곤의 방을 다시 찾았다. 미곤은 순부부리의 방에 머물고 있었다. 웬일로 준호는 내 등 뒤에 붙어서 같이 가보겠다며 고집을 부렸다. 주위가 어둡기 때문에 미곤이 알아보지 못하리라는 것이었다. 어디서 오는 만용인지 알 수 없었다.

"먼 세상 얘기를 듣고 싶어서요."

방을 찾은 것이 내 의사가 아님을 미곤은 이미 알고 있었다. 물줄기에 담근 발가락을 꼼지락거리면서 미곤이 혼잣말처럼 뇌까렸다.

"단풍동의 물은 정말 좋아. 고통스러웠던 지난날을 다 잊어버리게 해."

 더 이상은 없었다. 방에 돌아온 준호는 밤새 잠을 이루지 못했다. 새벽이 되어서야 그가 뇌까렸다.

 "단풍동의 물을 마셔서 내가 모든 것을 잊어버린 걸까? 내가 어떻게 이리로 오게 되었는지, 이곳의 어느 지점으로 떨어져 내렸는지 생각나지 않는 이유가 이곳의 물 때문일까?"

 "미곤의 말에 신경 쓰지 마. 그저 '단풍동에 돌아와 편하다'는 뜻이야."

 "아니, 전번에도 그가 말했어. '단풍동의 물이 모든 기억을 잊게 한다'고. 어떻게 하면 옛날 기억을 되찾을 수 있을까."

 미곤이 그렇게 말한 이유가 준호의 관심을 오로지 '기억'에 얽매게 하기 위함이었음을 준호로서는 당연히 알 수 없었을 것이다. 어깨가 축 늘어져 부엌 불가로 가는 그를 보면서 나는 미곤이 준호를 누구보다도 확실히 파악하고 있음을 깨달았다. 그리고 또 한편으로 하전이나 미단부리보다도 미곤이 훨씬 더 냉혹하고 비틀린 사람일 수 있다는 생각도 들었다.

 미단부리는 미곤의 상태를 걱정했다. 그는 밤마다 악몽에 시달려 비명을 질러대었다. 빛이 내리쬐는 사막에서 바작바작 말라가는, 여러 사람이 그의 사지를 잡고 사방으로 찢어대는, 힘들고 잔혹한 꿈들이었다. 하지만 잠에서 깨고 나면 그는 특유의 평안한 미소를 지으며 몇 번이고 같은 말을 했다. '단풍동에 돌아와 다행이야. 부족한 것이 없어.'

 미단부리가 식구들을 불러 모았다.

 "미곤을 결혼시킬 거야. 사람들에게 자오 미곤의 존재를 알릴 거야."

 열여덟에 고향을 떠났던 미곤은 성년식도 약혼례도 치르지 못했다. 그렇다고 새삼 성년식을 치러 신붓감을 고를 수는 없었다. 그의 나이 이미 마흔한 살이었다. 미단부리가 미곤의 아내로 점찍은 여자는 차미한 여장부리의 딸 모란이었다. 기남의 색시로 확정되었던 모란은 기남이 매차와 결혼한 바람에 졸지에 과부가 되어버렸다. 그 일이 있은 후로 운흘과 차미한은 서로 인사도 하지 않는 애매한 사이가 되어 있었다.

"좋지, 이 기회에 차미한의 말총샘도 구경하고."

미곤이 흔쾌히 받아들였다. 그의 청혼은 차미한 집안에서도 대환영이었다. 자오의 신랑감을 차미한이 마다할 이유가 없었다.

미곤과 모란의 혼담이 오가면서 그동안 묻혀있던 희실의 행동거지가 다시 드러났다. 자기 새 짝이 차미한 정도는 되어야 한다고 믿는 희실은 오래전부터 모란의 아버지인 차미한 여장부리에게 공을 들였다. 그의 부인 자오 송주가 '죽을 날을 받아놓은 환자'라는 소문을 믿었기 때문이다. 하지만 송주는 아프지 않았다. 다만 무녀 영기와 한깍지라 영기와 부딪치지 않기 위해 불필요한 외출이나 다른 이와의 만남을 삼갔을 뿐이었다. 뒤늦게 사실을 안 희실은 이번에는 여장부리의 동생이자 보안대장인 여량가지로 눈을 돌렸다. 마름병에 시달리던 여량가지의 아내는 작년 초에 땅으로 돌아갔다. 하지만 여량가지는 이름난 바람둥이였다. 아내가 살아있을 때도 유곽과 술집의 계집들을 끼고 산 데다 지금도 술집 여주인 애희지를 사이에 두고 선치와 한창 힘겨루기 중임은 저자의 모든 이가 아는 사실이었다. 두둑한 심술 살에 잿물 독으로 얼굴까지 쭈그러진 희실이 여량가지의 눈에 들 리 없었다. 희실의 청으로 매파 노릇을 했던 방물장수 지화의 말로 여량가지는 이미 희실에게 '운흘 집안과는 절대 혼사를 맺지 않는다'는 거절 의사를 확실히 밝혔다. 기남을 빼돌려 조카딸 모란의 혼사를 깨뜨린 장본인이 희실임을 들어 점잖게 자른 것이다. 그 말을 곧이곧대로 믿은 희실은 미곤과 모란의 혼사가 진행되자 자신의 허물도 없어졌다고 확신했다. 또다시 다른 매파를 보내어 여량가지의 심기를 건드린 것이다. 여량가지의 부하가 집에 찾아왔다. 그는 상관의 명에 따라온 가족을 모이게 한 후 여량가지의 편지를 큰 소리로 읽었다.

"「아버지강과 어미산에 맹세코 차미한 여량가지는 운흘 희실을 맞아들일 의사가 없음. 땅으로 돌아가 다시 태어나도, 불이 흙을 만들고 흙에서 물이 나오고 물이 나무를 키우고 나무가 불에 타 다시 흙이 되어도 운흘 희실과 이어지는 일은 물 한 방울도 흙 한 톨도 없음. 운흘 희실의 꿈에 자꾸 나타난다는 사내는 절대로 차미한 여량가지가 아님. 차후로 차미한 여량가지에 대해서는 꿈도 꾸지 말 것을 명령함」이상."

여자로서 더 이상 들을 수 없는 모욕을 당한 희실은 펄펄 뛰며 소리 질렀다.

"이런 터무니없는 일이! 누가 들으면 이 운흘 희실이 바람둥이 여량가지에게 꼬리라도 친 것처럼! 누구야! 누가 꾸몄어? 당장 앞으로 나서지 못해?"

'글쎄요, 누가 그랬을까?' '축사의 돼지가 차미한으로 시집가고 싶었던 모양이군.' 발까지 구르며 웃어대는 하인들의 말을 희실이 얼른 받았다.

"돼지! 맞아, 얼룩돼지놈이 망령이 들었군. 내일 당장 그놈의 멱을 따!"

모란의 어머니 자오 송주가 집에 왔을 때 미단부리와 미곤은 무척 반가워했다. 송주가 은은샘 자오 담연부리의 딸이니 미단부리나 미곤과는 사촌 사이였다. 하지만 나로서는 첫 대면이었다. 무녀 영기와 쌍둥이인데도 송주는 전혀 다른 사람 같았다. 통통한 몸집의 영기에 비해 송주는 배짝 마른 몸에 팔다리가 길었고, 영기가 무녀로서 화려하게 치장한 데 비해 송주는 수도승처럼 목을 덮는 흰 어깨 가리개에 목소리도 가늘었다. 세 사람의 단란한 대화가 밤새 이어지고 난 새벽에 자오 송주는 '하루를 더 묵은 후 미곤과 함께 말총샘으로 가겠다'고 말했다. 하지만 그녀는 자신의 말이 끝나기도 전에 황급히 자기의 마부를 불렀다.
"가야겠어. 미곤, 너는 다른 마차로 와."
송주의 마차가 떠나자마자 영기의 마차가 도착했다. 영기가 오는 것을 알고 송주가 자리를 피한 것이었다. 영기 역시 송주가 조금 전까지 이곳에 있었음을 알고 있었다.
"무리할 수밖에 없었어요. 미곤 도련님이 말총샘으로 떠나시기 전에 인사드려야 할 것 같아서요. 차미한 댁에서 치러지는 결혼식에는 제가 갈 수 없으니까요."
단풍동에서 영기가 갈 수 없는 단 한 곳이 있다면 바로 송주가 있는 말총샘일 터였다. 영기를 마주한 미곤의 얼굴이 환히 빛났다. 영기 역시 마찬가지였다. 눈시울을 붉히며 미곤에게 예를 갖추는 모습이 감동적이었다. 미곤이 영기에게 다가가 손을 잡았다.
"영기, 당신의 점술로 말해줘. 내가 영혼이 통하는 짝과 함께 할 수 있을까?"
"그럼요, 미곤 도련님. 도련님과 영혼이 통하는 여자는 정말 행복할 거예요."
영기가 얼굴을 붉혔다. 나는 그때 왜 사람들이 '미곤이야말로 단풍동 최고의 미남'이라는 말을 했는지 알 것 같았다. 영기를 바라보는 그의 부드러운 미소는 남자인 내가 봐도 설렐 정도로 아름답고 정교했다. 영기도 그러했다. 굵은 머리카락 두 올이 상하여 앞뒤로 구부정하고 팔다리도 짧아 볼품없던 그녀가 그렇게 은은한 붉은 빛으로 빛날 수 있다는 것이 놀라웠다. 미곤의 '영혼이 통하는 짝'은 모란이 아니라 영기였다. 미곤이 영기에게 한 질문은 영혼이 통하는 영기에게 자신과 함께 하자는 청혼이었고 그 청혼을 영기가 받아들인 것이었다.

 불의 달 중 마지막 달인 반딧불이달, 말총샘의 차미한 집안에서 거행된 미곤의 결혼식에는 미단부리는 참석하지 않았다. 그녀는 나 역시 가지 못하게 했다. 하기야 미곤이 운홀 집안사람이 아니니 내가 굳이 참석할 이유는 없었다. 이틀 후, 서당에 온 계우로부터 미곤의 결혼식에 대해 들을 수 있었다. 그녀의 아버지이자 눈이 보이지 않는 위총부리가 신랑 쪽 혼주를 맡았기 때문에 그녀는 아버지의 시중도 들 겸 맨 앞에서 결혼식을 지켜봤다고 했다.

 "손님들이 많았어. 삼신어른도 참석했고 채연의 악대도 오고. 채연의 표정이 복잡했지. 독초 사건이 났을 때 미곤 삼촌과 같이 있었던 여자가 채연이잖아."

 계우의 말에 나는 깜짝 놀랐다. 채연이 우리 집에 처음 나타나 하전과 미단부리에게 예를 갖추던 모습이 떠올랐다. 하전이야 타향에 있었으니 그렇다 쳐도 미단부리는 채연의 정체를 환히 알면서 왜 모른 척했던 것일까.

 말총샘에서의 잔치를 끝낸 후 미곤은 혼자 집에 돌아왔다. 때마침 집에 들른 삼신어른이 그 이유를 물었다.

 "모란은 독초가 퍼졌던 밝은샘이 싫다네요. 저는 가야죠. 독초 기운이 남아있어도 그곳에 제 집이 있으니까요."

미곤은 모란에게 자신이 밝은샘에 가면 영기와 함께 지내리라는 사실도 알렸다고 했다. 하지만 모란은 개의치 않았다. 훗날 미곤이 어미산에 오를 때 정식 부인인 자신을 젖히고 천한 무녀를 데려갈 리 없기 때문이었다. 모란의 아버지 차미한 여장부리만 마구 화를 내었다고 했다.

  ─ 운흘이나 자오나 똑같아. 결혼을 했으면 색시를 데려가야지. 언제까지 시집간 딸의 목 빠진 꼴을 봐야 해?

  미곤이 밝은샘마을로 가고 며칠 되지 않아 무녀 영기도 저자의 점집을 접고 밝은샘으로 떠났다는 소식이 들려왔다. 미단부리는 온종일 창고에서 살았다. 창고에서 흘러나오는 그녀의 노랫소리에 하인들도 덩달아 흥얼거렸다. '시끄러워 못 살겠다'며 투덜대는 이는 고모 희실뿐이었다.

위령제

✱　　　　저잣거리의 북쪽, 위령제가 열리는 어미산 앞 광장은 사람들로 발 디딜 틈이 없었다. 올해 위령제는 특별한 의미가 있었다. 물의세월 13년의 마지막 날, 내일이면 푸른나무의세월 13년이 시작되는 시점이었다.

"운흘 집안 도련님들, 안녕하신가요?"

사람들이 내 뒤에 붙은 준호를 쳐다볼 때마다 나는 가슴이 내려앉았다. 위기도 있었다. 두건으로 머리를 감싼 그를 뚫어지게 보는 이가 있었는데 마침 다른 이가 막아주었다.

"운흘 집안의 아드님들이잖아. 형제분이 워낙 의가 좋으시지."

위령제에는 맑은이와 하얀이, 신분이 확실한 황인들과 무녀만 가능할 뿐 햇빛족이나 천민들은 행사에 참석할 수 없다. 하물며 검은머리짐승임에랴. 그럼에도 불구하고 나는 준호를 데려갔다. 그가 우리 집에 온 때가 물의세월 여섯 번째 해니 그동안 7번의 위령제가 있었다. 위령제를 보고 싶어 하는 그의 간절한 소원을 이번에도 거절하기가 쉽지 않았다.

우리를 더욱 긴장하게 만든 사람은 다른 이가 아닌 우구슬이었다. 준호가 가는 곳이라면 무조건 따라붙는 우구슬 때문에 세 명이 똑같이 움직이고 행동하는 꼴이었다. '조금만 떨어지라'고 아무리 사정해도 우구슬은 준호의 옷자락이 마치 자신의 목줄인 양 놓지 않았다.

우구슬 덕에 위령제에 내놓을 그 많은 떡을 해낸 것도 사실이다. 우구슬은 준호 곁에 있을 수만 있다면 불일도 마다하지 않았다. 준호가 쭈그리고 앉아 아궁이에 불을 때면 그녀는 얼른 장작을 쥐어 그에게 주었고, 곡식 가루를 빻을라치면 절굿공이를 빼앗아 자기가 내리쳤다. 준호 때문에 불가에 내내 있었던 우구슬은 나이에 맞지 않게 피부가 패고 껍질이 떨어져 나가는 중이었다.

대나무로 만든 긴 간짓대가 광장 한가운데에 꽂히고 그 꼭대기부터 걸개그림이 늘어뜨려졌다. 걸개그림은 언제 보아도 장관이었다. 그림 한가운데에 큰 나무처럼 자리 잡은 어미산의 산신, 그의 머리 위에는 검은꼬리거북, 발밑에는 불새가 날개를 펼치고 있었다. 양옆에는 흰날개호랑이와 푸른용이 날카로운 이빨과 발톱으로 산신을 호위하는 중이었다.

"걸개그림의 가장자리가 몇 갈래로 갈라졌네."

군데군데 걸린 횃불 덕에 준호는 위령제를 제대로 구경하는 중이었다. '가장자리가 몇 갈래로 갈라졌네.' 우구슬이 예외 없이 그의 말을 따라 했다.

"단풍동을 의미하는 거야. 어미산에서 흘러내리는 여덟 개의 샘줄기, 그중에서 가장 큰 잎맥이 우리 금강샘이야."

'가장 큰 잎맥이 금강샘이야.' 우구슬은 내 말도 따라 했다.

"저 걸개그림을 그린 이가 사흔임은 아시죠? 갓바치 일립의 아들 사흔말예요. 사흔은 이제 청매동에서는 모르는 이가 없어요. 청매동 제일의 광대패 두목이거든요."

옆에서 끼어든 이는 준호로부터 피부병 가루약을 가져다 파는 약장수 용개였다.

용개의 설명으로는 사흔은 처음에 청매동에 건너가 사람들의 초상화를 그려주었다고 했다. 광대패 중 하나가 사흔 앞에 앉았을 때 사흔은 '광대놀이 중에 군인이 쓰러질 텐데 그 누명을 당신이 쓸 거야.'라고 말했다. 옆에 있던 광대패 두목이 그 말을 들었다. '앞날을 안다면 어떻게 피해야 할 줄도 알지 않겠나?' 군인이 쓰러지다니 광대들 전체의 목숨이 달린 문제였다. '나를 분장사로 쓴다면 한번 생각해 보지.' 며칠 후 사흔의 말은 현실로 나타났다. 부채를 든 광대가 줄타기하는 도중 관중석에 있던 군인 하나가 이유 없이 쓰러졌다. 사람들이 비명을 질렀고 입에 거품을 문 군인은 정신을 차리지 못했다. '줄을 탔던 광대를 찾아! 흰 눈썹을 칠한 놈이 범인이야!' 군인들이 호통쳤지만 더는 어쩔 수 없었다. 불려 나온 광대들 모두 흰 눈썹 분장이었다. 눈썹을 희게 그린 이는 구경꾼 중에도 꽤 많았다. 심지어 군인 중에도 눈썹을 희게 칠한 이가 있었다. 그날따라 '눈썹을 하얗게 칠하면 오래 산다'는 말이 돌았고, 그 말에 광대놀이를 보러온 구경꾼들이 너도나도 분장사 사흔에게 얼굴을 맡겼다. 군인들이 우왕좌왕하는 사이 의식을 잃었던 군인이 깨어났다. 덕분에 광대들은 목숨을 보전했다. 소식은 삽시간에 퍼져나갔다. 흰 눈썹을 칠해 마음을 졸였던 구경꾼들이 집에 돌아가 모두 떠들어댄 덕분이었다. 이후에도 두어 번 사흔의 기지로 위기를 넘긴 광대패들은 그를 두목으로 추대했다.

"청매동 사람들은 사흔이 맑은이라 믿고 있어요. 단풍동 맑은이들의 예지력이 뛰어나다는 것이 알려지면서 그 말이 더욱 부풀려졌지요."

"진짜 맑은이일 수도 있지."

"맑은이는 무슨!" 용개가 펄쩍 뛰었다.

"사흔은 줄을 탑니다요. 맑은이의 곱고 부드러운 발바닥으로 어떻게 줄을 타겠어요? 사흔 제 놈도 헷갈리는 듯해요. 한 번은 자기가 햇빛족이라 했다가, 또 한 번은 맑은이라 했다가. 저번에는 내가 '단풍동에 가고 싶지 않냐'고 물었더니 '몇 년 전에 단풍동을 다녀왔다'는 거예요. 지난 이십여 년 동안 한 번도 오지 않은 것을 내가 아는데."

"이십여 년 동안 한 번도?"

"그럼요. 독초 사건 이후 사흔의 아비 일립이 죽고 그때 청매동으로 건너갔으니까요. 그때 사흔의 나이가 열한 살이지요."

"이후에 단풍동에 왔던 건 분명하네. 걸개그림을 열한 살 이전에 그렸을 리 없잖아."

"그, 그러네! 연토 도련님은 역시 머리가 크시네요."

사람들의 무리가 양쪽으로 갈라졌다. 삼신어른이 오고 있었다.

검은 비단에 붉은색과 흰색으로 봉황을 수놓은 삼신어른의 제례복은 화려하면서도 위엄 있었다. 검은 모자 밑으로 드리운 길고 짧은 여덟 갈래의 검은 천 또한 단풍동의 여덟 샘을 뜻한다. 그의 뒤를 무녀들이 따랐다. 그녀들의 복장도 화려했다. 흰색, 빨강, 노랑, 청색 등 갖가지 색의 비단 내리닫이 옷에 박쥐, 불로초, 거북, 호랑이, 용, 나무들이 화려하게 수놓아져 있었다. 그들의 뒷눈도 삼신어른과 똑같이 검은 천으로 가려져 있었다. '뒤돌아보지 않는다', '후회하지 않는다'는 자부심이었다. 집사가 큰 북을 세 번 쳤다. 이어 뿔고둥 소리가 길게 울려 퍼졌다.

위령제는 크게 세 부분으로 나뉜다. 자연물을 위한 제사, 죽어간 생명들을 위한 제사 그리고 역대 삼신어른들의 영혼을 달래는 제사다. 집사가 북을 치자 세 명의 사내가 흙 포대를 가져와 제대 위에 쏟았다. 자연물을 위한 제사 중 첫 번째인 '땅을 위한 제사'였다. 삼신어른이 자신의 가슴을 치기 시작했다.

"세상 만물을 받치시는 땅, 저희를 길러준 어미산에 감사하나이다. 높이 계신 산의 주인을 받드나이다. 당신을 가벼이 여겨 파헤치고, 쑤시고, 더럽혀 죄송하나이다. 이 몸과 마음 둘 곳을 모르나이다."

그가 삽을 들어 제대 위의 흙을 펐다. 어미산 입구의 큰 문을 향해 흙을 뿌렸다. 흙 뿌리는 일을 세 번 되풀이한 후 흙을 밟았다. 다시 삽을 들어 네 번 흙을 뿌렸다. 다시 세 삽 그리고 마지막 세 삽까지 열세 번의 삽질과 네 번의 흙 밟기가 이어지는 동안 사람들이 삼신어른의 제문을 복창했다. 세상 만물을 받치시는 땅, 우리를 길러준…… 당신을 가벼이 여겨 파헤치고, 쑤시고, 더럽혀 죄송하나이다…….

삼신어른이 나머지 제문을 외웠다. 노여움을 푸시고 생명들을 잘 키워달라는 내용이었다.

집사가 또 한 번 북을 쳤다. 이제 '물을 위한 제사'였다. 삼신어른을 포함하여 여덟 명의 사내가 삼각형 모양으로 섰다. 삼신어른이 아버지강에서 떠온 물을, 그리고 나머지 여덟 명은 각기 자기가 사는 여덟 샘에서 떠온 물을 물동이에 담아 탁자에 올렸다.

"저희의 생명을 지켜주시는 모든 물줄기, 저희를 감싸고 도는 아버지강에 감사하나이다. 낮게 계신 물의 주인을 모시나이다. 당신을 쉽게 여겨 막고, 틀고, 더럽혀 죄송하나이다. 이 몸과 마음 둘 곳을 모르나이다."

삼신어른이 또 가슴을 친 후 아버지강의 물을 입에 머금었다가 북동쪽으로 뿜었다. 이어 여덟 명의 사내가 자기가 가져온 물을 입에 머금었다가 각기 저희 마을 방향으로 뿜었다. 사람들의 복창이 이어졌다. 우리의 생명을 지켜주시는 모든 물줄기……. 삼신어른이 나머지 제문을 외웠다. 우리의 목숨인 샘물이 영원히 마르지 않도록 해달라는 내용이었다.

　집사의 북소리가 다시 울리고 '나무를 위한 제사'가 시작되었다. 삼신어른의 손에 들린 나뭇가지 두 개는 단풍동에서 가장 오래되었다는 돌나무 가지와 오늘 새벽 갓 베어낸 하루나무 가지였다. 위령제에 참가한 모든 사람들이 모두 팔을 쳐들었다.

　"살아있는 것들의 조상이신 나무신께 감사하나이다. 저희에게 팔다리와 몸을 주신 나무신을 받드나이다. 당신을 쉽게 여겨 함부로 베고, 벗기고, 태워 죄송하나이다. 이 몸과 마음 둘 곳을 모르나이다."

　삼신어른이 가슴을 치는 사이 열세 개의 각기 다른 풀과 나뭇가지를 머리에 꽂은 제관들이 앞으로 나섰다. 사람들이 복창하며 그들을 향해 쉴 새 없이 고개를 숙였다.

　자연물을 위한 제사 중 마지막은 '불을 위한 제사'다. 90세, 단풍동에서 가장 나이가 많은 차미한 노금부리와 바로 며칠 전 새생명이태어나는큰달에 캐와 얼굴의 피부 껍질도 채 떨어지지 않은 부루 소희가 앞으로 나섰다. 소희는 손에 쥐어진 횃불이 무서워 부들부들 떨었지만, 조그만 몸집의 노금부리는 횃불을 잡자마자 마구 휘둘러대었다. 주위에 섰던 여자들이 비명을 질렀다. 노금부리는 작년에도 위령제의 횃불을 들었었다. 그가 죽지 않는다면 내년에도 횃불은 그의 차지일 터였다. 눈 깜짝할 새에 그는 소희의 횃불까지 빼앗았다. 옆에 섰던 사내들 몇이 달려들어 그를 제압했다. 노금부리가 몸부림을 치며 큰 소리로 울어대자 소희도 덩달아 울었다. 사람들이 그들을 끌어내었다.

　"모든 것을 재로 돌려 휴식을 주시는 불의 신께 감사하나이다. 세상 모든 것을 태우고 말리시는 불씨의 주인을 모시나이다. 당신을 쉽게 여겨 함부로 일으키고, 끄고, 가두어 죄송하나이다. 이 몸과 마음 둘 곳을 모르나이다."

사람들이 복창하는 동안 집사가 불붙은 나뭇가지를 가져왔다. 그는 제대 위에 놓인 칠성함에 점을 새기는 시늉을 했다. 그리고 이어 노금부리가 들고 있었던 횃불 두 개로 칠성함 전체를 문지르듯 지지기 시작했다. '내 불이야! 내놔!' 어느 틈에 사람들 틈을 뚫고 튀어나온 노금부리가 떼를 썼지만 그의 아들 여량가지와 부하들이 얼른 그를 끌어내었다. 삼신어른이 남은 제문을 외웠다.

자연물에 대한 제사가 끝난 후 제대는 말끔히 치워졌다. 두 번째 제사, 사람에 의해 희생된 날짐승과 길짐승, 미물들을 위한 제사를 지내야 했다.

제대 위에 커다란 떡판이 놓였다. 갓 태어난 이의 우무질을 곡식가루에 버무려 만든, 사람의 팔, 다리, 몸뚱이들을 흉내 낸 떡이었다. 세 무녀가 앞으로 나섰다. 은은샘의 무녀가 새의 탈을, 말총샘의 무녀가 돼지 탈을, 그리고 이번 위령제에 참석하지 않은 금강샘의 영기 대신 채연이 뱀의 탈을 썼다. 그리고 그들 뒤로 열세 달의 탈 즉 누에, 도마뱀, 타조, 물방개, 잉어, 검은꼬리거북, 푸른용, 버섯, 푸른나무, 붉은나무, 흰날개호랑이, 불새, 반딧불이의 탈을 쓴 이들이 차례로 섰다. 삼신어른이 손짓을 하자 집사가 불새의 탈을 쓴 은은샘 무녀에게 다가가 사람의 팔 형상으로 만든 떡을 건네주었다.

"하늘을 긁어주어 감사하나이다."

"징그럽게 자기만 아는 인간들." 은은샘의 무녀가 떡을 베어 물었다.

이어 집사는 돼지 탈을 쓴 말총샘의 무녀에게 사람의 다리처럼 만든 떡을 건네주었다.

"땅을 긁어주어 감사하나이다."

"거짓으로 가득 찬 인간들." 말총샘의 무녀가 떡을 베어 물었다.

뱀의 탈을 쓴 채연에게는 사람의 몸뚱어리처럼 생긴 떡이 쥐어졌다.

"물길을 터주어 감사하나이다."

"삶이 곧 저주인 인간들." 밝은샘을 대표하는 채연이 그 떡을 베어 물었다.

삼신어른이 다시 두 손을 들었다.

"귀한 생명들을 저희가 감히 잡고 죽이고 먹었으니 뭇 생명들이여, 이제 저희를 맛있게 드소서. 노여움을 푸소서."

열세 달의 탈을 쓴 사람들이 제대를 둘러싸고 사람의 머리 형상을 한 떡을 베어 물었다. 그들이 남은 떡들을 이리저리 흩뿌렸다. 어디서 날아왔는지 수없이 많은 새와 박쥐들이 허공을 메웠다. 끼룩대며 떡들을 쪼아 먹는 모습이 너무 맹렬하여 겁이 날 지경이었다.

세 번째, 어미산 삼신어른들을 모시는 제사가 시작되었다. 22개의 신위가 제대 밑 땅바닥에 놓였다. 각 신위에는 제례 글자로 쓴 역대 삼신어른들의 제문이 붙어있었다. 그들의 제사를 제대 밑에서 지내는 이유는 아무리 어미산의 수장 삼신이라 해도 그들은 인간이기 때문이었다. '징그럽게 자기만 아는, 거짓에 가득 찬, 삶이 곧 저주인 인간'은 '모든 것을 베풀기만 하는 자연'과 '억울하게 희생된 뭇 생명'과 나란할 수는 없다. 갖가지 곡식과 고기, 과일, 22개의 죽 그릇과 술이 땅바닥에 놓였다. 커다란 향로에서 마른 쑥 연기가 피어올랐다. 삼신어른이 22개의 술잔에 술을 따랐다. 사람들이 모두 머리를 조아렸다. 제사가 끝난 후 삼신어른은 신위에 붙었던 제문들을 모아 향로에서 태웠다. 준호가 바짝 다가서서 내게 말했다.

"삼신어른들을 위한 제사는 짐승세상의 제사와 굉장히 비슷해. 신위를 모시는 것이나 향로에 제문을 태우는 것도. 저기, 집사 뒤에 세워져 있는 깃발들 말야, 혹시 깃발에 그린 그림들이 제례 글자야? 저쪽 것은 흙, 물, 그리고 이쪽에 불과 나무. 맞아?"

그 순간 우구슬이 준호와 나 사이로 비집고 들어오지 않았으면 나는 준호에게 당황하는 모습을 그대로 들켰을 것이다. 그가 가리킨 글자들은 정확히 그 뜻이었다. 꺼림칙했다. 삼신각에서 배웠던 제례 글자, 삼신어른 후보인 몇몇만이 배울 수 있는 그 글자를 준호가 안다면, 짐승세상의 모든 짐승들이 제례 글자를 안다는 말이 되었다. 어렵기만 한 제례 글자가 실은 짐승세상의 글자였던가? 하지만 지난번 준호로부터 배운 글자는 전혀 달랐다. 제례 글자보다 훨씬 간단한, 아니 단풍동 글자보다도 더 간단한 동그라미와 네모, 꺽쇠들로 이루어진 글자들이었다.

위령제가 끝나가고 있었다. 걸개그림이 내려지고 사람들에게 향술과 떡이 나눠졌다. 떼로 몰려든 노인들이 여기저기서 몸싸움을 벌였다. 준호가 우구슬과 승강이를 벌이는 동안 나는 삼신어른에게 다가갔다.

"말씀드릴 게 있어요."

삼신어른이 나를 쳐다보았다. 순간 나는 입이 떨어지지 않았다. '준호가 제례 글자를 알고 있다'는 말을 했다가는 그는 당장이라도 준호를 잡아 찢어버릴 터였다. 아니, 짐승을 위령제에 데려왔다는 사실로 내 팔다리까지 자를지도 몰랐다. 나는 얼른 말을 둘러대었다.

"……걸개그림이 너무 훌륭해서요."

"하려던 말을 해라."

식은땀이 났다. 나는 필사적으로 사흔의 걸개그림을 떠올렸다. 하지만 삼신어른은 이미 초음으로 내 속마음을 읽고 있었다.

"검은머리짐승과 너무 가까이 지내지 마라. 그들의 생태와 요사스러운 행동을 알아채는 건 필요하겠지. 거기까지다. 검은머리짐승은 없애야 할 대상이다."

내 자리로 되돌아왔을 때까지도 준호는 내내 우구슬에게 시달리고 있었다. 화를 내어 잠시 그녀를 떼어놓은 준호가 다시 물었다.

"위령제나 장례식 절차는 항상 똑같아? 삼신어른이 정하는 거야?"

"삼신어른 마음대로 하는 게 아냐. 제례 절차가 적힌 경전이 있어."

"그렇다면 경전은…… 어미산 삼신각에 있겠네. 거기서 배우는 것이 저런 글자야?"

준호를 위령제에 데려온 것이 큰 잘못이었음을 나는 다시 한번 깨달았다.

"입 다물어. 사지가 찢기기 전에."

준호에게 한마디 하고 빠르게 발짝을 떼었다. 준호건 우구슬이건 다 귀찮았다.

저자를 벗어나 금강샘마을 어귀로 들어서는데 한 무리의 사람들이 몰려 있었다.

"헤헤이! 진짜라니까. 밝은샘마을에 가서 일하던 목수가 제 눈으로 직접 봤다니까."

"설마 미곤부리님이겠어? 자오의 맑은이가 뭐가 아쉬워 무녀에게 씨물을 뿌려?"

"뿐인가. 밝은샘마을이 아무리 한적한들 어떻게 마을 한가운데서 그 짓거리를 한단 말이야?"

짓거리란 말에 솔깃한 사람들이 겹겹으로 모여들고 있었다. 갑자기 새된 목소리가 끼어들었다.

"짓거리라면 제가 전문이지요. 당장 저랑 한 번 벌이실까요?"

채연이었다. 꺄호! 뒤따라오던 보안대의 함성에 채연의 간드러진 웃음이 섞였다.

"잘생기고 용감한 군인이시라면 어디, 저를 유혹해 보서요."

그녀의 갸름한 얼굴과 요염한 몸매는 생식이 아직 먼 내가 보기에도 매력적이었다. 밝은샘마을에 대한 구구한 말들은 어느새 잦아들고 있었다. 그들의 관심이 온통 채연의 웃음과 손짓에 모여 있었다.

"봐라, 저 계집의 음탕한 짓거리. 사내 홀리는 재주 하나는 타고났다니까."

고모 희실이었다. 하얗게 분칠한 얼굴에 수정 목걸이로 아무리 멋을 낸들 채연에 비하면 어림없었다. 자신만만하게 걸쳤을 꽃수 어깨가리개도 채연의 그것에 비하자면 한물간 골동품 같았다.

"음탕한 유곽 년이니 사내들 홀리는 재주라도 있어야죠."

사람들의 소음 속에서도 채연이 희실의 말을 가려듣고 대꾸했다. 정작 채연은 군인들 대여섯 명의 커다란 몸피에 가려 보이지도 않았다. 그녀의 간드러진 목소리가 이어졌다.

"참, 마님께 향료나 나눠드릴까보다. 제 향내가 이렇게, 사내들의 아랫도리를 풀리게 한답니다. 석유황이 귀한 약재라는 건 아시죠?"

"석유황 따위 필요 없어! 감히 얻다 대고! 발칙한 것."

희실이 노여움으로 몸을 떨었다. 마침 터진 군인들의 큰 환호에 채연의 새된 웃음소리가 완전히 묻혀버렸다. 씩씩대며 돌아선 희실은 마침 우리 뒤를 따르던 용개와 눈이 마주쳤다.

"용개! 석유황을 구해 와! 돈은 얼마라도 좋아."

"희실 마님은 농담도 참." 용개가 웃으며 넘기자 희실이 마구 소리를 질렀다.

"빈털터리라고 무시해? 나는 운흘 희실이야. 삼신어른의 누님이라고! 그놈의 석유황, 아무리 비싸도 내 온몸에 처바르고 말겠어. 유곽

년에게 무시당하고는 하루도 살 수 없어!"

채연을 어깨에 이고 가는 군인들을 보면서 용개가 고개를 갸웃거렸다.

"희한하네. 마님, 혹시 사향이 필요한 건 아니셔요? 석유황은 몸에 바르는 게 아닌데."

"석유황이라니까! 몸에 바르지 않으면 그럼 어디에 쓰는 거야?"

"불을 붙일 때 쓰지요. 마약에도 조금 들어가고요. 팔다리 통증을 잊게 해주거든요. 석유황은 물이라 옮기기도 힘들어요. 많이 흔들리면 내 몸에 당장 불이 붙지요."

"뭐야, 그럼. 저 유곽 년이 나를 속인 거야?"

희실이 발을 굴렀다. 채연과 군인들은 사라진 지 오래였다.

새해 새생명을심는큰달이 되자 준호는 몸살을 앓았다. 위령제의 떡을 만드는 일도 힘들었지만 위령제 전 달인 새생명이태어나는큰달에도 그는 누에고치를 삶고 비단실을 뽑느라 잠도 제대로 자지 못했다. 마을 주민들이 자식을 캐어올 경우, 물세를 받는 샘의 주인은 자식을 감쌀 첫 비단 가리개를 장만해 주는 것이 관례다. 금강샘과 곁샘, 곱슬샘 주민들 중 이번 큰달에 자식을 캐어온 집만 해도 스물한 집이었다. 주민이 늘면 마을도 커지고 물세도 늘어나니 힘이 들기는 해도 불평할 일은 아니었다. 준호는 실을 잣는 일뿐 아니라 베틀에도 매달려야 했다. 침모 산분이 밖으로 나돌았기 때문이다. 미단부리보다 나이가 많은 그녀는 땅의 법칙에 따라 성급하고 충동적인 행동이 서서히 나타나고 있었다. 과도한 집안일보다 준호를 더욱 힘들게 한 이는 우구슬이었다. 우울증을 완전히 극복하지 못한 그녀에게 준호는 그녀가 세상으로 통하는 유일한 문이었다. 밤에는 방으로, 낮에는 부엌으로, 준호가 배설할 때조차 떨어지지 않으려는 우구슬 때문에 그가 받는 고통은 심각했다.

　드디어 일이 터졌다. 한밤중에 준호가 미친 듯 비명을 질러대었다. 온 식구들이 부엌에 모여들고도 그의 비명 소리는 그치지 않았다. 아궁이 옆에서 잠들었던 그의 몸을 우구슬이 샅샅이 만지고 입으로 빤 것이다. 준호는 특히 씨물주머니에 민감했다. 우구슬로서는 단지 호기심으로 그의 씨물주머니를 빨았다지만 그는 더 이상의 공포가 없는 듯 진저리 쳤다.

　한동안 준호는 정상이 아니었다. 우구슬이 눈에 띄기만 하면 겁에 질려 비명을 질렀다.

　"연토, 제발 부탁이야. 우구슬을 떼어놔 줘."

　소동을 겪으면서 나는 준호의 새로운 면을 보았다. 나는 그동안 검은머리짐승들은 좀처럼 흥분하지 않고 차근차근 문제를 풀어가는 이성적인 존재라 믿고 있었다. 그런데 아니었다. 그들 역시 우리와 똑같은, 아니 우리보다도 훨씬 더 감정의 상처를 입고 아파하는 약한 동물이었다. 눈물 자국도 닦지 않은 채 멍하니 허공을 바라보는 준호의 얼굴은 그야말로 절망과 두려움, 공포로 가득했다. 그는 죽도 먹지 못하고 헛구역질과 높은 열에 시달렸다. 기절한 것처럼 누웠다가도 소스라치게 놀라 벌떡 일어나 앉곤 했다.

　우구슬은 다시 흙을 먹기 시작했다. 자신만 보면 귀신을 본 듯 벌벌 떠는 준호를 보면서 그녀 역시 편할 리 없었다. 아무리 말을 걸어도 대답은커녕, 흙투성이인 자신의 손가락을 보란 듯이 씹어 손 전체가 퉁퉁 붓기도 했다. 그녀의 나이 이제 고작 두 살이었다.

　해결책은 미단부리에 의해 마련되었다. 집안의 어떤 소동에도 눈 한 번 깜빡이지 않던 그녀가 저자의 여관에 하인을 보내어 채연을 불렀다. 채연이 예를 갖추자 미단부리가 방에 들어가 외삼촌 미곤이 걸쳤던 헌 어깨 가리개를 가져왔다. 미곤이 여행을 다니며 입었던, 그의 땀이 가득 밴 낡은 것이었다.

"채연, 이것을 미곤에게 전해. 네 어깨에 걸치고 가. 참, 가는 길에 우구슬도 데려가."

엄청난 말이었다. 사내의 어깨 가리개를 걸친다는 것은 그의 여자가 된다는 뜻이다. 미곤의 옷을 받아 든 채연은 두 손을 앞으로 모으고 미단부리에게 정중히 예를 갖추었다. 우구슬이 채연을 따라감으로써 집안의 뒤숭숭함도, 준호의 악몽도 말끔히 사라졌다. '큰 걱정거리가 사라져 편안해진다'는 검은꼬리거북달이었다.

채연이 여관을 부루 집안에 넘겼다는 소식이 들려왔다. 채연이 빠진 악대도 청매동으로 간다고 했다. 청매동에서 이뤄지는 첫 연주는 부루 집안의 잔치로, 내 친구 주명의 청매동 유학을 기념하여 청매동 나루에서 행해질 예정이었다. 주명의 어머니 고애초는 돼지처럼 부푼 자기 입 따위 개의치 않고 한창 들떠 있었다. 그녀는 채연의 여관을 맡아 직접 운영할 예정이었다. 그녀는 부루의 하인들을 시켜 노인들에게 무한정으로 사탕을 나눠주었다. 또 남편 하람을 부추겨「앞으로 1년 동안 청매동으로 떠나는 손님들은 순번을 매겨 다섯 명마다 뱃삯을 받지 않겠다」는 광고문을 내걸게 했다. 부루가 단풍동의 대표 재력가 집안임을 안팎으로 알릴 심산이었다. 하지만 광고문이 걸린 후 나루샘에서는 단 한 척의 배도 떠날 수 없었다. 승객들이 모두 순번을 기다리느라 아무도 배에 오르지 않기 때문이었다. 기다리는 사람들로 발 디딜 틈 없어진 나루샘에서는 시비와 다툼이 이어지고 결국 부루 집안은 모든 승객들의 뱃삯을 2/3로 깎아주는 선에서 사태를 수습했다.

저자에 큰불이 난 것은 나무의 달 두 번째인 푸른나무달, 청매동에서 부루 주명의 잔치가 열린 지 50일쯤 되는 날이었다. 불은 이틀이나 계속되었다. 서른여덟 채의 크고 작은 가게들이 화염에 휩싸이는 동안 단풍동 보안대와 어미산의 자위대들이 할 수 있었던 일은 어미산 자락에 물을 뿌려 불이 어미산으로 옮겨붙지 않도록 하는 것뿐이었다. 싼 뱃삯에 저자의 상인들이 너도나도 가게를 닫고 청매동에 놀러 간 것도 불을 빨리 진압하지 못한 요인이었다. 저자의 중심에 있던 고애초의 여관도 전소했다. 그녀가 채연의 여관을 사들여 대대적으로 고치고 문을 연 지 사흘 만이었다. 불을 낸 범인이 부루 집안에 원한을 가진 뱃사공이나 하인들일 것이라는 의심은 가장 큰 피해를 본 집안이 부루였기 때문이다. 하지만 잿더미 속에서 시신이 나오고 그 사람이 자루목샘의 주인인 선치임이 판명되자 범인은 곧바로 그의 아들 선치 무질로 지목되었다. 그가 아버지의 마약 창고에 불붙은 나뭇가지를 던지는 것을 본 사람이 여럿이었다.

 무질이 내 형 기남의 성년식에서 자기 아버지 선치의 추태를 목격한 때가 벌써 6년 전이었다. 이후 무질은 자취를 감췄다. 서당은 물론 삼신어른의 제례 글자 수업에도 나타나지 않았다. 사람들의 말을 종합해 보면 무질은 자루목샘 주위의 나무인간들과 어울렸다가 재작년부터는 아버지강 건너 청매동 쪽 강가에 살았다. 거기서 그는 청매동으로 배를 타고 오는 예홍의 악대를 보았고 자신이 좋아했던 란홍을 보기 위해 부루 주명의 청매동 잔치에 참석했다. 란홍이 이미 3년 전에 죽었다는 사실을 안 무질은 큰 충격에 빠졌다. 아버지 선치의 짓이었다. 마약 장사를 하면서 스스로 약에 중독되었던 그가 란홍에게 환각제를 먹였고 그의 강요로 환각제를 계속 복용한 란홍이 꼬치꼬치 말라 죽음에 이른 것이었다. 무질이 아버지를 찾아 단풍동으로 왔다. 사업도 내팽개친 지 오래, 행복한 환각에 빠져 아들도 기억하지 못하는 그를 보고 무질이 창고에 불을 던졌다. 단풍동은 습하여 불길이 잘 번지지 않는다. 하지만 선치의 창고에는 마약 성분으로 쓰이는 석유황이 많이 있었다. 석유황에 불이 붙으면서 창고는 화약고처럼 연발로 터지기 시작했다. 불꽃 속에서 선치는 큰소리를 치며 해죽거렸다.

― 불길이 예뻐! 불은 정말 사람을 흥분시켜.

잿더미로 변한 저자를 복구하는 데에는 꽤 오랜 시일이 걸렸다. 사람들의 입에 채연의 예지력이 오르내렸다. 불이 나기 전 여관을 팔아치워 돈을 챙겼는가 하면 아끼던 악대를 청매동으로 보내어 그들을 안전하게 지킨 것도 그녀의 뛰어난 예지력 덕분이었다. 준호 역시 감탄하여 내게 말했다.

"위령제 날에 채연이 희실에게 석유황 얘기를 끄집어낸 것 말야. 석유황으로 큰불이 날 것을 미리 알았던 거지?"

하지만 그가 덧붙인 말이 다시 나를 뒤숭숭하게 만들었다.

"맑은이들의 예지력이라는 거, 의외로 간단히 밝힐 수 있을지도 몰라. 너희들의 초능력으로 이곳과 또 다른 공간을 넘나들 수 있다면 말야. 너희 세상과 우리 세상, 적어도 둘 이상의 공간이 존재한다는 건 분명하잖아? 두 세상, 아니 셋 넷의 세상이 있을 수도 있지. 그 여러 세상 사이에 시간 차이가 있다면, 그리고 너희 맑은이들의 예민한 감각으로 다른 세상을 본 다음 그쪽 시간으로 이쪽을 되쏜다면 미래를 보는 게 가능하겠지."

모든 일에 해답이 있으리라 믿는 준호의 자신감에 나는 여전히 익숙지 않았다. 그는 이어 내가 이해하기 어려운 또 다른 이야기를 꺼내었다.

"우리 검은머리짐승들에게는 '유전'이라는 게 있어. 너희처럼 부모와 자식이 아무 관계 없이 맺어진다면 찾아낼 수 없는 것들이지. 어머니의 머리털을 이어받아 아이의 머리칼이 갈색이라든가, 또는 아버지가 심하게 코를 고는데 아이가 곤다든가 하는 것 말야. 자신이 어렸을 때 하던 행동과 버릇들을 자식이 똑같이 하는 것을 보면 신기하기도 하고 한편으로 딱하기도 하고. 너희 맑은이들의 예지력도 유전의 일부일 거야. 백여 년 전 너희 진짜 부모로부터 물려받은 능력. 너희들은 5, 60년의 삶을 산 후에 알과 씨를 뿌려. 그 수정된 알은 또 땅속에서 50여 년 동안 키워진 후 몸체와 함께 완성된 머리를 가지고 태어나지. 새로 태어난 세상에 대해 경험과 지식은 없지만 너희의 큰 머릿속에는 수많은 가능성과 여러 갈래의 위험을 알아보는 인자가 이미 들어있어. 말하자면 너희 어른이 종자와 우리 검은머리짐승은 두뇌의 시작점이 달라. 우리 짐승들이 나이를 먹으면서 하나하나 삶의 경험과 깨달음을 뇌에 쌓아가는 데 반해, 너희 어른이들은 뇌 속에 이미 가진 수많은 지식 중 필요 없는 것들을 하나하나 버리는 삶이지. 너희들의 피부 껍질이 벗겨져 몸체가 작아지듯이."

준호가 힘주어 말을 계속했다.

"너희 어른이들이 땅에서 태어난 순간 너희가 가진 수많은 정보와 느낌을 기록으로 남길 수 있다면, 그리고 그것들을 바탕으로 더 나은 지식과 정보가 합쳐지고 분석된다면 너희의 문명은 그야말로 우뚝 설 거야. 검은머리짐승들의 문명은 발치에도 따라가지 못할 정도로. 하지만 너희들은 기록하지 않아. 남의 손으로 쓰인 기록보다는 자신의 기억, 자신의 뛰어난 느낌으로 제 삶을 살아갈 뿐이지.

짐승세상의 우리는 태어날 때 거의 백지상태야. 평생 노력해 지식을 쌓아봤자 죽으면 그것으로 말짱 헛것이지. 그 사실을 알기 때문에 우리는 무엇이든 기록으로 남겨. 부모들이 자식에게 주는 교육 중 첫째가 글자를 익히는 일이고, 두 번째가 다른 이의 기록을 읽게 하는 일이야. 앞선 이들의 기록을 보고 거기에 부족한 점을 보충하고 메우지. 우리에게 기록이 없었다면 과학 문명도 기계 세상도 이루지 못했어."

 항상 자기들의 문명을 높이 세우고 내게 무언가를 가르치려는 준호의 우쭐거림에 대해서는 나는 이미 단련이 되어 있었다. 그러나 언제나 한 가지, 그들의 삶을 관통하는 자식에 대한 애틋한 마음만큼은 정말 부러웠다. 자신이 좋아하는 여자, 그 여자의 배 속에 심은 자기 자식. 무엇을 주어도 아깝지 않은 그 자식을 볼 수 있다는 것 하나만으로도 검은머리짐승들은 얼마나 축복받은 존재인가. 생명의 위협을 느끼면서까지 새 생명을 내놓는 암컷들, 그 자식의 앞날을 보장해 주기 위해 모진 고생을 마다 않는 수컷들. 그들에게 자식은 바로 자기 자신이다. 자신을 빼닮은 자식을 통해, 그 자식의 자식을 통해 그들은 영원히 삶을 이어가는 것이다.

 준호의 말대로 우리가 커다란 뇌로 태어났기 때문일까, 그즈음 나는 또 형체가 잡히지 않는 위험, 새롭게 겹치는 여러 징후가 어떤 결과를 낳을지 예상하기 어려운 불안감으로 머리 한쪽이 아팠다. 채연의 행동거지 때문이었다. 맑은이인 채연이 저잣거리의 불, 앞날의 그림을 본 것은 당연하다고 할 수 있다. 그런데 그녀는 왜 하필 밝은샘으로 갔을까? 모든 이가 꺼리는 밝은샘마을은 과연 안전한가? 또 있었다. 남부럽지 않은 재산과 콧대 높은 자존심을 뒤로 한 채 미단부리의 말 한마디로 미곤의 짝이 된다는 것이 말이 되나? 내 뒤숭숭한 느낌은 아랫마당 하수구를 새로 손본 햇빛족 인부의 말 때문에 더욱 명화해졌다. 그는 한두 달 전 영기의 부탁으로 밝은샘마을에 갔다 왔다고 했다.

 "자오 저택의 안팎 청소와 물길을 손보고 왔지요. 그런데 희한했어요. 밝은샘 수원으로 오르는 길이 날카로운 가시덤불로 막혔는데 그쪽은 손도 대지 못하게 해요. 뿐인가요, 마을에 널린 시신들도 치우지 못하게 했어요. 그러니 고향을 찾아온 사람들이 식겁하여 다시 떠나죠. 그들이 내버리고 간 노인들 몇만 웅기중기, 노인들이 굶어 죽으니, 시신은 더 늘고요. 다시는 가고 싶지 않아요."

그 말을 듣고도 미단부리는 인형의 얼굴에 눈과 입을 그려 넣는 일을 멈추지 않았다.

"할 짓들도 없어. 저희들 일도 아니면서 짓떠들어대기는."

저쪽 세상에서 온 사내아이

* 푸른나무의세월 두 번째 해 새생명을심는큰달을 맞으면서 말총샘의 웅척 부부가 집에 왔다. 3년 동안 어미산 북벽 보안대로 차출되었던 웅척은 그의 아내 산이가 운흘 출신임을 내세워 금강샘쪽 어미산으로 올라 생식할 참이었다. 운흘의 금강샘과 자오의 밝은샘이 있는 동남쪽 어미산은 흙산인 데다 촉촉하고 부드러워 생식하기에도 자식을 캐기에도 좋음은 익히 알려진 사실이다. 운흘의 살림이 기울었을 때에도 금강샘과 곁샘마을 주민들의 자존심을 지켜주었던 부분이 바로 이것이었다.

어미산에 오를 남녀는 우선 몸을 샅샅이 씻는다. 향내 나는 물을 마셔 몸속까지 청결히 한 후 둘은 색색의 물감으로 서로의 얼굴과 몸을 꾸며준다. 가슴과 팔에는 나뭇가지와 이파리들, 허리와 다리에는 나무둥치와 뿌리를 그린다. 태어나 가장 힘이 좋은 5, 60년, 생식남녀만큼 서로를 좋아하고 아끼는 경우는 평생 없을 것이다. 그것은 준호가 말하는 자연의 섭리, 우리 쪽에서 보자면 새로운 생명을 품고자 하는 땅의 명령이다.

"연토, 이제껏 본 색이 아니야. 뭐지?"

용변을 보러 갔던 준호가 아랫마당 물줄기에서 몸을 씻는 웅척 부부의 빛을 본 모양이었다. 그의 눈이 조금 좋아진 것일까? 하얀이들의 몸에서 나는 흰빛과 황인들의 누런빛은 맑은이들의 붉고 푸른빛보다 훨씬 약하여 보통 때는 잘 뵈지 않는다.

"누구에게나 빛이 있어. 생식할 때가 되면 그 빛이 좀 더 강해지지."

준호가 한참 동안 나를 바라보았다.

"연토, 검은머리짐승인 내 몸에서도 빛이 나?"

"그럼. 그러니 어둠 속에서도 너를 알아보지. 네 색깔은 밝은 갈색이야. 가축들이나 나무, 풀보다는 환한 편이야."

한동안 말이 없던 준호가 자리에 누워 혼잣말처럼 말했다.

"보고 싶어."

그는 내가 '무엇을 보고 싶은가' 물어봐 주기를 바라고 있었다. 하지만 나는 묻지 않았다. 그가 보고 싶은 것은 자신의 몸빛이 아니라 어미산에서 이루어지는 생식 행위였다.

생식에 참여하지 않는 이가 어미산에 오르는 것은 엄연한 위법이다. 하물며 검은머리짐승임에랴. 다른 이에게 들킬 염려가 없다 해도 나는 이제 준호의 요구를 녹녹히 들어줄 생각이 없었다. 위령제에서 제례 글자를 읽어내는 그를 보았을 때 나는 우리가 지켜야 하는 크고 작은 법과 경고가 쓸데없이 만들어진 것이 아님을 어렴풋이나마 느낀 터였다.

한참 뒤척이던 준호가 잠들었다. 축사 옆 물길에서는 사로와 찬금 그리고 산분의 목소리도 들려왔다. 그들 역시 어미산에 오를 준비를 하고 있었다. 큰달 이틀째였다. 새생명이태어나는큰달 사흘째 밤이야말로 단풍동의 모든 생식남녀가 한꺼번에 어미산에 올라 제 몸빛을 마음껏 자랑하는 첫 생식례의 밤이다. 예부터 지켜지는 행사에는 그 나름의 이유가 있다. 많은 이들이 함께 오르니 짝없는 이들도 생식의 기회를 얻을 수 있을 뿐 아니라, 굳이 첫 생식임을 들먹이지 않더라도 이날 뿌려지는 알이 뒷엣것보다 잘 자랄 것은 틀림없다. 나흘 전 위령제 때 어미산에 바친 떡가루 덕에 새나 벌레들의 공격에도 어느 만큼은 자유로울 테고, 두 달 후 어미산 부역 때에도 단 며칠이라도 먼저 뿌려진 알이 더 여물고 실하여 흙을 북돋거나 다져주기에도 훨씬 수월할 것이다. 그리고 또 다른 사내의 목소리가…… 있었다. 미단부리의 창고 쪽이었다. 준호가 깨지 않도록 조심하며 방을 나섰다. 창고 벽을 돌아 문 뒤쪽 모서리에 몸을 붙였다. 낮은 목소리의 주인은 예상했던 대로 삼신어른 생이었다.

　최근 삼신어른이 자주 집에 들르기는 했다. 선치 집안 소유였던 자루목샘마을의 처분 문제를 미단부리와 의논하기 위해서였다. 자루목샘은 보안대장 차미한 여량가지가 사들이려 공을 들이는 중이었다. 차미한 소유인 말총샘에 접한 데다 여량가지는 형 여장부리로부터 독립하여 자기 집안을 따로 세울 작정이었다. 삼신어른은 일단 결정을 미뤘다. 여량가지의 성품이 강한 데다 차미한 집안이 육로의 중심인 말총샘과 자루목샘마을을 다 가진다면 단풍동의 판도가 달라질 수 있다는 것이 삼신어른의 생각이었다. 자루목샘의 원래 주인이던 우리 운흘 집안이 다시 가져오는 것이 가장 바람직하지만 운흘의 재력이 자루목샘을 접수할 만큼 넉넉지 않다는 것이 또 문제였다. 삼신어른의 우려에 대해 미단부리는 아무 반응이 없었다. 언제나처럼 흙을 주무를 뿐 그에게 성의 있는 말 한마디, 눈길 한 번 주지 않았다. 혼잣말에 지친 삼신어른은 결국 돌아갔다. 그리고「자루목샘은 당분간 어미산 소유로 한다. 그 첫 번째의 권한은 원래 주인인 운흘 집안에 있다」라고 발표했다. 저자 사람들은 삼신어른이 내건 공고문에 만족했다. 보안대장 여량가지의 눈치를 봐가며 장사해야 하는 상인들은 한껏 부풀었다가 김빠진 여량가지 앞에서는 아무 말도 못 했지만, 뒤로는 '성질 더러운 여량가지가 불을 질러 연적 선치를 죽이고 선치의 아들 무질에게 죄를 뒤집어씌웠다'는 말을 열심히 옮기는 중이었다.

어찌 되었든 자루목샘 문제가 일단락되었으니 삼신어른이 미단부리를 따로 만날 일은 없었다. 게다가 지금은 모두들 잠든 한밤중 아닌가.

"……하전에 대한 미련을 버리시오. 그는 단풍동에 돌아올 생각이 없소. 나랑 같이 오릅시다. 당신과 함께라면 어미산 빛바위 꼭대기, 허공을 찢고라도 나는 오르고 오를 거요."

나는 숨이 막히는 듯했다. 미단부리의 목소리가 이어졌다.

"당신과 생식할 수 없어요. 당신은 삼신어른이에요."

"내일이라도 삼신어른직을 내놓겠소, 당신이 내 청만 들어준다면. 부탁이오. 나를 살아있게 해주시오. 당신과 함께 산에 올라 내 씨물을 뿌리게 해주시오."

"내 알에 당신의 씨물이 묻는 일은 없어요. 모든 것은 땅의 뜻이에요."

"맑은이들은 앞날을 보지 않소? 미단, 당신의 삶에는 끝내 내가 없나?"

"누구야! 바깥에서 엿듣는 게!"

나는 급히 모퉁이를 돌아 몸을 숨겼다. 창고 앞에 쌓아둔 흙이 내 발에 밟히면서 창고의 나무벽이 삐걱거린 것이다. 삼신어른이 황급히 창고를 나섰다. 그가 높은 마당으로 올라 대문을 나설 때까지 나는 창고 뒷벽에 붙어 꼼짝하지 않았다.

미단부리는 창고에서 나오지 않았다. 창고 안에서 들려오는 흙 이기는 소리는 그녀가 다시 인형을 만들기 시작했다는 신호였다. 그제야 나는 미단부리가 초음으로 나를 불렀음을 깨달았다. 삼신어른을 쫓기 위해 나를 이용한 것이었다. 발소리를 죽여 내 방으로 돌아왔다. 때마침 준호가 잠에서 깨었다. 나는 토악질을 하는 기분으로 그에게 말을 뱉었다.

"가보자. 미리 알아두는 것도 나쁘지 않지."

"어, 어미산에? 생식을 보러? 진짜?"

나를 캔 아버지 생. 어미산의 수장 신분을 망각하고 자식까지 캔 파렴치한. 형 하전이 없는 틈을 타 형수인 미단부리에게 함께 생식할 것을 요구하는 철면피. 그렇다. 삼신어른 생 스스로가 법을 깨고 있었다. 아무리 검은머리짐승이 어미산을 더럽힌들 그가 훼손한 삼신어른의 권위만 하겠는가! 바닥 물길에 발을 담그고 나는 수없이 고개를 흔들었다. '삼신어른 따위는 잊어버리자. 내 아버지는 운흘 하전이야. 그뿐이야.' 수십수백 번 외웠지만 그가 미단부리에게 간청하던 낮고 축축한 목소리는 내 귀에서 빠져나가지 않았다.

다음 날 저녁 우리는 어미산으로 향하는 무리에 섞였다. 나 역시 생식하러 오르는 사내처럼 얼굴과 몸에 그림을 그리고 검은 천으로 아랫도리를 둘렀다. 준호는 여자로 분장했다. 희실이 내버린 헌 분홍 어깨 가리개와 긴 치마는 어깨가 좁고, 다리가 가는 준호에게는 맞춤이었다. 준호는 제대로 걷지 못했다. 어둠 속에서 발을 헛디뎌 길섶에서 구르기까지 했다. 다행히도 사람들은 우리에게 관심이 없었다. 자기 배우자들을 껴안고 빨고 핥으며 걸음을 옮기느라 옆 사람이 죽어 나가도 모르는 지경이었다.

생식남녀 외의 사람이 어미산에 오르는 것이 불법임에도 많은 사람들이 이곳에서의 일을 훤히 알고 있음은 생식 현장을 몰래 구경한

이가 꽤 있다는 말이기도 하다. 어미산 입구를 지나 생식 현장에 닿자 상황은 훨씬 나아졌다. 황인밭에서 비치는 수많은 누런 불빛들이 준호에게 도움이 되었다.

'이리 와. 여기 편한 자리가 있어.'

수많은 이들의 속삭임 중에서 익숙한 목소리가 들려왔다. 보모 명여의 목소리였다.

'네가 와, 이 건방진 년아. 내 씨물집이나 핥아. 빨리 무릎 꿇지 못해?'

명여에게 소리치는 사내의 목소리도 왠지 익숙했다. 세상에, 행랑아범 사로였다. 하인치고는 똑똑하고 지혜로워 하얀이라고 확신했던 사로가 황인일 줄은, 그리고 그가 황소처럼 거칠 줄은 생각도 못 한 일이었다.

"명여와 사로지? 그럼 찬금은 어떻게 된 거야?"

준호가 소리죽여 물었다. 우리는 일단 큼직한 바위틈에 몸을 숨겼다.

'옳지. 제법이군. 할 줄 아는군.'

'비켜! 내 남편이야.'

아니나 다를까, 찬금이 나타났다.

'네년이나 비켜. 다리 부러지기 전에.'

명여가 앙칼지게 대꾸했다. 눈 깜짝할 사이에 두 여자가 뒤엉켰다. 팔다리를 물어뜯고 머리칼을 휘어잡았다. 소리가 커지자 낯선 사내가 나타났다.

'여기 좋은 씨물이 왔어. 자, 대기만 해, 내가 다 쏟아줄 테니까.'

'어떤 놈이 내 계집을 차지하겠다는 거야?'

험한 욕지거리와 주먹이 오가며 사로와 낯선 사내가 엉켰다. 싸움은 엎치락뒤치락 쉽게 끝나지 않았다. 엉겁결에 싸움을 멈춘 찬금과 명여는 그들을 지켜보는 중이었다. 어디선가 사내 둘이 또 나타났다. 그들은 전혀 거리낌 없었다. 사내들의 싸움이 한창인데 각기 명여와 찬금에게 달려들어 욕심을 채우기 시작했다. 일을 치른 사내들이 몸을 일으켜 다른 곳으로 가버린 후 여자들 둘은 움푹한 자리에 나른하게 앉았다. 그제야 사태를 파악한 사로와 낯선 사내가 마구 화를 내었다. 사로가 욕지거리를 퍼부으면서 다른 언덕을 향해 가버렸지만 낯선 사내는 아직도 미련이 남는지 무릎을 꿇은 채 명여의 허리를 훑기 시작했다. 그가 씨물을 쏟는 동안 찬금이 자신에게도 해달라고 보채기 시작했다. 또 다른 사내가 나타나 찬금의 허리를 움켜잡았다.

'여기, 좋은 씨물이 왔어. 끝내준다니까.'

우리는 좀 더 위쪽으로 올랐다.

"이래서 하얀이라 하는구나."

준호가 새삼 감탄했다. 누런빛이 아니라 흰빛, 좀 더 환한 빛들이 주위를 밝히고 있었다.

'싫다니까? 저리 가, 정신 빠진 년아.'

'그러지 마. 나도 좀 품어줘.'

애걸을 하는 이는 뜻밖에도 고모 희실이었다. 어제저녁만 해도 '생식할 때가 멀었다'며 시치미 떼던 그녀였다.

'어디서 자꾸 들이대? 내가 왜 네 상대야?'

희실을 박대하는 사내는 어이없게도 말총샘의 웅척이었다.

'나는 어때? 나하고는 부빌 거야?'

또 다른 낯선 여자가 웅척에게 손을 뻗쳤다.

'웅척! 이리로 와. 이 자리가 편안해.'

조금 떨어진 언덕에서 웅척의 아내 산이의 목소리가 들려왔다. 희실이 웅척을 붙안았다.

'가지 마. 내 도도록한 알을 봐. 온갖 사내들이 나를 가지지 못해 난리라니까?'

'꺼져! 누렇게 썩은 년이 왜 하얀이밭에서 질퍽대?'

응척이 희실을 밀쳤다. 그녀가 언덕 밑으로 굴렀다.

"위험해!" 준호가 벌떡 일어나는 것을 내가 가까스로 잡아채었다. 나는 얼른 준호를 데리고 좀 더 높은 곳으로 자리를 옮겼다. 고모 희실이 누구보다도 싫은 것이 사실이었지만 그녀가 뭇 사내들에게 무시 당하는 모습을 준호에게 보이는 것도 결코 기분 좋은 일은 아니었다.

어미산 중턱의 등성이, 한들한들 산꼭대기로 오르는 붉은 빛을 보고 준호는 다시 탄성을 질렀다.

"역시 맑은이들이야. 붉은빛이 꽃같이 아름답네."

길옆 비탈을 오르는 남녀는 모란의 부모인 차미한 여장부리와 송주였다. 둘은 계속 다투고 있었다.

'좀 더 올라가야 해. 여기는 쌍것들이 어울리는 데라니까.'

송주가 여장부리에게 화를 내는 중이었다. 하지만 여장부리는 완연한 흰빛이었다.

'더 이상 못 올라가! 맘대로 해, 너 아니고도 딴 계집년이 널렸어.'

모든 이들은 자신이 태어난 곳에 자신의 알과 씨물을 뿌리고 싶어 한다. 하얀이인 여장부리는 송주가 원하는 맑은이밭이 버거운 것이 었다.

맑은이밭은 까마득히 가파른 절벽 위였다. 준호 역시 하얀이밭 이상은 욕심내지 않았다. 어둠에 약한 그가 절벽을 타고 오르는 것은 목숨을 걸어야 하는 위험한 일이었다.

하얀이밭 외딴 바위에 걸터앉아 우리는 편안한 마음으로 주위를 둘러보았다. 하얀이밭만 해도 사람이 별로 없었다. 드문드문 흰빛이 뭉쳐 보일 뿐 남의 배우자를 채뜨리는 일도 별반 없었다. 어미산 아랫자락의 황인밭 풍경이 장관이었다. 누런 빛뭉치가 산 아랫자락을 굽이굽이 풍성하게 덮고 있었다.

생식은 밤새 이어졌다. 남녀의 몸에서 나는 빛과 세기도 각기 다를 뿐 아니라 그들의 욕구가 충족되었을 때 나타나는 몸빛 또한 밝고 연하게 바뀌어 신기했다. 나는 이따금 심호흡하며 끊어질 듯 보이는 절벽 위의 붉은빛을 올려다보았다. 쉰이 넘으면 나 역시 저곳에 올라야 하리라. 내 짝은 누구일까. 자오 계우? 앞으로도 2, 30년은 족히 남은 일이었다.

내려오는 길을 잠깐 헷갈렸다. 우리 금강샘 쪽이라 생각했는데 저 잣거리 쪽, 나루샘과 자루목샘 방향이었음을 한참 내려온 후에야 깨달았다. 하지만 거기서도 우리는 익숙한 목소리를 들을 수 있었다. 몸싸움이 벌어진 사내 둘은 서당 훈장이었던 부루 하람과 어미산지기 초춘이었다.

"초춘이지? 어떻게 초춘이 하람에게!"

준호가 놀라 물었다. 싸움은 초춘의 승리로 끝났다. 하람이 뒤로 물러서기도 전에 초춘의 팔 밑으로 하람의 부인 고애초가 기어들었다.

'하는 수 없지. 초춘, 당신이 이겼으니 나를 차지해. 이쪽 자리는 어때?'

고애초의 목소리는 부푼 기대로 들떠 있었다.

'씨물집이나 제대로 빨아봐 이년아. 너무 좋아 죽지는 말고.'

초춘이 고애초의 목덜미를 자신의 허리춤에 갖다 대었다.

"그렇구나. 교접하는 데에는 주인이고 하인이고 없구나. 그런데…… 아무하고나 짝을 짓는다면 결혼은 왜 하는 거야?"

준호의 물음에 나는 한참 동안 생각했다. 그렇다. 늙어 아무하고나 생식한다면 배우자를 왜 그리 까다롭게 고르는 것일까. 준호 스스로가 혼자 답을 이어가고 있었다.

"일단 집안의 자식을 얻기 위해서겠지. 결혼한 부부만이 어미산에 올라 자신의 밭에서 자식을 캐어올 수 있으니까. 자기들 노년을 맡기려면 자식은 있어야 하니까. 부부끼리의 정이나 자식에 대한 정이 없더라도……. 맞아, 자손을 남기는 데에는 강한 씨물과 건강한 알이면 되는 거지. 식물들도 이렇게 종자를 퍼뜨리는 거지."

준호의 중얼거림을 나는 못 들은 척했다. 우리 어른이를 한낱 식물 종자로 아는 그의 생각이나 검은머리짐승을 한낱 더럽고 재수 없는 동물로 취급하는 우리 생각이나 무엇이 다르랴.

동쪽으로 방향을 틀어 겨우 금강샘 쪽으로 향했다. 어느새 어미산 끝자락이었다. 널찍하게 펼쳐진 황인들 구역을 지나면 그 밑이 어미산 경계였다.

'자, 얼른 와. 내가 앉은 이 자리가 정말 좋다니까.'

고모 희실이었다. 놀랍게도 그녀는 황인이었던 것이다.

'누렇게 썩은 계집이 보채기는. 봐, 몇십 년 후에는 이 골짜기에 내 자식만 그득할 거야.'

여자들 셋의 구애를 받으며 큰소리치는 사내는 마부 처도였다. 그가 드디어 희실을 낚아채었다. 희실의 자지러지는 웃음소리가 시끄러웠다.

드디어 어미산 입구, 생식을 끝낸 남녀가 미친 듯이 춤을 추고 있었다. 준호가 말했다.

"저렇게 좋아하다니. 평생 가장 즐거운 순간이겠지."

"서글픈 순간일 수도 있어. 저 사람들은 살아서 해야 할 일을 다 끝냈어."

집으로 돌아온 후 나는 며칠 동안 누구와도 말을 나누지 않았다. 어미산의 비밀스러운 장면에 충격을 받아서도, 검은머리짐승 준호를 어미산에 데려갔다는 자책 때문도 아니었다. 내 입으로 뱉은 말, '살아서 해야 할 일을 끝냈다'는 말이 목에 걸려 삼킬 수도 뱉을 수도 없었다. 삶이 별것 아니리라는 예상은 하고 있었다. 하지만 앞으로 수십 년을 살아봤자, 어미산에 올라 씨물을 뿌려봤자 그 이후로 또 수십 년이 지나 태어날 낯모를 후손을 남기는 것 외에 아무런 보람을 찾을 수 없다는 것이 어이없었다. 삶이 원래 이렇게 허망하고 초라하고 무의미한 것일까. 그것은 내가 살아온 27년의 세월만 부정하는 것이 아니었다. 내 몸이 땅속에서 자란 세월, 그 이전에 내게 씨와 알을 준 부모들의 삶, 그 부모를 키워준 땅과 그 윗대들의 삶이 모두 허망하고 의미 없는 반복이라는 말이 되었다.

"너희 검은머리짐승들이 나을지도 몰라. 젊은 나이에 수없이 실수하고 무모한 일을 한다 해도 너희는 나이를 먹을수록 성숙해지잖아. 그래서 지난날에 대해 후회도 반성도 하는 거겠지. 자기 자식을 직접 키울 수 있다는 점도 그래. 먼 훗날 내 씨물로 태어난 후손이 어떤 삶을 살지 알 수 없는 우리들보다야 훨씬 보람 있겠지."

준호가 진지하게 대답했다.

"눈앞의 자식이 내 분신이기 때문에 너무 많은 정을 쏟고 너무 많은 것을 기대하기도 해. 그래서 노엽고 상처받고. 어차피 그는 어미 배 속에서 나오는 순간부터 내가 아닌 새로운 인간인데. 내가 내 부모와는 전혀 다른 새로운 인간이었듯이. 마음먹은 대로 커 주지 않는 자식 때문에 부모가 애를 먹기도 하지만 부모 때문에 삶이 괴로운 자식들도 무척 많아. 자기 부모가 아무리 악독해도 그 그늘을 벗어날 수 없다는 것은 또 얼마나 큰 형벌인지. 그런 면에서 너희 어른이가 부러워. 스스로의 삶을 살 뿐 어떤 혈연이나 애증에서도 자유로우니까."

살아있는 동안 나는 과연 작은 보람이라도 찾을 수 있을까. 누가 휘두르는지도 모르는 크고 작은 채찍에 시달리다가, 나 역시 그 채찍으로 아무 관계 없는 이를 괴롭히고 끝나는 것은 아닐까. 이번에도 준호는 자신도 모르게 내 초음을 명확히 알아듣고 있었다.

"내가 이유 없이 남의 채찍에 시달렸듯이, 우리 역시 채찍을 휘둘러 다른 이를 죽음으로 몰고 가는 일이 왜 없겠어? 왜 태어났는지도 모르고 아무런 보람 없이 살다가 스러지는 삶이 왜 없겠어? 그래서 늙어가는 것, 죽을 날이 얼마 남지 않았다는 것이 축복이었다는 생각이 들어."

준호가 계속 말을 이었다.

"내가 그토록 끔찍해하던 짐승세상의 늙음 말야. 아무런 힘도 욕망도 없이 죽을 날만 기다리는 그 짐짐한 시간들이 나는 정말 싫었거든. 그런데 다시 생각해 보니, 늙음으로써 받는 축복이 있었어. 내 허물을 아는 이들, 내 죄를 추궁할 이들 역시 나처럼 나이 들고, 정신이 혼미해지고, 결국은 죽거나 죽어가리라는 안도감 말야. 평생 불쌍하게 살다 죽어간 내 부모들과 다시 마주칠 일 없다는 것도 다행한 일이고. 내가 죽어야만, 내 자식들도 나로부터 자유로워지겠지. 죽음은 축복이야. 그들이 나처럼 이렇게 이상한 곳에 떨어져 구차한 삶을 이어가지만 않는다면."

그가 피식 웃었다. 그의 마음을 초음으로 읽는 나는 웃을 수 없었다. 이곳 단풍동, 어둠의 세상에 떨어진 것이 그동안 자기가 잘못 살아온 데 대한 형벌이라 받아들이는 그의 결론이 서글펐다.

웬 노인 하나가 우리 집 앞을 서성였다. 힘없는 긴 머리칼이 뒷눈을 가려 마치 곡식뿌리를 얹은 듯한 모습에다 한쪽 다리까지 부러져 질질 끌고 있었다. '다리를 완전히 떼라'는 내 말에 그가 울음을 터뜨렸다. 자세히 보니 골격 전체가 이상했다. 머리통을 받치고 있는 목도 심하게 가늘어 금방이라도 부러질 것 같았고 가로 닫히는 눈도, 지나치게 큰 입도 정상이 아니었다.

"보고 싶어. 내 친구가 왔어요. 내 친구, 의사 선생님."

남들이 쓰지 않는 '의사 선생님'이라는 호칭에 준호가 그를 방에 들였다. 촛불을 켜고 그의 눈과 입속을 들여다보던 준호가 말했다.

"이 사람은…… 나랑 똑같은 검은머리짐승인 것 같아."

준호가 노인에게 짐승세상 말을 했다. 하지만 노인은 알아듣지 못했다. 친구, 양이, 의사 선생님, 똑같은 말만을 되풀이했다. 노인의 발을 들어 발바닥을 보았다. 발바닥에는 선명하게 빨판이 있었다.

"검은머리짐승이 아냐. 빨판이 있잖아."

"환경에 따라 몸은 바뀌지. 연토 네 말대로."

준호가 자신의 발바닥을 보여주었다. 완전하지는 않지만 발바닥 중앙에 빨판이 자리 잡고 있었다. 또 준호는 자신의 눈꺼풀도 보여주었다. 짐승세상에 있을 때 그의 눈은 다른 짐승들처럼 옆으로 찢어져 눈꺼풀이 위아래로 있었다고 했다. 그런데 이곳에 온 후 눈이 점점 작아지면서 중앙으로 오므라드는 둥그런 눈꺼풀로 변하는 중이라 했다. 검은 머리칼로 뒤덮인 노인의 뒤통수를 헤적여 뒷눈을 살폈다. 준호의 추측대로 자리만 잡혔을 뿐 눈동자가 없었다.

"짐승이 이렇게 몸집이 작다면, 태어난 지 몇 년 되지 않은 어린아이란 거야?"

"아니. 이곳에 오래 있어서 몸피가 작아진 듯해. 이곳에서 적어도 4, 50년, 어른들처럼 몸피가 작아져 죽을 때가 가까워진 거지."

노인이 힘없이 울음을 터뜨렸다. 준호가 중얼거렸다.
"몇십 년 후의 내 모습이야."
노인을 돌려보낸 후 준호는 짐승세상에서의 기억을 다시 떠올렸다. 젊은 나이, 그가 의사 수업을 받던 때의 일이었다. 짐승세상 의사들은 신체의 한 부분씩을 맡아 병을 고치기는 하지만 신체는 하나이므로 몸 전체에 대한 기초상식도 갖춰야 한다. 각기 다른 부분을 고치는 의사들이 한데 모여 온갖 환자들을 치료하는 곳을 '종합병원'이라 하는데 의사가 되려는 학생들 또한 그곳에서 여러 종류의 환자들을 접하는 기회를 가진다고 했다. 준호가 '부러진 뼈를 붙이고 살을 꿰매는 의사' 밑에서 공부할 때였다. 한 환자가 다리를 절름거리며 찾아왔다. 다친 곳은 한쪽 무릎이었는데 환자의 요구는 그 다리를 골반부터 부러뜨려달라는 것이었다. 의사는 그 환자를 '정신을 담당하는 의사'에게 넘겼다.
"……그때는 이해할 수 없었어. 환자가 자꾸 '팔다리는 새로 난다'며 우기는 거야. 환자는 음식도 거부했어. '물속에 발만 담그면 산다'고 했어. 정신을 담당하는 의사는 그에게 강한 진통제를 처방했지. 그리고 환자가 다리를 부러뜨릴 수 없도록 쇠 침대에 묶어놓았어……. 이제 알겠어. 그 사람은 너희 세상 사람이었던 거야. 이 어른 이세상에서 짐승세상으로 온 사람. 분명해. 어딘가 뚫린 구멍으로 두 세상이 통하고 있어."
그럴 수 있었다. 준호가 우리 세상에 왔다면 우리 역시 그쪽 세상으로 가는 것이 가능하지 않겠는가. 준호가 말한 짐승세상의 옛날이야기, '젊어지는 샘물'도 그렇다. 우리 세상의 물이 그쪽으로 흘렀다면, 검은머리짐승들이 그 물을 마셨다면, 그들의 몸피가 줄고 주름도 없어질 것이 분명했다.

이튿날 아침 우리는 개울가 동굴로 갔다. 조그만 몸집의 그 노인은 준호의 당부대로 동굴에서 다른 노인들과 지내고 있었다. 준호가 그에게 다시 물었다.

"떨어진 구멍이 어디 있었는지 알겠어? 생각나?"

"응. 구멍. 엄마."

"어디야? 어디로 떨어졌어?"

"구멍. 가고 싶어. 의사 선생님, 구멍."

통로를 찾으려던 준호의 노력은 다시 물거품이 되었다. 준호는 또 한동안 심하게 앓았다.

"준호, 너 스스로 통로를 기억해 봐. 이곳에 온 지 4, 50년이 된 검은머리짐승보다는 네 기억이 훨씬 낫겠지."

"정신을 차려보니 어둠 속이었어. 희미한 빛이 보여 따라갔다가 초춘에게 잡혔어. 그것뿐이야. 짐승세상에서의 마지막 순간이 기억나지 않아. 어떤 자리에서, 어떤 이유로 떨어졌는지 알면 도움이 될 텐데. 단풍동의 물이…… 내 기억을 없앴어."

준호의 죽을 퍼서 방으로 가져가려는데 창고에서 나오는 미단부리와 맞닥뜨렸다.

"짐승을 데리고 어미산에 오르다니, 네 손으로 네 눈알을 뽑는구나."

가슴이 내려앉았다. 누에 채반을 나르던 산분이 말을 가로채었다.

"분명히 봤죠, 연토 도련님? 준호도 봤지? 사내들이 나만 좋다며 희실은 거들떠보지 않았다니까. 사내마다 내게 씨물집을 들이대느라 정신이 없었다니까! 봤지? 봤지요?"

산분이 깔깔대느라 채반을 놓쳤다. 누에들이 땅에 엎질러져 흙투성이가 되었다.

연토의 성년식

＊   저잣거리가 심상치 않았다. 살촉동 군대가 단풍동
에 주둔한 지는 오래전이었지만 최근 들어 그 수가 급격히 늘어나고
있었다. 술집과 유곽들에는 살촉군들의 옷 색깔에 맞춰 녹색 옷과 녹
색 분칠을 한 여자들이 늘어났다. 화려하고 아름다운 유곽 여자들을
따라 단풍동의 여염집 여자들도 녹색 옷과 녹색 머리띠, 녹색 분칠을
따라 했다. 다행히 녹색 분칠은 오래 가지 않았다. 어둡고 칙칙한 피부
색이 마치 시신이 걸어 다니는 듯하여 자기들끼리도 깜짝깜짝 놀라기
일쑤었다.
 거리를 지나던 여자가 군인들에게 희롱당하고 급기야 군용 마차에
치여 죽는 사건이 일어나자 사람들이 군인 막사 앞으로 몰려갔다. 그
러나 살촉군들은 뻔뻔했다. 자기들의 마차가 아니라며 잡아떼는가
하면 '부러진 다리를 잘라내기 위해 피해자가 일부러 마차에 뛰어들
었다'는 억지 주장까지 폈다. 또 단풍동 보안대가 술에 취해 행패 부
리는 살촉군을 제압한 일이 있었다. 살촉군이 당연히 사과할 일임에
도 보안대장 여량가지가 살촉군 대장에게 공식 사과하는 일이 벌어
졌다. 사람들의 마음이 요사스러웠다. 살촉군을 욕하면서도 '군대야
센 놈이 최고'라며 살촉군을 인정하기 시작했다. 살촉군이 화포를 옮

기면서 화포에 들러붙은 노인들을 떼어내느라 엿을 나눠주자 '노인들까지 돌봐주는 살촉군은 단풍동에 꼭 필요한 존재'라며 내놓고 편드는 이도 생겨났다.

"세상이 뒤숭숭할수록 연토의 성년식을 얼른 치러야 하오. 신붓감도 정해야 하고. 하전이 올 때까지 무작정 기다릴 수는 없소."

내 성년식을 주장한 이는 삼신어른 생이었다. 한밤중에 미단부리의 창고를 들락거리는 그를 본 이후로 나는 삼신어른에 대한 감정이 극도로 나빠져 있었다. 삼신각에서 이뤄지는 제례 글자 공부에도 계속 불참하고 있었다.

— 꽤나 한가하신 모양이구려. 삼신어른께서 집안 잔치까지 챙기시고. 그러다가 내 자식 결혼도 대신 시키겠다고 나서시는 건 아닐지.

형 기남의 성년식 때 하전이 삼신어른을 비꼬던 목소리가 들리는 듯했다.

"간단히 치르든지. 집안일만으로도 바쁘니까."

의외로 미단부리는 선선히 승낙했다.

7년 전 기남의 성년식과는 딴판인 간단한 성년식이었다. 악대도, 밝은샘의 외삼촌 미곤과 무녀 영기도 보이지 않았고 하객이라고는 금강샘과 곁샘마을의 농부들, 소문을 듣고 조심스레 들어선 저잣거리 상인들이 전부였다. 친구들도 없었다. 선치 무질은 아직도 행방불명이었고 부루 주명은 청매동 유학 중이었다. 참석할 법한 차미한 가쟁도 무슨 일이 있는지 나타나지 않았다. 그럼에도 분위기는 나쁘지 않았다. 손님들은 라플레아 원액을 넉넉히 푼 물확에 만족했고 무엇보다도 말썽을 피우는 노인들이 없어 조용했다. 보모 명여 대신 준호가 새벽부터 나서서 노인들을 개울가로 이끈 덕이었다.

무엇보다 마음을 졸인 부분은 성년식의 핵심이라 할 수 있는 약혼례였다. 후보감으로 나선 아가씨가 금강샘과 곱슬샘 출신 단 두 명뿐인 데다 둘의 이름이 호명된 후 잔치마당은 물을 끼얹은 듯 조용했다. 바위니 풀이니 버섯이니 하는 아낙들의 신명 나는 추임새라도 이어졌다면 어색한 분위기가 이어지지는 않았을 터이다. 잔치를 간소하게 치르기 위해 아낙들의 출입마저 통제한 결과였다. 우두커니 선 집사에게 삼신어른이 입을 떼었다.

"더 이상은 없군. 운흘 연토의 아버지 하전을 대신하여 신붓감은 나중에……"

바로 그때 중간마당 구석에서 누군가가 소리쳤다.

"은은샘마을의 자오 계우가 훌륭하게 컸다더군."

은은샘 자오 위총부리의 집사였다. 계우의 이름에 성년식을 맡은 집사가 흥분했다.

"자자, 신붓감이 또 나왔습니다. 은은샘마을의 자오 계우, 자오 계우입니다!"

집사의 말이 끝나기 무섭게 삼신어른이 입을 열었다.

"신붓감이 정해졌소. 운흘 연토의 신붓감은 은은샘의 자오 계우요."

삼신어른의 선언이 끝나자 그제야 사람들이 꿈에서 깨어난 듯 한마디씩 하기 시작했다. '그렇지. 운흘 집안이라면 자오 집안이 짝이지.'

'자오 집안의 계우라면 최고지. 수십 명 신붓감이 있으면 뭐 해?'

'그럼! 밝은샘 운흘 집안이 어떤 집안이라고.'

잔치가 끝나기 전, 나는 은은샘으로 돌아가는 위총부리의 집사를 따로 만났다. 다음 날 아침 계우를 서당에 나오도록 말해줄 것을 부탁했다. 좋고 싫음이 분명한 계우의 성품을 알고는 있지만 혹여 삼신어른이 자오 집안에 압력을 가해 억지로 이름을 부른 것은 아닌지 찜찜한 것이 사실이었다.

훈장이 없는 서당은 한산했다. 나이 어린 학생들만 킬킬대며 잡담을 나눌 뿐 발을 간질이던 얼룩토끼들도 간데없고, 어디서 왔는지 돌거북 서너 마리가 바닥 물길을 헤치고 있었다.

"누구든 훈장이 되어 서당을 이끌어가야 할 텐데."

계우가 마당에 들어서면서 한마디 했다. 금실로 수놓은 어깨 가리개를 입은 그녀는 전보다 훨씬 예쁘고 야무져 보였다. 그녀는 아무일도 없었다는 듯 나를 쳐다보았다.

"삼신어른은 대체 무슨 속셈이야? 연토 네가 안 나온다고 삼신각 수업도 그만두고."

"제례 글자를 더 배우고 싶지는 않아. 내가 삼신어른이 될 것도 아니고."

하마터면 나는 그 순간 '제례 글자가 검은머리짐승 세상 글자일지 모른다'는 말을 입 밖으로 내놓을 뻔했다. 마음속에서 얼른 그 사실을 지웠지만 계우는 이미 초음으로 읽은 듯했다. 발치에 가까이 온 돌거북을 멀찌감치 차내며 그녀가 말했다.

"자신의 감정에 항상 솔직할 필요는 없어."

"계우, 너는…… 준호가 싫지?"

"네가 검은머리짐승과 한방을 쓰는 건 알고 있어. 사람이 가축우리에 있다고 가축이 되진 않지. 하지만 가축이 사람과 함께 있다고 사람이 되는 것도 아냐. 연토, 네게 특별한 호감이 있는 건 아냐. 단지 결혼을 해야 한다면 가쟁이나 무질보다는 네가 낫다고 생각했을 뿐이야. 나는 준비가 끝났어."

다행이었다. 나 역시 결혼해야 한다면 그 상대는 계우가 아닐까 기대한 것이 사실이었다. 훗날 영기로부터 들은 얘기지만 계우 쪽에서도 내가 싫지 않았음은 분명했다.

─자오의 여자들은 누가 압력을 가한다고 따르지는 않아요. 미단 마님도 계우 아가씨도 자신의 짝은 자기가 고르지요.

계우의 아버지 위총부리의 반대가 심했다고 했다. 위총부리는 딸의 남편감으로 일찌감치 우리 운흘을 제외시켰다. 차미한과의 약혼을 깬 운흘을 믿을 수 없다는 이유였다. 그는 차미한 가쟁을 밀었다고 했다. 위총부리의 여동생인 송주가 차미한 여장부리와 결혼했고 그 맏아들이 가쟁이니 나쁘지 않았다. 가쟁의 성년식에 참석하러 가는 집사의 앞을 막아선 이는 바로 계우였다.

─가쟁은 내 신랑감이 아냐. 그렇게 하는 순간 자오 집안은 사라질 거야. 자오의 밝은샘과 은은샘을 다스릴 나 자오 계우가 부리 되기를 거부할 테니까.

계우와 헤어져 집으로 돌아온 순간 나는 또 다른 사태에 부딪혀야 했다. 잔치가 끝나고도 가지 않는 취객들을 향해 미단부리가 새파란 얼굴로 발을 구르는 중이었다.

"저것들을 끌어내라니까! 대체 뭣 하는 거야! 집안일이 있다잖아!"

성년식보다 중요한 집안일이 무엇인지는 누구도 알 수 없었다. 집안 살림은 어느 때보다도 안정되고 편안했다. 주민들의 물세도 잘 들어오고 있었고 하인들도 늘어나 추수한 곡식과 비단도 차곡차곡 쌓이는 중이었다.

미단의 말은 다음 날 아침 일찍 증명되었다. 누군가가 높은마당에 들어와 정신을 잃고 쓰러졌다. 형 기남이었다. 그는 너무나 피폐해 있었다. 행랑아범 사로가 마당으로 들어서는 그를 거지로 알고 발로 짓이겼을 정도였다.

준호가 기남을 부축해 내 방 온돌에 누였다. 자신이 아끼던 모든 양초를 다 켜고 밤을 새워 기남의 상처를 치료했다. 이틀 만에 정신을 차린 기남은 자신의 몸을 어루만진 이가 준호임을 알고 비명을 지르며 끔찍해했다. 하지만 기남은 곧 진정되었다. 준호의 실력은 놀라웠다. 팔다리뿐 아니라 가슴과 배의 푹 파인 상처에도 준호가 만든 액체를 바르고 천을 둘러주는 것으로 기남은 너덜너덜한 몸을 추스를 수 있었다. 시신처럼 누워있던 기남은 엿새가 지난 후 의자에 걸터앉을 수 있었다.

몸이 아픈 기남을 가장 심하게 구박한 사람은 어이없게도 희실이었다. 기남이 군대에서 쫓겨나고 매차에게서도 버림받아 빈털터리임을 알았기 때문이었다. 미단부리 또한 기남을 냉랭하게 대했다. 그가 도착하기 전 집안을 치우고 맞아들일 준비를 한 것으로 그녀의 할 일은 다했다는 투였다. 그녀의 인형 재료에 대한 까탈은 극심했다. 집안 하인들 모두 아교 재료와 깨끗한 흙과 물을 구하고 나르느라 잠시도 쉴 틈이 없었다. 덕분에 기남의 발을 적셔주고 몸을 닦아주는 일, 욕창이 나지 않도록 몸을 굴리는 일은 모두 준호와 내가 맡아야 했다. 준호는 기남에게 정성을 다했다. 혼곤히 잠든 기남을 보고 준호가 말했다.

"시일이 오래 걸릴 거야. 몸의 상처보다 마음의 상처가 더 심했던 것 같아."

한 달이 지나서야 기남이 그동안의 일을 털어놓았다.

"매차와 귀우치가 서로 몸을 핥아주는 것을 보고도 눈치 없는 나는 '장군의 팔뼈에 금이 가 잠깐 봐주었다'는 매차의 말을 믿었어. 귀우치에게 잘 보여야 내 앞날이 열린다는 매차의 말에 그녀가 시키는 일을 다 했어. 살촉동 어미산에 오르는 여자들을 납치하고 그 과정에서 반항하는 이들을 칼로 찔러 죽이기도 했지. 주위의 군인들이

'매차가 원래부터 귀우치의 첩이었다'며 충고했지만 나는 듣지 않았어. 내게는 매차밖에 없었어."

채연이 예고했던 대로 매차는 보통 여자가 아니었다. 기남과 결혼하기 전부터 그녀는 살촉군 고위 장교들, 특히 살촉 장군 귀우치와 비밀스러운 관계를 맺고 있었다. 어미산에 오르는 여자들을 납치하여 장교들에게 상납하고 여자들의 알집에서 나오는 체액을 제 몸에 발라 늙어가는 귀우치의 욕정을 자극하기도 했다. 그런 일들이 세상에 알려져 쫓기게 되자 매차는 순진한 기남과 결혼하여 자기 신분을 바꿨던 것이다. 그녀의 욕심은 끝이 없었다. 귀우치를 이용하여 살촉동 왕 다루오와 안면을 튼 매차는 왕비 자리까지 탐내었다. 수족처럼 부리던 남편 기남이 모든 사실을 알게 되자 그녀는 재빨리 '기남이 어미산에 오르는 여자들을 납치하여 자기 욕정을 채웠다'는 누명을 씌워 그를 감옥에 처넣었다.

감옥에 갇힌 기남은 지옥을 경험했다. 군인들의 채찍질은 도리어 참을 만했다. 그들은 기남의 온몸에 칼집을 내어 진액을 뺐다. 몸의 상처가 아물어 진액이 멈출 때쯤 군인들은 다시 그의 몸에 칼집을 내었다. 속 빈 대나무처럼 껍데기만 남아 말라죽기 바로 직전 그는 감옥에서 풀려났다. 그가 갇혀 있는 동안에도 여자들이 납치되고 그들의 알집이 도려진 채 길섶에 버려지는 일이 계속되었기 때문이다. 살촉군 장교인 이안이 그를 구명하는 과정에서 내세운 증거였다.

"……매차는 없어져야 해. 매차 때문에 살촉동 권력층이 흔들려. 그들이 흔들리면 살촉군이 단풍동을 접수하는 일이 늦어질 것 같지만 그건 아냐. 살촉동이 약해지면 아후밀탄이 살촉동을 접수해. 그렇게 되면 우리 단풍동은 늑대가 아니라 호랑이와 싸워야 해."

기남이 돌아왔음을 알리지 않았음에도 삼신어른이 그 사실을 알게 된 것은 준호가 기남의 상처 치료를 위해 갖바치 생오로부터 옻물을 구했기 때문이었던 듯하다. 어미산 자위대 네 명이 준호와 기남을 끌어내어 높은마당에 무릎 꿇렸다. 삼신어른이 너럭바위에 올랐다.

"검은머리짐승 준호, 네놈은 앞으로 어떤 경우에도 어른이의 몸에 손대지 못한다. 치료한다는 명목으로 약을 바르거나 칼을 대면 그 칼이 네 뼈와 네 살을 나눌 것이다."

그는 이어 기남에게도 준엄하게 말했다.

"살촉군 운흘 기남은 당장 단풍동을 떠나라. 단풍동 어미산에서 캔 자식에게 살촉 인장을 찍은 너는 단풍동의 자식이 아니다. 다시는 단풍동에 발을 들여놓을 수 없다."

"삼신어른, 기남은 운흘 집안의 부리가 될 사람이에요. 그리고 그는 아직도 아파요."

내 청에도 삼신어른의 표정은 흔들리지 않았다. 자위대가 기남을 일으켜 집 밖으로 끌어내었다. 미단부리가 창고에서 나와 높은마당에 올랐다. 그녀가 자위대에게 소리쳤다.

"기남에게 손대지 마! 그는 내가 캔 아들이야. 그를 내쫓을 수 있는 사람은 운흘 하전과 나뿐이야."

삼신어른이 딱하다는 듯 미단부리를 타일렀다.

"기남이 떠났을 때 '다시는 그를 보지 않겠다'며 침을 뱉은 사람이 바로 미단 당신이오. 그는 멋대로 결혼했을 뿐 아니라 단풍동의 자식으로 차마 저지를 수 없는 악행을 저질렀소. 미단, 기남은 더 이상 운흘이 아니오. 당신에게는 또 다른 아들 연토가 있소."

미단의 온몸이 분노의 푸른빛으로 감싸였다.

"단풍동의 맑은이인 나, 자오 미단이 말해. 운흘 기남은 곧 떠날 거야. 하지만 기남은 언제든 단풍동에 올 수 있어. 스스로의 선택으로 죽음을 맞는 일이 있더라도 그는 당연히, 얼마든지 이 집에 올 수 있어. 짐승들도 죽을 때가 되면 제 고향을 찾아."

삼신어른이 화를 감추지 않고 그대로 어미산으로 돌아갔다. 미단부리도 아무 일 없었다는 듯 창고로 들어가 버렸다. 방으로 돌아온 기남은 오랫동안 눈물을 흘렸다. 그리고 자신의 짐을 꾸리기 시작했다. 준호가 그를 만류했다. 기남이 준호를 품에 안았다.

"준호, 네 덕에 살았어. 돌아올 집이 있는 것만으로도 나는 바랄 것이 없어. 가서 내 할 일을 해야지."

기남이 다리를 절뚝이며 집을 나섰다. 준호는 더 이상 말하지 않았다. 말을 않는다 하여 준호의 속마음을 읽을 수 없는 것은 아니었다. 그는 어른이들의 혹독함, 매정함에 진저리를 치는 중이었다. 죽을지 모르는 자식을 그대로 내쫓는 어머니. 오로지 자신의 이익과 안녕만이 관심사인 반 식물 반 동물의 괴물들. 이해할 것도 상대할 것도 없는 쓰레기 같은 존재들.

등을 보이고 누운 준호를 보며 나 역시 그가 노엽고 어이없었다. 우리 어른이들이 그토록 매정하고 못된 존재라면 지금껏 내가 그에게 베푼 도움과 희생은 무엇인가. 집안의 불일을 맡고 아픈 이들을 치료해 줌으로써 자신은 나나 미단부리에게 그만한 대접과 호의를 받을 만하다고 앞뒤 계산을 맞춘 것인가? 우리 세상에 온 지 9년이 넘도록 모든 것을 자기들의 사고방식에 비교하고 자기들보다 못하다고 무시하는, 세상에서 검은머리짐승들만이 제대로 생각하고 판단할 줄 안다고 믿는 준호 그야말로 구제할 길 없는 쓰레기 아닌가.

우리 어른이뿐 아니라 모든 가축, 모든 나무와 풀들, 검은머리짐승까지 포함하여 모든 생명들은 결국 자신을 위해 산다. 다른 누군가를 위해 자기를 희생한다는 것은 거짓말이다. 검은머리짐승과 그들의 세상을 이해하려는 내 노력이 과연 의미 있는 것일까, 의문이 들기 시작한 때도 그즈음이었으리라. 준호도 나도 한동안 서로 말을 나누지 않았다. 준호는 검은머리짐승으로서 짐승의 삶을, 나 또한 어른이로서 내 삶을 살면 그뿐이었다.

날이 가고 달이 바뀌었다. 어미산의 어느 지점에 자신이 찾는 통로가 있다고 확신하는 준호는 내게 몇 번이고 어미산에 같이 가달라고 말하고 싶어 했다. 하지만 그는 내가 그의 말을 들어주지 않을 것을 알고 있었다. 그렇다. 더 이상 그를 위해 무리할 생각이 없었다. 나 역시 그와의 생활이 9년이었다. 그도, 나도, 제 삶을 살 때가 온 것이었다.

어떤 생명이라도 진심으로 소원하면 주위의 생명들이, 아니 생명 없는 바람과 소리와 돌들조차 그를 돕는다. 그들 역시 한때는 어떤 생명의 일부였기 때문이다. 준호의 유일한 낙이자 취미인 피리불기가 그를 도와준 듯하다. 그가 보릿대 피리로 짐승세상의 구슬픈 음조를 불었을 때 소리에 민감한 미단부리는 마구 화를 내며 그의 피리를 분질러버렸었다. 하지만 보릿대가 아닌 대나무피리를 불기 시작했을 때는 그녀도 별 불만이 없었다. 준호의 피리 실력이 나아진 것은 운흘 숲의 나무인간들 덕이었다. 그 또한 그와 내 사이가 멀어져 있었기 때문에 가능했으리라. 그는 혼자 집을 나가 운흘 숲을 향하곤 했다. 그는 이제 집 주위의 웬만한 길, 웬만한 어둠은 겁내지 않았다.

"들어 봐 연토! 노인들이 부르는 노래야."

어느 날 준호가 급히 뛰어들어 나를 찾았다.

"'산꼭대기 번쩍이는 용이 하늘 나무 이파리를 건드렸네.

이파리가 떨어져 난 구멍으로 하늘 물이 쏟아져 내렸네.

그곳에 오르면 하늘로 오르는 구멍이 있다네. 햇빛이 만든 생명의 길.

그곳에 가면 하늘로 통하는 구멍이 있다네. 황홀한 세상, 세상에서

가장 독한 기쁨.'

　노인들 말로는 이것이 햇빛족의 노래래. 햇빛족 마을에 통로가 있는 게 분명하지?"

　준호의 추측이 맞을 수도 있었다. 하지만 아닐 수도 있었다.

　"햇빛족의 추잡한 노래를 믿지 마. 황홀한 세상, 하늘의 물이 쏟아져 내렸다는 것은 사내들의 생식, 씨물 얘기야."

　"생식이라 해도…… 연토, 이 노래는 너희보다 우리의 생식을 더 닮았어. 구멍, 구멍이라잖아. 이파리도 우리 세상의 여자를 뜻하고."

　눈물 어린 그의 확신과 줄기찬 호소를 나는 이길 수 없었다. 이틀 후 우리는 금강샘 하류의 햇빛족마을로 향하고 있었다. 초입부터 우리는 햇빛족들의 심한 욕설과 위협을 받았다. 커다란 돌과 나무둥치가 절벽에서 떨어져 목숨을 잃을 뻔했고, 얼굴을 가린 덩치 큰 햇빛족이 자기만큼 큰 낫을 휘둘러대는 바람에 한순간에 머리통이 날아갈 뻔하기도 했다. 한나절을 버티지 못하고 우리는 집으로 돌아왔다. 이후로 준호는 내게 도움을 요청하지 않았다. 그렇다고 그가 포기한 것은 아니다. 그는 내 이름을 사칭하고 어미산에 잠입했다. 그가 어미산 자위대에 잡혀 집 마당에 내팽개쳐지는 일이 열흘 동안 네 번이나 이어졌다. 눈도 귀도 불완전한 그가 아무리 바위틈에 몸을 숨긴들 어미산 자위대에게는 꿱꿱대는 눈먼 돼지새끼를 줍는 일이었으리라. 그나마 삼신어른 생이 청매동에 가 있었을 때라 가능한 일이었다. 그러고도 그는 포기를 몰랐다. 집 마당에 패대기쳐지는 순간 그는 어느새 어미산에 잠입할 또다른 방법을 연구하고 있었다.

연토의 결혼례

✱   살면서 치르는 여러 행사 중에서도 결혼례는 말도 많고 탈도 많다. 차미한 가쟁이 결혼례를 생략하고 성년식 약혼례만으로 신부를 맞은 일에 대해 사람들은 '차미한의 부리가 될 가쟁의 결혼례를 생략한 것은 그 집안이 한물갔다는 증거'라는 뒷말을 남겼고, 부루 주명의 결혼례는 '내로라하는 집안도 잘 치르지 않는 결혼례를 졸부 티 내느라 요란스레 치렀다'며 흉이 잡혔다. 다행이라 해야 할까, 내 결혼례에 대해서는 군말들이 없었다. 운흘과 자오의 결합인 데다 삼신어른이 결혼례를 주관한다는 사실이 알려지자 사람들의 관심사는 오로지 본인들이 내 결혼례에 참석함으로써 자기들의 입지를 확고히 다지려는 데에만 쏠려 있었다. '결혼례에 참석하고 싶다'는 청탁 편지가 수없이 오는가 하면 아버지강 건너 살촉동 사람들이 하전과의 친분을 내세우며 집안을 기웃거리기도 했다. 운흘의 금강샘과 곁샘과 곱슬샘, 자오의 은은샘마을 사람들도 덩달아 술렁였다. 물세 낼 때를 제외하고는 얼굴 한 번 비치지 않던 그들이 공연히 곡식단을 집안에까지 들여놓아 주겠다고 수선을 피우고, 자루목샘의 어떤 농부는 '수상한 자들로부터 우리 집 주위를 지켜야 한다'며 일부러 찾아와 생색을 내기도 했다. 집안 하인들은 더했다. 결혼례 준비가 비밀이라도 되

듯 대문을 걸어 잠그고는 '아무도 들어오지 못한다'며 호기롭게 소리쳤다.

"모든 사람들을 다 초대할 수야 없지."

미단부리가 무심코 던진 말 한마디 이후 선물꾸러미들이 도착하기 시작했다. 저자의 부유한 상인들이 보낸 곡식과 비단이 대문 옆 곡물창고를 메우고 일손을 도와드리라며 보낸 하인들이 행랑채 세 방을 채우고도 넘쳐 담장 밑에서 밤을 지새워야 했다.

잔치 규모는 결국 초대 장소의 크기와 돌확 숫자로 결정된다. 자오와 운흘의 행사가 대대로 밝은샘에서 치러진 이유는 자오의 마당이 우리보다 크고 대형 돌확을 많이 가지고 있기 때문이었다. 삼신어른이 내놓은 답은 놀라웠다. 내 결혼례를 저잣거리 광장에서 치르겠다는 것이었다. 마침 소작료 때문에 집에 들렀던 금강샘의 소작농들이 삼신어른의 말 한마디에 즉각 호응했다.

"정말 좋은 생각이십니다. 그럼요, 저자에서 운흘 잔치를 연다고 누가 뭐라겠어요? 운흘과 자오의 잔치인걸요."

지난 십여 년 동안 신흥 집안인 선치나 부루, 저잣거리의 졸부들에게 설움을 당했던 그들은 곧장 저잣거리로 몰려갔다.

"단풍동의 중심이야 당연히 운흘이고 말고. 게다가 삼신어른의 결정이고. 광장이 모자라면 가게라도 밀어버릴밖에."

그들은 재빨리 석물 가게의 돌확들을 확보하고 파인 곳을 메우는 등 광장 정비에 나섰다.

집안의 돌확 71개에 석물 가게의 큰 확 40여 개를 합쳐봤자 300여 명을 예정한 손님 접대에는 어림없었다. 보고를 받은 삼신어른은 어미산의 마차를 동원하여 자오 집안의 돌확들을 가져올 계획을 세웠다. 하지만 그 계획은 미단부리의 한마디로 무산되었다.

"자오 집안의 모든 것은 영원히 자오 집안에 있어. 아무도 움직이지 못해."

결혼례에 참석하기 위해 집에 온 미곤과 영기 역시 당연하다는 듯 고개를 끄덕였다.

이튿날 아침 저잣거리에서는 13대의 마차가 줄을 지어 호랑가시동으로 떠났다. 호랑가시동과 청매동의 돌확을 사올 예정이었다. 닷새 후 저자에 돌확을 내려놓은 마차들은 쉴 겨를 없이 다시 길을 떠났다. 돌확 값이 하루가 다르게 오르는 중이었다. 청매동의 돌확 값이 오른 데에는 내 결혼례뿐 아니라 나루샘 부루 집안의 욕심이 일조한 것이 사실이다. 땅의 법칙을 따라 성격이 조급해지고 무모해진 고애초는 '돌확 숫자가 집안의 규모를 상징한다.'는 간단한 원칙에 빠져 청매동에서 타야 할 손님들을 제치고 돌확들을 자기들의 배에 싣기 시작했다. 덕분에 잔치에 참석하고자 단풍동으로 오는 이들은 배 대신 호랑가시동으로 에두르는 마차를 타야 했다. 배표를 구하기도 어려웠지만 돌확을 무리하여 싣다가 배 밑창이 꺼지는 것을 본 이들이 한바탕 과장하여 떠벌였기 때문이었다. 결혼례에 참석한 사람보다 사흘 동안 이어진 잔치에 손님이 점점 더 많아진 이유가 그것이었다.

결혼례를 치르며 가장 뿌듯했던 것은 운흘의 금강샘과 곁샘, 곱슬샘의 주민들이 모두 자기 일처럼 기뻐하며 잔치를 도왔다는 점이다. 누가 시키지도 않았는데 노인들을 대접할 죽과 엿을 만들어 가져오는가 하면 잔치 손님들을 위해 자기 집을 기꺼이 내놓기도 했다. 말썽꾸러기 노인들을 모아 금강샘 하류 햇빛족 마을에 맡기고 온 농부는 힘이 부처 집 앞에서 무릎을 꿇으면서도 '오랜만에 살맛 난다'며 즐거워했다. 어미산의 자위대도 마찬가지였다. 돌확을 광장으로 나르고 배치하는 고된 작업에 힘든 내색 한번 없이 웃으며 일을 도왔다.

결혼례는 어느새 단풍동 전체의 축제가 되어 있었다.

예복을 장만하는 데에는 산분과 함께 다른 집안에서 기꺼이 보내 준 침모들 넷이 바늘을 잡았다. 산분이 끝없이 나불대었다.

"최고급 옷을 만들 거야. 희실이 그동안 아무리 나를 족대였어도 이런 옷은 만들어 주지 않았지. 하지만 연토 도련님이라면 내가 해야지. 어떡하나, 희실은 약이 많이 오를걸. 알지? 산에서도 사내들이 내 뒤만 졸졸 따라다녔잖아, 희실은 거들떠보지도 않고."

희실이 달려들어 산분의 머리털을 세 개나 부러뜨렸지만 희실 역시 사나운 산분에게 머리털을 뜯겼다. 땅의 법칙은 틀리는 법이 없다. 맑은이건 황인이건 주인이건 하인이건 생식을 하고 난 후에는 자신의 본 성품이 그대로 드러난다.

삶에서 가장 건강하고 용감한 나이, 생식의 나이를 전후하여 솟아나는 정열과 용기야말로 땅이 우리에게 허용하는 마지막 축복인지 모른다. 산분의 지휘로 완성된 혼례복은 한눈에 보기에도 범상치 않았다. 신랑 예복은 보통 붉고 푸른 비단 내리닫이에 등판에만 황금색 나무 한 그루를 수놓을 뿐 앞쪽에는 아무런 꾸밈이 없다. 산분은 침모들을 시켜 등판에 있는 황금나무의 가지를 옆구리를 지나 앞가슴 쪽으로 뻗도록 수놓은 다음, 그 가지에 온갖 새들, 온갖 모양의 나비들을 색색으로 수놓도록 했다. 신부 예복은 더했다. 치마폭을 두 배로 늘린 데다 종아리 위에서 끝나는 기장을 땅에 끌릴 정도로 길게 뽑아 감탄이 나올 정도로 우아했다, 머리부터 늘어뜨리는 붉은 도투락댕기에는 굵직한 금실로 육각의 칸을 만들고 그 칸마다 붉은 루비와 푸른 비취, 노란색의 호박을 하나하나 채웠다. 화려함의 극치였다.

"산분이 자오의 침모인 것은 맞구나."

미단부리가 한마디 입을 떼자 산분이 온 집 안을 뛰어다니며 으쓱거렸다. 사실 산분이 도투락댕기에 화려한 보석을 달 생각을 한 것은 미단부리의 인형 옷에 붙은 작은 보석들로부터 힌트를 얻은 것이었다. 갓바치 생오의 솜씨 또한 훌륭했다. 수십 번 칠을 올려 정성스레 마감한 가죽 신발들은 청동거울처럼 얼굴이 환히 비쳤다.

결혼례 준비가 한창일 때 나는 꽃으로 장식된 마차를 타고 은은샘마을로 갔다. 마차의 향기로운 꽃들이 시들기 전에 신부와 함께 되돌아올 터였다. 내 뒤를 따르는 두 대의 마차에는 신붓집으로 보내는 하인 넷과 비단들, 네 개의 곡식 항아리가 실려 있었다.

어미산 북쪽에 위치한 은은샘마을은 우리 쪽에서 보자면 어미산 반대편 자락이다. 동쪽 밝은샘을 거치는 것이 거리상으로는 가깝지만 거친 숲이나 다름없는 밝은샘마을 길은 마차가 지나기에 불가능했다. 마차는 저자를 관통하여 나루샘 수원 옆을 지나는 서쪽 협곡 길로 들어섰다. 마차 한 대가 겨우 지날 만한 오르막길이었지만 절벽과 나무들이 이루는 경치가 딴 세상에 온 듯 아름다웠다. 드디어 모습을 나타낸 은은샘 역시 그 이름이 결코 아깝지 않았다. 밝은샘만큼 밝거나 수량이 많지는 않아도 물 밑바닥까지 닿았던 빛이 부드럽게 주위를 비추어 보는 이의 마음을 어루만져 주었다.

새벽 타조시에 떠난 마차는 물의 네 시간을 다 보내고 나무의 시간 중에서도 두 번째인 푸른나무시가 되어서야 은은샘 자오 본가에 도착했다. 드디어 계우가 기거하는 집이었다. 익히 들은 바와 같이 계우의 집도 우리 집처럼 세 마당으로 이루어져 있었다. 단지 세 마당이 계단을 이루어 붙어있는 우리 집과는 다르게 그녀의 집은 마당들이 각기 떨어져 있어 높은마당에서는 중간마당이, 중간마당에서는 아랫마당이 뵈지 않았다. 집을 짓기 위해 터를 따로 닦지 않고 원래의 바위 지형을 그대로 이용했기 때문이라 했다.

 계우의 할아버지 담연부리는 높은마당의 행랑채에서 지내고 있었다. 몸은 이미 작아져 하인들의 등허리나 어깨에 매달리는 등 골치를 썩였지만 아직은 끄떡없어 보였다. 아버지 위총부리는 중간마당에 기거하고 있었다. 오래된 이끼가 마당에 두툼하게 깔려 있는 것으로 보아 사람의 내왕이 전혀 없었던 듯했다. 거실 의자에 앉은 그는 계속 머리를 흔들며 보이지 않는 눈을 굴려대었다.

 "밝은샘의 친척들이나 가끔 올까, 삼신어른조차 우리 집에 온 적이 없지. 은은샘의 수량이 워낙 적으니 충분히 무시해도 되고말고. 마을 규모도 여덟 샘마을 중 가장 작고."

 사람들의 관심에서 어떻게든 벗어나려는 그의 설명이 오히려 심상찮게 들렸다. 삼신어른이 이곳을 무시하여 오지 않은 것이 아니라 올 수 없었던 것은 아닐까. 은은샘의 자오 집안이 온갖 핑계를 대어 그의 방문을 피했던 것은 아닐까.

 "샘을 지키는 하인들도, 그 하인들을 지키는 놈들도 믿을 수가 없어. 일을 내는 건 한순간이거든. 요새는 특히 더 뒤숭숭해. 결혼 잔치 때문에 들떠서 수다나 떨어대고."

 그가 중간마당에 머무는 이유도 '은은샘 수원으로 오르는 지름길이 중간마당에 있기 때문'이라 했다. 샘을 지키느라 딸의 결혼식에도 참석하지 못한다는 그가 한편으로 안쓰러우면서도 다른 한편으로는 다른 뜻이 있는 것은 아닐까 뒤숭숭했다. 눈빛을 볼 수 없으니 더욱 그러했다.

 마당 중 가장 동쪽에 면한 아랫마당 역시 오래된 이끼가 두툼했다. 그중에서도 동쪽에 면한 계우의 방은 외지고 조용했다.

 "짧은 아침 빛이 그런대로 괜찮아서."

한마디 던진 계우는 의자에 걸터앉은 채 말이 없었다. 언제나 밝고 자신의 주장을 거침없이 쏟아내는 그녀가 이렇게 조용하고 우울했던가, 적이 놀라웠다. 그러고 보니 온 집 안이 비어 있는 듯 조용했다. 내가 데려온 하인들조차 말은커녕 발짝도 제대로 떼지 못하는 중이었다.

그녀의 어머니 후란이 살아있던 작년 초만 해도 위총부리의 성품이 지금처럼 예민하지는 않았다고 했다. 장님인 위총부리를 도와 험한 어미산 맑은이밭까지 올라가 생식하고 돌아온 후란이 원인 모를 병으로 몸이 썩어 아버지강으로 떠나간 후 위총부리는 더욱 사람을 기피했다. 눈이 보이지 않는 만큼 예민한 귀가 더욱 예민해져 집 안 식구들 모두 발소리 숨소리조차 조심해야 했다. 말썽을 피우는 할아버지 담연부리를 하인들이 업고 마을로 내려간 적도 많다고 했다. 딸 계우의 혼사에 대해서도 마찬가지였다. 내가 닿기 한 시간 전에 이미 마차 소리를 듣기 시작한 그는 '운흘 집안에서 계우의 예물을 싣고 오는 마차'라는 설명을 몇 번이나 확인하고도 계속 무어라 중얼거리며 안절부절못했다고 했다.

돌아오는 꽃마차에서 내 옆자리에 앉은 계우는 어느새 내가 아는 익숙한 여장부로 되돌아와 있었다.

"나는 사람들로 북적이는 시끄러운 집이 좋아. 게다가 나는 미단 아줌마를 좋아해."

뒤따르는 짐마차 두 대에는 자오 집안에서 보내는 쌀과 향수, 하인들 둘이 타고 있었다. 위총부리는 처음에 '하인들만큼은 줄 수 없다'며 고집을 부렸다. 믿을만한 하인들을 구하기가 어렵다는 이유였다. 하지만 그는 마침 전해진 사촌인 밝은샘마을 미곤의 편지를 받았다.

「내 아버지 자오 백연부리가 살아있었다면 은은샘마을 전체를 운흘로 넘겼을 거야.」

완벽한 준비란 있을 수 없었다. 단풍동으로 오는 배편이 없어 예홍의 악대가 결혼례날 아침 아슬아슬하게 도착하는가 하면 잔치에 쓸 술을 구할 수 없어 마을 전체의 술을 그러모으기도 했다. 저자의 술이 바닥난 이유는 알고 보니 우리 집 때문이었다. 곡물창고에 쌓인 선물꾸러미에 고급술들이 잔뜩 들어있었는데 정작 우리는 잔치를 준비하느라 그것들을 끌러볼 시간이 없었던 것이다. 혼례복의 육중한 무게 또한 생각지 못한 일이다. 무거운 황금 허리띠에 무릎까지 차오르는 가죽신, 새로 마련한 긴 소뿔 호패를 손에 들고나니 발짝을 뗄 때마다 심호흡을 해야 할 지경이었다. 계우의 혼례복도 마찬가지였다. 도투락댕기뿐 아니라 갖가지 보석을 단 계우의 치마도 무게가 만만치 않았다. 화가 난 계우가 산분에게 '보석들을 전부 떼라'고 지시했다. 산분이 펄쩍 뛰며 '절대로 못 뗀다'며 버텼다. 큰 소리로 울어대는 산분으로서는 계우의 예복이 자기 일생 최고의 작품이었다. 하는 수 없이 계우가 단념했다. 보석이 잔뜩 달린 예복이 황홀할 정도로 아름다운 것도 사실이었다. 영기가 환히 웃었다.

"예복에 보석이 많이 달려 무거울수록 훗날 땅에 돌아가셔서 편히 쉰답니다."

혼례복이 수의가 되어 불태워질 것을 생각하면 벌써부터 아깝기 짝이 없었다. 하기야 그렇게 모든 것을 불태워 흔적조차 남기지 않는 것만이 '세상의 사치가 모두 헛꿈'이며, '모든 생명뿐 아니라 절대 변치 않을 값진 돌의 주인 또한 땅 외에 없음'을 알려주는 일이라면 그것도 담담하게 받아들일 수밖에 없을 터였다.

하객들이 광장을 메우기 시작했다. 초대받은 하객들은 저마다 뽐내듯 화려하고 값비싼 치장에 훌륭한 옷을 떨쳐입고 다른 이들을 흘끔거리기 바빴다. 주변을 에워싼 구경꾼들도 결혼례가 잘 보이는 자리를 차지하기 위해 신경전을 벌였다. 어미산 입구 쪽을 무대로 잡은 정면은 갖가지 색깔의 휘장으로 현란했다. 커다란 사각 상에는 그물에 싸여 끼룩대는 기러기 한 쌍, 물확에 담긴 황금 잉어 한 쌍, 열세 가지 색깔의 떡과 열세 가지 종류의 술 항아리들이 놓였다. 집사는 금강샘의 중농인 여추가 맡았다. 그의 구령에 맞춰 계우와 내가 맞절을 했다. 이어 나는 미단이 준비해 준 흑단 칠성함을 등에 메고 사각 상을 열세 번 돌았다. 자식을 담아올 새 칠성함이었다. 호미를 든 계우가 내 뒤를 따랐다.

'헤헤이, 열세 명이라니 자식 욕심도 많다.'
'헤헤이, 욕심도 많아. 언제 다 거두려고 그래?'

하객들의 축수가 이어졌다. 이어 우리는 정면에 드리웠던 휘장을 젖혔다. 계우가 쭈그리고 앉아 주머니에 들었던 작은 돌들을 바닥에 떨어뜨렸다. 이번에는 내 차례였다. 계우가 비켜난 자리에 내 허리 주머니에 찬 돼지 오줌통 물을 쏟았다. 계우가 다시 쭈그려 앉아 돌을 떨어뜨렸다. 내가 또 오줌통 물을 쏟았다.

'헤헤이, 씨물을 쏟는구나!'
'헤헤이, 하고 또 하는구나. 그렇게도 좋은가!'
'헤헤이, 끝도 없이 하는구나. 그렇게도 황홀한가!'

어미산의 생식 현장을 보지 않았다면 나는 아마 그 일들이 무엇을 뜻하는지 몰랐을 터이다. 사람들이 빤히 보는 앞에서 생식 짓거리라니 나도 모르게 고개를 숙였다. 순간 나는 하마터면 앞으로 고꾸라질 뻔했다. 황금 머리띠의 무거운 무게 때문이었다. 다행히도 계우가 재빨리 내 머리띠를 뒤에서 낚아챘다. 그리고 귀엣말이 들려왔다.

"뭐 하는 거야? 빨리하지 않고!"

나도 모르게 움찔하여 남은 오줌통 물을 짰다.

'헤헤이, 벌써부터 마누라한테 꼼짝 못 하는구나.'
'헤헤이, 임자 만났구나. 눈치 보느라 정신없구나.'
"자, 이제 신랑 운흘 연토는 상 앞에 와서 엎드리시오."
 네 명의 사내들이 굵은 나뭇가지로 내 등을 한 차례씩 때렸다.
'헤헤이, 못난이, 이런 못난이가 없구나.'
'헤헤이, 사내 망신 다 시키는구나. 정신 차리지 못하고.'
 무슨 정신으로 식을 계속했는지 모른다. 어느새 계우와 나는 바닥에 누워 있었다.
'헤헤이, 나란히 누웠구나. 오래 서 있었으니 오래 눕기도 해야지.'
'헤헤이, 땅으로 돌아가는구나. 땅 위에서 함께 살았으니, 땅속에도 함께 가야지.'
"이로써 이들은 죽을 때도 같이 묻힐 것이다." 삼신어른의 선포로 식이 끝났다.
'뭘 일어나려고 그래? 이왕 누운 김에 푹 쉬지.'
'이렇게 빨리 세워줘도 되나? 억울한걸.'
 사람들이 큰 소리로 웃으며 바닥에서 버둥대는 우리를 일으켜 주었다.
 결혼식 후 밤새 처려진 술자리에 불려 다니며 우리는 초주검이 되었다. 예홍의 악대 역시 연주를 계속했다. 입으로는 환히 웃는 예홍의 눈빛이 애틋하고 안쓰러웠다. 하지만 그녀는 초추아였다. 누구보다도 자신의 처지를 잘 알 터였다.
 미곤과 영기, 채연은 결혼례 이후로도 한참 동안 집에 머물렀다. 미단부리 역시 창고에 들어가지 않고 그들과 어울려 거실 물확에 발을 담갔다. 거실에서 퍼지는 물안개가 중간마당과 높은마당까지 피어올랐고 물에서 나는 라플레아 원액 향이 온 집 안을 감쌌다. 그들이 돌아가는 날 아침, 무녀 영기가 내 방을 두드렸다.

"연토 어르신, 아무리 결혼례를 치르셨어도 제게는 영원한 도련님이시랍니다."

한참 동안 내 얼굴을 어루만지던 영기는 더 이상 나를 보지 않았다. 그녀와 나 사이에 놓인 얇은 허공, 아니면 그 허공에 비친 자기 자신을 보고 있는 듯했다.

"운명이 용서하신다면 한 번 정도는 거슬러도 되겠지요. 내가 아끼는 도련님을 위해."

"왜 그래? 죽는 그림이라도 본 거야?"

"살아있는 모든 것들은 죽게 마련이지요. 죽어야 할 때 죽지 못하는 것이 모든 비극의 씨앗이지요. 제가 죽었다는 걸 아시는 순간에, 도련님, 잠깐만 무릎을 꿇어주세요. 이 늙은이의 피곤했던 삶을 기억해 주세요. 훌륭하신 연토부리님."

'연토부리'라는 말은 형 기남이 부리를 내놓은 이후에야 내가 들을 수 있는 말이다. 그렇다면 영기의 죽음이 그리 가까운 일은 아니었다. 훗날, 아주 먼 훗날의 이야기일 터였다.

"알았어. 그렇게 할게. 하지만 죽지는 마."

하객들이 떠난 후 희실이 계우를 따라다니며 아양 떨었다.

"계우, 나랑 같이 방을 쓸 테야? 아니면 내 방 옆의 기남 방을 쓰든가. 예전부터 내가 너를 좋아한 건 알고 있지? 나는 자오의 여자가 정말 좋아."

희실의 말을 듣자 계우가 곧장 자신의 짐을 꾸려 미단부리의 방으로 들어갔다. 미단부리의 허락도 받지 않은 채였다. 약 오른 희실이 마구 화를 내었다.

"자오 것들은 하나같이 재수 없어! 오죽하면 내가 기남의 짝으로 청매동 여자를 골랐을까!"

"누가 기남과 결혼하기나 하고요? 멍청한 모란이라면 모를까."

"아아, 그러셨군? 그래서 지저분한 오물 덩어리와 뒹구는 연토를 골랐군?"

"마음이 지저분한 것보다야 방이 지저분한 것이 낫지 않겠어요?"

계우는 한마디도 지지 않았다. 나는 계우에게 미안했다.

"내 방에서 같이 지내도 돼. 준호를 다른 방으로 보낼게."

"네 방도 나쁘지는 않겠지, 짐승 축사치고는. 나는 미단 아줌마의 방을 쓸 거야. 이 집에서 마음에 드는 유일한 곳이야."

고모 희실의 말대로 자오의 여자들이 거세고 쌀쌀맞은 것은 분명했다.

결혼례 다음 달인 버섯달에 미단부리는 흑단 칠성함에 조각을 새기기 시작했다. 흑단은 색이 아름다운 고급 목재지만 무겁고 단단하여 무언가를 조각하기에는 무척 힘든 소재다. 나무의 석 달 내내 그녀는 인형 작업을 제쳐두고 칠성함에만 매달렸다. 완성된 칠성함은 내 것이나 기남의 칠성함과는 비교도 되지 않게 훌륭했다. 안쪽에도 양 문짝 위에도 푸른 용과 불새, 누에, 도마뱀, 타조 등 열세 달의 동물들, 갖가지 모양의 꽃과 새들이 일곱 별을 추앙이라도 하듯 서로 얼크러져 우러러보고 있었다. 끌과 조각칼을 잡았던 그녀의 손이 상처투성이였지만 그녀 역시 식구들의 한결같은 찬사와 감탄이 싫지 않은 듯했다.

푸른나무의세월 세 번째 해 마지막 달인 새생명이태어나는큰달에 계우와 나는 어미산에 올랐다. 계우는 허리춤에 호미 두 자루를, 나는 등에 흑단칠성함을 멘 채였다. 어미산에 들어서서 얼마 되지 않아 자식을 캐는 황인 부부들이 눈에 띄었다. 사실 길섶 둔덕에도 온전한 봉분들이 꽤 있다. 최근에는 복인들도 별로 태어나지 않았다. 단풍동 어미산이 지난 수십 년 동안 별고 없이 잘 지켜졌다는 뜻이기도 했다. 지난 30여 년 동안 어미산을 지켜온 삼신어른 생의 공을 빼놓을 수는 없으리라. 우리 운흘 집안 안에서나 그를 마뜩잖아하고 때로 무시할 뿐 단풍동의 모든 이들이 그를 존경하고 따르는 데에는 그의 말과 행동에 허술함이 없어 어미산을 맡기기에 충분히 믿음직하기 때문일 터였다.

산비탈이 심해지자, 걸음 옮기기가 힘들었다. 게다가 등에 멘 흑단 칠성함은 어깨가 내려앉을 만큼 무거웠다. 하지만 계우는 뒤도 돌아보지 않고 계속 올라갔다. 그녀를 겨우 따라잡나 싶으면 그녀는 어느새 다시 오르는 중이었다. 오르막이 끝나 조금 편히 걷나 싶으면 어느새 가파른 오르막이 나타났다. 흙길이 돌길로 바뀌었다. 돌들이 점점 커져 사방이 온통 큰 바위뿐이었다. 어떻게 이 거친 바위산에 사람의 씨가 자란단 말인가. 그런데도 계우는 계속 위로 올랐다.

"서두르라니까! 올라갈수록 아침이 빨리 밝는 것 몰라?"

매몰차게 말하는 그녀가 정말 야속했다. 칠성함을 멘 채 잠깐 숨을 돌리는데 한쪽으로 눈이 갔다. 바로 그곳이었다. 어머니 미단부리를 눈에 담았을 때의 그 바위 섶, 멀리 계곡의 물소리가 들리고 아래로 탁 트인 산자락이 내려다보이던 이곳, 바로 내가 태어난 자리였다. 계우에게 그 사실을 알리려 했지만 그녀는 어느새 까마득한 능선을 타고 있었다.

거칠고 뾰족한 바위들을 타 넘으면서 나는 발바닥과 어깨가 찢어지는 듯한 통증을 느꼈다. 흑단 칠성함 역시 산의 한끝을 들어 올리는 듯 무거웠다. 온 관절이 아팠다. 한 발짝도 더 뗄 수가 없었다.

정신을 잃었던 모양이다. 내 몸이 바위틈에 끼어있고 등에 메었던 칠성함은 뾰족한 바위 위에 지붕처럼 얹혀 있었다. 몇 발짝 떨어진 도도록한 봉분 앞에 계우가 서 있었다. 계곡의 물소리, 그곳에서 피어오른 물안개가 편안히 퍼지고 있었다. 계우가 호미로 봉분을 파기 시작했다. 흙은 촉촉하고 부드러웠다. 그녀가 퍼낸 흙을 멀리 흩뿌리는 것이 내 할 일이었다. 그녀가 조용히 혼잣말을 했다.
"차분하게, 조심스럽게, 그러나 떨지 말고."
─차분하게, 조심스럽게, 그러나 떨지 말고.
어미산에 오르기 전 어머니 미단부리가 일러준 말이었다. 계우도 긴장하는 중이었다.

봉분은 꽤 넓은 면적을 차지하고 있었다. 계우는 내가 봉분을 밟지 않도록 몇 번이고 주의를 주었다. 땅속의 고치가 내 몸무게를 이기지 못하면 팔이나 다리가 부러질 수도 있었다. 하지만 어미인 계우는 서슴없이 봉분에 올랐다. 땅의 신비였다. 아비와 달리 어미의 무게는 도리어 자식의 잠을 깨우는 기분 좋은 자극이 되는 것이다.

얼마나 흙을 퍼내었을까. 거미줄처럼 사방으로 얽힌 고치가 계우의 발밑에서 모습을 드러내었다. 급기야 그녀가 호미를 내려놓고 손톱으로 흙을 긁기 시작했다. 지체할 틈이 없었다. 날이 새고 있었다. 드디어 고치의 뭉툭한 끝이 드러났다. 발끝 아니면 머리끝일 것이었다. 계우가 계속 흙을 헤쳐 나갔다. 사람 키만큼을 짚어나가니 그쪽으로도 끝이 나왔다. 커다란 땅콩 껍질 같은 몸체가 드디어 드러났다. 고치는 희고 단단하고 전혀 상한 곳 없이 온전했다.

"이쪽이 머리야."

계우가 언덕 아래로 향한 밑 부분을 가리켰다. 뭉툭하고 두꺼운 아래쪽이 머리 부분이고 뾰족하고 얇은 위쪽이 발치였다. 계우의 지시대로 나는 고치 옆에 나란히 칠성함을 놓았다. 계우가 고치의 다리

쪽을, 내가 뭉툭한 고치의 머리 쪽을 잡아 비단 솜이 깔린 칠성함에 담았다. 함 바닥에 새겨진 용과 불새 조각이 다 가려질 만큼 고치는 크고 튼실했다.

계우가 고치의 머리 부분을 한동안 어루만졌다. 그리고 드디어 조각을 떼기 시작했다. 껍질은 두껍지 않았다. 계우는 되도록 큰 조각을 떼어내려 애썼다. 껍질 밑으로 말간 우무질이 고인 것이 보였다. 얼굴 부분이 드러나자 계우는 뜯어낸 껍질 조각으로 아이의 눈을 덮었다. 주위가 환해지고 있었다. 단풍동 천장을 뚫는 빛바위가 밝은샘 계곡 물을 밝히고 그 물줄기로부터 퍼진 안온한 빛이 사방을 밝히는, 어미산 꼭대기에서 맞는 새 아침이었다. 계우는 쉬지 않고 고치 껍데기를 뜯어내었다. 드디어 우리는 우무질에 싸인 새 생명과 마주했다. 사내아이였다. 팔다리가 온전하고 눈도 귀도 아름다운, 피부가 투명하게 비치는 맑은이였다. 끝으로 계우가 그의 눈에 올려놓았던 고치 조각을 살그머니 다시 떼어내었다. 그가 눈을 떠서 계우와 나를 번갈아 바라보았다. 운흘 연토와 자오 계우의 자식이었다.

삼끈으로 칠성함을 묶어 바위산을 내려오는 일 또한 쉽지 않았다. 하지만 올라갈 때만큼은 아니었다. 이 역시 땅의 신비일까, 칠성함만큼 무거운 아이의 몸무게가 실렸으니, 힘이 두 배로 들 텐데도 한 발짝 한 발짝 내려올수록 마음도 몸도 편해졌다. 온전한 자식을 얻었다는, 끝내 해내었다는 기쁨이 모든 피곤을 날려주는 듯했다. 크게 웃거나 떠들 수는 없었다. 어미산에서 자라는 다른 생명도 문제지만 무엇보다도 갓 태어난 내 아이의 여린 귀를 보호해야 했다. 발바닥이 해어지고 칠성함 줄을 잡은 손바닥도 허물이 벗겨져 진액이 흘렀다. 괜찮았다. 모든 아비가 겪는 당연한 일이었다.

거실 탁자에 칠성함을 올렸을 때 미단부리가 한마디 했다.

"큰일을 해냈구나, 계우."

우구슬을 캐어왔을 때처럼 아이의 머리카락을 잘라야 했다. 땅의 양분을 흡수하던 잔뿌리를 잘라 땅과의 인연을 끊는 절차였다. 미단부리가 가위를 들었다. 칠성함에 담긴 아이가 미단부리를 한참 동안 쳐다보았다. 머리카락을 하나하나 잘라낼 때마다 아이가 움찔거렸고 식구들의 속삭이는 듯한 덕담이 이어졌다.

'어쩌나 세상에 나오고 말았네. 어쩌나 세상에 태어나고 말았네.'

'놓아주소서. 하늘님 땅님, 이 생명 혼자 힘으로 일어서려 하니 부디 편히 놓아주소서.'

내가 태어났을 때 내 머리카락을 자른 사람은 할머니 양이였다. 그녀가 머리카락 자르는 일을 두려워해 순부부리가 양이를 어르던 일이 눈에 선했다.

찬금 대신 새 행랑어멈이 된 순양이 쌀가루와 세 가지 약초 가루가 담긴 단지들을 칠성함 옆에 놓았다. 생일례였다. 식구들이 아이의 몸에 조금씩 가루를 쏟았다.

'늙어서 배곯지 마시게.'

'눈이 좋아 멀리멀리 보시게.'

'코가 좋아 모든 냄새를 다 맡으시게.'

'입도 잘 벌려 말도 물 흐르듯 하시게.'

아이가 온통 쌀가루와 약초 가루에 파묻혔다. 잠시 후 아이의 얼굴과 몸에 묻은 가루를 계우가 손으로 떨어내 주었다. 아이가 드디어 두 손과 두 발을 허우적거렸다.

"세상에, 건강하기도 하지. 사지도 말짱하네."

"이것 봐, 손가락도 발가락도 모두 갖췄네."

아이의 뒷눈은 아직 감겨 있었다. 사나흘이 지나야 뒷눈을 뜰 수 있을 것이었다. 그리고 열사흘씩 세 번인 삼십구 일이 되면 아이는 혼자 일어나 자기 발을 물에 담글 것이었다. 아이의 이름은 '희휘', 기쁘고 아름다운 나무라는 뜻이었다.

그 역시 아픔을 겪어야 했다. 씨물주머니에 고인 우무질을 짜내느라 단말마의 비명을 질러야 했고 운흘의 문장을 엉덩이에 찍느라 목이 찢어지게 울어야 했다.

삼십구 일이 되는 날 수족례와 물건잡이 행사가 치러졌다. 수족례는 아이가 스스로 물확에 발을 담가 물을 흡수하는 일이고 물건잡이는 아이에게 동전과 실, 볍씨, 활, 빛깔 고운 비단 천들을 보여주고 그중 무엇을 좋아하는지에 따라 아이의 미래를 점치는 일이다. 희휘는 다른 것을 마다하고 가장 작은 볍씨를 잡았다. 미단부리가 손뼉을 치며 좋아했다.

"가장 좋은 것을 잡았구나. 내 손주의 손주가 땅을 가득 메우겠구나."

미단부리는 천을, 계우는 동전을 잡았었다고 했다. 나는 물건잡이를 한 기억이 없었다. 자식에게도 해주지 않은 일을 손자에게 해주며 미단부리는 기쁨으로 온몸을 붉히는 중이었다.

희휘를 돌보느라 나는 내 방에서 나와 계우와 함께 지냈다. 희휘를 캐어온 지 석 달이 넘었을 때 준호가 우리 방을 두드렸다. 가슴이 뜨끔했다. 어떻게 나는 그를 까맣게 잊고 있었을까! 준호가 희휘를 보고 기뻐했다.

"두 발로 제법 잘 걷네. 정말 아름다워. 투명한 피부에 눈도 크고."

준호가 희휘의 손을 잡고 집 앞 개울로 나갔다. 처음 보는 개울물, 이리저리 헤엄치는 곰치를 보고 긴장하는 희휘가 우스웠다.

"자식을 얻어서 기뻐?"

그의 물음에 나는 고개를 끄덕였다. 자식을 낳기 위해 목숨을 건다는 검은머리짐승 암컷의 산고와 그 기쁨을 어렴풋이나마 이해할 것 같았다. 칠성함을 메고 어미산을 오르던 일이 죽을 만큼 힘들었기 때문에 자식을 얻은 기쁨이 더욱 큰지 몰랐다. 준호가 혼잣말처럼 중얼거렸다.

"너희 종자들을 조금은 이해하겠어. 먼 옛날 심어진 아이를 맡아 키우고 또 먼 훗날 태어날 내 자식을 누군가에게 맡기는 마음. 너희처럼 살 수도 있겠어."

준호는 이어 자기 발바닥의 빨판을 보여주었다. 그러고는 피식 웃었다.

"나 역시 이곳에서 너희처럼 바뀌어 가겠지. 온몸이 점점 닳아 어느 날 조그만 몸으로 죽음을 맞겠지. 생식할 나이가 되어 씨물을 뿌릴지도. 먼 훗날의 자식을 위해."

차분한 말투와는 다른, 온몸이 텅 빈 듯한 허탈한 표정을 나는 오래 바라볼 수가 없었다.

계우는 살림을 잘했다. 결혼식 때 들어온, 창고에 쟁여놓았던 물건들을 처리하는 데에도 그녀는 머뭇거림이 없었다. 저자의 장사꾼들을 한꺼번에 불러 비싼 향료와 술, 비단 등을 경매에 부치는가 하면 생필품들은 하인들과 마을 사람들에게 아낌없이 나눠주었다. 희실이 '재산을 거덜 낸다'며 질색했지만 계우는 아랑곳하지 않았다. 그녀의 넉넉한 마음 씀씀이에 누구보다 흡족해한 사람은 미단부리였다. 계우는 미단부리의 인형 작업에도 깊숙이 개입했다.

'이번 인형은 마음에 들어요. 못생겼지만 제가 못생긴 것을 알고 있네요. 제 본모습을 아는 인형이라니, 사람보다 낫군요.'

'이번 것들은 밋밋하고 지루해요. 똑같은 생각을 하는 똑같은 인형

들을 뭣 하러 자꾸 만들어요?'
 '틀렸어요. 이 멍청한 인형은 살아도 죽어도 자기가 왜 태어났는지 모를 거예요.'
 계우의 거침없는 지적에 미단부리 역시 아낌없이 인형들을 박살 내었다. 미단부리가 내 곁을 스치며 불쑥 말을 던졌다.
 "아무것도 할 줄 모르는 놈이 훌륭한 아내를 얻다니, 운 하나는 타고났구나."
 아무것도 할 줄 모르다니! 나야말로 온종일 바빴다. 나보다도 훨씬 더 큰 희휘를 매일 씻기고 머리를 감기는 일, 딱딱한 피부 껍질을 적절히 금 가게 하고 부숴주어 온몸의 관절을 풀어주는 일, 집 안으로 들여오는 농산물과 물세 계산, 동네의 누에고치를 삶아주고 그 값을 제대로 받는 일……. 아침에 일어나면 밤에 잠들 때까지 의자에 앉을 틈조차 없었다. 몸이 피곤한데도 문득 행복하다는 생각이 들었다. 삶의 의미가 무엇인지 고민하고, 나름의 결론을 짓고, 또 그 결론이 맞는지 되씹던 불안한 시간들은 말끔히 사라지고 없었다. '손발 대신 머리를 쓰면 손발이 썩는다'는 미단부리의 말이 맞는 듯했다. 머리야말로 장식용, 몸 위에 올려 무게중심을 잡아주는 역할을 하는 것으로 족한지 몰랐다.
 열사흘이 열세 번 흐르자 희휘가 드디어 혼자 몸을 씻고 혼자 고개 숙여 머리를 감을 줄 알게 되었다. 계우가 중간마당에 있는 기남의 방을 치우고 희휘에게 내주었다. 미래의 부리가 쓸 방, 아버지 하전이 어렸을 때 쓴 방이기도 했다. 단 하나 단점이라면 고모 희실의 옆방이라는 사실이다. 하지만 희휘의 성품도 만만치 않았다. 어린 나이임에도 그는 자기주장이 확실하고 자기가 필요한 것을 당당히 요구했다. 나는 그런 희휘가 부러웠다. 살아있는 모든 생명들은 모두 자기 자신을 위해 산다. 자신이 아닌 그 누구의 눈치를 봐야 한단 말인가.

"연토, 너는 네 방으로 안 가?"

희휘의 짐들을 기남의 방으로 옮기고 나자 계우가 나를 쳐다보았다. 그랬다. 희휘가 독립했으니 나 역시 그녀의 방에 있을 이유가 없었다.

내 방에는 준호가 있었다. 탁자 위에 촛불을 켜놓고 글자를 쓰던 그가 놀라 의자에서 일어났다.

"결혼하면 부부가 같이 지내는 줄 알았지. 짐승세상에서는 보통 그렇게 하거든."

준호를 잊고 살았다는 미안함은 덮어두어도 되었다. 그 역시 나로부터 독립하여 자유로움을 만끽하고 있었던 것이다. 그가 슬그머니 자신이 쓰던 종이를 감췄고 나 역시 못 본 척 고개를 돌렸다. 어떤 글자로 무슨 내용을 쓰든 나와는 별 관계가 없었다. 문제는 촛불이었다. 계우와 한방을 쓰면서 어둠에 다시 익숙해졌던 나는 준호의 촛불에 눈이 시렸다. 결혼례 때 사용했던 휘장들을 방 한가운데에 침으로써 우리는 서로 편해졌다. 그렇다고 준호와 내 사이가 멀어진 것은 아니다. 그가 이루는 편안한 잠, 그의 규칙적인 숨소리를 나는 휘장 이쪽에서 자장가처럼 즐겼다. 귀가 어두운 준호로서야 물론 내 숨소리를 즐기지는 못했으리라.

장저훤과 김점례

✽   푸른나무의세월 네 번째 해 불새달에 하전의 첩 비비추가 왔다.
"더욱 멋져지셨네요, 연토 나으리. 아드님을 얻으신 것도 축하드려요."
그녀의 뒤를 따라 들어서는 것은 어이없게도 검은머리짐승 두 마리였다. 한 마리는 준호의 처음 모습처럼 윗도리에 허리부터 내려오는 바지를 입었고 조금 작은 또 한 마리는 위아래가 붙은 내리닫이를 입은 대신 두 다리를 그대로 드러낸 채였다.
"청매동 뒷골목부터 끌고 오느라 얼마나 힘들었는지. 그래도 어찌겠어요? 미단부리님이나 연토 나으리가 워낙 짐승들을 밝히시니까. 하여간 취향들이 독특하셔요."
그녀의 코맹맹이 소리는 여전했다. 미단부리가 한숨을 쉬며 창고로 들어가고 나 역시 어이없어하자, 그녀가 당황했다.
"어찌한담! 제가 오해했나 봐요. 단풍동에서는 이것들을 사고파는 것이 불법이라 더 못 구하시는 줄 알았죠. 그중에서도 나은 것을 고르느라 돈도 꽤 썼는데. 이놈들, 저리 떨어지지 못해!"
치맛자락에 붙은 놈들을 손날로 떼어놓자, 놈들은 이번에는 그녀의 다리 한 짝씩을 붙안고 주저앉았다. 한숨을 내쉰 비비추가 몸집이 작은놈을 가리키며 말했다.

"연토 나으리, 이왕 끼고 사실 바에 이 암컷으로 바꾸는 건 어떠세요? 허리도 가늘고 몸집도 작아서 먹이도 얼마 먹지 않을 테고. 정 아니면 별수 없죠, 도로 데려가는 수밖에."

앞으로 끌려 나온 짐승에 비하면 뒤쪽에 숨은 짐승은 몸집이 컸다. 수컷인 듯했다. 순간 커다란 검은 물체가 옆에서 뛰어들었다. 준호였다.

〈누, 누구요! 당신들 누구야! 나처럼 이곳에 온 거야? 어떻게, 언제 이렇게……?〉

준호가 짐승세상 말로 그들을 다그쳤다. 내가 미처 알아들을 수도 없이 빠른 말이었다. 짐승들이 더욱 겁에 질려 비비추 뒤로 숨었다.

"저리 가, 더러운 놈! 네가 왜 난리야? 물줄기 닦아놓으니 똥돼지 먼저 행차한다더니!"

비비추가 준호를 홀쳐내려 애썼지만 준호는 이미 둘의 몸뚱어리를 부여안고 한 덩어리로 엉켜버렸다. 비비추가 내 눈치를 살폈다.

"어떡하나? 나으리가 결정을 내리시지요. 다만 제 정성을 보시고 미단부리님의 인형이나 몇 개 가져가도록 해주시면. 청매동 가는 뱃삯이라도 마련하려고요."

"가져가라고 해! 그깟 쓰레기들."

창고에서 미단부리의 목소리가 들려왔다. 하지만 그녀는 짐승들에 대해서는 아무 말이 없었다. 나 혼자 결정하고 책임져야 할 문제였다. 난감했다. 준호의 애틋한 마음을 알면서 이들을 야멸치게 내칠 수도, 그렇다고 짐승 세 마리를 다 집 안에 둘 수도 없었다.

준호는 이미 제정신이 아니었다. 내게 허락도 받지 않고 그는 그들을 무작정 내 방으로 끌어들였다. 그리고 그들에게 미친 듯 집착했다. 나는 잠자코 순부부리가 쓰던 방으로 거처를 옮겼다. 그러지 않아도 밤마다 촛불을 켜고 글을 쓰는 준호에게 짜증이 나던 차였다.

　순부부리의 방에 들어선 순간 나는 계우의 말을 실감했다. 내 방은 축사였다. 지난 11년 동안 내내 준호의 거처였는데도 나는 한 번도 내 방을 축사로 생각한 적이 없었다. 하인들의 수군거림과 희실의 지청구가 아니더라도 나 역시 이 사태를 참을 수 없었다. 그렇다. 이제 나는 혼란스러운 미래, 삶의 불안감에 떠는 어린아이가 아니었다. 더 이상 짐승들에게 휘둘릴 수는 없었다. 그들의 희떠운 문명이나 기계에 감탄하여 침을 흘릴 때가 아니었다. 한낱 짐승 한 마리를 '운명의 존재'로 받아들였던 열여덟 살의 내가 갑자기 어이없었다.

　내치는 일이야 간단했다. 집 밖으로 내놓아 사람들의 눈에 띄게만 하면 그들은 저절로 처리될 터였다. 그래도…… 준호가 문제였다. 심호흡하고 또 했다. 그렇다. 어떻게 처리할지 좀 더 시간을 가져도 될 일이었다. 내치는 것이 언제라도 가능했기 때문에 더욱 그러했다.

　준호는 그들을 자신의 목숨처럼 감쌌다. 다른 하인들에게 구박받으면서도 짚단과 나뭇단을 가져와 그들의 잠자리를 마련해 주었고 무엇보다도 음식, 그들을 위한 곡식 죽을 계속 쑤어 방으로 날랐다. 그들이 먹는 먹이만큼 그들이 싼 오줌과 배설물도 엄청났다. 그것들을 표나지 않게 치우느라 준호는 또 애를 먹었다. 어른이들이 얼마나 냄새에 민감한지 잘 알기 때문이었다. 뿐 아니었다. 준호는 내 감정이 폭발하기 직전임을 알면서도 몇 번이고 내게 굽실대며 그들이 목욕할 수 있게 허락해 줄 것을 간청했다. 나는 축사 옆 시궁창에서 몸을 씻는 것을 허락했다. 씻지 못하면 병이 나는 그들의 생리를 알기 때문이었다. 준호는 장님과 다름없는 그들을 그리로 데려가 씻기며 되도록 소리를 내지 않으려 조심에 조심을 더했다. 어른이들이 냄새뿐 아니라 소리에 예민한 것도 잘 알기 때문이었다.

 그 와중에도 어이없는 점은 한둘이 아니었다. 짐승들끼리 말이 잘 통하지 않는 것도 나는 이해하기 힘들었다. 몸피가 작은 암컷은 그런대로 말이 통했다. 준호와 암컷이 나누는 말은 나도 언뜻언뜻 알아들을 수 있었다. 하지만 덩치 큰 수컷의 말은 나뿐 아니라 준호도 암컷도 알아듣지 못했다. 물론 우리 어른이 세상에서도 아후밀탄이나 사막 건너 제울과는 글자도 다르고 말도 다르다. 하지만 우리에게는 초음이 있다. 기본적인 감정은 당연히 서로 통하는 것이다. 그런데 짐승들은 그렇지 않았다. 준호와 수컷은 비슷한 몸짓을 계속하면서도 무언가 서로 뜻하는 것이 달라 불편해하는 중이었다. 오히려 내가 수컷의 속마음을 초음으로 읽어 준호에게 알려주고 싶을 정도였다. 하지만 나는 그렇게 하지 않았다. 초음이 왜 필요한지, 얼마나 편한지 준호도 수컷도 깨달을 필요가 있었다.

 아무리 말이 통하지 않는다 해도 수컷의 태도는 막무가내였다. 준호가 그들을 위해 얼마나 엄청난 수고와 고통을 감수하는지 수컷은 알려고도 하지 않았다. 놈은 끝없이 불평을 늘어놓았다. 촛불을 내내 켜지 않아 어두운 것, 방에 갇혀 살아야 하는 것, 사람들이 잠잘 때만 나가서 용변을 급히 봐야 하는 것, 가축도 아닌데 가축 오물이 쌓인 두엄에 배설하게 하는 것 등 모든 것이 놈의 불만이었다. 준호와 말이 통하고 몸피가 조그만 암컷 역시 만만찮았다. 〈왜 말도 통하지 않는 이 남자의 얘기는 들어주면서 내 얘기는 무시하느냐. 큰소리를 쳐야 들어줄 거냐〉며 시비를 걸었다. 〈제발 조용히 해 달라〉고 소리죽여 사정하는 준호는 이미 그들의 하인이었다. 〈더 이상은 못 참겠으니 죽일 테면 죽이라〉는 암컷의 앙칼진 협박에 준호는 고개를 떨어뜨리고 아무 말도 하지 못했다. 둘의 행동거지는 갈수록 가관이었다. 그들은 내 앞에서조차 준호에게 눈을 흘기고, 침을 뱉고, 알 수 없는 욕지거리를 퍼부었다. 서로 말이 통하지 않는 수컷과 암컷이 어떻게 한통속이 될 수 있는지 알 수 없었다. 무엇보다도 나는 그 수모를 참고 견디는 준호를 이해할 수 없었다.

"저것들은 대체 뭐야? 저희 목숨이 네게 달렸다는 걸 몰라?"

"저들은…… 내가 짐승세상에서 저희들과 다르게 많은 것을 누리며 살았다고 생각하고 있어. 짐승세상에서는 의사들이 돈을 꽤 많이 벌거든."

준호가 그들보다 편히 산 것이 왜 그의 허물인지 알 수 없었다. 나는 준호를 외면했다. 그들이 준호에게 너무 당당한 것도 보기 싫었고 그들의 비위를 맞추느라 쩔쩔매는 준호는 더욱 보기 싫었다.

하인들의 불평이 튀어나왔다.

"나으리, 저놈들 때문에 집 안 전체가 두엄이 되었어요. 오물 내로 집 전체가 찌들어요."

"나으리, 승낙만 하세요. 당장이라도 죽죽 찢어 여물 솥에 넣어버릴게요."

"저것들 때문에 물도 다 썩었어요. 시궁창의 곰치들이 다 죽어 떠내려갔어요."

덩치 큰 수컷이 시궁창의 곰치들을 잡아 방 안에서 구워 먹은 것을 나는 알고 있었다. 준호가 그 냄새를 없애기 위해 곧바로 쑥을 태워 식구들의 코를 무디게 한 것도 나는 알고 있었다. 준호를 불러 경고했다.

"저놈들을 방 밖으로 나오지 못하게 해. 그리고 너도 그 방에서 나오지 마. 더 이상 너희 오물 내를 참을 수 없어."

준호가 놀라 나를 쳐다보았다.

"나도…… 저들의 오물 내가 역해. 그런데 저들은 내 몸에서 너희 어른이 냄새가 난대."

더는 참을 수 없었다.

"저것들을 굶겨! 준호, 잘 처신해. 네 결정에 달렸어."

준호가 고개를 숙였다. 짐승을 굶기는 것이 어떤 의미인지 그는 잘 알고 있었다.

오물 내가 약해지고 그들의 목소리도 훨씬 작아졌다. 준호가 죽을 계속 나르는 것으로 보아 음식으로 겁을 준 것은 아닌 듯했다. 그때부터 준호는 변해갔다. 죽을 끓일 때도, 심지어 집안일을 하면서도 누군가가 말을 시키면 깜짝 놀라 말을 더듬었다. 그는 더 이상 내 친구도, 내 편도 아니었다. 그들과 함께 어울려 알 수 없는 말을 나누고 그들과 함께 먹고 자는 일에 익숙한, 그들과 똑같은 검은머리짐승 한 마리일 뿐이었다. 준호와 함께 산 세월이 11년이었다. 박쥐를 잡아다 까마귀로 키운들 까마귀가 될 수는 없는 것이었다.

준호에게 못되게 구는 짐승 놈들 둘은 오히려 내게는 잘 보이려 애썼다. 장저횐이라는 이름의 덩치 큰 놈은 때도 없이 고개를 숙이며 합장한 손을 자기 가슴에 대었다. 준호에 의하면 '높으신 분으로 존경한다'는 의미라 했다. 몸집이 작은 암컷 이름은 김점례였다. 그녀는 옷자락을 입에 물거나 고개를 갸웃거리고 때로 주춤주춤 다가와 내 손을 잡기도 했다. '여자로서 사랑받고 싶다'는 뜻이라 했다. 어이없었다.

암컷 김점례는 백화점 사고 때 아들을 잃었다고 했다. 백화점이란 갖가지 물건을 파는 가게를 한꺼번에 모아놓은 곳을 말한다. 땅이 좁은 그들 세상에서는 건물에 계단을 올려 2층, 3층을 만들고 더 계단을 올려 때로 십여 층씩 올리기도 한다. 그 많은 공간을 가득 채우고도 남을 만큼 물건도, 물건 종류도 많다고 했다. 사고는 그 위태한 높은 건물이 주저앉으면서 일어났다. 집 더미를 받치는 수많은 돌과 쇠기둥이 무너지면서 가게에서 일하던 그녀의 아들이 깔려 죽은 것이다. 그녀는 이곳 단풍동을 자기들이 죽으면 오는 저승으로 알고 있으며, 그러니 먼저 온 아들이 이곳 어딘가에 산다고 굳게 믿고 있었다.

"준호, 너도 죽어서 이곳에 왔는지 모르지."

"아닌 것 같아. 짐승세상에서는 하루에도 수많은 짐승이 죽어. 그들이 다 이리로 오는 것은 아냐."

준호는 그녀에게 짐승세상에서의 마지막 순간을 물었다. 준호의 목적은 오로지 그들이 이곳으로 온 통로를 알아내려는 것이었다. 김점례의 말은 간단했다. '딸과 함께 산에 놀러 갔는데 어쩌다 보니 혼자였고 발이 어딘가로 쑥 빠졌다'는 것이었다.

말이 통하지 않는 수컷 장저휜의 사연을 듣는 데에는 많은 시간이 필요했다. 준호의 말로는 그는 준호의 나라에서 그리 멀지 않은 중국 출신이라고 했다.

"아무래도 장저휜은 정상이 아닌 것 같아."

몇 번이나 고개를 갸웃거리던 준호는 한 달이 훨씬 지나 장저휜의 사연에 대해 알려주었다. 짐승세상에서 의사였던 준호의 판단으로 장저휜은 모든 것을 자기중심적으로 생각하는 정신병 환자라고 했다. 세상 모든 이가 자신을 존경하고 부러워한다고 믿는 그는 모든 이들이 자신에게 복종해야 하며 그들의 재산이나 목숨도 당연히 자기 것으로 생각한다고 했다. 그제야 나는 턱을 앞으로 내밀고 거드름을 피우는 그놈이 조금 이해가 되었다. 준호가 민망해하며 놈의 말을 통역해 주었다.

'땅속 세상이 캄캄하고 답답한 줄은 나는 진작부터 알고 있었다. 어두운 것이 흠이지만 나를 영접하기 위해 준호가 먼저 와 있었으니 그런대로 견딜 만하다. 음식도 엉터리지만 이것밖에 없다니 참겠다. 단지 그대 연토에게 바라는 것은 양초다. 준호의 말로는 구하기 어려운 것이라는데 그대가 힘을 써주면 구하지 못할 것이 어디 있겠는가. 그대의 돈으로 양초를 구해주면 내가 그 수십 배의 이익을 얻도록 해주겠다. 나를 믿어라.'

"병원의 강당이었던 것 같아. 휘장 뒤로 들어가 한잠 자고 났더니 이곳이었대."

준호는 낙심했다. 김점례가 헤매던 깊은 산속이나 더욱이 중국에 있다는 장저훤의 병원에는 그는 간 적이 없었다. 공통점을 굳이 꼽자면 여럿이 함께 있을 때가 아니라 혼자였을 때라는 것, 어딘가 아래로 뚝 떨어지는 느낌을 받았다는 것 정도였다.

"나도 그랬어. 어딘가에 발이 걸려서 밑으로 쑥 빠졌어. 그런데 왜 나는, 짐승세상에서의 내 마지막 장면이 기억나지 않는 것일까!"

준호가 자기 머리카락을 쥐어뜯었다.

깊은 밤, 내 방 쪽에서 나는 말소리가 있었다. 장저훤과 김점례의 코 고는 소리에 섞인 준호의 잠꼬대였다.

'〈마당……. 주차장, 불이 났어. 자꾸 문을 열라고…… 무서워. 아무도 없어, 무슨 일이…… 전화, 사고가 났어. 각서, 내 아들…… 무서워.〉'

짐승 말로 한 자신의 잠꼬대 내용에 대해 준호는 전혀 기억이 없었다. 하지만 내가 알 리 없는 '전화', '주차장', '각서' 등의 낱말을 듣고 자신의 잠꼬대임은 인정했다.

내가 준호와 얘기를 나누는 듯하면 장저훤과 김점례는 어느새 다가와 안달을 부렸다. 준호가 없는 틈을 타 김점례가 몸을 꼬며 내게 말하기도 했다.

〈연토님, 준호랑 얘기하지 말고 차라리 이 중국분이랑 얘기하세요. 일단 남자답고 통이 크시잖아요. 그리고 우리는 누구보다도 연토님이 맘에 들어요. 또 혹시 알아요? 우리 세상에 가게 되면 우리가 연토님을 도와드릴지.〉

아무리 노려봐도 소용없었다. 어둠 속에서 내 표정조차 확인하지 못하는 그들, 초음조차 통하지 않는 짐승들은 저희가 하고 싶은 말만 계속 고시랑대었다.

〈떠들지 말고 방에 들어가!〉

내가 짐승세상 말로 호통을 치고 나서야 둘은 찔끔하여 방으로 들어갔다.

"대체 저것들은 왜 저렇게 뻔뻔해? 남에 대한 이해도 없고 건방지기 짝이 없어. 축사의 가축보다도 못해."

"……노인들이라 그래. 살아온 세월만큼 자신들의 경험을 믿으니까. 그리고 자기들의 잘못을 누구도 지적해 주지 않으니까. 나도 그랬어. 나이가 들수록 더 교활하고 뻔뻔해졌어."

준호가 힘없이 웃었다.

짐승세상. 더럽고 냄새나고 자기만 아는 짐승들이 너무나 혐오스러우면서도 내 머릿속에서 그들 세상을 완전히 들어내지 못하는 것은 또 무엇인지. 집 더미. 준호에게 수없이 듣고도 흘렸던 '건물'이 실제로 있는 모양이었다. 검은머리짐승들이 수십 층 위를 오르내리려면 방 크기만큼 큰 상자에 들어선다고 했다. 그 상자들은 하루에도 수백 번 오르내리는데 그 상자를 끌어 올리고 내려놓는 것은 짐승들이 아니라 '검은 물'이라 했다. 땅에서 나는 검은 물은 원래 오래된 나무들이 썩은 것인데 그것들을 태울 때 나오는 강한 힘으로 짐승들 열 명이 들기 힘든 돌덩이, 쇳덩이를 움직인다고 했다. 또 그들 세상에서는 또 높은 곳에서 쏟아지는 물의 힘도 빌어다 쓴다고 했다. 어두운 밤에도 모든 일을 할 수 있도록 해주는 불빛, 수백 개의 촛불보다 더 밝은 불빛은 모두 그 물줄기의 힘이라고 했다.

그동안 나는 준호가 했던 말들은 단지 그가 부풀린 말이라고, 아니 준호의 말을 내가 정확히 알아듣지 못하는 것으로 생각했었다. 그런데 그게 아닌 모양이었다. 수컷 장저훤이야 부풀려서 얘기하는 병에 걸렸으니 불가능한 얘기를 떠들어댄다 해도 준호는 짐승세상에 실제 있는 이야기를 내게 했던 것이었다. 그중에서도 가장 꺼림칙한 것은 벌써 오래전, 내가 물었던 질문에 준호가 했던 답이었다.

―새를 닮았다는 그 기계가 하늘을 날다 고장 나면 어떻게 해?

―그런 사고가 나기도 해. 거기에 탔던 짐승들 이백 명 삼백 명이 한꺼번에 죽어.

―기계 하나에 그렇게 많은 사람이? 왜 그런 위험한 것을 타는 거야?

―짐승들은 더 높은 곳, 더 먼 곳을 가고 싶어 해. 지금껏 몰랐던 세계를 알고 싶어 해.

지금껏 몰랐던 세계. 검은머리짐승들이 정복하고 싶어 하는 또 다른 세계. 그 표적이 우리 단풍동일 수 있을까? 그들이 이곳에 나타나는 이유는 그들이 아직 정복하지 못한 동굴국 단풍동을 찾기 위함일까? 이들이 점점 많아진다면, 통로가 발견되어 이들의 뛰어난 머리와, 경험과 기계가 한꺼번에 이곳에 온다면 우리는 어떻게 될까.

계우와 희휘 때문에 얻었던 내 삶의 평화와 신선함이 검은머리짐승들에 대한 불안감과 오물 내로 망쳐지고 있었다. 그러면서도 나는 준호를 내치지 못했다. 그에 대한 의리 또는 정, 또 다른 한편으로 그들의 세상을 우리가 더 알아야 한다는 핑계 때문이었다.

순부부리의 제사에 참석하기 위해 삼신어른이 집에 들른다는 전갈이 왔다. 가슴이 철렁했다. 짐승들이 세 마리나 내 방에 있음을 그는 이미 알고 있을지 몰랐다. 생각다 못해 미단부리의 창고 문을 열었다. 그녀가 소리쳤다.

"문 닫아! 네놈 때문에 온 집 안에 오물 내가 가득해. 대체 내가 네놈을 왜 캐었는지!"

엉겁결에 창고 문을 닫았다. 약간 안심이 되기는 했다. 그녀가 짐승들을 당장 내쫓으라는 명령을 하지 않는 것으로 보아, 짐승이 아니라 그들의 오물 내만 시비 삼은 것으로 보아 당장 무슨 일이 벌어질 것 같지는 않았다.

예상했던 대로 삼신어른은 검은머리짐승들에 대한 직접적인 언급은 하지 않았다. 순부부리의 제사가 끝날 무렵 살촉군 대장 이안이 높은마당에 들어섰다. 삼신어른이 그를 데리고 거실로 들어갔다. 어미산에는 어떤 경우에도 군인이 출입할 수 없다. 삼신어른이 사저에 온다는 소식을 듣고 이안이 그를 만나러 집으로 온 것이었다. 높은마당에는 삼신어른을 호위하는 어미산 자위대 두 명과 이안을 호위하기 위한 네 명의 살촉군들이 서로 노려보고 있었다. 그들 역시 짐승의 오물 내를 맡고 있을 터였다. 긴장되었다. 이들의 힘이라면 짐승 셋은 반항도 못 해 보고 온몸이 찢기리라. 어떻게 해야 하나. 대체 이 더럽고 요사스러운 오물 덩어리들을 언제까지 내가 감쌀 것인가. 스스로 생각해도 어이없었다.

거실에서 나온 이안이 내게 인사했다. '이안'이라는 이름의 뜻은 '쉬고 싶음'이다. 그의 평판은 나쁘지 않았다. 방물장수 지화뿐 아니라 저자에서도 '사람들에게 꼬박꼬박 존댓말을 쓰는 살촉군 대장'이라며 칭찬하는 중이었다. 살촉군 전체에 대한 평판이 좋아진 데에도 그의 일조가 분명히 있었으리라. 평상에 놓인 미단부리의 인형을 보고 이번에도 그는 감탄을 금치 못했다.

"훌륭한 인형들이군요. 뛰어난 맑은이만이 할 수 있는 일이지요."

미단부리의 인형들은 이제 한 '세상'을 이루고 있었다. 머리가 크고 팔이 긴, 나무를 닮은, 한두 개가 아니라 수십수백의 비슷비슷한 인형들이 서로를 쳐다보고 껴안고 물확에 발을 담그고 있었다. 건방진 표정으로 거드름을 피우는 것이 있는가 하면 힘들게 농사를 짓고 얼굴을 찡그리며 천을 짜는 인형도 있었다. 그녀의 인형이 달라진 것도 있지만 인형을 바라보는 내 마음도 처음과는 많이 달라져 있었다. 희휘를 캐어온 이후부터였다. 사람의 우무질을 인형에 섞었기 때문일까. 인형들 낱낱이 살아 움직이는 듯한, 자기들끼리는 마음대로 움직이다가 내가 그들을 보는 동안 잠깐 동작을 멈추는 듯한, 한편으로 신기하면서도 뒤숭숭한 느낌까지 받는 중이었다. 양이의 말대로 '땅속의 덜 자란 생명을 굳이 끄집어내었기 때문'인지도 몰랐다.

"훌륭한 작품은…… 그것이 꼭 필요하다는 믿음과 그것을 이루고야 말리라는 의지가 만들어 내지요. 다른 생명들이 희생되었다 하더라도 훌륭함을 얻었다면 그것으로 다른 생명들의 존재 이유가 되지요."

내 초음을 읽는 그가 겁났다. 나를 대하는 그의 깍듯함이 가식일지 모른다는 느낌이 들었다. 그가 말머리를 돌렸다.

"혹시 자루목샘 출신의, 눈이 푹 꺼지고 어깨가 올라붙은 친구를 아십니까? 나으리 성함을 대던 걸요."

무질이었다. 나는 이안에게 무질과 그의 아버지 선치의 죽음에 관해 얘기해 주었다. 그가 고개를 끄덕였다. 그의 부대 역시 선치의 마약 창고 불을 끄는데 동원된 적이 있었다. 내가 얼른 덧붙였다.
"무질이 불을 지른 것은 사실이지만 아무도 그를 욕하지 않아. 선치의 마약 때문에 수많은 사람들이 폐인이 되었거든. 무질은 쓸모 있는 친구야. 삼신각 수업도 함께 받았어."
"쓸모없는 존재는 없지요."
이안이 웃으며 내 방을 힐긋 바라보았다. 그 역시 짐승들에 대해 알고 있는 것이었다. 별수 없었다. 무언가 변명이라도 해야 했다.
"검은머리짐승들 말야. 그들의 기술이나 문명에 대해 좀 더 알 필요가 있겠어. 살촉동에서는 그놈들을 이용하여 기계도 만든다면서?"
"하기야 짐승들과 짐승세상을 아는 것이 쓸모는 있겠네요. 삼신각 수업보다는."
그렇게 죽고 못 사는 동족들과 함께 지내면서 준호는 하루하루 여위어 갔다. 그들로부터 통로에 대한 아무 정보도 얻어내지 못했을 뿐 아니라 둘의 괴롭힘을 더 이상 이겨내지 못했다. 내가 기거하는 방에 찾아온 준호는 금방이라도 쓰러질 듯 힘이 없었다.
"저들의 말이 맞아. 나는 이미 저쪽 사람이 아냐. 물길에 발을 담가 시원하게 물을 빨아들이고 싶어. 나는 이제 저쪽 사람도, 그렇다고 이쪽 사람도 아냐."
바닥에 주저앉은 채 그가 말을 이었다.
"이곳에 오기 바로 전, 짐승세상의 마지막 순간을 기억해 냈어……"
의사였던 그는 자신이 번 돈으로 풍족한 생활을 했다. 아들과 딸은 각기 의사와 대학교수로 잘 키웠다. 하지만 그의 아내도, 자식들도 그를 싫어했다. 그가 다른 이들은 물론 가족들에게도 관대하지 못했기 때문이다. 그것은 온전히 준호 자신의 문제였다. 가난에 찌들었던 자신의 어린 날을 곱씹으며 자기 덕에 편히 지내는 가족들을 샘내고 질투했던 것이 사실이었다. 나이가 들어 의사 노릇을 그만두었다. 벌어놓은 돈이 있으니, 앞날에 대한 걱정은 없었다. 늙은 아내가 쓰러져 병원에 갔다. 준호는 늙음이 싫었다. 그는 젊은 여자와 새로 결혼하기로 마음먹었다. 젊은 아내와 함께 젊고 팔팔한 삶을 이어가고 싶었다.

사건이 나던 날 준호는 혼자 있었다. 집안일을 맡은 하녀도 마침 자기 집에 다니러 가고 없었다.

"그때였어. 전화기가 울렸지."

병원에서 온 전화였다. 준호의 의사 아들이 자동차 사고가 나 목숨이 위험하다는 것이었다. 준호는 앞이 아득했다. 다리에 힘이 풀려 주저앉고 말았다. 그때였다.

"불이야, 불이야!"

그의 집 지하 주차장에서 나는 소리였다. 준호의 차를 운전하는 운전사 가족이 주차장 안 창고에서 살고 있었다. 주차장의 쇠문이 잘 열리지 않는다며 몇 번이나 고쳐 달라는 기사의 말을 돈이 아까워 몇 번이나 무시한 상태였다. 그 안에서 불이 난 모양이었다. 그 쇠문 장치가 고장 나 불길을 피할 수가 없는 모양이었다.

"살려줘! 문 좀 열어줘요! 불이야!"

창고에 갇힌 운전사 가족들의 절규가 끔찍했다. 또 그 순간에 준호의 집 대문을 두드리는 사람들이 있었다. 운전사 가족의 신고를 받고 출동한 소방대원이었다.

"문 열어요, 대문부터 열라고! 집 안에서 지하 주차장으로 내려가는 계단 없어요?"

소방대원들이 마구 문을 흔들어 댔다. 준호가 들고 있는 전화기 속에서는 그의 손자가 소리치고 있었다. '할아버지, 아빠가 위험해요. 보호자의 각서가 없으면 아빠 수술을 해줄 수 없대요. 할아버지, 빨리 오세요!' 그랬다. 의사였던 준호는 누구보다도 병원 상황을 잘 알고 있었다. 아무리 급한 환자라도 보호자로부터 치료비를 보장받지 않고는 또 환자가 잘못되더라도 의사의 책임이 아니라는 각서를 받기 전에는 환자에게 절대 손대지 않겠다는 것이 약빠른 의사들의 방침이었다. 준호 자신이 바로 그런 의사였다. 조목조목 조항을 따져가며 누구보다도 매정하고 차갑게 환자를 대했던 의사가 바로 그였다. 그런데 지금은…… 보호자가 오지 않으면 죽든 말든 관여하지 않겠다는 매정한 의사 앞에 자기 아들이 피를 흘리며 누워 있었다. 얼른 병원으로 가서 자기 아들을 살려야 했다. 준호는 아무것도 할 수 없었다. 대문을 열 수도, 아들에게 달려갈 수도 없었다. 지난 50년, 가족들을 먹여 살리며 아무런 죄도, 후회할 일도 없다고 자부한 자신이 왜 이런 일을 당해야 하는지 알 수 없었다. 가난한 어린 시절 그를 푸줏간으로 판 부모, 그를 학대하던 푸줏간 주인, 주체할 수 없던 시뻘건 고깃덩어리들이 눈앞에 어른거렸다.

　준호는 정원으로 내려섰다. 그곳에는 아내가 만들어 놓은 연못이 있었다. 말로만 듣던 '젊어지는 샘물'이었다. 그는 웃으며 연못으로 들어갔다. 그리고 그 물을 마시기 시작했다. 모든 문제가 해결되는 순간이었다. 물을 마시는 만큼 시간을 되돌릴 수 있을 것이었다. 물을 마시는 만큼 더욱 젊어지고 더욱 힘이 세어져 모든 문제를 단칼에 해결할 수 있을 것이었다.

　"……치매에 걸렸던 거야. 나이가 들어 머릿속의 생각하는 기능이 고장 난 거지. 급한 일이 한꺼번에 터지자, 나는 아무것도 할 수 없었어. ……연토, 네가 내 잠꼬대를 들어주어 기억해 낼 수 있었어. 이곳 어른이 세상으로 떨어지면서 그 끔찍했던 순간을 잊어버렸지만 내 머릿속 어딘가에 그 기억이 남아 있었던 거지. 장저훤과 김점례의 덕도 있어. 숨기고 싶었던 과거, 다시는 생각하고 싶지 않았던 순간을 저들 둘이 건드려 주었어. 짐승들의 심술궂은, 제 잇속만 챙기는 악한 근성들, 내가 바로 그랬었으니까. 그 순간에…… 나는 죽은 것일까? 그래서 이리로 온 것일까? 내가 이곳에서 다시 죽는다면 나는 어디로 갈까? 이곳보다도 더 힘들고 고통스러운 곳으로 떨어질까?"

준호가 바닥의 물줄기를 손바닥으로 치며 통곡하기 시작했다.

"세상 모든 것을 주재한다는 조물주가 원망스러워. 왜 나를 이곳으로 밀어뜨렸을까! 그래. 나는 오래 살고 싶었어. 젊어지고 싶었어. 젊어지는 샘물이 있다면 그 값이 얼마든 사 마시고 싶었어. 그게 잘못이야? 내가 바란 것은, 이런 어둠 속에서 구차히 명줄만 잇는 삶이 아니었어. 그저 조금만 젊어져서, 힘과 용기가 되살아나서, 희망찬 삶을 다시 살면 훨씬 잘 살 수 있으리라 생각한 것뿐이야. 내 건방진 태도를 길들이겠다고 이곳에 나를 보냈다면 조물주야말로 웃기는 존재지. 내가 아무리 어리석어도, 나는 그가 만들어 낸 피조물일 뿐이잖아. 이렇게 애를 쓰면, 어떻게든 살아보려 노력하면 지금쯤은 통로를 가르쳐줘야 하잖아. 어떻게 이럴 수 있어!"

조물주, 악마, 잔인함, 희망, 죽음, 악몽. 준호는 결국 정신을 잃었다. 정신을 차린 후에도 그는 꼼짝하지 않았다. 음식도 물도 거부했다. 죽어버릴 작정이었다. 자신과 똑같은 검은머리짐승들을 만난 후 더욱 심각하게 죽음을 원한다는 것이 나로서는 이해할 수 없었다. 하인들을 시켜 내 방에 짚자리를 마련하고 준호를 뉘었다. 놈들이 기거하는 곳에 아픈 준호를 내팽개치고 나 몰라라 할 수는 없었다. 하인들을 시켜 억지로 죽을 떠먹여도 준호는 비몽사몽 기운을 차리지 못했다.

짐승들은 정말 기대를 저버리지 않는다. 장저훤과 김점례가 내 방문을 두드렸다. 누워 있는 준호에게 김점례가 한바탕 따지기 시작했다.

〈준호, 엄살 좀 그만 떨어. 양초도 다 떨어졌어. 어두워서 아무것도 안 보인다고! 그리고 하인들 죽도 못 먹겠어. 이 중국 양반은 차라리 굶어 죽겠대. 이 거칠고 맛없는 것을 어떻게 음식이라고 주느냐며. 준호, 죽 좀 제대로 끓여 봐. 너 때문에 우리도 다 죽겠어. 정신이 났으면 움직여야 할 것 아냐!〉

어이없었다. 내가 그들에게 짐승세상 말로 말했다.

〈방으로 돌아가. 입도 뻥긋하지 마. 당장 찢어 죽일 테야.〉

김점례가 찔끔하는 것이 보였다. 하지만 내 말에 가장 충격을 받은 이는 그들이 아니라 준호였다. 준호가 비틀거리며 일어나 무릎 꿇었다.

"진짜로 찢어 죽일 건 아니지? 연토, 저들을 살려 줘. 제발, 나를 위해서."

강한 생명들은 자신도 모르게 약한 생명에게 힘과 기운을 준다. 준호를 죽음에서 일으킨 이는 내가 아니라 독하기 짝이 없는 그들이었다. 때도 없이 불평을 늘어놓는 그들 때문에 준호는 다시 일어나 그들의 시중을 들기 시작했다.

잡혀가는 준호

*   "제발 운흘 어르신, 이놈 좀 제대로 건사하십시오."

어미산 자위대들이 또 준호를 높은마당에 패대기쳤다. 벌써 몇 번째인지 알 수 없었다. 삼신어른의 나들이가 있을 때마다 준호는 어미산으로 잠입했다. 내 말을 듣고 그만둘 그가 아니었다. 어미산에 들어갈 때 내 이름을 쓰도록 허락한 것도, 생식 현장을 보여준 이도 나였지만 그의 집요한 통로 찾기는 나로서도 학을 뗄 참이었다. 그의 몸은 상처와 피멍투성이였다. 입을 달싹이는 것이 용할 지경이었다.

"미안해 언토. 언젠가 네가 '어미산에서 밝은샘으로 통하는 지름길이 있다'고 했잖아. 그곳에 가고 싶었어. 김점례의 말도, 자기가 떨어져 내린 곳이 이곳보다 훨씬 밝았다는 거야. 가까이에서 물소리가 들렸다고도 하고."

그때 영락없이 조그만 속삭임이 끼어들었다. 울타리에 바짝 붙은 김점례였다.

〈준호, 우리말로 하란 말야! 저놈도 우리말을 안다면서 왜 자꾸 저것들 말을 써? 혹시 우리 죽이고 너만 살겠다는 얘기야? 그러기만 해, 우리 손에 네가 먼저 죽을 줄 알아.〉

저희 눈에 보이지 않으면, 저희 귀에 들리지 않으면 상대방 역시 보지도 듣지도 못한다고 생각하는 저 자신감들은 대체 어디서 오는 것인지 모른다. 짐승들이 거침없이 떠들어댈 때는 말이 빨라 무슨 내용인지 알 수 없다. 하지만 작은 소리로 속삭일 때는 말이 느려 도리어 확실히 알아들을 수 있다.

〈속이 터져. 연토 저 멍청이는 준호만 상대하니 어떻게 해야 할지.〉

김점례가 자기 뒤에 숨은 장저환에게 투덜대는 말이었다.

"준호, 네가 온 통로가 밝은샘마을이 아니라는 건 넌 이미 알아. 마을길이 끊겨 이쪽으로는 아예 건너오지도 못했을 테니까. 잘 들어. 너는 이제 어떤 이유로든 어미산에는 오를 수 없어. 운흘 연토가 말했어. 내 손으로 너를 찢을 거야."

다른 놈들을 상대로 흥분할 필요도 없었다. 준호, 오로지 준호와의 끈만 자르면 될 일이었다. 그와 지내온 11년 동안 나는 그가 짐승임을 잊고 있었다고 해야 옳았다. 어둠과 습기에 약하고 눈도 귀도 온전치 않은 모든 약점을 그만의 특징으로, 그리하여 내가 감싸고 보호해 줄 대상으로만 여겼다. 내 눈을 덮었던 꺼풀이 벗겨지고 있었다. 준호는 검은머리짐승 한 마리 그 이상도 이하도 아니었다.

준호가 고개를 푹 숙였다. 내 말이 단순한 엄포가 아님을 알아챈 것이다.

"용서해, 연토. 그런데…… 초춘에게 잡히기 전에 나도 물소리를 들은 것 같아서. 어미산을 흐르는 물줄기는 밝은샘뿐이잖아. 은은샘은 전혀 반대편 골짜기이고, 나머지 샘들은 모두 어미산 밑 저자에서 새로 솟아나니까."

역시 그는 놀라웠다. 우리 금강샘마을 외에 다른 곳에 가보지 않고도 내가 언뜻언뜻 일러준 말을 종합하여 단풍동의 지리를 훤히 꿰고 있는 것이었다. 교활하기 짝이 없는, 겉 표정과 속마음이 전혀 다른,

절대 믿어서는 안 될 검은머리짐승.

"운흘 연토가 말해. 이제 방 온돌에 불을 피우는 것도, 양초를 켜는 것도 안 돼. 너희 모두 내 손으로 찢어버릴 거야."

짐승들을 괴롭히는 방법은 음식뿐 아니었다. 어두움, 습함, 추위. 그들의 생명을 위협할 약점들을 나는 얼마든지 알고 있었다.

준호에게서 정을 거두면서 나는 반사적으로 희휘에게 눈을 돌렸다. 금방 태어난 것들은 모두 경이롭다. 그의 딱딱한 피부에 작은 금이 가고 그것이 깊은 금이 되고 껍질이 조금씩 일어나는 모양, 껍질 밑으로 드러나는 그의 맑은 피부는 또 얼마나 아름다운지. 연붉은 진액 줄이 환히 드러나는 그의 투명한 피부는 보고 있기만 해도 기분이 좋았다. 한편으로 한심하기도 했다. 똑같은 맑은이라 해도 나는 희휘보다 훨씬 아랫자락에서 태어났다. 그래서 피부도 내가 더 탁하고 서른이 된 지금까지도 예지력이 나타나지 않는 것이다. 아니, 검은머리짐승 준호와 함께 지냈기 때문일 수도 있었다. 어울려 지내는 무리들과 서로 닮아가는 것은 당연한 일 아닌가. 어리지만 맺고 끊음이 확실한, 자잘한 미래의 일을 정확히 짚어내는 희휘가 나는 부러웠다. 왜 그동안 검은머리짐승 따위에 정을 주었는지, 준호에 대한 실망과 노여움이 이렇게 큰데도 막상 그들을 내치지 못하는 내 약한 마음은 또 무엇인지 나는 나 스스로에게 묻고 혼자 화내었다.

결정적으로 준호가 괘씸했던 일은 그들이 머무는 방에서 나는 재 냄새 때문이었다. 뻔했다. 내 경고 때문에 온돌을 덥힐 수는 없고 추위를 피하려고 바닥에 깔렸던 짚단을 태운 것이다. 그것이 아무리 수컷 장저휜의 짓이라 해도 준호의 협조가 없었다면 불가능했을 터였다. 불씨가 있는 부엌에 드나들 수 있는 이는 준호뿐이기 때문이었다. 하지만 이번에도 나는 쉽사리 화낼 수 없었다. 이름을 걸고 방에 불을 피우지 못하도록 명령한 이상 내가 할 수 있는 일은 이제 준호를 포함한 그들의 사지를 내 손으로 찢는 일뿐이었다. 다음 날 아침 내 앞을 막은 장저훤을 거세게 뿌리친 것도 그 감정의 연장이었다.

"양초를 구해주시오. 좋은 일을 하시오."

장저훤의 입에서 나온 말은 짐승말이 아닌 어른이 말, 단풍동의 말이었다. 준호가 가르쳐준 것이 틀림없었다.

"준호, 너를 포함하여 짐승들은 이제 우리말을 쓸 수 없어. 아가리를 찢을 테야."

내가 뒷눈으로 노려본 이는 장저훤이 아닌 준호였다. 준호가 멍하니 나를 쳐다보았다. 별수 없었다. 이미 뱉은 말이었다. 이제 준호가 말 한마디라도 하면 나는 그의 입을 찢어야 했다. 자리를 피했다. 그의 목소리를 듣지 않는 것 외에 다른 방법이 없었다.

진심으로 원하는 것은 그것이 미래에 좋은 일이든 나쁜 일이든 이루어지게 마련이다. 준호를 다시는 보고 싶지 않다는 마음이 내 몸 전체를 휘감아 나로서도 감당할 수 없는 시간들이 흐르고 있었다. 사고가 터진 것은 이틀 후였다. 대문 밖에서 희휘의 다급한 목소리가 들려왔다.

"아버지! 준호가 잡혀가요! 보안대가 세 마리를 죄다 끌고 가요!"

아직 걸음이 서툰 희휘가 저자 쪽을 가리키며 허둥대었다.

길에는 보안대도 짐승들도 보이지 않았다. 바닥에 새 양초 대여섯 자루가 흩어져 있었다. 뻔했다. 장저훤과 김점례에게 시달리던 준호가 저자에서 양초를 사 왔고, 그새를 못 참은 둘이 집 밖에 나왔다가 군인들에게 잡힌 것이었다.

저자 초입까지 가서야 가까스로 그들을 따라붙을 수 있었다. 보안대 숫자가 일곱이나 되었다. 준호는 맨 끝에 끌려가고 있었다. 목을 옭아맨 거친 삼끈 때문에 그의 목에서 불그스름한 진액이 흐르고 있었다.

"멈춰! 나는 운흘 연토야! 삼신어른 집안이야!"

그들이 걸음을 멈추었다. 장저훤과 김점례가 내 목소리를 알아듣고 마구 울부짖었다.

"둘은 데려가. 그런데 하나는 짐승이 아니야. 내 동생이야."

내가 준호를 한쪽으로 젖혔다. 준호가 두른 어깨띠와 머리띠는 어른이로 보이기에 충분했다.

"아니요." 목에 맨 삼끈을 풀려는 군인의 손을 되잡은 이는 다른 이 아닌 바로 준호였다.

"나도 검은머리짐승이오. 운흘 연토 나으리의 도움으로 그 집에서 잠시 살았을 뿐이오."

"무슨 말이야? 자, 보시오, 이 사람은 우리말을 하지 않소!"

내가 준호의 팔을 잡아당기자 장저훤과 김점례가 그를 붙안았다. 자기들 중 준호만 빼내려 한다는 사실을 눈치챈 것이었다. 준호의 목소리가 젖어 들었다.

"아냐 연토. 나 그냥 잡혀가려고. 청매동의 짐승 수용소에 가려고. 이곳에서는 내가 할 수 있는 것이 없어."

군인 하나가 준호의 머리띠를 잡아채고 그의 뒤통수를 헤집었다.

"짐승 맞구만! 뒷눈도 없는 데다 모가지를 홰홰 돌리는 것이. 뭐야 당신, 운흘 집안 맞아?"

그들을 막을 수는 없었다. 준호 스스로 잡혀가기로 결심한 이상 그를 빼낼 방법은 없었다.

집에 돌아온 나는 곧바로 미단부리의 창고에 뛰어들었다. 그녀가 눈을 찌푸렸다. 그녀는 붓으로 인형의 어깨 가리개를 그리는 중이었다. 계우도 옆에서 미단부리를 돕고 있었다.
"준호가 잡혀갔어요! 어머니가 삼신어른께 부탁드려 주세요."
미단부리는 인형에게서 손을 멈추지 않았다.
"그놈을 잡아간 이가 삼신임을 모르다니. 계우, 너는 저런 멍청이와 어떻게 사니?"
그녀의 목소리가 한가했다.
"어미산 자위대가 아니었어요. 보안대에게 잡혔다고요!"
계우 역시 눈길 한 번 주지 않았다. 그녀가 미단부리에게 다른 인형을 건네주며 말했다.
"언제고 일어날 일이었어. 게다가 삼신어른은 아직 청매동에서 돌아오지도 않았어."
급히 마차를 불러 저잣거리로 나갔다. 보안대를 찾았다. 보안대장 여량가지를 만나는 일이 쉽지 않았다. 겨우 얼굴을 드러낸 그가 나를 보며 코를 잡았다.
"이런 오물 내! 운흘 집안이 검은머리짐승 수용소라더니 그 말이 맞군 그래."
지체할 수 없었다. 나루샘의 살촉군 대장 이안이라면 여량가지보다 강할 터였다. 그에게 '미단부리가 아끼는 짐승'임을 강조하면 손을 써줄 수도 있을 것이었다. 하지만 그는 자리에 없었다.
"살촉동에 오래 계실 듯한데요. 귀우치 장군이 사형당했다는 전갈이 왔거든요."
그의 부관이 말했다. 살촉동 군부 실세에서 귀우치가 밀려난 것은 벌써 오래전이었다. 하지만 사형을 당했다면 살촉동 정세가 한바탕 요동치고 있다는 말이 되었다.
이대로 포기할 수는 없었다. 나는 나루샘에서 무작정 삼신어른을 기다렸다. 한 가지 다행한 것은 짐승들을 태우고 청매동으로 간 배는 아직 없다는 사실이었다. 물론 그들은 마차로 갔을 수도 있었다. 상황이 어찌 되었든 삼신어른을 만나야 했다. 미단부리의 말대로 준호를 잡아간 이가 삼신어른이라면 삼신어른을 직접 설득하는 편이 가장 빠른 길일 수 있었다.

부두에 내린 삼신어른은 나를 쳐다보지도 않았다. 그가 탄 마차에 따라 올랐다. 마차가 어미산을 향해 움직이기 시작했다. 그는 말이 없었다. 그랬다. 삼신어른 생이 짐승들을 잡아가도록 명령했음이 분명했다.

"다른 놈은 바라지 않아요. 준호 하나만 돌려주세요."

"잊지 말라, 연토. 단풍동을 위협하는 적은 살촉동도, 멀리 있는 아후밀탄이나 제울도 아니다. 우리의 적은 극악한 검은머리짐승들이다."

폭 넓은 머리띠로 뒷눈을 가린 그의 뒷모습은 '후회하지 않겠다'가 아니었다. '어떤 경우에도 자신의 판단을 뒤집지 않겠다'는 돌덩이 같은 고집스러움이었다.

그들이 쓰던 방은 어지러웠다. 태우다 만 짚단, 죽 그릇, 숟가락, 준호를 들볶아 마련했을 장저훤의 어깨 가리개와 발싸개들이 이리저리 널려 있었다. 오물 내도 정말 심했다. 바닥의 물줄기라도 흐르도록 그대로 두었더라면 웬만한 오물 내는 씻겨나갔을 터이다. 바닥에 드는 물줄기 구멍을 돌가루로 막아 버림으로써 방 전체가 두엄더미가 된 것이었다. 물줄기를 막아 따뜻하고 건조한 방을 만들 수 있는 그 방법을 준호가 몰랐을 리 없었다. 그는 내 비위를 거스르지 않기 위해 10년이 넘도록 자신이 원하는 바를 말조차 꺼내지 못했던 것이다.

준호가 잡혀간 다음 달인 물방개달에 약장수 용개가 집에 들렀다.

준호의 피부병 가루를 얻어가려던 그는 낭패한 기색을 감추지 못했다. 내가 용개를 다그쳤다.

"자네는 청매동 사정을 알지? 돈을 집어주면 수용소에서 짐승을 빼낼 수도 있지?"

어느새 그의 표정은 평상을 되찾고 있었다.

"빼낼 만한 돈도, 아는 이도 없어서요. 사실 저도 짐승 놈의 약을 파는 게 탐탁지는 않았어요. 그 가루를 쓴 사람들은 몇 년씩이나 가려움을 타지 않거든요. 사람들이 때맞춰 가렵고 근지러워야 나처럼 불쌍한 약장수도 돈을 만질 것 아닙니까?"

대문을 나서던 그가 선심 쓰듯 한마디 던졌다.

"수용소에 잡혀갔다고 다 죽이지는 않아요. 요새는 그놈들에게 일을 시키거든요. 먹이도 주고 불도 피워준다던데요. 한 번 들어가면 나오기야 어렵지만, 세상 어디든 살만하니 살지 않겠어요?"

그들의 흔적은 축사 주변이 더욱 심각했다. 그토록 먹을 것을 밝히던 장저훤과 김점례가 두엄뿐 아니라 축사 안팎에 오물을 싸대었기 때문이다. 생각다 못한 계우는 가축들을 옮기고 흙을 바꾼 후 축사를 새로 짓기로 결심했다. 기존의 축사를 부수는 과정에서 놀랍게도 나는 준호의 기록을 얻었다. 돼지우리와 타조우리를 나눈 나무담장 틈서리에 공책 세 권이 끼어있는 것을 하인들이 발견한 것이다.

준호가 공책을 축사 담장에 숨겼다는 것은 나뿐 아니라 동족인 장저훤과 김점례에게도 비밀이었다는 말이 된다. 흰 종이에 숯으로 쓴 짐승세상의 글자, 가로로 가지런히 배열한 꺾쇠와 동그라미들을 보면서 나는 모두들 잠든 한밤중, 아궁이 앞에서 글을 쓰는 그의 붉은 얼굴을 마주 대하는 듯했다.

준호로부터 짐승세상 글자를 배운 적이 있기는 해도 그가 남긴 내용을 알기란 쉽지 않았다. 그들의 글자가 읽고 쓰기는 편해도 그들의 낱말 수가 우리와 비교할 수 없을 정도로 많기 때문이었다. 수없이 들춰보고 이리저리 꿰어맞춘 끝에 작은 끄나풀을 쥔 것은 첫 번째 기록, 한 귀퉁이가 찢어진 낡은 공책의 뒷부분부터였다. 숫자가 많은 데다 수정 모래시계까지 그려놓아 우리 어른이 세상의 시간과 세월에 관해 쓴 내용임이 틀림없었다.

「며칠이 지났는지 이제 나는 알 수 있다. 연토는 수정 모래시계를 5번 뒤집으면 1시간이라고 했다. 이들의 하루가 13시간이니 모래시계를 65번 뒤집으면 하루의 길이가 나온다. 우리 세상으로 보면 하루는 1,440분, 그것을 65로 나누면 22분이 조금 넘는 시간이 된다. 조금 남는 그 몇 초를 모래시계를 뒤집는 시간으로 치면 정확히 65번 만에 하루, 축사의 타조들이 울어 젖히는 아침이 온다. 여러 번을 반복했는데도 마찬가지다. 물론 내가 따지는 하루가 ○○의 24시간이라는 보장은 없다. '○○들의 세상에 가서 하루를 살고 왔더니 죽을 때까지의 시간이 갔더라.'라는 옛날이야기도 있다.」

「이들의 하루 13시간은 13달과 마찬가지로 각각의 동물들이 있다. 흙의 3시간, 곧 누에와 도마뱀과 타조의 시간은 '가장 조용해야 할 시간'이다. 우리의 1,440분을 자정부터 배치한다면 333분, 즉 5시 33분까지의 새벽 시간이다. 다음 물의 4시간, 곧 물방개, 잉어, 검은꼬리거북, 푸른용의 시간은 '일하는 시간'으로 441분, 12시 57분까지의 아침 시간이다. 나무의 시간인 버섯, 푸른나무, 붉은나무의 시간들은 '오늘을 반성하는 시간'으로 오후 6시 27분까지의 저녁 시간이다. 마지막으로 불의 시간은 '내일을 준비하는 시간'으로 흰날개호랑이, 불새, 반딧불이의 시간으로 333분, 자정이 된다.」

「1년의 마지막 날인 위령제를 낮이 가장 짧은 날, 우리의 동짓날로 잡는다면 날짜를 세는 것이 가능하다. 첫 달 즉 새생명을심는큰달은 52일, 즉 12월 23일부터 2월 12일이 된다. 이 시기에 어른이들은 어미산에 올라 알과 씨물을 뿌린다. 그다음 흙의 석 달은 작은 달들이니 20일씩이다. 우리로 따지면 2월 13일부터 4월 13일, 이 동안은 흙에 관계되는 일을 한다. 우리도 이 시기에 농사를 시작한다. 다음 물의 달은 넉 달, 80일이다. 4월 14일부터 7월 2일, 우리 세상에도 비가 많이 내린다. 물의 달이 20일 더 있다는 것은 이들에게 물이 얼마나 소중한 것인가를 가르쳐준다. …… 새생명이태어나는큰달에 이들은 어미산에 올라 자식을 캔다. 그 후 한 해의 마지막 날에 위령제를 지낸다. 하루 또는 이틀 동안 위령제를 지낸다는 것은 간단하면서도 ○○하다. 한 해의 길이를 365일 또는 366일로 맞춰주기 때문이다.」

모래시계를 목숨처럼 아끼던 준호가 눈에 보이는 듯했다. 그런데 준호에게는 왜 그리 시간을 재는 일이 중요했을까? 아무리 재어도 붙잡을 수도, 늦출 수도 없는 것이 시간 아닌가. 수십 번 수백 번 들여다보고 확인하여 짐승세상 말을 익힌 후 나는 첫 권의 처음부터 떠듬떠듬 읽기 시작했다.

「글을 쓴다. 어지러운 꿈속에서 기분 좋은 순간을 맛보고 있다. 연토를 따라 서당에 가서 학생들의 종이 공책을 보았을 때부터 나는 공책에 내 생각을 정리하고 싶었다. 오늘 드디어 내게 종이 공책이 생겼다. 용개에게 피부약을 건네주고 대신 받은 것이다. 나도 모르게 몸을 떨며 눈물을 흘렸다. 숯은 부엌 아궁이에 얼마든지 있다. 딱딱한 느우나무 숯은 ○○처럼 가늘게 쓸 수도 있다.」

역시 검은머리짐승은 기록의 동물이다. 준호가 무언가를 기록한다는 사실을 내가 안 것은 작년 푸른용달, 계우의 방에서 희휘를 돌보다가 내 방으로 되돌아갔을 때였다. 그런데 공책 내용을 보면 그는 그보다 훨씬 전, 피부약을 만들었던 7년 전부터 기록을 해왔던 것이다. 그리고 날짜와 시간에 관한 내용은 그보다 훨씬 전, 공책을 마련하기도 전에 생각했던 것을 정리한 듯했다. 수정 모래시계를 그가 들여다보고 거꾸로 놓곤 하던 때는 12년 전, 그를 우리 집에 데려왔던 내 나이 열여덟 때였기 때문이다.

「아궁이 앞은 따뜻하고 밝다. 모두들 잠든 밤에 혼자 깨어있으면 내가 이 ○○한 동굴 속에 있다는 것이 실감 나지 않는다⋯⋯ 밝고 환한, 비가 오고 눈이 오고 때로 천둥이 치던 내 세상이 그립다. 온돌을 만들어 놓고도 연토의 눈치를 보느라 쓰지 못한다.」

「나는 의사다. 이들을 도울 수 있다. 이들로부터 ○○을 받아야 이들도 나를 도울 것이다. 무식한 삼신어른의 협박 따위는 무섭지 않다.」

「많이 아팠다. 인삼을 먹었다. 나무인간의 새끼. 연토는 착한데 미단은 모르겠다. 속을 알 수 없다.」

「붉은 나무는 사람을 닮아 무엇이든 할 수 있는 용기를 준다고 한다. 그렇다면 어른이들의 먼 조상이 붉은 단풍나무? '붉은이파리가 태어나면 전쟁이 일어난다'는 말도 ○○적이다. 희한한 것은 이들 중 아무도 단풍나무를 모른다는 사실이다.」

「내 책력으로 보자면 오늘이 8월 26일, 내 생일이다. 어른이들은 생일을 따지지 않는다. 새생명이태어나는달이 정해져 있으므로 혼자 태어난 초추아를 제외하고는 누구나 그 52일 안에 생일이 있는 셈이다. 하기야 어미산에 심어진 종자를 잘 키우려면 아무 때나 캐게 할 수는 없을 것이다. 내 세상의 봄 또는 여름에 피었던 수많은 들꽃이 생각난다. 그들이 거의 같은 시기에 피고 지던 이유도 그들이 '새생명을심는달'과 '새생명이태어나는달'을 맞춘 결과였을까.」

「위령제에는 어른이 모양의 떡으로 땅과 물, 불들에게 바치고 그동안 죽인 짐승들과 풀에게 용서를 구한다. 이 역시 눈에 보이지 않는 이유가 있을 것이다. 떡들을 어미산에 뿌려 새와 짐승들을 배불리 먹이면 곧 있을 새생명을심는달에 뿌려질 어른이 종자를 보호할 수 있는 것이다.」

「우리가 원숭이에서 ○○된 종자라면 어른이는 동물과 식물 중간에서 ○○된 듯하다. 특히 덩굴식물, 다른 식물들의 몸체로부터 양분을 흡수하는 기생식물에서 ○○되었을 수도 있다. 땅과의 인연을 점점 끊어가는, 동물로 변해가는, 동물이 되기에는 아직 멀었지만 전혀 움직이지 못하는 식물로부터는 많이 벗어난 과정에 있는 듯하다.」

「연토는 '힘없는 식물이나 동물을 먹음으로써 생명을 유지하는 너희 검은머리짐승들 역시 땅의 자손이다.'라고 말했다. 그렇다. 식물이라는 기본층이 없다면 동물은 존재할 수 없다. 땅의 대부분을 덮고 있는 생명들도 동물이 아니라 식물이다. 나무들, 풀들이 모두 땅에 열매를 떨어뜨려 후손을 키운다. 식물이 특별한 것이 아니라 동물이 특별한 것이다. 땅이 키워 내놓는 이 어둠 속의 어른이가 특별한 것이 아니라 환한 햇빛을 받고 ○○하는 우리가 특별한 것이다.」

「희실과 산분을 삶아 먹고 싶다. 구워 먹고 싶다. 무슨 맛이 날까. 고기 맛? 산삼 맛? 삼신어른은 우리 ○○을 마음껏 잡아먹는 것 같다. 아니면 그 많은 ○○들을 잡아다 어디에 쓰겠나.」

「○○시절에 ○○○병동에서 보았던 환자들. 귀가 무척 밝았던 사람, 점점 작아진다고 우는 사람. 세상이 너무 밝다고 눈을 감고 다니는 사람. 왜 나는 그들을 무시했을까! 그때의 벌을 지금 받는 것일까.」

「미단은 온종일 인형을 만든다. 앞날을 내다본다는 그녀는 커다란 위기를 느끼고 있는지 모른다. 하지만 진짜 위기가 닥치면 인형들이 무슨 소용이겠는가.」

「○○ ○○○. 어른이들은 크게 태어나는 대신 자신의 몸을 위기에서 보호할 상식을 가지고 태어난다. 이들은 자기들이 태어나던 순간을 기억한다. 땅에서 태어날 때 이미 뇌가 작동한다는 뜻이다. 이들의 기억력은 정말 놀랍다. 근 10년이 된 일인데도 연토는 내가 가르쳐준 우리 글자를 확실히 기억하고 있다. 그런 면에서 이 지하 세계에서는 어른이들이 주인일 수밖에 없다. 우리가 있기 훨씬 전부터 이들은 있었고 또 우리가 멸망한 이후에도 이들은 살아남을 것이다. 풀과 나무들이 우리 ○○보다 훨씬 먼저 존재했고 또 우리가 ○○된 후에도 존재할 것이 분명하듯이.」

「이곳의 대낮은 빛바위가 되쏘는 어슴푸레한 빛밖에 없다. 빛바위는 어미산 꼭대기 천장을 뚫는 거대한 수정 돌덩이다. 수정바위를 통해 ○○된 햇빛이 주위를 비치는 것이다. 저자에서 어미산의 빛바위를 올려다보면 수백 미터도 더 되는 듯하다. 그 위로 올라가려면 어미산을 오르지 않고는 방법이 없다. 약재를 구한다는 핑계로 마을 주변의 숲도 가보았다. 숲 역시 내가 땅 위로 오를 수 있는 통로는 아니다. 나무가 하늘을 향해 꼿꼿이 위로 섰다는 것은 숲 지대가 동굴 속은 아니되, 깊은 우물의 밑바닥처럼 깊이 위치해 있다는 말이다. 숲은 산등성이에 있다. 그리고 마을은 물이 흐르는 계곡에 위치해 있다. 나는 분명히 '떨어졌다.' 그런데 이곳 숲보다 훨씬 깊은 땅속으로 떨어졌는데도 나는 그리 다치지 않았다. 결국 내가 떨어진 그곳을 찾아야 한다. 그곳이 땅 위로 올라갈 수 있는, 깊이도 가장 얕고 위험도 가장 적은, 그래서 내가 가장 오르기 쉬운 곳이다.」

「미곤은 밝은 곳을 다녀왔다. 그는 우리 종족을 잘 안다. 알기 때문에 나를 경계한다.」

첫 번째에 비해 두 번째 것은 훨씬 깨끗하고 글씨가 안정된 반면 세 번째 공책은 앞부분에만 조금 씌었을 뿐 뒤는 비어 있었다. 세 번째 것을 쓰기 시작하고 얼마 되지 않아 장저훤과 김점례가 온 듯했다.

「장저훤 때문에 정말 힘들다. 그는 끊임없이 요구하고 화를 낸다. 한밤중, 아궁이 앞에서 일기를 쓸 틈도 없다. 그가 방을 빠져나와 내 곁으로 오기 때문이다. 그는 집요하고 ○○이다. 그런데도 나는 그를 미워할 수 없다. 내 젊은 날, 나는 그보다 훨씬 더 ○○○이었고 건방 졌다. 게다가 그는 환자 아닌가. 김점례도 마찬가지다. 죽은 자식을 애타게 찾는 어미라는 사실 하나만으로도 그녀는 ○○받을 만하다. 내 부모는 나와 내 누나, 형들을 매일 때리고 짓밟았다. 푸줏간 심부 름꾼으로 나를 팔아넘긴 이가 어머니다. 푸줏간이 무서워 어머니 다 리를 잡고 놓지 않는 내게 어머니는 '내 피 빨아먹는 ○○○'이라며 뺨을 후려갈겼다. 그 기억에서 자유롭지 못한 나 역시 가족들에게 가혹했다. 그들에게 대놓고 '내게 달라붙은 ○○○'라며 조롱했다. 기 억과 경험이 ○○을 만든다. 엄청난 ○○ ○○○을 가지고 태어나는 어른이가 부럽다. 이들은 분명히 젊은 날 저지르는 실수나 후회가 우 리보다 적을 것이다.」

「내가 살던 세상의 마지막 순간을 기억해냈다. 아마도 나는 땅속으 로 푹 꺼지고 싶다고 신에게 빌었던 모양이다. 76세. 그리고 이곳에 와서 12년. 몸은 젊어져 60대로 돌아갔다 해도 시간이 거꾸로 가지 않는 한 나는 88세다. 저쪽에 돌아가서 과연 나는 살아갈 수 있을까.」

「가장 저주스러운 것은 내가 살아있다는 사실이다. 연토는 '살아있 는 것이 축복'이라 말한다. 과연 축복일까.」

「장저훤이 부엌의 불씨를 가져가 방에 깔린 짚단에 불을 붙였다. 연토는 불을 붙인 이가 나인 줄 알고 있다. 하지만 장저훤의 짓임을 밝힐 수는 없다. 그가 부엌까지 드나드는 것을 알면 그를 당장 찢어 죽일 것이다. 아무리 징그럽고 못돼먹은 놈들이라도 나는 이들을 버리지 못한다. 이 어둠 속에 나 이외의 ○○이 있다는 사실이 고맙다.」

내가 준호의 기록을 그토록 열심히 들여다본 이유는 아마도 공책 속에서 그가 나를 생각했던 마음, 친구로서의 애틋한 정을 찾아내기 위해서였을 것이다. 하지만 그런 글은 단 한 줄도 없었다. 준호는 오로지 살기 위해 내게 친한 척했을 뿐 친구로서의 정 따위는 느끼지도 주지도 않았던 것이다. 쓸쓸했다. 준호를 잃었다는 괴로움보다 그에게 내가 아무것도 아니었다는 사실이 참기 힘들었다.

"이제 그 더러운 짐승들은 없어! 미련 그만 떨고 방이나 치워."

의자에 걸터앉아 꼼짝 않는 나를 보고 계우가 푸른빛을 띠었다.

액막이 인형 소동

*   어떤 일들은 때로 우리의 의도와는 다르게 혼자 얽혔다가 또 혼자 풀리기도 한다. 검은머리짐승들이 기거했던 내 방을 치우고 온돌을 부수려는데 미단부리의 제재가 들어왔다. '바닥의 짚단만 새것으로 갈되, 막힌 물길도 온돌도 나무시렁도 그대로 두라'는 것이었다. 짚단이 새로 깔리자 미단부리는 온돌 아궁이에 불을 넣었다. 갓 만든 인형을 말리기 위해서였다. 온돌이란 것이 사실 특별한 장치는 아니다. 물기 없는 땅에 돌을 늘어놓아 불길을 만들어 주고 그 위에 넓적한 돌들을 편 후 진흙으로 틈새를 바른, 만들려고 하면 우리도 얼마든지 만들 수 있는 것이다. 하지만 딴 방에 새로 만들 필요는 없었다. 오물 내가 밴 방에 굳이 내가 다시 들어갈 이유도 없거니와 인형 건조실로 쓰다 보면 짐승들의 냄새도, 그들의 흔적도 자연히 사라질 것이었다. 미단부리는 또 하인들을 시켜 선반을 더 매달았다. 그녀가 흡족해하는 인형들이 선반 위에 자리 잡았다.

　불 때문에 그녀의 인형들이 새로운 전기를 맞기도 했다. 하인 하나가 온돌 아궁이의 재를 꺼내다가 불씨를 떨어뜨렸다. 바닥에 깔린 짚더미에 불이 붙어 방 안 가득 불길이 솟았다. 큰 피해는 없었다. 문 바로 앞에 물줄기가 있어 불이 방 밖으로 옮지 않은 데다 방 윗목에 있던 내 칠성함이나 집기들은 일찌감치 순부부리의 방에 옮겨놓은 상태였다. 인형들이 문제였다. 선반에 올려두었던 그녀의 인형들이 연기에 그을려 새까매졌다. 그녀가 손뼉 치며 깔깔거렸다.

"땅과 물의 작품에 불의 혼이 실렸어. 색깔도 너무 맘에 들어!"

화재 덕에 방에 배었던 짐승 냄새도, 내가 차마 버리지 못했던 준호의 집기들도 사라졌다. '방에 불이 나면 그 방에 깃들었던 주인이 어디서건 타 죽는다'는 말이 있다. 준호는 타 죽었을까? 불을 좋아한 준호로서는 찢겨 죽는 것보다 한순간 불에 타 죽는 것이 나을 수도 있었다.

푸른나무의 세월 여섯 번째 해 물의 네 번째 달 푸른용달에 미단부리와 희실이 살촉동으로 떠났다. 희실의 채근 때문이었다.

―미단, 나 혼자 어떻게 매차년을 상대해? 너는 똑똑하니까 다만 얼마라도 재산을 찾을 수 있을 거야. 따지고 보면 내가 뺏긴 돈이 다 이 집 재산이잖아. 미단 네 재산이라고. 안 그래?

희실은 자신의 돈타령으로 미단부리가 살촉동에 가기로 결심한 줄 알았지만 사실 미단부리는 재산에는 전혀 관심 없었다. 쉴 새 없이 지껄이는 희실의 입만 막을 수 있다면 미단부리는 집안의 전 재산이라도 희실에게 넘겨줄 판이었다. 방물장수 지화의 말 때문이었다.

―살촉동 저자에는 이 비슷한 인형이 수십수백 가지는 된답니다.

희실과 함께 마차에 오르던 미단부리가 뒷눈으로 계우를 보고 중얼거렸다.

"아랫가랑이를 벌리면 윗주둥이라도 막아야지. 그게 네 몫인 걸 어쩌겠니?"

수수께끼 같은 미단부리의 말을 나는 알아듣지 못했지만, 계우는 뭔가 짚이는 듯했다. 하지만 그녀의 마음을 읽을 수는 없었다. '희휘의 의자를 주문해야 한다'는 말로 의도적으로 자신의 마음을 가렸기 때문이다. 게다가 미단부리를 배웅하던 산분의 새된 목소리가 내 정신을 흩뜨렸다.

"봐, 찬금, 미단부리님도 그러잖아. 아랫가랑이 벌리는 남편은 포기하고 먹을 거나 챙기라고. 사로가 딴 년과 놀아난다고 속 썩을 것 하나 없어. 나를 믿으라니까? 나한테 달려드는 놈들이 워낙 많으니 내가 얼마든지 준다니까."

내 결혼 예복을 끝으로 바느질에서 손을 뗀 산분은 어미산의 생식 외에 다른 관심사는 없었다. 찬금 역시 생식에만 정신이 팔려 온종일 산분만 따라다니는 중이었다.

알과 씨물을 흘려 후손을 만드는 남녀 간의 성숙한 생식이야 생애 중 가장 즐겁고 흥분되는 시간임은 분명하리라. 둘의 격정적인 몸부림이 알에 씨물을 골고루 묻게 하고 알을 흙 속에 좀 더 깊이 묻는 효과도 가져온다. 그런데 검은머리짐승들도…… 그렇다고 했다.

— 흥분되지. 여자의 몸속에 씨물을 뿌릴 때야말로 세상을 다 얻은 듯한 만족감을 느껴.

그는 또 '수컷의 씨물주머니가 암컷의 좁은 몸 구멍에 들어갔을 때 씨물주머니가 가장 크고 단단해진다'고 했다. 물론, 암컷 몸속에서 새끼를 키우는 모든 가축들 동물들이 다 그렇기는 할 터이다. 앞뒤 생각 없는 가축들이야 그럴 수 있다 치자. 내가 이해할 수 없는 것은 검은머리짐승 암컷들이다. 대단한 문명을 가지고 있다는, 수컷에 비해 결코 뒤지지 않는다는 똑똑한 짐승 암컷들이 자기 몸속에서 새 생명을 키우려 할까? 그것을 낳을 때 자신에게 닥칠 위험을 뻔히 알면서 한순간의 희열에 자기 목숨을 내놓을까?

— 암컷을 어떻게 설득해? 겁탈이야?

내 물음에 준호가 어이없다는 듯 웃었다.

─겁탈은? 여자도 즐거운 건 마찬가지지.

─여자가 즐거운지 어떻게 알아?

─얼굴 표정을 보면 알지. 몸짓도 그렇고.

얼굴 표정을 보다니, 등 뒤에서 흘레붙으면서 어떻게 표정을 확인한단 말인가. 내 의문을 초음으로 읽기라도 한 듯 준호의 설명이 이어졌다.

─개돼지처럼 흘레붙을 때도 있지. 하지만 우리 짐승들은 대부분 누워서 교접해. 한 사람은 바닥에 등을 대고 눕고 또 한 사람은 그 위에 엎드려 서로 마주 보면서.

─시체처럼? 바닥에 누워서? 그럼 암컷이 밑에?

─그래, 시체처럼.

그가 확인해 주면서 또 웃었다.

─그렇다고 여자를 겁탈하는 것은 아냐. 씨물을 뿌리고 씨물을 받을 때 느끼는 행복감이야말로 이제 죽어도 괜찮겠다 싶을 정도의 황홀한 순간이지. 그 찰나의 환희를 찾아 제 남편이나 자식을 버리는 여자들도 있어.

준호와의 대화는 그것으로 끝이었다. 그런데 나는 아니었다.

시체처럼 누워서. 여자의 몸 위에 내가 엎드려서. 죽어도 좋을 만큼의 환희의 순간. 희한하게도 준호가 말했던 검은머리짐승들의 교접 장면이 떠올라 지워지지 않았다. 가축이나 동물들은 시체처럼 누운 자세로 교접하지 않는다. 수컷이 암컷의 등 뒤에서 흘레붙는 것이 보통이다. 그러니 암컷이 교접하기 싫으면 도망치거나 엉덩이를 내려 얼마든지 그만둘 수 있다. 하지만 검은머리짐승들은 아닌 것이다. 그들의 행위야말로 수컷에 대한 암컷의 완벽한 항복, 굴종의 자세 아닌

가. 바닥에 등을 대고 누운 채로 힘센 수컷이 위에서 누르면 암컷이 벗어날 방법이 없지 않은가.

　짐승 수컷의 황홀한 순간은 혹시 암컷으로부터 받아낸 승리감, 정복욕이 합쳐진 것은 아닐까? 그래서 짐승 세상에는 많고 많은 짐승들이 우글거리는 것일까? 내 씨물주머니를 손에 쥐어보았다. 부드러우면서도 빳빳한 내 것도…… 여자의 구멍에 넣을 수는 있으리라. 내게 목숨까지 맡기고 굴종하는 여자가 있다면. 정신을 잃을 정도로 황홀하다는 그 순간을 함께 맛보고 싶은 용감한 여자가 있다면.

　한밤중, 계우의 방을 찾은 것은 충동적이었다. 의자에 앉아 잠들었던 계우가 눈을 떴다.

　"부탁이야. 몸을 보여줘."

　계우가 자기 치마를 벗었다. 내가 무릎을 꿇어 그녀의 아랫도리를 살폈다. 다리와 다리가 갈라지는 부분, 그 틈. 그렇다. 구멍이 있었다! 손가락을 넣어보았다. 기껏해야 손가락 한 마디 깊이였다. 내 씨물주머니가 들어갈 정도로 깊지는 않았다. 하지만 사내에게 없는 구멍이 여자의 사타구니에 있다는 것만으로도 나는 가슴이 뛰었다. 준호가 말하던 '퇴화'가 생각났기 때문이다.

　―먼 옛날 검은머리짐승들은 가축처럼 네발로 기어다녔어. 그때에는 몸의 균형과 방향을 잡아줄 꼬리가 필요했지. 두 발로 서서 다니기 시작하면서 사정이 달라졌어. 걷거나 앉을 때 오히려 꼬리가 거추장스러웠거든. 점점 짧아지고 퇴화되었지. 하지만 아직도 그 흔적이 있어.

　우리 여자들도 먼 옛날에는 몸속에서 자식을 키워냈을 수도 있는 것이다. 계우의 몸속에 아기를 키우는 주머니가 있을 수도 있는 것이다!

　"계우, 소원이 있어."

그녀가 나를 쳐다보았다.

"단 한 번이야. 내가 하라는 대로 해줘. 바닥에…… 등을 대고 누워줘."

"뭐라고? 나더러 죽기라도 하라는 거야?"

그녀는 쉽사리 동의하지 않았다. 그녀 앞에 무릎 꿇은 채로 나는 그녀의 가랑이를 벌리게 했다. 사타구니의 구멍을 찾아 오른쪽 두 번째 손가락을 넣었다. 그리고 왼손으로는 그녀의 허리에 달린, 채 영글지 않아 말랑말랑한 알 한 개를 부드럽게 쥐었다.

"내가 이 구멍에 네 알을 따서 넣을게. 그리고 네 위에 엎드려 그 구멍에 내 씨물주머니를 넣을게. 우리만의 자식을 얻는 거야. 남의 알과 씨물로 태어난 낯선 자식이 아니라 우리 둘의 알과 씨물로 만든, 너와 나만의 자식. 내가 씨물을 쏟는 순간에 너와 나는 황홀할 거야. 죽어도 좋을 만큼의 환희를……."

계우가 내 가슴을 걷어찬 것은 순간이었다.

"재수 없는 짐승. 짐승이랑 같이 살더니 결국 짐승이 되었구나."

이를 가는 증오의 목소리를 나는 평생 잊을 수 없으리라. 게다가 나는 천장을 쳐다보고 벌렁 나자빠져, 그녀가 손을 내밀어줄 때까지 일어날 수도 없었다.

나루샘마을에서 하인이 왔다. 부루 하람과 고애초의 52세 큰 잔치에 초대한다는 전갈이었다. 13년씩 네 번의 세월을 지내고 자신이 태어난 해를 새로 맞았으니, 잔치를 벌일 만했다. 나 혼자 나루샘마을로 향했다. 계우는 부루를 집안으로 인정하지 않았다. 자오 외에 운흘과 차미한만이 '집안'일 뿐, 훈장 하람 앞에서도 '뱃놈 떨거지'라는 말을 서슴지 않던 그녀였다.

나루샘마을 초입에서는 부루의 하인이 노인들에게 사탕과 죽을 나눠주고 있었다. '뱃놈들이 끓인 죽이라니 모래가루로 끓였을걸.' '사탕도 순 싸구려 엉터리야. 그 많은 돈을 배에다 싣고 강물에 던지는 모양이지.' 꼬투리를 잡는 노인들에게는 무엇을 주어도 마찬가지였다.

잔치마당 한쪽에 예홍의 악대가 있었다. 오현금을 타는 예홍은 예전보다 더 날씬하고 예뻐진 듯했다. 예홍이 내게서 눈을 떼지 않았기 때문에 도리어 내가 당황스러웠다. 물확을 찾아 발을 담갔을 때 주명이 다가와 귀엣말했다.

"예홍 말야, 네가 언제 오는지 몇 번이나 묻더라. 아직도 너만 좋은가 봐."

부루 집안에 대한 집사의 찬사, 하람과 고애초를 위한 건강 축수 따위는 귀에 들어오지도 않았다. 내 마음은 망측한 상상으로 가득했다. 예홍이라면, 십여 년 동안이나 나를 마음에 두고 있는 그녀라면 내 시도를 받아들여 줄 수도 있지 않을까! 온몸을 떨며 나는 잔치가 끝나기를, 아니 영영 끝나지 않기를 바랐다. 헛된 망상에서 벗어날 수 없는, 계우의 말대로 짐승이 되어버린 내가 징그러울 정도로 한심했다. 하지만 손님들이 자리를 뜨기 시작했을 때 나는 어느새 예홍 앞에 서 있었다.

"오랜만이에요. 연토 어르신."

기쁨으로 한껏 붉어진 예홍에게 나는 드디어 입을 열었다.

"유곽에서 기다릴게."

순진한 그녀에게 나는 무슨 일을 하려는 것일까. 하지만 나는 나 자신에게 얼른 강변했다. 그녀의 몸속에 내 씨물을 넣을 수 있다면, 그 순간 죽어도 좋을 만큼의 환희를 맛볼 수 있다면 그것은 죄가 아닐 수 있었다. 한편으로 나는 내 가슴을 쳤다. 그녀 속에 박힌 알이 점점 커져 그녀의 몸이 터질 수도 있었다! 어느새 나는 유곽에 들어서고 있었다. 몸에 달라붙는 여자들을 강하게 뿌리쳤다. 얻어놓은 방에 들어가 문을 잠갔다.

방에 들어선 예홍이 곱게 예를 갖추었다.

"금방 가야 해요. 잔치가 밤새 계속되거든요."

그녀는 앞으로도 이틀 동안 부루 집안 마당에서 오현금을 뜯어야 했다. 그녀의 얼굴을 외면한 채로 내가 입을 떼었다.

"예홍, 내가 어이없는 짓을 하려고 해. 내가 무슨 짓을 하든 참아줄 수 있어?"

"그럼요. 저는 연토 어르신을 믿으니까요."

나는 그녀를 똑바로 보지 않았다. 그녀에게 다가서서 어깨 가리개를 벗겼을 뿐이다.

"교접을 원해. 보통 교접이 아니야. 짐승들처럼 교접하고 싶어."

예홍이 무슨 말인지 몰라 나를 쳐다보았다. 내가 말을 계속했다.

"옷을 벗어. 그리고…… 바닥에 등을 대고 누워."

겁에 질린 표정이 역력했으나 그래도 예홍은 내가 하라는 대로 따랐다. 나 역시 아랫도리를 벗었다. 무릎을 꿇었다. 그녀 위에 엎드려 그녀의 사타구니를 더듬었다. 구멍, 예홍의 구멍이 계우보다 조금 더 깊다는 사실에 가슴이 터질 것 같았다. 팔과 다리로 내 체중을 견디면서 내 씨물주머니를 그녀의 구멍에 밀어 넣기 시작했다.

"어, 어르신."

예홍이 놀라 버둥대기 시작했다.

"가만히 있어! 움직이지 마."

이대로 포기할 수는 없었다. 어떻게든 성공해야 했다. 급기야 그녀의 팔과 다리를 찍어 눌렀다.

"사, 살려 주세요! 제발, 제발 저를 죽이지 마세요!"

그녀의 비명이 처절했다. 그녀를 더더욱 제압했다. 온 힘을 다해 그녀의 몸을 눌러대었다. 지금이 아니고는 다시없을 기회였다. 내가 아니라면 예홍이라도, 예홍이 아니라면 나 혼자라도 황홀함을 맛볼 수 있을지 몰랐다.

문고리가 떨어져 나가고 유곽 여자들이 뛰어 들어와 예홍을 일으키지 않았더라면 나는 어떻게든 예홍의 구멍에 씨물을 쏟아 넣었을 것이다. 그리고 그 순간의 황홀이 어떠했는지 확인할 수 있었을 것이다.

"뭐하는 거예요!"

"무슨 일이야? 괜찮아?"

"왜 시체처럼 누웠어? 예홍, 죽은 거야?"

울음을 터뜨린 예홍을 여자들이 둘러쌌다. 그들의 따가운 시선을 뒤로 하고 나는 방을 나섰다. 그리고 나는 문 앞에서 나를 보는 익숙한 눈과 마주쳤다. 차미한 가쟁이었다. 그에게 붙어선 알몸의 여자도 보였다. 그 역시 부루 집안 잔치에 참석했다가 유곽에 들른 것이었다. 급히 발짝을 떼는 내 뒤를 그가 뒤쫓았다.

"무슨 일이야? 혹시 계집의 알을 터뜨렸어? 아니면 뭐야, 가랑이라도 찢은 거야?"

나는 어떤 말도 할 수 없었다.

방물장수 지화가 집에 온 것은 그 일이 있은 지 나흘 후였다.

"연토 어르신의 소문이 하도 해괴해서요. 어르신이 유곽 계집을 눕혀놓고 억지로 씨물을 먹게 했다는 거예요. 사실 어르신이 남다르기는 하시잖아요. 검은머리짐승과 교접했던 것도 그렇고."

"검은머리짐승과 교접? 누구야, 소문을 낸 게 지화, 네년이야?"

계우의 날카롭고 당당한 서슬에 지화가 허둥대었다.

"계, 계우 마님, 제, 제가 어떻게 그런 소문을……."

"요망한 주둥아리를 지져놓는 수밖에!"

지화가 입을 움켜쥐고 비명을 지르며 대문 밖으로 뛰쳐나갔다. 새파란 빛에 둘러싸인 계우가 주위를 노려보았다. 하인들이 모두 놀라 흩어졌다. 이윽고 그녀가 나를 노려보았다.

"드디어 일을 터뜨리셨군. 멍청이, 어리석은 인간."

다음 날 오후, 거실에 차미한 가쟁이 들어섰다. 뒤따라 들어선 계우가 입을 열었다.

"가쟁, 너에 관한 흉측한 얘기를 들었어. 유곽 계집을 자빠뜨리고 네 씨물주머니를 계집 밑구멍에 넣었다는 소문. 그 추잡한 버릇을 아직도 못 고친 거야?"

"무, 무슨 소리! 흉측한 짓을 한 이는 내가 아니라 연토야. 그런데 연토, 그게 정말이야? 계집을 자빠뜨리고 씨물주머니를 밑구멍에 넣다니, 그게 가능해? 씨물을 먹인 게 아니고?"

"가능한지 아닌지는 차미한 가쟁, 네가 더 잘 알겠지. 연토가 혹시 그런 짓을 했다면 그건 네가 가르친 것이고. 네가 내게 그랬던 것처럼."

"무, 무슨 소리야? 내가 언제 너에게!"

가쟁이 놀라 계우와 나를 번갈아 쳐다보았다. 계우가 거침없이 말을 이었다.

"네가 나를 자빠뜨리고 내 위에 누웠잖아! 네 씨물주머니를 내 밑구멍에 넣으려 했잖아! 그렇지 않으면 내가 어떻게 이리 자세히 알겠어? 변태 자식 차미한 가쟁! 그래도 나는 네 집안을 보아 눈감아 주려 했어. 눈만 뜨면 유곽 계집을 끼고 노는 천하잡놈 차미한 가쟁, 네놈이 벌인 짓을 내 남편 연토에게 씌워? 차미한이 감히 운흘을? 차미한이 감히 자오를!"

"계, 계우, 내가 언제 그런 짓을! 계우, 너는 다른 사람과 헷갈리고 있어. 맹세코 나는 그런 적이 없어. 그런 일이 있었다면 내 눈 세 개를 다 도려내도 좋아."

당황한 가쟁은 이번에는 나를 보고 구원을 청했다.

"내가 언제 유곽 계집에게 그런, 여, 연토, 제발 도와줘, 너는 내 친구잖아?"

"친구? 차미한이 감히 운흘과 자오의 친구? 네 짓거리를 연토에게 뒤집어씌우고도 친구!"

계우의 목소리가 쩌렁쩌렁 울려 퍼졌다.

'차미한 도련님이 우리 계우님에게? 계우 마님을 자빠뜨렸어?'

'차미한 가쟁이 한 짓을 연토 어르신에게 뒤집어씌운 거야?'

마당에 있던 하인들이 짓떠들기 시작했다. 계우가 왜 그렇게 크게 말했는지 짐작이 갔다. 계우가 높은마당을 가리키며 큰 소리로 가쟁에게 말했다.

"당장 꺼져! 하지만 너는 이 집 안을 나가기 전에 내 하인들의 입부터 막아야 할 거야. 또 한 번 이런 소문이 들리면 너뿐 아니라 네 아비 차미한 여장부리도 사지가 찢겨 저자에 걸릴 거야."

"계우, 진정해. 아, 알았어, 어떻게 이런 일이, 알았어, 내가 수습할게."

가쟁이 양손을 휘저으며 마당으로 나섰다. 가쟁이 하인들에게 말하는 소리가 들려왔다. '자, 잘 들어, 앞으로 이런 말도 안 되는 소문을 내면, 너희들 입을 찢, 찢어버릴 거야. 내가 한 게, 아! 니! 야! 말이 돼? 여자를 자빠뜨리다니. 왜? 뭐 하러? 보지도 듣지도 못한 일이야. 세상에 있을 수 없는 일이야! 나는, 유곽에 가도 절대, 아니 나는, 차미한 가쟁은, 운흘 연토도 물론이지, 우리는 유곽에 간 적이 없어! 그건 다

꾸며낸 말이야. 그런 말을 하는 연놈은 내가 당장 사지를 찢을 거야. 저자에 걸어놓을 거야!……'

"또 한 번 이런 일을 벌이면 연토, 너는 네 손으로 칼을 잡고 네 씨물주머니를 잘라야 할 거야."

계우의 차가운 목소리가 내 귀에 흘러들었다. 다시는 맛보고 싶지 않은 순간이었다.

미단부리와 희실은 열흘 만에 집에 돌아왔다. 미단부리는 곧바로 창고로 향했고 희실은 짐가방을 들이면서 온갖 욕지거리를 해대었다. '온몸을 갈가리 찢어 물에 고을 년. 조각낸 살집을 사방에 널어 말릴 년……' 희실이 계우와 내게 자초지종을 설명했다.

집 떠난 지 사흘 만에 살촉동에 도착한 그들은 생각보다 쉽게 매차의 집을 찾았다. 희실이 사준 청매동 집보다 몇 배는 큰, 알 사람은 다 아는 집이었다. 햇빛족 하인 둘이 문을 지키고 있었는데 웬일로 매차가 순순히 그들을 들였다. 넓은 거실에는 고급 의자와 탁자, 그림, 화려한 휘장까지 없는 것이 없었다. 거실을 둘러보는 사이 매차가 사라져 버렸다.

"주인도 없는 집에서 우리가 무엇을 했겠어. 뼈가 우직거리도록 기다리다가 일어섰을 뿐이야. 대문을 나서는데 갑자기 하인들이 달려드는 거야."

둘이 끌려간 곳은 살촉동 군대 막사였다. 군인 세 명이 둘의 몸과 가방을 뒤졌다.

"세상에, 내 가방에서 은 숟가락 뭉치가 나오는구나. 그것도 여남은 개나. 음식을 먹지도 않았는데 웬 숟가락! 요사스러운 년이 내 가방에 일부러 넣어놓은 거야. 물론…… 아주 하찮은 것이 한두 개 더 나오긴 했어. 돈도 되지 않는 자질구레한, 그저 줘도 안 가져갈, 세상에 흔해빠진, 하여간 누구도 내게 뭐라 할 수 없어! 알잖아, 매차의 재산이 원래 다 내 재산인걸!"

희실의 가방에서 나온 목걸이와 귀고리와 반지들은 거실 옆 매차의 방 경대에 놓인 것들이었다. 그녀들 앞에 나타난 매차가 희실의 뺨을 후려쳤다.

―도둑년! 은 숟가락에 보석들을 훔쳐? 미단 이년은 또 뭐야? 발가락에 뭘 숨긴 거야?

군인들의 발길질을 수없이 당하고 기절한 후에야 펴볼 수 있었던 미단부리의 발가락에는 조그만 돌 단추 한 개가 쥐어져 있었다. 매차의 거실 휘장에 수도 없이 붙어있던 그 검정 돌 단추는 그것 하나가 떨어졌다 해서 표도 나지 않는 것이었다.

―이깟 돌조각을 숨기려고 목숨을 걸어? 훔치려면 희실처럼 값나가는 것을 훔치든가. 하여간 우직한 촌년은 못 말린다니까.

"매차년의 말이 맞긴 하지." 희실이 깔깔대며 말을 이었다.

"어쭙잖은 돌 한 개를 내놓지 않으려고 목숨을 걸다니. 한참 후에 정신을 차린 미단이 자기 발가락이 펴진 것을 알고 새파랗게 불을 뿜었어. 군인 셋이 모두 손을 데었지."

미단부리와 희실은 군대 막사에 이틀 동안 갇혀 있었다. 발도 물에 담그지 못해 둘은 거의 탈진 상태에 이르렀다. 그들을 그곳에서 풀어준 이는 이안이었다. 살촉동 본부에 단풍동 상황을 보고하러 왔던 이안이 부하로부터 '매차의 집에 도둑이 들었는데 알고 보니 운흘 기남의 어머니였다'는 말을 들었던 것이다.

미단부리는 이안에게 고맙다는 말 한마디 건네지 않았다. 몸보다도 훨씬 더 크게 자존심을 다친 그녀는 절름거리는 발로 곧장 거리로 나섰다. 더욱 큰일이 그녀를 기다리고 있었다. 저잣거리에서 미단부리는 낯익은 인형이 잔뜩 놓인 좌판을 보았다. 자신의 맘에 차지 않아 내버린 인형들이었다. '한 개에 은화 한 닢', 그녀의 온몸을 떨게 만든 것은 인형을 권하는 장사꾼의 말이었다.

─인형 발바닥에 원수의 이름을 쓰기만 하시오. 인형의 얼굴이나 몸에 바늘을 꽂으면 그 사람이 바로 통증을 느낀다니까! 바늘을 꽂은 그 자리가 아파 꼼짝 못 한다니까! 단풍동의 액막이 인형이오. 보시오, 단풍동 문장이 찍혀 있소. 문장이 없는 것은 싸. 인형 한 개에 엽전 한 닢. 하지만 하나를 사더라도 비싼 게 낫지. 싸구려는 효험이 없거든.

온몸을 덜덜 떠는 미단부리를 희실은 이해할 수가 없었다.

─왜 그래 미단? 그깟 흙인형이야 또 만들면 되지.

희실의 말이 끝나기도 전에 미단부리는 좌판을 엎고 인형들을 짓밟기 시작했다. 영문 모르는 인형 장수가 그녀를 말렸지만 소용없었다. 인형들을 하나도 남김없이 부수고 새파란 불덩이가 된 미단부리는 누구도 건드릴 수 없었다.

─네게 인형을 넘긴 연놈들에게 말해. 자오 미단이 와서 부쉈다고.

"……성질도 더럽기도 하지. 하지만 어쩌겠어. 돌아오는 내내 자오 여편네 눈치만 보았단다. 대체 그깟 흙덩어리가 뭐라고. 아무리 억울한들 매차년한테 뺏긴 내 재산에 비할까."

다음 날 아침 일찍 아버지 하전이 집에 들어섰다. 나는 급히 계우와 희휘를 불러 인사시킬 채비를 했다. 내 결혼례에도, 희휘의 수족례에도 오지 않은 아버지였다. 하지만 그는 우리를 거들떠보지도 않았다. 창고에서 나오는 미단부리에게 무언가 말을 건네려던 그는 입을 떼기도 전에 뺨을 맞아야 했다.

"미, 미단, 네가 지금 내 뺨을."

"수십 대라도 칠 수 있어! 수백 수천 대라도 칠 수 있어! 내 인형의 몸에 꽂힌 바늘 수만큼 네 뺨을 치면 너는 목이 돌아가 팽이가 될 거야."

"왜 이렇게 흥분해? 비비추에게 인형을 내준 건 너잖아."

"내 인형에 바늘을 꽂았어! 나쁜 놈, 너는 내 가슴에 바늘을 꽂았어."

"비비추가 인형을 액막이로 판 건 나도 몰랐어. 사실 내가 다른 일에……"

"이 시간부터! 너의 모든 일, 네가 신경 쓰는 모든 일은 틀어질 거야. 너의 모든 일에 내가 바늘을 꽂았어. 자오 미단이 말했어."

미단부리는 다시 창고로 들어갔다. 창고 주위를 서성이던 하전은 그대로 집을 떠났다.

미단부리의 신경질은 소리에 꽂혔다. 열한 명의 하인들뿐 아니라 그녀가 좋아하는 계우와 희휘도 발소리를 죽여야 했다. 온돌에 넣을 장작을 패기 위해 하인들은 멀리 논까지 나가야 했다. 장작을 싣고 올 달구지도 쓸 수 없었다. 삐걱대는 달구지 소리에 미단부리가 새파랗게 불을 뿜었기 때문이다. 끽끽대는 하수구의 곰치 소리도 문제였다. 곰치들이 주의를 준다고 들을 리 없었다.

"곰치를 죽여! 가축들도 없애! 부엌도 없애! 뭐가 문제야?"

가축들이 끌려 나가고 일껏 새로 지은 축사도 헐렸다. 사실 자리보전하는 노인과 가축들이 없다면 죽이나 여물을 끓일 필요도, 찌꺼기를 해결하기 위해 키우는 곰치도 필요 없었다. 음식을 먹어야 하는 황인 하인들은 마을에 내려가서 배를 채웠다. 고모 희실만 끙끙거렸다. 어미산의 생식 때 본인이 황인임이 드러났음에도 맑은이인 척 꾸며대는 희실은 차마 하인들과 어울려 마을에 갈 수 없었다. 계우에게서 받은 돈으로 끼니마다 저잣거리 음식을 사 오는 그녀는 매번 '불쌍한 가게 주인의 음식을 팔아줘야 복을 받는다'는 핑계를 대었다.
 모든 사람들의 눈총을 받으면서도 그것을 느끼지 못하는 희실이야말로 가장 복 받은, 가장 건강한 어른이인지 모른다. 미단부리가 괴로움을 당하건 말건 희실은 자신의 요구사항이 있으면 곧바로 미단부리의 창고 앞에 가서 잠긴 문고리를 흔들어 댔다.
 "세상에서 제일 가련한 이년의 인생, 어깨 가리개 하나 살 돈 없이 늙어간다네……."
 미단부리가 창고에서 나와 새파랗게 불을 뿜어도 잠깐 자리를 피할 뿐 어느새 희실은 창고 문고리를 다시 잡았다. '내 소원을 들어줄 사람은 미단밖에 없지. 나를 위해 이깟 어깨 가리개 열 개라도 백 개라도 사줄 사람은 우리 미단…….
 "계우! 돈을 내줘. 제발 저 괴물이 나를 삼키지 않도록 해줘!"
 매차의 것과 똑같은 목걸이와 반지, 살촉동의 고급 화장품, 자신에게 실수로 '맑은이도 아니시면서……'라고 한마디 한 음식 가게 주인을 혼내는 일까지 희실은 끝내 미단부리의 항복을 받아내는 것으로 해결했다. 다른 이들에게는 숨조차 크게 쉬지 못하도록 닦달하면서 가장 골칫덩어리인 희실을 어찌지 못하는 미단부리가 한편으로 측은하면서도 우스웠다. 미단에게 더 이상 요구할 것이 없어지자 희실은 다시 살촉동 나들이에 꽂혔다.
 "한 번만 더 가면 내가 매차년 머리칼을 다 뽑아버릴 텐데. 재산이야 미단 말대로 포기한다 해도 미단의 귀한 아들 기남 소식도 알고. 그년만 족치면 기남을 만나고말고. 그 발칙한 년을 나 혼자 상대할 수가 없으니. 똑똑한 미단이 한 번만 더 같이 가주면 귀한 아들 기남도 만날 텐데. 누가 뭐래도 기남은 미단의 아들인데. 나야 그저 매차년이 조금이라도 돈을…….”

눈도 제대로 뜨지 못할 만큼 지친 미단이 창고에서 나왔다.

“희실, 제발 살려줘. 돈은 내가 준다고 했잖아. 그리고 기남은 이미 봤잖아. 낙타 가마 타고 가는 것을 너도 봤잖아.”

희실의 눈이 커졌다.

“기남을 봤다고? 언제? ……청매동에서 본 그 낙타 가마? 그게 기남? 가만, 둘이 탔었는데, 그럼 그 죽일 년하고? 왜 나한테 말하지 않았어! 그 연놈을 어떻게 그냥 보냈어!”

“매차가 아니고 사흔이었어. 갓바치 일립의 아들 사흔. 너도 알잖아.”

“거짓말! 갓바치 아들 사흔이 무슨 수로 가마를 타? 매차였지? 찢어 죽일 년 매차!”

“미단부리 마님이 헛보셨을 리 없죠.” 미단부리 대신 답한 이는 마침 마당으로 들어선 방물장수 지화였다. 계우의 저주로 입이 비뚤어진 그녀가 말을 이었다.

“사흔이 청매동의 광대패 두목으로 낙타 가마를 타는 거야 다 아는 일인 걸요. 기남님이 광대패의 훈련을 맡으신 것도요. 그건 그렇고, 희실 마님, 새 연지가 나왔답니다. 이 연지를 한번 바르시면 그야말로 사내들이 줄줄 따를걸요?”

희실의 징징거림은 그 자리에서 목표가 바뀌었다.

“불쌍한 이년은 연지 하나 살 돈이 없네. 우리 착한 미단밖에 나를 도와줄…….”

천부적 장사꾼인 지화가 놀음에만 빠지지 않았다면 약장수 용개보다 더 큰 부자가 되었을 것이 틀림없었다.

그날 밤 나는 우연히 마당을 지나다가 굽는 방에서 들려오는 미단부리의 말을 들을 수 있었다.

"……강해져야 해. 땅의 힘, 바다의 힘, 불의 힘에 내 몸의 모든 힘을 다 빼앗아서라도 너희들은 강해져야 해. 약한 인간, 약한 생명, 약한 감정은 쓰레기야. 강한 인간, 강한 생명, 강한 힘만이 진짜야. 둔하고 무식하고 사악하더라도 그것이 강하다면 물리치지 마. 그것의 힘으로 너희들 안에 잠자고 있던 힘을 단련시켜. 힘이 힘을 불러일으키는 법이야. 흙으로 쉬고 싶은 너희들을 굳이 일으켜 세우는 나도 너희에게는 독하고 강한 존재겠지. 제발 내 독한 힘을 받아. 둔하고 강한 힘이 되어 제발 둔하고 강하게 살아남아……."

미단부리는 인형을 '키우고' 있었다. 준호가 말하던 검은머리짐승 세상의 부모처럼. 자신의 삶을 바쳐서라도 자식이 잘되기를 바라는 짐승들처럼.

밤새 잠을 이룰 수 없었다. 내 머리와 몸에 가득 차 빠져나가지 않는 것은 미단부리도, 미단부리의 인형도 아니고 지금까지의 내 삶이 무엇이었던가 하는 의문이었다. 그녀의 손으로 만들어진 인형들은 적어도 그녀의 분신, 그녀의 한 부분이다. 하지만 나는 아니다. 미단부리는 나를 캐었을 뿐 나는 그녀의 분신이 아니다. 수십 년 전 어느 모르는 이가 뿌린, 미단부리로서는 우연히 맞닥뜨린, 의무와 관습에 의한, 땅이 던져준 일거리에 불과하다. 그렇게 태어난 나는 지금껏 무엇이었던가. 지난 30년 동안 내가 한 일이라고는 미단부리의 인정을 받으려 애쓴 것, 그리고 짐승 준호와의 교류밖에 없지 않은가. '운명을 함께 할 존재'를 맞아 짐승세상의 발달된 기계와 문명을 부러워하고 급기야는 그들의 교접 흉내까지 낸 것, 그것 이상 무엇이 있었던가. 모든 생명은 어떤 식으로든 쓸모가 있다고 한다. 다른 생명을 죽이고 그들을 밟고 올라서는 이는 적어도 그들보다 나은 이유와 목표가 있다고 한다. 내가 그러했던가? 내가 과연 가치 있는 생명인가?

운흘 연토. 번듯한 집안의 자식으로 캐어졌다는 것 외에 내가 남보다 나은 것은 하나도 없었다. 미단부리는 물론이고 자신의 주장과 요구를 관철하는 일에 아무 거리낌 없는 희실만도 못했다. 형 기남을 미욱하다고 욕하면서도 세상과 부딪치는 그의 자신감, 그의 패기도 가지고 있지 못했다. 하전만큼 똑똑하거나 자기주장이 확실하지도 못했다. 하다못해 행랑아범 사로처럼 막일을 잘하거나 침모 산분처럼 특별한 기술이 있는 것도 아니었다. 뿐인가, 오물 내 나는 검은머리짐승만도 못했다. 통로를 찾으려는 준호의 그칠 줄 모르는 노력, 제 동료를 감싸고 그들의 학대를 받아내는 참을성도 내게는 없었다. 주위의 모든 이들과 사물들을 둘러보고 비판하기만 했을 뿐 나는 정작 나를 보지 못했다. 내 자리가 어디인지, 내가 무엇을 원하는지 생각해 본 적조차 없었다. 아무런 생각도, 아무런 의욕도, 무엇보다도 나 스스로에 대한 기대가 없었던 것이다.

어미산에 올라 생식 현장을 본 이후로 나는 풀과 나무 작은 벌레를 포함하여 모든 생명이 할 줄 아는 생식, 후손을 남기는 행위와 그에 따른 즐거움 추구가 모든 생명의 목표라고 나도 모르게 결론짓고 있었던 것이다. 개돼지만도 못한 삶. 대체 나는 나를 어디에 처박아 두고 있었던 것일까!

날이 밝고 아침이 왔다. 다시 저녁이 오고 아침이 왔다. 태어나서부터 나를 괴롭히던 이유 없는 불안, 수천 갈래로 갈라진 잡생각과는 전혀 다른 문제였다. 답은 단 하나, 간결하고도 명확했다. 나, 운흘 연토의 삶은 의미 없었다. 누군가를 흉내 내고 남과 전혀 구별되지 않는 무리에 묻혀 그저 살아가는 것 외에 굳이 나여야 할 이유가 없었다. 지금껏 그래왔다면 앞으로도 똑같을 것이었다.

더 이상의 진전이 없었다. 몸도 마음도 허약한 나는 확립되지 않은 생각에 생각을 이어갈 능력이 없었다. 누군가의 도움이 필요했다. 미단부리도 계우도 희휘도 아니었다. 내 말을 편안히 들어주고 도움을 줄 준호 같은 존재가 필요했다. 하지만 준호는 나를 떠났다. 준호는, 어쩌면 그는 자신의 목숨을 이어가기 위해 내가 그를 필요로 하도록, 누군가에 기대어야 살 수 있는 덩굴식물처럼 되도록 나를 길들였는지도 몰랐다. 힘들었다. 손가락 하나 눈꺼풀 하나 움직일 힘이 없었다. 온몸과 온 생각이 녹고 허물어지고 있었다.

 방에서 꼼짝 않던 내게 세월의 결과가 나타나기 시작했다. 양쪽 바깥 발목이 근질거리기 시작했다. 조그만 돌기들이 제법 자라 물길에 닿는 중이었다. 이대로 움직이지 않으면 그것들이 결국 뿌리가 되어 내 몸을 바닥에 박을 터였다. 그래도 나는 어둠 속의 방이 편했다. 몽롱한 상태에서 나는 나를 좋아하던 할아버지 순부부리를 만났다.

 ─땅으로 돌아와. 생각에서 놓여날 수 있는 방법은 땅밖에 없어. 긴 잠을 자고 나면 다른 세상이 펼쳐질 거야. 그리고도 졸리면 다시 잠을 자. 네가 원하는 네가 될 때까지.

 순부부리라고 항상 친절하지는 않았다. 신음 소리나 얕은 기침 소리를 낼 뿐 아무 말이 없거나 불쑥 화를 낼 때도 있었다. 내가 자신을 자꾸 불러내어 깊은 잠을 잘 수 없다는 것이었다. 그때마다 나는 순부부리와의 좋은 추억을 읊조렸다. 가장 효과적인 것은 내가 처음 칠성함에 실려 왔을 때 그가 내 몸을 구석구석 쓰다듬어 준 일이었다. 그 말을 하면 그는 이내 기분이 풀려 싹싹해졌다. 대부분 '땅에 몸을 맡겨 편안하며 아무 걱정 없다'는 말이었지만 '땅 위의 네가 부럽다'는 말을 하기도 했다. '무언가를 고르고 무언가를 내버릴 수 있는 기회는 오직 땅 위에만 있기 때문'이라고 했다.

갑자기 밝은 빛이 눈을 찔렀다. 방문 앞에 계우가 서 있었다.
"무엇이 너를 움직이지 못하게 하는지 말해! 네가 싫지만 나무로 박힌 너는 더 싫어."
근 한 달 동안의 재활 운동 끝에 나는 두 발로 다시 섰다. 맨 먼저 내가 찾아간 곳은 밝은샘마을이었다. 서당에서 배운 책에「맑은이는 머리다. 하얀이는 손과 발이다. 그리고 황인은 몸통이다. 그리하여 맑은이의 지시를 무시하면 안 된다.」라는 구절이 있었다. 이미 서른한 살인 나는 맑은이라 해도 할 줄 아는 것이 없었다. 미단부리와 계우에게는 더 이상의 것을 기대할 수 없었다. 무녀 영기와 외삼촌 미곤이라면 삶의 방향을 가르쳐줄 수도 있을 터였다. 기회가 닿는다면 영기에게 내 열여덟 살 시절 그녀가 예언했던 '운명의 존재'에 대해 제대로 따질 수도 있을 것이었다.
곱슬샘을 지나 밝은샘 초입에 들어섰다. 13년 전 영기에게 타조를 갖다 줄 때 울창한 나무들이 한 덩어리로 뭉쳐져 난감해하던 일이 생각났다. 이제는 아니었다. 커다란 나무와 덤불들이 치워져 길을 잃을 염려는 없었다. 하지만 길은 어딘가 달랐다. 사람들의 눈으로부터 스스로를 숨긴달까, 풀과 나무와 덤불들이 일부러 내 시선을 피해 딴청을 피우는 것이 느껴졌다. 속살을 들키기 싫은 몸짓, 함부로 헤집으면 자신들도 화를 낼 수 있다는 경고를 내게 보내고 있었다. 꽤 거센 가시풀에 발을 쓸리고 난 후에야 알 수 있었다. 지난 몇 달, 꿈속의 순부부리와 대화를 나누며 살았던 내 뿌리내림의 시간이 이들의 말과 마음을 알 수 있게 해준 것이었다. 슬펐다. 강함은 항상 둔함과 한 편이다. 예민함, 상대방의 마음을 헤아리는 능력은 강자가 아니라 약자의 특징이었다. 나는 더욱 약해진 것이다. 길가의 풀과 나무, 덤불조차 이겨낼 수 없게 몸도 마음도 허약해진 것이었다.

삼각 깃발이 달린 무녀 영기의 집에는 영기 대신 우구슬이 있었다.

"잠깐만요, 일을 마저 끝내고요. 창가 쪽 물줄기에 발을 담그세요."

그녀가 접시꽃처럼 환히 웃었다. 그녀는 베틀에 앉아 천을 짜는 중이었다. 거친 삼끈에 쓸려 손가락 마디가 굵고 거칠게 보였지만 그녀는 천 짜는 일이 즐거운 듯했다.

"이제 막 붉은색으로 무늬를 넣기 시작했어요. 연토 삼촌께도 멋있는 어깨 가리개를 선물할게요. 하지만 첫 번째 것은 영기 할머니 거예요."

그녀는 더 이상 사람들에게 버림받아 고통스러워하던 골칫거리가 아니었다. 단순하면서도 자연스러운 삶, 자신의 즐거움을 찾아 행복한 시간을 보내고 있었다. 그녀가 부러웠다. 행복과 환희가 꼭 남녀의 교접에서만 오는 것이 아님을 황인 우구슬이 보여주고 있었다.

우구슬의 안내로 나는 밝은샘 상류로 향했다. 길이 물줄기에서 조금 벗어나면서 누군가가 나를 반겼다. 채연이었다. 비싼 목걸이들, 반지들, 머리띠들은 간 곳 없었다. 몸에 걸친 것은 헌 어깨 가리개와 치마뿐이었다. 그것들 또한 실밥이 터지고 해어졌지만 몸에서 배어 나오는 환한 빛과 자신감이 그녀를 예전보다 더욱 멋지고 아름답게 꾸며주고 있었다.

"반가워요, 연토 어르신. 결혼례 때 뵈었으니 3년 만이네요."

밝은샘 자오 본가의 쇠대문은 높고 컸다. 용과 봉황, 호랑이와 거북이 뒤엉켜 싸우는 모습이 실감나게 새겨져 있었다. 안으로 들어서자 큰 마당이 펼쳐졌다. 과연 자오 집안의 마당이었다.

거실에는 둥그렇게 놓인 8개의 의자, 그 안쪽으로 뾰족하고 갸름한 꽃잎 모양의 물확들이 놓여 큰 꽃 한 송이를 만들고 있었다. 이것들이 바로 사람들이 칭찬해 마지않던 자오의 물확이었다. 거실 한쪽 문이 열렸다. 영기와 외삼촌 미곤이었다.

"우리 귀여운 연토 도련님."

영기가 나를 껴안았다. 그녀는 채연과 달리 많이 늙어 있었다. 위로 선 머리카락은 이제 하나도 없고 얼굴과 목덜미는 주름 하나 없이 빤빤했다. 젊어 보이기 위해 그은 얼굴과 목의 주름도 그녀가 웃을 때마다 검은 가루가 떨어져 안쓰러웠다. 미곤은 내 맞은편 의자에 앉자마자 눈을 감았다. 영기도 그 옆에 자리 잡았다. 채연이 창가의 물확에 발을 담그고 피리를 불기 시작했다. 부드럽고 나른한 곡이었다.

"떠나."

눈을 감은 채 미곤이 말했다. 말하기 귀찮은, 졸린 목소리였다. 그가 영기에게 머리를 기댄 채 말을 이었다.

"나야 백연부리의 명령으로 어쩔 수 없이 떠돌아다녔지. 다리를 두 번씩이나 잃고 얼마나 힘들었는지. 하지만 먼 곳을 떠돌면서 내 고향 단풍동이 얼마나 좋은 곳인지 깨달았지. 단풍동 중에도 다른 샘들은 다 엉터리야. 물도 골짜기도 시늉만 할 뿐 생명을 품을 땅이 아니야. 밝은샘만 진짜지."

"금강샘과 곁샘을 보기 위해 운흘 숲으로 오셨던 거예요? 그리고 말총샘을 보기 위해 모란과 결혼했던 거예요?"

내 말에 미곤이 얼굴을 찌푸렸다. 영기가 대신 입을 열었다.

"밝은샘마을은 제 모습을 찾았어요. 자연스레 썩어 흙이 되는 삶, 이곳이 천국이에요."

채연이 피리를 멈추고 말을 보태었다.

"풀과 나무들이 바위를 덮어요. 물이 흙에 스며들지요. 그것이 삶이에요."

이틀 동안 그곳에 머물면서 나는 내 눈과 귀로 그들의 삶을 확인했다. 소문 그대로였다. 거실, 집 마당, 풀섶, 밝은샘 물가. 어디서든 셋은 종일 어울려 교접하고 졸고 피리를 불었다. 채연과 미곤이 신음을 토하며 헐떡이는 동안 영기는 자신의 누에와 거미들에게 먹이를 주며 흥얼거렸다. 영기의 알집을 채연이 핥아주는가 하면 미곤 역시 채연과 영기의 가슴과 엉덩이를 깨물어 흥분시켰다. 채연의 가슴을 빨면서 미곤이 내게 초음으로 소리 질렀다.

'단풍동을 떠나라니까! 쓸데없는 잡놈, 뭐하느라 여기서 계속 버티고 있는 거야? 붉은이파리를 확실히 보았으면 이제 검은이파리건 푸른이파리건 어떻게 생겨 먹었는지 네 눈으로 확인해야 할 것 아냐! 멍청이. 배짱도 없는 박쥐 새끼. 오죽하면 하전이 저놈을 캐지도 않고 떠났겠어.'

'생각에 또 생각에 또 생각. 뭘 그리 골똘히 생각하세요? 생각밖에 할 줄 모르는 검은머리짐승처럼.'

'하필이면 짐승을 닮으시다니. 아무리 생각해도 아무것도 아닌 그놈들처럼.'

누구의 초음인지도 알 수 없었다. 세 사람 모두 손과 발, 입으로 서로를 애무하고 있었다. 나 역시 초음으로 답했다.

'내가 가고 싶은 곳은 단 한 곳, 짐승세상이어요. 그가 말하던 저녁노을, 그들이 즐긴다는 매운 음식, 새 모양의 기계를 타고 하늘을 날고 싶어요.'

미곤이 손으로 영기의 알집을 훑으며 나를 노려보았다.

'짐승세상이 아니라 네 세상, 어른이 세상을 둘러보란 말야. 땅이 기르고 그 땅의 열매가 살아가는 우리 세상! 살아서도 죽어서도 너는 이 땅의 생명이야. 이 빤한 것까지 가르쳐줘야 해?'

'겁에 또 겁에 또 겁. 그놈의 겁을 떨치려면 앞으로도 10년? 20년?'
'팽팽한 바깥 계집 안는 맛도 괜찮을 텐데. 씨물주머니가 문제지. 물러터진 놈 씨물주머니는 맛도 없을 거야.'

더 이상 그들 곁에 있을 수는 없었다. 예전의 그들이 아니었다. 밝은샘의 풀과 나무처럼 그들은 나를 쫓아내기 바빴다.

집에 돌아온 나를 미단부리가 불렀다. 그녀가 입을 떼었다.

"떠나."

미곤과 똑같은 말이었다. 미단부리의 인형 세 개, 그리고 조그만 무언가가 내 손에 건네졌다. 언젠가 채연이 준 향료통이었다.

―하전부리님이 곤궁하신 건 분명해요. 목에 걸었던 향료통을 풀어주시면서 방을 내달라고 하시더군요. 이게 필요한 사람은 아무래도 도련님일 것 같아서요.

웬만한 물건은 걸치지도 않는 멋쟁이 하전이 이 향료통을 목에 건 것은 나도 본 적이 있었다. 뚜껑에 새겨진 용 조각이 정교하여 고급스럽기도 하거니와 그 속에 넣은 맵싸한 생강 내를 그는 수시로 즐기곤 했다. 바로 그 향료통을 채연으로부터 받기만 했을 뿐 나는 그동안 그것을 까맣게 잊고 있었다. 방이 어두우니 검은머리짐승들은 그것을 보지 못했고, 이제는 굽는 방이 되어버린 내 방 어디엔가 떨어져 구르던 것을 미단부리가 발견한 것이었다.

"이런 중요한 걸 챙기지도 않다니, 대체 너는 왜 사니?"

세상의 끝은 어디인가.
수많은 생명들 속에서 만난 이는 바로 나 자신이었다.

3

맑은 샘물 한 줄기

여행의 시작, 호랑가시동

★ 호랑가시동으로 가는 마차는 말 네 마리가 끄는 큰 것이었다. 한쪽에 세 사람씩 여섯 명이 마주 보게 되어 있는 승객석 중 내 자리가 마부 바로 뒤쪽으로 잡힌 것은 나를 제외한 여자 두 명, 남자 세 명이 모두 호랑가시동 사람들로 일행이었기 때문이다. 사내 셋은 약장수, 옷감장수 그리고 피리 부는 악사였다. 피리를 불어 사람들을 모으고 옷감과 약을 판 후 그 이익금을 셋이 가른다고 했다. 여자들은 방물장수였다. 호랑가시동의 댕기와 목걸이들을 단풍동에 가져와 팔고 단풍동의 향수와 붓을 호랑가시동에 가져가 팔아 이문을 남기고 있었다. 그들은 서슴없이 마차 바닥에 붙은 간이 돌확에 발을 담갔다. 나는 슬그머니 발을 오므렸다. 안면 없는 이들과 한 물확에 발을 담그는 것이 불결하게 느껴졌다. 물론 마차 여행 이틀 동안 발을 적시지 않을 수는 없으리라. 정 힘들 때 잠시 발을 담갔다가 빼면 될 터였다.

"호랑가시동에도 뱃길이 통하면 좀 좋아?"

"뱃길은 틀렸어. 상류에 암초가 오죽 많아야지."

"암초가 많은들 뱃길을 놓자고 들면 못 놓겠어? 오가는 물자가 적은 게 문제지."

"단풍동에서 청매동으로 직접 뱃길이 트이니 우리 호랑가시동만 고립됐어. 타지 사람들은 구경도 못 한다니까. 아무 볼 일 없는 호랑가시동에 누가 오겠어?"

그들이 슬쩍 나를 쳐다보았다.

사실 세상 구경이라면 아버지 하전이나 친구 부루 주명처럼 나루샘에서 청매동으로 가는 배를 타는 것이 옳을 것이었다. 고심 끝에 호랑가시동 마찻길을 먼저 택한 데에는 바깥세상에 대한 내 경계심도 작용했다. 같은 동굴족이라 해도 아버지강 건너 청매동과 살촉동은 '털북숭이'들이다. 팔다리는 물론 얼굴까지 털이 나 우리와는 확연히 차이 난다. 그들 말로 하자면 우리 단풍동과 호랑가시동 사람들은 '민달팽이'들이다. 얼굴도 몸도 빤빤하고 피부가 맑기 때문이다. 아무래도 비슷하게 생긴 사람들이 마음도 더 통하지 않을까? 게다가 호랑가시동은 무녀 영기가 한때나마 살았던 곳이기도 했다.

자루목샘을 벗어나자 마차가 심하게 흔들렸다. 험한 돌길이었다.

"이놈의 돌길, 또 시작이군! 엉덩이가 쪼개지는군."

"씨물만 안 터지면 돼. 씨물주머니가 왜 앞쪽에 달렸겠어."

"단풍동 양반이라 그런가. 혼자서 멀쩡하시구먼."

더 이상 대꾸하지 않을 도리가 없었다.

"멀쩡하긴요. 하도 흔들려 제 것도 물렁물렁 늘어졌는걸요."

"그럼 어떻게, 내가 좀 주물러드릴까?"

옆에 앉은 여자가 기다렸다는 듯 손을 뻗었다. 깜짝 놀라 앞자락을 가렸다. 모두 큰 소리로 웃어대었다. 나 역시 웃지 않을 수 없었다. 희한했다. 마주 보고 한바탕 웃고 나니 마음도 몸도 편안해졌다. 어이쿠나! 빌어먹을. 씨물이 다 빠지네. 마차의 요동이 심할 때마다, 그들의 거침없는 욕지거리를 따라 할 때마다 나를 묶었던 보이지 않는 사슬이 차례차례 끊기는 기분이었다. 어느덧 나도 간이 물확에 발을 담그고 있었다.

마차가 숲에 들어섰다. 수백 수천 그루의 나무가 얼크러진 숲은 운흘 숲과는 비할 수 없이 크고 웅장했다. 무성한 나뭇잎 사이로 쏘아대는 햇살이 때도 없이 눈을 찔러 깜짝깜짝 놀라기도 했다. 길옆에 서 있던 나무인간들 몇은 장사꾼 일행을 아는 눈치였다. 우리에게 손을 뻗으며 무어라 소리쳤다. 곧이어 나무인간들의 합창이 들려왔다.

'우리가 떠들지만 않는다면 아무 걱정 없이 살 수 있겠지. 그럼 그렇지 그렇고말고.

하지만 떠들지도 못한다면 무슨 즐거움으로 살란 말이오. 그럼 그렇지 그렇고말고.

나무인 척 입 다물고 사는 것보다 사람인 척 떠들다가 죽어 가리.

어찌 산들 징그러운 이놈의 삶, 가슴 속 회포나 풀고 가리. 그럼 그렇지 그렇고말고.'

"시끄러워! 수다쟁이들."

악사가 짐에서 피리를 꺼내었다. 삐이이익, 삑 삑! 찢어지는 소리를 내자 순간적으로 나무인간들이 노래를 멈췄다. 곧이어 나무인간들이 마구 소리를 질러대었다. '너희나 입 다물어. 재수 없는 종자들아!' '저놈의 마차, 바퀴나 빠져버려라. 돌길에 얼굴 박고 코나 깨져라!' '돌에 튀어 박살 나라. 세상 못된 종자들!' 그렇게 욕을 먹고도 악사의 심통은 여전했다. 삐익! 삑! 삐이이익! 귀청이 찢어질 듯한 파열음이 계속되었다. 나무인간들의 심한 욕지거리와 삿대질 또한 계속 이어졌다. 그들이 발만 뗄 수 있다면 당장이라도 몰려와 마차를 둘러엎을 기세였다.

"글쎄, 뭣 하러 저것들을 건드려요? 시끄러워 죽겠어."

"저놈들도 살맛이 있어야지. 우리한테 욕이라도 실컷 퍼붓고 나면 그나마 시원해지지 않겠소?"

나무인간들과의 분답스러움으로 한때나마 여행의 지루함을 잊은 것도 사실이다. 그들의 수가 점점 줄어들면서 그들의 욕지거리도, 악사의 피리 소리도 잦아들었다. 나무인간이 없는 더욱 깊은 숲으로 들어선 것이다. 빽빽이 들어찬 나무 이파리에 가려 눈을 찌르던 햇빛도 별로 없었다. 마차는 길에 난 두 줄의 바큇자국을 정확히 짚어가고 있었다. 덜컹대는 마차 소리, 마부의 욕 섞인 호통 소리가 자장가처럼 들려왔다. 피곤했다. 누구랄 것도 없이 끄덕끄덕 졸기 시작했다.

중간 지점인 주막에 닿았을 때 나는 마차에서 내릴 힘도 없을 만큼 녹초가 되어 있었다. 숙소에 들어가 물확에 발을 담그자마자 그대로 곯아떨어졌다.

"얼른 나와 죽을 드시오!"

주막 주인의 고함에 눈을 뜨니 어느새 다음 날이었다. 마당에 세워진 짐마차들에는 돌확이나 묵직한 가구들이 많았다. 하기야 호랑가시동 물건뿐 아니라 청매동이나 살촉동 물건들도 무거운 것들은 배보다는 마차로 나르는 편이 당연히 나을 터였다. 큼직한 숟가락으로 곡식 죽을 퍼먹는 살촉동 마차꾼들은 몸피도 두 배는 될 정도로 클 뿐 아니라 우락부락한 얼굴에 검은 털이 잔뜩 나 가까이 가기도 꺼려졌다.

옷감장수와 약장수가 내게 죽 그릇을 건네었다. 내가 물로 입가심만 하고 돌아서자, 뒤에서 비아냥거리는 말소리가 들려왔다.

"귀하신 몸이다. 이거지. 하기야 팔자가 편하니 빈둥빈둥 유람이나 다니지."

나는 못 들은 척 뒷눈을 뜨지 않았다. 맑은이에 대한 황인들의 반감이야 어느 곳에서나 마찬가지인 모양이었다.

이틀째의 마찻길은 더욱 힘들었다. 장사꾼들의 한담도 뜸했고 피리로 약 올릴 나무인간들도 없었다. 숲, 높고 굵은 나무둥치에 이리저리 가지를 뻗은 덤불들이 가도 가도 똑같아 같은 길을 빙빙 도는 것 아닌가 불안하기까지 했다. 새소리, 마차 바퀴의 덜그럭거리는 소리도 영원히 계속될 것만 같았다. 또 잠깐 졸았던가 보다. 장사꾼들의 말소리에 주위를 둘러보니 나무인간들이 띄엄띄엄 보이기 시작했다. 호랑가시동이 가까운 모양이었다.

"호랑가시동 저잣거리가 단풍동만큼은 큰가요?"

내 말에 사내들이 웃음을 터뜨렸다. 약장수가 이기죽거렸다.

"어딜 가도 두메산골 단풍동처럼 작은 저자는 없소. 두 겹도 채 안 되는 길이 무슨 저자라고."

"저자만 크면 뭐 해? 벌레 허물 벗듯 휑뎅그렁한데. 단풍동 저자는 그래도 알이 찼잖아."

피리를 불던 악사가 내 무안함을 눙쳐주려는 듯 말을 보태었다.

"이게 다 거지발싸개 아후밀탄놈들 때문이잖아. 그놈들이 쳐들어오지만 않았어도……."

"또또! 지겹지도 않은가, 사내 둘만 모이면 똑같은 말만 읊어대지."

여자들이 입을 씰룩대었다.

예로부터 단풍동과 호랑가시동은 땅이 좋기로 이름난 지역이다. 산꼭대기의 수정바위뿐 아니라 깊은 골짜기, 깨끗한 샘물을 갖춘 데다 호랑가시동 역시 아버지강 상류에 따로 떨어져 있어 외부 침략에 안전하다는 것도 단풍동과 닮은 점이었다. 투명한 피부에 예지력을 갖춘 맑은이들이 태어나는 곳 역시 단풍동 어미산과 호랑가시동의 어미산뿐이다. 호랑가시동이 북쪽 아후밀탄에게 침략당한 때가 물의

세월 열한 번째 해이니, 그 뒤로 이어진 붉은나무의 세월 첫해에 태어난 하전보다 불과 3년 전의 일이다.

밀림족 아후밀탄에는 어미산이 따로 없다고 한다. 아무 데서나 교접하고 아무 데서나 태어나는, 우리로 보자면 모든 이가 다 초추아들이다. 서로 마음만 맞으면 언제 어디서나 생식이 이루어지니 온 땅이 어미산이고 1년 13달 모두 새생명을심는달이자 새생명이태어나는달인 셈이다. 맑은이는 맑은이끼리 황인은 황인끼리 맺어지는 순수혈통보다 상대를 가리지 않고 생식하여 태어난 잡혈통이 몸피도 크고 생식 능력이 뛰어나다는 것은 참 이상한 일이다. 아후밀탄 어른이들 즉 얼룩인간들이 동굴족인 우리 민달팽이나 털북숭이보다 힘이 세고 인구가 많은 이유가 그 때문이라는 말이 있다. 고이고이 키운 꽃이 아름답기는 해도 내버려 둔 잡초보다 숫자도 생명력도 약하다는 것이다.

아후밀탄이 취약한 점도 있다. 아무 때나 아무 땅에서나 태어나는 아후밀탄의 자손들은 수많은 이들에게 짓밟히고 으깨지며 자란다. 그러니 태어날 때부터 장애가 있는 복인들 숫자가 엄청날 수밖에 없다. 이에 아후밀탄 군부는 숲 남쪽의 호랑가시동을 쳐들어왔다. 호랑가시동 땅 전체를 자기들의 어미산으로 삼아 장차 복인 없는 나라로 만들 생각이었다.

아후밀탄 군인들이 호랑가시동을 점령하여 맨 먼저 한 일은 당연히 생식이었다. 호랑가시동의 수많은 여자들, 알이 채 여물지도 않은 어린 계집아이들이 어미산뿐 아니라 길거리, 심지어 그녀들의 집에서도 겁탈당했다. 하지만 아후밀탄의 지배는 길지 않았다. 햇수로 6년, 아후밀탄 군대는 본국으로 철수했다. 빛에 익숙한 밀림족 아후밀탄 사람들이 호랑가시동의 짙은 어둠에 더 이상 적응할 수 없었기 때문이다.

 아후밀탄이 물러갔다고는 해도 호랑가시동은 이미 회복할 수 없을 정도로 훼손되었다. 그들의 거친 발로 짓밟힌 어미산에서 태어난 어른이들은 대부분 팔다리가 없거나 몸이 씰그러진 복인들이었다.

 ─세월이 흐른다고 해결될 문제가 아니야. 몇십 년 후, 호랑가시동 어미산에서는 아후밀탄 군인과 호랑가시동 여자들의 종자가 태어나겠지. 그 종자들 역시 어둠에 적응하지 못해 아후밀탄으로 갈지 모르고. 하지만 생식할 때나 죽을 때가 되면 또 제가 태어난 호랑가시동으로 되돌아오겠지. 그게 땅의 자손인 모든 생명의 특성이니까. 호랑가시동은 이제 끝났어. 어미산이 짓밟힌 순간 모든 것이 끝났지. 그게 바로 우리 단풍동이 어미산을 목숨 걸고 지켜야 하는 이유야. 알겠냐?

 서당 훈장 하전이 사진기를 매만지며 이기죽거리던 말이었다.

 마차가 호랑가시동 저자에 닿은 때는 이른 오후였다. 손발이 불편한 십여 명의 복인들이 순식간에 마차에 들러붙었다. '한 푼만 주세요. 복을 쌓으세요.' '복을 쌓으세요. 도와주세요.' 그들이 한꺼번에 마차를 잡고 흔드니 마차가 뒤집힐 듯 위태로웠다. 돈을 꺼내려는 내 손을 방물장수 여자가 세차게 내리쳤다.

 "섣불리 동정 말아요! 돈주머니를 여는 날에는 돈뿐 아니라 목숨이 위험해요."

 마차에서 내려 일행들과 작별 인사를 한 후 나는 여관을 찾아 거리를 걸었다. 몇 발짝도 떼지 않아 눈이 찌그러진 복인 하나가 내 가방을 낚아챘다. 방물장수에게서 배운 대로 그의 손을 거세게 후려쳤다. 그제야 주위에 모여들던 복인들이 하나둘씩 흩어지기 시작했다.

 여관이 눈에 띄었다. 크지는 않지만 나름대로 깨끗해 보였다. 주인은 여자였다.

"오비토 집안은 알지만 단풍동 무녀에 대해서는 전혀. 예지력이야 무조건 단풍동 것들이, 아니 단풍동 분들이 좋다고들 하지요. 어, 어느 방을 쓰실지."

여관 주인이 얼른 말을 돌렸다.

여관방의 물확은 그런대로 괜찮았다. 물에서 옅은 향이 배어나는 것이 정성을 들인 표가 났다. 짐을 정리하고 발을 확에 담그려는데 누군가가 문을 두드렸다. 속이 비치는 얇은 어깨 가리개에 짙은 화장을 한 여자였다.

"단풍동 출신이에요."

"단풍동 어디? 어느 마을에서 왔소? 나는 금강샘에서 왔는데."

그녀가 어떻게 나를 알아보았는지 신기했다. 하지만 여자의 얼굴은 조금 전의 부드러운 표정과는 달리 딱딱하고 무섭게 바뀌었다.

"재수 없어, 하필 단풍동 놈이야!"

그녀가 투덜대며 방에서 나가버렸다. 영문을 알 수 없었다. 뒤따라 나가봤지만, 그녀는 어느새 사라지고 없었다.

다음 날 아침부터 본격적으로 호랑가시동 구경에 나섰다. 단풍동의 지형이 어미산을 중심으로 종지를 엎어놓은 것처럼 물줄기가 흘러내리면서 마을을 이룬다면, 호랑가시동은 거꾸로 천장까지 닿는 높은 산들에 둘러싸인, 산들로부터 흘러내린 물이 모여 만들어 낸 길쭉한 육각형 모양의 분지였다. 계곡에서 흐르는 물을 따라 마을들이 위쪽에 위치하고, 아래쪽 저잣거리에서 합쳐진 물이 아버지강의 수원이 되고 있었다. 크고 작은 수많은 다리들이 물길로 끊어진 저잣거리와 거리를 연결해 주고 있었다. 물에는 작은 물고기 떼도 보였다. 그것들을 잡아먹으려 새들이 자맥질하기도 했다. 하전의 낚시터 가게가 생각났다. 이곳에서라면 집 앞 흐르는 물에 낚싯대만 드리우면 될 터였다.
 저잣거리는 과연 단풍동의 너덧 배는 될 정도로 컸다. 단풍동 저자의 천장이 꽤 높고 시원하다고 생각했었는데 분지형의 이곳에 비하면 상대도 되지 않았다. 박쥐도 보이지 않았다. 천장이 아득히 높으니 박쥐들이 들러붙을 돌 틈이 없는 듯했다. 저잣거리는 여섯 줄, 어느 곳은 여덟 줄이나 되었다. 빈 가게들이 많기는 했지만, 중심거리에는 비싼 판유리로 진열창을 만든 호화스러운 가게도 몇 있었다. 유리창 안으로 커다란 괘종시계, 여자들의 장신구들이 즐비했다. 옷 가게, 향수 가게도 꽤 컸다. 단풍동의 가게보다 서너 배는 되게 넓고 물건들도 다양했다.
 몇 걸음 떨어지지 않은 공터에서 사내들 몇이 한 사람에게 발길질을 하고 있었다.
 "죽여버려! 그깟 놈 갈기갈기 찢어버리고 옷이나 한 벌 던져줘!"
 "약을 먹어도 얌전히 먹어야지. 남의 물건에 손대다니, 사타구니를 밟아 으깨버려."
 다리를 부러뜨리면 시일은 걸리지만 새 다리가 솟는다. 하지만 사타구니의 움을 으깨버리면 평생 다리 없는 복인으로 살아가야 한다. 흥분한 이들의 잔인함과 적의가 적잖이 두려웠다. 다행히 귀에 익은 피리 소리가 들려왔다. 나는 얼른 소리 나는 쪽으로 걸음을 옮겼다.
 "……단풍동에서 온 진귀한 약! 이 약만 먹으면 없었던 힘이 불끈불끈, 단풍동놈들의 씨물 부럽지 않아!"
 "노인들은 저리 가. 안 가면 몽둥이로 팰 테야!"
 옷감장수가 옷감을 재는 긴 자를 휘둘렀다. 노인들이 욕지거리를 해대며 한쪽으로 비켜섰다. 반가운 마음에 나도 모르게 다가서서 약장수의 팔을 덥석 잡았다.

"그렇지 손님! 얼마나 드릴까? 단풍동놈들 씨물이 얼마나 센지……."

손님인 줄 알고 반겼던 약장수가 내 얼굴을 알아보았다.

"빌어먹을, 재수 더럽게 없네."

옷감장수도 땅에 침을 뱉으며 화를 내었다.

"비켜! 남의 장사 방해하지 말고. 하여간 맑은이란 것들은 씨를 말려야 해."

사람들의 험한 시선이 내게 집중되는 것이 느껴졌다. 자리를 뜨는 것이 상책이었다.

나중에 안 사실이지만 호랑가시동에는 맑은이들이 거의 없었다. 아후밀탄이 쳐들어오기 직전, 사태를 미리 짐작한 맑은이들과 그들을 둘러싼 하얀이들이 잽싸게 호랑가시동을 등지고 빠져나갔기 때문이다. 그들을 믿고 따랐던 황인들과 초추아들은 배신감으로 이를 갈았다. 아후밀탄에게 철저히 짓밟히면서 그들의 마음속에는 맑은이들에 대한 증오와 미움만이 가득했다. '음식을 먹지 않는 것들, 앞날을 안다고 설치는 것들은 모두 인정도 양심도 없는 파렴치한들'일 뿐이었다.

책방에 들어가 책력을 찾았다. 지역의 날짜 세는 법을 알아야 이들의 생활에 맞출 수 있을 터였다. 무슨 말인지 알아듣지 못하는 주인에게 단풍동과 살촉동 글씨를 써 보였다.

"오호! 단풍동 사람이 글을 알다니!"

호들갑을 떨어대는 주인은 정작 글씨를 모르고 있었다. 거꾸로 든 석판을 내가 똑바로 돌려주자 자존심이 상한 듯 바닥에 침을 뱉었다.

"골치 아픈 달력 따위 챙기지 않아도 세월이야 저 혼자 잘만 가지요."

잠시 후 그가 어렵사리 찾아 내놓은 책력은 어이없게도 호랑가시동의 것이 아니라 단풍동 말총샘의 것이었다. '이곳에서도 큰달과 작은달을 제대로 지키느냐'고 물으려다 그만두었다. 그가 알 리 없었다.

여관에 돌아온 나는 마침 옆방에서 나오는 여자와 마주쳤다. 어제의 여자는 아니었지만, 진한 화장에 요염하게 고갯짓하는 모습이 비슷했다.

"혹시 단풍동에서 온 여자분을 아시나요?"

여자가 나를 빤히 바라보다가 빈정거렸다.

"왜, 어제 여자가 몸을 잘 비비던가요?"

'단풍동 여자'가 무엇을 뜻하는지, 눈치 없는 나는 그때로부터도 며칠이 지나 저자를 지나다가 겨우 알았다. '단풍동에서 왔다'며 여관을 들락거리던 여자들은 실은 단풍동 출신이 아니었다. 그저 자신이 몸 파는 여자임을 밝힌 것이었다. '단풍동 사내'의 뜻 역시 '정력이 강하여 생식만 밝히는 인간'이라는 뜻이었다. 나는 반박하지 못했다. 나 역시 그렇기 때문이다. 검은머리짐승의 교접 행위까지 흉내 내다 아내와 고향으로부터 쫓겨난 인간이 바로, 나, 운흘 연토 아닌가. 아내 계우에게 새삼 미안했다. 집 안에서도 모자라 유곽에까지 가서 추태를 부린 남편을 감싸면서 그녀의 마음이 과연 어땠을까. 예홍에게도 미안하기는 마찬가지였다. 애틋한 마음으로 사랑하던 사내에게서 짐승의 대우를 받았을 때 그녀의 기분은 또 어땠을까.

호랑가시동을 둘러보면서 나는 이들이 가진 아후밀탄에 대한 억울함뿐 아니라 단풍동에 가진 반감에 대해서도 어느 만큼은 이해할 수 있었다. 북쪽 강국인 아후밀탄에게 짓밟히기 직전까지 호랑가시동의 자존심은 대단했다. 살촉동이나 청매동의 고급 문물이 단풍동으로 흘러들어가는 유일한 길목이었던 그들에게 단풍동이란 마음껏 얕보아도 되는 두메산골일 뿐이었다. 하지만 이제는 아닌 것이다. 아후밀탄의 씨가 뿌려진 어미산, 단풍동과 청매동이 뱃길로 이어진 후 갈수록 고립되어 가는 호랑가시동의 현실 앞에서 이들은 절망하고 있었다. '촌놈 단풍동, 생식이나 밝히는 단풍동'은 이들이 단풍동에게 부리는 마지막 자존심이자 허세일 터였다.

곳곳을 감아 도는 물길과 그 위에 놓인 작은 돌다리들이 만들어 내는 풍경은 평화롭고 아늑했지만 자세히 들여다보면 그렇지도 않았다. 물이 썩어 악취가 풍기는 곳에는 영락없이 버려진 집채가 있었고 그런 집 주위에는 물뱀과 악어, 커다란 거미들이 먹잇감을 챌 준비를 하고 있었다. 썩는 것은 물뿐 아니었다. 웅기중기 모여 있는 노인들 역시 썩고 있었다. 누구의 보살핌도 받지 못하는 그들은 몸에서 배어 나온 오물을 씻지 않아 피부가 짓무르고 심지어 얼굴이나 목에 날벌레들이 알을 슬어 둥지를 튼 이도 있었다.

내 또래의 젊은이들이 좀처럼 눈에 띄지 않는 것도 호랑가시동의 특색이라면 특색이었다. 관청이나 서당에도 마치 소인국처럼 몸집 작은 노인들만 모여 있을 뿐 젊은 아가씨나 사내들은 전혀 볼 수 없었다. 어미산의 위치를 묻는 내게 한 노인이 화를 벌컥 내며 말했다.

"어미산은 가서 뭐 하게! 세상 잡것 아후밀탄 종자들은 캐어 뭣에 다 쓰게."

호랑가시동 어미산은 주위의 여섯 개 산들 중 서북쪽, 큰 물줄기 두 개를 양쪽으로 끼고 있는 그리 가파르지 않은 산에 위치하고 있었다. 산 중턱에 오를 때까지 어미산이 맞는지 의심한 이유는 파헤쳐진 봉분들이 그대로 방치되어 있을 뿐 아니라 누구도 나를 막아서지 않았기 때문이다. 저잣거리가 내려다보이는 산 중턱의 누각 앞에서 드디어 나는 나를 찬찬히 뜯어보고 있는 한 사람과 마주쳤다. 검고

긴 옷자락에 노란색 머리띠를 두른 그는 내가 단풍동에서 왔다는 얘기를 듣자 반갑게 손을 맞잡았다. 하지만 삼신어른을 만나고 싶다는 말에는 표정이 굳었다.

"삼신어른은 지금 없소. 그는 한가한 사람이 아니오."

"어디로, 무슨 일로 가셨나요?"

"어디로 갔는지는 알 수 없소. 무슨 일인지는 너무 많아서 헤아릴 수 없고. 어미산의 샘이 말라가는 문제라든가 산의 흙이 거칠어져 황무지가 되고 있는 문제, 어미산까지 올라와 꼬치꼬치 따져대는 사람을 어떻게 처리해야 할까 하는 문제도 있소."

"해결은 되고 있나요?"

"모르지요. 보통 사람들로서는 전혀. 타지 사람인 당신들에게는 더욱."

그 와중에도 조금 떨어진 비탈에서 남녀가 엉켜 생식에 열중하는 모습이 눈에 들어왔다. 흰날개호랑이달이었다. 단풍동과 같은 책력을 쓴다면 생식의 달이 아직 멀었음을 이들이 모를 리 없었다. 초음으로 내 마음을 읽은 그가 입을 떼었다.

"새생명을심는달 따위는 지킬 필요가 없소. 두 개의 큰달과 열세 개의 작은 달이라니, 그런 것이 무슨 일을 해결해 준단 말이오? 물의 달이 아니라고 물 없이 살 수 있소? 흙의 달이 아니라고 흙 없이 살 수 있소? 모든 날들이 물과 흙과 불과 나무의 달이오. 모든 날들이 새생명을심는달이고 새생명이태어나는달이오."

박식하고 위엄 있어 보이는 그에게 내가 고개를 숙이며 조심스레 물었다.

"여기서 무슨 일을 하십니까."

"어미산의 자위대장이오. 생식하는 남녀를 지키고 보호하지. 생식이 없는 어미산은 더 이상 어미산이 아니오. 호랑가시동의 어미산은 완전하오. 보다시피 생식이 훌륭하게 이루어지고 있소."

그와 헤어져 어미산을 내려오기 시작했다. 오를 때와 마찬가지로 나는 누구의 방해나 제어도 받지 않았다. 함부로 방치된 어미산이 어떻게 완전하다는 것인지, 생식남녀를 훔쳐보는 군인이 무엇을 누구로부터 지킨다는 것인지 알 수 없었다. 그런 것보다도 내 마음을 더욱 심란하게 한 것은 그 군인이 초음으로 내 마음을 읽은 데 반해 나는 그의 마음을 전혀 읽을 수 없었다는 사실이었다. 무슨 이유였을까. 그가 혹시 술이나 마약을 복용하여 자신의 본심을 감추었던 것일까? 그리고 보니 그에게서 엷은 술내가 난 것도 사실이었다.

어미산을 끼고 내려온 물줄기는 다른 계곡에서 내려오는 물과 합쳐져 아버지강의 주류가 되고 있었다. 나직한 평야를 조각내며 흐르는 얕은 물줄기들은 단풍동의 깎아지른 절벽 아래로 흐르는 깊은 강과는 또 다른 여유와 아름다움이 있었다. 강가에도 마을이 있었다. 강물에 발을 담근 한 무리의 사람들은 의외로 덩치가 컸다. 호랑가시동의 젊은이들이 바로 이곳에 모여 있었던 것이다.

열댓 명이 넘어 뵈는 젊은 남녀들이 마치 나무들처럼 강물에 발을 담근 채 몽롱한 표정으로 서 있었다. 그들 중의 반은 이미 강바닥에 뿌리내린 듯했다. 그리고 나머지들 역시 나무가 되기로 결심한 듯 미소만 지을 뿐 꼼짝하지 않았다. 조금 전 지나온 평야의 풀들과 잡목들 역시 사람들의 후신은 아닌지 의심스러웠다. 그들에게 가까이 다가서서 한 사람에게 인사했다. 한참 동안의 침묵이 흐른 후 그가 나직하게 물었다.

"나무가 되시려고요?"

그가 손에 쥔 것은 긴 대나무 빨부리였다. 마약 환자였다.

"어이, 타지에서 오신 분!"

조금 떨어져 강가 옆 비탈에 선 사람이 나를 불렀다. 그가 악수를 청했다.

"단풍동의 훌륭한 현자시로군. 단풍동에 가보는 것이 이놈의 꿈이랍니다. 모든 생명의 고향, 신비의 어둠에 싸인 어른이들의 낙원."

무언가에 취해 있기는 했지만 그가 단풍동에 대해 좋은 감정을 가진 것은 분명했다. 나는 그에게 어미산에 올라갔던 얘기를 꺼내었다.

"삼신어른이 안 계시더군요. 자위대 대장 한 사람만 어미산을 지키고 있고요."

"어미산을 지키는 자위대? 처음 듣는 소리인걸."

"길고 검은 옷에 이마에 노란 띠를 둘렀어요. 생식하는 이들을 지켜보고 있던걸요."

"삼신을 만나셨군!"

사내가 껄껄거렸다. 신나게 웃을 뿐 눈을 마주치지 않는 그에게 내가 다시 물었다.

"당신은 누구세요? 무엇을 하는 분이세요?"

"내가 누구인지, 무엇을 하는지는 당신에게 중요하지 않소. 당신과 내가 지금 살아있다는 것이 중요하지요. 삼신이 무엇을 하든, 삼신 아닌 내가 무엇을 하든 우리는 살아있다는 사실 하나로 제 임무를 다하고 있소. 언젠가 돌아갈 땅만 애꿎게 괴롭히지 않는다면."

내가 고개를 끄덕이자 그가 웃으며 말을 이었다.

"벌판에 핀 흰 꽃들을 무시하지 마시오. 그 꽃들이 그곳에 있다면 그곳뿐 아니라 수많은 곳에 그 무리가 뿌리를 내렸다는 뜻이오."

주위에 있던 사람들이 미소 지으며 고개를 끄덕였다. 한 여자가 그의 말을 이어받았다.

"우리가 씹는, 우리를 행복하게 해주는 무리풀 이야기예요. 온몸이 노곤해지면서 내가 풀씨가 된 듯한, 땅에 포근히 안긴 듯한 느낌을 받지요. 행복해요. 나랑 똑같은 사람들과 한데 모여 있다는 사실이 얼마나 행복한지 당신도 아시면 좋을 텐데."

그녀는 또 손을 들어 조금 떨어져 있는 사람들 둘을 가리켰다.

"저쪽 분들은 물봉선풀을 드시지요. 물봉선풀이야말로 그들을 죽음에서 지켜주는 위대한 풀이지요. 몸에서 풀 기운이 빠지면 죽고 싶은 생각이 들거든요. 어미산 삼신어른은 당당풀을 드시지요. 당당풀은 훌륭한 분들의 자존심을 지켜주는 훌륭한 풀이예요. 풀 기운이 있는 동안에는 그들은 누구보다도 훌륭하고 당당하죠."

"약으로 삶을 버티는 것이 무슨 의미가 있습니까. 먹으면 먹을수록 사람을 망치는 약들 아닙니까."

"삶이 의미 없다고 생각하면 죽으면 되지요. 죽음이 의미 없다고 생각하면 계속 살면 되고요. 약도, 행복도, 죽음도, 삶도 내 선택에 달렸지요."

비탈에 선 사내가 웃으며 다시 말했다.

"단풍동의 현자시니 이미 깨달으셨겠지요. 이것이 옳다고 생각하면 저것이 옳고, 중요한 일이라 생각하고 힘을 쏟으면 그 일이 끝나기도 전에 의미가 없어지고. 한 가지는 분명하지요. 고민하던 어제도, 어떻게 될지 불안한 내일도 오늘만큼 소중하지는 않다는 거요. 따지고 보면 온갖 고민도, 불안도 다 내 행복을 앗아갈까 걱정하는 것 아닙니까? 오늘, 내 앞에 펼쳐진 행복을 잡는 사람이 바로 현자지요."

문득 운흘 숲 나무인간들이 부르던 '호랑가시나무 노래'가 떠올랐다.

'호랑가시나무 이파리들은 약을 좋아한다네.

땅속의 뿌리들도 약을 좋아한다네.

어차피 한 세상 즐겁고 편하면 되지 않겠나.
어차피 한 세상 즐기다 가면 되지 않겠나.'

이름이 같다 하여 호랑가시나무와 호랑가시동 사이에 직접적인 관계는 없을 터였다.

"약을 끊도록 해 보세요. 자신의 의지로 살아가셔야죠."

진지한 내 충고에 사람들이 와르르 웃기 시작했다. 멀리 강물에 발을 담근 사람들도 소리 내어 웃었다. 멀리 있는 사람들이 내 말을 들었을 리 없었다. 그들은 그저 웃는 것을 즐기는 것뿐이었다. 물결처럼 퍼져가던 웃음소리가 겨우 그치자 그가 다시 입을 열었다.

"자신의 의지로 살아가기 위해 스스로를 다그치는 것도 삶의 여러 방법 중 하나이긴 하지요. 어떤 이들은 삶의 의미를 찾아 먼 곳으로 떠나기도 하고, 또 어떤 이들은 제가 밟고 선 한 뼘 땅, 그 땅에서 얻은 어쭙잖은 확신으로 다른 이를 가르치지 못해 안달이고. 이 늙은 생명이 단풍동에서 오신 당신 생명과 똑같이 의미 있다면 내가 선택한 길은 '행복'이오. 삶의 허무함, 무의미함, 무언가를 식별하려는 헛된 노력까지 후련하게 털어버릴 수 있는 약, 나는 무리풀을 택했소. 나는 지금 행복하오."

그가 미소 지으며 무리풀 줄기를 씹었다.

여관에 돌아와 잠을 청했다. 꿈속에서 나는 커다란 그물에 갇힌 물고기였다. 나를 둘러싼 그물코가 커졌다 작아졌다를 되풀이하며 나를 옥죄어왔다. 그물 밖에서 자유로이 헤엄치는 물고기가 내게 말했다.

ㅡ수천수만의 구멍들이 있어. 그 구멍 하나에 네 몸을 맞추면 빠져나올 수 있어.

꽤 큰 그물코가 보여 거기에 내 몸을 맞추려는데 바로 옆에 있는 그물코가 더 커 보였다. 당황하여 그물코들을 다시 보는데 수천수만의 그물코마다 다른 세상이 펼쳐지고 있었다.

― 수천수만의 다른 세상이 있어. 네가 선택한 세상에 너를 맞추는 게 답이야.

청매동으로 떠날 채비를 하면서 미단부리의 인형을 꺼내보았다. 벌써부터 식구들이 보고 싶었다.

청매동

＊   불새달을 며칠 남겨두고 나는 청매동으로 향했다. 기대하지도 않았는데 마차를 반값에 얻어 타는 행운을 얻었다. 목재를 나르는 짐마차의 마부 옆자리였다.

"까짓 돈이 문제겠소? 말 상대가 생겼는데."

몸집 좋은 황인 마부가 껄껄대었다. 청매동까지 이틀하고도 반나절, 그 역시 혼자 가기는 따분할 터였다.

"나는 단풍동이 좋소. 단풍동 비단도 곱고 비단을 두른 단풍동 여자들도 곱고."

노래처럼 흥얼대는 '사내들의 천국 단풍동'이 거듭될수록 마차 삯을 아꼈다고 좋아한 내가 어리석었음을 깨달았다. 그래도 그가 청매동 사람이라 이익인 점도 있었다. 청매동은 호랑가시동과 달리 어미산이 잘 보전되고 있다는 것, 마약 거래는 법으로 철저히 금하고 있다는 사실도 그를 통해 알아낸 정보였다.

중간 주막에서 하룻밤을 머문 후에도 숲길은 계속되었다. 그가 왼편 숲을 가리켰다.

"이 북쪽 숲을 건너면 아후밀탄이 나오지요. 욕심 사나운 밀림족 얼룩인간들 말요. 호랑가시동을 박살내더니 이제는 살촉동을 넘겨다

보고 있소. 살촉동 천장이 구멍 난 것은 아시죠? 호랑가시동보다는 밝으니 저희들 어미산으로 쓰기에 낫다고 생각한 거지. 천장 구멍으로 치자면 청매동도 머지않았소. 불을 많이 쓰거든요. 불이라는 게 희한해서 한 번 쓰기 시작하면 어둠을 참을 수가 없소. 나도 밤마다 초를 밝히오."

사흘째의 마찻길에 위로가 된 것은 길 오른편, 남쪽으로 보이는 아버지강의 풍광이었다. 강 건너 내 고향 단풍동이 있었다. 나루샘마을, 강안에 떠 있는 하얀 배들 몇 척이 장난감처럼 조그마했다. 깎아지른 절벽 위에 우뚝 솟은 단풍동 어미산은 생각보다 뾰족하고 아득했다. 강 건너 이쪽에서 보는데도 꼭대기의 빛바위는 아래 둥치만 보일 뿐 윗부분은 검은 천장에 가려 보이지 않았다.

"꼭대기에 감도는 희미한 빛 보이시오? 그 빛이 동굴국 전체의 숨골이란 말이 있어요. 단풍동이 상하면 살촉이고 청매, 호랑가시까지 동굴국 전체가 위험하다는 말이지."

단풍동 어미산 위쪽의 빛이 희끄무레 허공에 퍼져 보이는 이유는 꼭대기의 수정바위와 그 빛을 받아 빛나는 밝은샘 계곡이 이쪽 아버지강 건너에서 볼 때 산 반대쪽 등성이에 있기 때문이리라.

"그러게 아버지강 건너편은 건드리는 게 아닌데, 단풍동으로 놓는 군용 다리 작업을 계속하고 있단 말이오. 아시다시피 우리는 이름만 청매동일 뿐 아무런 힘이 없소. 살촉동이 우리더러 다리를 놓도록 자꾸 족대기는 거지. 살촉동도 뭐, 이해는 되지요. 아후밀탄에게 자꾸 시달림을 당하니 더 깊숙이 들어앉을밖에."

마부가 한숨을 내쉬었다.

붓동이 우리 단풍동에 침입했던 때가 불의세월 두 번째 해이니 정확히 계산하여 95년 전이다. 그 시기에는 우리뿐 아니라 이곳 아버지강 북쪽에도 큰 혼란이 있었다. 이 지역의 주도 세력이던 붓동이 살촉군에게 허를 찔려 본토를 빼앗기고, 사기가 오른 살촉군은 그 여세를 몰아 청매동까지 복속시켰다. 살촉동이 동굴국 '영원한새벽의나라'의 중심이 되고 뚝 떨어져 있는 호랑가시동과 우리 단풍동까지 그들의 변방으로 선포한 것도 바로 이때다. 새로이 주권을 확립하는 과정에서 살촉동은 언제 반기를 들지 모를 붓동 지역에 대해서는 강력한 조치를 취했다. 붓동 왕정과 군대를 없앤 것은 물론 붓동의 어미산을 파헤쳐 아직 크지 않은 생명들까지 찔러 죽였다. 이 일이 알려지면서 나라를 세운 영웅이던 살촉군은 죽어서도 갈 곳 없는 '살인자 무리'가 되어버렸다. 땅속 생명은 어느 곳이건 어떤 이유에서건 해칠 수 없다. 그들은 아직 덜 영근, 아무런 대항도 하지 못하는 땅의 자식들일 뿐 아니라 땅이 어떤 뜻으로 키우는지 알 수 없는 미래의 생명들이기 때문이다. 붓동뿐 아니라 단풍동과 호랑가시동, 살촉동 내부에서조차 큰 원성을 사게 되자 살촉군은 곤혹스러운 상황에 빠졌다. 적지 않은 군인들이 군대에서 빠져나가 '더 이상 생명을 죽일 수 없다'며 반기를 들기도 했다. 한편 군부 세력에 비해 상대적으로 약화되었던 살촉동 왕정은 이 흉흉한 민심을 이용했다. 어미산 토벌 명령을 내린 장교를 공개 처형하고 우두머리를 바꾸는 등 군부를 다시 장악하여 권력을 재정비했다. 살촉동이 대내적으로 숨을 고르는 동안 반사이익을 본 쪽은 청매동이었다. 독립운동보다는 타협, 꼿꼿이 서기보다 무릎 꿇기를 택한 청매동에게 살촉동 왕정은 그들의 자치권을 보장해 주었다. 청매동 원래의 지배 계층과 어미산 등을 인정하되 실질적으로는 살촉동의 남부 지역으로 합병하여 동굴국 전체의 안정을 택한 것이다.

  몇 그루 되지 않는 나무인간들의 인사를 받으며 들어선 청매동은 익히 들은 대로 넓은 평야였다. 호랑가시동의 마을들이 산자락에 위치하여 중심 저잣거리가 낮고 좁은 데 비해 청매동의 마을과 저자와 농토들은 단애로 둘러싸인 편안한 평지에 한데 자리하고 있었다. 높은 천장을 받치듯 가지런히 둘러쳐진 청매동의 단애는 북쪽 살촉동까지 이어져 있다고 했다. 살촉동과 청매동, 지금은 살촉동에 흡수된 붓동까지 세 세력이 한 지역에 모여 있으니 영토 다툼이 끊이지 않았을 것은 당연한 일일 터였다.

마차가 드디어 저자의 마차거리에 도착했다. 마차 행렬이 길었다. 짐마차 하나가 빠져야 또 다른 짐마차가 자리를 잡고 그에 맞춰 인부들이 짐을 내리고 실었다. 여관을 소개해 주려던 마부는 내가 검은머리짐승 수용소부터 찾자 의아한 기색을 감추지 못했다.

짐 가방을 든 채 나는 저자 중앙을 관통하는 큰길을 걸었다. 북쪽으로는 살촉동, 남쪽으로 아버지강까지 닿는다는 큰길은 길 안에 단풍동 저자를 그대로 옮겨놓아도 가능할 정도로 넓었다. 이층집 삼층집이 늘어선 길에 수십수백의 사람들이 오가는 중이었다.

사람들의 복장은 낯설지 않았다. 짧은 어깨 가리개에 긴 가죽 각반, 폭 넓은 머리띠. 형 기남의 성년식 때 아버지 하전이 입었던 바로 그 복장이었다. 하지만 하전의 옷과는 느낌이 전혀 달랐다. 자랑스레 기른 턱수염에 수북한 가슴털, 기둥 두 개가 걸어 다니는 듯한 굵은 다리의 털북숭이들에게는 짧은 어깨 가리개와 긴 각반은 그들의 당당함과 강건함을 보여주는 데 모자람이 없었다. 하지만 민달팽이인 우리 단풍동 사람들에게는 전혀 아니다. 단풍동 사내치고는 키도 크고 건장한 아버지 하전도 쭈뼛한 몸통과 가는 다리가 강조되어 마치 간짓대가 걸어가듯 어설프던 것이다.

그리고 보니 청매동 사람들은 여자건 남자건 신분이 높건 낮건 모두 짧은 어깨 가리개를 걸치고 있었다. 부자거나 신분이 높아 보이는 이들은 금, 은, 구슬 등의 장식을 더 갖추었을 뿐 남자는 바지, 여자는 치마를 입고 윗도리로는 옆이 터진 긴 속옷 위에 짧은 어깨 가리개를 두르고 있었다. 호랑가시동이나 우리 단풍동은 옷 자체가 신분을 나타낸다. 맑은이나 하얀이 또는 귀한 집안의 사람들은 가슴을 가리는 긴 어깨 가리개를 걸친다. 황인이나 천민, 햇빛족들은 특별한 때를 제외하고는 맨 어깨를 그대로 내놓고 다닌다. 아랫도리도 다르다. 단풍동 귀한 신분의 사내들은 가리개 밑에 긴 바지를 받쳐입어 배와 사타구니를 가린다. 물론 옆 솔기가 트여있어 필요할 때는 언제든지 손을 넣어 안쪽에 찬 주머니의 물건을 꺼낼 수 있다. 하지만 황인이나 천민들은 씨물주머니를 가릴 정도의 짧은 바지 위에 물건들을 달 수 있는 허리띠를 찬다. 사람을 해칠 흉기나 남의 물건을 숨기지 않았다는 증명이기도 하다. 단풍동 인구의 대부분을 차지하는 황인과 천민, 햇빛족들이 윗도리를 걸치지 않는 이유는 부족한 물자 탓도 있지만 무엇보다도 따뜻하고 습한 단풍동의 기후 탓이리라. 청매농의 이런 냉랭한 기후라면 아무리 돈이 없어도 옷을 갖춰 입어야 할 터였다.

　길을 지나는 여자들 중 몇몇은 눈에 띄게 화려했다. 겹겹이 두른 풍성한 치마에 머리를 천으로 틀어 올려 새의 깃털로 장식한 여자, 머리털에 크고 작은 장식 방울들을 무거울 정도로 매달고 가는 여자도 있었다. 그중 몇은 커다란 부채로 부채질하며 가는 이도 있었다. 폭 넓은 겹치마에 요란한 치장이 무척 무겁고 거추장스러워 보였다. 우스웠다. 장식도 조금 떼어내고 치마도 적당히 두르면 그렇게 고생스럽지 않을 터였다. 하전의 첩 비비추가 떠올랐다. 그녀가 습관처럼 가지고 다니던 커다란 부채가 바로 이곳의 사치를 본떴던 것일까?

마부가 일러준 대로 수용소는 아버지강 강안에 있었다. 총을 멘 군인들이 주위를 돌고 있었다. 벽돌 담장으로 둘러싸인 그곳이 관청이 아니라 수용소임은 굳이 묻지 않아도 알 수 있었다. 가까이 갈수록 퀴퀴하고 쿰쿰한 짐승의 오물 내가 났기 때문이다. 주위는 한적했다. 도로 건너 나지막한 가게들이 대여섯 늘어서 있을 뿐 행인들도 보이지 않았다. 마침 수용소의 육중한 쇠문이 열렸다. 군인들 뒤로 발에 쇠고랑을 찬 검은머리짐승들이 줄지어 나오고 있었다. 하나하나 눈에 넣듯 세심히 살폈지만 준호는…… 보이지 않았다.

"뭘 찾소? 짐승들이야 저자 뒷골목에 가면 얼마든지 살 수 있는데."

짐승들의 멀어져가는 뒷모습을 쫓느라 나는 웬 사내가 가까이 온 것도 모르고 있었다.

"특별히 정들었던 짐승이 있어서요."

도로 건너 양초 가게의 주인이었다. 그가 나를 자기 가게로 안내했다.

"작년에 왔다면 묶어있지는 않겠군. 처음 온 놈들은 두어 달 동안 기둥에 묶어 길을 들이거든요."

짐승들은 아버지강 건너 단풍동으로 놓는 다리 작업에 동원된다고 했다. 물살 센 강바닥에 기둥을 박으려면 힘만 셀 뿐 미련한 햇빛족보다는 머리를 쓸 줄 아는 검은머리짐승들이 낫다고도 했다.

"많이 죽고말고요. 짐승놈들이 제 동료를 강물에 던지고 올 때는 어김없이 음산한 노래를 부르지요. 군인들이 윽박질러도 소용없소. 노래 부르는 데 목숨을 걸어요. 저희들 말이라 무슨 뜻인지는 몰라도."

가게에 또 다른 사내가 들어섰다. 바로 옆 가게, 수용소 군인들 상대의 술집 주인이었다.

"……짐승 한 마리를 찾으러 단풍동부터! 하기야 짐승에게 홀리면

약도 없다는 말이 있지요."

숨쉬기도 힘든 오물 내는 수용소 뒤쪽 밭에서 나는 것이었다. 검은 머리짐승들은 자기들의 오물을 뿌려 자기들이 먹을 곡식을 키운다고 했다.

"제 오물 주워 먹는다고 흉볼 것도 아니오. 그놈들을 지키는 군인들이나 군인들 덕에 먹고사는 우리나 짐승들 오물 주워 먹는 건 마찬가지지."

술집 주인이 자조하듯 말했다. 한동안 수용소 군인들에 대한 성토가 이어졌다. 짐승들을 뒤로 빼돌려 돈을 챙기는가 하면 길 가는 여자를 납치, 자기들의 야욕을 채우고는 짐승들의 짓으로 덮어씌운다고 했다.

"수용소에 있다면 찾을 수는 있겠지. 이름을 가르쳐주면 우리 집에 오는 군인들에게 부탁해 볼 수도 있고. 돈은 좀 들 거요."

술집 주인이 호의를 보였다. 한참 동안 망설이던 나는 결국 그대로 가게를 나왔다.

─나 그냥 잡혀가려고. 이곳에서는 내가 할 수 있는 것이 없어.

준호의 마지막 말이 귀에 맴돌았다. 그랬다. 그를 찾는다 해도 내가 그를 도울 일은 없었다. 그에게는 오로지 짐승세상으로 돌아갈 통로만이 희망이었다.

큰길을 되짚어 저잣거리로 들어섰다. 도로 한쪽으로 개울이 흐르고 있었다. 개울에 발을 담그려는데 한 사내가 손을 내밀었다.

"한 발에 한 푼씩, 두 발이면 엽전 두 푼이오. 두 발 다 담그십니까?"

돈을 건네고 물에 들어서는데 무언가 이상했다. 내 뒤로 온 이는 돈 따위는 내지 않고 물에 들어섰다. 주위를 둘러보았다. 개울에 발을 담그고 있는 이들의 표정이 애매했다. 내게서 돈을 챙긴 사내는 어디론가 사라지고 없었다. 돈을 달라던 사내의 마음을 왜 초음으로 먼저 살피지 않았을까! 과연 '눈 뜨고 코 베인다'는 청매동이었다.

여관을 정한 후 주인에게 조금 전 있었던 일에 대해 말했다. 그가 내 옷차림을 훑었다.

"그렇군요. 타지 사람이라고 사기를 쳤군요."

희한한 일이었다. 위로하는 척 말을 잇는 그 역시 내게 어떻게 사기를 칠까 궁리하고 있었다.

다음 날 아침, 잠에서 깬 나는 몸에 열이 올라 비몽사몽 헤매었다. 탈수 현상이었다. 발을 담갔던 바닥 물길이 자취도 없이 사라져 있었다. 물을 대어주면 바닥에 파놓은 금으로 잠시 물이 흐르다가, 물을 끊으면 이내 없어지는 인공 물줄기였다. 주인에게 그 사실을 말했다.

"바닥 물값은 따로 내야죠. 물값이 포함된 비싼 방으로 옮기시든가."

말없이 방으로 돌아온 나는 탁자에 놓인 쇠 촛대를 들어 바닥의 금을 깊고 넓게 팠다. 물줄기가 들어오는 구멍도 촛대로 쑤셔 원래보다 세 배는 크게 뚫었다. 그렇다. 나는 단풍동 내 방의 물꼬를 막았던 검은머리짐승 장저훤을 떠올린 것이다. 막을 수 있다면 뚫을 수도 있는 것이다. 예상했던 대로 물이 풍성하게 들어와 바닥을 적셨다.

여관 주인이 되레 내 눈치를 살핀 것에 비해 나는 아무렇지 않게 그를 대했다. 다른 여관으로 옮기지도 않았다. 유곽 여자가 드나들지 않는다는 점이 이 조촐한 여관의 장점으로 보였기 때문이다. 나중에 안 일이지만 청매동에서는 다른 모든 여관에도 유곽 여자가 함부로 드나들 수 없었다. 유곽에서만 사내를 받도록 법으로 정해놓았기 때문이었다. 생식 문제와 마약에 대해서만큼은 청매동의 처벌은 엄격했다. 그것이 복인과 초추아가 적은 이유였다. 여비를 아껴야 함에도 나는 짧은 어깨 가리개와 긴 각반을 샀다. 내게는 영 어울리지 않는 것들이었지만 사람들에게 깔뵈지 않으려면 하는 수 없었다.

내가 사기를 당했던 개울가에는 잡곡죽을 파는 음식점과 산나물, 버섯 등을 파는 야채 가게가 즐비했다. 가축시장과 사료 가게도 단풍동과 비교되지 않을 만큼 컸다. 물길을 따라 남쪽으로 조금 가니 곰치를 가득 가둬놓은 목욕장이 성업 중이었다. 물속에 들어서기만 하면 몸에 붙은 찌꺼기를 곰치가 말끔히 뜯어 먹어주니 사용료가 꽤 비싸도 장사가 되는 것이었다. 아버지강으로 흘러드는 강어귀에는 어망꾼도 꽤 많았다. 그들이 잡는 것 역시 곰치였다. 살아있는 신선한 곰치는 부잣집이나 목욕장에 판다고 했다. 저자에서 꽤 떨어진 산자락의 부자 동네에는 집집마다 목욕 시설이 있다고 했다. 청매동에는 황인이나 햇빛족 부자가 많은 듯했다. 음식을 먹지 않는 맑은이나 하얀이라면 피부로 배어 나오는 찌꺼기가 없으니 곰치 목욕을 할 필요가 없기 때문이다. 내 말을 들은 어망꾼이 나를 빤히 바라보았다.

"호랑가시동 사람이오? 아아, 단풍동! 그러니 맑은이 하얀이 타령이시지."

그가 다른 어망꾼들을 보며 키득거렸다. 나는 또 한 번 입조심하기로 했다. 청매동에서는 종자 타령 자체가 무식하고 촌스러운 일이었다.

저자에서 '단풍동 여자'를 외치는 장사꾼은 단풍동에서 가져온 땅옷여자 화분을 파는 사내였다. 조그만 화분에 담긴 땅옷여자들이 억지로 익힌 호랑가시동의 사투리를 쓰며 주인의 매질을 감수하고 있었다.

"지를 사주셔요오. 단풍동 여자여요. 기절하도록 끝내줍니다요오오."

어른이 사내와 땅옷여자의 생식으로 태어난 땅옷족도 어른이 종족임에 틀림없다. 뿌리가 박혀 움직이지는 못해도 땅속에서 10년을 자라 완전한 큰 몸으로 세상에 태어난다는 사실, 앞을 보는 두 눈 외에 뒷눈이 있는 것도 그 증거다.

그들이 땅옷동굴에서 처음 모습을 드러낼 때에는 지금 땅옷여자들이 심긴 화분 크기로는 어림없다. 그보다 서너 배는 실히 될 널찍한 땅이 한꺼번에 들고 일어나 평평한 땅이 버쩍 들뜬 것처럼 보인다. 시간이 지날수록 주위의 땅이 서서히 가라앉으면서 그 중심부에 땅옷족 고유의 얼굴과 양팔, 몸체가 서서히 갖춰진다. 5년 정도의 세월이 흘러 몸체가 완전히 위로 솟으면 그들의 뿌리가 우리 손 한 뼘 남짓 넓이로 줄어든다. 땅옷여자의 허리에 알집이 잡히고 향내가 퍼지는 것도 이때부터다.

하지만 이렇게 화분에 갇히는 순간 땅옷여자들은 죽은 목숨이나 다름없다. 어른이 사내의 씨물을 받아 수정란을 얻는다 해도 그것들을 키울 수 없기 때문이다. 이들의 수가 많이 줄었지만 그나마 깊은 땅옷동굴에서 이들이 명맥을 이어가는 데에는 별 쓸모없다고 괄시받는 땅옷사내들 덕이 크다. 그들은 땅옷여자처럼 향내를 뿜지도, 몸이 위로 솟지도 않는다. 하지만 그들의 든든한 뿌리 밑으로 수정란을 넣어 그것들이 밟히거나 깨지지 않도록 보호한다. 알이 커가면서 땅옷사내는 마른 이끼처럼 말라 죽는다. 사내 몸체의 양분이 자신의 뿌리를 통해 알에게 제공되는 것이다. 그러니 땅옷사내가 없는 땅옷여자 화분이야말로 어른이 사내들이 고안한 가혹한 소모품일 뿐이다.

"뭘 그리 망설이십니까요? 하나 사다 놓으면 나으리보다 부인이 더 좋아하실걸요. 땅옷년들 진액을 몸에 바르는 것이 요새 여자들 유행이거든요. 화분에 물 주는 일은 부인들이 알아서 한다니까요."

저잣거리를 따라 걷다가 우연히 검은머리짐승들을 거래하는 골목에 들어섰다. 그리고 그곳에서 그리 멀지 않은 대장간과 유리공장에서 그들이 일하는 모습도 볼 수 있었다. 뜨거운 열로 혹사당하는 짐승들은 갈비뼈가 몇 개인지 셀 수 있을 정도로 비쩍 말라 있었다. 그중 한 짐승에게 다가가 준호에게서 배운 짐승세상 말로 물었다.

〈준호를 아시오?〉

커다란 메로 달군 쇠를 후려치던 짐승이 나를 물끄러미 쳐다보았다. 그는 내 말을 알아듣지 못하고 있었다. 검은머리짐승이기는 해도 준호 나라의 짐승은 아닌 모양이었다.

짐승들이 모여 사는 곳도 따로 있었다. 저잣거리의 북서쪽, '도축장'이라 불리는 마른 모래땅에 짐승들의 집단 거주지가 있었다. 그들 모두 죽은 목숨이나 다름없었다. 갈기갈기 찢긴 누더기 옷, 허리까지 덮는 검은 머리털, 두 발에 채워진 차꼬. 그들은 온몸에 채찍을 맞아가며 가축의 살가죽을 벗기는 일을 하고 있었다. 죽은 동료의 살과 뼈를 갈라 가축 먹이를 만드는 일도 그들 몫이었다.

"이유는 무슨! 이놈들을 대할 때에는 이유 없이 괴롭히고 이유 없이 화를 내야 하오. 때리는 것뿐인가? 음식도 양초도 고르게 주면 안 되오."

십장이 느닷없이 짐승의 등짝을 채찍으로 내리쳤다.

"일도 그렇소. 어떤 놈에게는 죽어라 힘든 일을 몰아 맡기고 어떤 놈에게는 할랑할랑 놀게 놔둬야 하오. 납득할 수 없는 차별, 불평등이 저들을 움직이는 힘이지. 희한하게도 이놈들은 내게 채찍을 맞으면서도 정작 나를 원망하지는 않소. 저희들끼리 노려보고 왜 다른 놈이 음식을 더 먹는지, 어떤 놈의 일이 왜 적은지를 따지느라 신경을 곤두세우지. 운 좋은 놈을 향해 '야료를 부린 게 틀림없다'며 몇 마리가 한꺼번에 덤벼들기도 하고요. 물론 그중에는 '싸우지 말자,

다 같이 나눠 먹고 힘을 합치자'고 부르짖는 제법 똑똑한 놈도 있소. 하지만 그런 놈은 오래 못 가오. 내가 손대냐고? 천만에! 저희들끼리 알아서 처분하지. 오죽하면 짐승이겠소? 잘나지는 못해도 저보다 잘난 놈은 절대 못 보는 게 이놈들의 특성이오."

십장이 또 채찍을 휘둘렀다. 살가죽을 벗기던 짐승이 맥맥히 그의 횡포를 견뎌내고 있었다.

도축장에서 그리 멀지 않은 곳에 엿장수가 있었다. 조그만 좌판에 손가락처럼 긴 엿가락들이 쌓여 있었다.

"청매동 구경, 구경거리가…… 글쎄요, 자살사당이 좀 볼 만, 부부의 인연을 보시려면 자살사당이 볼 만하지요."

그는 웃음을 참느라 말을 잇지 못했다. 짐승들의 비참한 상황에 억지로 울음을 참고 있는 내 표정이 그에게는 영 우스운 모양이었다.

자살사당은 청매동의 남서쪽, 아버지강이 내려다보이는 경치 좋은 언덕 위에 있었다. 사당 앞에 걸린 금색 현판에는 살촉동 글자로「영원한 부부여, 땅이 맺어준 성스러운 인연이여」라 쓰여 있었다. 사당 앞마당에 큰 매타리나무 한 그루가 서 있었다. 남달리 정이 깊었던 부부들의 경우, 그 중 한 사람이 죽어 '조용한 작별'을 치르게 되면, 남겨진 한 사람이 이곳에 와 매타리나무에 스스로 목을 맨다고 했다. 사당에는 그렇게 죽어간 부부의 신위가 백 개도 넘었다. 신위를 놓을 자리가 앞으로도 백여 개는 더 놓일 만큼 넉넉히 마련되어 있었다. 자세히 보니 신위는 두 종류였다. 윗자리에 놓인 조금 더 큰 신위는 죽은 열세 부부를 한데 모은 신위였다. 13년의 세월 중 마지막 해 흙의 첫 달에 작은 신위들을 한데 모아 큰 신위를 세운다고 했다. 어이없었다. 배우자를 따라 함께 죽지 못한 이는 '미망인'이라 하여 죄인 취급을 하는 것도 희한했다. '어떤 이유로든 땅이 준 목숨을 함부로 할 수 없다'는 우리 단풍동의 풍습과는 정반대였다.

자살사당 뒤편에 사람들이 모여 있었다. 기도원에 들어가려는 사람들이었다. 자살을 찬양하는 사당과 기도원이 나란히 있다니 그 역시 희한했다. 기도원 입구 돌바닥에는 물이 고여 있었다. 안으로 들어서려면 자연스레 물줄기를 밟아 발도 씻고 물도 흡수할 수 있는 구조였다. 건물에 들어서자 돈을 넣는 기부함이 양쪽으로 놓여 있었다.

"말세가 왔소. 스님들께 기도를 청하시오."

사람들을 따라 엽전 두 개를 기부함에 넣었다. 회랑은 꽤 넓고 높았다. 신도들을 위한 물확들이 잔뜩 마련되어 있는데도 사람들이 웬일인지 자리를 잡지 않았다. 대리석 벽에 붙은 명패만을 확인할 뿐 그저 서성이기만 했다.

"스님들이 들어와야 우리도 자리를 잡지요."

옆에 선 이가 설명해 주었다. '건물에 밴 향이 호랑가시동에서 맡았던 향과 비슷하다'는 내 말에 그가 내 옷차림을 위아래로 훑었다. '여행도 할 겸 호랑가시동에서 오는 길'임을 밝히자 그제야 내게 다가서서 악수를 청했다.

"실은 내가 그 빌어먹을 호랑가시동 출신이오. 지금껏 출신을 밝혀 이익 본 적이 없어서 말요."

그는 이곳에 온 지 십 년이 넘었는데 집 한 칸 장만하지 못했다고 했다. 처음에는 잘 대해주다가도 호랑가시동 출신임이 드러나면 저희들끼리 쑥덕이며 급료를 깎고 내쫓는다고 했다.

"하는 일 없이 그저 여행이라니, 꽤 부유한 집안이신 모양이오?"

막대기 부딪치는 소리와 함께 연단의 한쪽 문이 열렸다. 쉰 명은 실히 넘어 뵈는 민머리의 스님들이 줄을 지어 들어서고 있었다. 얼굴과 팔다리는 털이 수북하면서 머리통만 빤빤한 것이 내 눈에는 영

부자연스러웠다. 머리칼 없는 상태로 무언가를 바라고 기도하는 일이 가능할까? 단풍동 사람들은 땅에서 캐어져 그 부모에 의해 한 번 잘리고 난 후 죽을 때까지 머리칼을 자르지 않는다. 사람의 머리칼이 땅의 산물임을 증명해 주는 징표이기도 하지만 무엇보다도 앞날의 여러 징후를 느끼는 데에 꼭 필요한 신체의 일부이기 때문이다.

"스님들의 민머리는 세상의 모든 잡념과 허욕을 버렸다는 뜻이오."

'하늘과 땅의 신주님 도와주소서. 불쌍한 중생들을 위해 도와주소서……' 스님들이 목탁을 치며 연단 위의 물확에 발을 담그자 사람들이 그제야 자리를 잡았다. 스님 하나가 종이에 적힌 것을 읽기 시작했다. 신도의 이름과 그 소원을 말할 때마다 다른 스님들이 후렴구를 외웠다. '신주님의 도움으로 소원을 이룰 수 있게 해달라'는 축원이었다. 희한하게도 신도들은 기도를 하지 않았다. 스님들이 하는 양을 멀거니 구경만 하고 있었다.

"기도야 스님들이 하잖소? 스님은 잡념이 없소. 아내를 맞지 않으니 생식 걱정도 없고 자식을 캐어올 수 없으니 자식 걱정도 없지요. 걱정 없는 사람만이 다른 이의 걱정을 덜어줄 수 있소. 내 아들도 스님으로 키울 생각이오."

모여 있던 사람 중 하나가 큰 소리로 물었다.

"곽재이 불렀소? 스님! 곽재이! 곽재이 이름 불렀느냐니까?"

아마도 자기 이름인 듯했다. 한 스님이 '정숙하라'며 작대기로 바닥을 두드렸다. 하지만 곽재이는 계속 물어대었다. 선창하던 스님이 뒷눈으로 그를 쏘아보며 화를 내었다.

"곽재이 아까 불렀소! 이름 부를 때 뭐 하느라 듣지도 못하고!"

스님의 말이 끝나기도 전에 또 다른 사람이 입을 열었다. '강유는 불렀어요?' '시언오는 불렀소?' 내 옆에 있던 호랑가시동 출신 사내도 자기 이름을 불러대었다.

"연무, 연무! 연무는 불렀소?"

스님들이 아무리 바닥을 두드려 대도 소요는 멈추지 않았다. 결국 선창하던 스님이 사람들의 명단을 다시 한번 큰 소리로 부르기 시작했다. 그것으로도 사람들은 만족하지 않았다. 연무 역시 소리 질렀다.

"이름만 부르면 어떡해? 소원도 빌어줘야지!"

"이름만 부르면 신주님이 다 아시오."

스님이 거칠게 대꾸했다.

"신주님이 어떻게 다 알아! 한두 명인가?"

"그러게 말이야. 다 알아들었으면 소원이 여태 왜 안 이뤄졌겠어."

선창하던 스님이 발을 구르며 화를 내었다.

"당신들이 직접 기도해! 당신들이 스님 하라고."

스님이고 사람들이고 서로 삿대질하며 목청을 높였다. 내 옆의 연무도 큰 소리로 떠들어대었다.

"우리 아들이 스님 될 수 있게 해주시오! 그리고 나는 돈 많이 벌게 해주고! 돈을 벌어야 시주도 많이 할 것 아냐!"

왜 스님이 한 사람이 아니라 수십 명이 떼로 다니는지 알 듯했다. 혼란한 와중에 스님들 몇이 목탁을 치며 염불을 외우기 시작했다. '신주님은 우리의 뿌리이시며 우리의 시작이시라. 신주님은 우리 앞에 오셨으며 우리 뒤에도 영원히 계신다……' 사람들의 소요가 조금씩 가라앉기 시작했다.

스님들이 퇴장하자 사람들이 흩어졌다. 우리 역시 나갈 채비를 했다. 스님 하나가 입구에 놓였던 기부함을 안쪽으로 가져가자, 연무가 들으란 듯 큰소리로 이기죽거렸다.

"말로야 기도원을 넓히는 데 쓴다지만 알 게 뭐야? 스님들 뱃속부터 채우고 하인도 부리는 거지. 스님처럼 팔자 편한 이가 없다니까."

"그건 그렇고…… 스님들이 기도하면 소원이 이루어집니까?"

"당연하죠. 아픈 사람이 건강해지고 좋은 배우자도 만나고요. 돈도 벌 수 있소. 돈을 바치면 그 열 배가 들어오는 건 분명하오. 그러니 돈들을 내지. 돈 한 푼 내지 않고 돈 벌기를 바란다면 그게 어디 사람이오? 사기꾼이지."

"하지만 스님이 신주는 아니잖소."

"신주는 아니지. 하지만 아무래도 신주님과 친하지 않겠소? 온종일 신주님께 무언가를 비는 게 저들 일이니. 신주님이라고 그들 말을 굳이 안 들어줄 건 또 뭐겠소? 그런데…… 단풍동 양반, 당신은 여기 무얼 빌러 왔소?"

그의 말에 나는 또 잠깐 당황했다. 언제나 나는 구경꾼에 불과한 것인가.

"고향을 떠나왔으니 여러 곳을 둘러보고 많은 것을 배워 가면 좋지요. 우리 동굴국에 밀림족 아후밀탄이 쳐들어오지 않게 해달라는 것도 기도해야 하고요."

"그거야 나라 살림 하는 분들이 기도하겠지. 몇 년 전까지만 해도 구국 기도에는 청매동의 모든 스님들이 동원되었소. 어미산 앞에 모여 한꺼번에 목탁을 치고 우리 청매동이 강건해지기를 빌었지. 아무리 깊은 잠에 빠진 게으른 신이라도 귀찮아서 소원을 들어줄 수밖에. 그런데 어떤 학자들이 '목탁 소리 때문에 새로 태어난 아이들이 귀머거리가 많아졌'고 주장했소. 사실 요새 귀머거리인 아이들이 꽤 많소."

"그렇죠. 우리 단풍동도 어미산에서는 절대 큰소리를 내지 않아요. 땅에서 크는 아이들의 귀가 상할 수 있으니까."

"게다가 또 다른 학자들은 '시끄러운 목탁 소리 때문에 천장 밑 단애에 금이 가고 있다'고 했소. 살촉동처럼 천장이 뚫릴 수도 있다는 거요. 그래서 재작년부터 구국기도회가 없어졌소. 하지만 노스님 중에는 큰소리가 아니면 효험이 없다며 큰 목탁을 사용하는 이가 있어요. 이 기도원도 목탁 소리를 들을 수 있는 곳 중 하나요. 어미산과 많이 떨어진 데다 자살사당이 가로막고 있어 귀신들이 소리를 막아주니까요."

기도원 옆에는 스님들이 직접 운영한다는 노인들 수용소가 있었다. 젊은 스님이 노인들의 음식 그릇을 신경질적으로 낚아챘다. '이것들은 죽지도 않아! 언제까지 사람을 괴롭히려고.' 스님의 막말이 당연하다는 듯 연무는 제 말만 계속했다. '……자식 놈이 스님만 되면…… 늙으면 고향에 돌아갈 텐데 여기서 비는 게 과연…….'

사람들이 끝없이 수다를 떨거나 별것 아닌 일에도 큰 소리로 싸우는 데에는 거리의 소음에도 원인이 있을 것이다. 마찻길을 넓히거나 집을 부수고 새로 짓느라 어수선한 곳이 한두 군데가 아니었다. 골목 안에서는 나무담장이나 건물 벽이 새것처럼 멀쩡한데도 커다란 메로 때려 부수느라 땀을 흘리는 이들도 있었다.

"집 천장이 무너지는데 새로 안 지으면, 천장에 깔려 죽으시려고?"

인부들이 어이없다는 듯 비웃었다.

단풍동이나 호랑가시동은 천장에서 떨어지는 횟물이 대부분 산줄기를 타고 흐른다. 그런데 청매동이나 살촉동처럼 공간이 넓은 곳에서는 동굴 천장에 수없이 매달린 종유석에서 횟물이 계속 떨어진다. 횟물은 계곡물과 달리 몸에 나쁘다. 몸에 묻은 횟물을 씻지 않고 놔두면 살껍질에 딱딱하게 눌어붙어 잘못 떼어내면 뼈가 드러나기도 한다. 그러니 청매동과 살촉동의 집에는 지붕이 있어야 하는 것이다.

지붕이야 당연히 긴 나무 기둥으로 서까래를 놓고 너와로 잇는다. 시간이 흐를수록 횟물이 쌓이며 지붕이 가라앉는 것이다.

"벽과 담장은 그대로 두고 지붕만 갈아도……."

"당신이 무슨 참견이오? 돈 많은 놈들이 제 돈 들여 새로 짓겠다는데."

머지않아 다시 부술 것을 알기 때문일까, 집도 마찻길도 아무렇게나 대충 짓는다는 느낌을 지울 수 없었다. 아니나 다를까 새로 쌓은 벽돌 담장에 색도 입히기 전에 아래쪽부터 금이 가 난감해하는 이들이 눈에 들어왔다.

"또 주인 놈이 악악대겠군. 다 부수고 새로 쌓으라고. 벽돌도 다 떨어졌는데."

"그냥 색칠해! 무너질 때 무너지더라도. 이제 어쩌겠어?"

"그러든지. 까짓, 돈 많은 것들은 깔려 죽어도 돼. 저희가 무슨 고생을 했다고."

"어차피 죽을 목숨, 담벼락에 깔려 죽으나 폭탄 맞아 죽으나."

끊임없이 살촉동의 눈치를 살펴야 하는 정치권, 지금은 잠시 평온한 듯해도 언제 전쟁에 휘말릴지 모른다는 위기감을 접어두고라도 사람들이 너무 마모되고 지쳐있다는 느낌을 받았다. 비단 공사 중인 거리, 집 한 채에 한정된 문제가 아닐 수 있었다. 청매동이라는 거대한 건물을 허술하게 올렸다가 다시 부수고 있는 듯한, '이것이 맞다'는 명쾌한 해답 없이 서둘러 짓다 보니 결국은 아닌, 부술 수밖에 없는, 그러면서도 새로 지어봤자 온전해지리라는 확신 또한 없어 앞뒷눈을 질끈 감아버린 듯한 막막함이 사회 전반에 배어있는 듯했다. 갑자기 나는 그들의 자살사당을 이해할 수 있을 것 같았다. 새삼 내가 아버지강 건너 외진 두메산골 단풍동 출신이라 다행이라는 생각도 들었다. 거리도 작고 천장도 낮아 새로운 것을 지어봤자 거기서 거기인 내 고향. 앉은 자리에서 뿌리내릴지언정 지쳐 쓰러질 때까지 쳇바퀴 돌리기를 강요당하지는 않는 세상.

부수고 무너뜨리는 굉음들을 가리고 싶은 것일까, 노랫소리와 음악이 곳곳에서 들리는 것도 청매동의 특징이라 할 수 있었다. 악기점뿐 아니라 학교, 관공서, 술집 어디서든 음악이 흘러나왔다. 사람들의 노래와 즉흥적인 춤, 기분 좋은 어깻짓 또한 거리에 가득했다. 어차피 삶이란 매 순간의 합산이다. 그렇다. 앞날의 걱정을 당겨 할 필요는 없으리라. 지금 맞이하는 순간이 즐겁고 행복하다면 적어도 오늘은 잘 산 것이리라.

'노세노세 살아서 놀아 죽어지면 못 노나니.

한 줌 흙으로 돌아가면 어깨 한번 흥겹게 들썩이겠나.

노세노세 젊어서 놀아 늙어지면 못 노나니.

한 움큼 작은 몸으로 돌아가면 발짝 한번 시원히 떼어지겠나.'

술집에서 들려오는 노랫소리, 오현금 소리를 들으며 나는 단풍동 유곽의 예홍을 떠올렸다. 예홍의 악대도 이곳 어딘가에 있으리라. 그녀를 찾는 일은 어렵지 않을 터였다. 아무 술집에나 들어가 '단풍동에서 온 악대'를 찾으면 될 일이었다. 하지만 나는 단념했다. 예홍에게 그런 흉한 짓을 해놓고 무슨 낯으로 그녀를 보겠는가.

우연히 걸음을 멈춘 곳이 장신구 가게 앞이었다.

"단풍동에서 온 것이랍니다. 색깔이 예쁘지요? 이건 돌이 아니라 차라리 보석이지요."

'돈이 없다'는 말에도 가게 여주인은 끈질기게 팔목을 잡고 늘어졌다. 결국 나는 홍옥 팔찌 하나를 사서 속주머니에 넣었다. 딱히 예홍을 위한 것도 아니었다. 이곳에 온 지 벌써 5년이 넘은 그녀에게 이런 값싼 팔찌가 눈에 들 리 없었다.

　무슨 일이든 마음 깊이 생각하면 그 일과 관계되는 일이 벌어진다. 팔찌를 산 지 불과 사흘 후, 저자에 나갔다가 여관으로 돌아와 보니 쪽지 한 장이 남겨져 있었다. 예홍이었다. '내일 아침 다시 들르겠다'라는 전갈이었다. 여관을 떠나버릴까, 고민하다가 나는 그녀를 만나기로 결심했다. 잘못한 일은 사과하는 것이 옳았다. 그래야 사람이었다.

　다음 날 아침 예홍이 방에 들어섰을 때 나는 그녀를 똑바로 보지 못했다.

　"미안했소. 지난 일은 영원히 잊어주면 좋겠소."

　"그럴만한 이유가 있으셨겠지요. 그런 시도가 무섭기는 했지만⋯⋯ 싫지는 않았어요. 제가 도리어 죄송해요. 비명을 질러서 주위 사람들이 다 눈치채버렸지요."

　그녀가 어렵게 말을 이었다.

　"저는, 나리께서 그런 행동을 하는 상대로 저를 생각해 주셨다는 사실만으로도 기뻐요. 두고두고 후회했어요. 제 몸이, 제 몸의 보잘것없는 작은 구멍이 다 찢기고 새로 뚫린다 해도 나리를 기쁘게 받아들일 것을."

　한동안 침묵이 흘렀다. 예홍은 방물장수 지화를 통해 내가 여행길에 올랐음을 알았다고 했다. 이후로 그녀는 지난 두 달 내내 청매동의 여관들을 뒤졌다고 했다.

　"청매동에는 언제고 들르실 테니까요. 어제에서야 겨우 나으리께서 이 여관에 계신 것을 알았어요. 사실 이런 허름한 곳에 묵으실 줄은 몰랐거든요."

　할 말을 찾지 못한 나는 짐 보따리를 뒤져 저자에서 산 홍옥 팔찌를 내놓았다.

"사긴 샀는데 줄 사람이 없어서. 사과의 의미로."

예홍의 눈에 눈물이 고여 이내 뺨으로 흘러내렸다. 그녀가 내게서 돌아섰다. 찔끔 감는 그녀의 뒷눈에 무언가 고통스러운 표정이 스쳐 지나갔다. 잠시 후 다시 마주한 그녀의 이마에는 땀방울이 송글송글 맺혀 있었다. 그녀의 손에 쥐어진 아교 비슷한 덩어리는…… 놀랍게도 자신의 허리에서 떼어낸 덜 영근 알이었다.

"나으리께서는 결혼하셨고 어미산 높은 곳 맑은이밭에서 생식하시겠지요. 하지만 저는 나으리를 기다릴 거예요. 제게는 단 한 분의 남자시니까요."

예홍이 작별 인사를 하고 떠나갔지만 나는 멍하니 서 있느라 배웅조차 하지 못했다. 저녁이 되어서야 나는 그녀가 탁자 위에 놓고 간 작은 주머니를 발견했다. 은화 열세 닢. 뭇 사내들 앞에서 오현금을 뜯고 어렵게 번 돈이었다. 돈을 배낭에 챙겼다. 그것이 내가 할 일이었다.

붓동과 살촉동

✶　　　　살촉동이 가까워지면서 나는 앞눈과 뒷눈을 번갈아 가리느라 허둥거렸다. 빛의 세기가 청매동과는 비할 바가 아니었다.

"어둠 쪽 사람이 빛에 익숙해지는 게 뭐가 어렵소? 빛 쪽 사람이 어둠에 적응하는 게 문제지."

마차 옆자리의 살촉동 사내가 멀리 보이는 저자를 가리켰다. 놀라운 광경이 펼쳐지고 있었다. 빛줄기, 천장에서 쏟아지는 빛줄기를 허공에 뜬 커다란 원반 접시가 고스란히 받아내는 모습이었다.

"저 탑이 어느새 살촉동의 명물이 되었소. 낮 동안 탑 그림자가 주위의 가게들을 천천히 훑고 지나가지요. 저렇게 큰 해시계는 사막 건너 제울에도 없을걸?"

마차가 저자로 들어섰다. 저자 너머 맞은편 북쪽 산맥에서 나란히 흘러내리는 계곡의 물줄기들, 그 물줄기들 사이로 다닥다닥 이어 붙은 집 줄기들 역시 아래로 길게 내리뻗어 거대한 빗살무늬를 만들어 내고 있었다. 단풍동 전체 인구의 세 배인 9천여 명의 도시, 가히 동굴국 '영원한새벽의나라'의 수도라 할 만했다.

고모 희실이 부루 집안으로 시집가던 그해에 살촉동 천장이 갈라졌다는 소식이 들려왔다니 40여 년 전의 일이다. 큼지막한 돌덩이들이 저잣거리의 몇몇 가게들을 덮치면서 난데없는 빛줄기가 허공을 그었다. 빛은 그릇 가게의 물건들, 그중에도 나무인간들이 힘들여 파낸 커다란 함지에 꽂혔다. 사람들이 그 성스러운 함지를 보러 모여들었다. 가게 주인은 빛이 가리켰던 함지를 당시의 살촉동 왕 다루오에게 바쳤다. 왕은 그 답례로 살촉동 남쪽의 좋은 농토를 그에게 주었다. 하지만 이후 변고가 이어졌다. 그릇 가게에 들러 천장 구멍을 즐겨본 사람들 중 눈이 멀거나 심지어 피부 껍질이 심하게 부서져 죽는 이가 생겨났다. 민심은 분노로 바뀌었다. '빛이 그릇 가게를 비춘 것은 그 주인이 감출 수 없는 큰 죄를 지었다는 증거'라는 것이었다. 다루오가 그를 사형시켰지만 천장의 빛 구멍은 아물지 않았다. '살촉동' 이름을 증명이라도 하듯 가느다란 살촉 모양의 빛줄기는 대낮이 되면 저자 한가운데에 놓여 움직이지 않았다.

조심스레 천장을 살핀 왕궁 기술자들은 '동굴국의 어느 곳이건 천장을 함부로 건드렸다가는 큰 재앙을 당하리라'는 옛사람들의 경고를 떠올렸다. 그들이 고심 끝에 내린 처방은 탑 건축이었다. 나무 그릇 가게에 터를 잡아 높은 돌탑을 쌓은 후 그 위에 수많은 쇠심을 펼치고 커다란 검은 가림막을 쳐서 저잣거리로 쏟아지는 빛줄기를 막기로 한 것이다.

확실히 아름다움은 빛이 있어야 그 가치가 드러난다. 돌탑 위에 친 가림막으로 되쏘인 빛이 주위의 천장들을 비추어 살촉동 저잣거리 전체를 은은하게 밝혀주고 있었다. 분홍색, 연두색의 3층 집들, 4층, 5층의 높은 건물들도 많았다. 육각 또는 팔각의 정확한 사방 무늬가 새겨진 창문과 창틀의 잔잔함, 신비로움. 한 건물의 돌벽에는 용, 봉황, 박쥐들이 입체적으로 새겨져 금방이라도 달려들 듯 생동감이 있었다. 건물들을 나지막이 감싼 담장들도 특이했다. 크고 작은 검은 돌로 쌓아

투박하기는 했지만 그것들이 가게의 잡다한 물건들을 가려주어 거리 전체를 말쑥하게 정리해 주는 효과가 있었다. 단풍동 인구의 세 배인 9천여 명, 가히 동굴국 '영원한새벽의나라'의 수도라 할 만했다.

 마차에서 내려 길을 걷는데 앞서가는 사내들 둘이 내내 불퉁거렸다. '크기도 모양도 똑같은 박쥐를 어떻게 새길 수 있어! 제 놈이 직접 해 보라지.' '봤잖아? 그놈이 새긴 박쥐는 똑같더구먼. 하여간 붓동놈들이 솜씨는 있다니까.' '제 손바닥 제가 쪼갤 놈들. 그렇게 잘난 놈들이 저희 망하는 건 어찌 몰랐대?'

 그랬다. 내가 걷고 있는 곳이 바로 옛 붓동 지역이었다. 빗살샘 여섯 줄기 중 서쪽 두 줄기, 붓처럼 길게 뻗쳤다 하여 이름 붙은 곳이었다.

 살촉동이 무력으로 붓동을 정복했다 해서 그들의 문물과 정신까지 말살시켰다고는 할 수 없다.

 ─붓동을 복속시킨 것은 분명하지. 그런데 희한하지. 살촉동은 간데없고 붓동만 남았어.

 하전의 말로는 살촉동 어느 곳에도 살촉동 고유의 풍습과 문화는 찾아볼 수 없다고 했다.

 ─살촉동에서 행세하는 조각가나 악사들은 하나같이 자기가 '붓동 출신'이라고 우겨. 청매동에서도 마찬가지야. 가수나 춤꾼들 모두 자기가 '붓동에서 도망쳐 나왔다'며 목청을 높이지. 웃겨. 붓동 사람들이 청매동으로 숨어들어봤자 몇 명이나 들어왔겠어?

 ─조각이나 춤 따위가 뛰어나면 뭐 해요? 결국 붓동은 없어졌는데.

 서당 학생의 지적에 하전이 느긋한 미소를 띠었다.

 ─맞아. 붓동놈들이 감각은 있어도 앞날을 내다보는 눈이 없어. 붓동과 살촉동이 동굴국 입구라 원래부터도 우리 단풍동보다 밝고 바람도 강해. 예지력이란 원래 컴컴하고 꽉 막힌 데서 자라거든. 뭐, 있

어봤자 별것도 아니지만. 앞날의 그림 운운하며 건방 떠는 단풍동의 맑은이들이라니. 단풍동이 이나마 유지된 것이 저희 덕이라냐? 타조가 웃어.

— 훈장님도 맑은이시잖아요. 예지력이 있으시잖아요.
— 누가 그래? 내가 왜 맑은이야! 예지력은 무슨! 아무렇게나 떠든 얘기에 적당히 옷 입히는 거야 누가 못해?

하전은 종잡을 수 없었다. 스스로 맑은이임을 자랑하고 자신의 예지력이 신통하다며 싫증나도록 떠벌리다가도 누군가가 자신을 맑은이라고 말하면 미친 사람처럼 푸른 불을 뿜었다.

장신구 가게 진열장의 돌 신발, 앞뒤가 살짝 들린 분홍색 녹색 돌 신발들에는 '아후밀탄 서쪽 절벽의 대리석 제품'이라는 설명이 붙어 있었다. 금화 다섯 닢! 단풍동이라면 웬만한 집 한 채를 살 금액이었다. 비싼 것은 둘째치고라도 여자들이 그 무거운 대리석 신발을 신고 어떻게 발짝을 떼는지 의심스러웠다. 그런데도 가게 안에는 돌 신발을 고르는 여자들로 북적였다. 주인이 한심스럽게 나를 보았다.

"여자가 뭣 하러 발짝을 떼겠소? 여자가 아쉬운 사내들이 마차라도 대령하겠지."

색색의 돌을 꿰어 만든 묵직한 돌 목걸이와 귀고리도 인기였다. 돌 신발이야 신발 안에 물을 채워 이동용 물확으로라도 사용한다지만 목과 귀를 다칠 정도로 무거운 장신구를 다는 여자들은 또 무슨 속셈인지 알 수 없었다. 따지고 보면 단풍동 여자들 역시 우스꽝스러운 짓을 한다. 큰 얼굴을 작게 보이려 쇠틀을 얼굴에 낀다든지 몸매를 가냘프게 보이기 위해 굵은 가죽띠로 허리를 조이고 가쁜 숨을 몰아쉬기도 한다. 사내들도 마찬가지다. 서당 시절 친구였던 부루 주명과 선치 무질도 어깨와 가슴을 굵게 만들려 하루에도 수십 번씩 쇠뭉치를 들고 땀을 뺐었다.

 역시 밝은 세상은 몸 그림도 달랐다. 새생명을심는큰달을 맞아 어미산으로 향하는 무리들은 몸 그림이 화려하기 짝이 없었다. 남자들보다도 여자들의 몸이 더욱 화려했다. 먹물과 흰 회칠 바탕에 색색의 물감, 금칠과 은칠까지 하여 화려한 옷보다도 더 아름답고 세밀했다. 돈 많은 여자들은 대부분 화가에게 몸 그림을 맡긴다고 했다. 유명 화가의 몸 그림을 받음으로써 생식 이후 더 이상 지키지 못할 자신의 아름다움과 작별하는 것이다. 하지만 화가가 여자의 몸을 샅샅이 훑는 것을 질투하여 그를 칼부림하는 사건도 매년 일어난다고 했다. 생식을 앞둔 사내가 힘도 한창이고 성품이 급한 것 역시 어느 곳에서나 똑같은 땅의 법칙이었다.

 붓동에서 큰달을 지낸 후 나는 거처를 옮겼다. 붓동 여관이 나쁘지는 않았지만 살촉동 중심가로부터 너무 먼 감이 있었다. 살촉동 저잣거리의 여관 주인은 처음부터 '방의 기물이 부서지면 배상할 것'과 '방 제공 외에 다른 도움은 줄 수 없음'을 분명히 했다. 깔끔하면서도 차갑기 짝이 없는 그의 태도가 살촉동의 진면목은 아닌지 걱정되기도 했다.

 거리 곳곳에는 크고 작은 분수들이 물을 뿜어내고 있었다. 천장 구멍으로 야기된 건조함을 막으려는 조치였다. 분수에서 쏟아지는 물방울들이 허공에 퍼지면서 색색의 아름다운 띠가 펼쳐졌다. 무지개였다.

 탑 바로 밑은 도리어 편안했다. 탑 꼭대기에 펼쳐진 가림막이 진한 그늘을 만들어 주기 때문이었다. 하지만 그늘에 내내 있을 수는 없는 노릇이었다. 음지에서 양지로, 양지에서 음지로 들어설 때마다 나는 불편을 겪었다. 양지로 나갈 때에는 잘 보이는 대신 앞뒷눈이 아팠고, 음지로 들어올 때는 눈이 편한 대신 눈 속에 남은 빛의 잔상 때문에 길이고 짚이고 한참 동안 알아볼 수가 없었다.

살촉동에서도 가장 사람들이 많이 모이는 곳은 기도원이었다. 기도원 앞에서 큰 깔때기를 입에 대고 사람들을 부르는 스님들은 나무와 풀을 상징하는 녹색 옷을 걸치고 있었다. 머리는 청매동 스님들과 같은 민머리였지만 그의 부르짖음은 청매동과 전혀 달랐다.

"지혜를 주는 빛을 믿으시오! 어둠 속에 빛을, 무식한 혼돈 속에서 명철한 깨달음을 주시는 빛의 신을 믿으시오! 빛의 기도원을 짓는 데 돈을 보태시오!"

기도원 벽에 새겨진 조각들이 장엄했다. 사방으로 퍼지는 빛을 형상화한 모양은 살촉동 천장에 뚫린 빛 구멍과 관계있을 것이 분명했다. 빛을 막기 위해 가림막을 침으로써 오히려 빛의 존재와 위용이 뚜렷하게 드러난 것이다. 뚫린 천장 위 먼 허공에 떠 있다는 태양. 누구도 감히 오를 수 없는 높이와 그 절대감. 그것은 또한 준호의 세상, 빛의 세상에 길들여진 검은머리짐승들의 신이기도 할 터였다.

기도원 뒤쪽으로 또 다른 스님들이 무리 지어 있었다. 얼핏 보기에도 청매동의 스님들과 비슷한 흰옷 차림이었다.

"땅을 저버리면 안 되오! 어둠을 저버리면 안 되오! 촛불을 끄시오! 빛은 모든 재앙의 원천이오!"

하지만 그들은 기도원 안의 스님들에 비하자면 초라하고 보잘것없는 노인들이었다. 그 중 한 사람은 눈뜬장님이었다. 그가 쉰 목으로 계속 외쳐대었다.

"하늘 무너지는 소리 들어봤소? 내 아버지는 귀를 찢겼소. 내 어미와 나는 하늘로 뚫린 구멍을 노려보다 눈을 잃었소. 이게 다 살촉군이 땅속의 생명들을 해쳤기 때문에 벌어진 재앙이오. 곧 하늘이 무너질 거요! 하늘이 무너지면 숨을 구멍이 없소! 어떻게든 구멍을 막아야 하오.……"

'하늘이 무너지다' 준호의 절망 섞인 말을 들었을 때가 순부부리의 장례 이후였다.

— 짐승세상 속담에 '하늘이 무너져도 솟아날 구멍이 있다'는 말이 있어. 나는 그 말이 터무니없이 지어낸 말장난이라고 생각했어. 그런데 이곳 단풍동이라면, 맞아. 하늘이 무너질 수도 있겠어. 연토, 미안한 소리지만, 나는 너희 천장이 무너져 내렸으면 좋겠어. 천장이 무너지고 나면 그 위가 바로 내가 살던 세상이겠지.

장님의 '하늘이 무너지면 숨을 구멍이 없다'는 말은 우리 세상의 속담이다. 하늘이 무너져 밝아지면 더 이상 살아갈 수 없다는 뜻이다. 우리의 '하늘'이 동굴 천장을 뜻하는 반면 짐승세상의 '하늘'은 끝 간 데 모르는 허공, 새를 닮은 기계가 마구 날아다니는 거칠 것 없는 공간을 뜻한다. 그러므로 짐승세상의 '하늘이 무너진다'는 말은 확실한 거짓말이다. '솟아난다'는 말도 그렇다. 솟아나기 위해서는 몸이, 또는 세상이 무언가로 덮여있어야 한다. 결국 짐승세상의 '하늘이 무너져도 솟아날 구멍이 있다'는 말은 우리 세상과 짐승세상이 서로 영향을 주고받았다는 확실한 증거인 것이다. 짐승세상으로 가는 통로는 한둘이 아닐 것이다. 수십 어쩌면 수백 개가 있을 수도 있다. 청매동에서 학대받는 수많은 짐승들, 아직 보지는 못했지만 살촉동에서 기술자로 쓰인다는 그 많은 짐승들이 오로지 준호가 떨어져 내린 우리 단풍동의 통로로 온 것은 절대 아니기 때문이다.

고가의 물건을 파는 가게들은 저자 북쪽에 있었다. 검은 탑을 해시계로 본다면 그 그림자가 비치지 않는, 그리하여 빛의 피해를 보지 않는 쪽이 북쪽이다. 희한한 일이다. 살촉동의 부유한 이들은 땅이 아니라 뻥 뚫린 하늘, 빛을 신으로 받든다. 그러면서도 저희들의 집이나 가게들은 어두운 쪽, 빛의 시달림을 받지 않는 쪽에 가지고 있다. 어미산에 대해서도 그들은 특권을 가지고 있었다. 어미산의 한 부분을 집안 소유의 땅으로 차지하여 그곳에서 후계자들을 키우는 것이다. 그것도 좋은 방법일 것이다. 적어도 '누군지 모를 이'의 후손은 아니지 않은가. 땅의 52년 세월까지 합쳐 100여 년 후의 일이기는 하지만 자기들만의 후손으로 자기 집안을 이어갈 수 있지 않은가. 왜 우리 단풍동은 그 생각을 하지 못했을까? 하지만 나는 곧 깨달았다. 단풍동의 자오. 자오의 뜻이 '붉은 잎의 밝음', 곧 단풍동의 이름과 통한다. 단풍동 어미산이 바로 자오 집안의 어미산이었던 것이다. 세월이 흘러 여러 집안으로 갈라졌을 뿐 어미산에서 난 맑은이와 하얀이, 황인들 모두가 크게 보면 모두 자오의 후손인 셈이었다.

살촉동의 부유한 특권층들이 아후밀탄의 문명에 많이 기울어져 있다는 사실이 걱정스럽기는 했다. '동굴국이 발전하지 못하는 이유는 어둠 때문이며 어떻게든 빛에 익숙해져서 아후밀탄의 발전된 문물을 빨리 받아들여야 한다'는 그들의 주장은 아후밀탄의 발달된 기계를 사용하면서 자연스레 생겨난 태도일 수 있었다. 언제 어디서나 생식을 즐기며 쾌락을 추구하는 아후밀탄의 퇴폐적인 풍습조차 살촉동 특권층들에게는 신선한 자유로움으로 느껴지고 있었다. 이들에 비해 살촉동의 가난한 이들, 몸피가 작아지기 시작한 노인들은 정반대의 입장에 서 있었다. '새생명을심는큰달을 지키지 않으면 어른이라는 종자가 없어질 것'이라며 모든 면에서 새로움을 배격하고 지금까지의 전통과 구습을 강조하고 있었다. 이들의 주장 또한 억지스러움이 없지 않았다. 우선 이들은 우리 단풍동을 세상에 없는 꿈의 땅으로 미화하고 있다. '단풍동의 모든 이들은 다 예지력을 가지고 있고 음식을 먹는 이도 전혀 없다. 미래를 꿰뚫고 있으므로 이들을 건드렸다가는 큰일난다. 빛이 단풍동에 닿는 순간 동굴국 전체가 무너져 벌레 한 마리조차 살아남지 못한다'는 것이 이들이 만들어낸 세상의 종말이었다.

붓동과 청매동을 복속시켜 주도권을 가진 살촉동 사람들이 아후밀탄의 7달 달력을 지키는 반면, 진한 패배를 맛본 붓동 지역 사람들이 전통 달력을 신봉하는 것도 특이했다. 그리하여 새생명을심는큰달에 몸그림을 그리고 어미산을 향하는 사람들은 붓동 지역에서만 볼 수 있는 진기한 광경이었던 것이다.

살촉동 왕정이나 군부는 아후밀탄의 간편한 7달 달력 즉 52일씩의 7달과 위령제까지 포함해 한 해 365일을 꾸리고 있었다. 하지만 완전한 아후밀탄 달력도 아니었다. 아후밀탄의 정식 달력으로는 네 번째 달과 다섯 번째 달 사이, 즉 우리 13달 달력으로 치자면 나무의 석 달 중 가운데 달인 푸른나무의달에 위령제가 있다. 그런데 살촉동에서는 위령제만큼은 붓동이나 우리 단풍동처럼 7달을 다 지낸 한 해의 마지막 날에 지내는 중이었다. 그러니 엄밀히 따지자면 7달 중 다섯 번째 달부터는 살촉동의 날짜가 아후밀탄보다 하루씩 늦는 셈이다. 어찌 되었든 한 달에 네 번, 열사흘에 한 번씩 맞는 공휴일에는 살촉동의 온 저잣거리나 관공서들이 모두 문을 닫았다. 음식을 먹어야 하는 황인이나 햇빛족들은 공휴일 전날 음식을 사놓기 위해 음식점 앞에 줄을 섰다. 전통 13달 달력을 지키는 청매동이나 옛 붓동 지역에서도 공휴일 때문에 7달 달력을 병용하고 있었다. 관공서에 맞추어 다 같이 일하고 다 같이 쉬는 것이 여러모로 편하기 때문이었다.

「아후밀탄의 괘종시계를 판다」고 크게 써 붙인 수입가게 역시 저자

북쪽의 5층 건물, 호화거리에 있었다. 대단했다. 하전이 집에 가져왔던 괘종시계보다 더 크고 더 화려한 것들이 수십 개나 널려 있었다.

"시간을 가지십시오. 한밤중의 필요 없는 시간을 잘라 대낮에 붙이십시오. 오늘의 시간을 잘라 내일에 붙이십시오. 큰 시계일수록 시간을 많이 저장할 수 있답니다."

가게 주인의 목소리는 아무리 거짓을 말해도 믿고 싶어지는 푸근한 저음이었다. 가게 뒤편에서 또 다른 소음이 들려왔다. 사람과 물건을 태우고 건물 5층까지 오르내리는 승강기 소리였다. 건장한 햇빛족들 너덧 명이 건물 뒷벽에 붙어서 손님을 태운 승강기 밧줄을 잡아당겼다가 조심스레 풀어주곤 했다. 나도 승강기를 타고 사진관이 있는 3층에 올랐다. 하전이 찍어준 사진보다 훨씬 크고 선명한 사진들이 3층 벽에 잔뜩 걸려 있었다. 웃음이 났다. 사진에 관한 한 나는 촌뜨기가 아니었다. 하전 덕분이었다.

곳곳에서 구걸하는 복인들과 냄새나는 햇빛족들, 그들을 상대로 영업하는 음식점이나 싸구려 여인숙들이 골목 안쪽으로 가득했지만 나는 살촉동 거리가 싫지 않았다. 빛이 강한 대낮에는 분수의 물방울들이 만들어 내는 색색의 무지개가 보기 좋았고 흐린 날에는 눈이 덜 아파서 좋았다. 하전의 말대로 하늘구멍으로 들락거리는 박쥐 떼도 대단한 구경거리였다. 날이 밝아오면 수천 마리의 박쥐 떼가 하늘구멍으로 날아 들어온다. 약속이나 한 듯 한 방향으로 수십 바퀴를 맴돌고 나면 그들은 꼭대기의 천장과 벽에 달라붙는다. 하루가 저물어 날이 어두워지면 그들은 다시 날개를 펴고 허공에 원을 그린다. 그러고는 삐죽한 살촉 모양의 하늘구멍으로 한순간에 말끔히 사라진다. 저자 사람들은 그들이 아후밀탄의 숲으로 날아간다고도 하고 또 어떤 이는 박쥐들이 끝없이 날아올라 하늘구름에 올라앉는다고도 했다.

 맑은 날, 바람이 심하게 부는 날이 있었다. '하늘구멍으로부터 불어오는 건조한 바람이 사람들을 말려 죽인다'며 울부짖는 노인들이 있는 반면 건조한 바람을 이용해 돈을 버는 이들도 있었다. 높은 건물 벽에 늘어뜨린 광고 천에는「덥고 마른 바람에 온몸을 구우십시오. 당신이 몰라보게 젊어집니다」라고 씌어 있었다. 불을 때어 마른 바람을 만들고 그 바람을 몸과 얼굴에 쐬면 주름이 많이 잡혀 젊어진다는 것이었다. 나무판에 그려진 남자는 우람한 어깨에 보통 사람보다 두 배는 될 긴 팔을 자랑하고 있었고 여자는 잘록한 목에 가느다란 팔, 커다란 주름치마로 가린 풍성한 엉덩이를 강조하여 마치 술항아리 같았다. 그중에도 가장 유행하는 것은 역시 얼룩 피부 만들기, 슾족 아후밀탄의 얼룩인간 흉내였다.

 저잣거리 뒷골목에 판을 벌인 인형장수는 어머니 미단부리를 생각나게 했다. 인형장수가 서슴없이 인형의 머리에 대침을 꽂았다.

 "허리가 아프면 이렇게, 허리를 찔러주지요. 허리병아, 인형으로 옮겨가라! 원수를 죽일 수도 있소. 인형 발바닥에 원수의 이름을 쓰는 거요. 그리고 눈이나 입, 그것도 아니면 씨물집에 콱! 지난달에도 여러 사람 죽어 나갔다오."

 섬뜩했다. 미단부리의 인형과는 비교도 되지 않을 만큼 조악한 흙덩어리인데도 얼굴과 팔다리가 있으니 아픔을 느낄 것 같았다. 하물며 자신의 생명이 깃든 인형에 바늘이 꽂히는 것을 본 미단부리의 마음이 어땠을까. 장사꾼의 선전은 끝이 없었다. 원수 죽이는 데는 이만한 게 없어요! 백이면 백 마른 가지처럼 족족 말라비틀어진다니까!

 살촉동의 문제는 역시 빛에 대한 무감각이 아닐까 싶다. '하늘이 무너져 큰일'이라면서도 그들은 밤마다 불을 밝혔다. 내 경우에는 양초를 쓰지 않았다. 여관방의 어둠이 부드럽고 포근하여 단풍동에 돌아간 듯한 편안함이 있었기 때문이다. 덕분에 여관 주인은 몇 번이나 내가 방에 없는 것으로 착각했다.

"이 촌놈은 밤마다 어디를 쏘다니는지. 유곽 년 몸짓에 빠져 씨물을 쏟는 모양이지."

세상 둘도 없이 점잖아 보이는 주인이 내가 없는 곳에서는 온갖 상스러운 욕을 거리낌 없이 내뱉었다. 하지만 나는 사과 따위 바라지 않았다. 어두운 방에서 나오는 나를 보고 그가 소스라치게 놀라는 것으로 만족했다.

어느 휴일 저녁, 여관 주인이 나를 정중하게 마당으로 불러내었다. 내게 여러 번 실례를 범한 것이 미안했던 모양이었다. 마당에는 여관 주인의 친구들 둘이 더 있었다. 그들은 이미 술에 거나하게 취한 상태였다.

"단풍동에서 오신 맑은이시라고요? 귀한 손님이시군요."

시계 공방과 사진기 가게를 운영하는 이들이었다. 예상대로 그들은 짐승들에게 일을 시키고 있었다. 살촉동에 온 지 한 달이 되어가는 데도 나는 짐승들을 본 적이 없었다. 저자 뒷골목에 가보아도 그들 특유의 오물 내는 나지 않았다.

"단풍동의 현자께서 더럽고 천한 짐승들에게 관심을 가지시다니 뜻밖이오."

"그러니 현자지."

한동안 낄낄대던 그들이 짐승들에 대해 떠들기 시작했다.

"일 잘하는 똑똑한 놈들에게는 음식보다는 의미를 던져줘야 해. '너희 짐승들이 똑똑하다는 것을 증명할 수 있는 기회'라든가 하다 못해 '너희가 살아있음을 증명해 보이라'든가. 애매할수록 좋지. 나도 모르는, 앞뒤 맞지 않는 말이라도 하나 던져주고 나면 짐승들은 앞뒤 재지 않고 일을 하지."

"웃기는 놈들이라니까? 전번에는 내가 한 놈에게 말을 던졌지. '짐승들 중에서 네가 제일 똑똑한 걸 내가 알아.' 실은 내가 짐승들 여섯 마리 중 똑똑한 놈을 헷갈린 거였어. 그놈들이 원래 다 비슷하게 생겨먹었잖아. 그런데 다음 날부터 똑똑한 놈이 진짜 바뀐 거야. 똑똑했던 놈은 멍청해지고 내가 지적했던 놈이 정말 똑똑하게 일을 하는 거요."

여관 주인까지 합세해 다 같이 낄낄거렸다.

"명분만 던져주면 돼. 자기들을 인정해 주는 듯한 그럴싸한 명분. 희한하지, 짐승들은 제 놈이 죽을 걸 알면서도 끝끝내 그 일을 해낸다니까. 하긴 죽거나 살거나 그놈들한테 다를 것도 없지만."

또 한바탕 웃음이 터졌다. 나도 적당히 고개를 끄덕여 주었다.

"나는 햇빛족들이 싫지만 짐승들은 더 싫어. 꾀를 피우는 햇빛족 놈들은 이해되지만 아무리 힘들어도 포기하지 않는 짐승들은 슬그머니 겁이 날 때가 있어. 그런 놈들이 허점을 보이면 나는 가차 없이 토막 쳐버려."

똑똑한 놈들은 따로 관리해야 한다는 것이 두 사람의 공통된 생각이었다. 다른 놈들과 같이 두면 함께 도망칠 궁리를 하기 때문이다. 실제로 성공한 적도 있었다. 시계 공방 주인은 '스무 마리 중 네 마리를 끝내 잡지 못했다'고 했다.

"아후밀탄의 거대한 숲에 들어가면 포기해야지. 한두 마리 더 잡자고 목숨을 걸 수야 있나."

잡혀 온 놈들은 동료가 보는 앞에서 잔인하게 다리를 으깨버린다고 했다.

"그런데…… 찜찜한 일도 있어."

사진기 가게 주인이 고개를 갸웃거리며 말을 이었다.

"먹이에 적응한 놈들은 도대체 늙지 않는단 말이지. 이십여 년 전부터 우리 가게의 십장 노릇 하는 놈 말야, 어찌 보면 처음 데려왔을 때보다 더 젊어진 것 같아. 그 고생을 하면서 어떻게 그럴 수 있지? 짐승고기를 먹어서 그런가."

"찜찜할 것도 많군. 하여간 짐승 놈 토막 치게 되면 나도 좀 줘. 고기 맛이나 보게."

여관 주인이 친구들에게 다시 술을 권했다. 그들의 대화는 이내 짐승들과 연관된 지방색으로 흘러갔다. 조각이나 그림 등에 빼어난 붓동 사람들은 아무리 힘에 부쳐도 짐승들을 부리지 않는다. 그들의 오물 내를 질색하기 때문이다. 그에 비해 청매동에서는 온갖 일에 짐승들을 부린다. 짐승들의 비위를 맞춰주기 위해 그들이 즐기는 곡식을 그들이 직접 키우도록 봐주기도 한다. 짐승 놈들은 자기가 키우는 곡식에 자기들의 오물을 뿌려 먹는다.

"그러니 청매동 온 땅에 오물 내가 진동하지. 그렇게 짐승들이랑 섞여 사니 냄새가 나는지도 모를걸? 다리나 제대로 놓는지 몰라. 그것도 짐승 놈들을 시킨다던데. 천장이 더 쪼개지기 전에 단풍동을 점령해야 할 텐데 말야."

"단풍동에 쳐들어가는 건 잘 생각해야 해. 아후밀탄이 뒤통수칠 수도 있어."

"걱정은? 아후밀탄이 쳐들어온들 우리 살촉동은 쉬워? 게다가 거대한 숲 가로질러 오기가 저희 놈들은 쉬워?"

나는 슬그머니 자리에서 빠져나왔다. 그들에게 나는 이미 안중에 없었다. 한참 뒤에 그들이 나를 찾는 소리가 들려왔다.

"이 단풍동 촌놈 언제 간 거야? 진짜 정력이 좋은지 알아봐야 하는데."

"그걸 어떻게 알아?"

"벗겨보면 알지. 단풍동 것들 씨물집이 워낙 커서 서너 번 씨물을 쏟아도 끄떡없다잖아."

"민달팽이 다시 데려와! 한 번 벗겨보자!"

술 취한 인간들 또한 어디든 비슷했다.

책방 서가에는 수많은 책이 꽂혀 있었다. 역사책과 음악책, 창틀을 제작할 때 쓰는 조각 그림, 음식책, 심지어 여자들의 얼굴에 주름을 그리는 법이 그려진 책도 있었다. 『영원한새벽의나라 지리』라는 제목의 책에는 단풍동에 대한 설명도 꽤 길었다.

「단풍동은 새벽의나라 중 가장 깊은 동굴에 있다. 단풍동 어미산은 살촉동, 호랑가시동과 더불어 3대 어미산으로 꼽힌다. 다른 곳에서는 이미 없어진 땅옷족이 번식하고 있으며 예지력이 뛰어난 맑은 이들이 집중적으로 배출된다. 단풍동으로 가는 뱃길은 아버지강의 거센 물살로 무척 위험하다. 육로로는 호랑가시동을 거쳐 숲길로 갈 수 있는데 이 역시 험하여 가기 힘들다. '단풍동이 영원한새벽의나라 전체의 뿌리이므로 이곳이 훼손되면 동굴국 전체가 위험하다'는 말도 전해진다. 하지만 이 말은 옛날 단풍동의 지도자들이 자기들의 안위를 위해 지어낸 말로 추측된다.」

확실히 책이란 그 자리에 없는 이의 말소리다. 설명이야 미흡한 채로 받아들인다 해도 단풍동이 터무니없이 크게 그려진 것이 마음에 걸렸다. 단풍동 크기가 살촉동과 청매동을 합친 땅보다도 크게 부풀려져 있었다. 그림대로라면 단풍동 사람들은 남쪽의 햇빛족 마을뿐 아니라 아무도 접근하지 못하는 폭포 밑 밀림까지 다 퍼져 살아야 한다. 서쪽으로도 호랑가시동 가는 길의 태반, 숲의 나무인간들까지 모조리 단풍동 사람들로 인정해야 할 판이었다.

  책방 주인을 불러 지도를 펴고 그 사실을 알리는데 옆에 섰던 사내가 관심을 보였다. 학교 훈장이라는 사내는 옷차림뿐 아니라 턱을 쳐들고 사람을 내리 보는 모습이 아버지 하전을 연상시켰다. 이곳에서는 서당을 '학교'라 부르고 훈장들도 한 학교에 여럿이라고 했다. 나는 그에게 지도책의 오류를 지적했다. 그가 편안히 웃었다.

  "고쳐지겠지요. 특별한 의도가 없다면."

  "의도?"

  "가보지 못한 어떤 곳이 굉장히 크고 아름답다면 나부터도 그곳에 가보고 싶으니까요. 크고 아름다운 보석이 있으면 그것을 차지하고 싶듯이."

  보이지 않는 칼날에 베이는 기분이었다. 붓동의 예민함이나 정교함을 덮는, 청매동으로 하여금 끝없이 눈치 보게 만드는 살촉동의 오만과 자신감이 훈장의 대답에 담겨있었다. 그의 말이 곧 살촉동의 학생들을 가르치는 교육 방향일 터였다. 그냥 넘어갈 수 없었다.

  "책에도 씌어 있잖소. 단풍동이 동굴국의 뿌리라 함부로 훼손하면 큰일 난다고."

  "그렇죠. 아무 이유 없이 나무뿌리를 건드릴 수야 있나요. 그런데 단풍동 양반, 소문을 들으니 단풍동에 붉은이파리들이 솟아났다던데, 그게 정말이오? 붉은이파리가 난 땅은 피를 발라야 가라앉는다지 않소. 붉은이파리를 직접 보셨소? 그건 무슨 나무 이파리요?"

  훈장에게서 느껴졌던 칼날은 거리에서 맞닥뜨린 군대 행진에서도 확인되었다. 무디고 거친 북소리와 나팔 소리, 높게 내지르는 군인들의 구령은 누구에게도 제압당하지 않을 강한 정신력을 키우기 위함이었다. 군대. 약한 이는 강한 이에게 무조건 무릎 꿇어야 한다는 논리를 몸으로 가르치는 곳. 강해야 했다. 약한 이의 예민함, 안타까움은 전혀 쓸모가 없었다. 미단부리의 말대로 약한 자는 강한 자의 먹이로서만 존재가치가 있을 뿐이었다.

하지만 강한 힘은 그보다 더욱 강한 힘 앞에 무릎 꿇게 마련이다. 저자의 마차 거리에는 귀한 연잎 천과 비단, 인삼들을 싣느라 온 신경을 쓰는 살촉동 관리가 눈에 띄었다. 바로 아후밀탄에 바치는 조공품들이었다. 청매동이 살촉동의 눈치를 보느라 조공을 바치듯 살촉동 역시 밀림족 아후밀탄의 심사를 거스르지 않기 위해 노심초사하고 있었다. 밀림족 아후밀탄은 인구가 2만, 군대만 해도 살촉군의 두 배인 2천여 명이라 했다. 살촉동의 고민, 자신들의 후손을 지키기 위해 더욱 깊은 동굴로 들어앉으려는 그들의 처지 역시 이해되고도 남았다. 그 땅이 내 고향 단풍동만 아니라면 얼마든지.

저자 한 모퉁이에 사람들이 모여 있는 것을 보고 호기심으로 얼굴을 들이민 나는 가죽 채찍을 휘두르는 한 사내와 온몸에 상처가 났으면서도 피하지 못하는 내 또래의 젊은이를 봐야 했다.

"빨리 내놓지 못해? 답장을 가져왔을 것 아냐. 채찍 맛 좀 볼 테야!"

"답장을 안 주셨다니까요. 정말이에요!"

'오물 내 나는 것들은 무조건 패야 해. 갈수록 건방을 떤다니까.'

'그렇고말고. 버르장머리를 단단히 들여야지.' 채찍을 휘두르던 사내가 가버린 후 나는 나도 모르게 그에게 다가섰다. 그가 검은머리짐승 준호처럼 느껴졌기 때문이다. 준호 역시 지금 어딘가에서 채찍을 맞고 있을지 몰랐다.

발짝조차 떼지 못하는 그를 여관방으로 데려왔다. 자세히 보니 그는 짐승이 아니라 햇빛족이었다. 의자에 앉아서도 그는 늘어진 채 꼼짝하지 못했다. 음식점에 가서 죽을 사 왔다. 하루 내내 그는 자고 먹고 다시 잤다. 다음 날 아침 그가 인사를 차렸다. 그의 이름은 '융', 우체부였다.

"편지는, 실은 전하지도 않았어요. 전하거나 전하지 않거나 어차피 매는 맞는걸요."

왕복 이틀 길인 청매동 서쪽의 먼 집까지 편지를 전해야 하는 그는 세 번에 한 번 정도는 햇빛족 친구들과 실컷 놀고 편지를 배달한 척 거짓말을 한다고 했다. 두둑한 배짱으로 능청을 떠는 그를 어떻게 대해야 할지 알 수 없었다.

"그런데 이상하네. 이 방에는 뭔가 상처를 낫게 하는 힘이 있어요. 보세요, 이 상처들이 보통 닷새는 가거든요. 하루 만에 깨끗이 아물었어요."

융이 내 방과 나를 번갈아 보며 신기해했다.

융을 따라 그의 형을 만나러 대장간에 갔다. 조그만 몸집의 그의 형은 유리그릇을 만드는 기술자였다. 유리물이 묻은 커다란 쇠봉을 들고 그가 우리에게 소리쳤다.

"비켜! 유리물에 튀겨지기 전에!"

유리병 하나를 만들기 위해서는 힘들고 긴 공정이 필요하다. 우선 커다란 용광로에 석영, 깨진 유리 조각들을 끓이다가 그 물을 긴 쇠대롱에 묻힌다. 유리물이 식기 전에 대롱 반대쪽에서 힘껏 숨을 불어 넣어 둥글고 긴 병을 만든다. 그뿐 아니다. 유리물이 굳기 전에 주둥이 부분을 나무칼로 깨끗하게 도려내어야 한다. 여러 사람의 호흡과 손발이 맞아야 할 수 있는 까다로운 작업들이었다.

색깔이 다양한 완성된 유리병은 아름다웠다. 무언가를 담을 소중한 유리병. 뜨거운 담금질 끝에 얻어진 차가움, 매끄러움, 단단함. 그 순간 내 가슴을 치는 것이 있었다. 완성된 유리병처럼 아름다워지기. 단단해지기. 무언가를 담을 소중한 그릇 되기. 왜 이 생각을 하지 못했을까! 무엇보다 먼저 단단해지기. 다른 사람의 손길로부터 철저히 나를 지키기. 내 안의 나를 내가 온전히 장악하기. 이것이야말로 모든 생명들이 깨달아야 할 해답 아니었을까.

융의 형은 내가 단풍동 출신임을 알고 반가워했다. 그들의 할아버지가 단풍동 마을에서 태어나 이곳으로 옮겨왔다고 했다. 자신의 고민도 얘기했다. 천장에 구멍을 낸 장본인들로 규정된 유리그릇 장인들은 이제 살촉동을 떠나야 했다. 그는 유리그릇 작업이 가능한 아후밀탄으로 갈 예정이었다. 낯선 아후밀탄. 무슨 일이 일어날지 모르는 타향. 나 역시 아후밀탄이 궁금했다. 살촉동과는 비교되지 않을 만큼 발전된 기계가 과연 어떤 것들인지, 그들의 문명이 준호가 말하던 짐승세상보다 나을지 어떨지, 그것은 직접 가봐야 알 수 있는 일이었다.

오랜만에 준호를 생각하며 밤을 설친 이유는 유리병을 만드는 햇빛족들의 '하늘구멍' 노래를 들었기 때문이기도 했다. 그 노래야말로 준호가 들으면 깜짝 놀랐을 것이다.

'하늘의 돼지들이 발을 구른다. 뚱뚱한 그들의 무게로 천장이 무너진다.

천장의 구멍이 점점 커지면 그들이 구멍 속을 들여다본다.

안 돼! 안 돼! 너희는 오지 마. 여기 와봤자 너희가 먹을 것은 없어.

하늘의 돼지들은 욕심이 많다. 두툼한 발굽으로 모든 것을 부순다.

천장의 구멍이 점점 커지면 그들이 슬그머니 내려온다.

안 돼! 안 돼! 너희는 오지 마. 여기 와봤자 너희가 탐낼 것은 없어.'

여비는 이미 바닥나 있었다. 짐에 들었던 종이와 먹을 꺼내어 저자에 내었지만, 밀린 여관비도 치를 수 없었다. 미단부리의 인형 중 하나를 꺼내었다. 머리털을 모아 위로 묶은, 배에는 구멍이 뚫려 자신의 양손을 그 구멍을 통해 맞잡은 괴상한 인형이었다. 그래도 그것은 다른 두 인형에 비하자면 그나마 평범한 것이었다.

저자에 있던 액막이 인형장수를 찾아갔다. 미단부리의 인형을 본 그가 놀란 표정으로 나를 쳐다보았다.

"이 인형…… 어디서 났소?"

"단풍동에서 가져왔소. 내 어머니가 만든 것이오."

"그래, 얼마에 파실 예정이오?"

"스무 닢은 받아야지."

너무 비싸게 불렀나, 말을 해놓고 나는 조금 후회했다. 이 사람이 사주지 않으면 달리 팔 곳도 없었다.

"금화 스무 닢이라면, 손님, 잠깐만 기다리시오."

나는 적이 놀랐다. 은화가 아니라 금화? 금화 스무 닢이면…… 은화 여든 닢? 사실 나는 그가 '비싸다'고 말하면 은화 스무 닢을 열 닢으로 깎아줄 생각까지 하던 참이었다. 좌판장수는 내 인형을 가지고 근처의 큰 가게로 들어갔다. 금과 은, 보석 등으로 그릇이나 동물 모양의 조각품들을 만들어 파는 고급 장식품 가게였다. 좌판 장수가 가게 주인에게 내 인형을 내보이고 있었다. 이윽고 그가 가게 주인으로부터 돈을 챙겨 받았다. 좌판 장수가 나를 길 한 모퉁이 한적한 곳으로 데려갔다. 아무도 지키지 않는 그의 좌판 인형들을 걱정하는 이는 도리어 나였다. 그가 자기 주머니에서 내민 돈은 정확히 금화 스무 닢이었다.

"손님, 더 팔 것은 없소? 이런 인형이라면 얼마든지 환영이오."

그는 자신의 갑작스러운 횡재에 몸을 떠는 중이었다. 장식품 가게 주인으로부터 그는 훨씬 더 많은 돈을 챙긴 것이었다.

　기분이 울적했다. 더 큰 돈을 챙기지 못했다는 것보다 미단부리의 귀한 인형을 내놓았다는 사실이 갑자기 섭섭했다. 인형 세 개 중 하나를 판 것이 단풍동과 이어진 세 끈 중 하나를 내 손으로 잘라버린 느낌이었다. 지금까지의 여행 동안 아무런 외로움과 불안감을 느끼지 않았던 것도, 내가 건강하게 움직인 것도, 햇빛족 융이 내 방에서 느꼈던 치유의 기운도 모두 미단부리의 인형들 때문이었을 것이었다.

　그날 밤 나는 여관방에서 도둑을 맞이했다. 그나마 다행스러운 것은 내 눈이 칠흑의 어둠에 익숙했고 도둑은 나만큼 어둠에 익숙지 않았다는 사실이다. 그가 내 움직임을 살피며 조심스레 촛불을 켰다. 그의 목표는 말할 것도 없이 탁자 위에 올려놓은 미단부리의 인형들이었다. 나는 조용히 지켜보기만 했다. 혹 소리라도 지르면 그가 나를 해칠 수도, 무엇보다도 인형들을 깨뜨릴 수도 있었다. 그가 드디어 양초의 불을 껐다. 양손에 하나씩 인형을 든 그가 방을 나섰다. 나 역시 조용히 일어나 그를 따랐다. 어두운 여관 복도에서 그는 세 번이나 벽에 부딪혔다. 그때마다 나는 인형이 깨질까 봐 가슴을 졸였다. 밖으로 나온 도둑은 여관의 담장을 따라 발을 옮겼다. 그가 들어간 곳은 여관에서 꽤 떨어진 마차 거리 주막이었다. 마당에 나귀들이 이십여 마리나 매어져 있었다. 사내들 몇이 술을 나누고 있었다.

　"무슨 일이오?"

　두목으로 보이는 사람이 내게 물었다. 나는 어두운 휘장 뒤로 들어간 도둑을 가리켰다.

　"저 사람이 내 인형을 훔쳤소."

　두목이 그를 불렀다. 도둑이 쭈뼛거리며 앞으로 나왔다. 그가 인형 두 개를 품에서 꺼내어 상 위에 놓았다. 두목이 인형들을 들여다보았다.

"내 것이오. 돌려주시오."

두목이 바지춤에서 무언가를 꺼내었다. 손도끼였다. 두목은 부들부들 떨고 있는 도둑의 손을 탁자 위에 올리게 했다. 그리고 그의 손목을 내리쳤었다. 깜짝 놀랐다. 아무리 인형이 중하다 해도 사람의 손을 자를 정도로 중하지는 않다. 게다가 팔을 부러뜨리면 모를까 손목만 자르면 평생 그는 복인으로 살아야 할 터였다. 진액이 뿜어져 나오는 손목을 잡고 도둑이 바닥을 뒹굴었다. 두목이 자신의 짐에서 무언가를 꺼내었다. 놀랍게도 그것은 내가 낮에 가게에 넘긴 미단부리의 인형이었다.

"미안하게 되었소. 보석상에 진열된 인형을 보고 내가 큰돈을 치렀더니 저 멍청한 놈이 가게 주인을 통해 당신을 알아냈던 모양이오."

그들은 며칠 후면 아후밀탄으로 떠날 대상들이었다.

"훌륭한 물건이오. 금화 아흔 닢을 주고 샀지만 이 물건의 가치는 돈으로 따질 수가 없지. 이 비슷한 인형이 살촉동에 잠깐 나돈 적이 있소. 요새는 보이지 않지만."

"그저…… 액막이 인형일 뿐인걸요."

"액막이 인형이 아니라는 건 본인이 더 잘 아실 텐데?"

인형 세 개를 번갈아 들여다보던 두목은 내게 나머지 인형들을 팔 생각이 없음을 확인하고는 더 이상 나를 상대하지 않았다. 바닥에서 뒹굴던 도둑은 어디론가 사라지고 없었다. 나는 한동안 그들의 술자리를 지켜보다가 조심스레 두목에게 '대상 행렬에 끼었으면 좋겠다'는 뜻을 전했다.

"좋소, 같이 갑시다. 당신의 귀한 보물들을 이젠 내가 지켜야겠군."

푸른나무의세월 일곱 번째 해 불새달이었다.

거대한 숲

✳︎　　　　대상 두목 이허의 권고에 따라 나는 내가 탈 나귀에게 먹이를 주며 시간을 보냈다. 순하고 무던한 나귀라는데도 녀석은 내가 다가설 때마다 돌아서서 뒷발로 찰 자세를 취했다. 타조라면 나도 쉽게 탈 수 있을 터였다.

"타조는 새라 덩굴을 올라타려는 습성이 있지요. 깊은 숲길은 바닥으로 가야 하오."

그나마 나는 특별대접이었다. 나를 제외한 열여섯 명의 상인들은 자신의 나귀 외에 짐을 실은 나귀들을 두세 마리씩 몰고 가야 했다. 손목이 잘려 대상에서 제외된 동료 때문에 일행 중 두어 명은 곱지 않은 시선으로 나를 흘겨보았다. 하지만 두목 이허의 말이 곧 법이었다. 그가 나를 정중히 대했기 때문에 더 이상의 표를 내지는 못했다.

"당신을 지켜드리겠소. 인형들이 다치면 그것들과 같은 운명으로 묶인 내 인형도, 그리고 그 주인인 나도 피해를 입을 테니까."

이허는 미단부리의 인형이 가진 정기와 신비한 힘을 믿고 있었다. 살촉동에서 아후밀탄, 사막을 거쳐 제울로 가는 여행을 여덟 번 왕복했다는 그는 그녀의 인형을 '대상으로서의 긴 세월 동안 몇 번 만나지 못할 귀한 물건'이라 평가했다. 얼떨떨했다. 살가운 말 한마디 건네주지 않던 미단부리가 이 먼 여행길에서 나를 보호하고 있다니 고맙기보다는 남의 옷을 입은 듯 불편하고 어색했다.

숲길에 들어선 지 만 하루, 나는 빛 때문에 꽤 힘들었다. 잎사귀들 틈새로 쏟아지는 직사광선은 살촉동의 빛과는 또 달랐다. 강한 빛으로부터 겨우 눈을 피하고 이제는 되었다 싶으면 어느새 아프게 앞뒷눈을 찔렀다. 빛의 현란한 공격으로 나는 몇 번이나 고삐를 놓칠 뻔했다. 그렇다고 눈을 감고 갈 수도 없는 노릇이었다.

"이 정도 빛이야 아무것도 아니지. 햇빛이 어떤 존재인지는 사막에 가야 아시지요."

말은 그렇게 하면서도 이허는 눈가리개와 두툼한 머리 싸개를 건네주었다.

"동굴국인 영원한새벽의나라를 벗어나면 세상의 주인은 해요. 해가 모든 생물을 키우고 죽이지요. 단풍동 주위의 햇빛족 마을에도 숲이 무성하다고 들었소."

동굴국 중에서도 수정바위를 통해 빛을 걸러 받는 단풍동과 호랑가시동 사람들은 이들이 놀리는 대로 '바위 밑에 웅크린 반 장님'이 분명했다. 머리 위 나무에서 덩굴손들이 넘실대기 시작했다.

"만지지 마!"

아쉽게도 일행의 경고보다 내 손이 조금 빨랐다. 부드럽게만 보이는, 실처럼 가는 덩굴손을 잡았다가 나는 손바닥에 박힌 가시로 애를 먹었다. 손바닥에서 꽤 오랫동안 진액이 흘러내렸다.

"무엇이든 함부로 건드리지 마시오. 목숨이 위험할 수도 있소."

덩굴들은 가느다란 것도 있었지만 때로 팔뚝만큼 두꺼운, 당장이라도 우리의 목을 휘감아 숨을 죌 듯 거세어 보이는 덩굴줄기들도 많았다. 덩굴뿐 아니었다. 갈색의 나무둥치가 거대하다 싶으면 또 다른 검은색의 나무둥치가 앞을 가로막았다. 그래도 큰 나무들은 수십 겹의 가지들과 이파리들을 옆으로 뻗쳐 쏟아지는 햇빛을 가려주는 고마운 존재들이었다. 때로 크고 얇은 나뭇잎들이 허공에서 겹쳐내려 베틀에서 짜진 천처럼 편안히 드리워진 곳도 있었다. 신선한 향내도 좋았다. 촉촉이 젖은 숲의 공기를 들이쉴 때마다 마약의 향을 맡듯 싱그러웠다. 특정한 나무나 풀의 향기가 아니었다. 그것은 어쩌면 죽음의 냄새, 죽은 나무들과 작은 동물들과 벌레들이 땅으로 다시 섞여 들면서 내는 풍성하고 청량한 냄새였다. 옆으로 누운 나무둥치를 향해 거침없이 뻗은 덩굴손들, 바위를 덮은 이끼들도 녹색의 옷감을 펼친 듯 아름다웠다.

 높이 솟은 나무들의 전체 모습이야 당연히 볼 수 없었다. 커다란 새를 타고 툭 트인 허공에 오른다 해도 전체 모습을 볼 수 없음은 마찬가지이리라. 나무의 높은 가지들이 옆 나무의 가지들과 엉켜 층을 만들고, 그 층들 위에 마른 잎들이 쌓이고, 짐승의 긴 머리카락 같은 털이 얹히고, 촉촉한 이끼가 깔리고…… 그곳에 뿌리내린 풀씨들과 아늑한 보금자리를 마련한 새들에게는 그 층이 각기 자신들의 땅, 삶의 터전으로 생각될 것이다. 실수로 밑에 떨어져 보기 전까지는. 마치 검은머리짐승 준호가 실수로 떨어져 내려 우리 어른이 세상을 낯설어하고 힘들어했듯이.

 내 발밑은 또 다른 세상이었다. 내가 타고 있는 나귀, 나귀의 발짝이 찍혔다가 어느새 사라지는 촉촉한 땅에는 아름드리나무들의 크고 두터운 뿌리를 피해 가까스로 자리 잡은 수십수백의 작은 나무들이 하루하루 커가는 중이었다. 자신들의 허공을 가린 거대한 큰 나무가 땅에 눕는 날, 언제일지 모르는 그날, 이들은 또 이 자리의 새로운 주역이 될 것이었다.

"단풍동 친구! 일행에서 떨어지지 말라니까."

경관을 둘러보느라 뒤처지는 내게 이허가 계속 주의를 주었다.

어느 지점에 이르러 갑자기 공기가 차가워짐을 느꼈다. 숲에서 나는 냄새도 더 진해지고 때로 아주 나쁜, 독초 같은 냄새가 섞이기도 했다. 누가 말해주지 않아도 깊은 숲에 들어섰음을 알 수 있었다. 빽빽한 숲길은 더욱 나아가기 힘들었다. 어떤 때는 나귀의 궁둥이를 쳐서 재빨리 나뭇가지를 넘도록 독려해야 했고 또 어떤 때는 나뭇가지 밑으로 나귀를 먼저 보낸 뒤 수직으로 떨어진 덩굴 고리를 잡아 그네 타듯 나무를 건너야 했다. 큰 나무둥치가 쓰러져 있는 곳을 쉼터로 생각하면 오산이었다. 썩은 둥치에서 사는 전갈이나 독개미의 습격을 받을 수 있기 때문에 오히려 빨리 지나쳐야 했다. 게다가 숲길에 서툰 나는 눈 깜짝할 사이에 일행과 떨어져 길을 잃곤 했다. 크고 넓은 이파리가 앞을 가로막아 잠깐 옆으로 나귀를 몰다 보면 갑자기 심한 비탈이나 험한 덤불에 싸여 오도 가도 못하는 상황이 되는 것이었다. 보다 못한 이허가 내가 탄 나귀를 이끌어 자신의 바로 뒤에 배치했다.

"내 나귀가 밟는 대로만 따라오시오. 그리고 내가 잡는 덩굴만 잡으시오. 목도리뱀이나 이파리벌레는 덩굴과 똑같이 생겼거든. 빨리빨리 움직이시오."

나 때문에 대상 전체의 일정이 차질을 빚고 있었다. 미안했지만 어쩔 수 없었다.

어둠이 내렸다. 여정은 밤에도 계속되었다. 밤길은 다행히 나무가 그리 우거지지 않은 초원이었다. 그런데도 누구 하나 입을 떼지 않았다. 대상들도, 또 나귀들도 신경이 곤두서있음은 그들이 한 치의 벗어남도 없이 앞에 가는 동료의 발짝을 따르는 것을 보면 알 수 있었다. 긴장한 것은 우리뿐 아니었다. 외마디 비명처럼 내지르는 밤새들도 끊임없이 와와대는 개구리들도 나귀가 내는 목방울 소리와 발짝 소리에 길을 내주듯 잠잠해졌다가는 우리를 멀리 떠나보내고야 조금씩 조금씩 제 숨을 토하곤 했다.

검은 어둠이 긴장의 고삐였을까. 어둠이 옅어지면서 숲속의 숨소리가 커지기 시작했다. 새의 지저귐과 날갯짓, 날다람쥐, 침팬지들의 끽끽거림이 분명하게 들리자 기다렸다는 듯 이허가 입을 열었다.

"이제 쉽시다."

일행들이 나귀에서 내려 천막을 펼쳤다. 거대한 숲속에 이렇게 아늑하고 촉촉한 벌판이 숨어있었던가. 커다란 천막 한 개에 대여섯 명의 사람들이 들어섰다. 둥그렇게 자리 잡기 무섭게 그들은 잠에 곯아떨어졌다. 코 고는 소리들이 대단했다. 한두 명이 아니었다. 살아있는 생명들 중 잠자는 순간까지 시끄러운 존재는 역시 우리 어른이들임이 분명했다. 한동안 뒤척이던 나는 잠을 포기하고 천막 밖으로 나섰다. 그들을 원망할 수는 없었다. 나 때문에 지체하지 않았더라면 이들은 밤길을 오지 않아도 되었을 테고, 이토록 피곤해하지도 않았을 것이었다. 천막 주위에는 나귀들이 이리저리 주저앉아 잠을 자고 있었다. 어느새 이른 아침이었다.

'숲에서 가장 안전한 시간은 새벽'이라는 말이 있다. 침팬지들이 짝을 부르는 소리, 날다람쥐의 푸드덕거림이 평화로웠다. 발밑의 버섯들도 신기했다. 우산처럼 생긴 갈색 버섯부터 흰색, 노란색, 붉은색의 버섯들이 이곳저곳에 무더기로 피어 있었다. 꽃처럼 피어 있는 버섯들을 개미, 조그만 전갈, 메뚜기들이 버석버석 소리 내며 뜯어먹고 있었다. 버섯들이라고 일방적으로 당하기만 하는 것은 아니었다. 죽은 전갈 대가리에서 솟아난 가느다란 싹, 그것은 바로 버섯이었다. 곧

충들이 버섯을 먹는가 하면 버섯 역시 곤충의 썩은 몸을 양분으로 삼아 제 싹을 틔우고 있었다. 숲을 아름답게 하는 형형색색의 꽃들도 신비했다. 흰 상사화, 홍초, 노란 생강초들 역시 아침이슬을 맞으며 제 역할들을 충실히 하고 있었다.

침팬지들 소리가 잦아지면서 곤충과 매미 소리가 다시 커졌다. 잎새 틈으로 쏟아지는 햇빛이 어김없이 눈을 쏘아대었다. 일행들이 한두 명씩 천막에서 나오기 시작했다. 음식을 먹어야 하는 이들 몇은 돌 밑으로 흐르는 샘물에 다가갔다. 허리춤에 차고 있던 나무 그릇에 물을 담고 곡식 가루를 풀어 그것들을 마셨다. 나 역시 양 위장으로 만든 주머니에 물을 챙겨 허리에 찼다.

대상들과 어울리면서 마음이 편했던 것 중 하나는 누구도 맑은이, 하얀이, 황인들의 구별을 하지 않는다는 점이었다. 심지어 누가 천민 햇빛족인지조차 알 수 없었다. 맑은이나 하얀이가 음식을 먹지 않아 편한 대신 발바닥이 약하여 많이 걷지 못하는 것처럼, 음식과 물을 먹고 마셔야 하는 햇빛족들은 먼 길을 끄떡없이 갈 수 있다. 어느 종자든 자신의 장점과 단점이 있으니 흉볼 것도 부러워할 것도 없는 것이다. 이허가 이내 출발을 알렸다. 우리는 다시 숲길을 가기 시작했다. 짧으나마 휴식을 취한 대상들은 큰소리로 웃기도 하고 서로 농담도 나누었다.

'털북숭이 두목님 안녕? 반가워. 내내 기다렸어.'
'다들 안녕하시지? 키 작은 아저씨도 여전하시네.'
목 방울 소리에 바람처럼 섞여서 들리는 낯선 목소리에 나는 바짝 긴장했다. 주위를 둘러보았다. 사람의 말소리가 아닌, 풀벌레처럼 얇고도 심하게 떨리는 말소리의 주인공은 다름 아닌 야생 나무인간들이었다. 그들은 대상 일행과 익히 아는 듯했다.

'피리 아저씨, 한 가락 뽑으시지? 어려운 일도 아니잖아.'
"버릇없는 놈들, 드디어 등장하시는군. 도끼로 나무둥치를 찍어버릴 수도 없고."

일행 중 한 사람이 투덜거렸다. 그 말을 듣고 나무인간들이 한꺼번에 재잘거렸다.

'도끼로 찍기는! 우리 찍어서 아저씨가 좋을 게 뭐 있어?'
'아따, 비싸게 군다. 피리나 한 곡조 뽑으라니까!'
'얼른! 앞으로 가지만 말고. 급할 것 없다니까?'

이허가 한마디 했다.

"불어줘. 이것들도 살아야지."

피리 소리가 숲에 울려 퍼졌다. 붓동에서도 들어본 적 없는, 기분 좋고 편안한 음조였다. 짓떠들어대던 나무인간들이 피리에 맞추어 흥얼흥얼 노래를 부르기 시작했다. 나귀들의 발짝 소리, 그들의 목 방울 소리도 규칙적으로 흔들리기 시작했다. 반갑게 손을 흔드는 길가의 나무인간들, 길섶의 풀들, 허공으로 뻗은 덩굴들의 규칙적인 추임새가 이어졌다. 다음 순간 나는…… 내 눈과 귀를 의심했다. 풀과 나무 이파리들이 한 방향으로 흔들리는 것이 나는 우리 대상 행렬이 지나가면서 만들어진 바람, 또는 숲의 나무들이 일궈낸 바람 때문이겠거니 했다. 아니었다. 피리 소리가 높아지면 이파리들도 위를 향했다. 피리 소리가 낮아지면 이파리들도 밑으로 처졌다. 나무인간들뿐 아니라 모든 풀과 나무들이 피리 소리에 맞춰 몸을 맡기고 있었다. 머리털이 쭈뼛 서는 기분이었다. '살아있는 만물이 삶을 찬양한다'는 천문 편 구절을 나는 내 눈으로 확인하는 중이었다. 그렇다. 말할 입이 없다 하여 감정조차 없는 것이 아니다. 편안하고 부드러운 소리, 아름다운 곡조는 온 세상의 생명들 모두를 즐겁고 행복하게 해준다.

서투르나마 나도 손으로 무릎을 치기 시작했다. 박자가 맞고 음이 맞으면서 나 역시 행복했다. 가슴이 벅차올랐다.
"고맙소. 보이지 않는 소리가 이렇게 사람을 편안하게 해주는 것인지 처음 알았소."
잠시 피리 소리가 멈춘 틈을 타 피리 불던 사내에게 인사했다. 나를 빤히 쳐다보던 그가 어이없다는 듯 피식 웃었다. 옆의 일행이 낄낄거렸다. 웃음이 퍼졌다. 두목 이허도 빙긋 웃을 뿐 별말이 없었다.
나무인간들의 노랫소리가 끝난 것은 대나무 숲에 들어선 후였다. 멀리 또 가까이 일직선으로 솟은 대나무 순들은 누군가를 공격하기 위해 준비된 거대한 송곳이나 창 같았다. 그곳에서 우리는 또 한 번 쉬었다. 땅에서 갓 올라온 대나무의 연한 순들을 나귀들이 열심히 먹어 치웠다. 대상 중 한 사람이 말해주었다.
"대나무들이 없었다면 이 커다란 숲은 징그러운 덩굴줄기로 다 엉켜버렸을 거요. 대나무는 매끈하여 덩굴나무들이 타고 오르려 해도 오를 수가 없지. 숲에서 길을 잃거든 대나무 숲을 찾으시오. 대나무 밑 땅바닥을 살펴보면 사람들이 향한 길을 찾을 수 있소."
"멧돼지다!"
급박한, 그러나 속삭이듯 조용한 목소리가 들려온 것이 그때였다. 일행이 급히 나귀에 올라탔다. 나귀들도 겁에 질린 듯 한쪽으로 몰려 저희끼리 고개를 처박았다. 나귀가 몰린 반대편 숲에 모습을 드러낸 놈은 과연 멧돼지였다. 커다란 뿔이 돋친 멧돼지가 바위에 올라 주위를 둘러보고 있었다. 멧돼지를 겁내다니. 나는 반사적으로 나귀에서 내려 바닥에 있던 큼직한 돌을 거머쥐었다. 다른 곳을 쳐다보는 녀석의 뒤통수를 향해 힘껏 돌을 던졌다. 녀석이 나를 돌아보는 순간 이미 나는 녀석과 한 몸으로 뒹굴고 있었다. 녀석은 내 상대가 아니었다. 녀석의 몸피와 무게가 내 몸을 짓누르고 있었다. 끝이었다. 죽는다는 것이 이렇게 간단했다. 녀석의 발톱이 내 어깨에 박히고 내 몸의 힘이 다 빠져나간 순간 웬일인지 나를 덮친 녀석의 몸체에서도 힘이 빠지는 것이 느껴졌다. 일행들이 칼로 녀석의 등과 엉덩이를 찌른 것이었다. 녀석의 몸에서 솟구치는 붉은 피가 내 얼굴과 몸을 적셨다.

"용감이 지나치시군! 멧돼지를 약 올리다니."

일행들의 얼굴이 가물가물 멀어졌다. 빨리빨리 주물러! 이허의 목소리가 들렸다. 이 친구는 버릴 수 없어! 어떻게든 살려야 해. 가까스로 정신을 차렸을 때 부두목이 소리 질렀다.

"빨리 옷 벗겨! 면포로 씌워!"

"얼른 나귀에 태워! 불개미들이 피 냄새를 맡았어."

세 사람이 달려들어 나를 나귀에 올렸다. 실로 눈 깜짝할 순간이었다. 대나무 숲을 떠나 다시 숲길을 헤치면서 나는 이허의 잔소리를 끝없이 들어야 했다. 맹수건 아니건 숲속 동물들에게는 어떤 순간에도 먼저 덤비지 말 것, 섣불리 땅에 내려서지 말 것, 불필요한 행동과 말은 삼갈 것……. 일행 중 한 명이 내 옆으로 다가섰다.

"당신 덕에, 당분간 저 대나무 숲은 어떤 대상들도 쓸 수 없게 되었소. 그나마 운이 좋은 줄 아시오. 하늘에서 공격이 왔으면 어림없었을걸."

나무 꼭대기에서 사는 불새나 흰날개호랑이가 하늘로부터 공격하면 옆에서 도울 수도 없다고 했다.

붉고 큰 날개가 아름다워 봉황이라고도 불리는 불새는 야생 타조의 일종이다. 어려서부터 큰 나뭇가지에 날아올라 붉나무의 열매를 따 먹고 산다. 배가 고파도 수십 년 붉나무의 열매만 먹고 살면 강한 날개가 솟아 천하무적인 불새가 될 수 있다. 하지만 불새가 되는 타조는 극히 드물다. 대부분의 야생 타조들은 허기를 참지 못해 다른 열매나 땅을 기는 벌레들을 잡아먹는다. 몸이 뚱뚱해진 타조들은 날지 못한다. 위장이 커지면서 상대적으로 날개가 약해진 탓이다. 작은 동물이나 벌레를 쫓다가 다리와 주둥이가 커지면 생각하는 뇌 역시 작아진다. 몸피만 큰 야생 타조들은 다른 동물들의 먹이가 되고 때로 사람들에게 조련당해 그들의 이동 수단이 되기도 한다.

불새와 함께 단풍동의 달력에 나타나는 흰날개호랑이는 숲속의 암호랑이와 수컷 독수리의 자손이다. 태어날 때부터 네 개의 다리와 양 날개가 달린 그는 호랑이 무리에서도 독수리 무리에서도 배척받는다. 그가 섞일 수 있는 유일한 무리는 검은 박쥐보다 훨씬 큰 야생 흰 박쥐 떼다. 흰 박쥐들은 낮에는 움직이지 않는다. 몸 색깔과 비슷한 흰 바위나 새똥으로 덮인 땅에 들러붙어 몸을 숨기고 있다가 밤이 되면 날아오른다. 흰 박쥐 떼와 어울려 먹이를 찾아다니던 흰날개호랑이는 어느 날 자신이 다른 박쥐와 다름을 알아챈다. 자신의 몸피가 훨씬 커져 다른 박쥐들이 그를 겁내고 피하기 때문이다. 고독한 그는 몇 번이나 흰 박쥐 떼들과 어울리려 애쓴다. 번번이 따돌림을 당하는 그는 우선 그와 가장 친했던 박쥐를 공격하여 그를 잡아먹는다.

흰날개호랑이만큼 가치 없는 동물은 없다. 허공에서 느닷없이 내리꽂혀 먹잇감을 공격하는 그는 한번 표적으로 삼은 대상을 포기하는 법이 없다. 그러므로 '나뭇가지가 활짝 벗겨져 하늘이 보일 때가 가장 위험한 때'인 것이다. 사람의 목숨을 노리는 것들은 하늘뿐 아니다. 땅바닥에 땅과 똑같은 색깔로 납죽 엎드려 있다가 순식간에 발가락을 물어뜯는 검은꼬리거북도 봉황이나 흰날개호랑이만큼 위험하다고 했다.

"세상이 공평하지 않소? 맹수는 작은 것들을 잡아먹는 대신 숫자가 적고, 작은 것들은 잡아먹히는 대신 숫자가 많고. 우리처럼 이빨도 발톱도 약한 어른이들은 꾀를 쓸 줄 알고."

 숲을 헤치던 나흘째 아침, 일행 중 한 사람이 없어졌음을 깨달았다. 전날 낮, 나뭇가지에 붙었던 전갈에게 손을 물렸다며 물로 손을 씻어내던 사내였다.

"우리끼리 갈 수는 없잖소. 돌아가 어떻게든 찾아봐야지요."

 없어진 사내는 찾지 않고 그의 나귀들만을 챙기는 대상들이 나는 이해되지 않았다. 내 거듭된 물음에 일행 중 한 사람이 귀찮다는 듯 대꾸했다.

"전갈 독은 괴롭지 않아! 그러니 소리도 지르지 않았지."

 이틀 후에야 나는 그 이유를 알 수 있었다. 전갈의 독이 퍼진 사람을 만지면 그 역시 독에 희생될 위험이 크다. '숲의 생물들이 그들의 먹잇감으로 찍었으면 조용히 내주는 것이 순리'라는 말이었다. 전갈뿐 아니었다. 나뭇가지를 휘감고 있다가 공격하는 목도리뱀, 넓적다리 굵기의 전갈, 주둥이가 뾰족한 송곳악어 등은 몸체는 작아도 독이 강해 수시로 사람들을 공격하고 목숨을 빼앗는다고 했다. 알면 알수록 숲은 두려운 곳이었다. 제 목숨을 보전하는 것이 얼마나 대단하고 기적에 가까운 일인지 가르쳐주는 곳이었다.

 하늘을 찌를 정도로 솟은 붉은 삼나무들은 마치 자기들이 바람의 주인이라도 되는 듯 아래쪽으로 찬바람을 내려주었다. 사람이 지나갈 때마다 자신의 가지를 번쩍 들어 올리는 신경나무 또한 숲의 모양을 순간적으로 바꿔 길을 헷갈리게 하는 묘한 존재들이었다.

"조심하시오. 아무리 물이 부족해도 늪에 발을 담그면 안 되오."

 길 바로 옆에 놓인 큰 늪은 잔잔한 물이 고여 있어 평화롭기 이를 데 없었다. 고인 물에 잠깐이라도 발을 담그고 쉬고 싶은 마음이 간절했다. 물 위에 새파란 이파리가 비단처럼 곱게 펼쳐져 있다 싶더니 그 위에 앉은 개구리가 웬일로 굳은 듯 꼼짝하지 못했다. 발과 엉덩이부터 서서히 가라앉은 개구리가 어느새 몸통과 대가리까지 사라졌다. 잠시 구멍이 났던 이파리는 이내 아무 일 없었다는 듯 아물고 판판해졌다.

"끈끈이 비단풀이오. 개구리뿐인가, 침팬지와 독수리도 먹어 치우지."

한번 들러붙으면 절대 떨어지지 않는 비단풀은 흡입력이 강하여 사람의 팔다리도 순식간에 흐물흐물 죽처럼 삭혀버린다고 했다. 아후밀탄 서쪽의 더 깊은 숲, 무서운 식충나무의 이야기도 들었다. 타조처럼 큰 동물이나 옷을 갖춰 입은 어른이들도 끈끈한 촉수로 휘감아 한순간에 먹어 치운다는 것이다.

"곁에 가던 일행이 덩굴을 건드렸던 모양이오. 땅에 늘어져 있던 붉은색의 덩굴손 하나가 벌떡 일어서면서 그의 다리를 휘감은 거요. 순식간이었지. 늘어져 있던 수많은 덩굴손들이 그의 몸뚱이를 휘감는데 어떻게 손쓸 틈이 없었소. 덩굴손들이 허공으로 뻗치면서 그의 몸이 번쩍 들리고 그 친구는 비명 한 번 제대로 지르지 못했지."

숲이 아니라 동굴에서 태어난 것이 얼마나 다행인지. 이 거대한 숲에 비하자면 내 고향 단풍동은 사람도 짐승들도 나무덩굴조차도 너무나 착하고 얌전했다.

새로운 긴장이 느껴졌다. 일행들이 나귀들을 재촉하고 두목과 부두목이 행렬 맨 앞으로 나서서 무언가를 지시하기 시작했다.

'뭐야! 너희들은 잘도 가는구나! 제 잇속만 챙기는 교활한 것들!'

어쩌다 들리는 나무인간들의 소리가 악담과 저주에 가까웠다. 수많은 나무인간들이 각기 다른 음조로 떠들어대기 시작했다. 나무인간들뿐 아니었다. 목소리를 낼 줄 아는 수많은 새들, 동물들이 각기 비명에 가까운 날카로운 소리를 지르기 시작했다. 이 상황은…… 피리 따위로 달래질 상황이 아니었다. 날카로운 울부짖음조차 묻어버리는 큰 웅웅거림, 고장 난 귀에서 들리는 듯한 먹먹함. 수많은 들짐승들이 몰려오듯 먼 숲속으로부터 뭉쳐진 그 소리들이 하늘과 땅과 나무들을 흔들어 대었다. 그것은 어쩌면 숲 자체가 지르는 소리, 숲을 헤치는 이들에 대한 엄중한 경고일 수 있었다. 귀, 양쪽 귀가 찢어질 듯 아팠다.

"아무 얘기나 떠들어! 큰 목소리로!"

두목의 고함이 들려왔다. 일행들이 두려워하던 '소리의 공격'이었다. 바로 옆의 일행이 갑자기 남의 험담을 늘어놓기 시작했다. 갖은 욕설과 함께 자신을 괴롭힌 놈을 찢어 죽이고 싶다는 끔찍한 말이었다. 모두들 자기 귀를 틀어막고 온 힘을 다해 소리쳤다. 나귀조차 히잉히잉 큰 소리로 울어대었다. 귀가 찢어지는 고통이 어떤 것인지 나는 처음 알았다. 며칠 전 내가 피리 소리를 칭찬했을 때 비웃음을 날리던 일행들의 태도를 이제야 이해할 수 있었다. 겁이 났다. 나도 무언가 소리쳐야 했다. 오오우우 아아어어어, 처음에는 소리만 지르다가 나는 준호의 이름을 크게 외쳤다.

"준호, 준호야! 너 지금 어디 있니! 보고 싶다!"

그랬다. 준호를 떠나보낸 후 나는 단 하루도 그를 기억하지 않은 날이 없었다. 그가 나를 좋아하지 않았어도, 오로지 내 일방적인 우정이었다 해도 나는 그가 그리웠다. 답답한 마음을 터놓을 수 있었던 유일한 내 친구 준호.

"준호야! 네가 잡혀간 후 나는 정말 힘들었어! 죽은 나뭇가지처럼 팔다리를 늘어뜨리고 꼼짝할 수 없었어! 세상 누구도 너를 대신해

주지는 못해! 세상 어느 것도 너와 비교할 수 없어! 내가 왜 네게 화를 내었을까! 왜 너를 멀리했었을까! '차라리 잡혀가겠다'는, '이대로 죽게 되어도 후회하지 않는다'는 네 말을 들으면서 너와 멀어졌던 시간들을 얼마나 후회했는지!"

얼굴은 눈물과 콧물로 범벅이 되고 어느덧 목이 잠기기 시작했다.

"모두들 네가 죽었다고 해. 너는 이제 어디에도 없다고. 그래, 너는 죽었을지 몰라. 네 몸이 토막 나고, 가축들의 먹이가 되고, 먼 땅 어느 골짜기의 흙이 되어 새 몸으로 태어나고 있는지도 몰라. 그래서 더욱 네가 그리워. 오늘도 나는 너를 떠올려. 내 가슴 속에 있는 너를 불러내어 숨을 불어넣어. 내가 너를 기억하는 동안은 네가 내 곁에 있으니까! 준호야! 어디 있니! 준호야!"

나는 실컷 소리내어 울었다. 남의 눈치 따위는 볼 필요가 없었다. 아무리 큰소리로 목 놓아 울어도 내 울음소리는 커다란 숲의 소리에 묻히고 있었다. 소리 지른 만큼 속이 후련해졌다. 소리 지른 만큼 준호에게 미안했던 마음도 가셔지는 듯했다. 순간 주위가 조용해진 것을 느꼈다. 단 한 사람의 울부짖음만이 또렷이 들렸다.

"……너랑은 안 되는 걸 알아! 하지만 내겐 너밖에 없어. 같은 날 같이 태어난, 한깍지에서 태어난 내 반쪽! 사람들이 우리에게 침을 뱉고, 내쫓고, 나를 대상 행렬에 팔아치웠어도, 사랑해! 내 한깍지, 내게는 너밖에 없어!"

금기였다. 쌍둥이, 한깍지끼리의 사랑이라니 결코 있을 수 없는 일이었다. 대상 중 하나가 소리쳤다.

"쌍둥이 여동생을 좋아하다니 말이 돼? 너 미쳤어? 어떻게 그런 짓을 해!"

무언가를 떠들어대어야 하는 일행들이 마치 알맞은 먹잇감을 발견했다는 듯 그를 욕하기 시작했다.

"너는 사람도 아냐. 너는 괴물이야. 너는 죽어야 해!"

"한깍지에서 난 연놈이 서로 좋아하다니 토막을 쳐도 시원찮아!"

힐난의 목소리는 그치지 않았다. 그것은 살인이었다. 먹잇감을 공격하는 화살, 칼, 창들이었다. 악몽을 꾸는 듯했다. 귀가 찢어지는 아픔, 남의 사연을 듣지 않는 척 모두 떠들어대던 와중에도 남의 약점이 잡히기만 하면 끝끝내 물고 늘어지는 악다구니들. 그들은 먹이를 노리는 멧돼지나 끈끈이 비단풀과 다르지 않았다. 일행의 말을 꼬집어 공공의 적으로 만들어 버리는 이들의 교활함, 모든 이들이 나누어 겪어야 할 재앙을 한 사람에게 뒤집어씌우는 만행을 나는 저지할 수 없었다. 세상의 가장 무서운 맹수나 식충식물보다도 더 잔인한 존재가 어른들이었다. 나 역시 고함 속에서 준호가 검은머리짐승임을 밝혔더라면 이들의 공격 대상이 되었을 수도 있었다. '안 돼, 사람을 해치다니 저 사람에게 그러지 마. 더 이상 공격하지 마!' 나는 겁쟁이였다. 마음속으로만 중얼거렸을 뿐 공공의 적이 된 그를 위해 입도 뻥끗하지 못했다.

사내가 나귀에서 내렸다. 사람들의 폭언은 그치지 않았다.

"죽어야 해! 너 같은 놈은 죽어야 해. 그년도 죽어야 해."

"한깍지에서 태어난 계집을 좋아하다니 너는 미쳤어!"

"한깍지에서 연놈이 태어난 그 순간부터 너희는 목숨을 끊었어야 했어!"

그가 덤불을 향해 걸어갔다.

"죽어! 죽어야 끝나! 너는 사람도 아냐! 너 스스로 끝내버려!"

폭언을 그치면 마치 그가 되돌아오기라도 할 것처럼 사람들은 온 목청을 다해 고함을 질러대었다. 덤불 속으로 그가 들어가고 그의 비명과 함께 사나운 동물들의 포효가 들려왔다. 그리고…… 놀라운 일이 벌어졌다. 한순간에 사람들의 고함도 동물의 포효도 숲의 웅웅거림도 사라졌다. 나귀들도 나무인간들도 꼼짝하지 않았다. 숨 막히는 정적이 흘렀다.

"갑시다!"

이허의 구령에 옆에 있던 일행이 나귀의 옆구리를 매몰차게 잡아채었다.

소리의 공격은 더 이상 없었다. 모두들 기침 소리 한 번 내지 않았다. 그나마 들리는 나귀의 목 방울 소리조차 주위의 나무와 덤불과 풀들에게 속속 빨려 들어가는 듯했다. 무서웠다. 나도 모르게 눈물 콧물이 쏟아졌다. 하지만 콧물을 훌쩍이는 소리조차 낼 수 없었다.

새날이 밝았을 때 나는 쉼터에서 피리를 손질하는 사내에게 몇 번이나 망설이다 입을 떼었다.

"그 사람은……."

"땅으로 돌아갔겠지요. 죽지 않는 사람은 없소."

숲이 무섭지만은 않다고 안심시켜 주는 곳은 푸른 이끼로 덮인 바위 지대, 하늘이 뚫려 햇빛이 환히 비치는 지점이다. 자잘한 꽃들과 색색의 버섯들이 나무둥치를 덮은 아름다운 풍경에 '하늘 뚫린 곳이 위험하다'는 일행의 경고를 잠깐 잊으려는 순간 또다시 가슴 서늘해지는 일이 벌어졌다. 나뭇가지에 앉았던 날다람쥐들이 갑자기 푸드덕거리며 날기 시작했다.

"빨리 숨어! 숨소리도 내지 마."

대상들이 재빨리 나귀에서 내려 숲속의 나무 뒤로, 덩굴 밑으로 숨어들었다. 나귀들 역시 두목의 말을 알아들은 것처럼 나무들 밑에 쭈그려 제 몸들을 숨겼다. 쉬이이이익, 그것은 바람이 아니었다. 하늘을 나는 뱀, 반짝이는 비늘로 온몸을 감싼 푸른 용이었다. 용이 가까운 호수의 진흙 바닥에 부리를 박았다. 원래 늪에서 태어난 푸른 용은 몸뚱이에 축축한 흙을 묻히기 위해 가끔 땅에 내려온다고 했다. 용이 웅덩이에 몸을 부비고 다시 하늘로 날아오르는 근 두 시간 동안, 숲은 다시 정적에 휩싸였다. 바람도, 용과는 아무 관계 없을 매미들과 풀벌레들도 숨조차 쉬지 않는 듯했다.

푸른 용의 전신은 이끼 속에서 천년을 살아온 뱀이다. 뱀이 용이 되려면 지금껏 자신의 몸피를 키운 네 번의 허물 외에도 아홉 번의 허물을 더 벗어야 한다. 모든 것을 입에 넣고 싶은 돼지의 미련을 이겨내면 그는 허물을 벗을 수 있다. 꼼짝하지 않고 누워 게으름을 피우고 싶은 소의 미련을 이기면 그는 또 한 번의 허물을 벗을 수 있다. 들판을 마구 달리고 싶은 사슴, 하늘을 날고 싶은 독수리, 물을 가르고 싶은 잉어, 황무지의 낙타, 풀숲의 토끼, 험한 숲 호랑이의 미련을 이겨내면서 그는 차례로 허물을 벗는다. 마지막으로 그는 편안한 물가와 늪을 찾는 뱀의 충동, 자기 자신에 대한 미련을 이겨내야 한다. 열세 번의 허물을 벗고 나면 그의 몸속에 접혀있던 날개, 날카로운 발톱을 갖춘 발이 서서히 펴진다. 하늘로 날아오른 푸른 용은 입으로 불을 토한다. 하늘의 오색구름이 그를 감싼다.

숲을 헤친 지 여드레, 거대한 숲의 중심에서 서서히 벗어나면서 대상들의 한담이 이어졌다. 그중 흥미가 있었던 것은 한 대상이 체험한 침팬지들의 이야기였다. 침팬지들은 보통 수십 마리씩 떼를 지어 또 다른 침팬지 무리와 싸운다고 했다.

"제 영역을 지키느라 피투성이가 되도록 싸우지. 어느 쪽이 이기고 다른 쪽이 졌음을 양쪽 편이 다 인정할 때까지. 재미있는 것은 그다음이야. 피비린내가 가시지 않은 그 싸움터에 양쪽 편이 다시 나타

나. 그때는 싸우지 않아. 자기 쪽의 시체를 한두 구 가져갈 뿐이지. 그 몸뚱이를 찢어 자기 무리들과 함께 나눠 먹어. 맛있어서 먹는 것도 아냐. 침팬지들이야 원래 과일이나 나무 열매를 먹고 살잖아. 그저 먹어. 다음 싸움에서 이기자는 약속을 그렇게 하는 거지. 호랑이보다도 멧돼지보다도 나는 그놈들이 더 잔인한 것 같아. 어떻게 바로 전까지 곁에 살아있던 제 동족의 몸뚱이를 먹을 수 있냐고. 하기야 오물 내 나는 검은머리짐승들도 제 동족의 고기를 먹는다는 말을 들었어. 그것들도 침팬지 종자거든."

 덤불이 줄어든다 싶더니 큰 나무들 대신 작은 나무들이 나타나기 시작했다. 나귀들의 걸음 역시 편안하고 한가로워졌다. 일행 중 한두 명이 노래를 부르기 시작했다. '세상이 어제처럼 평화롭고 행복하다. 누가 뭐라 해도 내 길을 갈 뿐이다.'는 내용이었다. 주위의 모든 나무와 풀들이 들썩들썩 노랫소리를 타기 시작했다.

 "길을 잘 찾은 것만 해도 얼마나 다행이오?"

 아무 일도 없었다는 듯 천연덕스럽게 노래하고 웃는 일행들을 따르면서도 한편으로 허탈했다. 안전한 길을 가기 위해 바쳐지는 제물, 언젠가는 자신이 그 제물이 될지 모른다는 사실을 알면서도 이들은 화내지도 도망치지도 않는다. 그저 오늘 살아있음을 확인하고 오늘의 길을 갈 뿐이었다.

 나무인간들의 평화로운 노래가 들려왔다. 어른이의 마을이 머지않았다는 뜻일 터였다.

 "아가배나무가 보이네. 나무인간들 중 가장 순한 종자들이오. 노래도 잘 부르고."

 피리 불던 사내가 짐에서 피리를 꺼내었다. 나무인간들의 고운 노래가 들려왔다.

'산다는 것이 그리 나쁘지만은 않아요. 그리 좋다고도 할 수 없지만. 불어오는 바람과 깨끗한 물, 사랑하는 이의 목소리를 들을 수 있다면. 다른 사람이 뭐라 하면 어때요? 내 삶을 살 뿐이지요.

피리 부는 사내는 재주가 좋았다. 나귀를 타고도 곡조가 흔들리는 법이 없었다.

'고운 내 임이 저기 오시네.

달려가 임의 품에 안기고 싶어도 발이 땅에 묻혀 가지 못하네.

고운 내 임이 저기 가시네.

쫓아가 임 옷자락 잡고 싶어도 발이 땅에 묻혀 가지 못하네.

임아 이 아가배 잊지 마소서.

애타는 노랫소리 끝나기 전에 이 아가배 그리워 다시 오소서.'

아후밀탄을 향해

✲　　　아후밀탄의 저자에 들어서면서 두목 이허는 자기들이 묵는 여관에 함께 묵을 것을 권했다. 그들은 이곳에서 열흘 정도 머문 후 이어 제울로 향할 예정이었다. 나는 그들과 헤어지기로 마음먹었다. 숲을 뚫을 때에는 이들의 경험과 인내, 상황에 대처하는 순발력이 존경스럽기까지 했는데 아후밀탄에 닿는 순간 내가 대상이 아니라는 사실, 더 이상 나귀를 타지 않아도 된다는 사실이 눈물 나도록 기뻤다. 이허와의 작별이 아쉽기는 했다. 그는 결단 내릴 일에는 가차 없고 냉혹했지만 누구보다도 마음이 따뜻하고 책임감 강한 사람이었다. 다른 이의 신망을 받으면서 그 믿음을 저버리지 않고 사는 일이 누구에게나 가능한 것은 아닐 터였다.

　마차들이 바삐 오가는 큰길에서 짐가방을 든 채, 나는 두목이 준 눈가리개를 몇 번이나 썼다 벗어야 했다. 건너온 숲만큼은 아니었지만 깊은 숲 밑에 위치한 아후밀탄의 빛 역시 뜬금없고 급작스러웠다. 잠시 후, 거리가 제대로 보이고 눈이 편해지는가 싶더니 사방에서 후드득거리는 소리가 났다. 비. 빗방울들이 얼굴과 옷을, 짐가방을, 바짝 마른 발바닥을 적셔주었다. 기뻤다. 낯선 아후밀탄 땅이 나를 반겨주는 듯했다. 어떤 형태든 물은 생명을 잉태하고, 살리고, 북돋운다. 숲에서도 비가 오는 날이 있었다. 겹겹이 쳐진 허공의 나뭇잎에 부딪히면서 빗방울은 금방 안개비가 되곤 했다. 푸근한 안개에 온몸을 적시면서 마음까지 얼마나 편안했는지.

빗방울은 곧 가게들과 마찻길을 적시고 이내 작은 물줄기가 되어 흐르기 시작했다. 주위를 둘러보면서 나는 아후밀탄이 대국임을 또 한 번 느꼈다. 네모난 돌을 자잘하게 다듬어 규칙적으로 깐 마찻길도 아름다웠거니와 길 중앙은 돋우고 가장자리를 낮게 만들어 빗물이 길옆 도랑으로 흘러내리도록 설계한 지혜가 놀라웠다.

거리 한쪽, 다른 높은 건물과 달리 나무껍질들을 잘라 얹은 나직한 너와 지붕이 보였다. 청매동이나 살촉동의 것에 비하자면 영 조악했지만 자잘한 너와들이 비에 젖어 향긋한 냄새를 풍기고 있었다. 그 앞에 가방을 내려놓고 나는 한동안 눈을 감은 채 코를 벌름거렸다. 웬 사내가 나를 보고 혀를 찼다.

"향긋하다니, 썩은 나무의 곰팡내가 좋단 말이오? 욕심 없으셔서 좋겠소. 아무리 돈이 없어도 기와 조각은 몇 개 얹어야지."

너와집 바로 옆 기와 가게 주인이었다. 기와지붕이 얼마나 좋은가를 강조하기 위해 일부러 설치해 놓은 허술한 너와 지붕을 내가 눈치 없이 즐기고 있었던 것이다. 무안한 표정을 감추느라 가게로 들어섰다. 기와를 살 것처럼 이것저것 묻자 가게 주인 역시 언제 무안을 주었냐 싶게 열심히 설명하기 시작했다. 돌을 빻아 가루를 내고 그것에 다시 회를 섞어 높은 불에 구운 기와들은 형형색색, 미단부리가 보면 탄복할 만큼 예쁘고 화려했다. 한바탕 기와 칭찬을 해준 다음 가게를 빠져나왔다. 스스로 생각해도 엉너리가 꽤 늘어있었다.

기와가 훌륭하다고는 해도 우리 단풍동에는 별 쓸모가 없다. 횟물도 별로 떨어지지 않는 데다 불을 이용하는 집 주위에는 박쥐가 살지 않으니 그들의 오물이 떨어질 걱정도 없다. 담장이나 벽도 마찬가지다. 서로의 집과 방을 구분해 주는 것으로 끝, 더 이상의 의미가 없다. 하지만 이곳 아후밀탄은 지붕도 벽도 튼튼해야 한다. 갑자기 쏟아지는 비와 세찬 바람, 높은 나무에서 깃들어 사는 수많은 새들과 짐승들로부터 자신들을 보호해야 하기 때문이다.

촌놈티를 벗기 위해 옷을 사려고 했지만 이들 복장은 흉내 내기 힘들었다. 햇빛이 있는 곳이니 울긋불긋 색깔이 요란한 것이야 당연하다 해도, 속이 훤히 들여다뵈는 여자들의 얇은 어깨 가리개나 치마는 똑바로 쳐다볼 수 없을 만큼 선정적이었다. 남자들도 마찬가지였다. 씨물주머니가 드러날 정도의 짧은 아랫도리를 걸쳐, 움직일 때마다 허리와 엉덩이 근육이 불끈거리는 것이 부담스럽기 짝이 없었다. 드러난 맨살에 새긴 문신들도 망측했다. 여자들의 잘록한 허리, 사내의 씨물주머니를 연상시키는 그림을 너도나도 어깨에, 허벅지에, 심지어 얼굴에 새긴 사람들도 있었다.

골목 하나가 온통 문신 가게인 곳도 있었다. 집집마다 색다른 문신 그림을 내걸고 행인들을 잡아끄느라 바빴다.「몸의 보기 싫은 얼룩을 지워드린다」는 간판도 꽤 많았다. 그랬다. 이들이 얼룩인간이라는 사실을 내가 잠깐 잊고 있었던 것이다.

"어라? 이 손님은 얼룩이 없네? 동굴벌레처럼. 아! 실례. 진짜 동굴벌레, 아니, 동굴국 분이시군. 게다가 털도 없는 민짜라니, 밖에 나다니기 부끄럽고말고. 자, 그럼 기본 얼룩부터 넣어드릴까? 감쪽같이 해드릴게."

갑자기 얼떨떨했다. 아후밀탄 사람들이…… 몸의 얼룩을 창피해하고 싫어했던 것이 아니었나? 문신 골목을 벗어나고도 한참 후에야 나는 고개를 끄덕일 수 있었다. 그렇다. 제 종족의 기본적인 특징을 부정하는 사람들이 세상 어디에 있겠는가. 여행을 떠나오기 잘했다는 생각이 들었다. 좁은 편견과 제멋대로의 추측, 섣부른 속단에서 벗어나기 위해서는 많은 것을 직접 부딪쳐야 했다. 새삼 미곤과 미단 부리에게 고마웠다.

기계에 관한 한 아후밀탄은 확실히 다른 세상이었다. 높은 건물에 설치된 승강기만 해도 사람의 힘으로 끌어올리는 살촉동의 것과는 비교 대상이 아니었다. 기운도 없어 보이는 사내 한 명, 그가 쥔 손잡이 하나로 대여섯 명이 탄 승강기가 편안히 오르내리고 있었다.

사람들이 모이는 공원에도 기계들이 많았다. 놀이기구들, 특히 옆으로 빙빙 돌아가는 넓적한 쇠판이라든가 위아래로 오르내리는 가짜 마차들, 이리저리 꼬아놓은 미끄럼틀도 신기했다. 누구든 언제든 탈 수 있었다. 물론 돈을 내어야 했다. 싸지 않았다.

음악이 나오는 기계도 있었다. 장치라 해 봤자 뾰족한 바늘을 붙여 놓은 원통형의 쇠기둥과 뚜껑 안쪽에 붙은 빗살 모양의 납작한 철판이 다였다. 상자에 달린 태엽을 틀어주면 쇠기둥이 천천히 돌면서 바늘들이 철판의 가느다란 쇠살을 하나씩 쳐준다. 쇠기둥이 한 바퀴 돌고 나면 음악 한 곡이 끝나는 것이다. 사람이 직접 연주하는 것은 아니지만 똑같은 음악을 언제고 몇십 번이고 들을 수 있다는 점이 놀라웠다.

아후밀탄 특유의 풍경도 볼 수 있었다. 간판에 어른이의 고치가 그려져 있는 가게는 놀랍게도 갓 태어난 아이를 파는 가게였다. 진열창 안에 고치째 거꾸로 세워져 있는, 눈과 코에 우무질이 그대로 남아 있는 커다란 몸집의 아이는 땅에서 캔 지 이틀째라고 했다. 몸이 온전하고 용모가 반듯한 아이는 금화 이백 닢도 간다고 했다. 이 번화한 아후밀탄 거리에서도 웬만한 점포 하나를 살 수 있는 값이었다.

"남들 못 사는 비싼 장신구를 몸에 걸치고, 비싼 자식들을 비싼 마차에 가득 태우고 호화스러운 모임에 나가는 거요. 그 정도는 되어야 남부럽지 않게 산다 하지 않겠소?"

벌어진 입을 다물지 못하는 나를 보고 가게 주인이 한껏 으스대었다.

밤의 아후밀탄은 또 다른 세상이었다. 아후밀탄의 모든 이들은 오로지 흘레붙기 위해 사는 듯했다. 동굴국 사내들이 땅옷족 화분을 상대로 욕정을 달래거나 몇몇 바람기 심한 여자들이 햇빛족 사내와 내통하는 따위와는 차원이 달랐다. 남자건 여자건 갖가지 술병과 마약 병을 들고 큰 소리로 떠들며 짝을 찾느라 아우성이었다. 마음 맞은 남녀들은 남의 시선 따위는 상관하지 않았다. 벽이나 담장에 붙어, 심지어는 마차가 지나는 길에서 몸을 비비고 비명을 질러대었다. 아무 데서나 교접하고 씨물과 알을 흘리니 아무 데서나 사람들이 자라고 밟히고 죽어가는 중이었다. 그들이 요행히 태어난다 하더라도 복인이 되는 것은 당연했다. 복인이 자기 짝인 복인과 애무하면서 당당하게 구걸하는 것도 진풍경이었다.

"당신이 선심을 쓰면 복을 받는 이는 당신이오. 다음 삶에서는 귀한 신분으로 태어나겠지. 그게 누구 덕이오? 우리가 아니면 당신이 무슨 수로 귀해지겠소?"

맡겼던 돈을 찾듯 당당하게 요구하는 그들에게 뭐라 대꾸할 말조차 생각나지 않았다.

오색 횃불을 밝힌 유곽에서는 여자의 신음 소리가 섞인 야릇한 노래가 흘러나왔다. 유곽 앞을 지나는데 한 여자가 재빠르게 내 씨물 주머니를 거머쥐었다.

"원하시는 대로 다 해드릴게요. 저는 특별한 여자랍니다."

"아무리 그렇게 말해도 내가 원하는 대로는 해주지 못할걸?"

"무엇이든 해드린다니까요? 짐승처럼 배 속에서 자식을 키우라고만 하지 마세요."

도망치듯 자리를 피했다. 이곳에서도 나처럼 황당한 요구를 한 사람이 있었던 것일까.

저잣거리 북쪽, 유명하다는 '무지개나무궁'을 구경한 것은 아후밀탄에 도착한 지 한 달쯤 지나서였다. 별것 없었다. 검은 돌담을 친 마당 한가운데에 아름드리나무 한 그루가 서 있고 사람들이 줄지어 그 나무 주위를 돌고 있었다. 무지개나무라 해 봤자 거대한 숲을 지나온 내 눈에는 높이도 크기도 그저 그만한 낙엽송 한 그루, 이파리 모양으로 보자면 단풍동 숲에 흔한 두툴나무와 비슷했다. 나무의 전설이 흥미로웠다.

'숲의 여신이 어느 날 숲을 산책하던 왕과 사랑을 나누었다. 나무 밑에 열매가 떨어지고 사내아이가 태어났다. 그 아이가 왕이 되어 다시 숲을 거니는데 여신이 나타나 '나를 위한 궁을 짓고 주위의 다른 나무들을 없애주면 나라의 변고가 있기 전에 알려주겠다'고 약속했다. 왕이 지금의 궁터를 닦고 여신을 위한 궁을 짓자 하룻밤 사이에 아름드리나무 한 그루가 자리를 잡았다. 아침에는 나뭇잎이 붉은색과 주황색으로, 햇빛이 강한 대낮에는 노랑과 녹색으로, 저녁이나 흐린 날에는 푸른색과 남색으로, 컴컴한 밤에는 보라색으로 변하여 사람들이 이 나무를 무지개나무라 불렀다. 이후로 무지개나무는 홍수나 가뭄이 들기 전에 몸체와 이파리를 떨어 변고를 알려주었다. 수백 년이 흐른 후 한 왕이 헌 나무궁을 없애고 자신의 왕궁을 세우려 했다. 메와 도끼로 나무궁을 찍는 순간 벼락이 떨어져 왕과 그를 따르던 신하들이 죽었다. 이후로 아후밀탄은 무지개나무가 다스렸다. 나랏일이 자신의 뜻에 맞지 않으면 나무는 어김없이 몸을 떨어 변고를 일으켰다. 나무는 갈수록 교만해졌다. 크고 작은 나랏일에 모두 간섭하여 어떤 해에는 홍수만 열 번이나 나기도 했다. 무지개나무가 무서워 모두들 전전긍긍해했다. 백여 년 전, 푸른 눈동자를 여섯 개나 가진 란돈이 태어났다. 태어날 때부터 힘이 세어 나무를 뿌리째 뽑고, 지혜가 뛰어나 어떤 어려운 문제도 거침없이 해결하던 란돈은 사람들의 추앙을 받아 훌륭한 장군이 되었다. 그는 도끼를 든 군인들을 데려와 무지개나무 앞에 섰다.

─앞으로 너는 몸을 떨 수 없다. 홍수나 가뭄의 변고는 네가 막아라. 한 번이라도 변고가 생기면 네 둥치를 찍어 불에 넣겠다.

란돈은 이어 나무궁 바로 옆에 감옥을 지었다. 무지개나무를 따르던 신하들을 처형하여 그 시신들을 나무가 보게끔 바깥벽에 걸어놓았다.

아후밀탄에는 이제 홍수도 가뭄도 들지 않는다. 무지개나무는 이제 백성들 하나하나의 소원에 귀 기울이는 착한 나무가 되었다.'

어디까지 믿어야 할지는 몰라도 나무궁 바로 옆에 감옥이 있는 것은 사실이었다. 붉은 벽돌을 올린 감옥 벽에 축 늘어진 옷처럼 걸려 있는 것들은 바람이 불 때마다 덜걱덜걱 소리를 내는, 시커멓게 마른 시신들이었다. 줄잡아 백여 구는 되어 보였다.

나무궁과 감옥 건물 그 안쪽으로 잘 가꿔진 정원이 보였다. 잔디가 잘 가꿔진 정원 깊숙이 란돈왕이 지었다는 궁전이 있었다. 파란색의 둥그런 지붕, 그리고 건물의 네 귀퉁이에 높은 망루가 하늘을 찌를 듯 솟아있었다. 총과 방패를 든 왕궁 수비대가 발맞춰 걷고 서고 자리를 바꾸었다. 아후밀탄의 군대는 거리에서도 볼 수 있었다. 커다란 나팔과 북, 징 등으로 박자를 맞추는 군악대, 그들 뒤로 발을 맞춰 걷는 군인들은 모두 몸피가 큰 햇빛족들로 길을 지나는 행인들보다

한 뼘씩은 컸다.

어느새 해가 바뀌었다. 아후밀탄의 위령제인 나무제와 늪제가 곧 열린다는 사실은 여관 주인이 전해주었다. 보라, 단풍동 달력이 정확하지 않은가. 아후밀탄 달력으로야 네 번째 달이 끝나고 다섯 번째 달이 시작되기 하루 전이었지만 우리 달력으로는 푸른나무의달 엿샛날이다. 나무를 위한 제사이니 당연히 나무가 가장 성한 달에 지내는 것이 옳을 것이다.

나무제를 지내는 장소는 내가 아후밀탄에 올 때 건넌 거대한 숲과 반대편, 즉 아후밀탄의 중심가를 지나고도 훨씬 서쪽인 붉은늪 주변이라 했다. 아후밀탄의 지대는 서쪽으로 갈수록 낮아져 늪과 습지가 많으며, 그중 붉은늪이 가장 큰 늪이어서 끝이 보이지 않는다고도 했다.

"붉은늪을 건너 서쪽? 그쪽으로도…… 세상은 있겠지요. 가 본 사람은 없지만."

이상한 것을 묻는다는 듯 그가 나를 훑어보았다. 길을 찾지 못할 염려는 없었다. 수십수백 명의 사람들이 하나같이 서쪽으로 향하고 있었다.

모든 것을 삼킨다는 붉은늪은 얼핏 보기에는 붉은색이 도는 넓은 들 같았다. 표면에 커다란 거품이 조금 부풀다가 꺼지곤 하여 그나마 땅이 아니라 늪임을 알 수 있었다. 늪에서 조금 떨어진 북쪽 숲, 사람들이 큰 나무를 중심으로 많이 모여 있었다. 그 나무가 나무제의 주인공임은 한눈에 알아볼 수 있었다. 늪에서 그리 멀지 않은 숲 언저리에 사람들이 잔뜩 모여 있었다. 사람들 한가운데 솟아있는 삐죽한 형체는 나무라기보다는 땅에서 금방 올라온 새싹을 확대해 놓은 것 같았다. 이파리도 하나 없이 밋밋한 흰 줄기에 아직 펴지 못한 노랑 떡잎 한 장.

"나무 꼭대기의 노란 꽃이 보이시오? 저 꽃이 입을 벌리면 제사가 시작되지요."

떡잎이 아니라 꽃봉오리였다. 나무가 분명했다. 높이가 사람의 키 서너 배는 실히 되고 고개 숙인 꽃봉오리 크기도 사람만 하니 나무 중에서도 커다란 나무였다. 오늘 지낸다는 나무제의 주인공이었다. 귀한 신분의 사내들이 그러하듯 폭 넓은 금색 천이 나무 몸통에 둘러져 있었다.

악대가 고동을 불었다. 사내 두 명이 삼각뿔 모양의 사다리를 가져와 나무 가까이에 세워놓았다. 곧이어 무녀 둘이 한 여자를 데리고 나타났다. 화려한 복장에 온갖 장신구들로 치장한 무녀들에 비해 가운데 선 여자는 실 한 오라기 걸치지 않은 알몸이었다. 머리부터 발끝까지 각양각색의 이파리들을 그려, 자세히 보지 않으면 여느 나무 한 그루로 착각할 지경이었다. 여자가 부들부들 떨며 사다리에 오르기 시작했다. 악대도 그 누구도 숨소리조차 내지 못했다. 사람들의 긴장을 알아챘는지 숲에서 지저귀던 새들도 죽은 듯이 고요했다. 숨 막히는 정적 속에서 여자가 밟는 사다리의 삐걱거림이 수백 명의 귀에 나눠 들렸다.

여자가 사다리 꼭대기에 다다르자 희한한 일이 벌어졌다. 늪을 향했던 큰 나무의 꽃봉오리가 마치 사람의 목처럼 고개를 돌려 그녀 쪽으로 향한 것이다. 꽃봉오리가 그녀를 한동안 내려다보았다. 그리고 봉오리가 벌어지기 시작했다.

꽃의 진한 향내에 취했는지 모른다. 여자는 더 이상 겁내지 않았다. 사다리 꼭대기에서 두 발로 일어나 꽃을 우러렀다. 나무의 윗부분이 활처럼 휘어지면서 꽃잎이 그녀의 머리를 감쌌다. 이어 그녀의 어깨와 윗몸을 안개처럼 덮은 것은 꽃이 토해낸 실뭉치, 꽃의 수술이었다. 수백수천 가닥의 긴 수술들이 넘실대며 그녀의 허리를, 다리와 발을 휘감았다. 그리고…… 꽃이 고개를 들기 시작했다. 더 이상 여자는 없었다.

꽃이 하늘을 향해 꼿꼿이 섰다. 커다란 꽃잎 위로 사람의 키만큼 높이 솟은 수술 뭉치는 거대한 촛불을 밝힌 듯 당당했다. 수술 뭉치가 조금씩 작아졌다. 꽃이 수술을 거둬들이는 데에는 그리 오랜 시간이 걸리지 않았다. 드디어 꽃이 입을 다물었다.

"나무가 받아들인 자는 존귀하다!"

누군가가 구호를 외쳤다. 사람들이 따라 소리쳤다. '나무가 받아들인 자는 존귀하다! 나무가 받아들인 자는 존귀하다!' 노란 꽃이 처음처럼 고개를 숙일 때까지 사람들의 구호는 계속되었다. 이로써 나무제가 끝난 것이었다. 사람들이 늪 쪽으로 걸음을 옮기면서 한마디씩 했다.

"잘됐소. 나무가 제물을 받았으니 1년 동안 나쁜 일은 없을 거요."

"잘되고말고. 나무가 기분 좋게 입 다문 것을 우리가 봤소. 나무가 잘 클 거요."

산 사람을 먹이로 주어 식인 나무를 일부러 키우다니 나는 아후밀탄 사람들이 모두 미쳤다는 생각이 들었다.

"아무래도 나무가 점잖지. 사람에 비하겠소?"

어이없었다. 나무가 아닌 자신들은 이보다 더 끔찍한 일을 저지른다는 말인가. 내 얼굴을 본 옆 사람이 피식 웃음을 흘렸다.

"인상 쓸 것 없소. 한 사람만 내어주면 만사가 편안한데 왜 그걸 안 주고 불안해한단 말요?"

붉은늪 가에 사람들이 모여들었다. 사내들 열두어 명이 늪가의 널찍한 바위에 커다란 기둥 두 개를 세우고 있었다. 알고 보니 그것은 큰 바퀴의 지지대였다. 다음으로 그들은 지름이 사람 키 서너 배는 되는 커다란 바퀴를 날라 왔다. 바퀏살마다 큼직한 쇠 편자를 박은 통나무 바퀴는 여러 사람이 어깨에 메고 구령에 맞춰 들어야 할 정도로 크고 무거웠다. 바퀴 축을 양 기둥에 난 구멍에 힘들여 끼우자 또다시 긴 고동 소리가 났다. 한쪽에 서 있던 여남은 명의 사내가 앞으로 나섰다. 그들이 함께 구호를 외쳤다.

"늪이 받아들인 자는 영원하다!"

사람들이 따라 소리쳤다. '늪이 받아들인 자는 영원하다! 늪이 받아들인 자는 영원하다!' 화려한 장식으로 꾸민 무녀들이 소리 맞춰 노래하기 시작했다.

'제일 좋은 몸 골라 들어가시기를. 후회 없는 일생 사시기를.

제일 좋은 데 다시 태어나시기를. 후회 없는 일생 사시기를.'

옆에 선 사내는 건장했다. 몸도 실한 데다 나보다 한 뼘은 커 보였다.

"이곳 사람들은 붉은늪으로 돌아가는 것을 행복으로 생각하는 모양이오."

내 말에 그가 피식 웃었다.

"행복은 무슨. 어미산이 따로 없으니 어쩌겠소? 일단 깔끔하잖소. 눈에서 깨끗이 사라지니."

그때 새된 목소리가 끼어들었다. 그 옆에 있던, 일흔 살은 훨씬 넘어 보이는 조그만 노인이었다.

"어미산이 왜 없어? 거대한 숲에 있지. 놈들한테 빼앗겨서 그렇지."

"외적이 쳐들어왔었나요?"

내 물음에 건장한 사내가 버럭 소리 질렀다.

"외적은 무슨! 아후밀탄보다 더 강한 나라는 없소. 아후밀탄의 군대는 천하무적이오."

노인이 얼른 내 뒤로 몸을 숨기면서 조잘거렸다.

"외적이 왜 없어? 퍼런 눈들이 외적이지. 우리 어미산을 빼앗았으니 외적이지!"

"늙은이가 쓸데없이! 존귀한 자만이 나무에 오를 수 있어. 나무가 받아들인 자는 존귀해!"

무슨 소리인지 알 수 없었다. 노인은 어느새 자취를 감추고 건장한 사내는 화난 듯 입을 다물고 있어 아무 말도 물을 수 없었다.

준비가 다 된 듯했다. 구호를 선창했던 이들 중 맨 앞사람이 바퀴에 다가서서 바위 바닥에 고정된 쇠판에 자신의 발을 묶었다. 이어 손을 뻗어 바큇살에 자신의 팔을 끼웠다. 두 번째로 서 있던 사람이 앞사람을 도와 그의 팔과 발목 끈을 탄탄히 죄어주었다. 그가 고개를 끄덕이자 주위에 섰던 사람들이 땅에 놓였던 밧줄을 손에 쥐었다. 바퀴 축에 달린 긴 밧줄이 팽팽하게 당겨지자 삐걱대는 소리와 함께 바퀴가 돌아가기 시작했다. 구경하던 모든 이들이 큰 소리로 노래 불렀다.

'바퀴가 돌아가네 돌아가네 붉은늪으로 돌아가네.

땅도 아닌 물로 돌아가니 어디라도 마음대로 갈 수 있겠네.

제일 좋은 몸 골라 들어가시기를. 후회 없는 일생 사시기를.

바퀴가 돌아가네 돌아가네 붉은늪으로 돌아가네.

기지도 날지도 않고 물로 가라앉으니 어디라도 골라 들어갈 수 있겠네.

제일 좋은 데 다시 태어나시기를. 후회 없는 일생 사시기를.'

바닥 쇠판에 묶인 사내의 몸이 점점 늘어났다. 이내 사내의 몸이 찢어지기 시작했다. 한층 더 커진 뿔피리 소리와 사람들의 노랫소리가 사내의 비명을 묻어버렸다. 그의 일그러진 표정과 커다랗게 벌린

입만이 그의 마지막 고통을 보여주고 있었다. 허리 부분에서 찢겨진 그의 상체는 바퀴의 제일 높은 부분을 지나 다시 내려오면서 붉은늪으로 떨어져 내렸다. 붉은늪 위에 그의 상체가 놓이자 늪의 표면이 우묵하게 패이기 시작했다. 이윽고 그의 머리와 가슴, 두 팔이 서서히 가라앉았다. 사내들 서넛이 바닥 쇠판에 남아 있던 죽은 이의 다리를 끌러 붉은늪에 마저 던졌다. 이어 두 번째 사내가 바퀴에 다가서서 자신의 발을 바닥 쇠판에 묶었다. 세 번째 사람이 그를 돕기 시작했다. 사람들이 또 밧줄을 잡아당겼다. 바퀴가 돌아가고 사내의 몸이 찢겨 바퀴 꼭대기로 올라갔다. 똑같은 뿔피리 소리와 사람들의 노랫소리가 이어졌다. '제일 좋은 몸…… 제일 좋은 데에 다시 태어나시기를……'

"붉은늪이야말로 우리 어른이들의 풍요로움을 책임져주는 근원이지요. 당신네 단풍동으로 흐르는 아버지강도 이 늪에서 비롯되는 것은 알고 있지요?"

건장한 사내가 자랑스러운 듯 말했다. 하필 그때 들려온 남녀의 깔깔대는 웃음소리는 죽어가는 이들의 비명보다도 더욱 끔찍했다. 그들은 교접을 즐기는 중이었다. 고통스러운 모습을 볼수록 아랫도리가 흥분된다는 반 미친 사람들의 생식 행위였다. 또 다른 나무 그늘 아래에서는 한 여자가 긴 가죽끈으로 사내의 몸을 후려치고 있었다. 한동안 맞기만 하던 사내가 여자에게 덤벼들었다. 둘이 한 몸으로 엉켜 환희에 떠는 모습을 보며 나는 내가 그들과 똑같은 어른이인 것이, 내 몸에 눈과 귀가 있다는 것이 끔찍하여 몸을 떨었다.

"아냐, 이건 아냐. 이럴 수는 없어."

나는 끝없이 되뇌며 인파에서 벗어났다.

"못 봤어. 나는 아무것도 보지 못했어. 제발, 이건 사실이 아냐."

어른이들에게 희생당한 숲, 그 식물들 중 가장 강하다는 식충 식물에게 어른이를 희생제물로 바치는 것이 아후밀탄의 전통이라면 그럴 수도 있었다. 대상 일행과 거대한 숲을 건너면서 이미 한차례 경험했던 일이기도 했다. 하지만 이들의 나무제와 늪제를 보면서 내가 경악했던 것은 이들이 당당히 내세우는 제례가 삶의 행복과 위안을 위해서가 아니라 죽음을 찬양하고 있다는 사실이었다. 삶이 아니라 죽음이 정상이라는 전제, 삶이란 그저 이전의 죽음과 앞으로의 죽음 사이에서 그것들을 이어주는 매개의 시간일 뿐 아무런 의미가 없다는 것, 앞으로 맞을 죽음이 극히 자연스러운 일인데 현재의 삶을 굳이 고통스럽게 이어갈 필요가 있느냐는 반문.

그런 전제와 물음을 반박할 수 없어서 나는 두려웠다. 이들의 주장이 맞는 것 같아서 도망칠 수밖에 없었다. 태어나서 점점 커가는 나무들과 풀들, 가축들, 똑똑하다는 검은머리짐승들조차 절대 모르리라. 커가는 몸피와 함께 삶에 대한 기대와 희망도 커가는 그들은 상상조차 할 수 없으리라. 우리들, 땅이 키워준 큰 몸체로 태어나 몸도 마음도 점점 닳아가는 우리 어른이들의 삶이야말로 땅으로 돌아갈 날을 꿈꾸는 것 외에 아무런 희망도 가능성도 없는 것이다. 어이없는 죽음이 자행되는 현장에서조차 우리가 할 일은 오로지 우리를 잠깐 뱉어낸 땅에게 씨물과 알을 바치는 일, 그것 외에 우리 삶의 의미는 아무것도 없는 것이었다.

무슨 정신으로 여관에 돌아왔는지 알 수 없었다. 다음 날 아침, 눈을 뜨고 나서 첫 번째로 깨달은 것은 어이없게도 내가 '죽은 듯이 잘 잤다'는 충격적인 사실이었다. 이럴 수는 없었다. 다시 눈을 감았다. 죽음에 대해 생각하지 않기 위해, 삶을 포기하지 않기 위해 나는 다시 잠을 청했다.

며칠을 내리 자는 동안 방의 물길이 마른 것을 몰랐다. 몸을 굽혀 물길을 틀 힘조차 없던 나는 허청허청 방을 나와 여관 마당으로 내려섰다. 비가 오고 있었다. 하늘을 덮은 높은 나뭇가지와 덤불들로 인해 깨진 물방울들이 뿌연 안개비를 만들어내고 있었다. 지천에 핀 꽃들의 향기가 진하게 풍겼다. 다람쥐가 앞발을 들고 서서 마당의 꽃을 뜯어먹는 모습이 보였다. 진통 효과가 강한 마꽃이었다. 나도 먹어볼까. 꽃 앞에서 무릎을 꿇고 몸을 숙이는 순간 온 세상이 빙글거렸다. 나는 까무러치는 중이었다.

"정신이 드세요? 사흘이나 깨어나지 못하셨어요."

눈을 거우 떴는데 웬 여자가 서 있었다.

"귀하신 분이 이렇게 정신을 잃다니. 사흘분 급료는 챙겨주실 거죠?"

그녀가 내 목에 걸린 향료통을 가리키며 웃었다. 여관 주인이 마당에 쓰러진 나를 발견하고 간호할 사람을 대어준 것이었다. 그녀가 내 발을 물수건으로 감싸고 수건이 마르지 않도록 지켜주었다고 했다.

"손님을 보살피는 것이 제 일이지요. 그것은 또 손님과 제가 즐거운 시간을 가진다는 말도 되지요. 손님이 원하신다면."

누군가와 함께 있어서 얻을 수 있는 마음의 평화에 나는 감사했다. 여자의 이름은 미호, 아후밀탄 말로 '귀여운 인형'이라는 뜻이었다.

"돈 싫은 사람이 어디 있겠어요? 맛있는 것을 먹고 마시고 예쁜 보석들로 치장할 수 있잖아요. 손님이 좋아하시는 죽음 따위는 싫어요. 죽으면 아무것도 할 수 없으니까요."

정신을 잃고 있었던 동안 내가 내내 죽음, 살인, 고통, 허무 따위의 낱말을 중얼거렸다고 했다. 활짝 웃으며 귓불을 간질이는 그녀를 나는 품에 안았다. 그녀의 온몸을 만지고 핥고 씨물을 털었다. 여관방에 내 씨물이 흐르고 마루 틈 사이로 그녀의 알이 떨어져도 나는 개의치 않았다.

　아후밀탄 사람들의 팔다리는 단풍동 사람들에 비해 길고 유연하여 덩굴식물들의 뻗어가는 가지를 연상시킨다. 그러나 미호는 갈색과 녹색이 섞인 큰 눈동자에 유독 짧은 다리와 팔을 가지고 있었다. 복인으로 태어나 고생하다가 팔다리를 완전히 부러뜨림으로써 두 번째 팔다리가 난 것이었다. 아후밀탄 사내들이 싫어하는 그녀의 몽톡몽톡한 몸과 짧은 팔다리가 나는 좋았다. 그녀의 작은 몸체는 단풍동 여자를 연상시켰다. 거리낌 없이 웃어젖히는 그녀의 웃음소리도 나는 좋았다. 그녀의 웃음소리만 들을 수 있다면 내 모든 돈과 나 자신을 다 내어줄 수 있었다. 내 곁을 지키는 그녀의 웃음과 행복이 내 삶의 의미가 될 수도 있지 않을까, 잠깐이나마 나는 희망에 부풀기도 했다. 하지만 이따금 날카롭게 가슴을 찌르는, 어떻게든 외면하고 싶었던 내 밑바닥의 무의미함은 어쩔 수 없었다. 그녀를 얼싸안고 더 이상 가까워질 수는 없다고 생각한 순간, 누구와도 진정으로 마음을 나누는 것이 불가능하다고 느끼는 순간 나는 외로웠다. 뼈마디를 녹이는 듯한 외로움, 슬픔, 무의미함의 밑바닥에는 매번 죽음이 입을 벌리고 있었다. 모든 생물이 배우자와 교접하는 이유, 그 황홀한 열락의 순간조차 다른 의미는 없었다. 자신의 알과 씨물을 뿌려 후손을 남김으로써 그에게 내 삶의 고민을 떠넘겨버리는 일, 그리하여 마음 편히 죽을 수 있는 권리를 획득하는 일뿐이었다.

　여관 주인은 미호가 나 외의 다른 손님을 받지 않는다는 사실에 분개했다. 그는 내가 미호를 독점하는 대가로 방값만큼의 돈을 더 요구했다. 그 말을 들은 미호는 '여관 주인이 욕심이 많다'며 흥분했다. 자기에게 돈을 주면 집을 구해보겠다고 했다. 그녀가 구한 집은 저자에서 뚝 떨어진 동쪽 숲 입구, 어둡고 음습하여 인적조차 끊긴 허름한 폐가였다.

"더 나은 집에 가려면 돈을 두 배는 더 줘야 해요."

미호가 눈을 피했다. 그녀는 내게서 돈을 더 받아내기 위해 일부러 험한 집을 보여준 것이었다. 나는 개의치 않았다. 그녀의 생각으로는 하루도 기거할 수 없는 그 집이 내게는 편안하고 안온했다. 아침이면 끽끽대는 원숭이들, 새들, 밤이 되면 경쟁하듯 울어대는 개구리 두꺼비 소리가 나는 좋았다. 시끄러운 풀벌레 소리를 핑계 삼아 끝도 없는 미호의 불만과 잔소리를 못 들은 척할 수 있는 것도 다행이었다.

숲속 집에서 나는 미호의 마음을 사기 위해 애썼다. 아쉽게도 그녀가 좋아하는 것은 돈과 생식뿐이었다. 내 씨물이 묻은 그녀의 알을 나는 조심스레 주워 부드러운 땅에 묻었다. 처음에는 마당에, 나중에는 사람의 발이 닿지 않는 언덕 비탈에, 짐승과 벌레들이 파먹지 않을 후미진 곳에 정성껏 심었다. 어리둥절해하던 미호는 내 행동의 뜻을 알고 마구 화내었다.

"미쳤나봐! 평생 보지도 못할 자식을 왜 걱정하는 거야!"

그대로 둘 수는 없었다. 오십여 년 후 내 씨물을 받은 내 자식이 복인으로 태어나 구걸로 살아가도록 방치할 수는 없었다. 외로움에 젖었던 나는 어쩌면 준호가 그리워하던 자기 핏줄, 제 자식을 품에 안고 직접 키울 수 있는 짐승세상을 그리워했는지도 모른다.

집 근처에 개울이 있었다. 깨끗한 개울물에 발을 담근 채 서 있노라면 근처 나무에 매달린 원숭이들이 무화과 열매를 따서 내게 던졌다. 처음에는 그들이 나를 무시하여 멀리 쫓아버리려는 것인 줄 알았다. 하지만 몇 번 지나는 동안 원숭이로서는 그것이 인사, 잘 지내보자는 환영의 몸짓임을 알고 흐뭇했다. 개구리도, 무섭게 똬리를 트는 뱀도 마찬가지였다. 내가 그들을 해치지 않는다는 것을 안 다음부터 그들은 스스럼없이 내 앞에 나타나 몸을 틀기도 하고 나를 따라다니기도 했다. 그래도 집 안에 들어오지는 않았다. 미호에게 걸리면 목숨이 위험하다는 사실을 그들은 잘 알고 있었다.

 미호는 많은 것을 탐냈다. 은팔찌, 진주 목걸이, 다섯 폭이나 되는 멋진 치마, 한번 문지르기만 하면 금방 불이 켜지는 호롱…… 돈을 벌어야 했다. 첫 번째로 구한 일거리는 나름대로 친숙한 사진관의 조수 일이었다. 그러나 돈벌이는 시원찮았다. 살촉동이나 청매동에서 인기이던, 아버지 하전을 그토록 매료시켰던 사진 가게는 의외로 아후밀탄에서는 별 인기가 없었다. 이유는 간단했다. 사진이 종이에 찍히기 때문이었다. 아후밀탄의 습한 날씨에서는 아무리 방수기름을 바른 종이라 해도 한 달이 채 지나기 전에 곰팡이가 핀다. 대부분의 책들이 양피지인 이유도 바로 거기에 있었다.

 마차를 제작하는 작업장 일은 험했다. 커다란 쇠톱과 작두로 철판과 철사를 자르고 쇠줄로 바퀴의 틀을 다듬느라 손발의 상처가 아무는 날이 없었다. 눈 깜짝할 새에 손가락 네 개가 잘려 나가는 햇빛족 인부를 본 후 나는 일을 그만두었다. 팔과 달리 손가락은 다시 나지 않는다. 멀쩡한 팔을 부러뜨리거나 평생 몽당손으로 살 용기는 없었다. 비단을 짜는 공장에서 내가 한 일은 무거운 비단실 뭉치를 나르고 다 짜진 천을 염색하는 곳으로 옮기는 일이었다. 쉬지 않고 일을 하는데도 힘센 햇빛족 인부들에 비해 내가 나른 양은 그들의 1/5에 불과했다. 임금 역시 그들의 1/5이었다.

 톱니바퀴 공장, 하전부리가 사 온 괘종시계가 고장났을 때 준호가 끝내 찾지 못했던 바로 그 조그만 톱니바퀴를 만드는 작업장에서도 일해 보았다. 큰 톱니바퀴는 마차에도 승강기에도 음악상자에도 쓰인다. 납작한 쇠판을 둥글게 깎고, 그 쇠판 가장자리에 톱니바퀴를 일정하게 만들어주는 그 정교한 기계는 나 같은 인부는 근처에 가지도 못했다. 소리만 듣고도 톱니바퀴가 제대로 깎이는지 잘못되는 것인지 알아내는 장인들 서너 명만 다룰 수 있었다. 하지만 그들은 내 봉급의 수십 배를 받으면서도 몇 시간 일하지 않았다. 정오가 가까워서야 작업장에 나타나고 또 날이 어두워지기 무섭게 기계 작동을 멈추고 자기 집으로 가버렸다. 대장간에서 쇠판을 가져오고 기계가 깎은 쇠 부스러기를 다시 대장간으로 가져가는 일을 맡은 나는 돈만 더 준다면 몇 밤이라도 샐 생각이 있었다. 작업장 주인이 투덜거렸다.

"어두워져서 가는 건지. 저놈들이 가서 어두워지는 건지. 저렇게 빨리 제 집에 가서 무슨 짓을 하는지 몰라. 그 먼 곳까지 오갈 시간이면 이틀 일을 하루에 하고도 남겠구먼."

장인들의 집은 동쪽 먼 숲속에 있다고 했다. 작업장 주인이 '작업장 가까이 집을 마련해 주겠다'고 해도 응하지 않는다고 했다.

"손재간 좋은 놈들은 하나같이 다 그래. 숲에서 무슨 신령한 기운이라도 받는지."

내 집 역시 동쪽 숲 초입에 있음을 안 동료 인부가 한참 동안 내 눈을 노려보았다.

"너도 푸른눈이야? 아니면 푸른눈 시중드는 놈이야?"

무슨 말인지 알 수 없었다. 오랜만에 집에 온 미호에게 푸른눈에 대해 묻자 그녀는 불같이 화를 내었다.

"그러니 내가 집을 옮기자고 했잖아! 그런 소리까지 들어가며 뭣 때문에 여기서 살아!"

푸른눈의 장인들에 대해서는 더 이상 알 수 없었다. 게다가 나는 아후밀탄 사람들끼리 빠르게 숙덕이는 말은 알아듣지 못했다. 나를 비하하거나 내게 비밀로 해야 할 말을 할 때에는 그들은 어김없이 자기들의 사투리를 섞어가며 빠르게 말했다. 어쨌든 작업장 주인을 비롯하여 모든 이들이 푸른눈들을 필요로 하면서도 그들을 싫어하고 재수 없어 하는 것은 분명했다.

아무나 할 수 있는 단조로운 일에 급료를 많이 주는 주인은 없다. 미호를 위해 나는 또다시 직업을 바꿨다. 가축을 도살하는 일은 힘이 덜 들면서도 보수는 많았다. 도축장에 들어오는 가축들은 의외로 순순하다. 앞서 죽은 가축들의 피 냄새가 그들을 얼어붙게 하기 때문이다. 우선 도축장에 돼지나 소를 들여보낸다. 가축들이 돌아서기 전에 재빨리 꼬리를 잡아 차꼬를 채움으로써 그들의 몸을 고정시킨다. 그리고 나면 다른 숙달된 인부가 천장에 매달린 쇠집게를 떨어뜨린다. 대가리와 몸체가 고정되면 이내 날카로운 칼이 떨어져 목이 잘린다. 가축들의 울부짖음, 솟구치는 피가 잔인하고 역했지만 어쩌면 그렇게 짧은 순간에 죽여주는 것이 가축에게도 다행한 일일 터였다. 가죽과 뿔 등을 다듬는 일은 또 다른 곳에서 이루어졌다. 특별하고 세심한 기술이 필요한 일은 또 그쪽 푸른눈의 장인들이 맡고 있었다.

살촉동보다 훨씬 발전된 문명을 지닌 아후밀탄에서는 돈 단위도 훨씬 크다. 미호가 갖고 싶어 하는 호롱, 이를테면 집 모양이나 꽃 모양, 특히 아랫도리를 손으로 가린 요염한 여인 모양의 유리 호롱은 도축장 넉 달 봉급으로도 모자라는 거금이었다. 바닥에 담긴 기름이 여자의 두 다리를 통해 머리로 올라가 사방으로 뻗은 머리털에서 불을 밝히는 그 호롱을, 산 지 나흘 만에 미호가 깨뜨렸을 때에는 나는 어이없어 한동안 말을 잇지 못했다.

낮뿐 아니라 밤에도 나는 계속 일했다. 마무리되지 않은 장신구나 마구를 받아다 사포로 문지르는 일, 자리보전하는 상노인들의 몸을

477

씻겨주는 일 등이었다. 음식을 밝히는 햇빛족 노인들은 몸은 작아도 힘도 세고 고집도 세다.

"햇빛족 몸을 닦다니, 천해."

다른 사람 아닌 미호가 이죽거렸지만 나는 어떤 일이든 가리지 않았다. 어찌 된 일인지 미호와의 생식보다 몸을 혹사시켜 일한 후의 나른함이 훨씬 개운하고 기분 좋았다. 밤낮으로 씨물을 쏟아내기에는 내가 덜 성숙했기 때문이었을까. 훗날 내가 나이 들어 단풍동 어미산에서 씨물을 쏟을 때에는 죽음 따위 전혀 생각지 않고 진심으로 즐거울 수 있기를, 작은 뇌와 작은 몸의 주인이 되어 마음껏 심통 부릴 수 있는 시간을 맞을 수 있기를 일하는 내내 나는 바랐다.

물론 몸을 혹사하는 일이 모든 상념을 없애주지는 않았다. 돈을 벌어 미호의 욕심을 채워준다 해서 내 삶의 의미가 생기는 것도 아니었다. 똑같이 되풀이되는 화살 꿈을 꾼 날은 더했다. 꿈속의 나는 항상 한 방향을 향해 활시위를 당기고 있었다. 그런데도 화살은 매번 엉뚱한 방향으로 날아갔다. 희한하게도 그중 몇 개는 방향을 완전히 바꿔 나를 향해 날아왔다. 화살에 쫓겨 끝없이 도망치다가 겨우 잠에서 깨면 몸도 마음도 추스를 수 없을 정도로 피곤하고 우울했다. 무슨 목적으로 나는 계속 활을 쏘는 것일까. 내가 쏜 활들이 왜 나를 향해 날아오는 것일까. 마음을 정리하는 것이 부질없을 때 나는 또 미친 듯이 일에 열중했다. 몸을 놀리는 것만이 내가 할 수 있는 전부였다. 입에 발린 미호의 몇 마디 말에 알량한 급료를 털어주면서 나는 내 힘겨운 노동, 그녀와의 생식이 단지 시간을 보내는 것 외에 아무 의미 없음에 매번 절망했다. 살촉동의 유리그릇 작업장에서 깨달았던 목표, 차갑고 아름다운 유리병처럼 나 스스로 단단해지겠다는 목표는 이미 퇴색되어 있었다. 온 힘을 다해 성실하게 살면 무언가를 이룰 수 있으리라는 희망도 더 이상은 아니었다. 겉으로만 단단한 유리병, 속 빈 유리병은 절대 해답이 될 수 없었다. 내 또래의 다른 이보다 훨씬 물렁물렁해진 내 피부가 약 올리듯 그 사실을 증명해 주고 있었다.

미호는 어떤 때는 한 달이 지나도록 집에 오지 않았다. 더 이상 생식을 원하지도 않았다.

"왜 내가 네 입장을 생각해야 해? 모두들 자기 자신을 위해 살아가는 것 아냐? 너희 동굴벌레들은 달라?"

미호뿐 아니었다. 모든 아후밀탄 사람들이 그러했다. 다른 사람의 삶에 참견하거나 끼어들지 않는 그들의 행동거지를 나는 처음에는 선진문명을 누리는 그들의 깔끔한 성품인 줄 알았다. 아니었다. 태생적으로 이들은 다른 이의 감정을 이해하지 못할 뿐 아니라 이해하려 노력하지도 않았다. 태어나는 순간부터 자신의 삶을 꾸려야 하는, 타인의 도움이나 보살핌을 받으려면 큰 희생을 치러야 하며 나중에 계산해 보면 별 이익도 아니라는 사실을 본능적으로 아는 아후밀탄 사람들의 특징이자 한계였다.

숲속 집에서 혼자 지내는 것은 나쁘지 않았다. 새로운 삶이 어떤 다른 것의 죽음에서 비롯됨을, 그런 면에서 삶과 죽음이 항상 같이 있음을 나는 그곳에서 배웠다. 나무끼리도 치열하게 싸운다는 것도 숲을 통해 알았다. 비가 많이 오면 나무들의 이파리나 뿌리에서 보라색 또는 갈색의 물감들이 나온다. 다른 종자들이 자라지 못하도록 주변에 자신의 독을 푸는 것이다. 그곳에 떨어진 풀씨 또한 녹록히 당하고 있지만은 않는다. 독을 흡수하지 않기 위해 딱딱하고 투명한 물질로 제 몸을 싸거나 때로 물 위에 떠서 주위의 덤불로 옮겨 앉기도 한다. 채 사흘이 지나기 전에, 제 몸의 습기가 마르기 전에 덤불 위에서 꽃을 피우고 열매를 만들어 제 풀씨를 날리기도 하고 어떤 것은 삐죽삐죽한 가시로 새들이나 몸집 작은 동물들의 몸에 붙어 자손을 퍼뜨리기도 했다. 태어나 몸과 정신이 점점 커가건 점점 작아가건 모든 생명은 똑같을지 몰랐다. 아무리 거대한 맹수, 아무리 작은 풀씨라 해도 자기 종족을 남기는 것만이 그들의 목표이며 그들이 살았었다는 증명이었다.

 갠 날에는 곧게 뻗은 가문비나무 전나무 이파리들을 뚫고 햇빛이 숲 바닥에 닿았다. 어느새 나는 눈가리개를 하지 않고 있었다. 노란 개나리, 붉은 매화, 푸른 제비꽃들의 색이 아름다웠다. 하지만 빛에 익숙해진 내 눈은 한밤중 칠흑의 어둠에서는 물건들을 볼 수 없었다. 귀도 그러했다. 일터에서 나는 시끄러운 기계 소리, 밤낮으로 들리는 매미 소리, 개구리 소리, 굴뚝새와 지빠귀들의 짧고 긴 노랫소리와 나무이파리를 뚫을 듯한 거센 빗소리에 귀를 내주면서 나는 어느새 내 심장 소리, 숨소리, 다람쥐나 사슴의 조용한 발짝 소리는 들을 수 없었다. 그리고 어느 날 아주 자연스럽게 미호와 작별할 때가 왔다는 생각이 들었다. 그것은 어쩌면 내 안에 깊숙이 숨어있던 맑은이의 예지력일 수 있었다.

 손질이 끝난 마구를 마차 작업장에 가져다주고 오는 길이었다. 집 가까이 다가서는데 미호가 아닌 낯선 인기척이 느껴졌다. 그녀가 집 마당에서 다른 사내 앞에 무릎을 꿇고 앉아 그의 씨물을 받는 중이었다. 여느 때와 마찬가지로 마당에는 이팝과 산초와 제비꽃이 피어 있었고 이슬을 머금은 덩굴과 이파리들이 그녀의 무릎과 발을 받쳐주고 있었다. 어쩌면 나는 그 장면을 오랫동안 기다리고 있었는지 몰랐다. 언제고 끝날 그림, 작별을 위해 당연히 있어야 할 장면이었다.

 집에 따라 들어온 미호는 내가 짐을 꾸리는 것을 보고 빠르게 말했다.

"당신은 나쁜 꿈을 꾸었어. 나쁜 꿈을 진짜라 믿는 사람은 흰 박쥐가 돼. 알고 있지?"

"그럼. 나는 박쥐가 될 생각이 없어."

다음 날 그녀는 떠났다. 그녀의 옷가지와 그동안 모아두었던 내 돈을 몽땅 가지고 갔다. 그래도 다행이었다. 미단부리의 인형 두 개가 그대로 시렁 위에 얹혀 있었다. 그녀에게 인형의 진가에 대해 말하지 않은 것은 잘한 일이었다. 게다가 나는 바닥에서 향료통도 주웠다. 미호에게 선물로 준 지 오래였기 때문에 나는 그녀가 그것을 팔아버린 줄 알고 있었다. 하지만 아니었다. 향료통의 주인은 미호가 아니라 나였던 것이다. 향료통 스스로 잠시 몸을 감추었다가 내가 떠날 때쯤 다시 나타난 것이라고 나는 편안히 믿기로 했다.

자기 위주로 살아가는 것, 마음이 끌리는 상대와 생식하는 것은 모든 생명의 본래 모습이다. 결론적으로 미호는 잘못이 없었다. 잘못은 내게 있었다. 그때그때의 감정에 솔직한 미호의 행동과 말에 혼자 마음을 다치고, 무조건 강해지자 성실하게 살자 끝없이 나 자신을 닦달해 온 내가 나 스스로에게 너무 가혹했고 무자비했던 것이었다.

저자에 나가 미단부리의 두 번째 인형을 내놓았다. 세상의 땅끝, 제울을 향해 떠나는 새로운 대상 행렬에 끼어든 것은 서른세 살, 집을 떠난 지 3년 만의 일이었다.

사막을 통과하다

✽　　　　제울은 아후밀탄에서 보자면 북쪽, 동굴국인 살촉동에서는 북서쪽에 위치해 있다. 살촉동에서 제울로 가려면 아후밀탄을 거치지 않고 직접 가는 것이 거리상으로는 훨씬 가깝다. 하지만 아무리 바쁜 대상 행렬이라 해도 그 길을 택하는 이는 없다. 사람의 목숨을 위협하는 사막길이 아후밀탄을 통해 가는 것보다 두 배 가까이 길기 때문이다.

　아후밀탄을 싸고 있는 숲은 북쪽으로도 놓여있다. 하지만 동쪽의 거대한 숲과는 달리 북쪽 숲은 하룻길이면 충분히 벗어난다고 했다. 그러니 이제부터 필요한 것은 숲을 헤칠 나귀가 아니라 사막을 건널 수 있는 낙타였다. 대상 스물둘에 낙타 서른네 마리가 꾸려졌다. 제울에 가서 팔 아후밀탄의 향료와 사슴 가죽, 물론 대상들이 쓸 물과 천막도 빠짐없이 실렸다. 푸른나무의세월 아홉 번째 해 물의 첫 달인 물방개달이었다.

　"불의 달에 움직였다가는 큰일나지요. 햇볕에 타 죽을 걸?"

　대상 두목 봉고는 반갑게도 청매동 출신으로 우리 단풍동의 책력을 신봉하고 있었다.

　북쪽 숲길은 동쪽 거대한 숲에 비하자면 숲이라 할 수도 없었다.

갈수록 나무들도 나직해지고 덩굴식물들도 별로 없어서 숲이라기보다는 초원에 가까웠다. 나무인간들도 몇 없었다. 사람들이 지나는 길가에만 마치 일부러 심은 것처럼 드문드문 서 있었다.

'다행나무, 다정나무, 단란나무, 단풍나무. 내 이름을 왜 불러? 웃겨. 웃겨.

대갈나무, 대견나무, 대충나무, 대추나무. 네 이름은 왜 읊어? 웃겨. 웃겨.'

단풍나무? 나도 모르게 옆 일행의 옷자락을 움켜잡았다.

"조금 전 저놈들의 노래 들으셨소? 단풍나무, 저놈들 중에 단풍나무가 있는 모양이오."

온 얼굴이 갈색 털로 덮인 옆 사람이 미심쩍은 표정으로 나를 바라보았다.

"나랑 잠깐만, 아니 나 혼자라도 잠깐 되돌아가서, 내가 단풍나무를 한 번도 본 적이 없어서요."

뒤를 따라오던 일행이 바짝 따라붙었다.

"참, 단풍동 출신이라 하셨지? 단풍동 사람들은 진짜 원하는 대로 몸을 바꿀 수 있소? 나무도 되었다가 사람도 되었다가. 어떤 이는 새처럼 날기도 한다던데. 당신도 날 수 있소?"

앞서가던 일행도 속도를 늦추며 끼어들었다.

"제울의 물고기가 새처럼 나는 것은 내 눈으로 봤지. 물고기 주제에 사람 흉내를 내며 바위에 걸터앉은 것도. 하지만 대상 생활 20년 동안 단풍동에는 가보지 못했소. 간다 한들 너무 어두워서 말요. 단풍동 사람들은 앞날도 빤히 내다본다면서요? 그래, 내 앞날은 어떻소?"

"앞날을 알 리 있나? 단풍동 출신이 아니거든."

내가 맨 먼저 말을 걸었던 털북숭이 사내의 낮은 목소리였다. 그가 다른 이들을 둘러보며 말을 이었다.

"단풍나무에서 태어난 단풍동 사람이 단풍나무를 보지 못했다니 말이 되나. 안 그래?"

어이없었다. 단풍동에 단풍나무가 없음을 설명하느라 나는 한동안 목이 아프도록 떠들어야 했다. 뿐 아니었다. 단풍동에 대한 여러 억측들이 한두 가지가 아니었다. 그들은 내 설명을 제대로 듣지도 않았다.

"그러니 당신이 단풍동 출신은 맞다는 거잖아."

앞쪽 사람이 말했다. 뒤쪽 사람이 말을 이었다.

"그러니 민짜 동굴벌레는 맞지만 앞날도 모르고 단풍나무도 모른다 그 말이잖아!"

털북숭이 사내가 가장 공격적인 것도 여전했다.

"사기를 쳐도 웬만해야지. 단풍동 출신도 아닌 주제에 민짜라니, 끓는 물이라도 뒤집어쓴 모양이군."

흥미를 잃은 사람들이 뿔뿔이 흩어져버렸다. '웬 사기꾼 놈이 끼어들어서는.' '단풍동놈이 제울까지 웬일인가 했지.' '앞날도 보지 못하는 민짜벌레라니 재수 없어.' 문제는 그것으로 끝나지 않았다. 내 낙타가 행렬로부터 외떨어지기 시작했다. 대상들이 노련한 솜씨로 내 낙타의 진로를 방해하는 중이었다. 한동안 처지던 내 낙타가 히힝거리기 시작했다. 사막이었다. 혼자 뒤처진다는 것은 나뿐 아니라 낙타로서도 죽음을 뜻하는 것이었다.

별수 없었다. 이제야말로 사기를 쳐야 하는 순간이었다. 앞서가던 털북숭이의 낙타를 근근이 따라잡았다. 그리고 말을 걸었다.

"당신 앞날이야 아까부터 다 알았지요. 단지 딴 사람들이 듣는 게 어떨까 싶어서 입을 다물고 있었지."

그는 못 들은 척 길만 재촉했다. 하지만 그의 낙타 세 마리와 함께 내 낙타도 편안히 걸음을 떼고 있었다.

"당신은 갈수록 큰돈을 벌 거요. 술값으로 탕진하지만 않는다면."

그의 쉰 목소리와 손가락이 떨리는 것은 술꾼임이 분명했다. 내가 소리죽여 말을 이었다.

"누군가 당신 곁에 올 거요. 처음에는 당신에게 도움을 청하겠지만 갈수록 그가 당신을 도울 거요. 큰물에 휩쓸린다 해도 걱정 마시오. 물은 부서질지언정 없어지지는 않소."

내 나이 열여덟, 준호를 만나기 전 무녀 영기가 내게 한 말이었다. 털북숭이는 아무 말도 하지 않았다. 하지만 더 이상의 이기죽거림도 없었다.

단풍동 맑은이들의 예지력이란 어쩌면 그들만의 능력이라기보다 땅, 내가 태어난 단풍동의 능력일지 모른다. 당장 나 자신을 보면 알 수 있지 않은가. 서른이면 자연스레 갖춘다는 맑은이로서의 예지력이 이미 서른셋인 내게 전혀 나타나지 않고 있었다. 그렇다고 예지력이 단풍동 땅에 매여 있다고 단정 짓기도 곤란했다. 청매동 광대 두목 사흔은 광대들의 앞날을 훤히 봤다고 하지 않던가. 하기야 약장수 용개의 허풍을 그대로 믿을 수는 없다. 그가 진짜 단풍동의 맑은이라면 그 약한 발바닥으로 줄을 탈 수가 없었다. 하지만…… 외삼촌 미곤이 내게 한 말은 내 귀로 똑똑히 들었다.

—사막에서 너를 보았다.

바로 내가 건너는 이 사막에서 말이다. 결국 내게 예지력이 나타나지 않는 이유는 검은머리짐승 준호와 오랫동안 같이 지내어 능력이 없어졌다고 볼 수밖에 없는 것이다.

예지력이 없다 해서 크게 불편할 것은 없다. 어차피 닥친 일은 겪으면 될 일, 먼저 안다 해서 무언가를 대비할 수도 없다. 단지 내게 예지력이 있었다면 이렇게 애매한 상황에 처한다거나 미호가 다른 사내의 씨물을 자기 알에 묻히며 몸을 떠는 광경 따위, 아니, 내가 검은머리 짐승의 교접을 흉내 내어 고향에서 쫓겨나는 일 등은 애초부터 생기지 않을 수도 있었으리라.

숲 끝, 멀리 사막이 내려다보이는 바위산에 올라서자 행렬이 멈추었다. 낙타에서 대나무 장대와 천막들이 내려졌다. 십여 개의 천막이 쳐졌다. 천막 하나에 두세 명씩 들어가 자리를 잡았다. 나 역시 한 천막에 들었다.

"잠을 자 두시오. 이제부터는 체력 싸움이오."

바로 털북숭이 사내였다. 다행이었다. 그가 나를 돕기로 한 모양이었다.

그가 하는 대로 나도 내 짐에서 양 위장 물주머니와 양피 조각을 꺼내었다. 물을 조금 따라 양피 조각을 적셨다. 그리고 그 위에 두 발을 올렸다. 살 것 같았다. 풍성하고 청량한 물길에 발을 담그던 단풍동의 내 방이 부럽지 않았다. 양피지의 물은 금방 말랐지만 더 이상 호사를 부릴 수는 없었다. 앞으로 열흘, 물은 사막에서 목숨과도 같다고 했다.

숲에 깃든 부엉이의 울음소리가 들리는가 했는데 어느새 곯아떨어진 사내들의 숨소리가 천막 안을 흔들었다. 나 역시 잠이 들었던 모양이다. 사람들의 말소리와 함께 천막을 걷는 소리가 소란스러웠다.

더 이상 숲은 없었다. 건조한 바람에 시달리는 작은 키 나무 몇 그루, 살았는지 죽었는지 모를 누런 덤불이 모래땅 위에 띄엄띄엄 놓여 있을 뿐이었다. 뜨겁고 건조한 사막의 열기는 온몸을 긴 천으로 두르고도 버티기 어려웠다. 머리까지 둘러쓴 짚 도롱이가 도움이 되었다.

안쪽에 두터운 검은 천을 댄 짚 도롱이는 열기뿐 아니라 눈을 쏘는 햇빛도 막아주었다. 모두들 낙타를 모는 일에만 열중했다. 들리는 소리라고는 낙타의 방울 소리, 앞쪽에서 낙타를 모는 두목과 부두목의 호령뿐이었다.

커다란 바위구멍을 지나는가 하면 끝을 올려다보기 어려울 정도로 높이 솟은 바위들 틈을 비집고 가기도 했다. 바위 그림자로 서늘한 그 길이 '강바닥'이라고 털북숭이 사내가 말했다.

"지금이라도 비가 쏟아지면 물살 거센 강이 된다오."

그가 손을 들어 무언가를 가리켰다. 가파른 비탈에서 뿔을 맞대고 싸우는 산양 두 마리였다. 무엇을 위해 저렇게 목숨을 거는지, 물 한 방울 없는 이 척박하고 건조한 땅에서 어떻게 살아가는지 신기하다기보다 애처로웠다. 이어 금방이라도 목이 부러져 굴러떨어질 듯한 '붉은얼굴바위'가 나타났다.

"머지않아 부러지겠지. 흰 목 부분이 계속 모래바람에 깎여나갈 테니까."

그리고 보니 붉은 바위들이 몇 개 주위에 뒹구는 것이 눈에 들어왔다.

바위들도, 바짝 마른 덤불들도 사라지고 드디어 사막으로 들어섰다. 끝없이 펼쳐진 모래 산과 모래 바다, 어디를 보나 눈을 쏘는, 온몸의 수분을 빼앗아 가는 살인자 햇빛뿐이었다. 짚 도롱이를 다시 머리 끝까지 올려 썼다.

얼마나 시간이 흘렀을까, 햇빛이 약해지면서 모래사막이 붉게 물들기 시작했다. 날이 저물고 있었다. 땅거미 진 사막을 행렬은 또 한참 동안 가로질렀다. 해가 지고 어둠이 내려앉았다. 달. 하늘에 뜬 둥근 달을 나는 난생처음 바라보았다. 아후밀탄에서도 보지 못한, 말로만

들던 둥근 달이었다. 달은 축복이었다. 햇빛처럼 눈을 쏘지도 않으면서 길을 훤히 비추어주었다. 모랫바닥에 선명히 그려진 우리들의 그림자가 말 없는 일행처럼 정다웠다. 그리고 별. 준호가 그토록 보고 싶어 하던 별이 수백수천 개 밤하늘을 수놓고 있었다. 꿈을 꾸듯 황홀했다.

바람이 세지 않은데도 시간이 갈수록 한기가 느껴졌다. 손발이 오그라드는 쨍한 추위였다. 그런데도 두목은 걸음을 멈추지 않았다. 대상 일행이 쉴만한 자리 또한 보이지 않았다. 모래땅에 천막을 치려면 모래바람에 휩쓸리지 않을 믿을만한 언덕배기가 필요했다. 깜빡 졸았다. 몸이 한편으로 기울어 낙타에서 떨어지려는 순간 화들짝 놀라 중심을 잡았다. 그리고 또 비몽사몽 잠에 빠져들었다. 몇 번이나 기울어졌을까, 낙타가 신경질적으로 몸을 흔드는 품이 당장이라도 나를 바닥으로 메어칠 기세였다. 어느새 달이 기울고 주위가 밝아지고 있었다. 그런데도 행렬은 멈추지 않았다.

"낙타들 때문이오. 이놈들이라고 이 힘든 길을 가고 싶겠소? 첫날부터 이놈들을 편안하게 해주면 사막을 건너지 않아요. 어떻게든 아후밀탄으로 되돌아가려 하지."

해가 뜨고 날씨가 꼭 알맞다 싶더니 어느새 더워지기 시작했다. 나는 또 도롱이를 얼굴까지 올려 써야 했다. 건조한 바람, 눈을 찌르는 햇빛, 전날과 똑같은 살인자 태양이 기승을 부렸다. 낙타의 걸음 역시 똑같았다. 내가 할 일은 오로지 낙타 등 위에서 버티는 것, 잠 때문에 정신을 잃지 않는 것이었다.

시간은 가게 마련이다. 아니다. 시간은 영원히 멈출 수도 있다. 괘종시계 앞에서 미단부리가 대적하던 그 시간들이 끝없이 넓은 사막에 백년처럼 천년처럼 쌓여있었다. 주위가 붉어지는 것이 느껴졌다. 해가 지는 모양이었다. 도롱이가 어깨에서 자꾸 흘러내렸다. 그것을 쳐들 힘도 없었다. 두목 봉고의 목소리가 꿈결처럼 들려왔다.

"천막을 쳐라."

두목의 말이 끝나기 무섭게 낙타는 단 한 발짝도 내딛지 않았다.

모래언덕에 천막들이 쳐졌다. 사람의 마음만큼 간사한 것이 있을까. 이틀 동안 낙타 등에서 시달린 이에게 발을 받쳐주는 모래땅, 그 위에 쳐진 천막은 왕의 궁전과 다를 바 없었다. 양피를 적셔 발에 댄 순간 나는 기절하듯 잠에 빠져 들었다.

'일어나라'는 소리가 요란했다. 아쉬운 잠에서 깨어 천막 밖으로 나섰을 때에는 주위 모습이 영 달라져 있었다. 천막 뒤쪽의 완만한 언덕은 그대로였지만 앞쪽의 평평했던 대지가 밤새 분 바람으로 절벽처럼 깎여나가 조금만 더 지체하다가는 천막째 앞쪽으로 굴러떨어질 판이었다. 그만큼이라도 잘 수 있었던 것이 다행이었다.

"이제부터는 나도, 도롱이를 쓸 수 있겠군."

곁을 스치던 두목 봉고가 나를 보며 웃었다. 이제껏 두목과 부두목은 긴 천으로 머리와 몸을 휘감았을 뿐 짚 도롱이조차 사용하지 못했던 것이다. 그제야 일행들을 둘러보았다. 나처럼 큰 도롱이를 가진 사람이 몇 없었다. 낙타들을 몇 마리씩 책임지는 이들 역시 두목들과 마찬가지로 도롱이를 잡을 손이 없는 것이었다. 그들에게 치른 돈이 많은 것이 아님을 새삼 깨달았다.

낙타들이 부지런히 발을 떼었다. 등에 얹힌 사람의 무게까지 제 몸 무게라 생각하는 낙타들은 두목이 저희들을 세우고 물을 먹일 때를 제외하고는 어떻게든 한 발짝이라도 더 가려고 안간힘을 썼다. 그것만이 그들이 사막에서 살아남을 수 있는 유일한 길임을 알기 때문일 터였다. 살아있는 동안 내내 힘든 사막을 오갈 낙타들. 그들의 죄는 한

가지밖에 없었다. 사람의 말을 거역하지 못하는 유순함, 그것이었다. 물을 싣고 가는 낙타들도 고생은 마찬가지였다. 물의 무게가 가벼워지는 만큼 대상들은 아무 쓸데 없는 모래주머니를 대신 지웠다. 가벼운 무게에 익숙해지면 낙타는 몸을 털어 짐을 떨어뜨리기 때문이었다.

"사람들도 마찬가지 아뇨? 삶의 짐이 가벼운 이들에게는 신은 어김없이 그의 목에 빛깔 고운 뱀 한 마리를 둘러준다오. 자신의 목에 둘린 뱀을 떼어내려 사람은 온갖 궁리를 다 하지. 요행히 뱀을 떨쳐냈다 안도할 때도 있소. 하지만 그것은 착각일 뿐, 어느새 또 다른 뱀이 목에 감겨있지요."

미호. 그녀가 내 목에 감겼던 뱀이었을까. 그녀가 없었다면 아후밀탄에서의 내 삶은 어땠을까. 지겨웠을까? 행복했을까? 아니면 또 다른 형태의 뱀이 또 다른 문제로 내 목을 조였을까?

모래가 도롱이를 거세게 쳐대었다. 모래폭풍이었다. 앞뒤 일행의 말소리가 전혀 들리지 않았다. 도롱이를 후려치는 거센 모래알에 내 귀에 닿아야 할 모든 소리들이 나가떨어지는 중이었다. 낙타, 믿을 것은 나를 태운 낙타뿐이었다. 낙타 역시 한 치 앞도 보이지 않는 모래폭풍 속에서 발을 옮기고 있었다. 내 낙타가 이미 길을 잃었을 수도 있었다. 일찌감치 대상 일행에서 낙오되어 나 혼자 딴 길을 가고 있는지도 몰랐다. 그런들 어찌할 것인가. 내가 할 수 있는 것은 낙타의 고삐를 잡는 일, 안장 밑으로 느껴지는 낙타의 엉덩이에 내 두 발을 붙이는 일뿐이었다. 낙타의 불안한 마음 또한 읽혔다. 목숨의 위험을 느끼는 그 역시 제 등에 얹힌 나, 자신을 혹독하게 부리는 무거운 짐덩어리인 나만을 믿고 있었다. 낙타와 나. 서로를 의지하고 어떻게든 살아내기. 모래폭풍이 그칠 때까지 한 발 한 발 조금이라도 앞으로 나아가기, 목표는 그것뿐이었다.

영원히 끝나지 않을 것 같던 모래폭풍이 드디어 그쳤다. 바위 언덕이 눈앞에 있었다. 두목은 이내 바위에 바짝 붙여 천막을 치도록 명령했다. 버텨내기 힘든 추위가 다시 엄습했다. 낙타들도 추운지 천막 주위의 모래를 앞발로 팠다. 그리고 움푹 팬 웅덩이에 저희들의 지친 몸을 뉘었다. 천막에 든 사람들 역시 입 한 번 달싹이지 않았다. 모두 자신들의 젖은 양피에 두 발을 얹었을 뿐이다. 그리고 나는 하나 더, 내 짐 속에 있는 미단부리의 인형이 깨지지 않았는지 확인했다. 향료 통이야 끈에 꿰어 목에 걸었으니 걱정 없었다. 깨지기 쉬운 흙인형을 어떻게든 지키는 일은 다른 이에게는 없는 나만의 번거로운 임무였다. 하지만 그것은 내게는 빛깔 고운 뱀, 또는…… 안장이었다.

만만찮은 무게의 나무안장은 사막을 건너는 낙타에게 자신의 짐과는 별도의 또 다른 짐임에 틀림없다. 하지만 그의 등에 안장을 얹지 않는다면 그는 제 주인도, 무거운 짐도 져낼 수가 없다. 미단부리의 인형, 향료통, 내 고향 단풍동. 그것들이야말로 내게는 꼭 필요한 안장, 내가 살아 숨 쉬고 있음을 확인해 주는 또 하나의 기꺼운 무게임에 틀림없었다.

사막을 건너는 일은 한순간 한순간이 죽음과의 싸움이었다. 눈가리개에다 온몸을 가리는 도롱이를 쓰고 단지 낙타에 실려 갈 뿐인데도 끊임없이 정신이 몽롱해져 왔다. 몸의 수분이 마르기 때문이었다. 그중에서도 타들어 가는 듯한 발바닥의 통증은 정말 참기 어려웠다. 물주머니를 꺼내어 발에 끼었으려는데 옆에서 가던 털북숭이 사내가 말렸다.

"물을 아끼시오. 아무도 당신에게 물을 나눠주지 않소."

그랬다. 젖은 양피를 잠깐씩 발에 대는 것, 그 이상으로 물을 소비할 수는 없었다. 언제 물줄기를 찾을지, 언제까지 이 사막이 계속될지 알 수 없었다. 이어 두목의 목소리가 들려왔다.

"자, 이제부터는 잠을 자면 안 돼. 말도 하지 마. 힘 빠지면 알지? 혼자 끝내!"

낙타들의 터벅대는 발짝 소리, 방울 소리. 아무 생명도 살지 않는 모래벌판. 눈가리개를 뚫고 앞뒷눈을 쪼아대는 집요한 햇빛. 부두목이 내게 다가와 말했다.

"무슨 생각이든 긴 생각을 하시오. 정신을 차리고 골똘히."

몸의 수분을 유지하려면 말하는 것도 눈물을 흘리는 것도 사치였다. 숨을 통해 나가는 수분조차 손바닥으로 막아야 했다. 아후밀탄의 숲, 온갖 위험과 온갖 소리로 우리를 공격하던 숲이 차라리 나음을 이제야 알 수 있었다.

정신을 차리기 위해 어머니 미단부리를 떠올렸다. 만족할 만한 인형을 얻었을 때의 그녀의 흐뭇한 표정. 그리고 그 표정과는 정반대의, 단 한 순간의 여지도 허락하지 않던 나에 대한 냉정함, 매서움. 검은 머리짐승의 교접을 시도했을 때 계우와 예홍의 얼굴도 다시 그려보았다. 창피할 것도 없었다. 모든 실수도, 다시는 기억하고 싶지 않은 순간들도 내가 살아있으므로 일어난 정겨운 일들이었다. 그런 여러 가지 생각을 하면서 나는…… 드디어 준호와 분리되고 있음을 실감했다. 그는 어른이가 아니었다. 나 또한 짐승이 아니었다. 그에게 나는 그들의 세상 어느 외딴 골짜기에나 있을 법한 한 그루 나무나 풀 같은 존재였을 뿐이었다. 나 또한 그를 운명의 존재로 받아들인 것도 아니었다. 아후밀탄의 도축장에서 도살을 기다리던 소나 돼지의 눈망울, 극진한 도움이나 자비를 기대하는 불쌍한 생명에게 잠시 손을 뻗쳐주었을 뿐이었다. 그랬다. 그의 마음속에 내가 없듯이 내 마음속에도 그가 있을 수 없었다. 그와 나는 그저 같은 시간 같은 장소에서 우연히 마주친 수많은 생명 중 하나였을 뿐이었다.

눈을 쏘아대는 햇빛의 너울거림, 건조함, 생명의 조롱. 아무리 긴 생각을 하려 해도 머리는 다시 혼몽해졌다. 몸의 균형을 잃을 때마다 낙타가 나를 메어치려 하는 것을 느낄 수 있었다. 낙타의 적의, 그의 진한 괴로움. 이 유순한 낙타도 순간순간 자신의 삶을 끝내고 싶을 정도로 슬프고 괴롭고 노여운 것이었다.

밭고랑처럼 파인 모랫길은 이틀 동안이나 계속되었다. 발밑으로 보이는 붉은색의 모래들이 노랗게 또는 희게 바뀜으로써 제자리를 헤매는 것은 아님을 알려줄 뿐이었다. 말 한마디 서로 건네지 않는 사람들, 낙타의 규칙적인 발짝 소리, 방울 소리. 그것들 또한 또 다른 형태의 소리 고문이었다. 큰 바위틈에서 떨어지는 청명한 물방울 소리를 듣기만 해도 퉁퉁 부어오른 내 발바닥의 흡반, 그 갈증이 없어질 것 같았다. 고통스러운 것은 갈증뿐 아니었다. 도롱이에 눈가리개까지 둘렀는데도 앞뒤 눈꺼풀이 불에 덴 듯 아팠다. 대체 나는 왜 이리 힘든 여행길에 올랐을까. 새로운 무엇을 보고 무엇을 얻겠다고 내 목숨을 걸었을까. 삶이라는 것이 꼭 이어가야 할 만큼 의미 있는 것일까? 그 순간 나는 내 의지로, 기껍게 죽음을 택할 수 있음을 깨달았다. 준호의 목소리가 들려왔다.

— 점점 젊어지는, 점점 작아지는 너희 세계가 실제로 있음을 알았으니 그것만으로도 성과라면 성과겠지. 모르고 죽는 것보다야 알고 죽는 것이 나을 테니까. 하지만 결과는 같아. 어디서 죽든, 얼마나 살다 죽든, 살아있는 것들은 모두 죽어. 심한 괴로움이나 고통을 겪느니 죽는 것이 차라리 나을 수도 있어. 죽음은 자유야. 언제나 내가 열고 들어갈 수 있는 새로운 세상이지.

낯선 땅에서의 죽음. 물 한 방울 없는, 모든 것을 증발시키는 이 지굿지굿한 사막에서 죽음을 맞는다 해도 그리 나쁘지는 않으리라. 적어도 나는 이 사막을 겪어본 것이다. 죽음, 삶으로 회귀되지 않는 완벽한 사멸. 가슴을 묶었던 굵은 끈이 스르르 풀림을 느꼈다. 죽음. 내 목숨은 더 이상 땅의 명령에 달려있지 않았다. 내 손발에 달려있었다. 무겁기 짝이 없는 도롱이 자락을 놓기만 하면, 낙타에서 내려 모래땅을 한 발 내딛기만 하면 되는 일이었다. 두목도 일행들도 어쩔 수 없을 터였다. 누구나 자기 자신을 위해 살아갈 뿐이었다. 마음이, 온몸의 긴장이 풀어짐을 느꼈다. 낙타 등에 실린 채로 내 몸이 둥둥 떠오르고 있었다. 어렴풋한 의식 속에서 나는 내 몸이 물을 흡수하지 못하는 상황에 적응했음을 알았다.

"열흘이지? 내일이면 제울에 도착하려나."

"그렇지. 제울의 대추야 진짜 최고지."

뒤에 따라오던 일행 둘이 말을 나누기 시작하자 기다렸다는 듯 몇몇 사람이 따라 하기 시작했다.

"내일이면 도착이야. 제울의 대추야 최고지."

"저기 보이네. 대추나무 단풍나무. 단풍나무 대추나무."

끝없는 모래벌판이었다. 나무가 있을 리 없었다. 그때 나 역시 무언가를 보았다. 뜨거운 모래벌판에 서있는 한 사내, 붉은 옷을 입은, 갈라진 큰 입이 벌어져 금방이라도 턱이 떨어져 나갈 듯 활짝 웃고 있는 사내. 그가 말했다.

대추나무 단풍나무. 단풍나무 대추나무. 너는 누구야? 어디서 왔어?

"대, 대추나무 단풍나무. 너는 누구야? 어디서 왔어?"

그의 말을 내가 왜 따라 하는지 알 수 없었다. 사실 나는 그에게 '단풍나무를 보았느냐'고 묻고 싶었다. 그런데 내 입은 생각대로 움직이지 않았다. 나는 그저 그가 말하는 대로 그의 말을 따라 하고 있었다.

"대추나무 단풍나무. 단풍나무 대추나무. 너는 누구야? 어디서 왔어?"

순간 누군가가 내 낙타의 고삐를 낚아채었다.

"사막 귀신의 말을 받지 마! 정신 차려!"

두목 봉고였다. 그제야 나는 일행들을 둘러보았다. 그들이 모두 중얼거리고 있었다. '대추나무 단풍나무. 단풍나무 대추나무.' '저기 보이잖아. 제울의 대추.' 그들은 말하는 것이 아니었다. 그들의 벌어진 입으로 말소리가 새어 나오는 중이었다. 부두목과 두목의 낙타가 앞으로 뒤로 옮겨 다니며 넋 나간 일행들을 깨우느라 여념 없었다. 중얼거리는 이들은 모두 날카로운 햇볕에 벌건 얼굴을 드러내고 있었다. 그리고 보니 나 역시 도롱이를 내린 채 따가운 햇볕에 말라가고 있었다. 눈도 얼굴도 참을 수 없을 만큼 따가웠다. 깜짝 놀라 도롱이를 다시 썼다. 두 다리에 느껴지는 낙타의 몸놀림이 새삼 고마웠다. 나는 살아있었다. 낙타도, 나도, 아직은 살아 있는 것이었다. 하지만 살아 있는 것이 내 뜻은 아니었다. 땅, 이 건조한 사막의 허락이었다. 왜 살아야 하는지, 무슨 의미가 있는지 그런 것은 이제 중요하지 않았다. 살려주기만 한다면, 내 목숨이 붙어 사막을 온전히 건널 수만 있다면 더 이상 바랄 것이 없었다. 햇빛이 약해지기 시작했다. 또 하루가 저무는 중이었다. 고마웠다. 몸을 에는 추위가 새로이 생명을 위협한다 해도 당장은 해가 지는 것이 고맙고, 감사했다.

천막 위에 다른 천막을 덧씌워 천막 두 개를 만들었다. 한 천막에 열 명이 넘는 사람들이 들어섰다. 서로의 체온으로 서로의 몸을 덥혀 주는 것이었다. 따뜻하기는 했다. 하지만 나는 수많은 햇빛족과 황인들의 몸에서 나는 악취 때문에 숨을 쉴 수가 없었다. 냄새를 피해 천막 입구로 자리를 옮겼다. 차라리 추운 것이 나았다. 천막 자락으로 바깥이 내다보였다. 두목과 부두목은 낡은 천막 하나에 낙타들을 몰아넣는 중이었다. 사막을 건넌 지 엿새째였다. 지친 낙타들 역시 이 매서운 추위를 무사히 견뎌야 우리 모두가 살 수 있었다.

천막 꼭대기까지 총총 뚫린 끈 구멍들을 통해 나는 하늘의 별과 점점 이지러져 가는 달을 보았다. 그리고 아래쪽의 끈 구멍들을 통해 칼날 같은 바람에 쓸려져 나가는 모래땅도 보았다. 바스락대는 소리가 들렸다. 아무것도 없을 것 같던 사막의 모래밭에 무언가가 움직이는 것이 있었다. 전갈, 두더지, 두꺼비…… 이런, 날카롭게 반짝이는 것들은 황금색 사막여우의 눈알이었다. 그리고 뱀! 희한했다. 물이 없으면 절대 살 수 없는 뱀이 사막 한가운데에서 살고 있는 것이다. 여우가 익숙한 솜씨로 앞을 지나는 두더지를 잡아채었다. 뱀 역시 마찬가지였다. 죽은 듯 놓여있던 녹색 뱀이 눈 깜짝할 새에 두꺼비를 채어 제 입에 넣고 있었다. 새벽녘이 되어서야 나는 이 흥미진진한 구경거리를 끝내었다.

아침, 두목 봉고에게 간밤에 나타났던 동물들 이야기를 했다. 그가 미소 지었다.

"동물들이 있다는 것은 가까이에 물이 있다는 뜻이오. 오늘 밤은 호숫가에서 잘 수 있을 거요. 단풍동의 예언자라 역시 다르시군."

낙타 역시 호수가 가까웠음을 아는 듯했다. 낙타의 발걸음이 훨씬 활기가 있었다. 작은 소동이 한 번 있었다. 다른 사람 아닌 두목 봉고가 꾸벅꾸벅 졸다가 그만 낙타에서 떨어진 것이다.

"사막길 초짜도 멀쩡한데 두목이 떨어지시다니."

사람들이 껄껄대며 웃었다.

호수를 발견했을 때의 기쁨은 말과 감정으로 표현하기 힘들었다. 삶이 즐거운 것이 아니라는 사실도, 죽음이 멀리 있지 않다는 자각도 중요하지 않았다. 하늘부터 땅까지 모든 것을 다스린다는 신에게, 호수를 허락한 사막에게 감사할 뿐이었다. 모두들 큰소리로 고함을 지르고 웃어대었다. 물에 발을 담그고 낙타들에게 물을 마시게 하면서 그들은 그들이 찾은 호수를 '기적'이라며 반겼다.

"기적은 아니지요. 두목께서는 당연히 이곳에 있을 줄 아셨잖소?"

내 말에 두목이 웃었다.

"당연한 것이 기적이오. 하루하루 해낼 일을 사고 없이 해내는 것이 기적이오. 자, 호수를 찾은 우리들을 위해, 호수에 닿지 못하고 사막에서 죽어간 영혼들을 위해, 그리고 그들의 주검을 먹고 목숨을 이어가는 동물들을 위해, 다 같이 물 한 잔!"

가치 없는 삶이 없듯 가치 없는 죽음도 없다. 두목의 건배 제의에 나 역시 기꺼이 물 한 잔을 쳐들었다.

호숫가에서 보낸 이박 삼일은 더할 나위 없이 안락했다. 비쩍 말랐던 낙타들도 기운을 차리고 일행들도 끝없이 떠들며 물을 즐겼다. 돈 번 이야기, 사기당한 이야기에 여자들과의 생식 이야기가 빠질 수 없었다. 나는 또 이틀 밤 내내 호숫가에 모여드는 수많은 곤충들과 동물들을 즐겼다. 잠이야 대낮에 자면 되었다. 하루살이 같은 날벌레들을 먹는 것은 전갈과 도마뱀들이다. 날벌레를 잡느라 앞발을 쳐들고 폴짝폴짝 뛰어오르는 도마뱀들이 특히 우스웠다. 그들보다 조금 후에 등장하는 것은 두더지다. 두더지들이 전갈과 도마뱀을 잡아먹느라 분주했다. 한두 시간이 더 지나면 이번에는 좀 더 몸집 큰 여우와 뱀들이 나타난다. 그들이 채 도망치지 못한 도마뱀과 두더지들을 잡아채는 것이다. 한쪽에서는 원숭이들도 보였다. 그들은 호숫가 나무의 열매를 따 먹었다. 원숭이처럼 몸집 큰 동물들이 자리를 뜨면 다음으로는 중간 동물이 사라진다. 마지막으로 작은 동물들과 작은 벌레들이 사라지면 날이 밝는 것이다.

"동굴국의 달력은 정말 정확하오. 물의 달이 되면 이곳에 폭우가 쏟아지지요. 호수에 물이 넘치고 어떤 때는 홍수가 나 새로운 호수가 생겨나기도 하고. 호숫가에 꽃들이 피기 시작하면 그야말로 장관이지. 하지만 꽃들이 완전히 피기 전에 이곳을 떠야 해요. 메뚜기 떼 수만 마리가 날아와 꽃도, 풀도, 낙타에 실린 우리 짐들도 마구 쏟아대지요. 희한한 것은 들판이오. 그놈들이 휩쓸고 간 빈 들판에 풀들이 새로 돋아요. 깨끗이 청소해 주기를 기다렸다는 듯이."

부두목은 선인장에 대해서도 설명해 주었다.

"앞으로 사흘 길이면 선인장 지대에 닿지요. 폭우가 쏟아져 선인장이 잔뜩 물을 품으면 선인장 몸통의 주름이 펴질 지경이지. 그때도 조심해야 하오. 어디에 숨어있었는지 알 수 없는 온갖 동물들에 코끼리 떼까지 나타나 저희끼리 싸워대지요. 좋은 암컷을 차지하기 위한 수컷들의 싸움 말요. 먹이가 해결된 동물들은 짝짓기밖에 할 일이 없소. 우리의 삶처럼."

통통해진 낙타의 혹을 확인한 후 행렬이 다시 움직이기 시작했다. 햇빛과의 싸움이 다시 이어졌다. 호숫가에 있었던 달콤한 휴식이 하룻밤 꿈같았다.

'네 시간을 이리 줘. 내 시간 더미에 얹어주지.'

내게 말을 붙이는 이가 사람이 아니라 귀신임을 나는 알았다. 하얀 내리닫이 옷을 입은 시간 귀신이었다.

'시간을 재워야 해. 시간도 잠을 자지 않으면 죽어. 시간이 죽으면 모든 것이 멈춰.'

그가 내게 조근조근 말했다. 하지만 너무 들어줘서는 안 될 터였다. 낙타에게서 함부로 짐을 줄여주면 안 되듯이 시간 귀신의 말도 녹록히 들어주면 내 시간을 모두 재워버릴지 몰랐다. 시간을 깨워야 했다. 시끄러운 소리가 있어야 했다. 큰 고동 아니면 큰 북? 아니 북보다는 징이 낫지 않을까.

"시간을 깨워야 한다니까!"

내 고함에 내가 깜짝 깨었다. 내 뒤를 따르던 이가 웃었다.

"시간 귀신과 노셨군. 흰옷을 입었지요?"

이 길을 먼저 간 사람들이 내가 겪는 모든 경험들을 똑같이 겪었다는 사실이 놀라웠다. 그리고 나는…… 이들에게서 또 다른 한 가지를 배우고 있었다. 힘든 상황을 토로하는 것, 이를테면 '괴롭다', '더 이상은 못 견디겠다'는 식의 말이나 몸짓들이 동료들에게도 또 나 스스로에게도 전혀 도움 되지 않는다는 사실 말이다. 묵묵히 받아들이기, 표 내지 않기, 내 몸이 겪는 상황을 내가 아닌 듯 따로 떼어 차분히 바라보기. 그것이 사막을 건너는 방법이었다.

낙타 한 마리가 기진하여 쓰러진 사건이 있었다. 대상 몇 명이 내려 쓰러진 낙타의 짐을 다른 낙타에 옮겨 실었다.

"희한하지. 사람이건 낙타건 호수를 맛본 후에 더 지치니 말이오. 어렵고 힘든 길을 무사히 걸어낸 후, 길이 얼마 남지 않았음을 뻔히 알면서 그 얼마 남지 않은 고통을 감당하지 못해요."

안개가 앞을 가렸다. 바다로부터 불어오는 습한 안개였다. 머리에 썼던 도롱이를 벗었다. 선인장들이 점점 많아지기 시작했다. 이곳에도 비가 많이 내렸던 모양이었다. 두목의 말대로 선인장이 통통해져 몸통의 주름이 펴진 것이 보였다. 낙타가 발짝을 옮기면서 선인장 열매를 따 먹었다. 선인장 밑에는 개구리, 토끼도 보였다. 선인장의 날카로운 가시, 거기서 떨어지는 물방울을 받아먹기 위해 토끼 한 마리가 앞발을 들고 온 주의를 기울이며 서 있었다. 갑자기 눈물이 쏟아졌다. 고통은…… 삶의 첫 순간부터 마지막 순간까지 들러붙어 있었다. 살아 있는 한 우리는 내내 고통스러우리라. 크고 작은 고통을 생긴 모양대로 겪기. 그것들이 남긴 상처와 아픔을 털어버리고 다가오는 고통을 마치 처음인 양 새로이 맞기. 고통과 고통 사이의 찰나의 휴식을 마치 삶 전체인 양 행복해하기.

"제울이다." 환청인지 아니면 그저 내 안의 소리인지 나는 식별할 수 없었다. 가까스로 힘을 내어 옆 사람에게 물었다.

"사막 귀신이오?"

"아니, 진짜 제울이오."

낙타에서 몸이 떨어지는 것이 느껴졌다. '정신 차려! 단풍동 친구!' '정신 차리시오!' 정신을 차려야 했다.

제울에서

*   제울에 닿고도 근 한 달 동안 나는 여관에서 나오지 못했다. 대낮의 강한 햇빛은 물론이고 밤을 밝히는 약한 호롱에도 눈이 아파 눈물을 흘려야 했다. 부르튼 발도 감당하기 힘들었다. 발가락들이 불에 덴 듯 화끈거리는 것을 젖혀두고라도, 사막의 건조함을 겪은 발바닥의 빨판이 돌처럼 딱딱해져 온종일 물확에 발을 담그는 데도 물을 제대로 빨아들이지 못했다. 자연히 숨도 가빴다. 젖은 천으로 온몸을 휘감고 시간 맞춰 머리에 물을 끼얹음으로써 겨우 버텨낼 수 있었다. 엿새째가 되어서야 나는 밤잠을 제대로 이룰 수 있었다. 몸에 물을 끼얹지 않고 밤을 보냈다는 것은 빨판이 조금씩 제 기능을 하기 시작했다는 말도 되었다. 여관 주인의 말에 의하면 그만한 것도 다행이었다. 빨판을 가진 어른이들 중 사막을 건넌 후 발바닥이 망가져 목숨을 잃은 경우가 꽤 있다고 했다.

햇볕이 내리쬐는 제울은 사막이 따로 없었다. 살촉동처럼 분수나 가림막을 설치하여 빛을 차단하는 정도의 조치로는 어림없었다. 저잣거리와 마을 전체에 땅 색깔과 똑같은 연한 미색의 거대한 천막들을 이어 붙여 그 속에서 생활하고 있었다. 사람들의 머리부터 발끝까지 휘감고 다니는 면포 역시 천막과 똑같은 색이어서 마주 오는 사람들을 알아보지 못하고 부딪치는 일도 흔했다. 연한 미색 물감은 바닷가 비탈에서 자라는 감풀을 찧어 얻는다고 했다. 해의 열기를 가장 덜 받는 색이라고 했다.

바람이 없는 평온한 날은 그런대로 거리를 다닐 만했다. 하지만 우리가 건너온 남쪽 사막으로부터 모래바람이 불어올 때는 저자를 덮은 크고 두터운 천막들의 펄럭거리는 소리와 그 위로 싸각대며 떨어지는 모래알 소리가 합쳐져 귀가 터질 듯했다. 높은 하늘 꼭대기에 또 다른 땅이 있어 그 땅이 허물어져 내리는 것은 아닌가 의심이 갈 지경이었다. 모래바람은 천막 위뿐 아니라 밑으로도 비집고 들어왔다. 천막을 힘겹게 기울여 바람을 가리기는 해도 천이 벗겨지거나 뒤집히고 찢기는 일도 흔했다. 천막을 지탱하는 간짓대가 부러져 바로 옆에 섰던 사람이 다치는데도 그러려니 살아가는 저자의 상인들을 보며 나는 그들의 징그러운 삶의 의지와 한계를 함께 느꼈다. 사람뿐 아니었다. 주위의 마른 땅에 박힌 채 한마디 신음조차 내지 못하는 나무나 덤불들도 오늘을 살 뿐 내일의 삶을 보장받지 못하고 있었다. 그나마 다행이라면 제울이 바닷가에 위치하여 안개 끼는 날이 있다는 사실이었다. 하지만 열흘이면 하루 이틀, 그것도 대낮이 되면 깨끗이 걷혀 맑은 날이 되곤 했다.

땅에 뿌리를 박은 나무들이야 어쩔 수 없다 쳐도 두 발로 걸을 수 있는 사람들은 왜 이 땅에 깃들어 사는 것일까. 사막 건너 아후밀탄의 숲으로라도, 우리 동굴국으로라도 왜 피신하지 않는 것일까. 저잣거리의 부서진 가게들, 길바닥에 박제처럼 말라죽은 사람들 앞에서 찬송가를 흥얼거리는 이들을 나는 이해할 수 없었다. 그들의 노래대로 '신이 우리를 사랑하사 복된 땅을 허락했다'면, 물을 말려버리는 해와 물 없이 살 수 없는 사람들을 같이 허락한 것은 신의 실수임이 분명했다. 이 어이없는 땅을 버리지 못하는 제울 사람들의 미련이야말로 신이 내린 혹독한 야유이자 조롱일 터였다.

제울이 아후밀탄보다 문명이 앞섰음은 확실했다. 멀리 떨어져 있는 계곡의 물을 긴 파이프로 끌어와 그 물을 이용한다든지, 3, 4층의 높은 건물은 없어도 도리어 훨씬 짓기 힘든 지하층을 만들어 햇빛을 피하고 있음은 잔인한 환경에 대처하는 그들만의 현명함이었다. 크고 복잡한 기계도 이곳저곳에서 많이 쓰이고 있었다. 저잣거리 끝에 있는 바닷가 절벽에서 바닷가까지 내려가는 승강기 역시 수백 개의 톱니바퀴로 이루어진 기계의 힘을 이용한 것이었다. 아후밀탄 사람들이 기계를 쓰면서도 한편으로 이해할 수 없는 불만과 두려움을 감추지 못하던 것에 비해 제울 사람들은 담담하고 당연하다는 표정이었다.

"기계가 싫을 게 뭐요? 사람들이 할 수 없는 힘든 일을 기계가 해주는데."

기계들은 이미 제울 사람들의 일부분이었다. 집집마다 가지고 있는 시계, 물을 푸는 도르래, 저잣거리의 확성기나 풍향계 등 모두 없어서는 안 될 필수품들이었다.

"비싸다고 욕할 것 없소. 기계가 싫은 놈은 안 쓰면 그뿐이지."

여관 주인이 거칠게 대꾸했다. 그는 내가 따로 치러야 하는 내 방의 도르래 사용료를 내지 않으려고 꼼수를 부리는 줄로 알고 있었다.

돈을 벌어야 했다. 비싼 여관비에 물값, 온몸을 휘감을 천도 사야 했다. 한 개 남은 인형과 향료통을 팔 수는 없었다. 고향에 돌아가지 못하고 죽는다 해도 그것들은 내 확인서, 내가 단풍동 사람임을 증명하는 물건이었다.

강한 햇볕 아래 살아가는 제울 사람들에게 몸을 가릴 옷감은 필수다. 옷감을 짤 실을 얻는 선인장 재배 역시 이들에게는 빼놓을 수 없는 주요 업종이었다. 선인장 농장을 찾아갔다. 제울의 남서쪽, 대상들과 함께 사막을 건너면서 얼핏 본 곳이었다. 농장 주인은 햇빛족이었다. 천한 신분으로 어떻게 농장을 가질 수 있었을까 하는 의문은 편견이었다. 햇빛족의 세상이었다. 수시로 물을 마심으로써 탈수 위험을 피할 수 있는 그들이 제울 땅에는 꼭 맞는 신체 조건일 수 있었다.

선인장 껍데기를 발라내는 일은 힘들었다. 천막 밑이라고는 하지만 햇볕으로 달궈진 대지의 열이 훅훅 몸을 달구고 날카로운 선인장 가시들은 허술한 면장갑 따위 비웃기라도 하듯 손을 찔렀다. 그래도 급료가 높았다. 하루 일을 하면 사흘 여관비와 물값을 벌 수 있었다.

햇빛족들은 말도 빨랐지만 행동도 무척 빨랐다. 강한 체력뿐 아니라 그들의 눈이 햇빛에 강하다는 것이 무엇보다 큰 강점이었다.

"이깟 눈이 부럽기는? 동굴국의 맑은이야 앞날까지 훤히 내다보시면서. 저자에서 편안히 점이나 쳐 주시지 농장에는 뭐하러 왔담?"

채취해 온 선인장 무더기를 함부로 쏟아 내 팔과 다리에서 진액이 나는 것을 보면서도 햇빛족 인부는 사과 한마디 없이 천막 밖으로 나가버렸다. 옆에서 일하던 황인 인부가 한숨을 쉬며 말했다. 그는 저잣거리에서 작은 술집을 열었었다고 했다.

"깡패 햇빛족들 등쌀에 가게를 계속할 수가 없었소. 보안대고 군인이고 부를 새가 있나, 힘센 놈들 몇이 몰려오면 탁자고 술이고 대번에 박살 나는데. 그나마 목숨을 건진 것이 다행이오."

그는 왼쪽보다 훨씬 짧은 오른쪽 다리를 내보였다. 제울의 햇빛족들은 더 이상 하층 천민이 아니었다. 그의 말에 따르면 개인 병사를 거느릴 정도로 재력을 갖춘 햇빛족도 꽤 있다고 했다. 나라가 그들을 통제하려 해도 그저 말뿐, 최근에는 나라의 관리도 하나하나 햇빛족으로 바뀌고 있다고 했다.

우리 단풍동에서는 땅옷족 사내와 햇빛족 여자는 별 쓸모가 없다. 햇빛족 여자들은 얼굴도 미울 뿐 아니라 사람을 끄는 향내도 없어 햇빛족 사내들은 대부분 하얀이나 황인 여자들을 상대한다. 남편 없는 과부나 초추아, 방종한 여자들과 생식하여 자손을 얻는 것이다. 그런데 아후밀탄이나 제울에서는 아니다. 햇빛족 사내와 여자들이 가족을 이루고 생식한다고 했다. 햇빛족 자손들은 힘이 셀 뿐 아니라 빛에 강하다. 빨판 없이 입으로 물을 마시니 먼 길도 얼마든지 다닐 수 있다. 어른이들 중 제울의 환경에 적응할 수 있는 최적의 종자인 셈이다.

"하얀이도 황인도 이제 얼마 못 갈 거요. 알들을 키우는 바다에도 햇빛족 알들이 훨씬 많아졌소. 햇빛족의 알들은 크고 실해서 한눈에도 표가 나지요."

황인 인부의 한숨 섞인 걱정에 문득 사막을 건너올 때 대상들과 검은머리짐승에 대해 나눈 말이 떠올랐다. 그때 나는 대상들에게 '동굴국에서는 검은머리짐승들이 학대받으면서도 세밀한 기계 작업에 동원된다. 그런데 기계가 훨씬 많은 아후밀탄에서는 짐승들을 본 적이 없다. 제울에도 짐승들이 없느냐'고 물었었다. 실제로 미호는 '아후밀탄의 짐승들은 백이면 백 주위 숲의 맹수들에게 잡아먹혔기 때문에 제울에 건너간 짐승들은 절대 없다'고 잘라 말했었다. 그런데 대상들의 답은 달랐다.

— 헛소리! 컴컴한 단풍동에도 있는 그것들이 아후밀탄이나 제울이라고 없겠소? 빛이 밝으니 더 멀쩡히 살겠지. 검은대가리건 흰대가리건, 붉은눈이건 푸른눈이건.

— 햇빛족에 섞여 살면 아무도 모르오. 햇빛족과 교접하여 새끼를 낳은들 누가 알겠소?

짐승의 생태를 모르는 대상들의 말을 무조건 믿는 것은 아니다. 짐승이 제 신분을 숨기고 햇빛족인 척 사는 것까지는 가능하리라. 하지만 생식은 아니다. 짐승과 햇빛족은 엄연히 다른 종자다. 햇빛족들이 비록 빨판이 없어 물을 따로 마시기는 하지만 그들은 크게 태어나 점점 작아지는 어른이가 분명하다. 작게 태어나 점점 커지는 짐승과 어떻게 교접한단 말인가. 또 짐승의 암컷은 배 속에서 자식을 키운다. 햇빛족 사내가 짐승 암컷의 몸속에 씨물을 넣는다 해도 자식의 몸피가 점점 커지면서 어미의 몸이 터져버릴 것이다. 반대로 햇빛족 여자와 짐승 수컷이라면…… 가능할 수도 있겠다. 씨물이 묻은 알을 땅이, 또는 바다가 키워준다면. 그렇다면 자식은 어느 쪽으로 태어날까. 조그만 몸체의 짐승새끼로? 아니면 큰 몸체의 어른이로? 아이들을 키운다는 어미바다에 가보면 알 것이었다. 그들이 크는 바닷속을 들여다보면, 적어도 나는, 그들이 햇빛족인지 짐승의 새끼인지 구별할 수 있을 것이었다.

 승강기를 타고 바다로 내려갔지만 정작 알들이 크는 양식장이나 남녀의 생식이 이루어지는 생식장에는 접근할 수 없었다. 군인들이 주위를 삼엄하게 지키고 있었다. 내가 볼 수 있었던 것은 다 자라 바닷가로 올라온, 몸과 머리카락의 물을 말리는, 갓 태어난 아이들뿐이었다. 부모가 없으니 그들 모두 초추아일 수도, 나라의 철저한 관리 아래 컸으니 모두 초추아가 아닐 수도 있었다.

 사실 물속에서 자란 그들에게는 부모는 아무런 의미가 없다. 뭍으로 올랐을 때의 그들의 살갗도 딱딱한 각질 대신 작고 부드러운 비늘로 덮여있어 껍질을 제거해 줄 필요조차 없기 때문이다. 겨우겨우 발짝을 내딛는 아이들의 얼굴에는 표정이 없었다. 흐느적거리던 바다풀이 우연히 바닷가에 떠밀려와 주위를 둘러보는 듯한, 투명하면서도 막막한 느낌이었다. 바다에서 뭍으로 오르는 이는 하루에도 서너 명, 많을 때는 열 명쯤 된다고 했다. 물론 나는 구별할 수 없었다. 짐승은커녕 그들 중 누가 황인이고 햇빛족인지조차 알 수 없었다.

선인장 농장에서 맡은 일을 열심히 해나갔다. 아무런 불만도 비치지 않고 그들의 거친 욕설을 묵묵히 견디는 내게 햇빛족 친구들이 하나둘 생겨났다. 그들 역시 단풍동 맑은이 친구를 가진다는 것이 싫지 않은 눈치였다. 아무리 돈을 벌고 세력을 얻어도 햇빛족은 천민이라는 자기연민 또한 뿌리 깊었다. 어느새 선인장 중에서도 가시가 부드러운, 손질하기 쉬운 무더기가 내 앞에 놓이곤 했다.

'화마의 후손이라 불일을 하네. 하늘의 벌이니 어쩔 수 없지.

누가 불장난을 하라고 했나. 제가 벌인 일이니 어쩔 수 없지.'

그들의 노동요에 관심이 쏠린 것은 '화마'때문이었다. '화마가 불을 지르자 상제가 큰 물을 내려 불을 껐다'는 것도 단풍동의 전설과 같았다. 끝부분은 달랐다.

'돼지 위장을 받았으니 먹어야 하네. 먹었으니 뱉어야지 어쩔 수 없지.

냄새나는 몸뚱이를 어찌하겠나. 하늘의 벌이니 어쩔 수 없지.'

"화마를 하늘에서 내쫓으면서 상제가 말했어. '다시는 심심치 않게 해주지. 돼지의 허기진 위장을 달아주겠다.' 그리하여 우리는 먹어도 먹어도 배가 고픈 거지. 그런데, 먹을 것을 즐기지 않는 동굴국 친구는 그 컴컴한 데서 무슨 재미로 살았나? 계집 재미?"

햇빛족들이 저희들끼리 쳐다보며 낄낄거렸다. 나는 그들에게 단풍동 어른이의 전설을 들려주었다. '물에 빠진 화마의 몸뚱이를 건져 올렸는데 그것들이 각기 풀과 나무로, 동물로, 벌레로, 어른이로 화했다'는 대목에서 그들은 눈을 굴리며 놀라워했다.

"그렇다면 우리 조상인 화마가 풀, 나무, 동물, 모든 살아있는 것들의 조상이라는 말이잖아? 게다가 단풍동, 그 신비의 동굴국이 우리와 같은 동족이라니!"

이후로 그들은 더욱 친근하게 나를 대했다. 나 역시 스스럼없이 그들을 대했다. 몸으로 뿜는 오물 냄새를 제외한다면 사실 그들은 선량한 데다 겉과 속이 한결같았다. 겉으로는 아닌 척하면서 자기 잇속만 채우는 아후밀탄의 이기적인 어른이에 비할 바가 아니었다.

작업반장 후언의 배려로 나는 천 짜는 기술자들의 보조가 되었다. 베틀에서 일하는 그들에게 마실 물을 가져다준다거나 선인장 실을 보충해 주는 일, 베틀 밑에 쌓인 천들을 길이에 맞춰 자르고 정리하는 일 등 바삐 움직여야 했지만 선인장 가시를 발라내는 일과는 비할 수 없을 정도로 편했다. 얼마 되지 않아 나는 그들로부터 '영특한 친구'라는 말을 들었다. 베틀 기술자들 서너 명이 서로 나를 보조로 쓰려고 신경전을 벌이기도 했다.

후언의 집에 초대받아 놀러 가기도 했다. 쇠심으로 기둥을 세운 튼튼한 집이었다. 쇠심을 사용한 가게나 집들은 티가 난다. 기둥 밑으로 이리저리 구부린 쇠살들을 자르지 않고 그대로 두기 때문이다. 그것은 '이번으로 끝이 아님'을, '돈을 더 벌면 쇠살을 땅에 박아 지하 공간을 만들 예정'이라는, 더욱 잘살고 싶은 그들의 소망을 보여주는 장치이기도 했다. 후언의 아내는 나를 위해 특별히 준비한 물환을 내놓았다. 그녀는 내게 음식을 대접할 필요가 없다는 것에 대해 신기해하면서도 한편으로 부담스러워했다.

"진짜군요. 단풍동의 귀하신 분들은 아무것도 먹지 않는다더니. 그러니 우리에게서 오죽 냄새가 나겠어요?"

그녀는 이어 '온 가족이 나를 맞기 위해 몸을 씻었다'고 했다. 내가 그들의 몸 냄새를 싫어한다는 사실을 남편으로부터 몇 번이고 주의

받은 것이었다. 후언이 쑥스러워하며 머리를 긁었다.

"뭐, 목욕이야 자주 할수록 좋은 일이니까."

석 달이 지난 후 나는 여관 생활을 끝냈다. 농장 주인의 눈에 들어, 천을 쌓아둔 창고 한 귀퉁이에서 지낼 수 있도록 허가받았기 때문이다. 큰 이득이었다. 여관비를 아낄 수 있는 데다 창고를 지키는 야간 수당까지 챙길 수 있었다. 창고 한쪽 구석에서 낡기는 했지만 온전한 물확을 두 개나 찾아낸 것도 큰 기쁨이었다. 한 개를 내 방에, 또 한 개를 밤하늘이 보이는 창고 문 앞에 놓은 뒤로 나는 부러울 것이 없었다. 때로 비싼 향술을 사 와서 새벽달을 보며 혼자 홀짝이기도 했다.

휴일 밤에는 저자에 나가 마음에 드는 옷이나 금붙이를 사기도 했다. 제울 사람들의 활기찬 삶의 여유는 역시 햇빛 없는 밤에 이루어진다. 온몸에 칭칭 둘렀던 미색의 긴 천을 풀어 젖히고 색색의 어깨가리개들이 거리를 누비는 것이다. 짐승 털로 짠 비싼 가리개와 보석 장식, 호화로운 긴 두루마기들도 거리에 넘쳐났다. 사막만큼은 아니지만 제울 역시 밤바람이 매서웠다. 저자를 덮은 천막이 그 바람을 막아주는 데 큰 몫을 해내고 있었다. 가게마다 밝힌 등잔, 따뜻한 난로들이 이들의 밤을 더욱 화려하고 즐겁게 비춰주었다.

행복하고 편안한 시간도 있었지만 물론 궂은일도 있었다. 세 번이나 저자에서 돈을 잃어버렸다. 두 번은 그리 큰돈이 아니었지만 세 번째에는 한 달 월급을 송두리째 털렸다. 그리고도 나는 내 돈을 채어간 사람이 한 사람이었음을 눈치채지 못하고 있었다. 큰돈을 털린 후 한동안 단골 술집에 발길을 끊었다가 다시 들렀을 때, 들어가는 순간 무언가 수상한 느낌의 사람이 얼른 시선을 돌리는 것을 느꼈다. 그리고 두세 명이 저희들끼리 은밀히 눈짓을 보내는 것을 알아보았다. 술값을 내고 돈이 한 푼도 없는데도 그들은 농장으로 돌아오는 나를 번갈아 따라붙었다. 무사히 창고로 돌아온 줄 알았는데 내 빈 돈주머니가 보이지 않았다. 희한한 소매치기 솜씨였다.

　작업반장 후언의 충고를 따라 나는 월급으로 땅을 사기 시작했다. 석 달 월급을 모으면 선인장 농장에서 조금 떨어진 목화밭 열 평을 살 수 있었다. 처음에 나는 땅을 사는 것이 별 의미가 없다고 생각했다. 햇빛족들처럼 내가 햇빛에 나아가 목화 농사를 지을 수도 없는 데다 어차피 나는 제울에 뿌리를 내릴 사람도 아니기 때문이다. 하지만 그것은 잘한 일이었다. 햇빛족 농부가 내게 찾아와 내 땅을 빌렸고 거기서 생산되는 목화의 반을 꼬박꼬박 내게 주었다. 나도 모르게 돈이 모이고 있었다. 모든 것이 후언 덕이었다. 조금씩 늘어가는 내 땅, 내 목화밭을 생각하면 온종일 피곤하면서도 신이 났다. 이것이 돈을 버는 재미였다.

　제울 사람들의 날짜 계산은 간단하다. 1년 날수를 대충 열둘로 나누어 30일 또는 31일을 한 달로 친다. 이름도 따로 없다. 첫 달, 둘째 달로 시작하여 열두째 달이 전부다. 같이 일하는 햇빛족들에게 단풍동의 역법, 52일씩인 두 개의 큰달과 20일씩인 작은 달 열 달, 위령의 날을 얘기했더니 그들은 복잡하다며 손사래를 쳤다.

　"하지만 단풍동의 달력은 그 달에 할 수 있는 일과 할 수 없는 일을 정해주지요. 이를테면 물일을 할 수 있는 달과 불일을 할 수 있는 달이 따로 있거든요."

　"그럼! 먼 조상 때부터 쓴 단풍동 달력이 당연히 최고지. 봐, 물의 달에는 선인장들이 실컷 물을 품잖아. 그러니 우리가 단풍동 달력을 지켰더라면 나무의 달 석 달만 일을 하면 되었던 거지. 불의 달까지 선인장 일을 계속하니까 사람이고 나무고 다 타죽는 것 아냐!"

모든 일에 내 편인 후언은 제대로 이해도 못 하면서 동료들에게 눈을 부라렸다.

생각 없이 나눠놓은 그들의 한 달은 밤하늘에 뜨는 달과도 맞지 않는다. 환한 보름달에서 그다음 보름달, 또는 그믐에서 다음 그믐까지 걸리는 기간이 29일 또는 30일임은 제울에 온 지 몇 달도 되지 않아 내 눈으로 확인한 사실이다. 달의 주기로 보면 삼신어른에게서 배운 제례 달력이 정확히 맞아 들어갔다. 3년이면 1095일 또는 1096일, 그것을 제례 달력의 37달로 나누면 29일 또는 30일이 되기 때문이다.

제울의 달력으로 맞은 새해 첫 달에 나는 처음으로 눈을 보았다. 회색 하늘에서 내리는 작고 가벼운 얼음덩이리, 농장 지붕에 밭에 소리 없이 쌓여 온 세상을 하얗게 만드는 모습을 나는 도롱이를 덮어쓴 채로 오랫동안 지켜보았다. 천장이 벗겨진 이런 곳에는 비 또는 눈이 하늘에서 쏟아진다. 그 물들이 모든 생명을 살리고 시냇물을 이루고 바다로 흘러간다. 차가운 눈을 맛보며 나는 비도 눈도 없는 어스름한 어둠 속의 단풍동을 생각했다. 단풍동의 천장을 뚫은 수정바위, 그 위로도 해가 뜨고 눈비가 내릴 것이다. 그곳이 준호가 말하던 짐승세상일까? 아니면 짐승들을 자유자재로 휘두르고 부린다는 신의 세상?

빛의 나라 제울은 끊임없이 변화하고 있었다. 선인장 농장에 가시 제거 기계가 도입되자 작업장 풍경이 완전히 달라졌다. 큰 통에 가시박힌 선인장을 그대로 넣고 손잡이를 돌리면 사람이 한 것보다 더 얌전하게 겉면이 매끈해진다. 그것을 물에 삶고 실을 뽑아내면 되는 것이다. 가장 거칠고 힘든 일을 기계가 해주니 그만큼 신기하고 고마운 일이 없었다. 하지만 사람들의 환호도 잠시, 지금껏 가시 제거 작업을 하던 인부들의 대부분이 농장을 떠나게 되었다. 작업반장 후언도 그중 한 명이었다. 와중에도 후언은 나를 위로하려 애썼다.

"단풍동 친구라도 남아서 다행이야. 우리야 이곳 사람이니 무슨 일을 하든 먹고 살지."

농장 주인이 나를 남긴 이유는 아마도 내가 음식을 먹지 않는 동굴국 맑은이라 욕심이 없다고 믿었기 때문이리라. 내 임무는 간단했다. 인부들이 기계에 선인장을 넣으면 손잡이만 돌리면 되었다. 그리고 인부들이 가시를 제거한 선인장들을 빼돌리지는 않나 그것만 감시하면 되었다. 인부들의 반응도 재미있었다. 지금껏 뒤로 빼돌려 뒷돈을 챙기던 인부들도 내가 기계를 맡은 후로 그 짓을 하지 못했다. 그들 역시 내가 동굴국 맑은이라, 자신들의 마음속을 내가 환히 들여다본다고 생각하고 있었다. 그러고 보면 농장 주인의 사람 쓰는 솜씨가 탁월한 것인지 몰랐다. 어쨌든 나는 편했다. 온종일 가시 제거 기계의 손잡이만 몇 번 돌리고 공장 안을 이리저리 둘러보기만 하면 내 일은 끝났다. 대신 나는 외로웠다. 말을 나눌 친구가 없었다.

낮에는 일을, 밤에는 창고에서 잠을, 휴일이면 저자에 나가 술과 노래를 즐기는 생활이 이어졌다. 똑같은 일상의 반복 속에서도 내 모습은 달라지고 있었다. 곧게 뻗어 올랐던 투명한 머리칼은 지저분한 곡식 뿌리처럼 갈라져 흩어지는 중이었고 얼굴과 몸에 잡혔던 세로주름 역시 사라져갔다. 가끔씩 나는 주위 사람들의 요구에 못 이겨 내 예지력을 시험해 보았다. 예지력은커녕 초음도 통하지 않을 때가 많았다. 그들의 장난스러운 조롱은 젖혀두고라도 그런 날 밤이면 나는 잠들지 못했다. 미단부리의 인형을 꺼내어 어루만져보아도 나는 더 이상 단풍동의 맑은이도, 세상 구경을 나온 패기 있는 젊은이도 아니었다. 그저 따가운 햇볕 아래서 늙어가는 선인장 농장의 감시인일 뿐이었다.

잠은 아무에게도, 나 스스로의 의지로부터도 침해받지 않는 시간이다. 그리하여 꿈속에서는 생각지도 않은 장소에 내가 있기도 하고 죽은 이가 생생하게 나타나 내게 말을 걸기도 한다. 준호도 그랬다. 꿈속에서라도 한 번 봤으면 할 때에는 뵈지 않더니 그에 대한 기대가 사라지고 나니 문득문득 그를 볼 수 있었다. 정면으로 제대로 본 적은 없다. 인부들과 일하는 작업장에 누군가가 인부들 옆을 스치거나 또는 이제 일을 그만두고 작업장을 떠난다며 누군가가 짐보따리를 들고 갔는데 그의 뒷모습을 보니 준호가 분명했다. '갔다.' 그는 내 곁을 떠난 것이다. 그랬다. 나는 그동안 준호에게 너무 많이 의지했던 것이다. 이제야말로 나는 내 두 발로 서는 중이었다.

생각은 그리 하면서도 잠을 이루지 못하는 긴 밤에는 나는 주위의 햇빛족 중 단 한 명이라도 짐승이 있으면 좋겠다는 미련을 떨치지 못했다. 진정으로 마음을 터놓을 수 있는 친구, 준호 같은 짐승을 다시 만난다면 이번에는 정말 잘해주리라. 게다가 이곳은 빛 밝은 땅이니 짐승들이 살기에도 나쁘지 않을 것이었다. 하지만 내 주위에 햇빛족을 가장한 짐승은 없었다. 아무리 그들이 신분을 속인다 해도 짐승과 12년을 함께 지낸 내가 그들의 특징, 그들의 살냄새를 식별하지 못할 리 없었다.

기계를 손보느라 농장이 쉬는 어느 날 무작정 저잣거리를 걷다가 수십 대의 마차들이 모여 있는 곳에 닿았다. 말 세 마리, 또는 다섯 마리가 끄는 커다란 마차도 있었지만 또 한쪽에는 사람들이 끄는 조그만 인력거도 있었다. 한가로이 앉아있는 햇빛족 인력거꾼에게 나도 모르게 '어미산을 아느냐'고 물었다. 아마 나는 내 고향 단풍동의 어미산에 대해 누구라도 잡고 얘기하고 싶었던 것인지 모른다.

"어미산이라면 땅마을요? 눈 깜짝할 새에 모셔다드리지요. 저만 믿으십시오."

인력거꾼의 씩씩한 대답에 내가 도리어 깜짝 놀랐다. 어미바다를 가진 제울에 어미산이 따로 있을 리 없기 때문이었다.

저자를 벗어나자마자 인력거꾼은 오르막길을 오르느라 헉헉거렸다. 땀에 전 옷과 머리에서 이내 더운 김이 피어올랐다. 한참 동안 길을 가다가 안 일이지만 사람이 태어난다는 땅마을은 제울의 북서쪽에 치우쳐 있는 데다 닦이지 않은 길이라 인력거로 가는 것 자체가 무리였다. 비싸도 마차를 타야 했던 것이다. 한편으로 인력거꾼의 마음도 이해할 수 있었다. 갈수록 인력거를 이용하는 이들이 줄어들고, 인력거를 끄는 일 외에 다른 능력이 없는 그로서는 어떻게든 손님을 태워야 그의 돼지 위장을 채울 수 있는 것이었다.

다시 오르막길이 나오자 나는 도리어 마음이 편했다. 인력거에서 내려 그와 함께 차를 밀었다. 서두를 것도 없었다. 어차피 이틀 길, 농장의 기계를 고쳐야 작업도 할 수 있을 테니 빨리 돌아갈 일도 없었다.

"바다 쪽 절벽, 군데군데 파인 동굴에서 어른이들이 태어나지요. 어차피 장님이거나 팔다리가 성치 않은 복인들이지만."

그의 설명으로는 땅마을은 이미 사람의 고향이 아니었다. 수많은 바다제비들이 덜 자란 어른이들을 파먹고 그곳에 자신들의 알을 낳음으로써 바다제비들의 둥지가 된 지 오래라 했다.

중간 주막에서 하루를 머문 후 우리는 아침 일찍 다시 땅마을로 향했다. 바다에 인접한 땅마을 가까이의 언덕은 무척 가팔랐다. 바다제비들이 하늘을 돌며 군무를 추는 모습도 보였다. 땅마을 출신 어른이들은 대부분 점을 쳐서 생계를 이어간다고 했다.

"점괘는 맞소?"

"차라리 바다제비를 믿지요."

바위 지대가 나오자 인력거꾼은 내게 걷기를 권했다. 그의 안내대로 비어져 나온 절벽을 돌아서자 갑작스레 허공이 펼쳐졌다. 우리가 서 있는 곳은 절벽의 중턱이었다. 절벽 밑으로 까마득히 내려다보이는 바닷가 바위에는 흰 파도가 솟구쳤다가는 부서지고, 위쪽으로는 크고 작은 물줄기들이 이리저리 절벽을 적시며 흘러내리는 중이었다. 우리가 디딘 너설은 바다제비들의 배설물로 하얗게 뒤덮여 있었다. 인력거꾼을 따라 바위틈의 좁은 길로 들어섰다. 절벽 하나를 감돌자 평평한 지대가 나타났다. 인력거꾼이 손을 들어 글자가 새겨진 큰 바위를 가리켰다. 나는 제울 글자를 읽지 못했다.

"〈땅마을〉이라는 글잡니다. 그 밑에 써 있는 것은 〈제비고기 팝니다〉이고요."

마을 초입, 이곳저곳에 납작하게 손 본 제비고기가 나무 채반에 쌓여있었다. 사는 사람은 뵈지 않았다. 한편에서는 한 사내가 썩은 고기를 골라내어 멀찌감치 던지고 있었는데 그것들을 또 바다제비들이 쪼아 먹고 있었다.

뒤숭숭한 분위기만 아니라면 수십 채의 집들이 이루는 땅마을은 제울의 저잣거리보다 훨씬 살 만해 보였다. 어른이들이 자라던 절벽 동굴이야 제비들에게 빼앗겼다 해도 동쪽 바다로 면한 절벽의 그늘과 나무들이 강한 햇빛을 막아주고 바위틈으로 흐르는 물줄기가 이리저리 마을 바닥을 적셔서 내 눈과 코도 오랜만에 편안함을 느꼈다. 넓지 않은 평지에 수십 채의 집들이 모여 있었다. 집들을 등지고 나무 의자에 걸터앉은 점쟁이들이 보였다. 각 사람들 앞에는 손님용 의자 한 개와 물확이 하나씩 놓여있었다. 저희들끼리 쏟아놓는 한탄과 이 기죽거림이 한창이었다.

"잠이 오지 않아. 저주받은 내 인생, 밤만 되면 끔찍해. 평화로운 잠은 세상에 없어."

"평화로운 잠은 두고라도 싸움과 질시의 잠이라도 왔으면. 조용한 잠은 두고라도 시끄러운 잠이라도 왔으면."

"잠만 잘 자더군. 엄살은 하여간."

"쉿!" 그중 한 사람이 주위를 환기시켰다. 내 인기척을 느낀 것이었다. 그 옆 사람이 재빨리 자기 앞의 의자를 가리키며 날카롭게 소리쳤다.

"손님! 이리 앉으세요. 손님의 앞날을 칼끝같이 짚어드릴게요."

"입 다물어! 한 치 앞도 못 보는 장님 주제에! 손님, 이리 앉으세요."

하지만 그들은 모두 눈뜬장님들이었다. 내가 그들 앞을 지나치자 저희끼리 삿대질하며 싸우기 시작했다. 맨 끝, 몸이 조그마한 장님이 힘없이 말했다.

"손님은 멀리서 오셨네요. 눈이 잘 보이시죠? 운이 정말 좋으시네요."

그랬다. 눈이 보이는 것만 해도, 사막을 건너 제울까지 무사히 온 것만 해도 나는 운이 썩 좋은 사람이었다. 그가 말을 이었다.

"뒷바라지를 잘해줄 착한 아내와 노후를 책임질 온전한 자식을 가지실 거예요. 조그만 몸이 되어 깨어나지 않을 잠이 들 때까지 배고플 일이 없으실 거예요."

끝으로 그는 '손님이 그런 삶을 살 수 있도록 기도하겠다'는 말을 덧붙였다. 그의 손에 돈을 쥐여주자마자 그는 벌떡 일어나 걸음을 떼기 시작했다. 그리 멀지 않은 음식 가게로 향하는 중이었다.

인력거꾼의 몸살로 나는 땅마을 주막에서 또 하룻밤을 보내야 했다. 밤, 둥근 달이 뜬 땅마을을 고즈넉이 산보하려던 나는 어이없게도 남녀의 생식으로 방해를 받았다. 마을 한가운데의 공터에서 남녀가 생식을 하고 있었다. 사내는 팔 한쪽이 없고 여자는 맹인이었다.

조금 떨어진 비탈에는 또 다른 쌍이 붙안고 있었다. 근처를 서성이는 몇몇 사내와 여자들은 그들의 생식이 끝나기를 기다리고 있었다. 씨물이 강한 사내와 알이 건강하고 튼튼한 여자, 어느 세상이건 어느 생명이건 더 나은 상대와 생식하려는 열망은 똑같았다.

"사는 게 다 똑같죠. 나이 든 복인들도 사람이니까요."

아침이 되어서야 얼굴을 보인 주막 여주인은 나보다도 인력거꾼에게 극진했다. '인력거꾼에게 잘 보여야 손님을 끌어온다'며 웃었지만 아무래도 그녀는 인력거꾼과 밤새 성욕을 즐긴 듯했다. 돌아오는 내내 흥을 감추지 못하는 인력거꾼도 몸살은 단지 핑계였던 듯했다.

농장이 쉬는 또 다른 날 나는 다시 저잣거리에 나가 마차에 올랐다.

'제울의 늙은이들은 죽을 때가 되면 대추나무 계곡을 찾아간다. 대추의 크기는 주먹만 하고 달고 시원하다. 또 대추는 많이 먹어도 분비물이 없어, 씻지 않아도 피부병이 생기지 않는다. 나이가 들어 몸이 작아지고 그에 따라 목구멍이 작아지면 대추 씨가 목에 걸려 죽는다. 가장 편안한 죽음이다. 대추나무 아래에서 죽으면 대추나무로 다시 태어난다.'

사막을 건너던 대상들이 내내 읊던 대추나무 계곡을 마부는 알지 못했다.

"대추나무 계곡뿐 아니라 대추라는 이름도 처음 듣는걸요. 대추가 나무 열매임이 분명하다면 한군데 가볼 만한 곳은 있지요."

마부가 나를 데려간 곳은 저자에서 북동쪽으로 난 길 끝, 바닷가 절벽 위였다.

"이곳의 나무인간들이 제법 똑똑하거든요. 제울의 나무란 나무는 다 꿰고 있지요."

절벽 위에 선 여남은 그루의 나무인간들이 보였다. 그리고 그들의 뿌리를 감싸고 있는 붉은열매선인장도 보였다. 농장 일을 하면서 알게 된 사실이지만 선인장은 종류가 무척 많다. 그중에서도 붉은열매선인장은 보기만 좋을 뿐 실도 뽑지 못하는 쓸모없는 종자다. 이파리도 몇 남지 않은 늙은 나무인간이 팔짱을 낀 채 거드름을 피우며 말했다.

"바다 이쪽뿐 아냐. 나는 바다 저쪽도 알아. 바다 저쪽에는 열매 달린 나무들이 많이 있어. 돼지 위장을 가진 짐승들은 나무 열매라면 사족을 못 쓰지. 각기 다른 모양의 나무에 시고, 달고, 쓰고, 맵고, 짠맛의 열매가 열려. 물론 이 맛도 돼지 위장 놈들이 구별해놓은 것이지만. 뿐인가, 시고 단맛, 달고 쓴맛, 쓰고 매운맛의 열매도 있지. 찢어 죽일 것들, 제 놈들 먹으라고 열매 맺는 나무가 세상 어디 있겠어?"

"향기를맡으면기분이좋아지는나무도있어요."

나는 깜짝 놀랐다. 말하리라고는 짐작도 못 한 붉은열매선인장의 목소리는 무척 높고 가늘었다.

"향기를맡으면갑자기슬프고외로워지는나무도있어요온몸에힘이솟는나무몸에서힘이빠지는나무도그런가하면그것들이섞인나무도있어요이나무의향을맡으면힘이솟았다가빠졌다가웃다가울다가정신을잃지요."

"그중 가장 신기한 것은!"

나무인간이 선인장의 말을 잘랐다.

"단풍나무야. 이파리 색깔이 파랬다 빨갰다 요란을 떠는데 날씨가 추워지면 이파리를 다 떨어뜨리고 죽은 척하지. 날씨가 따뜻해지면 언제 그랬더냐 싶게 살아나 새 이파리를 틔우지."

또 다른 붉은열매선인장들이 다투어 입을 열었다.

"소원을들어주는나무도있어요사람들이나무에게절을하고예쁜천으로 장식되어 한 번에 알아볼 수 있어요. 게다가 그 나무는 음식도 먹어요."

"바다 저쪽은 함부로 가면 안 돼요. 수많은 신기한 나무들이 다 비슷하게 생겼거든요."

"그중 가장 나쁜 나무는 나무나무예요. 나무나무의 향을 맡으면 나무나무가 되고 싶은 병에 걸려요. 하루 종일 나무에 대한 꿈을 꾸다가 나무나무에 목을 매게 되지요."

"나무들만 신기한 것이 아니야. 똑똑해지는 풀도 있어. 길쭉한 대 위에 공처럼 둥근 꽃이 피는데 이 풀을 먹지 않는 사람은 사람과 소를 구분할 수 없어. 소인 줄 알고 잡아먹다 보면 이웃 사람일 때도 있고 자기 자식일 때도 있지."

"먹으면 바보 가 되는 풀도 있어요. 이파리는 없고 예쁜 꽃이 피는데 그 꽃을 먹으면 해롱해롱 인생이 즐겁지요."

"인생이 즐거우면 좋지 뭘 그래. 그런 풀 있으면 나도 먹겠네."

나무인간과 선인장이 씩둑깍둑 다투는데 또 다른 굵은 목소리가 끼어들었다.

"젊은이, 이리 와. 내가 모든 걸 다 알아."

몸 색깔이 붉은 전갈이었다. 사막의 물가에서 밤을 지새울 때 본 것과 같은 종류였는데 크기는 훨씬 컸다.

"나무인간과 선인장 따위 똑똑한 척 떠들어대어도 나만큼은 알지 못할걸? 나는 내 발로 돌아다닐 수 있거든. 게다가 내 나이가 오백 살이야. 오래 산 생명들은 남이 모르는 것을 알지. 바다 건너 저쪽 땅, 그곳에는 울긋불긋 색깔이 변하는 나무가 있어."

"허풍쟁이 기껏 여섯 살이잖아. 우리가 훨씬 오래 살았구만. 게다가 색깔 변하는 나무 얘기는 우리가 벌써 다 했어."

붉은열매선인장이 핀잔을 주자 전갈이 찔끔 몸을 움츠렸다.

"하지만 너희는 하얀이파리는 모르잖아!"

또 그놈의 하얀이파리 소리, 한 선인장이 삐죽거렸다. 전갈이 큰 소리로 말했다.

"하얀이파리는 제울 남쪽 커다란 사막에 있어. 햇빛이 모든 것을 부숴버려 먼지만 가득한 사막에 커다란 하얀이파리가 놓여있지. 그런데 젊은이, 푸른이파리도 있다네. 나무인간이 달고 있는 저따위 자질구레한 이파리 말고, 집을 덮고 하늘을 덮는 커다란 이파리. 그건 사막 건너 남쪽 숲에 있지. 그곳은 너무 멀어 하늘의 해도 갈 수 없어."

푸른이파리? 정신이 퍼뜩 들었다.

― 붉은이파리의 실체를 보았으면 푸른이파리건 검은이파리건 네 눈으로 확인해야 할 것 아냐?

미곤이 푸른이파리를 들먹였을 때 나는 그저 붉은이파리에 대한 반대 개념으로 읊조린 낱말이라 생각했었다. 그런데 진짜 푸른이파리가 있었던가! 그런데…… 지금 전갈은 아후밀탄의 숲, 큰 나무 이파리들이 해를 가리는 거대한 숲을 푸른이파리라 지칭하고 있었다. 허풍쟁이. 그의 말은 들을 것도 없었다. 사막에 하얀이파리라니, 기껏해야 사막바람이 만들어낸 모래무늬를 보고 허풍을 떠는 것이 틀림없었다. 전갈이야말로 말장난을 하고 있는 중이었다. 돌아서는 내게 전갈이 급히 외쳤다.

"가지 마! 모든 이파리의 진짜 고향이 어딘지 가르쳐줄게! 그들의 고향은 어두운 땅, 성스러운 땅이야. 칠흑의 어둠, 해가 사는 사막도 건너고 해가 닿지 못하는 숲도 건너고 해가 무엇인지도 모르는 강도 건너 꼭꼭 숨겨진 땅. 그곳에 붉은이파리가 있어. 아름다운 새빨간 이파리. 붉은이파리는 먼먼 옛날부터 먼먼 앞날까지 살아. 그래서 먼 옛날 일과 먼 앞날 일을 모두 알지. 젊은이! 가지 말라니까! 내 말을 마저 들어야지!"

 내가 뒷눈을 뜨고 전갈에게 똑똑히 말해주었다.

 "내가 바로 그곳에서 왔어. 네가 말하는 붉은이파리의 땅."

 등 뒤에서 전갈이 버럭 화를 내었다.

 "아니면 말고! 무엇이든 믿지 않는 것보다야 믿는 것이 낫지. 하여간 건방지기는!"

 대추나무 계곡을 아는 이는 없었다. 대추나무 계곡은 결국 목숨 걸고 사막을 가로지르는 대상들, 제울에 도착하기만 하면 여한이 없을 그들이 만들어낸 '믿지 않는 것보다 믿는 것이 나은' 이상향인 듯했다. 어쩌면 대추나무 계곡이 실제로 있을 수도 있었다. 하지만 나는 찾지 않기로 했다. 내게 필요한 것은 편안히 죽어가는 방법이 아니라 편안히 살아내는 방법이었다.

 단조로운 일과 속에 어느 날 농장으로 한 젊은이가 찾아왔다. 한때 나랑 친했던 작업반장 후언의 아들 재이였다.

 "일자리를 주실 수 있을까 해서요."

 그의 집에는 그동안 큰 변고가 있었다. 농장에서 쫓겨난 후언은 그동안 도축장에서 일을 하여 집안 살림을 꾸려왔다. 제울의 도축장은 날카로운 칼날이 떨어져 가축의 모가지를 베는 아후밀탄의 도축장과는 또 달랐다. 커다란 쇠 상자 안에 가축을 몰아넣기만 하면 천장의 육중한 쇠뭉치가 떨어져 그대로 으깨어버리는 방식이었다. 고집 센 소를 밀어 넣느라 상자 안에 들어간 후언이 침침한 눈으로 문고리를 찾는 동안, 밖에 있던 동료 인부가 상황을 파악하지 못한 채 쇠뭉치를 떨어뜨렸다. 소와 함께 후언의 몸이 으깨어진 것은 한순간이었다.

 나는 농장 주인에게 후언의 아들 재이를 농장 주인에게 소개시키고 그를 내 조수로 쓸 수 있게 해달라고 청탁을 넣었다. '천이나 선인장을 빼돌리는 사람들을 철저히 잡으려면 저잣거리에서 천이 어떻게 팔리는지 알아야 한다. 그러기 위해서는 내가 자유로워야 한다.'는 핑계였다. 농장 주인은 선선히 응했다. 그동안에도 기계를 세 대나 더 들여놓은 그는 내 의견이라면 무조건 인정해 주는 입장이었다.

얼마 되지 않아 나는 농장 주인에게 작업장 내의 감시인으로 재이를 정식 채용할 것을 권했다. 약간의 거짓말을 섞기는 했다. '재이의 본심을 내가 들여다보았는데 그는 절대로 주인을 속이지 않을 사람이다'라고 말해준 것이다. 농장 주인은 내 말을 전혀 의심하지 않았다. '믿을만한 사람을 소개해 주어 정말 고맙다'며 기꺼워했다. 자유. 작업장에 속하지 않는 나는 농장으로부터 돈을 받으면서도 얼마든지 내 시간을 쓸 수 있었다. 사실 목화밭에서도 꾸준히 돈이 들어오는 중이었다. 음식도 숙소도 필요치 않은 나로서는 돈에 구애받을 이유가 없었다. 덕분에 나는 제울의 이곳저곳을 마음껏 돌아다닐 수 있었다.

몸보다 머리가 위에 있다는 것은 체력보다 지력이 앞서야 함을 가르쳐주는 단 하나의 위계질서인지 모른다. 소, 낙타, 타조 등 힘센 동물들을 지능으로 복속시킴으로써 어른이는 그들을 마음껏 부리고 이용한다. 그중에서도 다리가 셋인 절뚝소는 어른이의 이기심과 잔인함을 보여주는 극단적인 예라 할 것이다.

절뚝소는 종자가 따로 있는 것이 아니었다. 태어나 며칠 지나지 않은 송아지의 노글노글한 앞다리 하나를 주인이 일부러 부러뜨리는 것이다. 절뚝발이가 된 소는 도망치지 못한다. 주인은 그들을 마음껏 교배시키고 거기서 송아지를 얻어 다시 다리를 부러뜨린다. 필요할 때 죽여 쇠고기와 가죽을 얻는 것도 자유자재다.

"뭐가 잔인하오? 나무도 모양이 보기 싫으면 가지를 자르지 않소?"

주막 주인이 절뚝소를 가리키며 말했다.

"송아지 앞다리를 보시오. 손으로 잡기도 꼭 알맞고, 힘들일 것 없이 뒤로 젖히기만 하면 딱 부러지지. 그게 다 그렇게 쓰라고 생겨먹은 거요. 진짜 잔인한 게 무엇인지 보려면 칠성족마을에 가서야지."

산세가 험하기로 유명한 칠성산의 칠성족마을은 숙련된 안내자와 나귀에 의지하지 않고는 오갈 수 없는 길이었다. 내가 탄 나귀의 주인이자 안내자이기도 한 내 또래의 사내는 자신이 칠성족 출신이라 했다. 친절하면서도 자상한 성품이라 사람들이 왜 그들을 잔인한 종족이라 하는지 실감나지 않았다. 상류로 오를수록 경치도 좋았다. 울창한 나무숲, 바위를 이리저리 부딪치고 부서지는 계곡의 깨끗한 물살이 보기만 해도 상쾌했다.

"마을에서 계곡을 따라 더 오르면 어미골짜기가 있지요. 생식할 나이가 되면 어미골짜기에 올라 씨와 알을 뿌리지요…… 칠성함을 쓴다고요? 동굴국 단풍동도? 설마!"

안내자가 꿈꾸듯 나를 쳐다보았다. 그들도 아이를 캐어 칠성함에 실어 온다고 했다. 또 사람이 죽으면 태어날 때 실려왔던 자신의 칠성함에 다시 실려 어미골짜기에 묻힌다고 했다. 어미골짜기가 철저히 통제되고 있음도 같았다. 칠성족의 갈래가 단풍동으로 간 것인지, 아니면 단풍동 사람이 이곳 칠성족 계곡까지 흘러와 정착한 것인지 그와 나는 한동안 결론나지 않는 얘기를 나누었다.

마을에 도착한 후 나는 안내자와 헤어졌다. 그리고 아무도 내게 말을 걸지 않는, 말뿐 아니라 아예 내가 보이지 않는 것처럼 행동하는 마을 사람들 때문에 나도 모르게 긴장했다.

혀를 내놓고 시름시름 앓는 젊은이들이 마을 입구 평상에 앉아있었다. 자신들을 키워준 부모가 죽었으므로 혀에 돌 일곱 개를 박아 부모 잃은 슬픔을 나타내는 중이었다. 그들뿐 아니었다. 온몸에 문신으로 자신의 잘못을 써넣은 사람, 발가락과 종아리를 으깨어 앉은뱅이로 살아가는 사람, 귀와 머리칼을 자르고 사람들과 떨어져 고행하는 사람도 있었다. '세상에 태어난 것 자체가 땅의 노여움을 샀기 때문'이라 자신의 몸을 학대하여 용서를 구하는 중이었다.

"삶이 곧 고통 아니겠어요. 정신의 고통을 피하려면 몸의 고통이야 당연히 감수해야죠."

물확을 내어준 주막 주인의 팔과 손등에도 자신의 잘못을 새겨넣은 글들이 가득했다.

"이따위야 아무것도 아니오. 태어나서부터 자신을 돌 화분에 가두는 이도 있어요. 태어나기 전 땅을 괴롭힌 원죄 외에 더 이상 죄를 짓지 않겠다는 거지요."

돌 화분에 갇힌 그들은 손발과 얼굴 껍질이 태어났을 때와 마찬가지로 두껍고 거칠었다. 그들이 몇 살인지 알아보려면 그들의 몸통 껍질 두께와 팔다리가 뒤틀린 정도를 봐야 한다고 했다.

"돌 화분에 갇혀 평생 동안 고통을 이겨내는 이들은 그 보상을 충분히 받지요. 땅으로 돌아갔다가 다시 태어날 때의 삶을 보장받으니까요. 그런 사람이 자기 집안에 있음을 알리기 위해 자식을 돌 화분에 키우기도 해요. 캐어온 자식을 칠성함에서 꺼내자마자 팔다리를 부러뜨려 화분에 세우지요. 솜씨 좋은 분재사들은 큰돈을 벌어요. 얼굴 껍질은 그대로 두면서 팔다리만 철사로 감아 모양을 잡는 일이 무척 까다롭거든요. 나도 저 화분을 샀어요. 꽤 비싸긴 하지만 주막이 고급스러워 보이려면 이 정도 비용은 들여야죠."

주막 주인이 자랑스레 한쪽 구석을 가리켰다. 그제야 나는 그것이 나무가 아니라 사람 분재임을 알아보았다. 차마 두 번 볼 수 없었다. 한 손을 위로 쳐들고 목과 몸통이 비틀려 앞뒤가 바뀐 채 말라가는 그는 비몽사몽 죽음의 문턱에 있었다.

'행복하게도 나는 죽고 있어. 온몸의 물이 말랐으니 이 힘든 고통도 곧 끝나겠지.'

"참! 분재에 물을 주는 것을 잊었네."

주인이 급히 물바가지를 가져왔다. 큼직한 바가지였지만 물은 바닥에 조금 담겨있을 뿐이었다.

"물을 넉넉히 주어도 안되지요. 갑자기 껍질을 벗으면 모양이 흐트러지거든요."

'제발 숨을 거두게 해줘. 이제 그만 얌전히 어미골짜기로 돌아갈 수 있게 해줘!'

온 힘을 다해 지르는 사람 분재의 처절한 초음을 주인이 듣지 못할 리 없었다. 하지만 주인은 아랑곳하지 않았다. 물수건으로 분재의 손과 몸통을 닦아주며 당연하다는 듯 말했다.

"분재 기르기가 생각보다 쉽지 않아요. 까다로운 놈은 비위를 맞춰줘도 죽어버리죠. 본전 생각이 절로 날밖에요. 그냥 버릴 수는 없어요. 숨이 끊어지면 다리까지 파내어 장식용 기둥으로 쓰거나, 동강동강 토막 내어 의자로라도 써야지요."

나는 황급히 칠성족 계곡을 빠져나왔다. 자신의 고통을 과시하는 이들, 더더욱 심한 고통을 받아들이는 것이 삶의 미덕이라 믿는 군상들을 더 이상 마주할 자신이 없었다. 농장 창고에 돌아온 나는 어쩔 수 없이 소리내어 울었다. 척박한 바위산과 모래사막에서도 생명은 살기 위해 몸부림친다고, 좀 더 편하고 행복한 앞날을 위해 현재의 고난을 참아내는 것이 모든 생명의 자세여야 한다고 나는 믿었었다. 그런데 칠성족의 고통, 자학은 무엇일까. 그리고 나는 또 무엇인가. 편하고 아늑한 고향을 등지고 사막을 거쳐 제울까지 온 내 지난 시간들도 칠성족이 지니고 있는 자학의 일종이었던가? 죽음, 아후밀탄의 사람들이 찬양하는, 칠성족들이 그토록 원하는 죽음만이 우리의 목표이자 안식인 것인가? 무엇이 옳고 그른지 알 수 없었다. 내가 뿌린 씨물이 새 생명으로 태어난들 이 납득할 수 없는 세상에 다시 던져져야 한다는 것이 어이없었다.

　자학과 피학의 화두는 칠성족마을에 국한된 것이 아니었다. 그곳에서 사람 분재를 보았던 탓일까, 천막이 쳐지지 않은 제울 땅을 지나다가 버려진 나무둥치에 우연히 눈이 갔다. 그것 역시 나무가 아니라…… 사람이었다. 햇빛 아래 말라가는, 비쩍 마른 젊은이였다.

　가까이 다가서서 그의 몸을 흔들었다. "이봐요, 괜찮아요?" 그가 눈을 떴다. 그러나 이미 그의 몸은 말라 부스러지고 있었다. 그를 위해 어떤 것도 해줄 수 없었다. 그가 그곳에 쓰러진 지 한 달은 족히 되어 보였다. 사람들 중 누구도 그에게 물 한 방울 베풀지 않았던 것이다. 주위를 둘러보았다. 놀라웠다. 말라죽은 이가 한둘이 아니었다. 나뿐 아니라 수많은 사람이 수시로 오가는 길이었다. 나무둥치들이 사람이었음을, 길에서 나뒹굴던 부스러진 나뭇조각들이 사람의 몸체 일부였음을 나만 몰랐던 것이었다. 그제야 지난 여러 장면들이 되새겨졌다. 단풍동 달럭에 대해 얘기했을 때 작업반장 후언이 동료들에게 하던 말. '……불의 달까지 계속 일하니까 다 말라죽잖아.' 그리고 길에서 무심히 보았던 합창대들. '당신은 맑은 시냇물이시니 당신 안에서 쉬리라.' '……스스로를 깨뜨리고 깨뜨린 사람들, 번뇌의 끈을 놓으리니.' 그들은 그때마다 햇볕에 말라죽은 이들의 장례를 치르고 있었던 것이다. 살인 방조자들. 살인자 햇빛을 전지전능한, 지엄한 신으로 믿고 따르는 광신도들. 그들은 그들의 광포하고 가차없는 신을 따른다. 그들의 신인 햇빛은 세상 구석구석을 훑아 모든 생명의 죄를 밝혀내고 단죄한다. 죄 없는 이는 없다. 햇빛 아래 태어난 것 자체가 그들의 죄다. 지은 죄만큼 고통을 받으며 살다가 드디어 죄 갚음이 끝나는 날 그는 영광스레 말라죽을 수 있는 것이다. 무슨 일이 일어났는가. 나는 지금 어디에 와 있는가. 집에 돌아온 나는 미단부리의 인형을 노려보았다.

"도와줘. 이대로는 버틸 수가 없어."

꿈에서 나는 바로 길거리에 쓰러진 젊은이였다. 온몸의 물이 말라 꼼짝할 수가 없었다.

사흘 동안 널브러졌던 내게 아침이 다시 찾아왔다. 몸도 마음도 편한, 아무 일도 없었던 듯 평온한, 하려고만 하면 무엇이든 이룰 수 있을 것 같은 새 아침이었다. 휘청거리는 발걸음으로 거리에 나선 나는 미단부리의 인형이 내 소원을 들어주었음을 알았다.

"해츠무, 여기서 뭐하는 거야?"

하얀 피부에 키가 큰 여자가 등 뒤에서 나를 불렀다. 처음 보는 여자였다.

"해츠무가 아니라고요? 그럼 당신은 누구예요?"

여자의 이름은 바히체라고 했다. 그녀는 나를 자신의 남편으로 착각한 것이었다.

그녀를 따라 그녀의 남편을 만나러 갔다. 그녀의 집은 아래층에는 기둥만 세워졌고 계단 위 2층에만 벽을 둘러 집이 마치 허공에 뜬 것 같았다. 가까이 가보니 아래층은 축사였다. 돼지와 타조들이 기둥에 묶여 있어 집에 접근하는 뱀이나 다른 독충들을 잡아먹는다고 했다. 매끈한 진흙을 바른 2층 방은 밖에서 보는 것보다 훨씬 쾌적했다. 거실 천장의 향나무 서까래에는 많은 물건들이 매달려 있었다. 말린 꽃과 말린 풀을 담은 등바구니, 남편 해츠무가 잡았다는 커다란 생선 박제, 별것 아닌 작은 약병도 있었다. 해츠무의 어머니가 온몸이 썩는 병에 걸렸을 때 길을 가던 어떤 사람이 이 약병을 건네주어 말끔히 나았다는 사실을 기억하기 위함이었다.

지난 일을 추억하게 해주는 물건들은 가족뿐 아니라 처음 온 손님들에게도 즐거운 이야깃거리가 된다. 내가 단풍동에 돌아가면 우리 집 거실에도 무언가를 달아놓을 수 있으리라. 사막을 건널 때 썼던 짚 도롱이와 눈가리개, 아니면 이곳 거리에서 얼마든지 주워갈 수 있는 사람의 해골, 팔뼈.

거실 벽에는 제울의 바닷가에서 한 여자가 해초를 들고 있는 그림도 걸려 있었다.

"내가 그린 거예요. 내 이름의 뜻이 '바다의 무성한 풀'이거든요."

바히체가 말했다. 누군가가 계단을 밟는 소리가 들려왔다. 그를 본 순간 나는 깜짝 놀랐다. 거울 속의 나를 보는 듯했다. 키, 머리모양, 그중에도 이마 양쪽으로 불거진 짧고 굵은 머리카락, 눈매, 목과 어깨의 곡선. 그는 정말 나랑 쌍둥이라 할 정도로 닮아 있었다. 하지만 그는 덤덤하게 서있었다. 여자가 그의 팔을 잡아 의자에 앉혔다. 그는 장님이었다. 눈을 크게 뜨고 주위를 두리번거리기도 했지만 단지 시늉일 뿐이었다.

"어디서 태어나셨소? 혹시 단풍동에서 왔소?"

성급히 물은 사람은 나였다. 바히체가 나를 이끌어 그 앞으로 끌어당겨 주었다.

"해츠무, 당신과 똑같이 생겼어. 당신으로 착각할 정도로."

그가 조심스레 내 코와 눈, 이마와 입술을 어루만졌다. 신기하게도 탄력 잃은 피부조차 그와 나는 비슷했다. 다른 점이라면 내게 있는 빨판이 그에게 없다는 것 정도였다. 하지만 나 역시 이곳에서 오래 살면 빨판은 없어질 수도 있었다. 빨판을 만져본 해츠무가 바히체를 향해 말했다.

"저자에 나가서 물확을 사 와야겠군. 물에 뿌릴 향수도 한 병 사고."

해츠무가 친구들을 초대했다. 그는 자신과 닮은 나를 자랑스러워하며 소개했다.

"단풍동의 어른이, 그중에서도 맑은이야. 발바닥에 빨판도 있어."

친구들은 해츠무와 내가 닮았다는 사실은 전혀 신기해하지 않았다. 물속에서 태어난 그들끼리는 쌍둥이가 많았다. 그들이 흥미로워한 것은 내 발의 빨판이었다. 그들은 앞다투어 자기들의 할아버지 할머니 또 그 윗대의 선조가 지니고 있었던 빨판에 대해 떠들기 시작했다. 그리고 보니 제울의 어른이들은 눈도 나와는 달랐다. 아후밀탄에서도 두 눈이는 꽤 있었지만 제울의 어른이들은 하나같이 앞눈만 둘, 뒷눈은 세로로 갈라진 흔적만 조금 남았을 뿐 전혀 보이지 않는다고 했다. 발을 담가봤자 아무 소용 없는 그들이 앞다투어 물확에 발을 담갔다. 그리고 떠지지 않는 뒷눈을 어떻게든 뜨려고 안간힘을 썼다.

해츠무는 목걸이를 만드는 기술자였다. 그의 이름은 제울 말로 '안개비'라는 뜻이라 했다. 눈이 보이지 않는 그가 조그만 뿔고둥을 가느다란 삼끈에 꿰어가는 솜씨는 누구도 따라 할 수 없을 만큼 빠르고 정확했다. 바히체는 어미바다의 양식장에서 일하는 보모였다. 매일 아침 바닷가에 내려가 새로 태어난 아이들을 안전하게 뭍으로 인도해 주는 일을 했다.

해츠무의 끈질긴 권유로 나는 창고 생활을 끝내고 그들과 함께 살기로 했다. 사실 나도 일은 하지 않으면서 농장 주인으로부터 돈을 받는다는 것이 부담스럽기도 했다. 또 내가 가졌던 목화밭도 재이에게 넘겨주었다. 아버지 후언 대신 온 가족의 생계를 맡은 재이는 내게 '평생 은혜를 잊지 않겠다'며 눈물까지 글썽였다.

해츠무와 바히체 그리고 나는 때도 없이 서로의 얼굴과 몸을 만지며 키득거렸다. 해츠무의 손은 거칠었지만 뜨거웠고 바히체의 손길은 부드럽고 장난기가 많았다. 사실 바히체는 피부가 하얗고 투명했지만 예쁘지는 않았다. 오른쪽 눈이 찌부러졌고 입도 썰그러져 아후밀탄의 미호에 비하자면 흉측할 정도였다. 하지만 그녀는 마음이 착했다. 부지런하고 집안일도 잘했으며 형편이 어려운 이를 기꺼이 돕기도 했다.

그들이 아침마다 일터로 가면 나는 집을 치우고 가축들을 돌봤다. 저자에 나가 바히체가 좋아하는 곡식죽과 사탕을 사기도 하고 때로 해츠무를 위해 두건이나 어깨 가리개를 사 오기도 했다. 내 머리와 몸에 맞춰 산 그것들이 그에게 꼭 맞는다는 사실이 당연하면서도 매번 우습고 신기했다. 똑같은 모습으로 태어났다는 것은 제울에서는 불행이 아니라 위안이었다. 누군가와 함께 지내는 일, 하루의 일과를 저녁마다 서로 나누고 웃을 수 있다는 사실이 즐거웠다. 그동안 어떻게 그 뒤숭숭한 농장 창고에 처박혀 혼자 살았는지 내가 생각해도 신기할 지경이었다.

바히체를 따라 그녀의 일터인 어미바다에 가보았다. 한창 생식 중인 남녀를 바로 옆 제방에서 들여다볼 수 있었다. 그들이 어떻게 그 긴 시간 동안 물속에서 버틸 수 있는지 그것이 일단 신기했다. 그녀가 권하는 대로 바다에 들어가 얼굴을 담가보았다. 희한하게도 눈도 떠지고 팔다리도 자연스레 움직여졌다. 뭍보다 물속에서 눈이 더 편한 것도 신기했다.

수정된 어른이알은 물밑에 깔아둔 해초 천에 놓인다. 알은 해초 천에 싸인 채로 얌전히 양식장으로 옮겨져 몇 겹의 촘촘하고 부드러운 그물 안에서 키워진다. 사람의 알이 물고기 밥이 되는 것을 막기 위해서다. 알에서 꼬리가 나는 것은 두 달이 채 지나지 않아서다. 하지만 해초 기둥에 매달릴 정도로 팔다리가 나려면 그때부터 십여 년의 세월이 필요하다. 이후 또 십여 년, 머리가 제 모습을 갖추면서 그동안 몸의 균형을 잡아주던 꼬리는 다시 흡수된다. 삼십여 년, 사람의 모습이 갖춰지기 시작하면 이들은 조금 깊은, 컴컴한 해초 지역으로 옮겨진다. 굵은 해초들이 우거져 언뜻 보기에는 아무 장치가 없는 듯해도 이곳 역시 발 굵은 튼튼한 그물과 커다란 돌들로 칸을 쳐놓았다고 했다. 상어의 습격을 막기 위해서다.

"상어보다도 더 큰 적은 사람이야. 사람의 꼬리가 만병통치약으로 비싸게 팔리거든."

저항하지 못하는 알들을 건져 꼬리를 자르는 악덕상인이야말로 악랄한 살인자들이었다. 그들을 잡기 위해 양식장 주변 제방에는 보안대원들이 밤낮으로 순찰을 돌고 있었다.

바다는 사람들의 고향일 뿐 아니라 모든 이의 삶의 터전이기도 하다. 양식장에서 멀리 떨어진 바닷가에는 물에 들어가 목욕하는 이도 보이고 또 한쪽에서는 장례를 치르는 모습도 보였다. 단풍동의 경우 칠성함에 시신을 넣은 채로 화장하는 데 비해 이곳에서는 칠성함의 뚜껑을 뗀 후 시신을 앉은 상태로 묶어 칠성함에 싣는다. 배처럼 바다에 뜬 칠성함은 어차피 풍랑으로 뒤집히게 마련이다.

"굳이 두 다리를 접어 앉히는 게 이상해. 물고기들에게 뜯기는 건 마찬가지잖아."

"살아있는 동안 서 있느라 고생했다는 위로의 뜻이겠지. 눕힐 수는 없잖아? 짐승으로 태어나면 곤란하니까."

물속에 들어가도 아무렇지 않음을 깨달은 후로 나는 바다에 들어가기를 즐겼다. 색색의 산호가 어울린 바닷속은 아후밀탄의 잘 가꿔진 꽃밭을 연상시켰다. 갖가지 모양의 물고기들이 떼 지어 몰려다니는 모습 또한 빼놓을 수 없는 볼거리였다.

"불가사리가 많아야 해. 그것들이 말미잘이나 조개를 잡아먹거든. 말미잘이 많아지면 사람의 알들을 해치거든."

사람에게 해가 된다고는 해도 말미잘 역시 감탄스러울 정도로 예뻤다. 특히 입을 활짝 벌려 먹이를 삼키는 순간의 말미잘은 꽃이 피는 것처럼 화사했다. 불가사리도 갖가지 색이었다. 물고기가 먹지 않는다는 불가사리의 천적은 의외로 갈매기였다. 바로 눈앞에서 움직이던 큼직한 불가사리가 몇 번이나 없어지는데도 순간적으로 꽂혔다가 순간적으로 사라지는 어떤 형체가 갈매기였다는 것이, 허공을 나는 갈매기가 그렇게 빠르고 정확하게 물속에 꽂혀 불가사리를 문다는 것이 눈으로 보면서도 믿어지지 않았다.

다시마는 주먹만 한 둥그런 대가리를 밑에 두고 잎이 난다. 아래쪽은 가늘고 위로 갈수록 크고 넓어지는데 하루에 내 키의 반도 더 자라 덜 자란 어른들의 눈을 보호해 준다. 양식장 바깥의 빽빽하고 무성한 다시마 숲은 작은 물고기들뿐 아니라 수많은 생명들의 은신처도 된다. 바로 그 다시마 숲에서 나는 바히체와 생식했다.

"우린 아직 나이가 안 찼으니까 생식장에는 들어갈 수 없지. 봐, 다들 즐겁잖아."

처음에 나는 내가 바히체의 알에 씨물을 뿌리는 동안 물속에서 힘을 주다 죽는 게 아닐까 겁을 내었다. 그런데 그녀가 시키는 대로 코로 들어온 물을 입으로 내보냈더니 희한하게도 아무렇지 않았다. 불편한 것이라고는 말 대신 초음을 써야 한다는 것 정도였다. 물속에서의 생식은 부드럽고 평화로웠다. 그녀와 나는 다른 사람들이 없는 곳을 찾아 좀 더 먼 곳, 좀 더 깊은 바다를 찾았다. 물속에서의 바히체는 그야말로 여신이었다. 그녀의 풍성한 몸피, 그녀가 나를 향해 짓는 부드러운 미소는 그녀의 비뚤어진 눈과 입 때문에 더욱 농염하고 매혹적이었다. 그녀는 우리가 생식한 사실을 아무렇지 않게 남편 해츠무에게 말했다.

"해츠무, 다음에는 더 깊은 바깥바다로 가서 생식하자. 오늘 연토와 그곳에서 생식했는데 앞바다보다도 훨씬 좋았어. 비록 내가 뿌린 알은 곧바로 물고기밥이 되었겠지만."

귀를 가리고 싶을 만큼 끔찍했다. 그녀와 내가 만든 수정란은 누가 뭐라 해도 어른이의 씨다. 그것이 나도 모르는 새에 물고기밥으로 바쳐진 것이었다.

하마터면 바히체에게, 어쩌면 내게도 닥칠 뻔했던 커다란 사고가 일어난 적도 있었다. 바닷가로 오르내리던 승강기가 중간에서 멈춰선 것이다. 그날따라 바히체가 집에서 늦게 나가는 바람에 승강기를 놓친 것이 천만다행이었다. 승강기에 탔던 여덟 명은 허공에 매달린 채로 밤을 보내야 했다. 아래쪽, 바닷가 쪽 기계의 고장이었다. 쇠줄이 되감기는 큰 톱니바퀴가 마모되면서 그것에 맞물린 작은 톱니바퀴가 튕겨져 나간 것이었는데 엎친 데 덮친 격으로 승강기 기술자 둘이 바로 사고 승강기 안에 탔음이 뒤늦게 밝혀졌다.

사람이 탈수되어 완전히 죽는 시간은 열흘이었다. 절벽을 타고 내려가는 가파른 오솔길로 오르내리며 제울의 관리와 주민들은 그들이 언제 죽는지 기다리는 꼴이 되었다. 열이틀이 되는 날 승강기는 바닷가로 내려졌다. 그리고 새 승강기와 새 쇠줄, 새 톱니바퀴가 작동되었다.

사고가 있은 후로 나는 승강기를 타지 않았다. 사고 때문에 알게 된 좁고 가파른 비탈길이 나는 마음에 들었다. 북쪽이라 햇빛도 비치지 않는 데다 곳곳에 작은 물줄기가 흘러 빨판을 적시기도 좋았다. 서두를 필요도 없었다. 바닷가에 내려가면 바히체가 있으니 하루 이틀 집에 들어가지 않아도 내 안부를 전할 수 있었다. 물은 언제나 우리를 편하게 한다. 절벽을 타고 내리는 민물도, 바다에 넘실거리는 짠물도 나는 좋았다.

제울의 책력으로 여섯 달이 지난 후 나는 몸이 근지러움을 느꼈다. 처음에 나는 그것이 단풍동에서 겪던 여름벌레인 줄 알았다. 그러나 아니었다. 온몸의 살갗이 한 방향으로 일면서 그 밑의 살이 단단해지고 있었다. 비늘이었다. 바다에 때도 없이 들락거린 결과였다.

"드디어 연토가 물 인간이 되었네."

바히체와 해츠무가 반겼지만 나는 아니었다. 발바닥이 물러져 걷기 힘들었고 특히 밤낮으로 빨판이 근지러워 긁지 않을 수 없었다. 이대로라면 빨판이 없어질 것이 분명했다.

몸을 덮은 비늘이 멋대로 뒤둥그러지고 조금만 다른 물체에 닿아도 비늘이 떨어져 그 자리에 염증이 생겼다. 물 인간인 바히체와 해츠무는 아무 문제가 없었다. 태어날 때부터 온몸을 덮은 비늘이 가지런하고 규칙적이어서 다칠 염려도 없을 뿐 아니라 그 비늘들이 뜨거운 햇빛으로부터 몸을 보호해 주는 갑옷 역할을 하고 있었다. 나는 아니었다. 아무리 내가 그들처럼 행동한다 해도 나는 단풍동 어미산에서 태어난 땅 인간이었다. 생각 끝에 나는 더 이상 바히체와 함께 바다 생식을 하지 않기로 결심했다.

"좋을 대로."

그녀는 또 시원스럽게 인정했다. 그녀가 덧붙였다.

"그동안 당신은 생명을 창조했어. 가장 훌륭한 일을 했지. 우리가 만든 생명이 끝내 자라지 못하고 한낱 물고기에 먹혔더라도 그것 역시 또 다른 생명을 먹여 살렸으니까."

해츠무와 바히체는 여전히 내게 다정했다. 그들이 바닷속에 들어가 자맥질을 하거나 생식하는 동안 나는 홀로 나앉은 바위에서 바다를 바라보았다. 내가 잘 앉는 바위는 뭍에서 조금 떨어져 한적한 데다 햇빛을 등져서 뜨겁지 않았다. 자리도 마침 의자처럼 움푹하게 패여 오래 앉아있어도 피곤하지 않았다.

바람이 없는 날의 바다는 끝없이 넓고 매끈한 바위, 그 위로 사람이 걸어갈 수도 있을 것처럼 잔잔했다. 또 잔잔하게 파도가 이는 바다는 거대한 용의 등, 우리의 모든 삶이 그의 등 비늘에 잠시 일었다가 사라지는 물거품일지 모른다는 허무한 생각도 들게 했다. 잔잔한 수면 위로 물보라가 튈 때도 있었다. 위로 솟구친 검은 물체가 금방 물속으로 자취를 감췄지만 두 번째는 더욱 높이 솟구쳤다. 고래였다. 거대한 쇠고래가 두 개의 커다란 숨구멍으로 공기를 내뿜으며 수면 위로 떠올랐다 가라앉았다. 피리고래를 보는 날도 있었다. 그들은 꼭 쌍으로 다닌다. 두 마리가 함께 솟구쳐 피리를 부는 듯 몸을 뒤트는데 그들이 진짜로 피리를 부는 것은 아니었다. 주둥이가 피리를 문 듯 옆으로 길어 붙여진 이름일 뿐이었다.

파도가 몰려오고 몰려가는 것을 보는 내가 바히체의 눈에는 심심해 보였던 모양이었다.

"물고기와 얘기를 나눠봐. 그들도 너랑 얘기하고 싶을 거야. 먼저 그들의 얼굴을 익혀. 그리고 나면 그들이 말을 걸 거야. 그때 참을성 있게 그들의 말을 들어줘."

모든 사물은 보고자 할 때 보인다. 그제야 바위 바로 밑까지 와서 나를 눈여겨보는 물고기가 보였다. 갈색에 검은 줄무늬가 있는 바다

장어였다.

"안녕. 나는 착한 사람을 좋아해. 특히 물고기 따위 잡아먹지 않는 어른이들을."

장어가 얼굴을 내밀고 내게 말했다.

"물새들이 물 위를 빙빙 돌 때마다 나는 내 신세가 처량해. 물새처럼 마음대로 하늘을 날다가 또 마음대로 물고기를 잡아먹을 수 있다면 얼마나 좋을까 생각하지. 입이 큰 가마우지는 정말 싫어. 하기야 이번에는 가마우지여서 살아났지만."

장어가 비뚤어진 허리를 흔들며 자신의 사연을 털어놓기 시작했다. 바다 건너 저쪽의 강을 거슬러 오르는데 갑자기 가마우지가 날아와 자신의 몸통을 물었다는 것이다. 죽었구나 싶었는데 정신을 차려 보니 자신이 고깃배에 실려 있었다. 온 힘을 다해 펄쩍 뛰어올랐다. 다행히 뱃전에 부딪히지 않고 물속으로 돌아올 수 있었다.

"가마우지는 물고기를 잽싸게 입에 물 뿐 삼키지는 못해. 가마우지의 목에 삼끈이 묶여 있거든. 그도 알아, 자기가 목숨처럼 따르는 주인이 제 목을 조인 장본인이라는 것을. 그가 태어나 얼마 되지 않아 목끈을 묶었기 때문에 그들은 아픈 것도 별로 느끼지 못해. 그들은 끝없이 물고기들을 물어 주인의 나룻배에 뱉어놓지. 주인은 그 물고기들을 팔아 돈을 벌고. 그런데도 가마우지는 주인밖에 몰라. 어쨌거나 주인이 조금씩이라도 먹이를 주니까."

장어가 말을 이어갔다.

"가마우지가 너희 어른이들처럼 몸통이 점점 작아진다면 사정은 달라지겠지. 사악한 주인이 삼끈으로 목을 조여봤자 세월이 갈수록 느슨해질 테니까. 그런데 가마우지는, 그리고 우리 물고기들은 하필이면 바다 건너 저쪽 사람들을 닮았어. 작게 태어나 점점 커지지. 나이가 들수록 더욱 몸피가 불고. 뭐, 불만은 없어. 맛있는 것을 먹는 기쁨이 얼마나 큰지, 먹지 않아도 되는 너는 모르잖아. 나는 많이 먹을 거야. 그리고 끝없이 뚱뚱해질 거야. 바다 저쪽 사람이나 큰 물고기에게 잡혀서 먹히면 또 그뿐이지. 죽음이라고 그리 다르겠어? 삶처럼 그저 그렇겠지. 조금은 신나고 대부분은 화나고. 조금은 우습고 대부분은 어이없고."

내가 걸터앉은 바위 아랫자락에 올라 내 눈치를 살피던 인어도 나중에는 시끄러울 정도로 떠들어대었다. 노래를 부르는 인어들은 대부분 여자인어다. 남자인어는 목소리가 굵었다. 게다가 한숨을 자주 섞기 때문에 노래인지 신음인지조차 헷갈렸다. 생김새로는 남자인어가 훨씬 나았다. 흰색 몸통에 흰색 지느러미인 여자인어들에 비해 남자인어는 목덜미에 붉고 푸른 반점이 있고 등과 꼬리지느러미는 분홍색을 띠어 해 질 녘에는 너무나 아름다운 붉은색으로 변했다.

"바다 저쪽 세상에는 꿈꾸는 샘물이 있어. 그 물을 마시면 꿈을 꾸지. 꿈속에서는 안 되는 게 없어. 자기가 가지고 싶은 것은 다 가지고, 하고 싶은 것은 다 할 수 있어."

여자인어 옆에 남자인어가 올라왔다.

"그중 가장 웃기는 꿈이 뭔지 알아? 자신이 사는 동안 점점 커져서, 커지고 또 커져서, 어느 날 온몸이 빵! 터지는 거야."

남자인어가 큰 소리로 웃어젖혔다. 여자인어는 웃지 않았다.

"꿈꾸는 샘물을 마시고 싶어. 멋진 꿈을 꾸고 싶어. 세상에서 가장 아름다운 노래를 부르는 꿈. 내 노래를 들은 사람들은 아무 데도 못 가. 세상의 모든 배가 내게 몰려들어."

"꿈이나 꿔. 네 괴상한 노래를 듣고 도망치지 않으면 다행이지."

남자인어가 약을 올리자 여자인어가 꼬리로 물을 쳤다. 남자인어가 물을 뒤집어썼다. 여자인어가 악을 써대었다.

"꿈을 꾸면 이루어져! 자꾸자꾸 꿈을 꾸면 꿈속으로 들어가니까. 아름다운 노래를 부를 거야. 세상에서 가장 아름다운 노래!"

등판에 얼룩무늬가 있는 거북도 한번 인사를 트고 나니 말을 잘했다.

"단풍동에서 왔다며? 바다 건너 저쪽 땅에는 단풍나무가 있어. 날씨가 추워지면 이파리가 붉게 물들지. 이 나무들이 너희 단풍동에서 왔다는 말이 있어."

"동굴 속 가장 어둡다는 단풍동에서 왔어? 반가워! 내가 다 얘기 해줄게."

거북의 말을 자르고 끼어든 물고기는 흑갈색 줄무늬의 명령어였다. 이 물고기의 살을 먹은 사람은 다른 사람에게 명령하기를 좋아한다 하여 생긴 이름이었다. 기력이 달리는 햇빛족 노인들이 즐기는 음식 중 하나가 명령어 요리였다.

"이쪽 어른이들이 바다 건너 저쪽으로 가면 나무인간이 돼. 목이 터져라 말을 하지만 바다 저쪽 사람들은 알아듣지 못해. 그들은 눈이랑 코도 나쁘지만 귀가 제일 나쁘거든. 저희끼리 나누는 말도 잘 못 알아들어 싸우기 일쑤지. 나무인간이 된 어른이들은 애가 타. 소리지르다 못해 온몸이 빨개지지. 그래도 그들은 못 알아들어. '어머나, 잎이 빨갛게 물들었네.' 그것으로 끝이지."

거북이가 느긋하게 명령어의 말을 이었다.

"바다 저쪽 사람들은 12라는 숫자를 좋아해. 한 해도 대충 12달로 나눠놓고는, 밤하늘의 달이 왜 딱딱 자기들의 달에 맞춰 움직이지 않는지 화를 내. 그게 바로 멍청이라는 증거지. 바다 저쪽 여자들이 몸속에 알을 품는 주기도 달에 맞춰 이뤄지거든. 달이 차고 기우는 것에 따라 울고 화내고 이유 없이 깔깔대기도 하는데 그 간단한 사실을 몰라. 숫자를 좋아하려면 단연 37, 어떻게 해도 쪼개지지 않는 37이지. 달이 차고 이지러지기를 37번, 37달이 모이면 우리 거북의 1년이 되지. 우리 거북들은 그런 1년을 37번 살아. 바다 저쪽 사람들은 우리더러 장수한다고 하지. 저희들로 치면 110살이 넘으니까. 장수는 무슨! 붉은수염장수거북은 그 37년을 37번 살아. 한번 태어난 삶이면 그 정도는 살아야지."

느리게 움직이지만 누구와도 멀어지고 싶지 않은 얼룩무늬거북은 또 다른 이들을 만나러 떠났다. 그러나 나랑 친해진 줄무늬 명령어는 내 곁을 떠나지 않았다. 내가 바다의 물결을 멍하니 바라보고 있으면 그 역시 물속에 가라앉았다가, 내가 그를 부르면 반가워 물 위로 펄쩍 솟아올랐다. 무엇보다 그는 상상력이 있었다. 심각하고 슬픈 이야기들은 그가 일부러 꾸며대는 것이 분명한데도 가슴 아프고 슬펐다. 우습고 즐거운 이야기들 역시 일부러 꾸민 것이 분명한데도 너무나 우습고 생생했다. 이야깃거리가 떨어질 때면 그는 노래를 불렀다.

'하늘의 물이 쏟아지네. 바다의 물이 화답하네.

높은 하늘의 거대한 이는 깊은 바다의 하찮은 이를 알지 못하네.

언젠가는 알게 되겠지. 큰 생명은 하찮은 것에서 왔음을. 오오, 그래?

밤에도 환한 나라가 있네. 낮에도 어두운 나라가 있네.

환한 나라의 어두운 이는 어두운 나라의 환한 이를 알지 못하네.

언젠가는 알게 되겠지. 빛은 어둠에서 왔음을. 오오, 그래?

나는 부르리라 작은 노래. 나는 가리라 어둠의 나라. 처음부터 다시, 하나, 둘!

하늘의 물이 쏟아지네. 바다의 물이 화답하네.

높은 하늘의 거대한 이는…….'

가슴지느러미로 추임새를 넣는 명령어를 보고 있으면 눈물이 날 정도로 우스웠다. 내가 웃으면 명령어는 정신없었다. 있는 힘껏 물 위로 솟구쳐 신나게 깔깔거리고는 물로 떨어져 어푸어푸 숨을 몰아쉬었다. "물에 빠져 죽는다, 명령어 살려!" 엄살을 떨면 나 역시 웃느라 바위에서 미끄러져 물에 빠지곤 했다.

인어나 얼룩거북, 장어들은 명령어로부터 내 소식을 듣곤 했다. 그들에게 나는 '명령어의 특별한 친구'였다. 양식장에서 일하는 바히체가 내게 신호를 보낼 때에도 명령어가 중간 역할을 했다. 명령어는 신나게 놀면서도 멀리서 전하는 그녀의 말을 정확히 알아들었다.

"네가 명령어의 친구냐?"

바위 앞에 얼굴을 내민 것은 목소리가 낮은 검은색의 바다잉어였다. 비늘도 많이 떨어지고 허리가 휘어 흉측했지만 함부로 대할 수 없는 위엄이 있었다. 아무 대답 없이 자신을 살피는 나를 보고 잉어가 한숨을 쉬었다.

"대꾸도 않다니, 맥 빠진 녀석. 그래도 동굴국의 아버지강을 가본 이는 나밖에 없어."

"아버지강을 알아?"

"그럼. 아버지강 물을 마셔야 몸이 젊어지는걸. 그러지 않고야 어떻게 이렇게 오래 살겠어?"

잉어의 말로는 물고기들은 모두 알에서 태어나 몸체가 점점 커진다. 큰 물고기란 결국 죽을 날이 머지않았다는 뜻이다. 하지만 땅의 정기를 가진 아버지강 물을 마시면 몸체가 다시 작아진다. 아버지강에서는 몸체가 작아지는 것이 곧 늙는 일이기 때문이다.

"바다 저쪽 사람들이라면…… 갈고리족? 그놈들은 흉측해. 먹이를 주는 척하면서 실은 날카로운 갈고리를 던지지. 한순간에 목을 꿰뚫는, 한번 걸리면 절대 빠지지 않는 꼬부라진 쇠심.”

잉어가 비뚤어진 수염을 쭝긋거렸다.

“우리한테만 던지는 게 아냐. 그놈들은 저희들끼리도 갈고리를 던져. 사랑이니 인정이니 달짝지근하게 포장했지만 주고받는 모든 것이 다 날카로운 쇠갈고리지. 그들은 제 자식들에게도 갈고리를 던져. 말이야 그럴듯하지. ‘갈고리 던지는 법을 가르친다’나. 몸피가 커진 자식들은 부모의 갈고리에서 벗어나려 몸부림치지. 그러면 뭐해? 숨통 깊숙이 박힌 갈고리는 더더욱 살을 파고들어.

갈고리들끼리 서로 엉켜 끝없이 피를 흘리고 비명을 지르는 그들의 세상은 하나같이 제정신들이 아냐. 갈고리족들뿐 아니라 풀과 나무, 물속의 물고기들까지도 미쳐 돌아가. 나만 해도 한 번에 수천수만의 알을 낳아. 크고 작은 물고기들, 크고 작은 갈고리들이 내 새끼들을 잡아채니 그러지 않을 수가 없지.

아버지강의 물고기들이야 사정이 다르지. 기껏해야 하나둘, 평생 몇십 개의 알을 낳으면 그뿐이야. 저쪽 세상처럼 많이 낳았다가는 아버지강이 온통 잉어 새끼로 득실댈걸? 그런데도…… 희한해, 오늘 살아도 내일까지 살았다고 볼 수 없는 갈고리들의 세상, 먹어도 먹어도 배고픈 세상, 낳아도 낳아도 더 낳아야 하는 고달픈 바다 건너 저쪽 세상의 강이 아버지강보다 재미있어. 오늘, 지금 살아있다는 사실이 짜릿한 기적의 연속이거든.

갈고리족들은 끊임없이 ‘젊어지는 샘물’을 찾아. 하루 살아갈 돈을 벌어 빈 위장을 채우기 급급한 삶이 너무 싫으면서도 더 젊어지기를, 하루라도 더 살기를 원해. 물론 그 샘물이 너희 동굴국의 아버지강 물인 줄은 꿈에도 모르지. 그걸 알면 너희 동굴국은 한순간에 박살

날걸? 걱정 마. 내가 아무리 떠들어도 그놈들은 알아듣지도 못하니까."

잉어가 비뚤어진 꼬리로 천천히 한 바퀴 돌았다.

"내가 아버지강을 찾는 이유도…… 아버지강이 그리워서가 아니야. 나 역시 몸체를 작게 만든 후 저쪽 세상의 강에 가서 오래오래 살고 싶어서야. 어둡고, 조용하고, 무엇이든 사색하게 만드는 아버지강에서는 위험이 없는 대신 즐거움도 없어. 괴로움과 위험함이 있어야 즐거움과 편안함이 있거든. 언젠가 아슬아슬 목을 스쳤던 쇠갈고리의 감촉이 간절히 그리울 때가 있다니까. 미쳤어. 갈고리족들도 미쳤고 나도 미쳤어."

"너라도 미치지 마. 정신 차려."

내 말에 잉어가 아가미로 큰 한숨을 내쉬었다.

"내가 미쳤다는 걸 알아서 나는 슬퍼. 내가 미쳤다는 걸 모르면 좋겠어. 오래 살면, 지금보다 훨씬 더 오래 살면 잊어버릴 때가 오겠지. 그때까지 한 번 살아보려고."

바다잉어가 가버린 뒤 나는 줄무늬 명령어를 찾았다. 그리고 한참 후에야 그가 알을 낳으러 제 고향인 먼, 깊은, 어두운 바다에 다니러 갔음을 기억해 내었다. 명령어는 두꺼운 비늘을 가진 심해어. 그가 나를 반가워했던 이유는 바로 내가 자신과 똑같이 어두운 곳, '동굴 속 가장 어둡다는 단풍동' 출신이었기 때문이었던 것이다. 또 하나, 명령어에게는 제울의 바다가 가장 위험하다. 명령어 고기를 즐기는 햇빛족들이 있기 때문이다. 그럼에도 이곳 바다에서 지냈다는 것은…… 그 역시 잉어처럼 삶의 재미, 자신을 위험에 노출함으로써 삶의 긴장감을 즐겼던 것일까? 그렇다면 나 역시, 죽을 위험을 겪으며 사막을 건너 제울까지 온 나 역시 그러했던 것일까? 살아있는 것들 모두가 자기 목숨을 위협하는 모험, 위험함을 견디며 쾌락을 얻는 것일까?

바닷가를 따라 끝없이 걷다가 나는 동굴을 발견했다. 동굴은 호수처럼 들어앉은 바다에서도 가장 안쪽, 커다란 바위로 가려져 있었다. 기껏해야 서너 사람이 들어설 만한 좁은 공간이었지만 낮에도 햇빛이 들지 않는 데다 바닥이 축축하게 젖어있어 호젓하고 안락했다. 무엇보다도 그곳이 마음에 들었던 이유는 키 작은 나무인간 한 그루와 단풍동의 땅옷족 비슷한 땅옷이끼가 동굴 안에서 살고 있었기 때문이다.

"물고기들과 친해진 게 자랑이야? 물고기도 아닌 주제에."

나무인간도 땅옷이끼도 처음에는 무척 쌀쌀맞았다. 헛기침을 한다거나 신경질적으로 찡얼거림으로써 노골적으로 나를 내쫓으려 했다. 하지만 나는 물러서지 않았다. 물고기와 친해지는 법을 가르쳐준 바히체의 말을 떠올리며 잠자코 그들 곁에 서 있다 오곤 했다. 열흘이 지난 후 나는 동굴 속 나무인간의 발치에 앉아 잠을 잘 수 있었다. 눈물 나도록 행복했다. 바히체의 집이나 바닷가에 없는 편안함이 그 동굴에 있었다. 2년이 넘도록 토막잠을 자던 내가 동굴 속에서는 다음 날 낮까지 내처 자기도 했다. 그리고 그때로부터 또 열흘, 놀라운 사실을 알게 되었다.

"제발 저만치 떨어져. 나 좀 그만 흔들고."

내가 툭하면 어루만지던 그는 나무인간이 아니라 땅에 뿌리 내린 어른이었다. 덜 자란 나무인간이 아니라 이제 살날이 얼마 남지 않아 조그마해진 노인이었던 것이다.

"놀랄 것 없어. 나무인간이건 어른이건 다를 게 뭐 있어."

그의 이름은 호유문주, 제울의 땅마을에서 태어난, 몇 되지 않는 하얀이였다. 쉰이 넘어 이곳에 자리 잡았고 그 후로도 30여 년이 지났다니 어림잡아도 아흔 가까운 상노인이었다. 그런데도 그는 여느 노인들처럼 까불거나 성품이 급해진 기미는 전혀 없었다.

"땅에 뿌리박은 이들의 특권이지."

이후로 그는 입을 떼지 않았다. 그는 죽어가고 있었다. 멀리 들리는 잔잔한 파도 소리에도 묻혀버릴 듯 가느다란 초음으로 천천히 마음을 전하는 것만이 그가 할 수 있는 전부였다.

'제울 사람들은 이미 어른이가 아냐. 빛에 익숙해진 그들은 모든 생명이 가지고 있는 은은한 몸빛을 보지 못해. 희미하지만 분명히 있는 생명의 맥박 소리를 들으려고도 하지 않아. 과장된 말과 표정, 현란한 손발짓에 익숙해진 그들에게 초음으로 읽히는 상대방의 속마음 따위는 귀찮고 불편할 뿐이야.

게다가 이 땅의 지식인을 자처하는 이들은 햇빛족들이 만든 기계에 빠져있어. 지금의 것보다 더 놀라운 기계, 더더욱 기묘한 기계를 보고 접하는 것만이 자기들의 삶을 가치 있게 만들어준다고 믿고 있어.'

'햇빛족 역시 우리 어른이잖아요. 그들은 빛에 잘 적응하고 있어요.'

나는 그가 너무 힘들지 않을까 걱정스러웠다.

'아니. 짐승들이 다른 땅에서 온 생명이듯 햇빛족 또한 이 땅의 산물이 아니야. 제울의 원래 어른이들은 아쉽지만 끝났어. 빨판과, 뒷눈과, 어둠에 대한 미련이 없다면 그들은 이미 어른이가 아냐. 종족 본래의 속성을 잃었다면 그들은 이미 그 종족이 아냐.'

'어둠이 아니라 빛이 해답인 것은 아닐까요? 모든 나무들이 하늘을 향해 팔을 벌리고 있어요. 빛을 따르는 신도들은 끝없이 넓고 아

득한 하늘을 믿어요.'

'하늘에는…… 생명을 말리고 태워 죽이는 해가 있을 뿐 아무것도 없어. 하늘에서 떨어지는 비도, 실은 하늘의 것이 아냐. 땅에 고였던 물의 조화일 뿐이지. 생명은 빛이 아니라 어둠에서 자라. 하늘이 아니라 땅, 펼쳐진 곳이 아니라 숨은 곳에서 자라. 우리가 그토록 얻고 싶어 하는 진리의 실체는 명백함이 아니라 모호함, 헤치는 것이 아니라 묻어둠이야.'

그가 나를 한참 동안 말없이 바라보았다. 그리고 그의 초음이 다시 이어졌다.

'너희 동굴국의 삶만이 답이야. 가장 고귀하고 지혜로운 땅의 산물인 어른이들은 동굴국 중에서도 단풍동에만 있어. 그곳 역시 앞으로 수많은 위험과 빛에 노출되겠지만, 불안해지는 마. 너희 스스로를 믿어. 땅이 마련해준 모든 지혜가 너희 머리와 몸속에 담겨있어. 연토, 너를 만나 다행이야. 마음이 놓여.'

그리고 결국 마지막 순간이 왔다.

'눈을 가려줘. 너무 밝아.'

그의 체력이 새벽의 여명을 이기지 못하고 있었다. 두 손으로 그의 앞뒷눈을 감싸주었다. 그의 숨이 드디어 잦아들었다. 낮이 오고 다시 밤이 될 때까지 나는 호유문주의 눈과 얼굴, 자그마한 몸과 그의 뿌리를 내내 어루만져주었다. 동굴을 나오는 순간 나는 그를 둘러싼 땅옷이끼가 모두 죽은 것을 보았다. 누구의 탓도 아니었다. 그들 역시 호유문주와의 이별을 견딜 수 없었던 것이었다.

동굴 밖 바다는 깊은 어둠 속에 묻혀 있었다. 해가 할퀴고 간 상처를 가라앉히는 어둠은 언제나처럼 부드럽고 넉넉하고 편안했다. 그만 움직이고 쉬어도 됨을, 모든 상념과 걱정에서 놓여나 잠시나마 모든 것을 내려놓아도 됨을 알려주고 있었다. 칠흑의 바다. 갯벌에 깔린 조그만 푸른빛들이 띄엄띄엄 정체를 드러내고 있었다. 모래 알갱이만큼 작은 바다달팽이들이었다. 낮에는 모래나 돌 틈에 숨었다가 깊은 밤에 잠깐 나와 제 몸의 빛으로 짝을 부르는 달팽이들. 밤을 밝히는 그들의 삶이 아름다우면서도 허망했다. 갯벌에 내려가 달팽이 하나를 조심스레 손에 올려놓았다. 한동안 죽은 듯 꼼짝 않던 달팽이가 이윽고 푸른빛을 내기 시작했다. 빛, 어둠 속에서 빛나는 숨은 빛들.

까마득한 옛날, 어른이의 시작이 있었듯이 머지않아 어른이의 끝이 올 수도 있었다. 호유문주의 축원은 그저 그의 소망일 뿐 살촉과 청매동, 단풍동의 생명들조차 머지않아 다 사라질 수도 있었다. 하지만 그것은 내 노력이나 의지로 할 수 있는 일이 아니었다. 어른이들을 세상에 내놓은 이 땅, 우리의 죽음을 받아 새로운 생명으로 키워낼 땅이 할 일이었다.

그렇다. 어둠도, 땅도, 생명을 살리는 물조차 우리를 위해 존재하는 것은 아니다. 우리가 기댈 대상은 무심한 자연도, 발달된 문명도 아닌 살아있는 우리 자신인지 모른다. 생각을 바꾸고 몸을 바꿔서라도 어떻게든 삶을 이어가고자 하는 우리의 안간힘, 내 몸속에 깃든 나의 주인. 제 몸빛으로 광대한 어둠을 밝히는 바다달팽이, 그의 몸속에 깃든 주인처럼.

죽음 후의 우리가 어떻게 될지, 땅이 과연 우리를 생명으로 태어나게 할 것인지조차 우리는 모른다. 확실한 것은 지금 살아있는 우리가 땅으로서는 최선의, 기적에 가까운 결과물이라는 사실이다. 우리는 살아있다. 살아있으므로 판단하고 선택할 수 있다. 살아있으므로 우리 자신을 지금까지와는 다르게 발전시킬 수 있다. 그렇다. 죽음이 아니라 삶이 답인 것이다. 이전의 죽음과 앞으로 올 죽음을 이어주는 것이 지금의 삶이 아니라, 이전의 삶에서 앞으로의 삶으로 넘어가기 위한 잠깐의 숨 고름, 그것이 죽음인 것이다. 죽음 후의 내가 어떤 형태로든 생명을 얻게 될 때…… 나는 과연 이 조그만 달팽이라도 되어 어른이의 땅에 안착할 수 있을까? 손에 들었던 달팽이를 조심스레 갯벌에 놓아주었다. 잘 살아가기를. 삶의 시간들을 후회 없이 보내기를.

"어디 있었어? 물고기들도 당신 있는 곳을 모르던데."

바히체가 반색하여 물었다.

"바닷가에서. 여기저기 거닐며 지냈어."

동굴에서 잔 일이 비밀도 아니었지만, 사실대로 말한다 해서 나를 놀릴 속 좁은 여자도 아니었지만 나는 내가 찾는 바닷가 동굴이 제울 사람들에게 되도록 늦게 알려지기를 바랐다. 그 속에서 땅으로 돌아가고 있을 호유문주와 땅옷이끼, 그리고 먼 훗날 새로운 생명으로 다시 태어날 그들을 잠낀이나마 보호해 주고 싶었다. 물끄러미 나를 바라보던 바히체가 말했다.

"연토, 가도 돼. 누구나 고향에 가고 싶어 하지."

고향에 돌아가기. 이상한 일이었다. 바히체에게 허락받을 일이 아니었지만 그녀의 말을 듣고 보니 나는 그녀의 허락을 기다리고 있었다는 생각이 들었다. 그랬다. 나는 끝없이 고향 단풍동을 그리워하고 있었다. 가족들, 친구들, 단풍동 주위 숲의 수다스러운 나무인간들과 땅옷여자들의 애처로운 하소연, 무엇보다도 나는 단풍동의 깊은 어둠이 그리웠다.

바닷가 바위에 나가 남자인어에게 작별 인사를 전했다. 흑갈색 줄무늬 명령어나 얼룩거북이 돌아오면 남자인어가 내 소식을 전해줄 터였다.

"바다 저쪽에 건너가 볼래? 그리로 가는 배 한 척쯤은 붙잡아 줄 수도 있는데."

그가 으쓱거리며 말했다. 바다 저쪽, 검은머리짐승들의 세상일지도 모르는 그곳에 대해 다시 생각해 보았다. 눈 깜짝할 사이에 가고 싶은 곳에 데려다주는 차들, 하늘을 날아가는 날틀, 언제 비가 올지 바람이 불지 예고해 주는 기계들. 무엇보다도 저쪽은 내 자식을 확인할 수 있는 곳이었다. 나와 내 배우자를 빼닮은 조그만 아이가 어떻게 커가는지 볼 수 있는 곳이었다. 하지만 모든 종족들에게는 그들만의 세상이 있다. 그 스스로 의미를 가질, 그가 지켜야 할 곳. 그의 삶이 끝났을 때 그의 흩어진 조각들이 혼란을 겪지 않고 새로운 삶을 펼칠 곳.

집에 돌아온 나는 해츠무에게 함께 갈 것을 권했다. 그는 특히 맹인이라 단풍동의 어둠이 전혀 불편하지 않을 터였다. 해츠무가 웃으며 말했다.

"일이 끝난 모양이네."

"해츠무, 나는 그저 고향으로 가고 싶을 뿐이야."

"다 잘되었어. 잘되지 않았다면 아직 끝나지 않았을 테니까."

해츠무 역시 이 땅의 산물이었다. 그가 의미를 가질 곳은 이 잔인한 햇빛의 땅 제울이었다. 미단부리의 마지막 인형을 그에게 건네주었다. 인형을 쓰다듬으며 그가 눈물을 흘렸다.

"다행이야. 일이 잘 끝나서."

푸른나무의세월 마지막 해인 열세 번째 해, 제울에 온 지 4년 만이었다. 물의 달에 온 나는 새로운 물의 달을 기다렸다. 사막을 건너기 위해서는 물의 달이라야 했다.

하늘에는 아무것도 없다. 생명을 말리고 태워 죽이는 불덩어리 해가 있을 뿐. 생명은 하늘이 아니라 땅이 키운다. 펼쳐진 들판이 아니라 숨은 골짜기가 키운다.

4

찾으시거든

귀향

✳   아후밀탄으로 향하는 대상 행렬은 나를 포함하여 열여섯이었다. 제울로 올 때보다 적은 수였지만 낙타 수는 더 많아 서른여섯 마리였다. 제울의 기계들과 고급 의류, 천과 종이로 꼭꼭 싼 산호 장식품과 유리그릇 등 함부로 취급할 수 없는 비싼 물건들이 낙타 등에 잔뜩 실렸다. 내게도 내가 탈 낙타 외에 한 마리가 더 배분되었다. 값비싼 물건을 싣기에는 성질이 거친, 그래서 큰 천막을 두 개나 지고 가야 하는 녀석이었다. 겁날 것은 없었다. 자잘한 삶의 파도쯤이야 편안히 맞을 수 있는 여유, 목숨을 위협할 만한 큰 위기가 닥친다 해도 어떤 식으로든 대처할 수 있으리라는 나 스스로에 대한 믿음은 어쩌면 세월이 주는 선물, 딱딱한 피부 껍질이 떨어져 나가면서 얻어지는 몸의 유연함과도 무관하지 않을 것이었다. 대상 중 한 친구가 주위를 맴돌았다.

"당신은 뭔지 아는 사람 같아. 그중에도 말이 없는 것이 특히 맘에 들어. 나만 계속 떠들 수 있으니까."

사람은 나쁘지 않은데 시간만 나면 끝없이 말을 늘어놓는 그는 별명이 '까불이'였다.

선인장밭을 건너고 나니 제울의 모습은 어느새 보이지 않았다. 아스라이 먼 곳까지 모래사막이 펼쳐졌을 뿐 제울이 어느 쪽 방향에 놓여있는지조차 가늠할 수 없었다.

"거리와 마을을 덮은 천막 덕분이지요."

뒤를 따르던 제울 출신의 대상이 자신의 낙타를 잡아끌며 말을 이었다.

"바다 저쪽 사람들은 제울을 모르오. 사막 색깔과 같은 흰 천막에 가려져 제울 역시 모래사막의 일부로 알 뿐이지. 훌렁훌렁 흔들리는 천막 모양을 보고도 그저 바람, 공기의 장난으로 알지요. 아시다시피 제울 사람들도 비나 눈이 올 때에는 천막을 걷어요. 온몸과 온 땅에 물기를 충분히 빨아들이면서 잠시나마 행복한 시간을 보내지요. 푹 젖은 집과 거리에서 피어오르는 아지랑이를 보고 바다 저쪽 놈들은 '신기루', 자기들 눈에 헛것이 보이는 줄 알지요. 얼마나 다행이오? 성질 포악한, 한번 물면 절대 놓는 법이 없는 바다 저쪽 놈들에게 이런 사실이 알려지면 제울이 살아남겠소? 제울뿐 아니지. 얼룩인간 아후 밀탄, 동굴국인 살촉동과 당신네 단풍동조차도 박살이 날지 모르지."

제울의 밝은 빛에 단련된 내 눈은 이제 눈가리개와 짚 도롱이 없이도 잠깐씩은 버틸 수 있었다. 그리하여 나는 제울로 올 때 엄두도 내지 못했던 사막을 제대로 볼 수 있었다. 사막의 모래색은 한두 가지가 아니었다. 바닷소금을 뿌려놓은 듯 하얗고 반짝이는 땅이 있는가 하면, 붉은빛이 도는 황토색, 또 얼마 되지 않아 연갈색, 연한 분홍색을 띠는 땅으로 바뀌곤 했다. 내가 건너온 사막이 맞나 싶었다.

"아름답지? 그래서 내가 이놈의 사막에 홀려 평생 이 모양으로 산다고. 모래바람도 그래. 분홍 모래를 맞고 있다 싶은데 어느새 갈색 모래가 내 몸을 두드리지. 뭐니뭐니해도 가장 따가운 건 빤짝거리는 흰 모래야. 입자가 꽤 굵은 흰 모래를 맞다 보면 손등이나 뺨이 패이기도 하지. 이놈의 징그러운 사막, 다시는 안 돌아온다 마음을 먹다가도, 흰 모래의 그 쌉쌀한 아픔이 그리울 때가 있다니까. 당신은…… 어때? 느껴져?"

까불이가 내 손을 가져다 제 손등과 손바닥에 비벼대었다. 여섯 번이나 사막을 건넜다는 그의 헛헛함을 이해할 것 같기도 했다.

사막의 밤은 역시 추웠다. 천막을 겹으로 치고 서로 바짝 붙어도 스며드는 한기를 이겨내기 힘들었다. 내게 몸을 붙인 까불이가 바지 속으로 손을 넣어 내 씨물주머니를 더듬었다. 녀석의 손장난으로 잠깐 흥분된 것도 사실이다. 하지만 나는 대응하지 않았다.

"재수 옴 붙었네. 꽤 괜찮은 사내인가 했더니 고자였군."

그가 내 몸에서 떨어져 또 다른 일행에게 들러붙었다.

사막에 들어선 지 사흘 만에 우리는 호숫가에 닿았다. 호숫가는 역시 까불이의 말대로 점토 성분이 섞인 붉은 모래땅이었다. 한밤에 나타나 물을 얻는 크고 작은 생명들도 대부분 붉은 땅에서만 산다고 했다.

"사막 가운데로 갈수록 붉은 모래땅은 없소. 갈색 땅이나 찾으면 다행이지."

부두목이 친절하게 설명해 주었다. 부두목이 제 자리로 가자 까불이가 다시 내 곁으로 다가왔다. 그의 말로는 '두목 고말과 부두목은 부부나 다름없다'고 했다. 그 말을 듣고 보니 호숫가에서도 둘이 서로 곁을 놓치지 않는 것이 보였다. 낙타들도 충분히 물을 마시고 대상들도 긴장이 풀려 거친 농담들이 오갔다. 이제 기나긴, 열이틀의 사막길이 기다리고 있었다.

끔찍한 더위와 갈증의 모래사막이 시작되었다. 그리고 이틀이 지나지 않아 어떻게든 정신을 차려야 하는, '무언가를 되도록 길게 생각할 시간'을 맞았다.

제울에서의 4년은 앞으로도 다시 없을 시간들이었다. 선인장 농장에서 만난 반장 가족, 바히체와 해츠무, 그리고 바다. 바히체와 내가 나누었던 행위로 이미 나는 바다의 일부가 되었다. 우리가 남긴 어른이의 알은 그것들을 먹은 물고기에 의해, 그 물고기를 잡아먹은 더 큰 물고기에 의해 어쩌면 지금쯤 바다 저쪽 세상의 짐승에게 잡혀 짐승 몸의 일부가 되었을지도 몰랐다.

내 삶 중 짐승세상과 가장 가까이 있었던 지난 4년은 희한하게도 짐승들과 가장 멀리 떨어져 있었던 날들이기도 했다. 그것은 나의 의지라기보다는 짐승들에 대한 제울 사람들의 당연하고도 담담한 태도 때문이었다고 해야 옳다. 제울 인구의 반이 넘는다는 햇빛족, 그 햇빛족에 꽤 많은 수의 짐승들이 섞여 있음을 모르는 이는 아무도 없었다. 발전된 기계일수록, 감탄이 나오는 세밀한 기계일수록 햇빛족으로 행세하는 짐승들의 솜씨라는 사실 역시 모두 묵인하는 분위기였다. 제울의 어른이들은 오히려 반문하고 있었다.

― 그런데 그게 뭐 잘못됐소?

그들의 말대로 검은대가리건 흰대가리건, 동굴국의 맑은이건 하얀이건 햇빛족이건 제울에 둥지를 튼 이들은 모두 제울의 주민인 것이다. 그것이 바로 제울의 강점이었다. 척박한 환경에서 어떻게든 살아남기, 서로 기대고 의지하지 않으면 다 같이 죽을 수 있다는 위기감, 게다가 이들에게는 공통의 적, 제울보다 훨씬 크고 강하고 사악하여 언제든 이쪽을 밟아버릴 수 있는 바다 저쪽 짐승세상과 대적해야 했다.

바다 저쪽 짐승들과 제울의 짐승들이 동족이라는 이유로 내통하거나 편을 드는 일은 없었다. 이쪽 짐승들은 마치 선인장의 가시처럼, 이쪽 환경과 생활에 적응된 이들이었다. 거리 전체를 천막으로 뒤덮어 제울의 존재를 가린 것도, 어쩌다 잠깐 모습을 들켜도 그것을 '신기루'라 눈속임을 한 것도 저쪽 짐승들에게 들키지 않으려는 이쪽 짐승들의 노력의 결과였다. 그 외에도 제울은 내게 갈색 바다장어와 줄무늬 명령어, 인어, 느릿하게 움직이던 바다잉어를 주었다. 즐겁고 편안했던 추억들은 언제나 잔잔한 웃음과 마음의 평화를 가져다준다. 하지만 다시 맛보고 싶지 않은 고통스러운 기억들 역시 잊으려 애쓸 일은 아니다. 절뚝소, 칠성마을의 이해할 수 없는 삶, 동굴 속 호유문주의 마지막을 지켜볼 수밖에 없었던 무력함.

　이 힘든 사막과 제울 땅으로 나를 밀어뜨렸던 아후밀탄 여자 미호, 내 친구로 여겼던 검은머리짐승 준호에 대한 추억 역시 내 소중한 일부가 되었다. 그 시간들을 겪으며 나는…… 내가 되었다. 예전에 없던 능력을 갖췄기 때문이 아니었다. 앞으로도 나는 밤 바닷가의 자디잔 달팽이들, 호유문주의 죽음을 견뎌내지 못한 동굴 속 땅옷이끼보다도 보잘것없고 겁 많은 존재일 것이다. 그럼에도 내가 나임을 인정하는 이유는 내가 살아 있는 생명 중의 하나이기 때문이었다. 내가 살아 숨 쉬는 한 나의 주인은 나를 내놓은 땅도, 그 어느 강력한 신도 아닌 나 자신일 것이었다.

　앞서가던 낙타에서 사람이 떨어졌다. 금은세공품과 보석들을 중개하는 제울 출신의 상인이었다. 두목은 그가 떨어진 것을 보고도 아무 조치도 하지 않았다. 그를 부축하기 위해 낙타에서 내린 사람은 나뿐이었다. 행렬은 계속 나아갔다. 행렬 끝에서 몇 번이나 뒤를 돌아보던 까불이가 투덜대며 되돌아왔다. 행렬은 저만치 앞 모래언덕 그늘에 멈춰있었다.

　"오지랖은. 누구도 죽지 않고 다 같이 살아야 한다는 믿음은 대체 어디서 생긴 거야?"

입으로 계속 툴툴거리면서도 까불이는 품에서 향수와 각성제를 꺼내어 그의 입에 물렸다. 하지만 아무런 반응이 없었다. 미단부리의 인형이 없는 것이 아쉬웠다. 그녀의 인형이 품은 정련된 기운이라면 그를 살려낼 수 있을 것이었다. 아쉬운 대로 목에 걸었던 향료통을 풀어 그의 목에 걸어주었다. 향료통에서 생강내가 나지 않은 것은 벌써 오래전부터였다. 제울에서 힘들게 생강을 구해 그 즙을 고아 넣어보았지만 단풍동의 진한 생강 진액에는 어림없었다. 그런데…… 효과가 있었다. 향료통을 목에 건 사내가 눈을 떴다.

"뭐야, 괴상하게 생겨먹은 향료통이 요술이라도 부린 거야?"

까불이가 손짓하자 대상 서너 명이 도우러 왔다.

"얼른 낙타에 태워. 조금만 더 가면 이파리땅이야."

무슨 소리인지 알 수 없었다. 물 한 포기 자라지 않는 건조한 사막에 나무 이파리가 있을 리 없었다. 낙타 등에 실린 사내는 다시 정신을 잃었다. 몇 사람이 그를 흔들고 떠받치기를 수십 차례, 모두들 지쳐 쓰러질 때쯤 대상 행렬이 멈추었다. 두목이 소리쳤다.

"자, 하얀이파리를 찾아!"

하얀이파리. 제울의 붉은 전갈이 떠들어대던 말이었다.

꽤 떨어져 있는 바위언덕을 향해 부두목이 급히 낙타를 몰았다. 또 한 사람이 뒤따랐다. 나 역시 그들을 따랐다. 사방을 둘러봐도 나무 한 그루 보이지 않았다. 내 눈에 보인 것은 붉은색도 아닌 갈색의 모래땅뿐이었다.

"찾았다!" 언덕을 넘어간 부두목의 목소리가 들려왔다. 서둘러 언덕 꼭대기로 올라섰다. 거기에…… 하얀이파리가 있었다. 한쪽은 둥그스름한 데 비해 다른 한쪽은 길고 뾰족한, 잎자루와 잎맥까지 세세히 그려진 이파리 하나가 땅 위에 그려져 있었다. 모래가 만든 우연한 무늬가 아니었다. 누군가가 남긴, 갈색 모래땅 밑의 흰 토양이 드러나도록 분명하게 파놓은 선들의 조합이었다.

제울로 갈 때 이파리 그림을 볼 수 없었던 것은 당연했다. 우선 크기가 컸다. 단풍동 저자 광장의 반은 될 정도로 큰 이파리 그림을 내 낙타가 밟고 지나쳤다고 해도 한눈에 알아볼 수는 없었을 것이다. 게다가 이파리가 그려진 땅은 대상들의 길에서 조금 벗어난, 높은 바위로 둘러싸인 구릉 지대였다. 새로운 모래산이 수시로 생기고 사라지는 사막에서 이파리 그림이 보존된 이유는 주위의 바위들이 바람막이 역할을 해준 덕분인 듯했다.

둘은 어느새 바위에서 내려가 하얀이파리를 향하고 있었다. 서둘러 그들의 뒤를 따랐지만 내가 그림에 닿을 즈음 그들은 이미 하얀이파리의 잎자루 부분에서 무언가를 파내어 손에 들었다. 전갈. 제울에서 만났던 것과 똑같은 붉은 전갈이었다. 그들의 낙타는 언덕으로 다시 오르지 않았다. 바위 언덕 틈으로 빠져 모래땅으로 내려섰다. 대상 일행이 바로 지척에 닿아 있었다. 두목 고말의 길 인도는 역시 정확했던 것이다.

사내는 살아났다. 기진한 사내의 목에 전갈 두 마리를 대자 사내가 거짓말처럼 정신을 차렸다. 신기해하는 나를 보고 까불이가 으쓱대며 설명했다.

"이곳 전갈의 독은 강하면서도 해가 없어. 기운이 떨어진 사람에게는 최고의 영약이지."

나는 그에게 누가 하얀이파리 그림을 그려놓았는지 물었다.

"모르지. 이곳을 지나던 대상들이 비상시를 대비해 사막전갈이 있는 자리를 표시해 놓았다는 말도 있고. 길을 인도하는 두목이 쓰러지기라도 해 봐. 나머지도 꼼짝없이 죽는 판이잖아. 어떤 이는 제울의 노예로 끌려가던 햇빛족들이 고향 가는 길을 그려놓았다고도 하고. 언덕 위에서 봤지? 이파리의 뾰족한 잎끝이 동남쪽을 가리키고 있잖아."

"햇빛족들의 고향이 어딘데?"

"글쎄, 잎의 방향으로 보자면 아후밀탄보다는 동굴국? 다 엉터리, 거짓말일 수도 있어. 제울의 천한 햇빛족들이 자기들의 근본을 멋지게 꾸미려고 일부러 지어냈을지도. 어쨌든 전갈들이 하얀이파리를 지키는 건 분명해. 아니면 하얀이파리가 전갈들을 지키거나. 잎자루를 깊게 파면 물길이 있는지도 모르지, 갈색 모래땅이긴 하지만 물기가 있으니 거기서 사는 것 아니겠어?"

날이 저물었다. 언덕 위에 천막을 치고 잠잘 준비를 했다. 누군가가 나를 찾았다. 전갈의 독으로 의식을 찾은 그 사내였다.

"당신의 배려와 향료통이 아니었으면 이파리땅까지 닿지도 못했을 거요."

그가 내민 것은 제울에서도 귀한, 두툼한 호박반지였다.

"황금색 호박은 품위와 미덕을 상징하지요. 당신에게 잘 어울리오."

몇 번이고 사양했지만 그는 굳이 내 손에 반지를 끼워주었다.

사막은 계속되었다. 모래바람과의 지겨운 싸움도 여전했다. 사막에 들어선 지 엿새째, 대상 일행은 또 다른 바위언덕에 올라 천막들을 쳤다. 낙타를 돌보던 두목 고말이 천막에 들어가려는 나를 불러 세웠다.

"자네, 혹시 자오 미곤을 아나?"

잘못 들은 것이 아닐까, 나는 내 귀를 의심했다. 잠시 후 두목과 나는 천막에서 조금 떨어진 바위에 나란히 걸터앉았다. 바람이 잔잔하여 다행이었다.

"벌써 십 년도 훌쩍 넘었군. 내가 부두목 시절의 일이니까. 그때도 제울에서 아후밀탄으로 돌아오면서 바로 이 언덕에 천막을 쳤었지."

그는 미곤을 '피부가 투명하고 눈빛이 아름다운 청년'이라 회상했다. 유독 말이 없던 미곤이 먼저 말을 걸었다고 했다.

─당신은 이 언덕에서 내 조카를 만나게 될 거요. 둘이서 내 얘기를 나누겠지.

"그때 내가 조카의 이름이 무엇이냐고 물었소. 그는 대답하지 않더군. 그저 손에 황색 반지를 낀, 머리카락은 많이 상했지만 눈이 맑고 편안한 젊은이라고. 조카를 잘 부탁한다고도 했어. 이후 사막을 오가면서 자오 미곤을 기억했지. 놀랄 건 없소. 알다시피 사막을 건너려면 무엇이라도 골똘히 떠올리고 되새기는 일이 필요하니까. 그런데 오늘, 갑자기 자네 손가락에 낀 황색 호박반지가 눈에 들어오더군. 제울에서 떠날 때에는 보지 못했는데. 단풍동 맑은이들은 정말 희한해. 어떻게 앞날을 내다볼 수 있지?"

'사막에서 너를 본 적이 있다'던 외삼촌 미곤의 말이 생각났다. 그리고 고향을 떠나기 전, '그림을 완성시키고 오라'며 짜증을 내던 그의 모습도 떠올랐다. 미래는 정해져 있는 것일까? 준호와의 이별도, 계우와 예홍에게 어이없는 실수를 하고 쫓기듯 길을 떠난 것도, 대상을 도와주고 호박반지를 얻게 된 것도 먼먼 옛날부터 정해져 있었던 일일까?

"……그때도 지금처럼 달빛 없는 밤이었소. 자오 미곤의 몸에서 나는 아름다운 붉은빛이 주위를 밝히던 모습이 눈에 선해. 그런데, 자네 몸에서는 빛이 나지 않는군. 단풍동의 맑은이라고 다 빛을 내는 건 아닌 모양이지?"

맑은이의 몸에서 나는 빛, 그들의 예지력. 천막으로 돌아와 자리를 잡고서도 나는 잠을 이룰 수 없었다. 머리 뚜껑이 활짝 벗겨져 속에 든 뇌가 샅샅이 들여다뵈는 기분이었다. 그렇다. 그 간단한 사실을 왜 몰랐을까! 나는…… 맑은이가 아니라 하얀이였다. 내 몸에서 붉은빛이 나지 않는 이유, 서른이 훨씬 넘도록 내게 예지력이 없었던 이유는 바로 내가 하얀이였기 때문이었다. 맑은이인 미단부리와 하전, 미곤 등이 나를 냉정하게 대했던 이유 또한 내가 하얀이였기 때문이었던 것이다. 천막을 쳐대는 모래바람 소리를 들으며 나는 내 눈을 가렸던 휘장, 나 스스로 둘렀다고는 생각조차 못 했던 크고 무겁고 두터운 휘장이 걷혀지는 것을 보았다. 그랬다. 나, 운흘 연토가 맑은이가 아님을 말해준 사람도 없었지만 맑은이임을 알려준 이도 없었다. 미단부리도, 하전도, 외삼촌 미곤도, 심지어 나를 눈에 넣어도 아프지 않다던 무녀 영기조차도 '귀한 운흘 도련님'이라 했을 뿐 '맑은이'라 짚어준 적이 없었다. 맑은이들은 모두 내가 맑은이가 아님을 알고 있었던 것이다. 내 집의 하인들, 집에 드나들던 상인들, 내 친구들이 나를 맑은이로 믿어 의심치 않았던 이유는 나 스스로 나를 맑은이로 굳게 믿고 그렇게 행동했기 때문이었던 것이다. 그제야 묘하게 들리던 계우의 말도 이해되었다.

─맑은이건 아니건 그런 건 중요하지 않아. 그 사람이 누구인지, 무슨 일을 할 것인지가 중요하지.

맑은이인 계우 역시 내가 하얀이임을 처음부터 알고 있었던 것이다. 계우와 함께 희휘를 캐러 어미산에 오르던 때도 그제야 이해되었다. 맑은이밭에 오르는 길이 왜 그렇게 숨차고 힘들었는지, 연약한 몸의 계우는 고통 없이 오르는 데 비해 나는 왜 그리 가슴이 후들거려 밟으면 안 될 땅을 밟듯 두려웠는지. 내가 태어난 자리를 내 눈으로 확인하고도, 그보다 훨씬 지나쳐 더 높은 바위를 타면서도, 눈치 없는 나는 그저 계우가 더 좋은 맑은이를 얻기 위해 더 높은 곳으로 오르는 것이려니 간단히 생각했던 것이다.

　나 스스로를 맑은이로 믿어 의심하지 않은 데에는 일단 부모인 하전과 미단부리 모두 맑은이였기 때문이었다. 미단부리의 '연토는 기남보다 훨씬 높은 곳에서 캐었다'던 말, 그 말을 할 때의 표정이 달갑지 않음을 느꼈으면서도 나는 그 말을 '기남은 하얀이이고 연토는 맑은이'라는 뜻으로 받아들였던 것이다. 맑은이들의 말과 행동을 이해할 수 없었던 이유, 그들의 마음을 초음으로 꿰뚫을 수 없었던 이유도 내가 맑은이가 아니기 때문이었다. 미련한 나는 그저 나를 캔 아비가 삼신어른 생이라는 꺼림칙한 비밀만 가슴에 품고 그것을 감추느라 전전긍긍했을 뿐이었다. 왜 그랬을까? 미단부리는 왜 자신이 맑은이이면서도 하얀이밭에서 나를 캔 것일까? 왜 그녀는 하전이 아닌, 삼신어른 생의 도움을 받은 것일까!

　천막을 할퀴는 모래바람이 한창 거세어졌을 때 나는 '단풍동의 맑은이 운흘 연토'와 작별했다. 그리고 바람 소리가 잠잠해지면서 홀가분하게 '단풍동 출신 운흘 연토'가 되었다. 맑은이든 하얀이든 설령 황인이든 그런 것은 중요하지 않았다. 중요한 것은 내가 고향으로 살아 돌아가고 있다는 사실이었다. 내 고향 단풍동이 있는 한, 내가 아낄 누군가가 있고 나 스스로 맑은이라 믿도록 눈감아준 가족들이 있는 한 나는 이전과 다름없는 운흘 집안의 아들 연토였다.

　아후밀탄에 닿았다. 힘들여 가져온 물건들을 제값으로 처분한 대상들은 풍성한 잔치를 벌였다. 대상들뿐 아니라 낙타 서른여섯 마리가 모두 무사한 것은 그들 모두가 얼마나 노련한 대상인가를 보여주는 예였다. 이들의 낙타를 물려받아 제울로 향하는 대상들도 흡족해했다. 말썽 없이 사막을 건너온 낙타들이라면 제울로 돌아가는 사막에서도 제 본분을 다할 터였다.

대상들이 다시 바빠졌다. 살촉동에 가져가 이문이 남을 아후밀탄의 물건들을 고를 뿐 아니라 다른 한편으로 거대한 숲을 건널 튼실한 나귀들을 확보해야 했다. 여관에 박혀 꼼짝 않는 이는 나뿐이었다. 눈이 문제였다. 수시로 교차하는 아후밀탄의 불규칙한 빛과 진한 어둠에 앞뒤 눈알이 빠져나갈 듯 아팠다. 두목 고말이 말했다.

"좋은 눈을 가진 증거요. 우리는 밝은 빛에 완전히 길들여졌거든. 사실 나는 동굴국 입구인 살촉동에만 가도 거의 장님이오. 청매 나루까지 가서 또 배를 타고 그 깊은 단풍동에 가다니, 자네 삼촌 미곤이 아무리 나를 초대해도 나는 그곳에 갈 엄두조차 내지 못하오."

눈뿐 아니었다. 귀도 코도 문제였다. 아후밀탄의 벌레들이 내는 날갯짓, 비 오기 전에 축축해지는 공기 냄새도 닷새째 되는 날에야 조금씩 느낄 수 있었다.

"잘났어. 들리지도 않는 소리, 나지도 않는 냄새를 혼자 구별하다니."

까불이가 투덜거렸다. 나는 그저 웃어주었다. 남들이 갖지 못한 예민한 감각을 가진 것이 내 큰 약점이라 괴로워하던 때가 있었다. 똑같은 자극에 다른 이보다 내가 더 고통을 느낀다는 것은 그들보다 내가 더 이 세상에 맞지 않는 증거라고 단정했었다. 하지만 이제는 아니었다. 그런 것은 내 몸의 특징, 거꾸로 생각하면 남이 갖지 못한 나만의 능력일 수 있었다.

아무 때나 아무 곳에서나 짝을 짓는 아후밀탄의 생식남녀들은 여전했다. 사람들이 지나다니는 길바닥에서도, 훤한 대낮에도 서로의 몸을 더듬고 교성을 지르는 그들은 남의 눈 따위 아랑곳하지 않았다. 그들을 손가락질할 일이 아니었다. 세상에 태어나 누릴 수 있는 가장 행복하고 의미 있는 일이라면 그들은 그 순간을 즐길 권리가 있었다. 죽어 새로운 삶으로 다시 태어날 때까지의 시간은 살아있는 시간보다 훨씬 지루하고 무료할 터였다.

밤낮으로 생식에 열중하는 아후밀탄 사람들의 변함없는 일상에도 불구하고 거리에서 술집에서 일고 있는 심상치 않은 화두에 나는 적잖이 긴장해야 했다. '동굴국 살촉동을 쳐들어가 어미산으로 삼는 것만이 아후밀탄의 살길'이라는 희한한 논리가 점점 힘을 얻는 중이었다. 대상들과 술집에 들렀을 때에도 마찬가지였다. 듣다 못한 내가 한마디 했다.

"아후밀탄 땅은 넓잖소. 지금이라도 어느 한 곳을 어미산으로 정하고 그곳에서 생식하면 될 텐데 굳이 동굴국에 쳐들어갈 건 뭐요?"

옆자리에서 술병을 기울이던 사내가 나를 노려보았다.

"그게 어떻게 가능하단 말요? 하룻밤만 지나도 쓸데없는 풀과 나무들이 기승을 부리는 이 땅에서. 어두운 땅이 필요하다니까? 어른이들의 고향인 영원한새벽의나라, 그중에도 살촉동이 있는데 뭐하러 헛심을 빼?"

"다른 일은 제쳐두고라도," 또 다른 취객이 말을 이었다.

"아후밀탄이 키워놓은 군대가 문제라니까? 그 큰 군대를 그냥 놔둬 봐, 군부가 왕을 넘본다니까? 군대의 힘을 빼는 방법은 전쟁밖에 없소. 전에 호랑가시동을 쳤던 것처럼 말요."

또 다른 취객이 낄낄거리며 끼어들었다.

"사내새끼들이 너무 많으면 추려야 해. 잡초도 너무 무성하면 뽑아버리든 불에 태우든 하는 것처럼."

아무런 대꾸를 하지 못하는 나를 보고 까불이가 손가락질을 하며 낄낄거렸다. 그리고 슬쩍 내게 귀엣말을 했다.

"동굴국 어르신, 불안하긴 하겠소. 그래도 무슨 걱정? 당신이야 아버지강 건너 단풍동인데. 그렇게 깜깜한 곳은 이 얼룩이 종자들은 줘도 안 가져."

뒤숭숭한 마음은 여전했다. 살촉동이 아후밀탄의 공격을 받게 되면 그들은 또 어디로 피할 것인가. 단풍동으로 놓는 다리, 살촉동의 털북숭이들이 생각하는 곳은 결국 더욱 깊숙한 우리 단풍동 아니겠는가.

다시 본 아후밀탄은 예전에 생각하던 선진문명의 땅이 아니었다. 돈과 권력을 지닌 지배층과 가난에 찌든 소외계층이 한눈에 나뉘어 보였다. 폭력배들의 칼에 찔려 신음하는 이들을 보고도 길을 지나는 이들은 짜증을 내며 모른 척 고개를 돌렸다. 그러다가도 호화마차가 한 대라도 서는가 싶으면 그쪽으로 우르르 몰려가곤 했다. 마차 앞에 납죽 엎드려 부자들의 발판이 되어주면 돈이 생기기 때문이었다. 저자에서 벗어난 골목 곳곳에서는 오물 썩는 냄새도 진동했다. 짐승의 오물내가 아닌, 어른들이 먹고 내뿜는 찌꺼기들이 오랜 세월 동안 길과 담벽과 집에 배어들어 모든 건물이 오물 덩어리로 변하고 있었다.

"살촉동 공격만이 방법이라니까."

얼룩인간들은 자기들의 땅을 벗어나고 싶은 것이었다. 새로운 땅으로 옮겨 앉고 싶은 것이었다.

내가 살던 숲속의 집은 방치된 채 그대로 있었다. 하지만 안으로 들어갈 수는 없었다. 물을 잔뜩 머금은 나무문이 나무담장과 함께 흔들려 집 전체가 무너질 위험이 있었다.

집 주위 숲으로 발길을 돌렸다. 시끄럽게 지저귀던 새들은 여전했지만 무성하게 자란 억새와 물쑥들이 개울을 덮을 정도로 무성했다. 그랬다. 내가 다시 한번 확인하고 싶었던 것은 내가 심었던 내 씨들의 자리였다. 하지만 그 자리조차 찾을 수 없었다. 잡초와 새똥들이 주변의 땅을 뒤덮고 있었다. 미호의 알과 내 씨물은 이미 흙의 일부가 되어 물쑥으로 자랐을지도, 새나 풀벌레의 먹이가 되었을지도 몰랐다.

미호와의 기억이 바히체와의 사랑보다 더욱 진하고 의미 있게 내 안에 남아있는 것은 무엇 때문일까. 미호가 바히체보다 매력적이거나 예뻐서가 아니었다. 아마도 그것은 미호와의 생활에서 내가 겪었던 참담함, 그녀와 사랑을 유지하기 위해 내가 바쳤던 노력들, 이를테면 잠을 참아가면서 노동하고 살이 찢기고 베이면서도 그녀를 만족시키기 위해 애썼던 생생한 기억들 때문일 것이다. 그 노력들이 얼마나 허망하고 무의미한 몸짓이었는가는 별도로 하고, 잠시도 다른 생각할 틈 없이 살았던 그때가 내 생애에서 가장 열심히 산 세월이었음은 분명할 것이다. 평생 동안 다시 없을 그 미련한 시간들 때문에 오히려 내 삶이 더욱 넓고 깊어진 듯한 느낌, 그리하여 미호를 미워하거나 내 몸에서 분리시킬 수 없음은 어쩌면 자학을 즐기는 칠성족의 고통과도 잇닿아 있는 것인지도 몰랐다.

낯선 발짝소리가 들렸다. 웬 사내가 집 앞에 서서 나를 노려보고 있었다. 허름한 옷차림으로 보아 그는 저자의 청소부, 기껏해야 막노동꾼 같았다. 그가 내게 물었다.

"뭐요 당신. 푸른눈이야?"

푸른눈. 숲속에서 산다는, 공장 사람들이 떨떠름해하면서도 솜씨를 인정하던 푸른눈족들.

"푸른눈도 아니면서 여기서 왜 얼쩡대는 거야."

그가 혼잣말처럼 구시렁거리며 돌아섰다. 예측했던 대로 그는 청소부였다. 제힘으로 움직이지 못하는 복인 구걸꾼들 또는 생명이 얼마 남지 않은 몸피 작은 노인들을 달구지에 실어 인근 숲에 버린다고 했다.

"푸른눈들이 예서 가까운 곳에 있소? 왜 복인들을 그들 가까이에 갖다버리는 거요?"

은화를 받고도 한동안 노려보기만 하던 그가 드디어 입을 열었다.

"어디 쓰는지 알게 뭐요! 그놈들이 그렇게 하라니까 할 뿐이지. 가축을 먹이는지, 아니면 제 놈들이 처먹든지."

"제 놈들이 먹는다고? 왜 그렇게 생각하시오?"

"불에 굽는 냄새가 나니까. 뭐, 그놈들이 어른이들 구워 먹는 게 어디 어제오늘 일이오? 그 큰 어미산도 파헤쳐 거덜 냈는걸."

그의 말로는 푸른눈들이 사는 지역이 바로 아후밀탄의 옛 어미산이라 했다. 어미산은 숲속의 꽤 높은 언덕으로, 대대로 조용하고 은밀하게 보호되어왔다. 그의 할아버지가 어미산의 잡풀을 뽑는 인부였다고 했다. 백여 년 전, 아후밀탄의 젊은 왕인 칠호는 푸른눈들을 무척 신임했다. 그들이 바친 안경과 망원경을 흡족해한 나머지 그들만의 마을을 허락해 주었다. 그들은 저자가 아닌 숲속 땅을 원했다. 게다가 그들은 높은 나무의 가지에 올라 그 위에 집을 짓고 살겠다고 했다. 어리석은 왕 칠호는 그 말을 듣고 더욱 감격했다. 칠호는 사람들에게 선포했다.

「나무가 받아들인 자는 존귀하다. 나무의 푸른색을 닮은 푸른눈들은 존귀하다. 존귀한 자를 해치거나 모함하는 자는 엄벌에 처한다.」

숲에 깃든 푸른눈들은 어미산을 지키는 군인이나 관리인들을 내쫓았다. 부역을 막은 것은 물론 생식하러 오르는 이들조차 막았다. 어미산이 덤불로 덮인 것은 2, 3년이 채 지나지 않아서였다.

"'인삼'이라며 캐 먹은 게 분명하지. 아니면 모두 찔러 죽였거나. 그러지 않았으면 어떻게 어미산에서 자란 이들이 한 명도 내려오지 않을 수 있소?"

푸른눈족들의 거주지에 가까이 갔다가 행방불명된 어른이들도 부지기수였다. 그런데도 칠호의 뒤를 이은 다음 왕도, 지금의 왕조차도 푸른눈들을 제거할 엄두는 내지 못한다고 했다. 아후밀탄의 기계나 정밀작업에 그들의 손을 빌리지 않을 수 없기 때문이다. 아후밀탄의 군대가 가지고 있는 놀랄 만한 위력의 총포와 폭탄 역시 그들이 만들어낸 것들이었다.

"비밀도 아니오. 아후밀탄 사람이라면 다 알고 있는데 뭐. 내가 아니어도 누구한테 들어도 들을 애긴데 뭐."

청소부는 자기 입으로 푸른눈에 대해 말한 것이 영 찜찜한 모양이었다.

숲속의 집을 떠나 여관으로 돌아왔다. 푸른눈족들은 짐승들이 틀림없었다. 그들의 머리털이 어떤 색인지, 그들이 어디서 떨어져 내렸는지는 확인하지 못했지만 고기를 구워 먹는다든가 나무 위에 집을 짓고 산다는 점도 빨판 없는 짐승들의 특징이라 할 수 있었다. 그들이 아후밀탄에서 자체 세력으로 커가고 있음은 충분히 우려할 만한 일이었다. 하지만 별일 아닐 수도 있었다. 제울의 경우를 봤기 때문이다. 어른이들과 짐승들은 얼마든지 서로의 장단점을 보완해 주며 함께 살 수 있다. 또 하나 다행이라면, 짐승들의 숫자가 갑자기 많아지는 경우는 없다는 것이다. 그들은 꼭 암컷의 배 속에서만 자식들을 키운다. 햇빛족 등과 교접한다 해도 몸피가 커가는 짐승으로 태어나는 이는 극히 드물 것이 분명했다. 어딘가 뚫린 짐승세상의 통로로 투입되는 이가 많지 않다면 그런대로 아후밀탄은 이대로 유지될 것이었다.

당장 걱정해야 할 심각하고 시급한 문제는 아후밀탄의 전쟁 분위기, 살촉동이 전쟁에 휘말릴 경우 단풍동이 입을 타격이었다. 하지만 그 역시 걱정한다고 해결될 일은 아니었다. 나는 예지력을 갖춘 맑은이도, 단풍동을 책임질 인재도 아니었다. 또 앞날의 그림을 보는 맑은이라 한들 땅의 뜻에 맡길 뿐 무슨 방법이 있겠는가. 나를 이곳에 보낸 맑은이들이 그들만의 은밀한 계획을 가졌다 해도 세상일이 그들의 생각대로 전개될지는 누구도 알 수 없는 노릇이었다.

세 번째 물의 달인 검은꼬리거북달에 우리는 나귀를 타고 살촉동을 향해 떠났다. 대상은 스물둘로 늘어나 있었다. 그중 제울로부터 사막을 함께 건너온 일행은 열한 명뿐이었다. 호박반지를 내게 준 상인도 제울로 되돌아갔다. 부두목은 내가 아후밀탄에서 더 쉬지 않고 자신들을 따라나선 것을 불안해했다.

"밝음보다 어둠에 익숙해지는 것이 더 까다롭지요. 특히 단풍동까지 가시려면."

하지만 지체할 수는 없었다. 다음 달인 푸른용달은 숲의 왕인 푸른용이 가장 성한 때였다. 이어지는 나무의 석 달도 나무의 독이 강해 거대한 숲을 건널 수 없었다.

거대한 숲에 들어서면서 나는 그리웠던 나무인간들의 노래를 실컷 들을 수 있었다.

'떠들지 않으면 우리가 얼마나 오래 살랴. 하지만 떠들지 않으면 무슨 즐거움으로 살랴.

떠들수록 우리의 팔다리가 힘들어진다네. 하지만 떠들수록 우리의 가슴이 트인다네.'

"나무인간들은 하여간 시끄러워. 저희 말대로, 나불거리지만 않으면 부려 먹히지도 않을 텐데. 안 그래 연토?"

까불이가 또 나불거렸다. 그의 앙상한 팔다리가 측은해 보였다. 그랬다. 끊임없이 떠드는 나무인간들도, 끊임없이 말을 거는 까불이도 실은 약하기 때문이었다. 자신의 생각, 자신의 삶이 틀리지 않았다는 사실을 누군가에게서 계속 확인받지 않으면 불안하기 때문이었다.

숲에 들어선 지 사흘, 인가라곤 없는 숲 한가운데에 야생 나무인간들이 몇 그루 서 있었다. 그들은 박자 따위 관계도 없이 거친 노래를 불렀다.

'까마득한 하늘이 안다네. 우리는 여러 갈래로 갈라진 단 하나의 이파리.

깊은 땅이 안다네. 우리는 가장 어두운 곳에 뿌리를 둔 푸른이파리⋯⋯.'

그러고 보니 이들은 내가 살촉동에서 아후밀탄으로 오는 길에도 이 노래를 불렀었다. 내가 무심히 흘려보낸 것이었다. 푸른이파리야 숲속 나무들에게 당연한 것으로 알았기 때문이었다. 제울의 붉은 전갈이 '푸른이파리' 운운할 때에도, 내가 고향을 떠나기 전 미곤이 '푸른이파리'를 입에 담았을 때에도 나는 그저 그 말이 아후밀탄 주위의 거대한 숲 전체를 가리키는 것이려니 했었다. 어쩌면 푸른이파리는⋯⋯ 아후밀탄 가까운 숲의 푸른눈족 마을일 수도 있었다. 아니면 사막의 바위언덕에서 찾았던 하얀이파리처럼 이 숲 어느 높은 꼭대기에서 보이는 특별한 푸른이파리일 수도 있었다.

"뭘 또 찾아? 사방이 푸른이파리구먼. 나무 이파리가 대체 무슨 색깔이어야 속이 편하겠어?"

까불이의 코웃음에도 불구하고 정작 내 입에서 맴돌았던 말은 푸른이파리가 아닌 '붉은이파리'였다.

―모든 이파리의 진짜 고향, 붉은이파리의 땅.

맑은이들의 어깨에 있는 붉은이파리. 손가락처럼 갈라져 흘러내리는 어미산의 여덟 샘물. 까불이가 나를 나귀 등에서 끌어내렸다.

"대체 뭘 그리 골똘히 생각해! 그러게 나귀도 주인을 잘 만나야 한다니까."

대나무 숲이었다. 대상들은 이미 나귀에서 내려 그들에게 죽순을 먹이는 중이었다.

"……침팬지가 아니라 털 없는 원숭이였어. 내가 만약 음식을 먹는 햇빛족이거나 황인이었다면 금방 잡아먹혔겠지. 내 냄새를 맡더니 거들떠보지도 않더라고. 이래서 냄새 없는 하얀이가 좋다니까."

살촉동의 한 대상이 자신의 경험을 늘어놓는 중이었다. 아후밀탄에서 새로 합류한 사람이었다. 그의 말에 따르면 원숭이들도 침팬지처럼 다른 종족과 싸운 다음 적의 시체를 가져가 나눠 먹는다. 그것으로 적이 가졌던 힘, 그들의 용감함이 자신들의 몸에 옮겨진다고 생각한다는 것이었다.

"그것들이 얼마나 똑똑한데? 내가 처음에 끌려갔던 그놈들 굴속 벽에는 그림들이 가득했어. 푸른 물감으로 자기들 손도장도 찍어놓았고. 자기가 처치한 적의 숫자를 표시한 거지. 벽뿐 아냐. 원숭이 두목은 빤빤한 제 가슴에도 손가락무늬를 찍었어. 처음에 나는 무슨 나무 이파리가 붙은 줄 알았다니까?"

"푸른 물감으로 찍은 게 분명하오? 원래 가슴에 있는 무늬는 아니고?"

나도 모르게 끼어든 질문에 그가 잠깐 나를 쳐다보며 우물거렸다.

"원래 있는 무늬……일 수도 있겠소. 제 가슴에 찍는 걸 내 눈으로 본 건 아니니까."

"그렇지. 원래 그 털 없는 원숭이족의 무늬일 수도 있겠네."

다른 일행이 말을 보태었다.

"원숭이들이 특이하기는 했소. 대가리에만 조금 털이 남았을 뿐 몸 털이 없더라니까. 가슴에도 팔뚝에도."

그들이 혹시 살촉동이나 아후밀탄에서 도망친 검은머리짐승의 자손이었을까. 전갈이 말하던 붉은, 푸른, 하얀이파리의 정체는 대체 무엇일까. 어떤 특정한 지명? 아니면 동물의 근본이 식물이라는 뜻?

나귀 등에 실려 깊은 숲, 수많은 덤불을 헤치며 나는 내 머리와 몸에 붙었다가 떨어지는 작은 이파리, 작은 벌레 하나도 무심히 지나칠 수 없었다. 보잘것없는 이 이파리 하나의 작은 신비만이라도 내가 헤아릴 수 있다면. 눈앞에 아른거리는 하루살이 한 마리라도 제대로 꿰뚫어 볼 수 있다면. 검은머리짐승 준호는 알고 있을까? 세상의 모든 신비를 모두 풀어가고 있다는 짐승세상에서는 그런 일이 가능할까?

언젠가 준호는 '검은머리짐승들은 원숭이로부터 진화해 왔다'는 말을 한 적이 있었다. 두 발로 서서 손에 연장을 쥔 원숭이. 먹을 것을 구해 와 자기의 암컷과 자식들을 먹이던 원숭이. 때로 고함도 치고 때로는 다 알면서도 모르는 척 거짓말도 하는 원숭이…… 어디까지가 원숭이이고 어디부터가 검은머리짐승이었을까? 자신이 더 이상 원숭이가 아니라는 사실을 안 최초의 검은머리짐승은 기뻤을까 두려웠을까? 준호는 또 '우리 어른이들은 나무인간들로부터 진화했으리라'고 추정했다. 나무인간이 땅에 박혔던 뿌리를 처음으로 빼내던 순간, 무거운 자신의 몸체를 감당하며 처음 발짝을 떼던 순간의 심정은 어땠을까.

그토록 그리던 동굴국, 새벽의 나라 도읍지 살촉동에 들어섰다. 길게 찢어진 천장 구멍, 그리로 쏟아지는 햇빛, 빛을 가리느라 높이 친 검은 가림막이 눈물 날 정도로 반가웠다. 대상들과도 아쉬운 작별을 나누었다. 제울로부터 사막, 아후밀탄을 거쳐 거대한 숲, 이곳 살촉동까지 석 달간의 긴 여정을 함께 한 사람들이었다.

"언제고 또 만납시다. 아름다운 청년 자오 미곤에게도 안부 전해주고."

두목 고말이 말했다. 까불이가 내 옆구리를 꼬집었다.

"너, 후회할 거야. 나만큼 귀엽고 온몸을 샅샅이 만져주는 사람이 흔한 줄 알아?"

고말은 몇 번이나 '살촉동에서 한 달 이상 머물면서 동굴국의 어둠에 익숙해질 것'을 권고했다. 눈뜬장님이 된 사람을 여럿 보았다고 했다. 하지만 아무리 천장이 뚫렸다 해도 살촉동은 역시 동굴국이었다. 제울이나 아후밀탄의 빛에 비하자면 살촉동은 고향이나 다름없었다. 여관에 투숙하는 비용도 훨씬 싸고 사람들의 행동거지도 바보처럼 어리숙하고 느렸다. 이 살촉동에 처음 닿았을 때 나는 왜 그리 겁을 먹었던지! 단풍동 촌뜨기로 두리번거리던 내 모습이 보이는 듯하여 우습고 쑥스러웠다.

사람들이 내게 제울의 풍습과 새로운 문물에 대해 묻고 또 물었다. 나는 그저 조금, 그들이 듣고 싶어 하는 얘기만 적당히 대꾸해 주었다. 내 짐 속에는 인어가 건네준 산호와 피리고래 뿔이 있었다. 이곳의 부자라면 누구라도 탐낼 비싼 물건들이었다. 하지만 나는 그것들을 팔지도 보여주지도 않았다. 타향살이 동안 미단부리의 인형과 향료통이 내가 단풍동 사람임을 증명해 주었듯이 피리고래 뿔과 산호는 단풍동에 돌아가서도 내 지난 날을 증명해 줄 나의 일부분이었다.

사진기 가게 앞에서 나는 또 혼자 웃으며 아버지 하전을 떠올렸다. 사진기에 혼을 뺏길까 봐 겁을 내던 학생들. 결국 '머리 큰 놈'인 내가 뽑혀 사진 찍혔을 때의 공포.

─⋯⋯아무러면 어때? 검은머리짐승도 보란 듯이 단풍동을 휘어잡는 판에.

하전의 이기죽거리던 말이 떠오른 순간 나는 더 이상 웃을 수 없었다. 그의 '단풍동을 휘어잡는 검은머리짐승'은⋯⋯ 준호였을까? 아니다. 하전이 그 말을 할 때쯤에는 준호는 어둠 속에서 내 처분만 기다리던, 사람들에게 신분을 들키지 않으려 내 방에서 숨소리조차 죽이고 있던 때였다. '단풍동을 휘어잡는 검은머리짐승'이라면⋯⋯ 뒷눈도, 발바닥의 빨판도 쓰지 않는 삼신어른 생? 그럴 리는 없었다. 단풍동의 모든 이가 검은머리짐승이라 해도 성스러운 어미산의 수장인 그가 짐승일 수 없었다. 단풍동의 맑은이들, 그중에서도 뛰어난 붉은 이파리들이 생의 정체를 몰라 그에게 삼신어른직을 맡겼을 리 없었다.

사진기 가게 앞을 떠나면서 나는 쓸데없는 생각을 머리에서 털어내느라 수십 번 고개를 내저었다. 모른다, 모른다, 모른다. 모든 걱정은 맑은이들의 몫이었다. 하얀이인 내가 알 일도, 책임질 일도 아니었다. 그런데도 마음은 여전히 찜찜했다. 순부부리의 장례식 때 술에 취한 하선이 삼신어른을 햇빛족으로 몰던 일, 생의 벗은 몸을 확인하고 이상스레 다행스러워하던 하전의 표정.

"비켜! 비키시오!"

살촉동 왕의 행렬이 군대의 호위를 받으며 지나는 중이었다. 그들의 행렬이 멀어질 때까지 나는 또 한참 동안 그들을 바라보았다. 저들 역시 아후밀탄에서 높아가는 전쟁의 기운을 느끼고 있을까? 내가 말해준다고 무언가 달라지기는 할까? 모른다, 모른다. 이 또한 내 능력 밖의 일이었다.

열사흘 후 나는 청매동 거리에 서있었다. 청매동의 저잣거리는 예전보다 많이 정비되어 있었다. 가게 앞을 흐르던 도랑이 메워지고 새로 들어선 큰 건물 안에 잡다한 가게들을 모아놓으니 거리가 훨씬 깔끔하고 깨끗해 보였다. 하지만 뒷골목의 여관, 술집, 검은머리짐승들이 모여 사는 골목은 그대로였다. 내가 묵었던 여관 역시 예전 모습 그대로였다. 주인이 바뀌고 2층으로 오르는 계단이 더욱 낡아 삐거덕거렸지만 나는 굳이 내가 들었던 구석방에 들었다. 내가 뚫어놓았던 방의 물길도, 창가에 놓인 의자도 그대로였다. 술집에서 흘러나오는 사람들의 노랫소리도 여전했다.

'어떻게든 젊게 보이려 얼굴에 주름을 긋는다네.

어떻게든 커 보이려 높은 구두를 신는다네.

어차피 우리는 작아지지. 늙기 전에 실컷 놀아나 보세.

땅으로 돌아가면 커질 몸. 죽기 전에 실컷 놀아나 보세.'

시끄러운 노래를 자장가로 들으며 나는 깊고 편안한 잠을 잤다. 물길에 발을 담근 채 하루하고도 반나절을 죽은 듯이 잔 후 거리로 니섰다. 싸움 구경은 역시 재미있었다. 한 손으로는 서로의 멱살을 잡고 남은 손으로 주먹을 쥐고서도 그들은 정작 상대방을 치지 못했다. 두 사람 다 주위 사람들이 왜 자기들을 말리지 않는지 원망스러운 눈치였다. 이윽고 한 사내가 끼어들어 그들을 떼어놓았다. 온갖 큰소리를 치면서도 서둘러 자리를 벗어나는 마음 약한 싸움꾼들을 보면서 나 역시 그들처럼 동굴국 사람이라는 것이 행복했다. 사람들 앞에서는 표정 한 번 바꾸지 않다가 으슥한 곳에서 칼이나 송곳으로 소리 없이 상대를 제거하는 제울 사람들, 나무제나 늪제의 명목으로 포악한 살인을 일삼는 아후밀탄 사람들에 비하면 어둠 속의 동굴족들은 새로 돋은 나뭇잎, 금방 껍질을 벗어 날개가 젖은 나비처럼 여리고 깨끗한 존재들이었다.

거리의 소음 속에서 한 무리의 사내들이 서로 목청을 높이고 있었다.

"붓동과 청매동이 힘을 합쳐야 하오! 무식한 살촉놈들은 아후밀탄과 싸울 깜냥이 못 되오. 동굴국 전체를 위해서도 우리가 일어나야 해요!"

"무슨 소리! 아후밀탄과 싸우려면 일단 훈련된 살촉군을 밀어야 해."

"돌대가리로 싸우나? 머리랑 몸통이 하는 일이 따로 있소! 몸통더러 머리 노릇 시켜봤자 해내지 못하오. 붓동이 앞서야 하오. 지혜로운 청매동이여! 붓동에게 힘을 몰아줍시다!"

"그럼 우리 청매동은 몸통도 아니고 팔다리? 머리랑 몸통이랑 잘 싸워보시오. 팔다리야 이기는 편에 붙을 수밖에. 빌어먹을, 언제는 우리 청매동이 대접받고 살았나."

"우리끼리 시비를 가릴 때가 아니오. 어서 힘을 합쳐 썩어빠진 살촉동 왕과 군부를 도려냅시다!"

"이리 죽으나 저리 죽으나. 까짓 나 혼자 죽는 것도 아니고 다 같이 죽는 거면 억울할 것도 없어."

다른 한쪽에서는 또 다른 무리들이 다른 논쟁을 벌이고 있었다.

"단풍동만큼은 지켜야 해! 단풍동은 어른이의 심장이야. 얼룩인간들과 싸우더라도, 털북숭이들끼리 서로 죽이더라도 단풍동까지 불똥이 튀면 안 돼. 단풍동이 짓밟히면 우리의 앞날은 없어!"

"우리의 앞날을 지키기 위해 단풍동을 차지해야 한다고! 어떻게든 단풍동을 어미산으로 삼아야 우리 후손들이 산다니까!"

큰 재난이 우연히 터지는 법은 없다. 수많은 징후들, 수많은 허점들, 어이없는 공교로움이 겹쳐 한순간에 땅을 뒤엎는다. 아후밀탄도 살촉동도 청매동도 첨예의 화제는 하나, 전쟁이었다. 아후밀탄의 얼록인간들이 내내 공격에 대해 말했다면 동굴국의 털북숭이들은 내내 방어에 대해 말하는 것뿐이었다.

청매동 저잣거리의 특징이라 해야 할까, 나는 또 학대당하는 검은 머리짐승들과 마주쳐야 했다. 비루먹은 몸뚱이에 누더기 옷, 초췌한 얼굴. 큰 돌을 나르던 십여 마리의 짐승들 중 한 마리가 힘없이 쓰러지자 뒤를 따르던 십장이 보란 듯이 그의 배를 창으로 찔렀다. 나머지 짐승들은 비명조차 지르지 못했다. 자신의 가게 앞에서 벌어진 일을 보고 가게 주인이 뛰쳐나와 '당장 이 더러운 것을 가져가라'며 호통쳤다. 피투성이 동료를 힘겹게 끌고 가는 그들을 보면서 나는 또 잠시 준호를 떠올렸다.

"연토님 아니십니까? 맞네! 정말 우리 연토 나으리네. 반가워라!"

뒷눈을 떴다. 방금 스친 호화로운 마차에서 내린 이는 약장수 용개였다. 금실로 수놓은 어깨띠에 가죽 각반, 그는 구사한 청매동의 멋쟁이가 되어 있었다. 세월의 흔적이야 지울 수 없었다. 그 역시 빤빤해지고 키도 조금 줄어들어 있었다. 그의 권유로 마차에 올랐다. 돈 번 얘기, 청매동에서는 누구도 자기를 무시하지 못한다는 자랑, 요새는 얼굴 기름이 불티나게 팔린다는 얘기 등 그의 수다는 며칠을 들어도 끝날 것 같지 않았다. 마차에서 내리려 하자 그가 나를 붙잡았다.

"어, 어딜 가시려고요! 나으리를 기다리는 분이 있어요."

"누구? 내 형 기남을 만났어?"

기남과 사흔이 낙타마차를 탄 모습을 미단부리가 봤다는 말이 떠올랐다.

"기남 나으리 소식이야 알 수 없지요. 마약이라도 드시려는지 호랑가시동에 가셨다는 말도 있고요. 매차 소식은 압니다요. 살촉동 왕까지 후리려던 그년은 죄가 낱낱이 드러나 모두들 사형당하리라고 예상했지요. 그래도 그년 수단이 어디 보통인가요, 어찌어찌 풀려나 지금은 청매 나루에서 싸구려 유곽을 한답니다. 마차꾼이랑 뱃놈들이나 상대하는, 우리처럼 점잖은 이는 그런 유곽에는 얼씬도 않지요."

마차가 닿은 곳은 대나무로 울타리를 두른 저잣거리 한 귀퉁이 광장이었다.

"갓바치 일립의 아들 사흔 아시죠? 그분이 나으리를 모셔 오라 해서 제가 마중 나갔던걸요."

용개는 청매동에서 사흔의 도움을 많이 받고 있다고 했다. 광대놀이를 구경하러 온 사람들에게 약을 팔도록 주선해 준다는 것이다.

"일단 구경부터 하셔요. 이곳 광대놀이는 살촉동까지 이름이 났답니다."

광대들의 노래와 춤뿐 아니었다. 발딱발딱 재주를 넘는 긴꼬리원숭이, 어른이들을 태운 채 달리는 타조들의 경주도 볼만했다. 동물들의 공연이 끝나자 머리에 노란 띠를 두른 몇 사람이 바닥을 정리했다. 바닥 정리를 끝낸 이들이 물그릇을 가지고 나와 바닥에 물을 뿌리자 구경꾼들이 앞쪽으로 바짝 다가앉았다. 악대들의 음악이 다시 이어지고 광대들의 선창에 구경꾼들이 따라 부르기 시작했다.

'온천지가 젖는다 젖는다 물이 차고 넘친다 넘친다

모든 세상 땅끝까지 솟아오른다 오른다

숨은 골짜기의 단풍나무 한 그루

빗겨 앉은 바위틈 샘물 한줄기

그 물을 마시면 젊어진다

그 물을 마시면 모든 걱정이 사라진다'

넓은 공터 양 끝에 긴 장대가 세워졌다. 굵은 밧줄을 거머쥔 사람이 한쪽 장대에 줄을 걸었다. 그리고 맞은편 장대 위로 줄을 잡아당겼다. 사람 키의 두 배는 될 정도의 높은 허공에 줄이 쳐지자 악대 소리가 더욱 커졌다. 드디어 줄타기였다. 흰 도포에 역시 노란 머리띠를 두른 사내가 한쪽 장대 위로 올라섰다. 커다란 부채를 펴 든 그가 맞은편 장대를 향해 줄을 타기 시작했다. 노랫소리 역시 점점 커져갔다.

'모든 세상 땅끝까지 솟아오른다 오른다

빗겨 앉은 바위틈 샘물 한 줄기

그 물을 마시면 젊어진다 모든 걱정이 사라진다'

출렁이는 줄 한가운데를 지날 때에는 그는 금방이라도 바닥에 떨어질 듯 위태로웠다. 사내가 무사히 맞은편 장대에 닿자 사람들이 '사흔! 사흔!'을 외쳤다. 그가 바로 사흔이었다.

잠시 후 나는 용개의 인도로 사흔의 집에 갔다. 광장 한쪽에 있는 그의 집은 겉으로 보기에는 다른 집과 똑같았다. 금색 어깨 가리개를 잘 차려입은 시종 둘이 문 앞에 서 있다는 점이 다르다면 달랐다. 그중 몸집 큰 시종이 집 안에 들어갔다가 나왔다. 다른 시종에게 무어라 귀엣말을 하고는 나를 안으로 안내했다. 용개는 따라 들어올 수 없었다. 나머지 한 시종이 그의 앞을 막아섰기 때문이다.

"무슨 짓이야! 내가 운흘 나으리를 모셔온 사람이야. 왜 나를 막는 거야!"

꽤 큰 거실이었다. 맞 이어진 옆방에서 누군가가 걸어 나왔다.

"뵙게 되어 영광입니다. 운흘 연토 나으리."

그가 깍듯이 고개를 숙였다. 사흔이었다. 수수한 옷차림에 사람을 편안하게 해주는 선한 인상이었다. 그의 눈이 내 어깨 가리개에 머물렀다. 아니, 정확히 말하면 내 어깨 가리개에 달린 향료통에 꽂혀있었다. 향료통은 원래 가죽끈으로 목에 걸게 되어 있었다. 사막에서 쓰러진 상인을 도울 때 끈이 끊어져 임시방편으로 어깨 가리개 앞섶에 매달아 놓은 참이었다. 그 순간 나는 향료통을 만든 이가 바로 내 앞에 선 사흔임을 깨달았다.

─이런 중요한 걸 챙기지도 않다니, 대체 너는 왜 사니?

미단부리의 목소리가 들리는 듯했다. 그녀는 내가 이렇게 사흔과 만나게 될 것을 알고 있었을까?

"반갑군. 향료통 덕인지 처음 만나는 것 같지 않아."

내가 그에게 손을 내밀었다. 아무리 그가 맑은이라 해도 천민 갖바치의 아들임은 분명했다. 그가 황송해하며 손을 맞잡았다.

"처음은 아니지요. 영광스럽게도 운흘 집안 잔치에 간 적이 있습니다. 그때 하전부리님께서는 저를 붓동 관리라 소개하셨지요."

형 기남의 성년식에 왔던 붓동 관리. 왜 하전은 사흔을 붓동 사람이라 말하여 사람들로부터 지탄을 샀을까. 초음으로 내 마음을 읽은 그가 말을 이었다.

"제 아비 일립을 떠올리지 못하게 하느라 그러셨겠지요. 하전부리님께 큰 은혜를 입었습니다. 단풍동 위령제의 걸개그림을 제게 맡겨 삼신어른으로부터 후한 돈을 받게 해주신 분도 그분이시지요."

그는 하전에 대한 감사를 한동안 늘어놓았다. 사흔뿐 아니라 그 이전에 청매동으로 건너온 미곤과 이안도 하전에게 신세를 졌다고 했다. 사흔, 그의 이름은 '때를 기다리는 사람'이라는 뜻이다. 아버지 하전이 다시 지어주었다고 했다. 자신의 둘째 아들 이름은커녕 기억조차 하지 못하는 그가 말이다.

"살촉군 장교 이안도 맑은이인가?"

사흔이 고개를 끄덕이며 내게 미소 지었다.

"맑은이끼리는 확실히 통하시는군. 하전이 운흘의 재산을 풀어 당신들을 다 거둔 걸 보면, 어머니 미단부리도 타지에 뚝 떨어져 있는 광대 사흔을 인정했고, 그래서 당신의 향료통을 내게 주었던 거지."

내 말에 서운함이 섞였음을 그가 모를 리 없었다. 머뭇거리던 사흔이 대답했다.

"맑은이면 어떻고 아니면 어떻겠습니까. 지금 제가 나으리를 뵙고 말씀을 나눈다는 사실이 중요하지요."

"그런데, 맑은이가 어떻게 줄을 탈 수 있지? 황인이나 햇빛족도 힘든 일을."

"온갖 고생을 했답니다. 덕분에 빨판도 찢겨 나갔고요. 미천한 가축들처럼 입으로 물을 마셔야 살 수 있지요."

그의 미소가 편안했다.

그의 아버지 갓바치 일립은 그가 맑은이임을 처음부터 알고 있었다고 했다. 어미산 삼신각에 일하러 갔다가 높은 곳에서 사흔이 혼자 내려오는 것을 보고 그를 초추아가 되지 않도록 자식으로 받아들여 준 것이었다. 하지만 사흔은 모든 이들이 궁금해하는 일립의 죽음에 관해서는 끝내 입을 열지 않았다.

"나으리께서는 단풍동의 미래를 책임지시게 될 겁니다. 이렇게 단풍동으로 돌아가시니 제가 광대 노릇을 끝낼 날도 얼마 남지 않았군요."

그의 몸에서 붉은빛이 은은하게 비쳤다. 그가 나를 진심으로 대한다는 표시였다.

"그림을 잘못 보셨소. 나는 맑은이가 아니오. 단풍동의 미래를 책임지다니 그런 능력이 없음은 당신이 더 잘 알 거요."

그의 말을 부정하면서도 내 입에서는 어느덧 존댓말이 흘러나오고 있었다.

"맑은이가 아니기 때문에 단풍동을 맡으실 수 있습니다. 미래를 본다는 핑계로 남의 탓이나 늘어놓는 맑은이들을 어디에 쓰겠습니까. 나으리께서는 검은머리짐승의 생태를, 그리고 바깥세상의 문물을 두루 보셨습니다. 커다란 무기를 손에 쥐었습니다."

"한 가지만 묻겠소. 붓동과 살촉동의 자리다툼은 어떻게 될 것 같소?"

그 물음이 단풍동의 안위와 통한다는 것은 당연히 알 터였다.

"붓동 부자들이 사병을 키우는 것은 사실이지요. 간간이 살촉동 군대와 다툼이 일기도 하고요. 붓동의 모사꾼들은 확실히 머리가 좋습니다. 우리 광대놀이 중 문제를 일으킨 '청매동 군인'을 어느새 '살촉동 군인'으로 몰아 청매동 사람들의 반감을 사도록 만들었어요. 저희 광대패의 든든한 돈줄도 붓동의 부자랍니다. 하지만 털북숭이들 사이의 알력이 우리 단풍동에 무조건 좋다고 할 수는 없지요. 살촉동 군부가 갈라진 민심을 수습하기 위해 단풍동의 공략을 서두를 공산도 있으니까요."

밖으로 나왔을 때는 이미 밤이었다. 기다리다 지친 용개가 볼멘소리를 했다.

"이럴 수는 없어요. 연토 나으리나 사흔님 모두 내게 이러면 안되지요. 안되고말고요!"

"아무리 붙잡아도 나으리가 가신다네. 나보다 자네가 더 좋으신 모양이지? 잘 모시게."

사흔의 한마디에 용개는 금방 기분이 좋아져 히히거렸다. 용개가 굳이 자신의 집에 가자며 붙잡는 것을 나는 마다했다. 내가 묵는 여관까지 따라온 용개 덕에 이익을 본 것도 있다. 그가 돈뭉치를 꺼내어 여관비와 물세를 넉넉히 치르자 여관 주인의 눈빛이 확연히 달라졌다.

"단풍동에 가시면 용개가 출세했다는 말이나 전해주세요."

그를 보낸 후 나는 사혼과 나눈 말들을 곱씹었다. '단풍동의 미래를 책임지시리라'는 그의 말은 오히려 부담스럽지 않았다. 아후밀탄의 거대한 숲, 그곳의 수많은 나무들을 알기 때문이었다. 하늘을 보고 반듯하게 자란, 잘생긴 나무만이 숲을 받치는 것이 아니었다. 못생긴 나무들, 비뚤로 자라 드러누운 듯한 나무들, 이파리도 몇 개 달리지 않은 앙상한 나무들 모두 숲을 숲답게 하는 중요한 존재들일 것이었다. 하지만 '나으리가 단풍동으로 돌아가시니 광대 노릇을 끝낼 날이 얼마 남지 않았다'던 그의 말은 쉽사리 넘길 수 없었다. 단풍동의 변고가 얼마 남지 않았다는 뜻일까? 그 신호탄이 혹시 나, 운흘 연토가 돌아가는 시점일까? 그렇다면, 내가 단풍동으로 돌아가지 않는다면 전쟁을 늦출 수도, 피할 수도 있는 것일까? 답답했다. 내가 맑은이가 아니어서 암담하고 막막했다.

청매동 여관에서 열흘을 지낸 후 나는 드디어 나루터로 향했다. 아버지강 건너, 무성한 나무들이 우거진 곳이 바로 내 고향 단풍동이었다. 가슴이 뭉클해졌다.

"이 빌어먹을 놈의 거지새끼가 또 탔네!"

화난 사공이 노를 들어 배 한 귀퉁이의 거무스름한 짐을 내리쳤다. 비명이 터져 나왔다. 사공이 짐을 싼 천을 벗기자 웬 시커먼 짐승 한 마리가 웅크리고 있었다.

"이 더러운 놈이 왜 자꾸 배를 타는 거야! 네놈이 결국 죽여달라는 거지? 이리 와, 내가 오늘 네놈을 토막 쳐 강물에 뿌려주지."

"살려주시오! 단풍동으로 가야 해요! 한 번만, 한 번만 태워주시오."

기가 막혔다. 준호의 목소리였다. 높이 들린 사공의 노를 내가 가까스로 잡았다.

"여기, 뱃삯이 있소!"

시커먼 짐승이 나를 올려다보았다. 그 역시 내 목소리를 알아들은 것이 분명했다. 더 이상 말이 필요 없었다. 가까스로 일어선 준호를 내가 부둥켜안았다. 기적이었다.

행복의 의미

★ 수용소에서 당한 고통에 대해 준호는 웃음으로 얼 버무렸다. 대신 그의 잘려나간 손가락 마디, 팔뚝과 다리의 무수한 상처들이 그 참혹함을 말해주고 있었다.

그와 함께 잡혀갔던 장저훤은 수용소에 잘 적응했다고 했다. 자기가 복종해야 할 사람, 자기가 밟을 수 있는 사람을 구분할 줄 아는 그는 십장이 되어 다른 짐승들을 감시하고 훈련시키는 역할을 맡았다. 김점례의 소식은 알 수 없다고 했다. 남녀를 따로 두는 데다 가끔 마주친 여자들 중에 그녀가 없었던 것으로 보아 그는 그녀가 죽었으리라 추정했다. 여자들의 수가 적은 데다 빨래, 청소, 음식까지 해대느라 남자들 못지않게 일에 시달린다고 했다.

"너처럼 탈출했을지도 모르지."

준호는 고개를 끄덕였지만 표정은 밝지 않았다. 탈출 후 그가 겪었던 위험과 고통이 수용소보다 훨씬 심했음을 초음으로 알 수 있었다.

단풍동은 그대로였다. 나루샘과 저잣거리에 살촉동 군인들이 조금 더 눈에 띄는 점을 제외하고는 나루샘마을의 거리도, 가게들도 그대로였다. 단풍동만이 가지고 있는 달콤한 공기, 단풍동에서 지낼 때에는 느끼지 못했던 촉촉하고 향기로운 냄새를 나는 들이마시고 또 들이마셨다.

  집으로 오는 마차에 오른 후에야 준호는 마음이 놓이는 모양이었다. 그동안 있었던 일을 띄엄띄엄 말하기 시작했다.

  준호와 김점례, 장저훤은 군인들의 짐마차에 실려 나흘 동안이나 끌려갔다. 짐마차에는 그들 외에도 서너 명이 더 실려 있었는데 수용소에 닿자 그들은 각기 다른 감방에 수감되었다. 준호의 감방에는 검은머리짐승뿐 아니라 노랑머리, 흰머리짐승도 있었다. 긴꼬리원숭이도 한 마리 있었다. 원숭이는 성급하고 행동이 무척 빨랐다. 칠흑의 어둠 속에서 짐승들에게 올라타고 죽 그릇을 빼앗는 등 끊임없이 다른 이들을 괴롭혔다. 같은 검은머리짐승이어도 준호처럼 한국말을 쓰는 이는 몸이 약해 숨을 헐떡이는 노인 하나뿐이었다. 준호가 사는 짐승세상에서도 멀리 떨어진 일본, 베트남, 인도 사람들이 어떻게 한곳에 모여있는지 아무리 생각해도 희한한 일이었다. 감방은 캄캄했다. 곡식 죽은 하루에 두 끼, 끼니가 나오는 것으로 아침저녁을 구분할 수 있었다. 그토록 바라던 짐승들과의 생활이었지만 감방 생활은 쉽지 않았다. 원숭이의 괴롭힘뿐 아니라 먼저 들어온 이들이 텃세를 부려 하루에 죽 한 그릇도 먹지 못하는 날이 많았다. 게다가 신참인 그의 자리는 감방 한쪽에 있는 오물통 옆이었다.

  그들이 먹는 곡식은 수용소 주변의 밭에서 그들의 분뇨를 뿌려 키웠다. 각 감방의 오물통을 날라 밭에 뿌리는 일은 아무도 하지 않으려 했다. 준호는 그 일을 자원했다. 밭에 나가 일하는 동안만큼은 다른 이들에게 시달림을 당하지 않을 수 있었다. 또한 밭은 수용소 내부보다 밝아 탈출 기회를 엿볼 수도 있을 터였다. 하지만 탈출은 불가능했다. 군인들 역시 짐승들이 어둠 속에서는 꼼짝하지 못한다는 사실을 알고 있었다. 밝은 곳에 나와 있는 짐승들을 집중 감시하는 그들에게 조금이라도 수상한 짓을 하는 짐승들을 창으로 찔러 죽이는 일은 하루의 일과처럼 예사로웠다.

다른 짐승들과 힘을 합쳐 통로를 찾는 것이 환상에 지나지 않음을 안 준호는 단풍동을 떠난 것을 수백 번 후회했다. 통로를 찾기 위해서도, 목숨을 지키기 위해서도 단풍동으로 돌아가야 했다. 그는 열심히 체력을 길렀다. 단풍동으로 놓는 다리 공사에 동원되려면 무엇보다도 힘이 좋아야 했다. 공사 현장이라면 아무래도 탈출 기회가 있을 터였다. 갖은 노력 끝에 그는 드디어 다리 공사에 투입되었다. 하지만 그곳에서도 탈출은 불가능했다. 두 발에 채워진 쇠고랑이 다른 짐승들과 이어져 있어 한 명의 실족으로 연달아 몇이 함께 익사하는 일도 종종 있었다. 그는 몇 번이나 몸살로 사경을 헤맸다. 철근을 나르고 이어 붙이는 고된 작업보다도 더욱 힘든 것은 아무런 희망이 없다는 사실이었다.

그 와중에 장저훤 때문에 고역을 치르기도 했다. 장저훤은 간수에게 '준호는 어른이말을 알면서도 모르는 척한다'며 고자질했다. 준호는 군인들로부터 채찍질을 당했다. 하지만 장저훤이 준호에게 직접 휘두른 채찍질에 비하자면 오히려 약과였다. '단풍동에 있을 때 자기 말을 순순히 듣지 않았다'는 화풀이였다. 이후 준호는 짚단도 깔리지 않은 감방에 혼자 갇혔다. 며칠이나 되었을까, 죽도 얻어먹지 못해 비몽사몽 죽어가고 있을 때 장저훤이 그를 찾아왔다. 장저훤은 도움을 청했다. '군인들에게 무언가 말을 잘못하여 오해를 샀는데 그것을 풀어달라'는 것이었다. 이후로 군인들은 어른이말이 통하는 준호를 인정해 주었다.

2년 후 준호는 수용소장의 심복이 되었다. 준호가 끓인 죽이 의외로 수용소장의 입맛에 맞았다. 눈치 빠른 준호는 소장이 황인임을 알

왔고, 단풍동 우리 집에서 황인 하인들이 즐기던 돼지고기 죽을 끓여 올린 것이다. 수용소장의 신임은 날로 두터워졌다. 그렇다고 준호가 대단한 대접을 받은 것은 아니다. 다른 짐승들과 함께 오물 내 나는 감방에 갇히지 않고 군인들 부엌 한 귀퉁이에서 지낼 수 있었던 정도다.

소장은 수용소의 짐승들 중 똑똑한 놈들을 뒤로 빼돌려 돈을 챙기곤 했다. 제울이나 아후밀탄에서 온 정밀한 시계나 사진기 수리에는 손재간 있는 검은머리짐승들이 쓰임새가 있었다. 장사치들에게 짐승들을 몰래 인계하고 돈을 받아오는 일을 준호가 맡았다. 수용소장의 측근 군인 둘이 감시하기는 했지만 탈출하려고 마음먹으면 기회가 없는 것도 아니었다. 하지만 탈출한다고 해결되는 것은 없었다. 그가 살길은 오직 하나, 단풍동의 우리 집으로 돌아오는 것뿐이었다. '죽을 맛있게 끓일 재료를 가져와야 한다'는 등으로 단풍동에 갈 핑계를 잡았지만 소장은 허락하지 않았다. 준호는 청매동 저잣거리를 상세히 익히는 것으로 때를 기다렸다.

수용소 생활 5년, 수용소장이 바뀌면서 전직 소장은 부하를 시켜 준호를 제거하려 했다. 자신의 비리를 덮기 위해 짐승 한 마리를 없애는 것쯤은 옷의 먼지를 터는 것만큼이나 간단한 일이었다. 더 이상 버틸 수는 없었다. 저자의 시계 가게에 갔을 때 준호는 누군가가 벗어놓은 어깨 가리개를 걸쳤다. 그리고 그는 황인인 척 행세하여 예전부터 보아두었던 금은 세공소에 취직했다. 손재간이 뛰어난 그는 은 숟가락, 금반지 등을 잘 만들 수 있었다. 게다가 그곳에는 뜨거운 용광로와 밝은 빛이 있었다. 하지만 그의 정체는 금방 들통났다. 몸 냄새가 다른 데다 가장 큰 약점인 누워 자는 모습을 들킨 것이다. 그동안 번 돈을 모두 빼앗기고 그는 차꼬를 차야 했다. 천신만고 끝에 다시 도망, 햇빛족 깡패들에게 시달리기도 하고 청매 나루에서 온갖 궂은일을 하기도 했다. 사람들에게 조금 인정받을 만하면 그는 어김없이 정체를 들켰다. 잠이 들면 자신도 모르게 바닥에 눕기 때문이었다. 짐승으로서 단풍동으로 가는 뱃삯을 벌기란 요원했다. 그는 무작정 단풍동으로 가는 배에 숨어들었다. 매를 맞고 쫓겨나기를 수차례, 더 이상은 어떤 희망도 가질 수 없는 절박한 때에 나를 만난 것이었다.

"역시 맑은이는 대단해. 배에 숨어드는 내 그림을 본 거지? 고마워. 은혜도 모르는 나 같은 놈을 위해 일부러 와주다니."

준호가 감격하여 울먹였다.

앞날의 그림 따위 내게 있을 리 없었다. 그와 내가 극적으로 만나게 된 것은 어쩌면 그가 자신도 모르게 내게 보낸 절박한 초음의 결과일 수는 있었다. 하지만 나는 그의 오해를 바로잡지 않았다. 그를 찾아 청매동 수용소까지 갔다가 그대로 돌아선 일도 밝히지 않았다. 당분간 나는 준호에게 맑은이이기로 마음먹었다. 그가 아는 운흘 연토가 맑은이라는 믿음이야말로 그가 품을 수 있는 최대한의 희망이자 유일한 끈일 것이었다.

나 역시 준호에게 내가 겪었던 바깥세상에 대해 얘기했다. 피리 소리에 맞추어 사람과 풀과 나무가 다 같이 노래 부르던 아후밀탄의 거대한 숲, 제울의 절벽에서 만났던 나무인간, 붉은열매선인장, 전갈 그리고 바다 친구들. 준호가 고개를 끄덕였다.

"지금 생각해 보면 우리 짐승세상도 마찬가지였던 것 같아. 주위의 식물들과 동물들이 말하는 것, 그들도 우리처럼 아픔을 느끼고 자신의 고민을 함께 털어놓고 싶어 한다는 것을 알기는 했었지. 그러면서도 우리는 이 세상 모든 것들이 우리 짐승들을 위해 존재할 뿐이라고 간단히 흘렸지."

나는 그에게 아후밀탄의 끝없이 큰 붉은늪, 그리고 사막에 대해서도 말했다. 하지만 제울의 바다 건너 저쪽에 대해서는 말하지 않았다. 그곳이 검은머리짐승들의 세상일 수 있었다. 아니, 아닐 수도 있었다. 준호의 희망과 소원보다 더 중요한 것은 나 자신이었다. 그곳이 바로 준호의 아들딸이 사는 세상이라 해도 준호를 위해 그 힘든 숲과 사막을 다시 건널 수는 없었다. 빛에 시달린 눈도, 사막의 건조함을 견딘 내 발도 더 이상은 무리였다. 자신도 모르게 내 초음을 읽은 준호는 내 말에 고개를 끄덕였다.

"그래, 네가 다녀온 아후밀탄과 제울에는 다시 갈 필요는 없어. 중국이나 베트남이라면 혹 모를까, 내가 살던 한국에는 사막이나 밀림이 없거든. 내가 살던 세상의 땅 밑은 아니라는 말이지. 내 소원은 단풍동, 네 곁이면 돼. 내 소원은 이미 이뤄졌어."

입에 담지 않는다 해서 그의 속마음을 모르겠는가. 준호는 이전보다도 훨씬 더 자기 세상으로 돌아갈 생각뿐이었다. 청매동보다도 훨씬 어두운 이 단풍동 저자를 지나며 그는 어떻게든 내 마음에 들어 짐승세상으로 난 통로를 찾을 생각에 빠져 있었다.

"너를 처음 만난 지도 벌써 20년이잖아. 단풍동은 네 고향이기도 하지만 내 고향이기도 해."

한편으로 나는 가슴이 아팠다. 준호에게서 더 이상의 정직함, 진실한 마음을 바랄 수는 없는 것일까. 그가 겪은 혹독한 고생은 그에게 세상 누구도 믿을 수 없다는, 잠자는 순간조차 긴장을 늦춰서는 안 된다는 불안과 의심의 감정만을 키웠을 뿐이었다. 아니, 준호는 나와 지내던 12년의 세월 동안에도, 그의 세상에서 우리 단풍동으로 떨어져 내린 그 순간부터 내내 그러했을지 몰랐다. 수용소에 가기 전 준호가 써놓았던 기록에도 나를 배려했던 구절은 단 한마디도 없지 않던가. 바뀌어야 할 사람은 그가 아니라 나였다. 준호에게 집착했던 내 마음이 지나쳤음을, 나는 그저 검은머리짐승 준호의 보호자 그 이상도 이하도 아니었음을 인정해야 하는 시점이었다.

"그래, 네가 마음을 다잡아서 다행이야. 이제 아무 생각 말고 단풍동에서 편히 지내."

내 말에 준호는 눈물까지 글썽이며 고마워했다.

금강샘마을의 내 정다운 집 역시 떠나기 전 모습 그대로였다. 잠시 외출했던 남편을 맞아들이듯 내게 눈인사를 건넨 계우는 아무 일도 없었던 것처럼 하인들에게 일을 지시했다. 그녀는 7년 전, 내가 집을 떠날 때 입었던 어깨 가리개를 걸치고 있었다. 내가 어색해할까 봐 일부러 옛날 옷을 꺼내어 입은 것이었다. 희휘도 놀라웠다. 내가 여행을 떠날 때 고작 3살이던 그는 황금빛이 감도는 맑은 피부를 가진, 누가 봐도 호감을 가질 만한 10살의 미소년이 되어 있었다.

"당연히 서당에도 다니죠. 이제는 아버지가 훈장님을 하셔도 되겠네요."

희휘가 초음으로 내 마음을 읽고는 아무렇지 않게 답했다.

침모 산분과 행랑아범 사로는 조그만 노인이 되어 뛰어다녔다. 둘이 한꺼번에 느우나무 담장에 올라 발을 구르는데도 몸피가 작아 담장이 아무렇지 않았다. 사로가 나를 보며 낄낄거렸다.

"하전 주인님 못 봤지? 폭탄 맞은 머리에 손발까지 오그라들어 사람 꼴이 아니거든. 잘생긴 맑은이는 무슨, 쓰다 버린 몽당빗자루라니까!"

하전과 미단부리는 생식하러 갔다고 했다. 이상한 일이었다. 나무의 첫 달인 버섯달이었다. 새생명을심는큰달이 되려면 작은 달 다섯 달에 새생명이태어나는큰달, 위령제까지 지내야 가능했다.

"두 분은 달을 지키지 않아. 그럴만한 이유가 있겠지."

계우가 부엌으로 들어가며 지나가는 말처럼 한마디 했다.

집에 돌아온 지 열흘이 지나서야 나는 높은마당에 들어서는 하전과 미단부리를 만날 수 있었다. 하전뿐 아니라 미단부리 역시 몰라볼 정도로 몸피가 줄어들어 있었다. 쌀쌀함은 여전했다. 준호와 내게 눈길 한 번 주지 않고 아랫마당 창고로 향했다. 도리어 하전이 우리 주위를 돌며 반가워했다.

"오오, 머리 큰 놈. 머리에 뭔가 채워왔으니 쓸모가 있으려나? 다시 봐도 생긴 것은 엉성하지만. 그리고 준호, 네놈도 고생을 좀 했군. 뭐, 고생했다고 짐승이 사람 되는 것은 아니지만."

사로의 말대로 하전은 엉망이었다. 곧고 투명하던 머리칼은 부러지고 흩어져 머리에 곡식 뿌리를 얹은 듯 지저분했고 목 언저리에는 시퍼런 물감이 들어 언뜻 보면 푹 팬 것으로 오해하기 십상이었다.

3년 전, 하전이 새로 벌인 사업은 머리카락 염색 가게였다.

─제울 사람들은 모두 녹색 옷들을 입어. 옷뿐 아냐. 머리카락까지 녹색으로 물들여 마치 풀들이 이리지리 움직이는 듯하지. 얼마나 멋지다고?

하전은 제울은커녕 거대한 숲 건너 아후밀탄에도 간 적이 없었다. 아후밀탄의 군인용 녹색 염료를 많이 가지고 있던 장사꾼이 하전에게 사기를 친 것이었다. 하필이면 단풍동 사람들이 가장 싫어하는 녹색으로 머리카락을 물들일 생각을 하다니 누가 봐도 결과가 뻔한 사업이었다.

꿈에 부푼 하전은 사업을 시작하기 전에 먼저 '걸어 다니는 광고판'을 만들기로 결심했다. 갈 곳 없는 복인과 초추아 넷을 사서 그들의 머리를 녹색 염료에 담그게 했다. 하전은 창포 이파리와 숯가루,

말린 지네 가루를 염료에 더 풀었는데 그것들을 넣으면 염색이 훨씬 잘 된다는 옷감장수 이야기를 참고한 것이었다. 옷감장수의 말은 정확했다. 연갈색이던 네 명의 머리카락은 검정에 가까운 진한 녹색으로 변해버렸다. 머리카락뿐 아니었다. 머리카락에서 흘러내린 염료가 그들의 얼굴과 뒤통수와 목을 확실하게 물들였다. 이틀 후, 하전의 지시대로 깨끗한 물로 머리를 헹군 그들은 거울에 비친 자기들의 모습을 보고 한꺼번에 정신을 잃었다. 머리통 전체가 시커매져서 거울에 보이지 않자 자기들의 머리가 녹아 없어진 것으로 착각한 것이다. 실수를 깨달은 하전은 그들의 머리카락을 예전으로 돌려놓기로 마음먹었다. 옷감장수의 조언대로 진한 소금물을 묻힌 면포로 그들의 머리와 얼굴을 이틀 동안 싸매도록 했다. 결과는 더욱 나빴다. 검은 머리통에 온몸이 소금물에 절여져 쭈글쭈글해진 그들은 사로의 말에 의하면 '시궁창 물에 짜놓은 걸레들'이었다. 온갖 비명과 탄식을 쏟던 초추아와 복인들이 떠나고 하전은 혼자 남겨졌다. 포기를 모르는 그는 자기 자신을 실험 대상으로 쓰기로 했다. 녹색 염료에 창포, 숯, 소금, 지네 가루를 각기 다른 비율로 섞어 세 가지 염색제를 만든 그는 그것들을 자신의 앞뒷눈 세 개를 경계 삼아 머리카락에 발랐다. 이틀 후 그는 염색 사업을 포기했다. 그의 머리카락은 말라죽은 풀처럼 푸수수하게 늘어졌고 그의 앞머리와 왼쪽 머리, 오른쪽 머리에서는 각기 다른 진물이 흘러내렸다. 가장 큰 문제는 그의 손가락이었다. 염료를 바를 때 사용했던 그의 오른쪽 일곱 손가락들이 모두 짓물러 한 덩어리로 붙어버렸다.

"괜찮아. 이까짓 손가락, 가닥가닥 있어봤자 쓸데도 없었어."

하전이 몽당손을 흔들며 호기롭게 말했다. 준호가 그 손을 잡고 안타까워했다.

"제가 집에만 있었던들 주인님을 이렇게 만들지는 않았을 텐데요."
준호의 한숨 소리를 듣자 그제야 하전이 울먹였다.
"아픈 것은 그런대로 참을 만했는데…… 무섭기는 했어. 앞으로는 사업을 하더라도 내 몸만큼은 놔둘 테야."
준호가 가장 가슴 아파한 일은 할머니 양이의 죽음이었다. 어디론가 사라졌던 양이는 내가 여행을 떠난 바로 이듬해에 대문을 겨우 넘어설 정도의 조그만 몸이 되어 나타났다고 했다. 양이는 말도 제대로 못 하면서 어떻게든 내 방에 들어가려 고집을 부렸다. 어디서 났는지 그녀의 손에는 검은머리짐승의 발 주머니 한 짝이 쥐어져 있었다. 하지만 양이는 내 방에 들어가지 못했다. 내 방은 이미 미단부리의 굽는 방이 되어 인형들이 가득 차 있었다. 미단부리가 매몰차게 양이의 등짝을 갈겼다.
"그래도 미단부리는 부엌을 다시 손봤어. 시궁창에 곰치도 새로 길렀고. 양이에게 죽을 쑤어 먹여야 했으니까."
계우가 덧붙였다.
자리를 보전한 양이는 몇 달 되지 않아 땅으로 돌아갔다. 준호가 양이의 유언에 대해 물었다. 계우는 무슨 말인지 알아듣지 못했다. 내가 준호의 등을 토닥여 주었다.
"온종일 잠만 자다가 숨이 끊어지는 노인이 무슨 유언을 남기겠어?"
"그렇지 참. 몸과 함께 머리도 작아졌으니 아무런 두려움도 미련도 없었겠네."
준호의 말로는 짐승들은 죽는 순간을 무척 두려워한다고 한다. 하기야 돼지나 소, 타조들을 잡을 때 온몸으로 지르는 비명을 들으면 그들이 얼마나 고통스러운 순간을 맞는지 충분히 짐작할 수 있다. 하지만 온 세상의 모든 이치를 꿰뚫었다는 검은머리짐승들은 달리 생각할 수도 있지 않을까? 수천 년의 기록으로 세상의 순환을 짚었다면 죽음 또한 새로운 삶을 대비하는 휴식 시간임을 깨달아 행복하게 맞을 수도 있지 않을까.

산분이 촐싹촐싹 내 주변을 뛰어다니며 노래를 불렀다.

'희실은 용개 찾아 청매동에 갔지. 제발 생식하자고.

용개는 씩씩대며 단풍동에 왔지. 제발 희실을 떼어내 달라고.

희실은 기절한 척 시치미 떼다가 약을 먹었지. 모든 것을 잊어버리는 망초.

먹고 먹고 또 먹었지. 제가 누군지도 모르는 망초.'

성격이 강하고 사막스러운 고모 희실이 자기 방에 얌전히 뿌리박혔음은 의외였다. 그녀의 몸, 특히 허리는 너무 가늘어져 금방이라도 부러질 듯 위태해 보였다.

"이렇게 날씬한 몸매는 어딜 가도 못 볼걸? 그런데 철사가 왜 이 모양인지, 아무리 조여도 조여지질 않아. 조금만 더 조이면 완벽할 텐데."

그녀가 뿌리박힌 것은 망초의 약효 때문만은 아니었다. 몸매를 날씬하게 하려고 자신의 목과 허리와 다리에 철사들을 너무 심하게 동여매어 옴짝달싹할 수 없었기 때문이었다. 제울에서 본 사람 분재가 따로 없었다. 이제 와서 철사를 풀 수도 없었다. 목이나 다리가 한순간에 부러질 판이었다.

"연토, 너도 알다시피 나는 맑은이잖아. 제깟 것들이 어떻게 내 속을 알겠어? 단언하건대, 산분이랑 찬금이 년은 가랑이가 갈기갈기 찢길 거야. 그년들의 아랫도리가 너덜너덜해져서 바람에 날리는 그림을 내가 보았어. 잠깐! 연토, 가지 마. 너한테만 말해줄게, 사실은 나는 신이야. 나는 꽃을 피울 수 있어. 네가 원하는 바로 그 꽃."

그녀의 허세는 예전이나 다름없었다.

"맞아, 당신은 신이야. 우리 모두가 다 신이야."

희실이 나를 노려보았다. 하지만 그녀의 목은 이미 굳어 마음먹은 대로 돌아가지 않았다.

"연토, 멍청한 건 예나 지금이나 똑같구나. 나는 붉은 꽃도 푸른 꽃도 내 맘대로 피울 수 있어. 내 목구멍에서 어떤 꽃이든 끄집어낼 수 있다고. 나만 신이야! 너희들은 아니야! 너희들은 다 가짜라고!"

굽는 방에서는 또 다른 단풍동이 펼쳐지고 있었다. 미단부리가 이뤄낸 조그만, 정겨운 자연이 거기 있었다. 개울 옆에서 농사를 짓고 가축에게 밥을 주는 황인들, 장례를 지내는 햇빛족들, 저자의 장사꾼들, 마차들, 무릎을 꿇고 구걸하는 초추아들이 자연스레 어울려 평화로운 세상을 이루고 있었다. 각각의 인형들이 완성작이라 볼 수는 없었다. 아니, 그들은 완성작이었다. 머리통만 있을 뿐 눈코도 없는, 제 몸도 가누지 못할 정도로 다리 한 짝을 높이 들었거나 다른 사람과 서로 기대어 겨우 균형을 잡은 것들이었지만 그들은 전체 속에서 더 이상 손댈 것이 없었다. 한 사람의 역할이 또 다른 사람의 역할을 완성시키고 부분의 동작이 전체의 균형을 잡아주고 있었다. 이들은 아후밀탄의 거대한 숲을 이루는 수많은 못생긴, 불균형의 나무들과 덤불들이었다. 그랬다. 끝없이 멀리, 넓게 돌아다녀야만 삶이 무엇인지 깨달을 수 있는 것은 아니다. 넓게 판 땅과 깊이 판 땅의 양은 결국 같다. 자신의 몸 하나도 움직이기 힘든 비좁은 창고에서 물에 젖은 흙을 장난처럼 주무르는 일로 미단부리는 온 세상을 본 것이었다. 인형들의 몸짓이 모두 자유롭고 편안한 것은 미단부리의 마음 역시 자유롭고 편안해졌음을 뜻하는 것이리라. 엉망진창의 하전을 다시 따라나서는 미단부리의 얼굴이 한껏 밝았다.

 새로 들인 하인들은 말썽 피우는 사로와 찬금, 산분을 훔쳐내느라 바빴다. 나는 하인들에게 그들을 구박하지 말도록 명령했다. 그들은 나를 어려워하면서도 알 수 없어 했다. 그들의 눈에 비치는 나는 집안 살림에 전혀 관심 없는 골칫덩이 주인, 고향을 떠나 방탕한 생활을 즐기던 젊은 시절의 하전과 다름없었다.

 내가 돌아왔음을 알고 뒤늦게 집에 들른 삼신어른 생은 한참 동안 나를 바라보았다.

 "연토, 무사히 돌아왔구나. 이제는 어미산을 맡아야지."

 미단부리와 동갑인 예순한 살인데도 그의 몸피는 그대로였다. 입가에 있는 여러 겹의 주름조차 내가 어렸을 때 기억하던 것과 똑같았다. 왜 그동안 알아채지 못했을까! 두건으로 뒤통수를 가린 그는 영락없는 검은머리짐승이었다. 그나마 다행인 사실은 내가 그를 외면하고도 그를 살피고 있음을 그가 눈치채지 못한다는 점이었다. 그의 눈은 준호에게 꽂혀 있었다. 준호가 그의 날카로운 시선을 피하느라 몇 번이고 고개를 숙이며 어쩔 줄 몰라 했다.

 삼신어른이 돌아간 후 나는 계우의 방에 들렀다. 그녀는 집안 재산이 적힌 장부를 들여다보고 있었다.

 "왜 내게 삼신어른의 정체를 알려주지 않았어?"

 "묻지 않았잖아."

 그녀의 답은 간단했다. 그리고 그녀가 덧붙였다.

 "짐승은 높은마당 하인들 부엌에서 지내게 해. 오물은 집 바깥에서 처리하도록 하고. 더 이상 짐승 오물 내를 맡고 살 수는 없어."

 밝은샘마을에서 지내는 채연이 내게 인사하기 위해 집에 들렀다. 쉰네 살인 그녀는 얼굴 전체에 주름이라곤 찾아볼 수 없을 정도로 빤빤했지만 그녀는 누구보다도 즐거워 보였다.

"우구슬은 더 이상 흙을 먹지 않아요. 누에들을 키우고 고치에서 실을 뽑아 예쁜 비단을 짜지요. 영기의 얼룩누에와 달팽이들도 잘 돌보고요. 그런데 우구슬은 영기의 누에가 아무 데나 똥 싸는 것만은 참지 못해요. '다른 누에와 함께 삶아 버릴 테야! 네 몸에서 실을 뽑아낼 테야!' 그녀가 큰소리를 치면 얼룩누에는 꼼짝 못 해요. 우구슬에게 잘 보이려고 앞발을 든 채 춤도 춘다니까요."

누에 흉내를 내는 그녀의 몸짓에 집안 식구들 모두가 웃었다. 하지만 채연이 내게 인사하러 왔다는 것은 핑계였다. 하전과 미단부리가 집에 들어서자마자 채연은 부리나케 그들을 마차에 태우고 밝은샘 마을로 가버렸다.

습관이야말로, 지루할 정도로 똑같은 일상의 반복이야말로 우리의 삶을 쓸모 있게 해주는 힘이다. 아침에 일어나 가축들에게 여물을 주는 일, 아들 희휘의 껍질을 잘게 부숴주고 그의 등을 씻겨주는 일, 오후가 되면 책상에 앉아 힘들었던 여행길과 제울의 햇빛족 문명에 대해 기록하는 일. 하루가 눈 깜짝할 새에 지나가고 있었다. 밝은샘과 곁샘, 곱슬샘의 밭에서는 곡식이 잘 자랐고 가축우리에서는 제 새끼를 먹이는 어미들의 느긋한 울음이 점심과 저녁을 알렸다.

희휘의 등을 씻겨주는데 그가 뒷눈으로 나를 빤히 보며 물었다.

"작은 달이 왜 열석 달이에요? 왜 열넉 달은 안 돼요? 손가락도 발가락도 엄지 빼고 일곱 개씩, 열네 개잖아요? 굳이 오른쪽 새끼손가락을 없애는 게 이상해요."

어린 희휘 역시 수천 갈래의 생각들과 그 생각들로부터 나오는 수만 갈래의 생각들 때문에 혼돈을 겪는 중이었다.

"열셋은 꽉 찬 숫자야. 어느 숫자로도 나뉘지 않는 완벽한 숫자."

"꽉 찬 것이 좋은 건가요? 덜 찬 것, 둘로 셋으로 갈라지는 숫자가 좋지 않아요? 양손을 쓰는 것이 한 손을 쓰는 것보다 편하잖아요. 눈도 앞뒤 세 개가 있어야 제대로 보이잖아요."

"꽉 찬 것이 있어야 그것을 품는 더 큰 것이 보여."

희휘가 한심하다는 듯 혼자 중얼거렸다.

"세상에 완벽한 큰 것이 있나 몰라. 그것을 보려고 노력하는 큰마음이 있다면 몰라도."

집으로 돌아온 지 어느덧 1년 반, 불의세월 첫째 해 마지막 달인 새생명이태어나는큰달에 나는 계우와 함께 다시 어미산에 올랐다. 둘째 아이를 캐기 위해서였다. 전쟁이 언제 터질지 모르는 흉흉한 시기에도 생략될 수 없는 것이 생식과 아이 캐기였다. 첫 자식 희휘 때와 마찬가지로 어미산에 오르는 일은 힘들었다. 특히 바위언덕 위, 맑은이밭이 바라보이는 지점에서는 숨이 끊어지는 듯 괴로웠다. 그때 나는 자연스럽게 아후밀탄 숲의 맹수와 식충나무, 그리고 사막의 건조함을 떠올렸다. 그 후의 발짝은 훨씬 쉬웠다. 모든 생명에게는 삶을 확장시키는, 자신도 모르는 꽤 큰 크기의 여분 공간이 있는 듯하다. 한번 발휘된 힘, 한번 넓혀진 세상이 그의 것이 되고 나면 지금껏 지내왔던 공간보다 훨씬 크고 안락한 삶의 공간이 어느새 펼쳐져 있음을 보게 된다.

계우가 점찍은 붕긋한 자리에서는 여자아이가 태어났다. 각질 조각이 떨어진 틈으로 살포시 눈을 뜨는 아이를 나는 오랫동안 지켜봐 주었다.

"네가 건강하고 예쁜 맑은이를 얻어서 다행이야."

칠성함을 끌고 산을 내려오면서 내가 계우에게 말했다. '내가 맑은이가 아니어서 미안하다'는 말임을 계우가 모를 리 없었다. 그녀는 아무 말 없었다. 역시 계우는 내가 하얀이라는 사실을 알고 있었던 것이다. 가슴이 저려왔다. 아후밀탄의 미호나 제울의 바히체에게 가졌던 육체적인 미련이 아니었다. 아마 나는 자오 계우를 진정한 내 짝으로 생각했던 모양이었다. 비록 내가 하얀이일지라도 '너는 내 분명한 짝이야.' 다시 확인해 주기를 기대했던 모양이었다. 그녀 스스로의 의지로 내 약혼자를 자처했듯이.

"다시는…… 이 어미산에 함께 오르는 일은 없겠지?"

"또 올 거야."

그녀가 나랑 생식하겠다는 말일까! 그녀의 망설임 없는 말 한마디에 내 가슴이 또다시 울렁거렸다. 아니, 생식이 아니라 셋째 아이를 캐겠다는 말일 수도 있었다. 그래도 나는 기꺼이 그녀의 뜻을 따를 것이었다. 발바닥이 해지고 다리가 찢겨 너덜너덜해지더라도 그녀가 원한다면 나는 이 힘든 맑은이밭에 몇백 번이고 오를 참이었다.

둘째 아이의 이름은 '기쁘고 평화로운 세상'이라는 뜻의 '희안'으로 지어졌다. 아이의 출생례를 치른 이튿날 하전과 함께 떠났던 미단부리가 웬일로 혼자 돌아왔다. 그녀는 피곤한 듯 자기 방에 들어가 나흘 동안이나 잠을 잤다. 하전이 고래고래 소리 지르며 높은 마당으로 뛰어든 때는 미단부리가 잠에서 깨어나 다시 창고에 틀어박힌 첫날이었다.

"누가 내 머리 좀 잡아줘! 내 눈에서 그림 좀 떼어줘! 비비추, 비비추의 목도리……"

마당에 하전이 쓰러졌다. 준호가 재빨리 그의 몸에 물을 끼얹고 손과 발을 주물렀다. 그러나 하전은 잠깐 눈을 떴다가 다시 정신을 잃었다. 창고에 있던 미단부리도 높은마당으로 올라섰다. 그때 찬금이 뛰어 들어오며 소리쳤다.

"비비추, 비비추가 죽었어! 몸이 작아지기도 전에 죽어버렸어!"

마차 사고였다. 부루 집안의 마부 처도가 몰던 마차였다. 하지만 전적으로 그의 잘못이라 할 수도 없었다. 그는 그저 길을 지나는 비비추 옆으로 마차를 몰고 간 것뿐이었다. 비비추의 호사스러운 긴 비단 목도리 자락이 바퀴 축에 감겨 그녀의 목을 죄고, 목이 조여 소리조차 지를 수 없었던 그녀는 결국 목이 부러져 죽음을 맞았다. 그녀의 시신은 화장 후 햇빛족에 의해 아버지강에 뿌려졌다. 타지 사람의 시신이 단풍동 어미산에 뿌려질 수는 없었다.

하전을 족대겨 자신의 앞날을 본 비비추는 '목이 부러져 죽게 된다'는 그의 말이 끔찍했다. 어떻게든 자신의 목을 보호하려 갖가지 목도리를 사들였다. 가장 비싼 돈을 주고 산 비단 목도리가 그녀를 확실한 죽음으로 이끈 셈이었다. 하전은 이성을 놓아버렸다.

"원래부터 맑은이라는 게 싫었어! 붉은이파리인 것도 절대 싫었어!"

겁에 질린 그가 하는 일이라고는 미단부리의 뒤를 따라다니는 것뿐이었다. 그녀가 작업하는 창고 밖, 또는 굽는 방 앞에서 쪼그리고 앉아 이제나저제나 그녀만을 기다렸다. 미단부리는 그런 하전을 못 참아 했다. 게다가 고모 희실이 한몫 거들었다.

"도와줘! 나를 끌어내 줘! 미단, 제발 나를 살려줘!"

방에 뿌리박힌 희실의 찢어질 듯한 비명에 미단부리가 드디어 소리 지르기 시작했다.

"아가리 닥치지 못해, 이 쓰레기만도 못한 나쁜 년아! 아가리를 지져버리기 전에! 온몸을 갈갈이 찢어 솥에 고아내기 전에!"

높은 산 같던 미단부리도 땅의 법칙을 이기지 못하고 급격히 작아지고 있었다.

미단부리가 내 방에 들어와 나를 깨운 것은 모두가 잠든 한밤중이었다.

"빨리 일어나. 준호도 깨워! 하전에게 가야 해."

웬일로 창고 앞에 있어야 할 하전이 보이지 않았다.

그는 저자의 여관방 물길에 누워 있었다. 스스로 빨판을 망가뜨려 탈수증이 온 그는 온몸을 물에 담가야 그나마 숨을 쉴 수 있었다. 물속에 잠겨있던 허벅지와 엉덩이가 썩어가는 중이었다.

"땅으로 돌아가게 되어 다행이야. 단풍동이 망가지는 꼴을 내 눈으로 볼 일은 없어."

준호가 하전을 일으켜 앉히려 했지만 그의 몸은 이미 문드러지는 중이었다. 그때 나는 하전이 남은 힘을 다해 미단부리에게 보내는 강한 초음을 들을 수 있었다.

'미단, 너랑 나는 너무 똑같았지. 그런데 비비추는 달랐어. 비비추는 매 순간 딴 사람으로 살 수 있었어. 나무에 붙으면 나뭇가지 모양이 되는 나무벌레처럼, 이파리에 붙으면 어느새 파래지는 잎벌레처럼. 나도 비비추처럼 되고 싶었어. 한순간만이라도 내가 아니기를 바라고 또 바랐어.'

'바보 같은 인간.'

미단부리가 초음으로 대답했다.

'대답해 줘 미단, 나는 어미산에 묻힐 수 있어? 그리고 다시 말해 줘. 우리 붉은이파리들이 더럽고 혐오스러운 검은머리짐승의 자손은 아니지?'

하전은 자신이 땅에서 캐어졌던 최초의 순간을 회상하고 있었다. 그가 눈을 떴을 때에는 아무도 없었다. 자신을 캐느라 큰 힘을 썼던 순부부리와 마래가 바로 옆 큰 바위에서 함께 미끄러졌던 것이다. 한참 후에 그들이 다시 올라왔다. 하전을 칠성함에 넣은 후 순부부리가 투덜거렸다.

─봐, 굳이 이렇게 높고 험한 곳을 고집하더니 붉은이파리가 나오잖아. 이제 어떡할 거야! 온 세상이 불바다가 되면, 마래, 네가 책임질 거야?

미단부리가 하전을 오랫동안 내려다보았다. 이윽고 그녀의 초음이 이어졌다.

'운흘 하전, 너는 어미산에 편안히 뿌려질 거야. 나랑 똑같이 맑은이밭에 뿌려져 새 몸에서 다시 만날 거야. 그리고 붉은이파리는 검은머리짐승의 자손이 절대 아니야. 운흘 하전, 너는 단풍동의 맑은이 중에도 가장 뛰어난 맑은이, 땅의 노여움을 가라앉힌 훌륭한 맑은이였어.'

'삶의 시간을 끝낼 수 있어서 좋아. 내 흉한 모습을 더 이상 보지 않게 되어서 좋아.'

하전의 초음이 더 이상 이어지지 않았다. 미단부리는 울지 않았다. 불의세월 첫 번째 해 새생명이태어나는달 마흔 하룻날, 위령제를 열이틀 앞둔 날이었다.

삼신어른 생이 하전의 장례식을 주관했다. 수많은 사람들이 하전의 죽음을 슬퍼했다. 소식을 듣고 늦게 찾아온 청매동과 살촉동 상인들, 관리들도 꽤 많았다. 장례 과정 중 내게 가장 인상 깊었던 것은 처음 보는 하전의 혼례복이었다. 연보랏빛 비단에 자수정을 박은, 품위있고 깨끗한 그의 예복은 미단부리가 입은 연분홍빛 긴 치마, 연수정들이 자잘하게 박힌 그녀의 혼례복과 같은 짝임을 한눈에 알 수 있었다. 한 사람은 비록 칠성함에 누워있고 다른 한 사람은 그 옆에서 내려다보고 있어도, 그들은 살아서도 죽어서도 갈라놓을 수 없는 한 운명임을 옷들이 증명해 주고 있었다. 삼신어른 생이 그 사실을 눈치채지 못할 리 없었다. 사람들의 눈을 피해 미련의 한숨을 토하는 그를 보고 나 역시 한편으로는 안도를, 다른 한편으로는 측은함을 느끼지 않을 수 없었다.

운흘 하전의 장례는 조용한작별바위에 올리고도 위령제 전날까지 열하루 동안 계속되었다.

"성인이셨어요. 가난한 우리들을 도와주셨어요."

"그럼요. 앞날의 그림을 보아주고 무슨 일을 어떻게 처리해야 할지 가르쳐주셨어요."

극진했던 장례가 끝나고 식구들만 남았을 때 삼신어른이 입을 열었다.

"운흘 하전은 단풍동의 가장 뛰어난 맑은이, 그래서 가장 불행한 어른이였다. 살촉동에 있는 동안 그는 살촉동이 단풍동을 침략하지 않도록 온갖 노력을 다했다. 내가 청매동의 삼신 정고와 만날 수 있도록, 살촉동 왕 다루오를 알현하도록 다리를 놓아준 사람도 하전이었다. 단풍동 출신 귀우치를 살촉동 장군으로 앉히는 데에도 그의 힘이 절대적이었다. 하전의 도움으로 지금껏 우리 단풍동이 무사했다."

희한한 일이 벌어지고 있었다. 말을 마치고 돌아서는 삼신어른 생의 속마음이 낱낱이 초음으로 읽혀졌다.

'……그는 정말 껄끄러운 상대였어. 엉뚱하면서도 냉철하고, 불처럼 뜨거우면서도 차갑기 짝이 없었지. 그의 죽음이 아까우면서도 한편으로 안심돼. 이제야 그의 조종이 아닌, 오로지 내 판단으로 내 일을 할 수 있을 것 같아. 내 삶을 살 수 있을 것 같아.'

나도 모르게 뒷눈이 떠졌다. 내게 들리는 초음이 뒤에 있는 계우와 미단부리, 미곤과 영기에게 들리지 않을 리 없었다. 물론 그들은 생에게 단 한마디 토도 달지 않았다. 생이 껄끄러워해야 할 상대는 하전 아니고도 많고 많았다.

시간이 흐르면 모든 일은 잊히기 마련이다. 불의세월 두 번째 해가 시작되고 새생명을심는큰달이 되자 여느 해와 다름없이 생식남녀가 어미산을 향했다. 그 모습들을 보면서 준호가 뜬금없이 '하전이 부럽다'고 말했다.

"살아가면서 단 한 번, 우리가 운명을 거스를 수 있는 것이 있지. 삶을 끝낼 시간 말이야."

그는 자살, 언제라도 자신의 삶을 끝낼 수 있다는 사실이 어두운 단풍동을 벗어나는 최후 수단이라 생각하고 있었다.

"땅이 생명을 거둬갈 때까지 기다려야 해. 그래야 땅의 계획대로 새 생명을 꾸릴 수 있어."

내 말에 대해 준호는 끝내 대꾸하지 않았다. 그는 지금 어느 때보다도 심하게 자살 충동을 느끼고 있는 중이었다.

"준호, 신을 믿어 봐. 온 세상의 모든 것을 주관한다는 너희 신."

짐승세상의 신에 대해 말한 이유는 언젠가 그가 한 말이 떠올랐기 때문이었다.

ㅡ남과 비교하는 것이 우리 짐승들의 속성인가 봐. 내가 아는 모든 이들을 나 자신과 비교해 양쪽으로 가르지. 나보다 못한 짐승, 아니면 나보다 나은 짐승. 때로, 아주 드물기는 하지만 나랑 비교할 수 없이 탁월한, 우리가 사는 삶을 훌쩍 뛰어넘어 자신만의 의미를 만들고 가는 이가 있어. 그를 우리는 선각자, 구원자, 신이라 불러. 평생 동안 신을 믿지 않았지만 이제 나는 신을 믿어. 나를 구원해 줄 존재, 지금은 내게 절망과 고통을 주지만 언젠가는 더욱 큰 기쁨과 환희로 보상해 줄 신. 신은 있어야만 해.

준호가 어이없다는 듯 나를 노려보았다.

"짐승세상의 신? 나를 이 어둠 속에 처박은 그 악랄한 놈을? 아니면 너, 운흘 연토라도 믿을까? 나를 구원해 줄 신으로?"

눈싸움하듯 나를 노려보던 그가 제풀에 깜짝 놀라 눈을 내리깔았다.

어이없었다. 내가 그들의 신을 들먹인 것은 '너는 이미 너 자신의 신'이라는 말을 꺼내기 위한 서두였다. '모든 생명은 땅의 자식이므로 땅의 구속을 거스를 수는 없지만, 또한 땅의 일부가 분명하므로 자기 삶의 주인, 신의 일부가 될 수 있다'고 말할 참이었다.

그가 잘 살기를 바라는 내 속마음을 읽지 못하는 그는 입을 꾹 다문 채 꼼짝하지 않았다. 그는 노여워하고 있었다. 그의 머릿속은 '짐승도 아닌 하등동물, 지금은 어쩔 수 없이 고개를 숙이지만 비교 거리조차 되지 못하는 놈이 감히 짐승을 놀리고 비웃고 있다.'는 식의 고까움으로 차 있었다. 그렇다. 그는 어른이가 아니라 짐승이었다. 발달된 문물을 지녔다는 것 하나로 세상 만물이 자기들을 우러러봐야 한다고 믿는, 눈도 코도 체력도 형편없는, 오물 내 나는, 나무 한 그루 풀 한 포기와도 어울리지 못하는 저주받은 종족에 불과했다.

장례 내내 아무렇지 않은 척 행동하던 미단부리는 새해를 맞으면서 눈에 띄게 이상한 행동을 하기 시작했다.

"내 인형들은 땅의 결작이야! 세상의 누구도! 나만큼 인형 안에 땅의 기운을 녹여 넣지는 못해."

주위 사람을 노려보며 자기 자랑을 늘어놓다가는 또 한순간에 자신의 인형들을 바닥에 내팽개치고 짓밟았다.

"이 허섭쓰레기들을 만들고 좋아했다니! 창피해. 죽고 싶어. 나는 대체 무슨 짓을 한 건지!"

큰 소리로 울어대다가 어느새 천박하게 깔깔거리는 미단부리에게 계우는 마음을 진정시키는 목초액을 먹었다. 목초액의 약효가 있는 동안에는 그녀는 알 수 없는 노래를 흥얼거리며 집 안팎을 돌아다녔다. 하지만 약효가 떨어지기 무섭게 그녀는 머리털부터 발끝까지 새파란 빛을 내며 자신의 인형들을 부숴대었다. 목초액의 효과는 갈수록 떨어졌다. 즐거운 시간보다 노엽고 고통스러운 시간이 그녀에게 점점 길어지고 있었다. 그녀가 더 이상 인형을 만들 수 없음은 분명했다.

나는 그녀의 성한 인형들을 모으기 시작했다. 인형들을 하나하나 짚으로 싸서 새 감향나무 상자에 넣었다. 까다롭기로 이름난 대상 두목이 한눈에 알아본, 생명의 기운이 농축된 귀한 물건들이었다. 열세 개의 나무상자들이 아랫마당 부엌의 높은 선반에 얹혀졌다. 가끔이라도 불을 쓰는 부엌의 천장이 그나마 습기로부터 가장 안전할 것이었다.

계우는 항상 바빴다. 미단부리의 까다로운 비위도 잘 맞추고 집안일도 효과적으로 처리했다. 바쁜 와중에도 그녀는 새생명을심는큰달 52일 내내 하전을 위한 제사를 지냈다. 하전이 죽지 않고 노인이 되었으면 먹였을 죽과 사탕, 물그릇들을 챙겨 어미산에 바치고 동네 노인들에게 나누어주었다. 그녀의 말은 미단부리와 똑같았다.

"땅으로 돌아간 이가 음식에 한이 지면 새 생명들을 해치는 법이야."

자살 충동에서 가까스로 벗어난 준호는 청매동 수용소에 가기 전 자신이 축사 지붕 틈에 끼워두었던 종이책 세 권을 남몰래 찾고 있었다. 축사가 통째로 뜯겼으니 내가 혹시 그것들을 챙겨두었는지 나를 떠보기도 했다. 그의 책을 가졌던 사람은 물론 나였다. 하지만 그것들은 이제 없었다. 내가 집을 떠나있는 동안 계우나 미단부리가 없앤 것이 분명했다. 대신 나는 준호가 아꼈던 수정 모래시계를 건네주었다. 준호가 눈물을 글썽이며 좋아했다.
"고마워. 다시 시간을 잴 수 있겠네."
한 줌 모래를 떨어뜨려 재는 작은 시간, 그 시간을 모아 큰 시간을 헤아리는 일이 짐승들에게는 왜 그리 중요하고 의미 있는 일일까. 다른 모든 기계를 만든다 해도 짐승들이 아니라 우리 어른이들이었다면 시계만큼은 만들어내지 않았으리라는 생각도 든다. 미단부리의 말처럼, 시계는 우리에게 한순간도 쉬지 않고 시간이 흐르고 있음을 보여줄 뿐이다. 무엇이든 하라고, 아무것도 하지 않는 것은 죄를 짓는 것과 다름없다며 무작정 다그칠 뿐 아닌가.
어찌되었든 그 일을 계기로 나는 준호에게 짐승세상의 말을 본격적으로 배우기로 마음먹었다. 준호의 기록을 보았을 때 모르는 말이 많아 답답하기도 했었거니와, 무엇보다도 우리에게는 없는 그들의 낱말을 알아야 그들의 문화를 제대로 이해할 수 있었기 때문이었다. 준호는 내가 예전과 달리 자기들의 뛰어난 문물을 인정해 주는 것을 무척 기뻐했다. 그는 또 내게 짐승세상 말을 가르치면서 '무언가를 보답할 수 있어 좋다'며 흐뭇해하기도 했다. 그의 속마음이 내게 또 다른 갈고리를 던지는 것이든 아니든, 짐승세상의 기묘하고 대단한 낱말을 하나하나 익히면서 나 역시 그에게 가졌던 노여움과 서운함을 상당 부분 삭힐 수 있었던 것도 사실이다.
때로 우리는 어른이 말이 전혀 섞이지 않은, 완전한 짐승말로 서로의 생각을 나누기도 했다. 짐승세상 말로 대화를 시작하면 그는 매번 내게 더 깊은 뜻, 더 복잡한 낱말을 이해시키지 못해 안달했다. 짐승세상의 수많은 기계, 세상에 절대 없을 듯한 대단한 기계가 실제로 있음을 알게 되면서 나는 짐승들을 바라보는 맑은이들의 눈이 왜 적대적이었는지 새삼 이해되었다. 한편으로 기계를 만들어낸 이가 자기들 짐승이면서 자신들의 기계를 겁내는 것이 어이없다는 생각도 들었다.

〈……마차에 타지 못한 이가 뒤처지는 건 당연하겠지. 하지만 마차에 올랐다 해서 그가 마냥 편하고 행복한 건 아냐. 마찻길에 들어서 보면 자기보다 앞서가는 마차가 수없이 많아 조급해지고, 또 잠깐이라도 어물거리다가는 뒤에서 오는 마차에게 추월당할까 불안하고. 빨리, 더 빨리, 마차에만 열중하다 보면 뭐가 뭔지 알 수 없게 돼. 내가 마차를 모는 게 아니라 어느새 마차가 나를 몰고 있지. 내가 내리려던 목적지는 지나간 지 오래고.〉

침이 마를 정도로 뛰어난 문명을 추켜세우던 준호의 입에서 나온 말이었다.

〈짐승들은 모두 자신의 삶에 만족하지 못해. 가난한 이들의 고생은 말할 것도 없고, 먹고 사는 것에 구애받지 않는 풍족한 이들도 더 풍족하게 사는 이들을 보며 불같이 화를 내지. 본인이 얼마나 많은 것을 누리고 사는지 얼마나 행복한지 그들은 몰라. 갑작스러운 불행과 고통, 이유도 알 수 없는 시련들을 겪고 난 후에야 자신이 가졌던 것들이 세상에 없는 보물들이었음을 깨닫게 되지. 나도…… 지금에야 알겠어.〉

자신의 말끝에 씁쓸하게 웃는 준호에게 나 역시 짐승말로 대꾸했다.

〈너희는 작게 태어나. 몸도 머리도 미완성으로 태어났기 때문에 수많은 실수와 시행착오를 겪어. 하지만 그렇기 때문에 너희는 하나하나 모두 다른, 새로운 짐승이야. 자기만의 경험과 방법으로 자기를 키워가고, 때로 자기에게 맞게 세상을 바꾸기도 하지. 그래서 너희는 너희가 두려운 거야. 새로운 출발점에 선 또 다른 짐승이 세상을 어떻게 바꿔놓을지 모르니까. 너희들이 이룩한 문명이 대단한 것은 알겠어. 하지만 대단한 것은 너희 세상의 기계들이지 너희는 아니야. 너희는 그저 다른 모든 생명과 똑같은 땅의 열매일 뿐이야.〉

〈그럼…… 너희는 어때?〉

무언가의 결론을 준호 자신이 내지 않고 내게 물은 것은 처음 있는 일이라 나는 도리어 긴장했다.

〈우리 어른이들은 땅이 키우고 땅이 뻗고 땅이 거둬. 땅이 쥔 고삐는 우리가 마음대로 풀고 바꿔 맬 만큼 느슨하지 않아. 그렇다고 도저히 참을 수 없을 만큼 혹독하지도 않아.〉

준호는 내 말을 한두 번 되뇌다가 고개를 숙였다. 그는 내 말을 '땅의 자손인 어른이는 아무리 대단한 문명이 있다 해도 부럽지 않다'는 뜻으로 받아들이고 있었다. 그 말은 또 어느새 그의 마음속에서 '짐승세상으로 가는 통로를 찾는 일에 어른이들은 절대 도와주지 않을 것'이라는 고통스러운 말로 바뀌어가고 있었다. 나는 그만 입을 다물었다. 입으로 표현되는 낱말로 자신의 생각을 완전히 전달할 수 있다고 믿는 것 자체가 얼마나 바보 같은 일인가. 자기들의 문명에 취하여 가장 중요한 초음을 스스로 끊어버린 저들은 얼마나 어리석은 종족들인가.

하기야 다른 생명들과의 대화 수단인 초음을 묵살했기 때문에 짐승들이 자기들만의 문명을 이룩할 수 있었던 것도 사실일 것이다. 하지만 짐승들 역시 잠시 살다가 땅으로 돌아가는 한낱 힘없는 생명일 뿐이다. 땅의 자비로 훗날 새 생명을 얻을 때, 물론 그중 몇이야 짐승으로 다시 태어나는 요행을 맞기도 하리라. 하지만 그들보다도 훨씬 많은 나무와 풀들, 많은 종류의 다른 동물과 벌레들, 심지어 먼 바닷속 생명으로 다시 태어났을 때 자신의 종족을 위협하는 최대의 적이 바로 짐승들의 문명, 이전의 삶에서 바로 자신이 자랑스레 이룩해놓은 문명임을 알게 된다면 그의 마음이 과연 어떨까. 준호는 모르는 것이다. 현재의 삶만이 처음이자 끝이라고 생각하는 저들은 이해할 수도, 이해하고 싶지도 않은 것이다. 땅으로 돌아가 짐승 아닌 다른 생명으로 태어났을 때에야, 준호 자신의 말대로 이유를 알 수 없는 시련과 고통을 겪을 때에야 비로소 자신의 과오를 깨달을 수 있을 것이다. 물론 나 역시 짐승으로 다시 태어나게 되면 더더욱 대단한 기계를 만들지 못해 밤잠을 이루지 못할지 모르지만.

짐승세상의 문명을 말할 때뿐 아니라 일상생활의 대화에서도 짐승말이 편할 때가 있었다. 다른 이가 알아듣지 못하기 때문이었다. 나나 준호의 마음을 초음으로 들여다보는 계우조차도, 우리가 짐승말을 나눌 때에는 무언가 헷갈려 머리를 흔들곤 했다. 그것이 재미있었다. 땅옷여자 화분이 생긴 후 우리는 사내끼리의 외설스러운 말을 짐승말로 나누며 배가 아플 정도로 웃어대었다.

길바닥에 버려진 땅옷여자 화분을 방으로 주워 온 이는 준호였다. 땅옷여자의 암내는 아주 희미했다. 한눈에 보아도 죽을 때가 가까운 노파였다. 그가 화분을 돌보는 데 대해 가장 먼저 반대한 이는 높은 마당 부엌의 하인들이었다. '다 죽어가는 땅옷화분을 왜 들여놓느냐'며 화분에 뜨거운 죽을 끼얹기도 했다. 놀란 준호가 내게 도움을 청했고 결국 준호는 화분과 함께 내 방에 들어와 지내게 되었다. 정성껏 물을 주고 자투리 천으로 목까지 감싸주는 준호에게 땅옷여자는 온갖 어리광을 피웠다.

"이리 가까이 오세요. 저만큼 매력적인 여자를 보셨어요? 물뿐 아니라 어르신의 귀한 씨물을 주시면 얼마든지 열매를 맺는답니다."

그녀가 준호의 정체를 알아챈 것은 이틀이 채 지나지 않아서였다. 역시 그의 누워 자는 모습 때문이었다.

"어르신, 저는 불빛이 싫어요. 제발 휘장 저쪽으로 놓아주세요."

방 한가운데에 휘장을 쳐 양쪽으로 나눈 이유는 준호가 사용하는 불빛을 피하기 위해서였다. 준호는 수시로 양초를 켜고 새로 마련한 종이책에 무언가를 써대곤 했다. 모래시계를 온종일 새로 뒤집는 것도 그의 중요한 할 일이었다. 땅옷여자의 거듭된 요구에 준호가 화분을 들어 내 쪽으로 가져다 놓았다.

〈봐 연토, 계집 취향이 내가 아니라 너라잖아. 자, 실컷 즐겨. 네 씨물주머니가 닳아 문드러질 때까지.〉

준호의 거침없는 짐승말에 우리는 또 한바탕 웃어대었다.

결국 나는 땅옷여자가 보는 앞에서 잠을 자야 했다. '주인님, 안아주세요. 제게 씨물주머니를 맡겨주세요. 부드럽게 품어드릴게요.' 밤마다 귀찮게 구는 땅옷여자의 어리광이 자장가로 들릴 즈음 계우가 휘장을 잡아채었다.

"뭐야, 오물 내 나는 짐승에 땅옷년까지 방에! 게다가 이년의 시중을 받으려고 휘장까지 쳤어?"

화분을 걷어차는 계우가 어이없으면서도 한편으로 행복했다. 계우가 영원한 내 짝이면 얼마나 좋을까, 푸른빛에 휩싸여 씩씩대는 그녀를 나는 눈부시게 올려다보았다.

꿈같은 시간이 흐르고 있었다. 밤마다 잠이 들면서, 아침마다 잠에서 깨어나면서 나는 내 생애에 가장 행복한 날들이 흐르고 있음을 느꼈다. 하얀이로서의 안타까움도, 앞날에 대한 두려움도 더 이상 없었다. 내 가족들, 그리고 내 속마음을 털어놓을 수 있는 준호가 손 닿을 거리에 있었다.

삼신각

　*　　　　불의세월 두 번째 해 흙의 둘째 달인 도마뱀달에 나루샘마을에서 폭탄이 터졌다. 인명 피해는 별로 없었지만 강가의 군인 숙사와 배를 대는 선착장이 심하게 훼손되었다. 나루샘마을에 주둔해 있던 살촉군들이 폭탄을 옮기다가 실수로 터뜨린 사고였다. 선착장 폭탄 사고는 이번이 두 번째였다. 첫 번째 사고는 4년 전, 내가 제울에 있던 푸른나무의세월 열한 번째 해에 있었다. 살촉군의 폭탄을 실은 배가 나루샘에 닿는 순간 터짐으로써 선착장이 크게 파손된 것이다. 살촉군은 그 책임을 배와 선착장의 주인인 부루 집안에 물었다. 부루 하람은 하루아침에 배와 마차의 관리인으로 전락했다. 배와 마차를 부리되 사전에 군대의 허락을 받아야 했고 사용료를 지불해야 했다. 군대가 필요로 할 때에는 예외없이 징발됨은 물론이었다.

　선착장이 두 번이나 훼손되면서 살촉군 십여 명이 희생된 것에 반해 민간인은 한 명도 다치지 않았다는 사실이 불의세월을 겪는 단풍동 사람들에게 큰 위안이 되었다. '어미산과 아버지강이 단풍동을 지킨다'는 옛말과 더불어 '살촉군이 단풍동 땅에 근본적으로 맞지 않는다'는 소문이 퍼졌다. '단풍동 사람들이 먹어 아무렇지 않은 것을 살촉군이 먹고 즉사했다'든지 '털북숭이 살촉군이 단풍동 땅에만 오면 온몸의 털이 빠진다', '살촉군이 단풍동에서 1년만 살면 씨물이 말라 고자가 된다'는 식의 말들이었다.

뒤숭숭한 와중에 청매동 삼신어른 정고의 부음이 들려왔다. 삼신어른 생이 그의 장례식에 참석하기 위해 청매동으로 떠났다. 며칠 후 단풍동에 돌아온 그가 어미산으로 나를 불렀다. 본인이 집으로 오지 않고 어미산 삼신각으로 부른 것은 무언가 심상찮은 용무가 있다는 말일 터였다. 삼신각 접견실에는 단풍동 주둔 살촉군 대장 이안이 이미 와 있었다. 군인을 어미산에 들인 것도 삼신어른으로서는 이례적인 일이었다.

"나루샘에서 마침 이안 대장을 만났지."

이안이 내게 예를 갖추었다. 이안이 외삼촌 미곤이나 무녀 영기와 같은 연배이니 그 역시 맑은이 중에서도 붉은이파리일 가능성이 높았다. 아버지 하전이 그의 뒤를 돌봐준 이유도 바로 그 점 때문이었으리라. 그런 이안이 삼신어른과 우연히 마주쳤을 리 없었다. 이 자리를 마련하기 위해 무언가 일을 꾸몄음이 분명했다. 초음을 읽지 못하는 이는…… 생뿐이었다. 검은머리짐승 생.

생과 이안은 이미 얘기를 꽤 나눈 듯했다. 생이 나를 위해 다시 설명하기 시작했다. 최근 아후밀탄과 살촉동이 맺은 협약에 관한 것이었다. 살촉동은 청매 나루에서 단풍동으로 놓는 다리 건설을 서두를 뿐 아니라 호랑가시동을 통해 단풍동으로 오는 육로 역시 확보하려 했다. 청매에서 호랑가시동으로 가는 길을 넓게 닦은 이유도 군용도로의 필요성 때문이었다. 하지만 호랑가시동을 지나려면 그 땅을 점령한 아후밀탄의 허락이 필요하다. 살촉동의 요청에 아후밀탄이 조건을 내걸었다. 「아후밀탄은 살촉군이 호랑가시동 땅을 지나는 것을 허용한다. 그러나 이 경로를 통해 단풍동을 정복할 경우 단풍동에 대한 점유권을 나눠 가진다」는 내용이었다. 살촉동은 하는 수 없이 협약을 받아들였다. 그리고 살촉동은 아후밀탄에게 '단풍동을 정복하려는 생각은 없고 오로지 교역길을 확보하기 위함'이라며 무기나 군대를 육로로 옮기지 않을 것을 천명했다.

"겉으로는 그렇게 발뺌하면서도 살촉동은 결국 육로를 이용하겠지. 뱃길로 폭탄을 실어 오다 실패한 경험도 있는 데다 군대를 이동시키려면 아무래도 육로가 안정적이니까."

"글쎄 육로는 신경 쓰실 것 없다니까요. 다리만 확실히 막아……."

끼어드는 이안의 말을 신경질적으로 자른 생이 말을 계속했다.

"살촉은, 아후밀탄이 조건은 그리 내걸면서도 실제로 단풍동을 탐낼 리는 없다고 믿고 있다. 아후밀탄이 호랑가시동을 차지했다가 내팽개친 전적이 있기 때문이다. 하지만 호랑가시동 어미산에는 이미 얼룩인간들의 씨가 안전하게 자라고 있다. 단풍동도 그리 되지 말란 법이 없지. 내 판단으로는 육로가 문제다. 살촉군이 육로로 군인들을 투입하면 곧이어 아후밀탄도 조약 위반을 핑계로 뒤를 따르겠지. 그런데 이안은……."

나를 쳐다보던 생이 이제 이안을 바라보며 말을 이었다.

"이안 대장은 청매에서 단풍동으로 놓는 다리 작업만 저지하면 된다고 말한다. 살촉동이 내건 '교역길 확보'라는 자충수 때문에 당분간은 군대나 무기가 육로로 들어오지 못한다는 것이다. 연토, 맑은이의 예지력이 필요하다. 앞날의 그림을 보았느냐?"

이안이 냉큼 말을 받았다.

"알려주십시오, 연토 나으리. 단풍동 최고 집안인 운흘의 맑은이시니 귀하신 소견을 들려주시지요. 멀리 아후밀탄 본토와 제울까지 둘러보지 않으셨습니까."

맑은이인 이안은 내가 앞날을 보지 못하는 것도, 생이 짐승이라 우리끼리의 초음을 읽지 못하는 것도 다 꿰뚫고 있었다. 그에 비해 생은 이안이 붉은이파리인 것도, 내가 하얀이인 것도 모르고 있었다. 머지않아 모든 것이 밝혀지리라. 하지만 이안이 내게 보내는 강력한 초음처럼 '생 앞에서, 지금 이 자리에서, 굳이 정체를 드러낼 이유는 없을 것'이었다.

"땅이 뒤집힐 거예요. 단풍동도 어쩔 수 없이 휘말릴 거예요."

내가 말을 이었다.

"아후밀탄이 어미산으로 점찍은 곳은 동굴국 입구의 살촉동이에요. 그 때문에 살촉동은 우리 단풍동에 다리를 놓는 거죠. 그들이 아후밀탄을 피해 숨을 곳은 더욱 어두운 동굴 속, 단풍동밖에 없으니까요. 우리의 직접적인 적은 아후밀탄이 아니라 살촉이에요."

"그렇죠!"

이안이 다시 끼어들었다.

"역시, 연토 나으리가 맑은이이시라 앞날을 훤히 보시는 군요. 그동안 살촉군은 단풍동 공략에 전력을 다하지 못했어요. 단풍동을 공략하는 동안 아후밀탄이 살촉동 본토를 칠까 불안해서요. 그러니 지금껏 아후밀탄이 적당히 꿈틀거려준 것은 살촉동의 위협을 받는 우리 단풍동으로서는 나쁘지 않았다는 말이지요. 육로로 쳐들어오려는 살촉동에게 제동을 걸어준 아후밀탄의 꼼수도 우리에겐 그리 나쁘지 않다는 결론이 나오고요. 보십시오 삼신어른, 연토 나으리의 말씀대로 우리의 적은 아후밀탄이 아니라 살촉동입니다. 호랑가시동을 거치는 육로보다 청매에서 우리 단풍동으로 직접 놓는 다리가 문제인 겁니다."

"무슨 말을 하는지 모르겠군. 설사 자네 말이 옳다 해도 나루샘 선착장이 이미 파손되지 않았는가? 군대나 무기가 배로 들어오지 못하는 것은 물론, 다리 작업 또한 나루샘에서 받아주지 않으면 불가능한 일이지."

"말씀드리지 않았습니까!" 이안이 짜증을 부리며 빠르게 말을 이었다.

"다리 작업에 투입된 청매동의 짐승놈들 솜씨라면 이곳 선착장은 하루아침에 복구됩니다. 그놈들의 손재간과 기술이 어떤지 아시잖습니까. 그놈들이 이곳에 닿기만 하면 끝장이란 말입니다! 그러니 삼신어른께서 청매동으로 떠나셔야 합니다. 어떻게든 그곳에 타격을 주셔야 합니다."

'왜 굳이 생을 보내려 하는가? 그를 보내놓고 당신은 무슨 일을 꾸미려 하는가?' 초음으로 묻는 내 질문을 이안이 못 알아들었을 리 없었다. 그러나 그는 나를 쳐다보지도 않았다. 생이 청매동으로 떠나야 한다는 주장만 거듭하고 있었다. 생의 얼굴에 노기가 서렸다.

"나는 이 단풍동 어미산의 삼신이다. 게다가 나는 청매동에서 방금 돌아왔어. 그렇게 중하고 시급한 일이라면 내가 아닌 다른 누가 맡아야지. 그 유명한 붉은이파리들은 다 무엇을 하나? 단풍동을 위해 목숨을 건다는 그들은 머리칼 하나 뵈지 않는군."

"바로 그 때문입니다! 맑은이들, 특히 붉은이파리들은 비겁하기 짝이 없습니다. 겁도 더럽게 많고요. '땅이 뒤집힌다', '전쟁이 난다', 자신들이 태어났다는 사실만으로도 뒤숭숭한 그들은 제 입에서 나오는 재앙 섞인 말들이 무서워 방에서 나오지도 못한답니다. 어쩌겠습니까? 워낙 그렇게 생겨먹은 종자들인걸. 삼신어른, 제발 부탁입니다. 며칠 후 청매동에서 큰 난리가 난다고 들었습니다. 기회는 이때뿐이라고요. 아시겠어요?"

생이 다시 이안을 날카롭게 노려보자 그가 하는 수 없이 입을 다물었다. 잠시 침묵이 흐른 후 생이 내게 물었다.
"연토, 네가 말할 때다. 그림을 보았나? 청매동 다리 작업을 저지할 사람이 나여야 하나?"
'그렇다고 말해! 봤다고 인정해!' 이안의 거역할 수 없는 초음에 내가 고개를 끄덕였다. 이안이 다시 몰아붙였다.
"보세요, 연토 나으리도 그림을 보셨다잖아요. 밝은샘의 자오 미곤 나으리도 똑같은 그림을 보셨답니다. 삼신어른께서 청매의 다리 작업 현장을 멋지게 폭파시키는 그림을요. 얼룩놈들과 털북숭이들이 어떻게 싸우건 우리는 알 바 아닙니다. 우리는 그저 우리 쪽으로 놓는 다리만 끊으면 된다니까요. 이 일만 잘되면 이번 불의세월 13년은 무사히 넘어간다니까요! 제가 누굽니까? 살촉군 대장 이안입니다. 살촉군의 움직임은 아무리 조그만 낌새라도 제가 먼저 압니다. 육로는, 글쎄, 제게, 맡기시라니까요!"
이안이 단풍동의 붉은이파리임은 다행한 일이었다. 하지만 믿음직하고 신중하던 그 역시 세월을 이길 수는 없는 모양이었다. 잠시도 가만히 서있지 못하고 이리저리 발짝을 떼는 품이 자신의 성급한 속내를 그대로 드러내고 있었다. 생이 음울하게 말을 곱씹었다.
"지금껏 다리 공사를 지연시키느라 청매동 삼신 정고에게 협조를 구했었어. 하지만 그는 죽었어. 살촉동 관리들을 구워삶던 운흘 하전도 땅으로 돌아갔어. 방해나 지연도 아니고 저지라니, 청매동에 소요가 인다 해도 결코 쉽지 않은 일이야. 내가 희생되는 건 문제가 아냐. 일이 실패하면 더욱 거센 후폭풍이 칠 수 있어."
"쉽지 않은 일이니 삼신어른께서 해주셔야 한단 말입니다! 더욱 거센 후폭풍이 치지 않도록 무조건 성공하셔야 한단 말입니다! 삼신어른 말씀대로 이제 하전 어르신도, 청매 삼신어른 정고도, 단풍동 편을 들던 살촉군 장군 귀우치도 땅으로 돌아갔어요. 삼신어른이 아닌 다른 누가 다리 작업을 맡을 수 있을까요? 이곳 살촉군을 맡고 있는 제가? 비겁하기 짝이 없는 붉은이파리들이? 아니면 여기 계신, 단풍동의 미래이신 귀한 연토 나으리가? 삼신어른뿐이라니까요! 용감하고 지략 뛰어나신, 어떤 경우에도 침착하고 신중하신 삼신어른뿐이란 말씀입니다. 위험하지요. 삼신어른께서도 생명을 걸어야 하는 정말 위험한 일이지요. 하지만 삼신어른은 해내실 겁니다. 단풍동의 앞날이 오로지 삼신어른께 달려 있습니다."

생의 눈동자가 흔들렸다.

ㅡ명분만 던져주면 돼. 자기들을 인정해 주는 듯한 그럴싸한 명분. 희한하지, 짐승들은 제 놈이 죽을 걸 알면서도 끝끝내 그 일을 해낸다니까.

살촉동에서 짐승을 부리던 이들의 말이 들리는 듯했다. 이안의 말이 이어졌다.

"사실 청매동에 가시면 삼신어른을 도울 사람도 있지 않습니까? 어른 말씀 한마디라면 목숨도 내놓을 충직한 선치 무질 말입니다."

'그걸 어떻게…….' 자신의 속마음을 들키지 않으려는 듯 생이 눈을 꽉 감았다.

"제가 명색이 살촉군 장교입니다. 그 정도도 파악 않고 부탁드리겠습니까? 솔직히 말해 무질의 뒤를 지금껏 봐주신 것도, 그의 거처에 폭탄들을 쟁여놓으신 것도, 언젠가 단풍동을 위해 쓸 작정 아니셨습니까? 지금이 바로 그때란 말입니다."

내 친구 선치 무질. 그가 청매동에서 생을 돕고 있었던가. 이안이 계속 말을 이었다.

"삼신어른만큼 단풍동을 위해 모든 것을 내놓으실 분은 단연코 아무도 없습니다. 우리 단풍동이 지금껏 발전하고 안녕했던 것도 모두 삼신어른의 공임을 저뿐 아니라 단풍동 주민 모두가 너무도 잘 압니다. 그동안 수고 많으셨습니다. 다리 작업만 중단시키고 오시면 돌아와서 편히 쉬십시오. 이 무거운 삼신어른직도 그만 내려놓으시고요."

"내가 그만두면, 자네가 삼신을 맡나? 살촉군 대장이? 자오 집안의 하인 출신이!"

생이 이안을 향해 눈을 홉떴다. 이안이 의자에서 벌떡 일어났다. 그가 나를 가리켰다.

"그래서 제가 이렇게, 연토 나으리를 부르지 않았습니까? 삼신어른의 속마음을 아니까요. 솔직해지십시오, 삼신어른께서는 연토 나으리가 어미산을 맡아주기를 바라시잖아요! 맹세코 제가 연토 나으리를 다음 대의 삼신어른으로 모시겠습니다. 아니, 그런 걱정은 지금 할 일도 아니지요. 삼신어른께서 일을 끝내고 오시면 어련히 알아서 하실 일을. 청매동 일이 정 자신 없으시면, 운흘 집안에서 부리는 짐승이라도 내려가시든가요. 그놈이라면 다리 작업 현장을 훤히 알고 있지요. 짐승들의 생리도 잘 알고요. 그놈이 막상 거기 가서 누구 편을 들지는 알 수 없지만."

"어림없는 소리! 어른이도 아닌 짐승에게 단풍동의 앞날을 맡길 텐가!"

"그러게 말입니다. 오죽 답답하면 제가 짐승놈의 힘을 빌릴 생각까지 했겠습니까."

길고 지루한 언쟁이 이어졌다. 결국 삼신어른이 결론을 내었다.

"해보지. 자네 말을 들어서가 아니야. 앞날의 그림에 어차피 내가 있다면, 해보는 수밖에."

"그럼요, 그럼요. 저 같은 놈이 어찌 삼신어른께 하라 마라 지시하겠습니까. 삼신어른, 존경합니다. 삼신어른께서는 단풍동의 진정한 영웅이십니다. 그럼 이만, 청매동에서 낌새가 보이면 바로 연락드리겠습니다."

이안이 얼굴 가득 만족한 웃음을 지으며 두 손을 비볐다.

어미산을 내려오면서 이안이 큰 소리로 흥얼거렸다. 땅에서 자라는 생명들에게 그의 소음이 방해되리라는 생각은 전혀 하지 않는 눈치였다. 그가 갑자기 뒷눈으로 나를 보았다.

"연토 나으리, 광대 두목 사흔이 나으리를 꽤 믿고 있던걸요."

그랬다. 청매동에서 일어난다는 난리는 분명히 사흔과 관계된 일일 터였다.

"형 기남도 관계있나? 4년 전 부루의 배가 폭발한 것도 기남과 사흔이 한 일이야?"

그는 대답 대신 노래라도 부르듯 말에 박자를 넣었다.

"웃기는 삼신어른 말씀 좀 들어보게, 비겁한 맑은이들이 뒤로 빠지다니.

나루샘 터지는 소리는 듣지도 못하셨나, 이 땅의 붉은이파리가 뒤로 숨다니.

다리는 청매동에서만 놓는 게 아니라오. 단풍동 나루가 받아줘야 이어지지.

오죽하면 살촉동이 육로를 택했겠소? 골치를 썩다 썩다 제 발등을 찍었지."

"그렇다면 뭣 때문에 삼신어른을 청매동으로……."

내 말은 그의 귀에 닿지도 않는 듯했다. 큰 소리로 말하는 그는 이제 발까지 굴러대었다.

"육로야 걱정 없고말고 폭약만 넉넉하다면.

폭약이야 걱정 없고말고 이 몸이 대장이라면.

살촉은 하여간 큰일 났다네 앞뒤로 폭탄이 터지니 어디로 가나.

새들도 벌레들도 큰일 났다네 사방에 시체가 쌓이니 무엇부터 먹어주나."

그가 통쾌하게 웃음을 날렸다. 그가 다시 뒷눈으로 나를 노려보았다.

"크게 보면 살촉도 우리 동굴족이오. 살촉이 깨지는 것을 반길 수만은 없지. 하지만 그건 저희 탓이지. 누가 천장에 구멍을 내라 했나? 우리 단풍동처럼 깜깜해 봐. 얼룩인간들이 왜 살촉을 탐내겠어?"

나는 그의 허세가 마음에 걸렸다. 그리고 한편으로 붉은이파리들이 이 상황을 즐기는 듯한 기분이 들었다. 자신들의 효용을 위해, 옛날부터 내려온 예언을 실현시키기 위해 전쟁을 조장하는 것은 아닐까? '사내 수를 줄이기 위해 전쟁이 필요하다'는 아후밀탄 사람들의 어이없는 술주정과 단풍동 붉은이파리 맑은이들의 악의적인 속내가 무엇이 다르다는 말인가. 내 초음을 읽은 이안이 꾸짖듯 말을 이었다.

"연토 나으리께서는! 남을 무시하고 제압하는 법을 배워야 하오. 정의? 양심? 의리? 그런 건 제 목숨도 지키기 어려운 약한 놈들, 이 땅에서 벌써 솎아졌어야 했을 바보 같은 놈들이나 코에 거는 명분이오. 스스로 살기 위해, 내 후손을 지키기 위해 내 실속을 차리는 것, 그것이 바로 이 땅이 우리에게 내리는 단 하나의 명령이오. 따지고 보면 살촉을 넘보는 아후밀탄도 어른들이이오. 사막 건너 제울도 마찬가지지. 아후밀탄이 제 후손을 지키기 위해 땅을 확보하려는 게 무슨 잘못이란 말요?"

이안은 내가 대꾸할 틈도 주지 않았다.

"자, 우리에게는 통바위가 있소. 안에서 짐승이 까부는 동안 밖에서는 파락호가 애국노래를 불렀지. 통바위여 영원하라, 통바위 만세! 통바위의 가호로 이제 새 지도자도 나올 테고. 단풍동을 위해 최선을 다하는, 경험도 두루두루 갖춘. 안 그렇습니까?"

그가 다시 웃음을 터뜨렸다. '통바위'는 어미산 빛바위의 옛말이었다. '안에서 까부는 짐승'은 삼신어른 생, '파락호'는 운홀 하전을 뜻하는 말일 터였다.

"그런데 참, 나으리는 아시나?"

언덕을 내려가던 그가 갑자기 걸음을 멈추었다.

"밝은샘에 쓰인 독초 말요. 갓바치 일립이 가죽을 무두질할 때 쓰는 바로 그 독초였다오. 그렇군! 일립이 범인이군. 아, 아닌가? 그는 죽었지. 죽음으로써 제 놈이 범인이 아님을 증명했지. 그렇다면 어떤 놈일까? 갈기갈기 찢어 죽일 놈. 온 땅에 시체를 발겨도 시원찮을 놈. 허허 그것 참."

통바위여 영원하라, 통바위 만세! 통바위가 우리를 지켜준다네. 이안이 다시 큰 소리로 노래를 부르며 산을 뛰어내려갔다. 자위대 두 명이 계속 그를 따라가며 주의를 주었지만 헛일이었다. 겉으로는 몸피가 그리 줄지 않았지만 이안 역시 생식을 시작한 것이 틀림없었다. 생식으로 씨물을 많이 낼수록 땅으로 돌아갈 날이 가까워지는 것은 피할 수 없는 숙명이었다.

어미산을 빠져나와 집으로 오면서 나는 말할 수 없이 착잡하고 뒤숭숭했다. 맑은이 이안이 생의 정체를 알아챈 것이야 당연한 일이다. 그런데 그는 내게 '밝은샘 독초 사건의 범인이 생'이라 단언하고 있었다. 믿을 수 없었다. 단풍동을 위해 온갖 희생을 감수해 온 생이 밝은샘마을을 통째로 희생시켰을 리 없었다. 설사 피할 수 없는 사정으로 생이 그런 일을 계획했다 해도 앞을 내다보는 이 땅의 맑은이들이 사전에 막을 수 있지 않았는가. 짐승에게 삼신직을 내주고 그 짐승이 수많은 어른이들을 희생시키는 동안 맑은이들은 어디서 무엇을 했단 말인가. 혹시…… 일부러? 생에게 죄를 뒤집어씌우기 위해? 지금 그를 억지로 청매동에 보내듯이? 대체 왜?

머리가 터질 듯했지만, 의논 상대가 없었다. 계우나 미단부리를 포함한 맑은이들에게 답을 기대할 수는 없었다. 맑은이들이 이미 실행하는 무언가를 그들에게 묻는 것은 묻는 것이 아니라 따지는 것이었다. 그들이 내게 말하지 않는 것은 나 따위 하얀이가 몰라도 되는 일이기 때문이었다. 돌이켜보면 내 삶이, 태어나서부터 내 모든 삶이 언제나 그래왔다. 그리하여 나는 항상 불안과 불확실함에 쫓겼고, 비록 검은머리짐승이나마 영특한 준호를 만나 그를 의지했고 그에게서 위안을 받았던 것이다. 하지만 이번만큼은 준호와 의논할 수도 없었다. 삼신어른인 생이 짐승이라는 사실을 같은 짐승인 그에게 알릴 수는 없었다.

청매동이 큰 혼란에 빠졌음은 근근이 배를 타고 건너온 청매동 상인을 통해 알려졌다. 삼신각의 만남이 있은 지 엿새만의 일이었다. 혼란의 중심에는 역시 사흔이 있었다. 광대와 군인 사이의 사소한 다툼이 패싸움으로 번지고 주위에 있던 햇빛족들이 광대패에 합류했다. 군대가 햇빛족들을 향해 화포를 쏘고 흥분한 햇빛족들이 무기고를 습격하여 무기를 탈취했다. 노란 두건의 광대패들이 군대 막사에 불을 질렀다. 그들은 함께 '살촉동 군대에게는 꼼짝 못 하면서 백성들이나 해치는 청매동 군대'를 성토했다.

집 앞에 삼신어른 생의 마차가 도착했다. 이안의 권고대로 생은 다리 작업을 저지하기 위해 청매동으로 떠나는 길이었다. 목숨을 걸어야 하는 일이었다.

"혼란이 기회임은 분명하지."

그가 내게 열쇠 꾸러미를 건넸다. 삼신각의 열쇠였다.

"내가 믿는 단 한 사람 운흘 연토, 항상 본보기를 보여라. 본보기를 보이는 것은 놀라운 힘이 있다. 네가 똑바로 걸을 때 다른 사람들이 너를 따른다."

생의 말은 곧 유언, 짐승들이 자기 자식에게 마지막으로 남기는 절절한 당부였다. 그의 눈이 묻고 있었다.

'연토, 네가 내 자식임을 알고 있느냐?'

나는 그를 외면했다. 그가 미단부리를 도와 나를 캔 장본인이라 해도 내가 삼신어른의 자식, 하물며 짐승의 자식일 수는 없었다. 그런 질문이야말로 생 자신의 말대로 '똑바로 걸은 사람'만이 할 수 있는 것이었다. 한숨을 내쉰 그가 미단부리를 찾았다. 하지만 그녀는 창고문을 안으로 잠근 채 내다보지도 않았다.

삼신어른이 떠난 후 마당에 나온 그녀가 이기죽거렸다.

"죽지도 않을 것이 죽을까 봐 벌벌 떨기는? 지겹도록 살고도 더 살고 싶은가 보지."

그녀의 말투가 칼끝처럼 날카로웠다.

"삼신어른을 만나주지 그랬어요? '살아 돌아오리라'고 한마디만 해주었으면 그도 훨씬 편안한 마음으로 떠났을 텐데."

"내가 왜! 단풍동의 운명이 제 손에 달린 척 껍적대는 놈에게 내가 뭐하러!"

방에 들어선 내게 준호가 조심스레 말을 붙였다.

"연토, 너는…… 앞날의 그림이 뵈지 않아?"

내가 고개를 끄덕였다. 준호가 내 등을 쓰다듬어주었다. 그는 아직도 나를 맑은이로 알고 있었다. 내가 타지 생활을 하는 동안 머리카락이 많이 상해 예지력이 약해진 것으로만 알고 있었다.

삼신어른이 청매동으로 떠난 후 준호는 보란 듯이 어미산에 올랐다. 물론 내 허락이 있었다. 모든 생명은 다 자기가 태어난 곳을 그리워한다. 나는 준호를 짐승세상으로 보내기로 마음먹었다. 그가 고향으로 돌아가야 그의 땅에 묻힐 수 있을 것이고, 그래야 그의 땅이 그에게 그 세상에 맞는 새로운 생명을 줄 수 있을 것이었다.

어미산 자위대들은 삼신어른 대행이 된 내 재량을 무시하지 못했다. 그들의 묵인 아래 준호는 횃불까지 쳐들고 어미산 곳곳을 뒤졌다. 하루 이틀 어떤 때는 사나흘씩 어미산에서 밤을 새기도 했다. 하지만 그는 통로를 발견하지 못했다. 횃불이 있다지만 그는 짐승이었다. 컴컴한 어미산의 어두운 바위틈과 가파른 비탈을 그의 부실한 눈으로 비춰보고 뒤적여봤자 풀섶에 떨어진 바늘 찾기일 터였다. 그렇다고 가능성이 영 없는 것은 아니었다. 그가 찾는 통로는 단풍동 어미산에도 여러 곳에 있을 수 있었다. 짐승들은 아직도 한 달이면 몇 명씩 군인들에게 잡혀 청매동 수용소로 보내지고 있었다. 그 많은 이들이 모두 한 구멍으로 떨어진다고는 볼 수 없었다.

물의 첫 달인 물방개달 초사흗날, 계우가 내게 은은샘에 가야 한다고 말했다. 그녀의 할아버지 자오 담연부리의 장례를 치르기 위해서였다. 집 앞에 마차가 서 있고 어머니 미단부리는 이미 마차에 올라 있었다.

"뭐해, 빨리 타지 않고? 하여간 무엇 하나 맘에 드는 게 없어."

그녀가 내게 눈을 흘겼다. 마차에 실려 가면서도 나는 한편으로 담연부리의 장례 절차가 걱정되었다. 생이 없기 때문이었다. 맑은이밭에 뼛가루를 뿌리는 일이야 맑은이들 중 누군가가 맡는다 해도 작별바위에 시신을 올려 장례를 주관할 사람은 삼신어른이어야 했다.

은은샘으로 향하는 산길은 예나 지금이나 아름답고 신비로웠다. 계우도 미단부리도 말이 없었다. 새 소리, 풀벌레 소리, 평온한 안개를 헤치는 마차 바퀴 소리가 박자를 맞추듯 평화로웠다. 나도 모르게 깜빡깜빡 졸면서 나는 어쩌면 담연부리가 죽지 않았을지 모른다고 생각했다. 부고가 온 것도 아니지 않은가. 예지력 있는 맑은이들이라 해도 실수할 수도 있지 않은가. 전쟁도, 소요도 없을지 몰랐다. 모든 것이 다 꿈속의 헛걱정일 수도 있었다. 모든 새들과 풀벌레, 은은샘 골짜기의 나무들이 이토록 평온할 수 없었다.

자오 본가 앞에는 석 대의 마차가 서 있었다. 장례를 치르는 집답지 않게 한가롭고 조용했다. 딱 거기까지였다.

"늦었군."

담연부리의 방에 들어서자 외삼촌 미곤과 채연, 말총샘의 송주, 살촉군 대장 이안이 이미 도착해 있었다. 침상에 누운 조그만 담연부리는 이미 숨이 멈춰 꼼짝하지 않았다. 86세. 게다가 물의 달이니 좋을 때 가신 것이었다. 악대는 없었다. 무녀 영기도 보이지 않았다. 하기야 담연부리의 딸인 송주가 참석했으니 그녀와 한깍지인 영기는 올 수 없는 자리였다. 웬일로 하전과 비비추의 자식인 푸푸와 훈치가 눈에 띄었다. 그들이 왜 여기 있는지 물을 때가 아니었다. 누군가에게 답을 바란다면, 손가락으로 꼽을 이 몇 명을 제외하고 다른 조문객들이 왜 없는지에 대해 물어야 했다. 상주를 맡을 계우의 아버지 자오 위총조차 보이지 않았다.

"오빠는 생식하러 갔대. 마을의 초추아 계집이랑. 더러워."

송주가 새침하게 말했다. 위총의 부인이자 계우의 어머니인 후란은 땅으로 돌아간 지 이미 오래였다.

상주는 계우가 맡았다. 조용하고 적막한 장례가 치러졌다. 말은커녕 발짝 소리조차 크게 내지 못하는 본가의 하인과 하녀 몇이 고인에게 예복을 입혀 칠성함에 모셨다. 화려한 흑단 칠성함이었다. 안팎으로 새겨진 온갖 꽃과 나무와 새들, 온갖 동물들이 마치 살아있는 듯 훌륭하여 자오 집안의 품위를 유감없이 보여주고 있었다.

드디어 칠성함이 옮겨지기 시작했다. 또다시 의문스러운 일이 벌어졌다. 은은샘 마을 계우의 본가는 어미산 삼신각보다 더 높이 위치해 있다. '조용한작별바위'로 가자면 은은샘 계곡을 내려가야 할 터였다. 계우와 미곤이 앞장선 칠성함은 도리어 계곡 상류 쪽으로 오르는 중이었다.

'삼신각 밑의 '조용한작별바위'로 모셔야 되는 것 아냐?'

깍듯이 내게 예를 갖추는 푸푸와 훈치조차 내 초음에 아무런 답을 주지 않았다. 누구도 입을 떼지 않았다. 칠성함을 둘러멘 하인들도 그 뒤를 따르는 여남은 명의 맑은이들도 앞사람을 따라 그저 발을 뗄 뿐이었다. 칠성함이 닿은 곳은 은은샘 상류 계곡에서도 한참 떨어진 깊은 산속이었다. 예쁜 꽃들과 나직한 덤불들이 깔려 있는 작은 들판, 그리고 그곳에 있으리라고는 생각지도 못한, 물속이 환히 들여다뵈는 호수가 거기 있었다.

미곤의 명이 떨어지자 푸푸와 훈치가 호수의 중심을 향해 나란히 걸어 들어갔다. 그들은 서두르지 않았다. 자신들의 발짝으로 호숫물이 탁해지지 않도록 조심하는 중이었다. 그들은 어딘가 특정한 지점을 찾는 듯했다. 서로 눈짓을 주고받으며 앞으로 또 옆으로 조금씩 자리를 옮겼다. 그렇다고 서 있는 것도 아니었다. 호수 바닥의 땅이 무른 모양이었다. 드디어 그들이 고개를 끄덕이고 우리를 향해 섰다.

호숫물은 어느새 그들의 가슴팍까지 차오르고 있었다. 칠성함을 멘 하인들이 곧바로 호수로 들어섰다. 칠성함은 푸푸와 훈치에 의해 똑바로 세워졌다. 함이 어느 쪽으로도 기울지 않고 곧추세워졌음이 확인되자 사람들이 하나둘씩 호수에서 빠져나왔다. 호수는 이내 잔잔해졌다. 칠성함이 조금씩, 제 무게로 인해 호수 바닥에 박히기 시작했다. 이윽고 함 꼭대기까지 물에 잠겼다. 화장이 아니라 수장이었다. 이제 담연부리는 한 그루의 나무처럼 호수의 일부가 될 것이었다. 단 한마디 말이 필요 없는, 새의 날갯짓도 벌레의 버석거림도 없는 그야말로 '조용한 작별'이었다.

미곤을 비롯한 맑은이들이 언덕을 내려가기 시작했다. 호숫물에 젖은 하인들도 그들을 따라 내려갔다. 이제 본가에서는 담연부리의 옷과 집기들이 불태워질 것이었다.

상주는 호숫가에서 하룻밤 동안 시신을 지킴으로써 고인에 대한 예의를 갖춘다고 했다. 호숫가에 남은 이는 계우와 나, 그리고 호숫가 맞은편 바위에 걸터앉은 푸푸와 훈치뿐이었다. 계우가 처음으로 입을 떼었다.

"담연부리는 자오의 맑은이야. 자오의 차갑고 맑은 호수에서 장사 지내는 것이 마땅해."

맑은이들중에도 자오 집안의 맑은이. 하기야 나는 자오 집안 맑은이의 장례를 본 적이 없었다. 독초의 피해를 입은 밝은샘마을의 맑은이들은 내가 태어나기도 전에 아버지강에 떠내려 보냈다고 했다. 그 이후 자오의 맑은이들 장례는 없었다. 운흘의 맑은이였던 아리미도 아버지 하전도 삼신어른의 주도하에 삼신각 밑 조용한작별바위에서 치러졌다. 설마, 자오 집안 맑은이의 호젓한 장례를 위해 이안이 그토록 삼신어른을 청매동의 폭파 현장으로 따돌린 것일까? 이안 역시 밝은샘의 하인 귀우치의 손으로 거두어졌으니 자오의 맑은이임이 분명했다. 계우를 쳐다보았다. 그녀는 역시 대답이 없었다.

호수에 어둠이 내려앉기 시작했다. 호수 건너편에 서린 붉은 빛 두 개가 눈에 들어왔다. 잠시 잊고 있던 푸푸와 훈치의 몸빛이었다. 그들 역시 자오의 맑은이였던 것이다. 아버지 하전이 맑은이 초추아 둘을 거두면서 마치 그들이 비비추의 자식인 양 감춰주었던 것이다.

"이 차가운 호수를 '여신의 쉼터'라 불러. 먼 옛날, 여신 자오가 이곳에서 쉬었대."

계우가 나직이 말을 이었다.

"조용히 마음을 가라앉히면 이 호수에 자신의 다음 생이 비친다는 말도 있어. 땅이 마련해주는 다음 생은 맑은이들도 볼 수 없는 먼 그림이야."

자오 집안 맑은이의 최초 조상인 자오는 세상의 모든 꽃보다도 아름답고 향기로운 여인이었다. 맑고 투명한 몸을 줄이면 한 줌이 되지 않을 만큼 작고 가녀렸으며 그녀의 몸을 늘이면 단풍동 어미산을 다 덮을 정도로 크고 풍성했다. 호수의 진흙으로 몸을 가꾼 자오는 단풍나무 잎으로 치장하고 향기로운 나무의 진액으로 머리칼을 매만졌다.

그녀의 아름다움에 맨 처음 가슴앓이를 한 이는 다름 아닌 빛, 동굴국 밖 모든 세상의 주인인 태양이었다. 눈부신 햇살로 모든 것의 눈을 멀게 하는 태양은 그녀를 보는 순간 숨이 막혀 하늘 꼭대기로 도망쳤다. 정신을 차리고 다시 세상에 내려온 후에도 그는 정작 그녀 앞에 나설 용기가 없었다. 그가 할 수 있었던 것은 그저 그녀를 훔쳐보는 것, 호수 위 천장에 수정을 박아놓고 가끔 수정알을 들여다보며 조용히 한숨 쉬는 것이 다였다.

이 땅의 모든 어른이들, 풀과 나무들, 동물들은 온갖 생명을 살리고 사랑하는 여신 자오의 품에 깃들어 행복하고 편안했다. 부드럽고 섬세한 그녀의 손길이 닿을 때마다 넘치는 환희와 열락을 느꼈다. 하지만 언제 어디서나 예외는 있는 법이다. 동굴국 바깥의 짐승들, 자오의 세상으로 우연히 빠져든 검은머리짐승들은 여신 자오를 보는 순간 자기 품에 안을 사랑스러운 여인으로 그녀를 탐냈다. 그들은 그녀를 차지하기 위해 서로 싸우기 시작했다. 피를 흘리고 팔다리가 부서지고 때로 목숨을 잃어 그녀의 땅을 더럽혔다. 하지만 그녀는 그들을 죽이지 않았다. 청량한 물의 본성을 지닌 그녀는 그들이 자진하여 돌아가기를 바랐다. 그녀에게 검은머리짐승들은 다른 동물들과 똑같은, 굶주린 창자를 채우느라 한평생 버둥거려야 하는 불쌍한 생명일 뿐이었다.

그러나 그들은 물러가지 않았다. 그들은 그녀의 마음을 얻기 위해 자기를 과시하기 바빴고 때로 어떤 이는 그녀를 자신의 아내로 얻었다며 기뻐 날뛰었다. 하지만 짐승들이 희열에 가득 차 씨물을 뿌린 상대는 그녀가 던져준 암퇘지, 암탉, 암구렁이, 암캐들이었다. 짐승들은 모두 자신의 아내가 여신 자오라 믿어 의심치 않았다. 여신 자오도 걱정이 없는 것은 아니었다. 자신들이 온 하늘과 땅의 주인이라 자처하는 이 건방진 짐승들이 그녀의 호숫물을 마심으로써 영생을 누릴 가능성이 있었다. 죽음이야말로 이들에게 겸손을, 세상의 모든 일이 부질없는 꿈임을 깨닫게 해주는 단 하나의 명약이었다. 생각 끝에 자오는 짐승들의 뒤통수에 허망함의 고름을 묻혀주었다. 세월이 갈수록 짐승들은 허망함에 시달렸고 그들의 온몸에는 종기가 돋았다. 종기 고름을 짜낼수록 구멍이 점점 깊어져 내장이 드러나고, 결국 그들은 자신이 가장 믿었던 이들에게 자신의 내장을 쪼여 죽어갔다. 그리고도 여신은 골치가 아팠다. 동물들의 배 속에 뿌려진 짐승들의 씨물 역시 다른 생명들처럼 잘 자라고 있었고 때가 되면 어미 몸에서 분리되어 세상에 태어나는 중이었다. 돼지처럼 아무 것에나 주둥이를 처박고, 닭의 벼슬처럼 명예욕이 강하고, 구렁이처럼 사특하고, 개처럼 생각 없이 짖어대는 그들 역시 그녀가 책임져야 할 생명들이었다. 그들 역시 훗날 허망함의 종기로 죽어갈 때까지 다른 생명들과 어우러져 살 권리가 있었다. 엄청나게 먹이를 탐하는 만큼 엄청나게 오물을 쏟고, 남을 밟고서라도 높은 자리에 올라 제가 잘난 양으스대고, 앞에서는 아닌 척하면서 뒤로는 무언가를 꾸미고, 무엇이나 물어뜯고 온종일 시끄러운 그들. 그들의 씨를 동물의 배 속에 키운 것이 후회되었다.

여신은 끝으로 호숫가를 청소했다. 짐승들과 짐승들의 씨를 키운 동물들의 시신을 태워 그들의 재를 호숫가에 뿌렸다. 호숫물을 마시러 오는 짐승들과 동물들은 모두 재를 밟아야 했다. 수컷들은 이유 없이 죽고 싶은 충동에 시달렸고, 그들의 알을 품은 암컷들은 자신들이 느끼는 절망과 우울함을 배 속의 자식들에게 전해 그들이 태어나기 전부터 삶이 고통임을 알게 했다.

여신은 호수 속으로 몸을 숨겼다. 아무런 걱정 근심 없는 긴 죽음 후, 생명을 키우는 땅과 물의 힘으로 새로운 여신으로 태어날 예정이었다. 하지만 모든 죽음의 시간은 그가 살았던 삶에 비해 길고 기약 없다. 그녀는 아직도 은은샘의 호수에 깃들어 있다. 줄이면 단 한 방울의 물처럼 작지만 늘이면 온 세상 모든 생명의 젖줄이 될 만큼 풍성하고 부드러운 그녀가 이곳에 있음은 동굴 밖 온 세상의 주인이라 자처하는 태양이 그 사실을 증명한다. 그가 아직도 매일 아침 어미산의 수정알에 눈을 대고 그녀를 훔쳐 보고 있는 것이다.

"여신 자오가 깃들어 있는 이 호수가 은은샘의 시원이야. 은은샘은 겉으로 드러난 마을의 다른 샘과는 비교도 되지 않을 만큼 풍성하고 길어. 밝은샘뿐 아니라 저잣거리 밑으로 솟아나는 여섯 샘들이 모두 은은샘에서 물을 나눠 받아. 독초 사건이 밝은샘이 아니라 은은샘에서 일어났다면 밝은샘마을뿐 아니라 단풍동 모든 마을들이 피해를 봤을 거야."

호숫가 맞은편, 푸푸와 훈치의 몸빛은 더 이상 빛나지 않았다. 대신 그들의 몸빛을 닮은 불그스름한 빛이 호수 주위에 서리기 시작했다. 태양이 오늘도 변함없이 수정알을 들여다보기 시작한 것이다. 계우가 자리에서 일어났다.

"연토, 운흘 본가로 가. 네가 할 일은 그곳에 있어."

금강샘의 내 집으로 돌아온 지 이틀 후, 계우가 말한 '내가 할 일'이 밝혀졌다. 시작은 역시 어머니 미단부리였다.

"탁자를 내어오라니까! 한 번에 못 알아들어? 대가리를 장식으로 얹고 다니는 멍청이들. 어디 놓기는? 당연히 아랫마당이지."

지시에 따르는 하인들뿐 아니라 나 역시 영문을 알 수 없었다. 마당에 탁자를 내놓고 인형들을 말리려는 것도 아니었다. 몸이 자그마해진 그녀는 이제 인형 작업도 잘 하지 않았다. 창고 앞에 쌓아놓은 흙을 공연히 발로 차거나 담장을 흔들어 무너뜨리는 일, 공연한 트집으로 하인들에게 욕을 쏟아놓는 일이 그녀가 하는 일의 전부였다.

"다른 준비는 안 해? 망치랑 가위도 가져와야 할 것 아냐!"

미단부리의 지청구가 끝날 즈음 누군가가 대문에 들어섰다. 훈치였다. 그의 뒤로 칠성함을 멘 은은샘의 하인들이 따라 들어왔다. 아랫마당에 내려선 그들이 탁자에 칠성함을 올렸다. 함 속에는 몸피가 꽤 큰 사내아이가 들어있었다. 눈과 귀, 입의 껍질은 이미 뜯겨져 다시 그 자리에 덮여 있었다. 조심스레 그것들을 걷어내었다. '누구냐'는 내 물음에 녀석이 입을 열었다.
"운홀 훈치와 자오 계우가 내 부모예요."
반쯤은 각오한 일이었는데도 녀석의 침착하고 야무진 목소리가 원망스러웠다. 고개를 돌리는 나를 보고 미단부리가 기다리고 있었다는 듯 이죽거렸다.
"왜, 네 자식이 아니라 억울하냐?"
계우가 나 아닌 다른 이와 자식을 캔 데에는 그럴만한 사정이 있었으리라. 은은샘 맑은이들만의 사정, 하얀이들은 몰라도 되는 중요한 이유. 훈치가 작은 망치를 손에 쥐고 녀석의 온몸을 덮은 껍질을 자잘하게 깨뜨려주었다. 우무질로 엉킨 그의 머리카락도 정성스레 잘라내고 다듬어주었다. 잘생기고 사지가 온전한, 뼈까지 내비칠 듯 투명한 맑은이였다.
의식이 끝나기도 전에 훈치는 가버렸다. 그리고 바로 다음 날, 이번에는 푸푸가 대문으로 들어섰다. 그 역시 맑은이 사내아이가 담긴 칠성함과 함께였다. 아이는…… 덜 여물어 있었다. 껍질이 아직 말랑거려 함 뚜껑을 닫은 채 며칠이라도 두어야 할 상황이었다. 칠성함을 내려놓은 푸푸 역시 횡허케 제 길을 가버렸다. 계우의 결정이 조금은 이해되었다. 맑은이밭을 오르내리며 많은 아이들을 캐려면 고통을 느끼는 하얀이보다는 맑은이 사내가 나을 것이었다. 그로부터 이틀이 지나 우리 집에는 또 다른 여자아이가 실려 왔다. 이번에도 덜 여문 맑은이였다.
계우를 비롯해 푸푸와 훈치는 무슨 생각을 하는 것인가. 자식을 캐는 달도 아닌데 그들은 왜 어미산에서 마구 자식들을 캐는 것일까. 단풍동 주둔 살촉군 대장인 이안이 어미산을 내려오며 큰 소리로 짓떠들던 것도 새삼 떠올랐다. 무엇인가. 어미산 자락의 하얀이, 황인들은 어차피 버려질 것이라는 암시였을까? 맑은이들이 서두르고 있었다. 큰 재난을 앞두고 뒤숭숭해하는 새 떼나 벌레들처럼 그들 역시 불안하고 조급한 것이었다.

준호 역시 조급증에 시달리고 있었다. 삼신어른이 없는 틈을 타 밤낮으로 어미산을 헤매던 그는 발바닥이 해어져 몸살을 앓는 중이었다. 신열에 들떠 헛소리까지 하는 준호에게 나는 결국 제울의 바다 저쪽 세상에 대해 말했다. 인어와 거북의 이야기, 잉어의 말도 전했다.

"……그들이 말하던 갈고리족들이 너희 짐승들일 수 있어. 가고 싶으면 가. 원한다면 대상을 따라가게 해줄게. 살촉동을 벗어나 아후 밀탄으로 가는 길부터는 네가 좋아하는 빛의 세상이야."

열에 들뜬 준호가 겨우 입을 떼었다.

"이 집만 나가면, 단풍동만 떠나면 내 목숨이 위험하다는 걸 알아. 내가 떨어져 내린 곳은 이곳 어미산이야. 내 세상으로 갈 수 있는 가장 빠르고 안전한 길이 바로 이 어미산 어딘가에 있는 거지. 연토, 도와줘. 네게 삼신각 열쇠가 있지? 삼신각에 있다는 책들을 한 번만 보여줘. 통로에 관한 단서가 분명히 있을 거야."

힘든 마음이 병을 만든다. 내가 준호와 함께 삼신각에 같이 가주기로 약속하자마자 근 열흘 준호를 괴롭히던 신열이 씻은 듯이 내렸다. 뿐 아니었다. 숟가락을 들 힘조차 없어 아무것도 넘기지 못하던 그가 죽 한 사발을 거뜬히 비웠다. 준호 스스로 생각해도 어이없는 모양이었다. '발바닥도 전혀 아프지 않다'며 신기해했다.

어미산 중턱의 삼신각 지붕이 보이자 나는 또 갈등했다. 검은머리 짐승 준호에게 삼신각을 공개하는 것이 과연 옳은 일일까. 하지만 삼신어른도 짐승이다. 짐승이라 해서 무조건 우리에게 해를 끼친다고는 할 수 없을 것이다. 삼신각에 다가서서 그 형태를 알아본 준호가 몸을 떨었다.

"우리 세상의 옛날 전각과 똑같아! 기와지붕도 그렇고, 난간을 두른 모양새도."

삼신각은 어미산 삼신어른이 기거하는 3층 전각이다. 나로서도 자세히 보기는 처음이었다. 제례 글자를 배우느라 삼신각 옆 접견실에 드나들기는 했어도 자위대들이 지키고 있어 주위의 다른 곳을 구경하는 일은 철저히 금지되어 있었기 때문이다. 삼신각 1층에는 사방 벽을 따라 역대 삼신어른들의 위패가 차례대로 놓여 있었다. 흑단으로 만들어진 위패마다 조그만 돌제단이 마련되어 제물들을 올려놓을 수 있게 되어있었다. 2층으로 오르자 준호는 감탄을 연발했다. 벽에도 천장에도 아름다운 채색화가 그려져 있었다. 동쪽과 서쪽 벽에는 우리 어른이들의 삶이 그려져 있었다. 동쪽 벽에는 어른이들이 고치에 싸여진 모습, 탄생례를 지내는 이들, 농사짓고 가축을 기르는 농부의 모습들도 있었다. 서쪽 벽에는 커다란 나무들이 많았다. 조그마해진 노인들이 나무 주위를 돌고 나무에 오르내리며 뛰노는 모습, 그리고 많은 사람들이 고개를 숙이고 장례를 치르는 모습도 보였다. 남쪽 벽에 그려진 것은 물속이었다. 용, 거북, 잉어 외에도 갖가지 다른 모양의 물고기들이 무성한 수초 사이로 편안히 헤엄치고 있었다. 북쪽 벽에는 땅의 생명들이 그려져 있었다. 들판에는 소, 돼지, 말, 타조, 토끼들이 옹기종기 모여 풀을 뜯고 있었고 한쪽 숲에는 뱀, 악어, 갖가지 벌레들이 덩굴 밑 땅을 기어다니고 있었다. 천장에 그려진 것은 날짐승들이었다. 불새와 제비, 닭, 갖가지 색깔의 나비와 박쥐들이 얼크러져 사방의 벽화보다도 더 장중하고 화려했다.

어미산의 망루로도 쓰이는 3층은 허리 높이의 난간이 둘렸을 뿐 사방이 트여 있었다. 한가운데에 돌로 만든 제단이 덩그러니 놓여 있고 네 기둥만 서 있을 뿐이었다. 기둥마다 아래쪽에 조그만 그림들이 새겨져 있었다. 바로 땅, 물, 나무, 불의 기둥이었다. 기둥 위쪽으로는 이들에 대한 찬양과 경구들이 가득 씌어 있었다. 자위대의 곱지 않은 시선을 아랑곳하지 않고 준호는 횃불을 든 채 몇 번이고 전각을 오르내렸다. 정교하게 조각된 삼신각의 기둥들을 눈과 손으로 확인하며 감탄을 거듭했다.

이어 준호는 삼신각 주변의 다른 집들을 둘러보기 시작했다. 삼신각에서 동쪽과 서쪽에 놓인 긴 건물은 자위대 숙사였다. 삼신어른 생의 거처는 북쪽, 삼신각 접견실에서 산꼭대기 쪽으로 뻗은 건물이었다. 생이 건네준 열쇠 꾸러미로 우리는 삼신어른의 거실로 들어섰다. 생의 거실에는 대대로 삼신어른들이 쓰던 의자와 탁자가 가지런히 놓여 있었다. 시렁 위에 얹힌 제례복들, 모자와 두건 등이 한 치의 흐트러짐 없이 정돈되어 있었다. 횃불을 든 준호가 주위와 옷들을 둘러보는 동안 나는 방바닥에 흐르는 물줄기에 발을 담갔다. 신선하고 향긋한 물은 어미산 봉우리 쪽에서 흘러와 북쪽 생의 거처를 지나 남쪽 접견실 쪽으로 흐르고 있었다. 어미산을 적시는 물줄기는 자오의 밝은샘과 은은샘밖에 없다. 그렇다면 이 물줄기는 은은샘에서 갈라진 줄기 중 하나일 터였다. 밝은샘은 어미산의 정반대편 등성이를 타고 흘러가기 때문이다. 그렇다면 '여신의 차가운 호수'로부터? 거실의 남쪽 벽에는 자물쇠가 달린 문 두 개가 나란히 있었다. 열쇠 꾸러미가 다시 필요했다. 왼쪽 방에는 예상대로 수로가 있었다. 동쪽과 서쪽의 자위대 숙사와 접견실 등으로 물을 보내는 청동 손잡이들이 여섯 개나 설치되어 있었다. 바닥 자체가 꽤 높은 오른쪽 방에는 물기가 없었다. 청동으로 만든 제기들, 나무접시들, 위령제와 각 제례 때 쓰이는 깃발들, 걸개그림, 생의 제례복들이 놓여 있었다.

"그렇지. 물건들을 보관하려면 바닥이 건조해야겠지."

준호가 중얼거렸다.

제사용 곡식들, 향료들이 조금씩 담긴 질그릇 항아리는 널찍한 나무 받침대 위에 놓여 있었다. 그랬다. 나는 그 받침대가 짐승 생의 잠자리임을 한눈에 알아보았다. 그가 자신의 침상을 가리기 위해 항아리들을 여러 개 올려놓은 것이었다. 생이 짐승임을 모르는 준호는 당연히 침상을 알아보지 못했다. 마음이 급한 준호는 한 손에 횃불을 든 채 깃발들이 꽂힌 무거운 함을 뒤지고 걸개그림을 펴보느라 여념 없었다. 깃발들을 이리저리 뒤적이던 그는 결국 깃발함으로 가려둔, 지하로 통하는 계단을 찾아내었다. 그가 거침없이 계단으로 내려섰다. 어디든 어떤 어려움이든 헤쳐 나갈 기세였다.

십여 개의 계단을 내려서자 비좁은 통로가 이어졌다. 한 사람이 겨우 지날 만한 좁고 음습한 길이었다. 물론 준호가 앞장섰다. 방향이 남쪽인 것으로 보아 접견실로 통하는 듯했다. 아니, 길은 더 이어졌다. 삼신각을 향하는 듯했다. 다시 오르막 계단이 나왔다. 그럴 것이었다. 삼신각은 커다란 암반 위에 세워져 있기 때문이다. 십여 개의 계단을 다시 오른 후 우리는 두 개의 문 앞에 섰다. 하나는 나무문이었고 또 하나는 그보다 훨씬 작아 허리를 굽혀야 들어갈 만한 낮은 돌문이었다. 준호가 먼저 나무문을 밀어젖혔다. 나무문 바깥은 접견실로 오르는 통로였다. 어린 시절 친구들과 함께 제례 글자를 배웠던 곳, 그리고 여행에서 돌아온 내가 삼신어른 생과 이안을 만났던 곳이기도 했다.

"비상 통로였군. 삼신어른의 안전을 위해 만든 길이었나?"

혼잣말처럼 중얼거린 그는 한참 동안 접견실을 서성였다.

역시 그는 날카로웠다. 접견실에서 다시 지하통로로 내려온 그는 조금 전에 그냥 지나쳤던, 마치 돌벽처럼 보이던 낮은 돌문을 밀기 시작했다. 돌문은 움직이지 않았다. 큼직한 자물쇠로 잠겨져 있었다. 나는 다시 생이 건네준 열쇠 꾸러미를 주머니에서 꺼냈다. 열쇠뭉치 중 어디에 쓰는 것인지 알 수 없었던 두툼하고 묵직한 쇳대가 바로 돌문 열쇠였다.

"열렸다!"

준호의 탄성 비슷한 속삭임이 우렁우렁 울려 다시 돌아왔다. 밀폐된 공간, 소리가 빠져나갈 수 없는 돌벽이나 쇠벽 등이 내는 울림이었다. 우리는 또다시 마련되어 있는 돌계단 십여 개를 내려서야 했다. 그랬다. 우리는 삼신각을 떠받치는 커다란 암반 속으로 들어서는 중이었다.

예상보다 꽤 넓은 공간이었다. 천장 높이도 한 길이 훌쩍 넘는, 산신어른 생의 거실만 한 크기였다. 바위 하나를 위로부터 쪼아 공간을 낸 지하 밀실은 사면의 벽과 바닥 모두 바위 하나여서 우리가 들어선 문을 통하지 않고는 벌레 한 마리 들어올 틈이 없었다. 양쪽 벽, 마치 시렁처럼 물건을 얹을 수 있게 깎인 돌턱에 책들이 놓여 있었다. 아, 작은 탄성과 함께 준호가 책 뭉치를 그러안았다.

책들은 대부분 대나무 쪽을 이어 만든 간책들이었다. 어떤 것은 책을 맨 삼끈이 너무 낡아 그가 손에 들기만 하는데도 쪽이 후루룩 떨어져 나갔다. 그런데도 대나무에 불로 새긴 글자들은 금방 쓴 듯 선명했다. 내게 횃불을 맡긴 준호는 양손으로 허겁지겁 책을 뒤적이기 시작했다.

"봐! 내가, 내가 이럴 줄 알았어. 우리 짐승세상에서 쓰는 글자들이야."

흥분한 준호가 놓치는 것이 또 있었다. 양쪽 벽에는 책들만 있는 것이 아니었다. 조그만 돌턱 여기저기에 작은 촛대들이 놓여 있었다. 촛대 뒤쪽에는 작은 쇠거울도 세워져 있었다. 아후밀탄의 술집에서 본, 한 개의 초로 여러 개를 켠 효과를 내는 장치였다. 검은머리짐승 준호가 부엌 아궁이 곁에서 찾았던 안도와 평안함을 짐승 생은 이곳에서 호젓하게 얻고 있었던 것이다. 준호는 책을 뒤지느라 여념 없었다. 부싯돌과 면화로 만든 심지가 손 뻗으면 닿을 거리에 놓였는데도 그는 내게 '좀 더 가까이 횃불을 가져오라'며 명령하듯 말했다.
 "생각했던 대로 너희 제례 글자들은 우리 세상의 한자였어. 우리 짐승세상과 이곳이 어떤 식으로든 통했던 것이 틀림없어."
 삼신각 밀실에서 내내 있을 수는 없었다. 준호는 아쉬운 대로 간책 세 뭉치를 품에 안았다. 비교적 삼끈이 튼튼한 것들이었다.
 "학교 다닐 때 한자를 배웠어. 무슨 내용인가는 대충이라도 알 수 있겠지."
 살아 있는 이에게 앞날에 대한 희망보다 더 큰 힘은 없다. 집에 돌아온 그는 몇날며칠을 높은마당의 부엌 아궁이 옆에서 꼼짝하지 않았다. 하인들이 죽을 쑤어주어도 그는 마다한 채 책에 빠져있었다.
 차미한 가쟁의 할머니인 루실이 땅으로 돌아갔다. 그녀를 장사 지내는 과정에서 삼신어른이 어미산을 비운 사실이 드러났다. 삼신어른 대신 보안대장 차미한 여량가지가 장례를 주관했기 때문이다. 장례식에 모인 사람들이 술렁이기 시작했다.
 '다녀오신 지 며칠도 되지 않아 또 가시다니 말이 안 되지. 무슨 곡절이 있고말고.'
 전번에 그가 청매동에서 돌아오는 것을 본 사람이 여럿 있었다.
 '청매동 삼신이 땅으로 돌아갔다더니 그쪽 삼신어른이 되신 것 아

냐?'

'단풍동이 위험해서? 붉은이파리들을 피해서?'

'전쟁이 나는 거야? 그럼 우리는!'

루실의 시신이 '조용한작별바위'에 오르기도 전에 조문객들이 허둥지둥 집으로 돌아갔다. 온 저잣거리가 뒤숭숭했다. 그렇다고 별 뾰족한 방도도 없었다. 저희들끼리 모여 걱정하고 다투고 으르렁대며 생이 하루빨리 돌아오기를 기다리는 것이 고작이었다. 그의 침착하고 단호한 통솔력만이 불의세월을 겪는 이들의 불안을 가라앉힐 수 있었다.

모든 이들이 그를 기다린다는 사실이 나는 다행스러웠다. 나를 캔아비이기 때문만은 아니었다. 발에 밟히는 풀 한 포기, 작은 벌레 한 마리라 해도 그가 가진 진심은 통하게 마련이다. 단풍동을 위하는 생의 극진한 마음을 사람들이 오랜만에 몸으로 깨닫는 중이었다.

삼신어른이 되도록 늦게 오기를 바라는 이도 있었다. 삼신각의 책을 훔쳐보는 준호였다.

"간책을 남긴 옛날 삼신어른들이…… 왠지 친근하게 느껴져."

준호가 내게 말을 걸었다. 내 시선을 피하느라 고개를 한쪽으로 돌리기는 했지만 나를 떠보기 위함이 분명했다.

"친근하게? 왜?"

"무엇이든 기록으로 남기려는 것이 우리 짐승들만의 버릇인 줄 알았거든. 간책들을 남긴 삼신어른들도 그랬던 것 같아서."

그의 말소리가 가늘게 떨렸다. 생의 정체를 알았을까? 나는 가슴이 선득하여 뒤로 돌아섰다. 그리고 뒷눈으로 그의 초음을 살폈다. 아니었다. 그가 짐승으로 확신하는 이는 생이 아니라 단풍동의 옛 삼신어른, 간책을 남긴 수백 년 또는 천여 년 전의 삼신어른이었다. 그 역시 탐탁잖은 일이었다. 준호가 제례 글자를 알아보던 십여 년 전의 위령제날부터 삼신각의 책들이 짐승들과 관계있음은 익히 짐작했던 일이다. 그뿐인가, 아후밀탄과 제울의 발전된 기계들, 담연부리의 장례식 때 계우로부터 들은 '차가운 호수의 자오 여신' 얘기를 들어보아도 검은머리짐승들은 먼먼 옛날부터 우리 어른이 세상 곳곳에 깊숙이 침투되어 영향을 끼쳤었음이 분명했다. 내가 답답한 것은 그 옛날의 단풍동, 지금보다도 훨씬 많았을 그때의 맑은이들 때문이었다. 왜 그들은 어미산의 삼신어른으로 검은머리짐승을 추대했을까. 짐승과 짐승의 지식으로 그들은 과연 무엇을 얻고자 했을까.

집에는 아직 이름도 짓지 못한 사내아이 둘 말고도 또 다른 계집아이와 사내아이가 들어왔다. 겉껍질이 너덜거리는 지저분한 행색이었지만 눈동자가 깊숙이 들여다보이는 맑은이들이었다. 칠성함이 없다는 것은 그들이 초추아임을 뜻한다. 그런데도 계집아이는 '어머니가 자오 계우'라고 똑 부러지게 밝혔고, 한쪽 다리를 저는 사내아이는 자신이 '운흘의 자식'이라고 말했다. 아랫마당에 내놓은 큰 탁자는 들여놓을 새가 없었다. 간간이 집에 들어오는 칠성함을 올리기도 해야 했거니와 갓난아이의 연이은 수족례나 물건잡이도 거실보다 마당 탁자에서 하는 것이 간편했다.

준호의 청으로 나는 다시 그와 함께 삼신각에 올랐다. 준호로서는 어미산을 뒤지고 다니는 계우와 맞닥뜨릴 때를 대비해서였지만 사실 그럴 걱정은 하지 않아도 되었다. 준호가 오르는 삼신각은 어미산 남쪽 중턱 하얀이밭에 있었고, 집에 들어오는 갓난아이들의 말을 들으면 계우와 푸푸와 훈치는 지금 어미산 서쪽과 북쪽인 은은샘과 밝은샘의 가파른 맑은이밭을 헤집는 중이었다. 내가 준호와 함께 삼신각에 다시 오른 이유는 그가 더 이상 딴짓을 하지 못하게 감시하기 위해서였다. 그리고 또 하나, 생이 남긴 기록이 있는지 나 역시 찾아볼 생각이었다. 나 역시 궁금했다. 짐승으로서 그가 삼신어른직을 맡게 된 경위. 삼신어른인 그가 미단부리와 함께 나를 캔 이유.

삼신각 주변에 다다랐을 때쯤 준호의 뒤를 따르던 나는 우연히 그가 밟는 돌계단에 눈이 갔다. 크기도, 형태도 글자가 새겨졌던 돌판들이 분명했다. 생이 그토록 소중하게 모으던 돌판들, 그중에는 내가 모아준 것들도 꽤 있을 터였다. 모든 돌판들의 글자가 하나같이 뭉개져 있었다. 생 자신이 이 많은 것들을 '똑똑해지기 위해' 쪼아 먹었을 리 없었다. 그렇다면 이것은 생이 직접 또는 생의 명령에 의해 쪼여진 것이었다. 놀라웠다. '글자건 그림이건 무언가 새겨진 돌판은 아주 귀한 것'이라며 자신에게 가져오게 한 이유가 결국 돌판 글자들을 뭉개버리기 위함이었던가?

준호가 다른 간책들을 챙기는 동안 나는 한쪽에 놓인 종이책들을 들춰보았다. 생이 무언가 기록을 남겼다면 간책이 아니라 종이책에 남겼을 터였다. 종이책들 중에는 계우와 나, 가쟁 등이 사용하던 제례 글자 책도 있었다. 준호가 종이책들에 다가섰다.

"제례책이네. 다 제사 예법과 위령제에 관한 것들이야."

준호의 말이 한편으로는 안심되었다. 생이 남긴 기록은 따로 없는 듯했다. 준호를 채근하여 밀실을 빠져나왔다. 그가 밀실의 촛대를 보는 것이 꺼림칙했기 때문이다.

어미산에서 내려오면서 준호가 조심스럽게 입을 열었다.

"땅으로 돌아간 청매동 삼신어른 정고 말야, 직접 본 적이 있어. 그가 수용소에 와서 소장을 만났었거든. 다리가 아픈지 움직이는 것이 무척 힘들어 보였어. 그는 우리 짐승들에 대해 너무나 자세히 알고 있었어. 우리가 좋아하는 음식, 잠잘 때 꿈꾸는 버릇, 꿈의 내용까지도. 그 자신이 검은머리짐승이 아닐까 의심스러울 정도로. 뒷눈을 가린 것도 그래. 그가 어른이였다면 뒷눈을 가리는 모자와 옷차림이 답답하지 않았을까?'

놀라웠다. 준호는 이미 청매동의 정고를 거쳐 삼신어른 생 역시 검은머리짐승일 수 있다는 가능성을 점치고 있었다. 그가 밀실의 촛대를 본 것일까? 아니었다. 그는 자신이 품에 안고 내려가는 새 간책더미 중에 삼신어른 생의 기록이 있을 것이라 짐작하는 중이었다. 내가 모른 척 한마디 보태주었다.

"잘 읽어봐. 청매동 정고의 기록이 여기 있을 수도 있지. 우리 삼신어른과 친했으니까."

준호는 말없이 발걸음만 떼어놓았다. 기막혔다. 그는 어이없게도 자신이 삼신어른이 될 경우를 생각하고 있었다. 자신이 어미산의 주인이 된다면. 자신이 단풍동의 주인이 된다면 통로는 물론 많은 권력을 가질 수 있으리라 상상하는 중이었다. 하는 수 없었다. 내가 입을 떼었다.

"준호, 단풍동의 역대 삼신어른들이 모두 검은머리짐승이었다 해도 너는 될 수 없어."

준호가 놀라 횃불을 길에 떨어뜨렸다. 어른이들에게 초음의 능력이 있음을 어리석은 그는 또 깜빡 잊고 있었던 것이다. 그가 서둘러 불을 집어 들었다. 돼지기름을 먹인 천으로 싼 횃불 윗부분은 온전했지만 아래쪽 나무자루 부분은 땅의 물길에 젖어 언제 꺼질지 모를 상태였다. 준호가 황급히 내게 간책더미를 맡기고 자신의 어깨 옷자락으로 횃불 자루를 감싸 쥐었다. 자루의 물기를 없애기 위해서였다. 내가 차갑게 말을 이었다.

"까마득한 옛날의 삼신 몇몇이 혹 짐승이었다 해도 그건 그의 정체가 드러나지 않았을 경우지. 준호, 네가 검은머리짐승임은 온 세상 사람들이 다 아는 일이야."

"무, 무슨 말을 그렇게…… 내가 삼신어른이 되다니 그런 생각은 해본 적도 없어. 네가 내 마음을 잘못 읽었어."

내가 그에게 간책들을 안기고 걸음을 재촉했다.

"여, 연토! 횃불이 꺼지려고 해. 책들을 잠깐만……"

불이 없으면 한 발짝도 뗄 수 없는 짐승. 내 도움 없이는 단 며칠도 목숨을 이어갈 수 없는 짐승. 그는 단풍동의 어둠 속에서 언제고 꺼질 수 있는, 언제고 꺼버릴 수 있는 힘없는 불씨에 불과했다.

이후로도 우리 집에는 두 계집아이가 더 들어왔다. 덜 여문 아이는 칠성함에, 제대로 여문 아이는 걸어서. 특기할 것이라면 이번에 들어온 아이들은 하얀이라는 점이었다. 전의 아이들과 똑같이 자신들이 '운흘 집안의 아이'라 밝혔지만 흰 얼굴 피부에 콧날이 뭉툭하고 목선이 짧은 전형적인 하얀이였다. 아이들뿐 아니었다. 다른 마을 사람들도 하나둘 우리 집에 모여들었다. 우리 집에 갓난아이들이 자꾸 모여든다는 소문이 저자에 퍼진 것이었다. 한 번 온 이들은 쉽사리 가지 않았다. 하인들의 거처에, 아니면 집 주위 길과 개울가에서 저희끼리 수군대며 몰려 있었다. 단풍동에서 가장 안전한 곳이 바로 운흘 집안이라 생각하는 중이었다. 자루목샘과 나루샘의 하인들, 특히 예전에 우리 집 하인이었다가 다른 집안으로 팔려갔던 이들은 우리 집 마당과 창고와 부엌을 제집처럼 드나들며 우리 하인들의 상전 행세를 했다. 은은샘에서 온 하인들 역시 당당했다. 그들의 은은샘마을에 대한 자부심은 자기들의 여주인 계우 못지않게 도도하고 거침없었다.

계우가 돌아온 때가 물의 셋째 달인 검은꼬리거북달 마지막 날이니 담연부리의 장례를 치른 지 근 석 달 만이었다. 집에 들어서자마자 창고의 곡식들을 챙기는 그녀에게 내가 물었다.

"은은샘 아이들을 이리로 수용한 건 무슨 이유야? 은은샘마을을 포기하는 거야?"

"운흘이 가장 큰 집안이잖아."

언제나처럼 그녀의 대답은 간단했다.

—자오 집안이 왜 그리 우리 운흘에게 샘마을들을 넘겼겠어? 가장 큰 집안이 가장 크게 당한다니까 피하려고 했던 거지. 그런들 뭐 해? 자오의 밝은샘이 폐허가 되었잖아.

순부부리의 말이 다시 떠올랐다. 하지만 두려울 것은 없었다. 집안이 여럿인 이상 어느 집안인가는 그중 가장 클 수밖에 없다. 그것이 우리 운흘의 차례라면 감당하면 될 일이었다.

계우가 오고도 갓난아이들은 계속 들어왔다. 그들 역시 운흘 집안, 또는 자오 집안의 아이들이었다. 푸푸와 훈치가 계속 어미산을 뒤지는 중이었다.

높은마당 한쪽 구석에서 희휘와 희안, 다른 맑은이 아이들이 모여 담소하고 있었다.

"……붉은이건 푸른이건 검은이건 다 제 땅을 지키자는 것 아냐? 어떻게든 붉은이들이 우리를 지켜주겠지. 나는 내가 붉은이가 아니어서 좋아."

"나도 그래. 투명한이파리가 아닌 것도 얼마나 다행인지."

'붉은이'는 붉은이파리를 뜻하는 것이 틀림없었다. 그렇다면 푸른이는 푸른이파리? 투명한이파리는 또 무슨? 내가 그들을 쳐다보자 슬그머니 고개들을 돌렸다. 내가 방으로 들어오자 그들의 대화가 다시 이어졌다.

"방법은 있고말고. 앞날의 그림이 한두 가지가 아냐."

"불도 나쁘지는 않아. 살아있는 생명들이 단절되는 것이 아쉽긴 하지만. 삶이란 게 원래 만들어진 것이 아니라 만들어져 가는 것 아냐?"

"그렇지. 생명은 어차피 지금이 아니라 앞으로니까."

"빛바위를 굴릴 수도 있어. 구멍은 나지 않아. 또 다른 돌과 흙으로 메워질 테니까. 그 위에 나무가 자랄 테니까."

"그래도 붉은이는 있어야 해. 앞날의 불을 대비해서."

"나무가 되는 방법도 있어. 입을 다물면 되지. 말 없는 토끼처럼."

여자아이의 목소리였다. 그들이 함께 웃었다. 태어난 지 얼마 되지도 않는 그들은 어이없게도 단풍동의 안위에 대해 걱정하고 있었다.

준호가 드디어 간책을 들고 내 방으로 왔다. 그가 입술에 침을 발랐다.

"언제인지는 모르겠어. 밀림족 아후밀탄이 살촉동을 공격했어. 아후밀탄에 저항하느라 동굴국 다섯 마을이 힘을 모았어. 그때 우리 쪽의 선봉장이 우겸마인, 단풍동의 삼신어른이야. 연토, 너도 짐작했다시피 우겸마인은 검은머리짐승이었어."

그가 조심스레 나를 쳐다보았다.

"내가 처음으로 그를 짐승이라 생각하게 된 것은, 그의 기록이 한 자이기도 했지만 바로 이 『훈민심요』라는 책 때문이야. 부모에게 효도하라는 당부와 조상의 제사, 위령제 지내는 법들이 우리 짐승세상의 풍습과 거의 같아."

우겸마인은 통일된 동굴국을 '영원한새벽의나라'라 이름 붙였다. 붓동, 살촉동, 청매동, 호랑가시동 등의 지역 이름을 붙인 이도 그였다. 여러 제도를 정비하고 제례 글자를 새긴 돌판도 그가 만들어 보급했다. 훈민심요의 내용들을 지키게 하기 위함이었다.

"그가 짐승임이 확실한 더욱 큰 증거는 『세상경계』라는 책 때문이야. 바로 '검은머리짐승들의 세상, 그들의 세상을 경계하라'는 내용이었어. '아후밀탄보다 더 큰 적은 언제나 쳐들어올 수 있는 검은머리짐승들'이며 짐승들의 문명과 무기, 동굴국의 지형을 이용하여 그들을 대처하는 방법도 써놓았어. 우검마인은 또 이 땅에 올 후대의 검은머리짐승에게도 경고했어. '자신과 똑같은 삼신어른이 되더라도 되도록 기록을 남기지 말 것, 특히 짐승세상으로 통하는 통로에 대한 기록을 남기지 말 것'을 부탁했어. 짐승들이 그 통로를 통해 이 땅으로 침략해 올 것을 걱정했던 거야. 이외에도 그는 동굴국에 짐승세상 문화의 자취를 남긴 자신의 행동이 옳은지에 대한 회의, 간간이 나타나는 짐승들에 대한 입장, 또 자신이 검은머리짐승임을 숨기느라 무고한 측근을 죽인 데 대한 미안함도 썼어. 자신의 피를 받은 후손에 대한 희망과 조심스러움도 있어."

"너랑 같은 나라 짐승이야?" 내가 물었다.

"알 수 없어. 우리나라 아니면 가까운 다른 나라일 수도. 우리나라도 몇백 년 전까지는 한자를 썼어."

준호가 계속 책 내용에 대해 설명해나갔다.

"제목이 없는 또 다른 간책 한 권은 우검마인의 일기였어. 그도 역시 나처럼 어딘가 높은 곳에서 떨어졌어."

말을 타고 달리던 우검마인은 절벽에서 떨어졌다. 정신을 차려 보니 칠흑의 어둠, 그러나 그는 살아 있음이 분명했다. 물 흐르는 소리를 따라가다가 우검마인은 동물도 사람도 아닌 이상한 종자를 만났다. 그들 앞에서 우검마인은 부싯돌로 불을 일으켜 보였다. 그들이 놀라 우검마인에게 복종했다. 우검마인은 그들에게 불을 쓰는 법과 무기 만드는 법을 가르쳤다. 그리고 그들을 기반으로 자기 세력을 만들었다. 현재의 단풍동 지역을 장악한 그는 아버지강 상류의 마을로 향했다. 그리고 아버지강 건너 북쪽, 현재의 청매동과 붓동, 살촉동 지역으로 계속 나아갔다. 때마침 아후밀탄이 쳐들어왔다. 아후밀탄 군대와 우겸마인의 군대가 살촉동 지역에서 맞붙었다. 우겸마인은 어둠에 약한 아후밀탄 군대를 몰아내고 동굴국 전체를 통일했다. 그는 동굴국 중 가장 문명이 발달한 현재의 붓동 지역을 도읍으로 정했다. 군사와 제도를 정비하고 마을의 물줄기가 시작되는 산 위에 자신의 거처를 정했다.

하지만 우겸마인은 이상한 점을 발견했다. 호랑가시동, 붓동, 청매동, 살촉동의 지명은 지형 모양에 따라 그가 짐승세상의 물건이나 나무 이름을 따 만든 것이었다. 하지만 살촉동과 청매동 사람들이 말하는 '단풍동'이라는 이름은 그가 붙인 것이 아니었다. 우겸마인이 처음 떨어져 내린 아버지강 건너 남쪽, 청매 나루에서 보이는 건너편 지역을 사람들은 단풍동이라 부르고 있었다. 은은한 빛이 감도는 높은 통바위에서 여덟 물줄기가 흘러내리는 그 땅이 단풍잎 모양이라는 설명이었다. 하지만 정작 단풍나무를 본 어른이는 없었다. 그러니 단풍잎이 어떻게 생겼는지도 알 리 없었다. 단풍나무는 가을이면 빨갛게 물드는 짐승세상의 나무다. 그곳이 단풍동이라 불린다는 것은 우겸마인이 동굴국에 오기 훨씬 전, 짐승이 이미 이곳에 와 다스렸다는 증거일 수 있었다.

"……우겸마인은 단풍동으로 돌아왔어. 그리고 통바위 기슭을 뒤져 지금의 삼신각 터에서 허술한 집 한 채를 발견했어. 그 집에서 그때로부터 또 수백 년 전의 삼신어른, 또 다른 짐승이 남긴 기록을 발견했어."

우겸마인은 그 옛날의 검은머리짐승이 후손을 남겼음을 알게 되었다. 우겸마인 앞에 나타난 단풍동 여자 자오, 그녀의 몸에 있는 붉은 핏줄이 그 사실을 증명하고 있었다. 자오는 아름답고 신비했다. 발의 흡반으로 물을 흡수할 뿐 아무 음식도 먹지 않는, 세월이 갈수록 몸이 닳는, 피부가 투명하여 붉고 푸른빛을 내는, 어른이 종자 중에서도 가장 귀한 맑은이였다.

"우겸마인은 붉은나무의세월을 기다렸어. 그리고 자오와 함께 자신의 후손을 만들었어."

내용을 설명하면서도 준호가 굳이 입에 담지 않는 낱말을 나는 초음으로 읽었다. 바로 '붉은이파리'였다. 붉은이파리 맑은이가 검은머리짐승의 후손이라는 사실, 자오의 어깨에 있던 붉은이파리 모양의 혈흔, 그것이 바로 짐승의 붉은 피가 섞였다는 증거임을 준호는 확신하고 있었다. 나는 조용히 고개를 흔들었다. 땅의 말을 전한다는 붉은이파리 맑은이들이 검은머리짐승의 후손일 리 없었다. 아버지 하전의 임종 순간에 미단부리가 확실하게 말했던 것이다.

— 붉은이파리는 절대 짐승의 후손이 아냐.

준호가 알아낸 우겸마인의 여자 자오가 은은샘 차가운 호수에 깃든 여신 자오일 리는 없었다. 아니, 그럴 수도 있었다! 계우마저도 잘못 알고 있을 수도. 은은샘의 자오가 검은머리짐승에게 겁탈당하고 그 후손을 낳았음을 자오 집안에서 멋지게 꾸며낸 것은 아닐까? 맑은이들이 가지는 뛰어난 통찰력, 그것이 혹시 짐승들의 지능을 물려받은 것은 아닐까!

"……우겸마인은 늙지 않았어. 점점 커져가는 검은머리짐승의 몸에 점점 작아져 가는 어른이들의 물과 음식을 넣음으로써 그는 이른바 불로영생의 법칙을 깨우쳤어. 그는 희망에 부풀어 있었어. 그에게 좌절과 슬픔을 준 이는 오직 하나, 사랑하는 아내 자오였어. 늙지 않는 우겸마인에 비해 그녀는 점점 작아져 갔어. 조그만 몸이 된 그녀는 결국 죽었어. 살아갈 의욕을 잃은 우겸마인은 결국 통로를 통해 자기 세상으로 돌아갔어. '돌아간다'는 말뿐이야. 통로에 대한 기록은 없어."

준호는 다시 절망하고 있었다. 하지만 한자에 익숙지 못한 나는 그의 자세한 해독으로 머릿속이 깔끔히 정리됨을 느꼈다. 별을 볼 수 없는 우리 단풍동에 별을 새긴 칠성함이 있는 이유. 삼신각 모습이 짐승세상의 전각과 비슷한 이유. 살촉동을 통해 먼 제울에 사는 햇빛족에게 우리 단풍동의 전설이 흘러간 정황. 그렇다고 준호에게 허점을 보일 수는 없었다.

"우겸마인이 기록 남기기를 즐긴 것으로 보아 짐승임은 틀림없는 듯하군."

차분한 대꾸에 준호가 내 눈치를 살폈다.

"한자로 씌어졌지만 무슨 내용인지 알 수 없는 책도 있어."

새것으로 보이는 간책 하나를 그는 계속 만지작거리고 있었다.

"요새 쓰여진 것인지 옛날 것인지조차 알 수 없어. 지하 밀실에서 잘 보관된 데다 사람들이 들춰보지 않아서 이렇게 새것 같은지도. 이 책을 쓴 이가 천여 년 전, 우리나라 사람일 수도 있어. 그때 우리는 이두를 썼어. 한자의 뜻과는 관계없이 한자의 소리만을 따서 자기들끼리 통한 글자이기 때문에 나로서는 해독할 수가 없어. 이것이 이두문이 아니라면…… 암호일 수도 있지. 중요한 내용, 이를테면 통로에 대한 단서를 숨기기 위해 쓴 글 말야. 지금 내게는 이 해독할 수 없는 간책들이 희망이야. 우겸마인도 이 책에서 통로에 대한 단서를 찾았을지 몰라. 연토, 부탁인데 삼신각에 다시 가봐야겠어."

준호가 간절히 나를 바라보았다.

나는 그에게 삼신각 열쇠를 내주었다. 허망했다. 사기당한 기분이었다. 철저히 통제되어 가까이 가는 것조차 죄스러웠던 어미산 삼신각, 그 삼신각의 심장에 꼭꼭 숨겨두었던 비밀이 기껏 짐승들이 남긴 책 몇 권에 지나지 않았던 것인가. 어른이들의 고향, 단풍동 어미산의 신비로움이 결국 짐승 한 마리의 몇 달 수고로 이렇게 환히 벗겨질 수 있는 하찮은 것이었던가! 준호가 저희 세상으로 돌아가든, 그리하여 짐승들이 우리 동굴국을 쳐들어오든 내가 알 바 아니었다. 모든 것은 짐승들에게 삼신을 맡겼던 그 옛날의, 그리고 지금의 잘난 맑은이들이 해결할 터였다.

삼신각에 다시 다녀온 준호는 내게 무척 고마워했다.

"연토, 통로를 찾아내면 우리 세상에 너를 데려갈게. 네게 보여주고 싶어. 수많은 차들, 화려한 거리들. 그리고 내 아이들. 벌써 노인들이 되었겠지만."

"글쎄, 내가 너희 세상으로 간다면 새빨간 단풍나무가 될지 모르지."

제울의 바다에서 만난 명령어의 목소리가 들리는 듯했다.

—어른이들이 바다 건너 저쪽으로 가면 나무인간이 돼. 목이 터져라 말을 하지만 저쪽 사람들은 알아듣지 못해. 그들은 눈이랑 코도 나쁘지만 귀가 제일 나쁘거든. 나무인간이 된 어른이들은 애가 타. 소리 지르다 못해 온몸이 빨개지지. 그래도 그들은 못 알아들어. '어머나, 잎이 빨갛게 물들었네.' 그것으로 끝이지.

"나무는 무슨! 내가 말했잖아? 짐승세상에 온 어른이를 병원에서 봤다고. 내가 너를 도울게. 나만 믿어."

한껏 기분이 좋은 준호가 보란 듯이 자신의 가슴을 내밀었다.

이어 준호는 온 집 안에 북적대는 하인들과 갓난아이들을 피해 옛 개울가 동굴, 온돌을 만들었던 그곳에 틀어박혔다. 그곳은 예나 지금이나 단풍동 노인들의 소굴이었다. 준호가 그곳의 온돌을 복구하고 불을 때자 '준호가 불귀신'이라는 소문은 금방 다시 퍼졌다. 하지만 그는 아랑곳하지 않았다. 오로지 자기 혼자 올라앉아 책에 전념할 뿐이었다. 노인들은 결국 동굴을 떠나갔다. 동굴 속의 덥고 건조한 공기를 견딜 수 없었기 때문이다. 바로 준호가 바라던 것이었다.

전쟁에 대한 불안

✱　　　　　땅옷족 동굴에서 음산한 한숨이 뿜어져 나왔다. 가까운 숲의 나무인간들 역시 신음 소리를 내며 불안을 감추지 못했다. 수백으로 늘어난 살촉군과 이마에 노란 두건을 두른 무리가 서로 노려보며 아슬아슬 스쳐 가는 모습을 심장 약한 사람들은 제대로 지켜보지도 못했다.

'괜찮아요, 푸른용달이에요. 아직 물의 달인 걸요.'

'그럼요. 물의 달이 끝나도 나무의 달이 석 달이나 있는걸요.'

'그럼요, 벌써부터 걱정할 일이 아니지요.'

사건이 일어나기도 전에 사건의 끝이 보였다. 오늘 속에 내일이 이미 들어있었다. 하지만 그리 법석을 떨 일도 아니었다. 우리에게는 맑은이들이 있었다. 그들이 이 땅에 태어났을 때부터 앞날의 그림을 보며 전쟁을 대비했을 터였다. 어린이들, 칠성함에서 갓 꺼낸 그 어린 맑은이들조차 단풍동의 평화에 대해 논하지 않던가.

계우의 부름으로 집에 온 차미한 가쟁은 거실 의자에 걸터앉아 피식거렸다.

"노란두건 떼 따위야 사실 상대가 되나. 청매동에서 다리 폭파 사건만 없었으면 그쪽에서 벌써 작살났을 조무래기들인걸."

가쟁은 그의 삼촌 여량가지의 뒤를 이어 단풍동 보안대장에 올랐다. 그는 자랑이라도 하듯 부하를 넷이나 데려와 우리 집 높은마당에 세웠다. 사실 그에게 보안대의 전권이 있는 것도 아니었다. 겉으로야 단풍동 군대의 수장이지만 그를 임명한 이도, 그의 임무를 조종하는 이도 살촉동 군부였다.

"그래도 손은 좀 봐야지. 호랑가시동도 노란두건 떼 때문에 골치를 앓고 있어. 두건 떼도 아닌 놈들이 노란 두건을 머리에 두르고 몰려다니며 보안대들에게 대든다는 거야. 그나마 우리 단풍동 두건 떼들은 얌전한 편이지. 물론 내 보안대가 워낙 강하니까. 희한한 건 살촉군들이야. 왜 그놈들을 지켜만 보는지. 엊그제만 해도 그래, 노란두건 떼 중간 두목 두 놈을 잡아 나루샘 살촉군 진영으로 넘겨줬거든. 살촉군 대장 이안은 고맙단 말 한마디가 없어. 손도 대지 않고 코 풀겠다는 심보지. 두고 봐, 내가 살촉동 본토에 직접 보고해서……"

"살촉동에 보고할 내용은 내가 가르쳐주지."

계우가 가쟁의 말을 잘랐다.

"가쟁, 노란두건 떼는 건드리지 마. 그들의 두목은 우리 단풍동의 맑은이야. 그들이 이곳에 온 목적은 단풍동을 지키기 위해서야. 차미한 가쟁, 자오 집안의 맑은이 계우가 확실히 말해. 노란두건 떼는 건드릴 수 없어. 단풍동의 적은 노란두건 떼가 아니라 살촉군이야. 매국노가 되지 않으려거든 내 말을 명심해."

"매, 매국노! 내가?"

"살촉동에 이렇게 보고해. '노란두건 떼 두목은 이미 처형되었다'고. '잔당들도 항복하여 더 이상의 살촉군 증원은 필요없다'고."

"계우, 그, 그런 거짓말을, 그렇게 금방 들통날 일을 내가 어떻게. 게다가 나, 나는 본토에 보고할 입장도 아니고……"

"본토? 어디가 본토야? 겁쟁이 차미한 가쟁, 단풍동 보안대장의 이름으로 확실히 보고해. '살촉군 증원은 필요없다'고. 살촉군 대장 이안은 살촉군 본부에 이미 그렇게 보고했어. 단풍동 출신인 그는 죽어서도 단풍동 어미산에 묻히기로 마음을 굳혔지. 네가 선택할 것도 둘 중 하나야. 죽어 단풍동 어미산에 명예로이 묻힐지, 아니면 살촉군의 앞잡이가 되어 그들의 가죽 가방으로 남을지. 자, 맑은이 자오계우의 말은 끝났어. 네 부하들을 끌고 내 집에서 당장 나가."

가쟁이 거실을 나서며 연방 헛기침을 해대었다.

노란두건 떼가 거리를 활보해도 정작 두목 사흔의 모습은 보이지 않았다.

ㅡ저와도, 저희 광대패와도 머지않아 만나시게 될 겁니다.

그가 나타날 날이 가까웠음은 분명했다. 즐겁고 행복한 만남이 아닐 것도 분명했다.

붉은나무의달 열사흗날, 미단부리가 가족들을 불러 모았다.

"예외는 없어! 온 가족 모두 높은마당으로 올라가. 아랫마당과 중간마당은 쓸 수 없어. 시궁창의 곰치도 다 끌어내."

"하지만 희실은 움직일 수 없는데."

담장에 올라앉은 산분이 킥킥대자 미단부리가 앙칼지게 쏘아붙였다.

"쓸데없는 년은 썩어 문드러지라고 해! 성질 더러운 것들이 더 오래 사는 건 뭔지 모르겠어. 내 제삿밥 얻어먹은 귀신들은 어디서 뭣들 하는지……."

조그만 몸피의 미단부리를 무시하는 하인들에게 계우가 버럭 소리질렀다.

"미단부리의 말대로 당장 움직이지 못해!"

아랫마당과 중간마당의 모든 방에서는 물건들을 끄집어내느라 북새통을 이뤘다. 높은마당은 더욱 복잡했다. 하인들이 기거하던 행랑채는 미단부리를 비롯한 우리 식구들이 들어가야 했고 곡식을 저장하던 광은 갓난아이들 10명이 지내기 위해 치워야 했다. 집 밖에서 몰려든 어른이들 20여 명은 집에서 내쫓겼다. 그들뿐 아니었다. 우리 집안의 하인들도 근처 다른 집에서 기거해야 했다.

높은마당 행랑채 생활은 불편하기 짝이 없었다. 물줄기가 없어 각 방마다 물확을 써야 하는 데다 아랫마당과 중간마당의 살림살이, 높은마당 창고에서 나온 물건들이 뒤섞여 엉망이었다. 미단부리뿐 아니라 계우와 희휘, 희안도 방을 함께 쓰면서 신경이 날카로울 대로 날카로워져 있었다. 그 와중에도 하인들은 미단부리의 다음 지시를 따라야 했다. 중간마당과 아랫마당 한가운데로 흐르던 물줄기를 돌려 주위의 도랑으로 빼고 아랫마당 전체에 두툼하게 짚단을 풀어헤쳤다. 그 위에 천들이 펼쳐졌다. 거실 휘장은 물론 하전과 미단부리, 순부부리의 방에 쳤던 비단 휘장들, 아직 옷으로도 휘장으로도 쓰이지 않은 새 비단천도 단 한 필 남김없이 쓰였다. 용개가 가져온 값비싼 연잎천 두 필도 마찬가지였다. 울긋불긋한 천들이 빈틈없이 깔린 아랫마당은 어이없게도 눈을 떼지 못할 정도로 아름다웠다.

"아랫마당으로 내려서기만 해봐! 발모가지를 부숴버릴 거야."

천을 밟으며 아랫마당을 오갈 수 있는 사람은 미단부리뿐이었다. 그녀가 아랫마당에 무엇을 할 것인지는 그녀만이 아는 일이었다. 아랫마당에 혼자 선 그녀는 인형을 만들기 위해 쌓아두었던 흙에 아교를 섞기 시작했다. 그것들이 조그만 집과 담장과 문과 길이 되어 비단 자락에 놓였다. 다음으로 그녀는 하인들에게 자신의 인형들을 가져오도록 명령했다. 굽는 방과 창고에서 꺼낸 인형들은 임시로 높은

마당 창고의 물건들 위에 아슬아슬 놓여 있었다.

"부엌 선반에 있던 건 왜 안 가져와? 하여간 눈치라곤 없는 멍청이 박쥐새끼!"

그녀가 나를 노려보았다. 아랫마당 부엌 높은 선반에 내 손으로 올렸던 인형들도 높은마당 창고 한구석에 억지로 공간을 내어 깊이 보관한 터였다. 그것들을 꺼내기 위해 높은마당 창고에 쟁였던 수많은 물건들이 마당으로 도로 나와야 했다.

인형들은 수백 개가 넘었다. 그녀는 무어라 끝없이 중얼거리며 인형들을 바닥에 차근차근 배치하기 시작했다. 조그만 흙집에 인형들이 서로 쳐다보게, 또 몇은 그녀가 만든 길과 언덕에 놓이기도 했다. 인형들 크기에 맞는 앙증맞은 도구들, 가축들, 마차들도 자리 잡았다. 그리고도 미단부리는 다시 창고로 들어갔다. 모자란 인형들을 만들기 위해서였다.

개울가 동굴에서 쓸 땔감과 음식을 가지러 온 준호는 나를 보자 얼른 시선을 피했다. 자신의 속마음을 들킬까 지레 겁을 먹은 것이었다. 그랬다. 개울가로부터 삼신각을 자유로이 오간 그는 이제 생이 짐승임을 알고 있었다. 삼신각 지하 밀실 이곳저곳에 놓인 촛대와 거울들, 타다 남은 심지들이 드디어 그의 눈에 띈 것이었다. 그가 망설이던 끝에 말을 이었다.

"우겸마인 말야, 그가 짐승세상으로 돌아간 것은 틀림없어. 그런데 그는 적어도 백 년 이상을 이곳에서 살았어. 그 많은 세월을 살면서도 그는 늙지 않았어. 통로를 알고 있던 우겸마인은 통로의 햇빛을 통해 자신의 젊음을 유지했겠지."

준호가 삼켜버린 다음 말을 나는 또 초음으로 읽을 수 있었다.

'삼신어른 생도 늙지 않고 있잖아. 그 역시 짐승이고, 통로를 알고 있는 거지. 미안해. 내가 통로를 알아낼 때까지 네게 그 사실을 털어놓을 수는 없어. 너를 비롯한 맑은이들이 그를 죽이면 곤란하니까.'

 준호의 입장을 이해하면서도 한편으로 그가 사특하다는 생각이 들었다. 그에게서 완전히 정을 거둘 날이 가까워오는 모양이었다.

 불의 첫 달인 흰날개호랑이달 초닷새에 미단부리가 일을 끝냈다. 그녀는 높은마당의 방에서 긴 잠에 빠져들었다. 아랫마당에 펼쳐진 인형들의 세상은 한눈에 보아도 우리 단풍동의 축소판이었다. 일을 하는, 또는 거실 의자에 걸터앉아 잠을 청하는 사람들이 있었고 저 잣거리에는 장사꾼들, 손님들, 군인들, 사내들을 유혹하는 유곽 여자들이 있었다. 중앙에서 동쪽으로 치우친 높은 둔덕은 어미산이었다. 어미산에서 흘러내리는 계곡들, 숨은 골짜기들, 그리고 북서쪽 가장자리에는 앙증맞은 배도 몇 척 띄워져 있었다.

 나흘 만에 잠에서 깬 미단부리는 이번에는 중간마당으로 내려섰다. 하인들을 시켜 중간마당을 평평하게 고른 그녀는 우무질이 담긴 항아리 다섯 개를 모두 내어오게 했다. 중간마당 전체에 끈적끈적한 우무질이 골고루 칠해졌다. 하루가 지나 우무질이 굳자 그녀는 집 앞 개울에서 가져온 흙 세 가마니와 큰 가마솥 두 개에 가득 끓인 뜨거운 아교를 섞었다. 그것들이 다시 마른 우무질 위에 퍼발라졌다. 만 이틀이 지나자 아교가 섞인 흙이 굳어 딱딱한 판이 만들어졌다. 그제야 알 수 있었다. 그것은 아랫마당에 만들어진 인형 세상의 덮개, 곧 지붕이었다. 판을 올려놓음으로써 미단부리의 인형들은 우리 단풍동과 똑같은 동굴국 세상에서 살게 될 것이었다.

 "덮개를 들어 아랫마당에 올려놓게."

 무심코 하인들에게 지시했다가 나는 그녀의 살기에 입뿐 아니라 온 얼굴을 데일 뻔했다.

"저놈을 당장 찢어! 언제야 그 박쥐 대가리를 제대로 굴릴 거야!"
계우의 설득에 겨우 진정한 미단부리가 다음 말을 이었다.
"누구든 내려서기만 해. 모가지가 실꾸리처럼 팽팽 돌아갈 거야. 개구리 한 마리 벌레 한 마리도 내려설 수 없어. 내 세상을 망가뜨리는 것들은 불에 태워버릴 거야. 그리고 희실! 이 죽일 년! 지금부터 내 말 잘 들어!"
중간마당에 있는 고모 희실의 방을 향해 그녀가 호통쳤다.
"목숨이 끊어지는 순간까지 이 마당들을 지켜! 모르는 연놈들이 쳐들어오면 네가 아는 갖은 욕설을 다 퍼부어. 가장 나쁜 저주의 말을 끊임없이 내뱉어. 너를 죽이고도 더 이상은 기분이 나빠 이 집 가까이 오지도 못할 정도로. 그게 바로 지금까지 네 아가리가 보전된 이유야. 알아듣니, 이 징글징글한 년아!"
할말을 다하고도 미단부리는 움직이지 않았다. 중간마당으로 내려서는 계단에 걸터앉아 앞뒷눈으로 사방을 둘러보며 중간마당과 아랫마당을 지켰다.
불의 석 달 중 두 번째 달인 불새달이 시작되었다. 불새달과 반딧불이달만 어떻게든 버티면 불의세월의 화를 피할 수도 있으련만 누구도 그런 요행을 바라지는 못했다. 때도 없이 푸덕거리는 박쥐들, 숲의 나무인간들과 농가 가축들의 울부짖음, 몸피에 어울리지 않게 악악대는 개구리들의 비명이 밤낮으로 단풍동의 허공을 흔들어대었다.
불새달 사흗날, 이안이 살촉군 대장직에서 물러났다는 소식이 들려왔다. '이안이 부하들을 시켜 폭탄을 팔아먹고 돈을 챙겼다'는 소문과 '이안이 단풍동 출신임이 드러나 살촉동 군부가 갑작스레 해임시켰다'는 소문이 함께 나돌았다. 청매동에서 큰 폭발이 있었다는 소식도 전해졌다.

불새달 아흐렛날, 저자에 다녀온 하인이 급히 '보안대장 가쟁의 시신이 살촉군 건물 앞 깃대에 걸렸다'고 말했다. 가쟁의 죄목은 단풍동 보안대의 무기와 폭약들을 아버지강에 버린 것, 폭약 중의 일부가 물에 떠내려가다 청매동으로 맞놓는 다리 교각과 나루샘마을 선착장을 파손시켰다는 것 등이었다. 또 다른 하인은 '나루샘마을에 주둔해 있던 살촉군이 육로로 오는 지원군을 맞기 위해 자루목샘마을로 이동했다'는 소식을 가져왔다. 호랑가시동에서 큰 싸움이 있었고 살촉군이 많이 희생되었다는 소식도 연이어 들려왔다. 하루하루 더 이상의 흉한 소식이 없기를 바랄 뿐이었다. 동굴족 전체가 불안에 떨고 있었다.

준호는 어미산에서 살다시피 했다. 며칠씩 머무르다가 집에 오면 먹을 음식을 챙기기 바빴다. 그는 이두문에 관한 다른 자료를 찾는 척하며 삼신각 안팎을 샅샅이 뒤지는 중이었다. 생이 햇빛을 쬐어 건강을 유지했다면 통로는 삼신각에서 멀지 않은 곳이라는 게 그의 생각이었다. 한편으로 그는 그가 해독할 수 없는 이두문 책이 삼신어른 생의 기록일 수 있다는 생각도 하고 있었다. 글자가 쓰인 대나무 판과 그것을 묶은 삼끈이 그리 낡지 않았다는 것이 그의 의심의 근거였다. 이두문이 아니라 한자로 쓰인 암호문이라면, 한자를 아는 검은머리짐승조차 읽을 수 없게 꼬아놓은 글이라면 그 내용은 결국 통로에 관한 비밀일 것이라고 그는 확신하고 있었다.

집 밖으로 나도는 이는 준호뿐 아니었다. 계우 역시 얼굴을 볼 수 없었다. 집안일은 내 차지였다. 열여섯 명이나 되는 아이들의 피부껍질을 잘게 부숴주는 일, 눈 한 번 곱게 뜨지 않는 미단부리의 비위를 맞추는 일, 뿌리박힌 몸이 아프다고 징징대는 희실을 달래는 일도 하인들에게 맡길 수 없는 내 몫이었다. 열흘 만에 삼신각에서 내려온 준호는 한두 시간도 되지 않아 또다시 올라갈 채비를 했다. 흉흉한 분위기에 휩싸인 식구들을 보면서 그가 내게 위안이랍시고 한마디 했다.

"영역 싸움이야 어디서나 있게 마련이지. 한 발짝 움직이지 못하는 길가의 잡풀들도 제 땅을 차지하려 치열하게 싸우잖아. 하기야 단풍동의 맑은이, 붉은이파리들이 다 없어진다면 큰일이기는 하네. 연토, 밝은샘의 붉은이파리들에게 의논해 보지 그래? 그들이야말로 너희 지혜와 경험의 집약체잖아."

어이없었다. '붉은이파리에게 지혜를 빌리라'는 그의 속뜻은 다름 아닌 '짐승들의 지능을 이용하라'는 말이었다. 책을 통해 붉은이파리가 짐승들의 후손이라 확신한 이후로 그는 어른이들에 대해 엄청난 우월감에 빠져있었다.

'짐승의 똑똑한 피가 그나마 너희 어른이들에게 섞였기 때문에 너희가 이 동굴 속의 주인이 된 거야. 그걸 모르다니.'

그는 바로 이 순간에도 자신의 마음이 어른이들에게 그대로 읽힌다는 것을 간과하고 있었다. 어떻게든 통로를 찾아야 한다는, 이 어둡고 무지한 세상에서 더 이상 살고 싶지 않다는 그의 염원이 그를 더욱 외곬로 몰아가고 있었다.

"오랜만에 짐승이 옳은 말을 하는군."

내 뒤에 나타난 이는 바로 계우였다. 그녀가 나를 쳐다보았다.

"뭐해? 네가 아끼는 짐승이 너더러 밝은샘에 가라잖아?"

밝은샘마을로 향했다. 이 흉흉한 불의세월 불의 달을 맞는 붉은이파리들의 대책을 들어봐야 했다. 또 미곤이 말했던 푸른이파리, 검은이파리의 실체에 대해서도 알아야 했다. 갓 태어난 맑은이들의 우려대로 전쟁은 언제고 일어날 수 있었다. 불의 세월이 아닌 나무, 흙, 물의 세월에는 누가 앞장서서 싸워준다는 말인가.

　밝은샘의 도도한 붉은이파리 맑은이들이 나를 상대해 주지 않을 수도 있었다. 그래도 나는 끈질기게 물어볼 참이었다. 그들이 검은머리짐승 준호를 물고 늘어질 수도 있었다. 그렇다. 그들이 내게 준호를 처치할 것을 요구한다면 나는 당연히 그를 죽일 참이었다. 나는 짐승이 아니었다. 비록 앞날의 그림 따위 보지 못하는 하얀이라 해도 이 땅에서 태어나고 이 땅으로 돌아갈 어른이였다.

또다시 밝은샘 마을로

*   밝은샘마을의 풀과 나무들은 예전보다 더욱 무성한 듯했다. 어른이들의 발짝으로 다져진 길이 분명히 나 있음에도 여전히 어른이를 배척하고 더 나아가 비웃고 조롱하는 느낌이 드는 이유는 그들 밑에 방치된 시신들, 문드러졌다고는 하나 형체를 분명히 알 수 있는 어른이의 시신들 때문일 터였다.

네 눈으로 봐! 우리들의 뿌리가 어디에 박혀 있는지. 우리가 무엇을 먹고 사는지.

풀잎 위의 벌레들, 거미들, 땅에서 바삐 움직이는 개미들도 마찬가지였다. 푹 파인 내장을 채워주기라도 하듯 시신 위에 흙둥지를 튼 개미들은 어른이의 팔다리뼈와 이리저리 엉킨 나무뿌리들을 줄지어 오르내리며 제 식구들을 챙기느라 바빴다.

따지고 보면 밝은샘마을의 독초 피해는 우리 어른이들에게만 심각했던 것인지 모른다. 어른이들을 죽음으로 몬 독초 역시 이 땅에서 난 풀의 일종 아닌가. 지금 눈에 보이는, 이 섬뜩할 정도로 싱싱한 풀과 나무들과 벌레와 새들은 37년 전 독초 사건이 있기 전과 똑같이, 아니 그때보다도 더 본격적으로 자기들의 전성기를 맞고 있는지 몰랐다. 사람의 손길이 닿지 않는 아후밀탄의 거대한 나무와 풀들이 자기들의 세상을 마음껏 꾸려가는 것처럼.

　자오 본가는 대문이 활짝 열려 있었다. 높은마당에 곡식을 들이던 하인들이 내게 고개를 숙였다. 중간마당으로 내려섰다. 여행 떠나기 전, 외삼촌 미곤과 무녀 영기를 만난 곳이 바로 이곳 중간마당의 거실이었다.

　"연토 삼촌! 반가워요."

　거실에서 나와 예를 갖추는 여자는 우구슬이었다. 딴사람 같았다. 보석이나 금실 따위의 치장은 없었지만 곱게 빗어 올린 머리칼, 자잘한 꽃과 나무를 수놓은 어깨 가리개가 그녀를 소박하면서도 기품 있게 꾸며주고 있었다. 그녀는 웬일인지 나를 다시 대문 밖으로 이끌었다. 밝은샘 상류로 난 작은 오솔길을 가리키며 그녀가 말했다.

　"사람들은 모두 이곳을 밝은샘 자오 본가로 알지요. 하지만 이곳은 실은 자오의 행랑채예요. 하인들이나 저처럼 음식을 입에 대는 황인들이 기거하는 공간이지요. 자오 집안의 주인들이 계신 곳으로 안내할게요. 며칠 전부터 삼촌을 기다리고 계세요."

　우구슬의 말을 나는 한동안 알아듣지 못했다. 금강샘의 우리 집보다 몇 배는 더 큰 이 집이 자오의 행랑채일 리 없었다. 게다가 9년 전, 내가 미곤과 영기를 찾았을 때 그들은 분명히 이곳에서 나를 맞지 않았던가. '자오의 주인들이 며칠 전부터 기다리고 있다'는 우구슬의 말도 꺼림칙했다. 그렇다면 자오의 맑은이인 계우도 이들과 한통속이라 나를 이리로 떠민 것인가? 뒤숭숭한 내 마음과는 달리 우구슬은 편안하고 즐거워 보였다. 밝은샘 물가의 오솔길로 나를 이끌면서 그녀는 춤이라도 추듯 걸음걸이가 가벼웠다.

　"그런데…… 연토 삼촌께서는 다리가 괜찮으시네요? 미곤 주인님은 빨판이 망가져 제울에 다리 두 개를, 새로 난 또 한 다리를 살촉동에 버리셨다던데. 그 험한 여행길을 무사히 다녀오시다니, 맑은이로서는 연토 삼촌이 처음이실 거예요."

나는 그저 고개를 끄덕였다. 내가 맑은이가 아니라는 사실을 그녀에게 밝힐 필요는 없었다. 지금껏 내 정체를 숨겨준 맑은이들의 생각이 따로 있을 터였다.

밝은샘 상류를 향해 얼마나 걸었을까, 물줄기를 따라 나 있던 오솔길이 둘로 갈라졌다. 왼쪽 길로 무심코 들어서자 뒷눈으로 나를 본 우구슬이 주의를 주었다.

"그 길은 삼신각으로 가는 길이어요. 본가는 좀 더 올라가셔야 해요."

말로만 듣던, 어미산과 밝은샘 사이의 지름길이었다. 삼신어른 생에게 제례 글자를 배우러 삼신각에 다닐 때의 일이니 벌써 20여 년 전이다. 삼신각보다 더 높은 곳에서 내려오는 계우를 보고 이상하여 물으니 '지름길로 왔어' 하고 짧게 대꾸한 적이 있었다. 은은샘의 그녀는 그때 서북쪽 가파른 길을 내려와 저잣거리를 통해 다시 오르는 큰길 대신 남동쪽 밝은샘마을을 거쳐 오는 이 지름길을 택했던 것이다. 하기야 은은샘과 밝은샘 모두 자오 소유이니 그들끼리 길이 나 있는 것은 당연할 터이다. 두 샘이 다른 샘들보다 높이 위치한 데다 저잣거리가 있는 서남쪽이 아니라 어미산 반대편인 북동쪽으로 흘러내리니 우리 눈에 보이지 않았을 뿐이다.

밝은샘 계곡은 역시 대단했다. 상류로 한참 올랐는데도 풍부한 양의 물줄기가 바위를 휘돌아 물거품을 이루는 모습이 장관이었다. 계곡을 따라 오르던 우구슬이 드디어 걸음을 멈추고 커다란 바위를 가리켰다. 돌 대문이었다. 그녀의 안내가 아니었으면 누구도 큰 나무등치로 가려진 이끼 낀 바위를 문으로 생각할 수 없었을 것이다. 아니, 몸을 들이밀고 보니 그것은 문이 아니었다. 등을 맞댄 커다란 바위

둘, 그 틈서리로 난 비좁은 통로일 뿐이었다. 바위틈을 겨우 통과하자 가파르고 좁은 내리막길이 나타났다. 수백 년은 되었을 법한 이끼 낀 두툴나무들이 번번이 앞을 가로막았다. 새로운 오르막과 내리막길이 거듭되었다. 물소리는 어느새 까마득히 멀어지고 있었다. 아름이 넘는 감향나무, 키보다 더 큰 덤불을 헤친 후 우구슬과 나는 드디어 한 봉우리를 향해 오르기 시작했다. 빛바위가 있는 어미산의 본봉우리가 아니었다. 작은 능선들이 만들어내는 새 봉우리, 내가 모르는 어미산 속살의 낯선 봉우리를 오르는 중이었다.

"자, 다 왔어요."

가로막은 큰 바위 때문에 더 이상 오를 수 없다는 생각이 들었을 때 우구슬이 걸음을 멈추었다. 비비꼬인 등줄기 밑으로 크지 않은 나무 대문이 보였다.

나무 문을 밀자 희한한 일이 벌어졌다. 어느새 나는 반듯한 돌바닥 위, 잘 다듬어진 향나무 기둥들이 높은 천장을 떠받치고 있는 본가 현관에 들어서 있었다. 사람은 보이지 않았다. 우구슬의 권유로 맞은편 문을 열고 거실에 들어섰다. 그곳에도 역시 사람은 없었다. 바닥에 흐르는 청량하고 향긋한 물줄기, 띄엄띄엄 떨어져 놓인 크고 작은 탁자들과 수십 개의 의자들이 본가의 규모를 설명해 줄 뿐이었다. 나는 또 우구슬을 따라 거실을 가로질렀다. 맞은편 문을 열자 이번에는 긴 회랑이 나타났다. 양쪽으로 놓인 방이 줄잡아 열댓 개, 회랑 끝의 문을 열자 갑자기 물소리와 밝은 햇살이 눈을 쏘았다. 아픈 눈을 문질러가며 다시 본 그것들은 다름 아닌 빛바위와 밝은샘 상류의 물줄기였다. 어떻게 어미산 꼭대기의 빛바위와 밝은샘을 나란히 볼 수 있는지, 눈으로 보면서도 믿어지지 않았다. 뒷눈을 떠서 내가 방금 가로지른 저택을 몇 번이고 확인했다. 높은 바위와 나무들에 묻힌 자오 본가는 결국 어미산 동쪽의 숨은 골짜기, 빛바위와 밝은샘 수원에 올라서서나 힐끗 보일 천혜의 요새에 자리 잡고 있었던 것이다.

햇빛이 쏟아지는 넓은 마당에는 나무는커녕 풀 한 포기, 물줄기 한 자락도 없었다. 나앉은 마당 끝에 담장처럼 두른 돌축대와 축대 위로 오르는 돌계단이 보일 뿐이었다.

"드디어 오셨네! 존경하는 운흘 연토 나으리."

축대 위에서 들리는 웬 여자의 목소리는 하늘의 소리처럼 멀고도 부드러웠다.

"올라가셔요. 따뜻한 연못이에요."

우구슬이 계단을 가리켰다. 계단 위에서 내려오는 여자는…… 채연이었다. 놀랍게도 그녀는 알몸이었다.

"반가워요, 연토 나으리. 얼마나 기다렸는지."

채연이 내 손을 잡아 계단 위로 이끌었다. 축대 위는 예상했던 대로 평평한 마당이었다. 그리고 그 가운데에 또 다른 축대와 계단이 보였다. 계단을 다 올라 꼭대기 마당을 디딘 순간 나는 나도 모르게 탄성을 질렀다. 마당 가운데, 연분홍과 연노랑 바위들로 둘러쳐진 연못에서 뽀얀 물안개가 피어오르고 있었다. 우구슬이 말한 '따뜻한 연못'이었다. 아름다웠다. 활짝 핀 양귀비꽃 한 송이, 내가 방금 딛고 올라온 중간 마당이 곱게 펼쳐진 꽃잎들이라면 꼭대기 마당은 꽃부리, 물에서 피어오르는 따뜻한 물안개는 꽃의 수술과 암술인 셈이었다.

"오셨군. 우리 이파리."

이파리? 자기들 붉은이파리 맑은이들이 꽃이고 나 같은 하얀이는 이파리? 물안개 속에서 들리는 나른한 목소리는 놀랍게도 이안이었다. 그가 킬킬거리며 웃었다.

"어떻게 이곳에 있느냐고? 세상 무엇보다 중요한 일이 내 씨물을 뿌리는 일이니까."

 내 손을 놓고 연못으로 다가간 채연은 연노란색 바위 위에 놓였던 비파를 잡았다. 언젠가 보았던, 울림판에 사람의 째진 눈이 그려져 그녀의 겨드랑이를 들여다보는 듯하던 바로 그 비파였다.

"언제 봐도 귀엽다니까, 내 귀여운 연토 도련님은."

 물속에서 푸푸거리며 일어난 목소리의 주인은 무녀 영기였다. 그녀 역시 알몸이었다. 그녀의 몸피는 놀랍도록 조그마했다.

"이리 깜짝 저리 깜짝 푸드덕대는 꼴이라니. 날개 빠진 박쥐새끼."

 험한 말투로 나를 맞는 외삼촌 미곤도 물에서 나와 연못가 바위에 올라앉았다.

"그래, 내가 제울에 던진 다리 두 짝은 보고 왔더냐? 참, 또 다른 다리 한 짝은 살촉에도 있었을 텐데."

 미곤 역시 몸피가 꽤 줄어들어 있었다. 제대로 일어선다 해도 내 가슴에도 차지 않을 키였다. 미곤도, 또 다른 바위에 올라 자리 잡는 이안도 씨물주머니를 그대로 드러낸 알몸이었다. 그들은 서슴없었다. 비파를 뜯는 채연의 허리로 경쟁이라도 하듯 파고들었다. 채연은 까르륵대면서도 비파를 놓지 않았다. 연못 한가운데에 있던 영기가 손을 쳐들었다.

"자자, 조용히 해! 새 삼신어른께 예를 갖추라니까. 자, 다들 이리 와."

 예를 갖추지 않는 이는 바로 영기였다. 미곤의 씨물주머니를 물속에서 찾아 쥔 그녀는 곧 이안의 씨물주머니까지 쥐고 깔깔대며 다시 물속으로 들어갔다. 사내들뿐 아니라 채연까지 비파를 던지고 물속으로 들어가 한 덩어리로 엉켰다. 이리 와. 그만 해. 간지럽다니까. 장난꾸러기. 그들의 웃음과 함께 물안개 속에 흩어지는 그들의 말에는 또 다른 조소와 비아냥거림이 섞여 있었다. 새대가리. 배알도 없는 바보새끼. 세상 돌아다녀봤자 헛것인 천치.

더 이상 그들의 헛짓을 구경할 필요는 없었다.

"자, 이제 날 부른 이유를 말해주시오."

"불러? 누가? 네가 왔잖아. 언제나 네가 우리를 찾았지. 한심한 박쥐 대가리."

그렇다. 이들이 초음으로 나를 부른 이유가 무엇이든 그것은 이들의 문제였다. 준호에 관한 것도 그러했다. 그가 금기를 깨고 삼신각의 책을 읽은 것, 붉은이파리의 피가 짐승으로부터 왔음을 알아낸 것 역시 내가 이들에게 질책당하거나 보고할 일이 아니었다. 어쩌면 이들은 이 모든 것을 이미 알고 있을 수도 있었다. 아니, 준호가 책을 읽도록, 그리하여 내가 책의 내용을 소상히 알도록 조종한 것도 이들일 수 있었다. 큰 숨을 쉬어 마음을 가라앉혔다. 나로서는 내 목적을 달성하고 돌아가면 그뿐이었다. 이 흉흉한 시기에 이들 붉은이파리들은 왜 꼼짝하지 않는지, 붉은이파리들이 해답이 아니라면 다른 이파리들은 어디서 무엇을 하는지, 그들은 왜 보이지 않는지 그것을 알아야 했다.

"오호 연토, 붉은이파리 따위 필요 없다 이거지? 푸른이파리 검은이파리에게 부탁하면 된다 이거지?"

물속에서 얼굴을 내민 이안이 초음으로 내 마음을 읽고 낄낄거렸다. 외삼촌 미곤이야 그렇다 쳐도 언제나 내게 깍듯하던 이안의 이기죽거림은 정말 듣기 힘들었다.

"맞아. 당신들의 유치한 놀이를 보러 온 게 아니오. 당신들이 어떻게 살촉동의 공격을 감당할지 궁금하오. 당신들이 아니라 다른 이파리들에게 맡기고 싶은 것도 사실이오. 내가 선택할 수 있다면."

"봐! 여행을 보낸들 박쥐가 독수리 되겠나. 세상 돌아다녀봤자 헛것인 천치."

침착해야 했다. 냉정해야 했다.

"그래. 당신들이 말한 대로 나는 배알도 없는 박쥐새끼에 바보천치야. 그런데 짐승의 후손들 주제에 순수한 어른이를 조롱할 자격이 있나? 당신들 붉은이파리야말로 이 땅을 더럽히는 요물들 아닌가?"

'쟤 똑똑해진 것 봐라, 제대로 따진다.' '여행 다녀오더니 맞먹자고 덤빈다.' 사내들의 업신여김과 조소가 계속되었다. 채연이 바위에 올라 비파를 다시 잡았다. 나 역시 그들에게 질 수 없었다.

"아무리 부정해도 당신들의 피는 변하지 않아. 당신들이 짐승에게 선선히 삼신직을 맡겼던 이유도 그것이었겠지. 옛날에도, 또 지금도. 그럴듯한 가면을 쓴 당신들 붉은이파리, 순진한 어른이들을 속이는 이 희대의 사기꾼들."

채연의 노래가 시작되었다.

'어머나, 그 옛날 삼신이 검은대가리? 까마득한 옛날의 삼신도 검은대가리? 어머나, 지금의 삼신도 검은대가리? 세상에나, 운흘 생이 검은대가리! 그놈도 제 후손을 만들었을까? 검은대가리 피를 이을 검은대가리?'

"제 아비라고 편드는 것 좀 봐. 아무리 꺾어도 팔은 안으로 굽는다니까? 가슴이 미어져 눈물이 난다니까?"

영기 역시 나를 약 올리고 있었다. 그나마 채연의 노래가 내게 대한 친절임을 나는 한참 후에야 알아들을 수 있었다.

'……붉은이파리는 바로 단풍동 그 이름.

짐승들의 조상, 그 조상의 조상이 이 땅에 오기 전에도.

붉은이파리는 맑은이 중의 성골, 땅의 진액.

짐승들의 조상, 그 까마득한 조상이 나무를 탈 때에도.
붉은이파리는 성스러운 이의 어깨에 그려준 땅의 징표.
짐승들의 조상, 조상이라 할 수도 없는 그 옛날의 물고기가 힘겹게 뭍에 올라 숨을 헐떡일 때에도.'
붉은이파리가 땅의 진액? 짐승의 후손이 아니다? 그렇다면 준호가 책에서 본 우겸마인의 기록은 무엇일까. 이안의 손이 채연의 다리를 쓰다듬었다. 이윽고 그가 그녀의 발과 종아리에 입을 맞춰대었다. 그의 희롱에도 아랑곳하지 않고 채연의 노래가 이어졌다.
'냄새나는 짐승의 후손은 천한 햇빛족.
오물을 온몸에 뒤바르고 평생 동안 헐끈대는 더러운 햇빛족.
하루를 살 뿐 어제를 모르는, 치받고 받치느라 내일을 모르는 한심한 햇빛족.
발바닥이 밋밋한, 먹지 않으면 살 수 없는,
뱀과 돼지 피가 섞인, 개와 닭 피가 섞인 햇빛족……'
나는 다시 큰 숨을 몰아쉬었다.
"좋소. 당신들 붉은이파리가 이 땅의 진액이라 칩시다. 붉은이파리야말로 짐승과는 아무런 관계없는, 단풍동을 위해 이 땅이 내놓은 최선의 해결책이라 칩시다."
그들을 노려보며 내가 말을 이었다.
"다 좋아요. 나를 캔 아비가 생, 더럽고 냄새나는 짐승이라 칩시다. 그런 당신들은 정작 이 땅을 위해 무슨 일을 했소? 당신들 붉은이파리가 햇빛족보다, 검은머리짐승보다 나은 게 뭐요? 짐승 생은 단풍동을 위해 최선을 다해 살아왔소. 지금도 그는 살촉의 침입을 막느라 청매동에서 목숨을 걸고 있소. 그뿐 아니지, 그는 이전의 짐승들이 남긴 돌판을 모아 그 기록들을 다 없앴소. 이 땅에 남은 짐승들의 흔적을 없애기 위해 그는……."
 "그랬군? 생이 그렇게 훌륭한 놈이었군?"
 그들이 저희들끼리 말을 주고받으며 낄낄대기 시작했다. '그럼! 훌륭하고말고. 훌륭은 바로 지금 쓰라고 태어난 말이지. 훌륭 훌륭 훌륭.' '그런데 희한해, 훌륭 훌륭 훌륭한 그놈이 없앤 기록들을 준호놈은 어떻게 읽었을까?' '수백 년 전, 그 수백 년의 수백 년 전 일까지 그 새끼는 어떻게 뚜르르 꿰고 있을까? 훌륭 훌륭 훌륭한, 하나같이 훌륭 훌륭 훌륭한 검은대가리들.' 어이없는 일이었다. 미곤이 여행에서 돌아왔을 때 제 입으로 한 말이 있었다.
 ― 삼신어른은 존경받아 마땅해. 단풍동을 위하는 마음 하나만으로도.
 이안의 말 역시 내 귀에 생생하게 남아 있었다.
 ― 살촉동이나 청매동 삼신은 제 할 일을 못 해요. 호랑가시동 삼신은 마약 환자고. 단풍동 삼신어른만이 믿음직하지요. 단풍동이 외세에 휩쓸리지 않고 버텨내는 것 모두 삼신어른의 뚝심 때문이지요.
 맑은이들의 이기죽거림이 계속 이어지는 중이었다.
 "……그럼! 그 훌륭 훌륭 훌륭한 놈은 항상 최선을 다하지."
 "최선을 다해 오물을 싸고 최선을 다해 거적으로 덮지. 훌륭 훌륭 훌륭한 냄새가 나는 훌륭 훌륭 훌륭한 검은대가리들."
 맑은이들의 광기. 아후밀탄 나무제에 희생된 여자가 떠올랐다. 이들은 삼신어른 생을 제물로 삼으려는 것일까?
 무슨 말을 듣든 침착, 냉정해야 했다. 더 이상 이들의 말장난에 휘둘릴 수는 없었다.
 "생을 비호하는 게 아니란 걸 당신들은 알고 있어. 내가 궁금한 것이 무엇인지 당신들은 나보다도 더 잘 알고 있어."

"궁금 궁금 궁금! 맞아, 우리가 한 일이 뭐냐는 거였지? 오호, 그게 연토 나으리의 하문이셨지?"

그들이 다시 큰 소리로 웃어대었다.

"알려드려야지, 나으리가 알고 싶어 하시면. 보고드려야지, 붉은이들이 미거하나마 저지른 짓들을."

"자, 연토 나으리, 지하 밀실 책에 파묻힌 친구분은 안녕하십니까? 그 잘난 준호놈은 지금 골치가 지끈지끈?"

"세상에, 그 훌륭 훌륭 훌륭한 놈을 어떤 놈이 고생시키는 거야! 어떤 놈이 그 훌륭한 놈을 헷갈리도록 가짜 책을 섞어놓은 거야!"

"은은샘의 초추아 훈치! 전혀 안 훌륭한 푸푸!"

그들의 문답이 이어졌다.

"대대로 내려오는 엉터리 책을 새로 베껴놓은 놈은 대체 누구야! 새로운 비밀이나 담긴 양 새 붓으로 끄적거린 놈은 누구야!"

"담연부리! 은은샘의 자오. 훌륭에는 근처도 못 간 늙은 노인네."

"이런! 호수에 처박아버릴 비루먹은 늙은이! 앞으로는 그 일을 누가 할까?"

"연토! 짐승놈 글자를 제대로 배운 배알 없는 박쥐새끼."

"검은대가리 대신 삼신각을 책임질 사람은 누구?"

"연토! 남의 말이라면 무조건 감격하는 귀만 큰 토끼."

되는대로 지껄이는 그들의 비아냥을 내가 잘랐다.

"대단들 하시구려. 엉터리 책 몇 권 갖다 놓은 것이 공적이라고. 밝은샘을 통째로 잃고도 입 한 번 벌리지 못한 겁쟁이들이. 아무도 모르는 이 깊은 산속에 모여 저희들끼리 고개나 처박는 못난이들이. 당신들 붉은이파리가 이 땅의 진액인 건 확실하오?"

비파 줄이 끊어질 듯 날카로운 소리가 났다. 여자들의 노래가 다시 이어졌다.

'밝은샘의 주인 자오 백연부리, 그는 알고 있었지.

짐승의 손에 밝은샘이 훼손되리라는 것을.

자오의 큰 가지 백연부리, 그는 알고 있었지.

오물 덩어리 짐승이 자신의 목숨을 노린다는 것을.'

'하지만 그는 알고 있었지. 앞으로 올 백 년을 대비할 땅의 묘책.

붉은이파리를 내뱉은 이가 이 땅이듯 검은대가리를 보낸 이도 이 땅이라는 사실.'

'바빴어요 바빴어, 식솔들과 함께 행랑채로 이사.

바빴어요 바빴어, 갓바치 일립에게 독초 건네주기.

바빴어요 바빴어, 식솔들을 흩뿌리느라 쉬쉬 입단속 시키느라.

필요한 사람은 데려와야지. 보내야 할 사람은 보내야지.

그는 알고 있었지. 살인자의 죄스러움이 수많은 살인자들을 막아 줄 것을.'

'백연부리는 웃으며 선택했지. 강 따라 폭포 따라 돌아올 수 없는 길.

그는 알고 있었지. 자신의 죽음이 해결해 줄 수많은 삶들.

지켜야 할 사람은 지켜야지. 떠날 사람은 떠나야지.

수용소로 보낸 숫자가 백? 이백? 오백?

우와, 그것들을 다 끼고 있었더라면 단풍동은 득실득실 그놈들의 세상이 되었을걸.'

그들은 역시 알고 있었다. 생이 짐승인 것을 처음부터 알았으면서 그를 이용하기 위해 모른 척 속아주었던 것이다. 그들은 또 생으로 하여금 일부러 나를 캐게 한 것이었다. 짐승들의 끈끈한 자식 사랑을 이용하여 그를 떠나지 못하도록 손발을 묶어놓은 것이었다.

"죽여버려! 주제도 모르고 어른이를 캐다니. 갈기갈기 찢어버려!

다시는 새 생명에 손대지 못하도록."

미곤이 나를 노려보고 있었다. 생을 안쓰러워하는 내 마음을 읽은 것이었다. 채연의 노래가 이어졌다.

'가만두어도 죽을 거야. 광대패 사흔이 오기만 하면.

짐승의 가슴에서 피가 줄줄, 죽일 놈이 드디어 죽는다. 오 고소해.'

채연의 노래를 이안이 다시 받았다.

'어미산에서 죽는 게 소원인 생. 까짓 어미산으로 쳐주지 뭐.

더 이상 어미산 아닌 어미산. 놈과 함께 사라질 어미산. 오 고소해.'

노래는 계속되었다. 붉은이파리들의 절절한 한恨. 때를 기다리며 참아온 그들의 긴 세월. 생을 속이느라 그의 비위를 맞추느라 수고한 그동안의 뼈아픈 사연들. 노래에 맞춰 철없이 박수를 쳐대는 미곤과 영기가 너무나 조그맣고 볼품없었다. 언제 이렇게 늙었을까. 이들이 짓고 있는 웃음은, 이들의 삶의 의미는 무엇이었을까. 나의 삶, 나의 노년 역시 마찬가지일까? 먼 훗날을 기약하기 위해 현재를 포기한 채로 견디고, 참고, 포기하면서 닳아 없어지는 것이 모든 어른들의 운명일까! 치밀어 오르는 서글픔을 겨우 삼켰다.

"한 가지만 더 묻고 돌아가겠소."

물어, 물어, 얼마든지 물어. 꽉 물으라니까. 그들이 서로의 손과 어깨를 깨물며 또 낄낄거렸다.

"붉은이파리들이 이 땅의 수많은 재난을 막아왔음을 믿겠소. 백여 년 전 불의세월 붓동 침략 때에도, 붉은이파리들이 뒤로 살촉동을 부추겨 이 땅에서 붓동을 물리쳤음을 믿겠소. 그리고 그동안 당신들이 쌓은 온갖 희생과 노력으로 이번 불의세월도 무사히 넘길 수 있기를 진심으로 바라오. 그런데, 당신들 붉은이파리들은 불의세월만 책임지는 거요? 흙의세월, 나무의세월, 물의세월에는 아무 일도 일어나지 않는다고 땅으로부터 언질이라도 받았소? 붉은이파리 아닌 다른 이파리들은 어디 있소? 갓 태어난 맑은이들조차 입에 담는 푸른이파리, 검은이파리, 투명한이파리들은 어디서 무엇을 하고 있소? 설마 당신들이 그들을 없앤 건 아니오?"

"없애? 우리가 없앨 수 있는 거였어? 맞아! 왜 그 생각을 하지 못했을까!"

그들이 또 낄낄거리기 시작했다.

"에 또, 전쟁과 재난 전문가 살촉군 대장 이안이 나으리의 하문에 답해드리지요. 이번 살촉동과의 싸움에서는 단풍동 또한 꽤 큰 희생을 치를 것이라 사료되옵니다."

씨물집이 덜렁대는 이안의 몸은 정말 볼썽사나웠다. 그의 말이 이어졌다.

"깊은 피난처가 필요한 살촉동은 이번 불의세월에 단풍동을 쳐야 한다는 것을 알고 있지요. 붉은이파리가 태어났다는 것은 단풍동 땅이 무기를 꺼내 들었다는 것, 즉 단풍동이 가장 약한 때라는 증명이니까요. 지금 치지 않으면 또 다른 백여 년을 기다려야 하니까요. 모두들 상대방의 약점을 알고 있지요. 모두들 자신의 무기를 알고 있지요.

그렇다면 살촉동이 가장 약한 때는? 맞습니다! 흙의세월, 바로 살촉의 어둠이 가장 강한 때지요. 그들의 무기는 검은이파리, 바로 칠흑의 어둠이지요. 어리석은 살촉동! 자신들의 무기를 지키기만 했더라면 천년만년 안전했을 텐데. 그런데 바보들이 제 눈을 찔렀다나 뭐라나. 천장에 구멍을 냈다나 뭐라나. 물론 답답했겠지요. 짐승들의 문명을 즐기는 한 불을 사용하는 것은 필수니까. 끄르릉 쩌억! 천장이 견디지 못한 거지. 그러니 아후밀탄이 살촉을 넘보는 거지.

그렇다면 막강군대 아후밀탄의 약점은 없을까요? 설마! 약점 없는 이가 세상에 어디 있겠소? 그들이 약한 때는 나무의세월이라오. 그들의 무기는 푸른이파리, 거대한 숲을 두르고 있는, 그들의 하늘을 덮고 있는, 아후밀탄이 강한 이유가 바로 그것이지요. 게다가 나무는 생명을 상징하지요. 그들의 경탄할 만한 생식, 생식, 생식! 그들이 망하는 때는 바로 숲이 망가지는 때라오. 누가 거대한 숲을 망가뜨리느냐고? 숲 전체가 독을 품는 나무의세월에 가까이 접근이나 하겠느냐고? 그러게 말입니다! 우리 동굴족들이라면 힘들고말고요. 그런데, 짐승들이라면 어떻게 되나? 어리석은 아후밀탄 왕이 자기네 숲에서 키우는 짐승들이라면 어떻게 되나? 무성한 숲을 한낱 자신들의 돈줄로 보는 탐욕스러운 짐승들이라면, 다른 모든 생명들이 자기들을 위해 태어나준 줄로 아는 짐승들이라면 승산이 있는 것은 아닐지. 연토 나으리, 왜 우리가 짐승들을 보는 대로 잡아 없애는지 아시겠어요?

자, 이제 연토 나으리, 투명한이파리만 설명드리면 만족하시겠습니까?

맞습니다! 밀림족 아후밀탄이 호랑가시동을 정복한 때가 바로 물의세월이었지요. 그들의 늪이 가리키는 물줄기를 따라 호랑가시동으로 수월하게 들어갔지요. 호랑가시동의 약점이 바로 물의세월이니까요. 누구나 상대방의 약점을 알고 있지요. 누구나 상대방의 무기를 알고 있지요. 호랑가시동을 지킬 무기는 물처럼 투명하고 맑은이파리, 바로 호랑가시동의 맑은이들이었다오. 앞날을 내다본 맑은이들이 미리 손을 썼어야 했다고! 호랑가시동이 침략당하기 전에 어떻게든 아후밀탄의 마음을 돌렸어야 했다고! 그런데 그놈들이 어땠는지 아시오? 내빼느라 바빴어요. 한 놈도 남지 않고 자기들 땅을 등졌어요. 글쎄요, 자기들의 어미산을 지키는 힘겨운 일보다 약초로 얻는 매일의 행복과 만족이 커서였을까? 모든 생명을 살리는 물. 어디에나 흐르지만 어디에나 스며드는 물."

미곤이 불쑥 끼어들었다.

"단풍동의 맑은이들은 도망치지 않아! 어느새 떡하니 돌아와 있어. 얼마나 용감해? 얼마나 기특해? 자, 박수 박수!"

박수를 치는 이는 없었다. 이안이 다시 내게 예를 갖추었다.

"동굴 깊숙이 들어앉은 호랑가시동과 우리 단풍동은 황송하옵게도 땅의 가호를 듬뿍 받아왔지요. 하지만 존경하는 연토 어르신, 우리 붉은이들이 땅으로 돌아가고 나면 이 땅에 올 적은 살촉동 군대도 아후밀탄 군대도 아니라오. 모든 것을 먹어치우는 엄청난 먹성, 모든 곳을 샅샅이 뒤지고 모든 것을 찢어발겨야 후련해하는 탐욕, 저희들의 이익을 위해서는 개미새끼 한 마리 남기지 않는 무자비함. 맞습니다! 연토 어르신께서 그토록 안쓰러워하던 짐승, 어르신께서 마음으로 탄복하고 부러워했던 그놈들의 끝 간 데 모르는 문명이 이 땅의 가장 큰 적이라오. 지금껏 짐승의 손을 빌어 짐승을 막아왔지만, 짐승 밑에 얌전히 숨어 비굴한 목숨을 이어왔지만, 이젠 그 방법도 통하지 않는답니다. 단풍동 이 땅에서 새로 난 움, 새로 솟은 건강한 이파리가 필요하답니다. 적의 생태를 잘 아는, 그들의 말을 알아듣고 그들을 회유할 수 있는, 그들의 손아귀에서 어떻게든 이 땅을 지켜낼 수 있는 이파리. 털북숭이들이 스스로 벗어던진 검은 어둠이 얼마나 귀한지 아는, 얼룩인간들의 부주의를 경계할 줄 아는, 호랑가시의 비겁함과 나약함을 깨부술 수 있는 두툼한 이파리. 붉게 때로는 푸르게, 자신의 세월이 아니면 모든 잎을 떨어뜨리고 죽은 척 숨죽일 줄 아는 진정한 단풍동의 이파리가 필요하단 말입니다."

"시끄러워! 이파리 타령은 집어치워." 미곤이 버럭 소리 지르며 나를 노려보았다.

"연토 네놈 얘기잖아! 짐승의 속성을 잘 아는 네가 단풍동을 지켜야 할 것 아냐! 아후밀탄도 살촉동도 삼켜버린 후 짐승들이 향할 이곳, 우리 단풍동을 어떻게든 지켜내야 할 것 아냐! 조각조각 찢어서 죽일 놈, 이만큼 도와주고 끌어주었으면 웬만치 알아들어야 할 것 아니냐고!"

새로운 이파리. 어른이세상을 지킬, 단풍동을 다 품을 만한 커다란 이파리. 나는 그대로 돌아섰다. 나는 아니었다. 앞날의 단풍동을 책임질 능력도 뜻도 없었다. 내게 무슨 힘이 있단 말인가? 이들의 말대로 남의 말에 속기나 하는, 앞날의 그림조차 가지지 못한 내가 무엇을 할 수 있단 말인가!

"저 봐, 삐쳤잖아! 우리 귀여운 새 삼신어른께 경배하라니까! 사람을 불러놓고 그렇게 무안을 주면 되겠어?"

영기가 연못에서 걸어 나와 내 손을 잡았다. 그녀가 나를 이끈 곳은 내가 올라온 계단 반대편, 금방이라도 밝은샘 계곡으로 떨어져 내릴 것처럼 가파른 절벽 쪽 계단이었다. 그녀가 다시 노래를 흥얼거렸다.

'새 삼신어른이라면 맑은이밭을 아셔야 하니까요.

삼신어른의 가장 중요한 단 하나의 임무가 맑은이밭을 지키는 일이니까요.

단풍동을 위해 지혜를 짜내줄 다음 세대 말이에요.

그런데 어쩌나, 우리 도련님은 안 되겠네? 우리는 이곳에 씨를 뿌렸는데 쯔쯔.

그런데 어쩌나, 우리 도련님은 안 되겠네? 미단과 하전은 이곳에 씨를 뿌렸는데 쯔쯔.'

참담했다. 어릴 적부터 나를 귀여워하고 용기를 북돋워 주던 그녀였다. 그녀 역시 미단부리나 계우처럼, 내가 맑은이가 아님을 알면서도 모른 척 시치미 떼고 있었던 것이다. 그리고 이제 내 허리에 겨우 찰 정도로 작아진 몸피의 그녀에게는 본성만이 남아, 나더러 자기들의 밭을 지키라고 명령하는 중이었다. 그녀의 노래가 이어졌다.

'보다시피 이곳 물줄기는 밝은샘이 아니랍니다.

그래서 독초를 피했지요.

이 아름다운 따뜻한 연못은 봉우리 꼭대기의 숨은 물이랍니다.

누구도 넘볼 수 없지요.

은은샘의 차가운 호수는 귀한 과거를 잠재우지요.

먼 미래의 뿌리인 과거.

밝은샘의 따뜻한 연못은 귀한 생명을 잉태하지요.

먼 과거의 꽃인 미래.

그런데 어쩌나, 도련님 씨물은 안 되겠네? 계우는 이곳에 알을 묻어도 쯔쯔.

그런데 어쩌나, 도련님 씨물은 안 되겠네? 계우는 누구랑 짝을 지을까 쯔쯔.'

절벽 계단은 한 발짝이라도 잘못 디디면 그대로 밝은샘 계곡으로 떨어질 정도로 가팔랐다. 하지만 몸피가 작은 영기는 원숭이나 다람쥐처럼 몸이 가벼웠다. 영기의 인도로 중간마당을 거쳐 아랫마당으로 내려선 나는 축대 밑으로 돌아가며 달린 몇 개의 나무 문들을 볼 수 있었다. 영기가 그중 하나를 열었다. 중간마당을 지붕 삼아 땅속으로 파고든 방들은 방이라기보다는 바닥조차 다져지지 않은 토굴이었다. 이곳이었다. 어둡고 촉촉하고 부드러운 흙 밑에 심어진 맑은이의 알들이 앞으로 50여 년 동안 커갈 그들의 밭이었다. 감쪽같이 자취를 감추었던 하전과 미단도, 은은샘의 위총부리도 바로 이곳에 왔던 것이었다. 두 번째 문을 열던 영기가 갑자기 문을 처닫으며 홱 돌아셨다.

"더 볼 것 없어! 다 똑같으니까. 귀찮아 죽겠어! 우아한 척하기도."

영기는 두 손과 두 발로 재빨리 높은축대에 기어올랐다. 축대 위에서 영기는 내 쪽으로 엉덩이를 쳐들고 짐승의 오물 싸는 흉내를 내었다. 이미 그녀에게는 내게 대한 애정이나 배려 따위 남아 있지 않았다. 흙으로 돌아갈 날이 얼마 남지 않은 영기의 모습이 너무나 참담하고 서글펐다.

"대답해 줘, 영기. 왜 하필 나였던 거야? 왜 짐승을 시켜 나를 캐게 하고, 왜 내게 짐승을 운명의 존재로 알도록 했던 거야?"

"그럼 어떡해! 앞으로의 이 땅을 누가 책임져! 늙은 미곤이? 곧 돌아갈 내가? 너희 젊은 것들밖에 더 있어? 남의 일이 아냐. 너희 씨를 키울 땅을 지키는 일이라고. 염치없는 것들, 어떻게 살아 있는 시간을 날로 먹으려고 덤벼? 그런데…… 순진한 박쥐새끼,"

그녀는 이번에는 허리춤의 알을 훑어 내리는 시늉을 하며 요염하게 몸을 꼬았다.

"나랑 노닥거릴 새가 있나 몰라? 모든 일에 최선을 다하는 생이 돌아왔거든. 모든 일에 최선을 다하는 준호는 삼신각에 있고. 두 놈이 마주치면 어떻게 되나? 최선을 다해 칼부림 나겠네? 최선을 다해 죽어버리겠네?"

나는 급히 걸음을 옮겼다. 준호가 있는 삼신각까지 가려면 머뭇거릴 새가 없었다.

"서둘러! 서둘러! 귀엽고 순진한 내 귀염둥이!"

영기의 노래가 이어졌다. '정 많은 순둥이 속상하겠네, 누가 계우의 상대일까. 순진한 박쥐새끼 약 오르겠네, 누가 계우를 몸 달게 할까……'

험한 덤불과 바위틈을 되돌아 나오며, 우구슬이 가르쳐준 어미산 지름길을 헤치며 나는 끝없이 눈물을 흘렸다. 영기, 미곤, 채연, 이안. 그들의 생식은 곧 그들의 죽음과 맞닿아 있었다. 호기롭게 떠들고 생식에만 골몰하는 것 자체가 다가올 재난으로부터 그들이 자유로울 수 없다는 강한 증명이었다. 가족과 친지들을 희생시키면서도 수십 년 동안 입 벌리지 못했던 억울함, 꼭꼭 숨겨왔던 자오 본가에라도 씨를 뿌려 자식을 남기고자 하는 그들의 안간힘. 대를 이은 그들의 온갖 노력조차 자칫하면 수포로 돌아갈 수 있음을, 그들의 신비한 예지력조차 더 이상 도움이 되지 못함을 깨달은 그들은 이제 마지막으로 나, 운흘 연토에게 손을 내민 것이었다. 하지만 내가 그들을 위해, 이 단풍동을 위해 과연 무엇을 할 수 있을까! 답답하고 두려웠다. 쓸모없는 박쥐새끼. 세상 돌아다녀봤자 헛것인 천치. 어디부터 손을 대야 할지 알 수 없었다. 바로 지금, 삼신각의 밀실을 향해 뛰는 것 외에 내가 할 수 있는 일은 아무것도 없었다.

　삼신각의 밀실은 밝았다. 촛불 뒤를 받치는 쇠거울에 수십 개의 촛불들이 일렁이고 있었다. 준호가 켜놓은 것이었다.

　"연토, 네가 어떻게 ……."

　계단에 내려서는 나를 준호가 똑바로 쳐다보기도 전에 어지러운 발짝 소리가 들렸다. 생이었다.

　"짐승이 어찌 감히 이곳에! 네놈이 어찌 감히 이곳 열쇠를!"

　생의 뒤를 따라 다섯 명의 자위대가 들어섰다. 그들이 준호를 결박하려는 순간 준호가 소리쳤다.

　〈당신도 인간이잖아! 나와 똑같은 사람이잖아!〉

　짐승세상 말이었다. 생이 흠칫했다. 준호 역시 말을 뱉어놓고 깜짝 놀라 그를 쳐다보았다. 생이 준호의 말을 알아들은 것이었다. 그들은 같은 말을 쓰는, 같은 나라 같은 종자였던 것이다. 준호가 계속 소리쳤다.

〈이 환한 촛불들, 촛대들, 그래, 이것 모두 옛사람, 옛 삼신어른들이 만들었다 쳐. 당신 역시 뒷눈이 없잖아. 모자로 가린 거잖아! 무엇보다도 당신, 지금 내 말을 알아듣잖아!〉

생이 자위대를 밖으로 내보냈다. 밀실의 돌문이 닫히자 생의 시선이 내게 옮겨졌다.

"연토, 너도 알고 있었나? 내가…… 짐승임을 알고 있었나?"

나는 고개를 끄덕였다.

"모든 맑은이들이 당신의 정체를 알고 있소. 밝은샘 독초의 범인이 당신이라는 것도."

잠시 침묵이 흘렀다. 생이 다시 입을 떼었다.

"연토, 너도 짐승세상 말을 알아들을 수 있나?"

내가 고개를 끄덕였다.

"이 무슨 행운인가! 조선말로 이야기를 나눌 수 있다니."

생이 웃었다. 사방 벽에 셋의 그림자가 어른거렸다.

〈그래. 나는 조선 사람이야. 만주에서 태어나고 자란 덕에 중국말과 한자를 알았어. 부모를 도와 농사를 지었어. 장가도 가고 아이들도 낳고. 오 남매. 그런대로 다복하다는 말을 들을 때 소련 세상이 왔어. 소련군이 우리를 기차에 태웠지. 한 달을 갔을까, 우리를 떨어뜨린 곳은 인적이라곤 전혀 없는 황무지였지. 기차 속에서 자식 셋을 잃었어. 만삭이던 큰딸은 몸을 풀다 아이와 함께 죽고, 몸이 약하던 넷째 다섯째는 굶어 죽고. 수중에는 아끼고 아끼던 좁쌀 한 봉지. 그놈들에게 먹였으면 살 수 있었을까?

그 좁쌀로 밭을 일궜어. 참혹한 날들이 계속되었지. 기차에서 채

죽지 못한 생명들이 그 차가운 땅에서 얼어 죽고 굶어 죽고. 얼마 되지 않아 아내도 세상을 떠났어. 내 품에 있던 좁쌀을 내어달라고, 죽어가는 자식들에게 먹여보자고 내게 애걸하던 아내. 그런데도…… 산목숨은 어떻게든 살아가게 마련이야. 피눈물로 황무지를 개간했지. 몇 년이나 지났을까, 조선이 일본으로부터 해방되었다는 소식이 들려왔어. 모든 조선 사람들의 꿈은 죽기 전에 고국 땅을 밟는 것이었지. 소련의 황무지보다도, 만주보다도 훨씬 따뜻하고 붉은 단풍이 아름답다는 그곳. 그러면 뭐 해, 조선 땅은 우리에게 저승보다도, 천당보다도 멀리 있었어.

혹독한 겨울을 견뎠다 싶으면 어느새 또다시 겨울. 그때 내 나이 이미 칠순이었어. 더 살 이유가 없었지. 아내의 묘 앞에 앉았다가 나도 모르게 잠들었던가 봐. 눈을 떠보니 낯선 곳이었어. 어둡고 습하고 소름 끼칠 정도로 조용했지. 처음에 나는 그곳이 저승, 죽어야 갈 수 있다는 저승인 줄 알았어. 아내의 이름을 몇 번이고 불렀지. 동물도 사람도 아닌 이들이 나타났어. 그래, 햇빛족이었어. 내가 떨어진 곳은 금강샘 하류 햇빛족 마을이었어. 그들의 말을 배우고 풀뿌리를 캐 먹으며 목숨을 연명했어.

어느 날 물가에 갔다가 사람을 발견했지. 물가에 드리워진 큰 나뭇가지에 누군가가 걸려 있었어. 양다리가 부러져 곧 죽을 사람 같았어. 햇빛족들은 내게 '만지지 말라'고 했어. 가끔 물에 단풍동 어른이들이 떠내려 오는데 그들을 잘못 건드렸다가는 엉뚱하게 죄나 뒤집어쓴다고. 하지만 숨이 붙어있는 사람을 죽게 놔둘 수는 없잖아. 내 곁에 있던 햇빛족 계집 양이가 나를 도왔어. 겨우 살아난 사람, 그가 바로 운흘 순부부리였어. 그를 간호하면서 나는 어른이들의 희한한 생태를 알았지. 발바닥의 빨판으로 물을 섭취하는 동물, 팔다리가 부러지면 그 부근에서 새 팔다리가 돋는 동물, 땅에서 큰 몸으로 캐어져 나이가 들수록 작아져 가는 희한한 동물. 게다가 하얀이인 순부부리는 음식을 입에 대지도 않더군. 햇빛족들은 나처럼 음식을 먹는데 말야.

새 다리가 자라 걸을 수 있게 된 순부부리는 자기 마을로 돌아갔어. 그리고 그가 다시 나를 찾아왔지. 가져온 칠성함에 들어가 누우라고 했어. 생명의 은인인 나를 아들로 삼겠다고.

— 아내를 잃기 전에 너를 캐었다고 하겠다.

그는 이곳 어미산에서 아내와 함께 자식을 캐다가 실족한 거였어. 아내 자오 마래는 강물에 떠내려갔고.

당시 나는 햇빛족들의 생활에 염증이 나 있었어. 햇빛족 여자 하나가 끈질기게 내게 관심을 보였는데 그녀가 몸을 비벼오는 것이 죽고 싶을 정도로 싫었어. 너희도 알다시피 햇빛족들은 배설 기관이 없어. 온몸의 살갗으로 오물을 뿜지.

순부부리의 권유대로 나는 칠성함에 누웠어. 그리하여 운홀 집안의 자식이 되었지. 쭈글쭈글 늙은 내 모습이 어른이 세상에서는 땅에서 갓 캔 어린아이와 비슷했으니까. 순부부리는 나와 함께 양이도 데려와 줬어. 숲에서 태어난 양이는 마침 몸에 햇빛족 화인이 없었지.

순부부리의 아들 하전은 내가 어른이가 아님을 알았을 거야. 하지만 단 한마디뿐이었지.

— 당신이 단풍동의 삼신어른이 된 그림을 보았소.

단풍동 어미산의 삼신이라니, 내 신분을 숨기기에는 최고였지. 산에서 혼자 지내는 것도, 삼신이 쓰는 두건과 모자로 없는 뒷눈을 가릴 수 있다는 점도. 지금 생각해 보니 모든 것이 맑은이들의 계산된 행동이었지만.

순부부리가 마침내 내게 삼신어른이 되는 것을 허락했어. 좋은 자식 하나를 골라주어 운흘 집안을 튼튼히 해주는 조건으로. 그것이 너, 연토였어. 어미산의 삼신이 자식을 캐는 일에 간여하려 들면 그처럼 쉬운 일은 없지.
 삼신각 밑의 이 밀실을 발견했을 때의 놀라움이란. 이곳의 모든 서책들을 읽고 또 읽었어. 내 어머니가 중국인이었다는 말을 했던가? 먼 옛날 이 땅에 온, 나와 똑같은 검은머리짐승이 삼신 노릇을 했다는 사실도 무척 반갑고 든든했지. 그런데 참, 이곳에는 엉터리 책도 있었어.〉
 생이 준호가 들고 있는 책을 가리켰다.
 〈준호, 네 손에 든 그 책은 한문도, 이두문도 아냐. 우리를 헷갈리게 하기 위해 맑은이들이 아무렇게나 써놓은, 아니면 예전의 검은머리짐승이 후대들을 헷갈리게 하려고 일부러 써놓은 엉터리 기록이야. 나도 한동안은 그 책 몇 권 때문에 애를 먹었지. 뿐인가, 천여 년 전 이곳에서 삼신을 맡은 이는 한자를 모르는 여자였어. 여자의 머리에 꽂는 뒤꽂이를 내가 보관하고 있어.〉
 준호가 책을 맥없이 떨어뜨렸다. 생의 말이 계속 이어졌다.
 〈몸이 변하기 시작했을 때의 절망은 또 얼마나 컸던지. 발바닥 가운데가 갈라지며 빨판이 생기기 시작했어. 마치 너희 어른이들처럼. 얼굴의 주름도 점점 옅어지고 있었어. 어른이들처럼. 팔다리의 관절이 약해지더니 어느 날 왼쪽 팔이 부러졌어. 그리고 나는 겨드랑이에서 새 팔이 나는 것을 알았어. 원래의 팔보다는 짧았지만 훨씬 굵고 튼튼한. 나는 알았어. 두건을 벗으면 내 뒤통수에도 눈이 생기리라는 사실. 어느새 나는 이 어둠 속에서 어른이가 되어가고 있었어.
 무서웠어. 흉측한 괴물이 되어가는 것 같았어. 통로를 찾기 시작했지. 내가 떨어져 내린 곳, 옛날 삼신어른이 떨어져 내렸던 곳. 무엇보다도 빛, 햇빛이 그리웠어. 틈만 나면 어미산의 곳곳을 손으로 더듬고 발로 문질러보았지. 그러다가 드디어 길을 발견했어. 높이가 규칙적인 계단, 캄캄한 어둠 속에서도 빛의 도움 없이 발로 더듬어 오를 수 있는 길. 그 길 끝에서 햇빛을 발견했어. 큰 바위를 젖히고 통로로 쏟아져 들어오는 햇빛을 온몸으로 받을 수 있었어.

햇빛을 받으면서 나는 목도 다리도 다시 튼튼해졌어. 가죽 신발을 신고 통로를 오르내리면서 발바닥의 빨판도 아물고 얼굴 주름도 다시 깊어지기 시작했지. 그 후 나는 가장 큰 고민에 휩싸였어. 통로를 발견했으니 언제고 내 세상으로 돌아갈 수는 있었어. 하지만 돌아가는 것이 해답일까? 나를 아는 이가 아무도 없는 세상, 가난과 배고픔과 외로움이 기다리는 그 세상으로 굳이 돌아갈 이유가 있을까? 삼신어른으로서의 삶이 나쁘기만 한 것은 아니었어. 단풍동을 지키는 보람도 있었고, 무엇보다도 나는 미단과 함께…… 연토, 너를 캐었잖아. 그것 역시 나를 옭아매기 위한 맑은이들의 계략이었겠지만.〉

생이 나를 그윽이 바라보았다.

〈어른이들은 탁월한 기억력을 가졌어. 태어나는 순간부터 모든 것을 기억하고 옛일을 잊지 않지. 연토, 너는 너를 캔 부모를 기억하니?〉

내가 고개를 끄덕였다. 생이 흡족한 미소를 띠었다.

〈너희 몇을 삼신각으로 불러 한자를 가르친 것은 제례를 위해서도, 검은머리짐승의 침입을 대비하기 위해서도 아니야. 연토, 너를 보고 싶었어. 그런데 네가…… 다른 아이들과 달리 준호에게 정을 느끼는 것이 얼마나 안쓰럽던지. 짐승인 나를 아비로 둔 탓 같아서.

미단이 받아주기만 했으면 나는 삼신을 그만두고 그녀와 살았을 거야. 연토 너를 캔 어미이기도 했으니까. 하지만 미단은 냉정했지. 하전이 딴 계집을 첩으로 들였는데도 그녀는 내게 눈길 한 번 주지 않았어. 그래, 하전이 외지로 나가 미단을 혼자 내버려둔 것도 나를 위한 미끼였군 그래.

어른이로서의 삶과 짐승으로서의 삶, 어느 한쪽을 선택하지 못하고 전전긍긍하는 동안 나는 내가 영생의 비법을 얻었음을 알았어. 빛을 쬐며 적당히 늙어가는 만큼, 어둠 속에 흐르는 단풍동의 물을 마심으로써 젊어지고 있었지. 한동안은 그것이 위안이기도 했지. 하지만 죽지 않는다는 것이 무슨 의미가 있겠어. 끝없이 산다는 것, 그것만큼 큰 저주가 어디 있겠어.〉

그의 말이 계속 이어졌다.

〈통로로 오르는 길에서 자오 백연부리와 마주치지 않았더라면 얼마나 좋았을까.

— 높은 곳에 자주 오르시는군요. 삼신어른께서 무슨 특별한 볼일이라도?

내가 신은 가죽 신발을 그가 뚫어져라 내려다보았지.

마침 갓바치 일립으로부터 비상초 이야기를 들었을 때였어. 가죽을 무두질할 때 쓰는 비상초. 그것이 맹독이라 모든 사람을 죽일 수도 있다더군. 그것을 손에 넣었지. 삼신각 기둥에 발라 벌레들을 죽인다는 핑계로. 밝은샘 수원에 비상초를 담금으로써 나는 백연부리를 제거했어. 그 일로 밝은샘마을의 200여 명이 같이 희생되었지. 비밀을 아는 일립 역시 죽일 수밖에 없었고. 불쌍한 일립, 밑창에 돌가루를 붙인 가죽 신발을 제례용 신발로 알고 '삼신어른 신발을 만드는 것이 가장 큰 기쁨'이라며 행복해하던 그 착한 일립.

폐허가 된 밝은샘마을은 완전한 내 공간이었어. 언제라도 통로를 찾아 햇빛을 즐길 수 있었지. 마음까지 편했던 것은 아냐. 내가 죽인 밝은샘마을의 무고한 주민들이 항상 어른거렸어. 그들에 대한 가책이 강해질수록 나는 단풍동을 위해 최선을 다했어. 검은머리짐승이 나타나는 족족 그들을 없앴지. 이 동굴국의 가장 무서운 적은 아버지강 건너의 다른 어른이가 아니라 나 같은 검은머리짐승들이니까. 자신의 이익을 위해서라면 누구든 해치고 무엇이든 파괴할 수 있는 놈들이니까. 먼 옛날의 중국의 장군 우겸마인, 그는 정말 집요한 인간이었어. 그는 자신의 기록이 없어질까 봐 돌판에 자기 글을 새기게 했어. 사방으로 퍼진 그의 돌판, 그것을 베낀 또 다른 돌판들이 끝도 없었어. 그래서 소문을 내었지. '돌판의 글자를 쪼아 먹으면 머리가 좋아진다'고.

연토, 밝은샘 독초 사건은 아무리 그들이 나를 옭아맸다 해도 내 잘못이야. 그래서는 안 되는 거였지. 하지만 검은머리짐승의 후손인 붉은이파리 맑은이들은 나를 몰아붙이면 안 돼. 내가 그들을 얼마나 보호하고 감쌌는지 땅으로 돌아간 운흘 하전이 증명해 줄 거야.〉

나는 입을 다물었다. 붉은이파리 맑은이가 짐승의 후손이 아님을, 짐승들과는 전혀 관계없는 이 땅의 진액임을 밝히는 것이 생에게는 훨씬 더 가혹한 처벌일 수 있었다. 생이 준호를 바라보았다.

〈준호, 개울가 동굴, 네가 만든 온돌에 누웠을 때 내가 얼마나 눈물을 흘렸는지 아나? 내가 얼마나 행복했는지 네가 상상이나 하나?〉

준호가 생의 팔을 덥석 잡았다.

〈보시오! 이곳 맑은이들은 당신을 농락하고 이용할 뿐이었소. 지금껏 그래왔고 앞으로도 당연히 그렇겠지. 우리 세상으로 돌아갑시다. 그리로 가면 내가 당신을 책임지겠소. 당신을 위해 모든 것을 힘써주겠소. 생각해 봐요, 이곳의 삶이 어땠는지! 이건 사는 것이 아니오. 이 캄캄한 동굴 속, 이곳이야말로 지옥이오. 한시라도 빨리 벗어나야

해요. 내가 이곳에 온 지도 벌써 22년이오. 세상이 또 어떻게 변했을지 나도…….〉

생이 천천히, 그러나 단호하게 그의 손을 잡아 떼었다.

〈나는 가지 않아. 죽는 것은 어디에서건 마찬가지야. 내가 아무리 밝은이들에게 농락당했다 해도 나는 어른이들 편이야. 우겸마인도 통로 벽에 글을 써놓았어. '바깥에서 바위로 단단히 막아두겠다. 이쪽에서도 어떤 식으로든 막아라.' 우겸마인은 그의 말을 지켰어. 하지만 500여 년이 흐르면서 바깥을 막았던 바위가 비껴났지. 봐, 아무리 조심해도 사람이 하는 일에는 오차가 있게 마련이야. 덕분에 내가 돌 틈서리로 들어오는 햇빛을 쐬긴 했지만. 그래서 내가 그 통로를 완전히 막아버렸어. 이제 그 통로를 통해서는 어떤 짐승도 올 수 없어. 이곳을 아는 짐승들은 누구도 돌아가지 못해.〉

〈살려주시오! 나 혼자만이라도 가게 해주시오. 절대로 이곳 이야기는 하지 않겠소. 제발, 그곳에 돌아가서 죽게 해주시오.〉

준호가 무릎을 꿇고 생의 다리를 껴안았다. 생이 자위대를 불러 준호를 가리켰다.

"이놈을 어미산 밖으로 내쳐라."

그들이 준호를 끌어낼 때까지 준호의 몸부림과 울부짖음은 그치지 않았다.

주위가 조용해지고도 생은 눈을 감은 채 한동안 말이 없었다. 이윽고 그가 눈을 떴다. 짐승 말이 아닌 우리 어른이 말이었다.

"청매동의 삼신 정고 말야, 너도 알다시피 그도 검은머리짐승이었어. 비록 중국 남서쪽의 백족이었지만. 우리는 서로 많이 의지했지. 어떤 때는 그가 이리로 와서 나와 함께 햇빛을 쐬기도 했어. 그런데 어느 날부터 그가 모든 것을 거부했어. 온몸에 퍼진 습진을 그대로 방치한 것은 그가 선택한 죽음의 방식이었지. 죽음을 선택한 정고와 삶을 이어가기로 결정한 나는 과연 무엇이 달랐을까? 그래, 그에게는 자식이 없었어. 내게는 네가 있었지. 연토, 네가 단풍동을 떠난 후 내가 얼마나 외롭고 불안했는지. 네게서 준호를 떼어 수용소로 보낸 일을 얼마나 후회하고 후회했는지."

그가 쑥스럽게 웃었다.

"네가 떠나 있는 동안 네 친구 무질이 위안이 되었어. 청매동 저자에서 우연히 그놈을 만났는데 마치 너를 보는 것처럼 든든했어. 그의 거처에 폭약을 사 모은 것은 하전의 귀띔이 있었기 때문이야. 앞날을 내다보는 그가 '언젠가 쓰일 날이 있다'며 단서를 붙이면 그건 명령이나 다름없었지. 내게 가장 협조적이면서 가장 차갑고 냉혹했던 운흘 하전. 폭약의 대부분은 채연의 재산으로 살 수 있었어. 여관을 처분한 돈을 내게 가져왔을 때 나는 사실 그 돈으로 밝은샘마을을 복구하고 싶었어. 그런데 채연이 말했지.

─밝은샘마을에서 쉬고 싶어요. 누구도 건드리지 않는 그곳의 풀과 나무라면 저를 편안히 받아주겠지요.

맞아. 지금 생각해 보니 붉은이파리들은 내 생각과 행동을 손바닥 들여다보듯 환히 꿰고 있었어. 이번 일만 해도 그래. 청매동 노란두건 떼의 난동이 큰 도움이 되었어. 무질과 내가 아무런 제지도 받지 않고 다리에 접근할 수 있었거든. 하지만 젠장, 다리 위로 폭탄을 던졌는데 효과는 크지 않았어. 다리 위에서 일하던 애꿎은 짐승들만 많이 죽었지. 무질과 함께 겨우 몸을 피해 있다가 단풍동의 소식을 들었어. '노란두건 떼들이 모두 단풍동으로 건너갔으며 그들과 살촉군들이 대치하여 모든 사람들이 불안에 떨고 있다'고. 무질이 내게 '단풍동으로 어서 돌아가 사람들을 안정시키라'고 하더군. 그 말이 옳다고 생각했어. 어쨌든 나는 단풍동의 삼신이고, 다리 저지야 나중에라도 할 수 있으니까.

돌아올 마음을 먹고도 금방 올 수는 없었어. 폭탄 사고의 주범을 쫓는 군인들을 피해 청매동 어미산에 올라 한동안 숨어있어야 했거든. 그런대로 시간은 맞추었군. 무슨 일을 저지를지 모를 준호를 막을 수 있었으니. 연토, 어미산을 잘 지켜. 쓸데없는 동정심에 약해지지 말고."

생이 다시 내게 열쇠 꾸러미를 넘겨주었다. 그가 나를 보고 환히 웃었다.

"이제 너도 보았으니 다시 청매동으로 가야지. 맑은이들이 내 정체를 알고 있다면 더더욱 빨리. 청매동의 다리 폭파가 내 할 일이라면 열 번이고 백 번이고 시도해 봐야지. 다행히 무질의 집에 있는 폭약도 아직 넉넉하고."

불쌍한 짐승 생. 내가 그를 똑바로 바라보았다.

"생, 당신은 머지않아 죽을 거예요."

"……그렇게 행복한 일이 내게?"

그의 마음이 고요했다.

"이 어미산에서 죽게 해줘. 지난 60여 년을 이곳에서 지냈어."

그의 마지막 소원이었다.

"이곳 어미산에서 죽을 거예요. 일립의 아들 사흔이 오면 당신은 죽어요."

그가 소리내어 웃었다.

"마음 놓고 다리 작업을 저지할 수 있겠군. 이곳에 돌아오기 전까지는 죽지 않을 테니, 연토."

그가 새삼 나를 불렀다.

"훌륭한 삼신어른이 되어라. 앞날을 내다보는 너희 맑은이들을 어떻게든 지켜내라. 네가 삼신어른이 된다면 나는 아무런 미련이 없다. 삼신이 되는 걸 꺼리지는 마라. 단풍동의 최고 어른이 되는 일이야. 물론 자식도 캐지 못하고 생식도 할 수 없다는 단점이 있지. 사실 나도 불쑥불쑥 씨물을 뿌리고 싶다는 생각을 했거든. 그래서 너를 서둘러 결혼시켰지. 자식을 캐게 한 후 삼신으로 만들면 되니까. 생식이야 뭐, 너희 맑은이들은 모든 법에서 언제나 예외 아닌가."

생이 웃는다. 그의 우직한 생각들이 답답하고 서글펐다.

"세상일이 다 하찮아요. 모든 것은 다 짜여있고 앞날의 그림을 향해 맞춰가는 것뿐이에요. 아후밀탄도 살촉동도 결국은 짓밟힐 테고 우리 단풍동의 어른이들도 언젠가는 사라져갈 거예요. 세상의 모든 삶이……."

더 이상 말을 잇지 못하도록 그가 내 두 손을 꽉 잡았다.

"모든 이의 삶이 원래 하찮다. 아무리 거대한 존재라 해도 태어나는 순간부터 죽는 순간까지 하찮고 후회스러운 일만을 하다 갈 뿐이다. 나 역시 단풍동을 위해 무언가를 하려 했지만 결국 독초 사건 같은, 지울 수 없는 상처만 남겼어. 하지만 연토, 살아있음만큼 신비로운 일은 없다. 살아 있어서 느낄 수 있고 후회할 수 있다. 살아 있어서 너와 내가 마주 볼 수 있다."

아버지, 검은머리짐승 아버지가 검은머리짐승 자식에게 하는 말이었다.

"네가 붉은이파리가 아니라 순수한 맑은이라 더욱 귀하다. 붉은이파리들은 짐승의 피가 섞였어. 그래서 종잡을 수 없고 교활하지. 연토, 너의 후손들을 굳건히 지켜라."

하룻밤을 쉬지 못하고 청매동으로 다시 떠날 채비를 하는 그에게 내가 해줄 것은 그의 자랑스러운 자식, 단풍동의 앞날을 책임질 믿음직한 맑은이인 척하는 일밖에 없었다.

 자위대에 의해 쫓겨난 준호는 더 이상 어미산에 들어갈 수 없었다. 생이 특별 명령을 내려 그가 어미산에 출입하지 못하도록 조처했기 때문이다. 준호는 미친 듯 울부짖었다. 땅바닥에 뒹굴고 때로 나자빠져 제 가슴을 치기도 했다. 마당 한쪽에 모여 있던 아이들은 하나같이 뒤돌아서서 뒷눈으로 그를 노려보았다. 두껍고 거친 피부 껍질 때문에 턱도 잘 움직이지 못하는 갓 태어난 그들을 보고 준호는 한때 '나무들 같다'며 웃음을 터뜨렸었다. 우리 어른이를 '동물이 아니면서 움직이는 나무, 감정을 표현할 줄 아는 식물'이라고도 했었다. 그런 준호를 아이들은 지금 썩은 오물을 보듯 흘겨보고 있었다. '시신처럼 바닥에 눕는 짐승, 제 말을 들어주지 않으면 제멋대로 구는 오물내 나는 가축' 검은머리짐승에 대한 경멸, 증오, 한시바삐 없애버려야 한다는 생각들이 한결같았다. 짐승과 어른이의 공생, 서로에 대한 존중은 결국 어느 쪽도 기대할 수 없는 것일까?

 미단부리가 갑자기 나타나 마구 날뛰기 시작했다. '준호를 당장 찢어죽이라'며 악을 쓰던 그녀가 울타리에 뛰어오르더니 내게 몸을 날렸다. 그녀가 내 목을 잡고 늘어졌다.

 "네놈이 책임져야 할 것 아냐? 저놈을 집에 끌어들인 게 네놈이니 네가 저 시끄러운 아가리를 찢든, 끌고 나가 불에 태우든 처리해야 할 것 아냐!"

 내가 그녀를 매몰차게 떼어내었다. 더 이상 대접해 줄 이유도 없었다.

 "책임질 사람은 당신들이지. 내게 짐승을 거두게 한 것도, 나 스스로 맑은이로 믿게 한 것도 모두 당신들 붉은이파리의 계략이었잖아."

 "붉은이파리의 계략? 네놈이 무디고 눈치 없는 걸 누굴 탓하는 거야? 그리고, 네가 진짜 몰랐어? 태어날 때부터 짐승놈 목소리를 듣고도 못 들은 척, 시치미 뗀 건 아니고?"

미단부리가 너럭바위에 올라 호통을 계속했다.

"네 봉분을 점찍은 게 바로 그 짐승놈이었어! 순부부리에게 약속했다나 뭐라나. 그 바보가, 그 멍청이가 그곳이 맑은이밭인 줄 알고 제 손으로 너를 캤지. 금강샘 쪽 어미산이 은은샘이나 밝은샘보다 훨씬 낮은 건 모르고. 그게 네놈, 박쥐 대가리였어. 그러니 아무렇지 않게 준호놈과 한방을 쓰지! 날 때부터 짐승 냄새를 맡았으니 그런 게 아무렇지 않지!

그래도 네놈을 자식이라고, 맑은이 마누라에 맑은이 자식까지 갖춰줬더니, 너를 왜 속였냐고? 맑은이 대접을 받아 고맙다는 말은 못할망정! 먼 길 떠난다고 인형에 향료통까지 챙겨줬더니 지금 와서 나를 탓해? 대가리라고 장식으로 얹고 다니는, 박쥐도 아까운, 박쥐 똥 같은 새끼!"

집 안팎의 모든 어른들이 그녀의 호통에 귀를 기울이고 있었다. 나 역시 가만히 있을 수는 없었다.

"나를 이용하기 위함이었잖아. 처음부터 끝까지 당신들의 계략이었잖아. 그렇게 잘나고 향기로운 당신들이 어미산도 맡을 일이지 왜 나더러 맡으라는 거야!"

"봐, 봐! 저 흉측한 아가리! 그래, 네놈 말대로 잘나신 맑은이가, 향기로운 맑은이가, 하릴없이 못자리나 지켜야겠어? 네놈이니 시켜주는 줄 알아! 간택되어 황송한 줄이나 알아! 이 빌어먹을 불의세월만 아니었으면 네깟 놈은 아버지강 폭포로 떠내려갈 뱃사공, 아니, 짐승놈들 지키는 청매동 간수나 될 놈이었어!"

미단부리가 마당의 흙을 집어 내 얼굴에 던졌다. 보다 못한 계우가 끼어들었다.

"미단부리, 짐승놈 하나 때문에 흥분할 필요 없어. 짐승은 언제고 처치할 수 있어."

"짐승이 아니라 저 박쥐새끼가 골치라니까! 저놈이 끝내 저 더러운 검은대가리를 살려줄 거야. 뿐인가? 저놈이 결국은 짐승 세상으로 가겠다고 난리 칠 거야."

미단부리를 달래어 굽는 방으로 데려가는 계우의 초음 역시 단호했다. '네 일은 네가 책임져. 늙은 노인을 상대로 엄살과 호들갑을 떨 때가 아니야.' 그녀 역시 냉혹하고 이기적인 맑은이일 뿐이었다. 어느새 굽는 방에서 빠져나온 미단부리가 아랫마당에 놓인 자신의 인형들을 가리키며 소리쳤다.

"내 손끝에서 태어난 내 자식들은 아무도 건드릴 수 없어! 땅과 물과 불의 기운이 합쳐졌어. 내 성스러운 생명들은 영원해. 세상이 뒤집혀도 끄떡없어……."

시끄럽게 울부짖어 미단의 심기를 건드린 준호는 정작 아무 말이 없었다. 어미산에 들어갈 수 없게 된 것보다 내가 맑은이가 아니라는 사실에 더 큰 충격을 받은 것이었다.

한밤중에 내 방을 찾은 그가 겨우 입을 떼었다.

"연토, 마지막 소원이야. 한 번만 밝은샘마을에 같이 가줘. 생이 그 마을을 폐허로 만든 이유는 그쪽에 통로가 있기 때문이지. 제발 통로를 찾게 해줘. 돌아갈 수 있게 해줘."

그의 소원은 들어줄 수 없었다. 아무리 붉은이파리들이 밉고 가증스러워도 더 이상 짐승 편에 설 수는 없었다. 따뜻한 연못에서 들었던 그들의 노래대로 '어미산이 더 이상 어미산이 아니게' 되면, 어른이들의 새로운 어미산이 될 곳은 밝은샘마을밖에 없었다. 그곳까지 짐승들의 발짝을 찍을 수는 없었다.
 눈물을 짜듯 처절한 준호의 울음소리가 나직이 이어졌다. 하지만 나는 그를 쳐다보지 않았다. 내 문제만으로도 가슴이 터질 듯했다. 태어날 때부터 짐승에게 더럽혀진 어른이 아닌 어른이. 아직도 짐승을 바로 곁에 두고 있는 나, 운흘 연토. 이제 붉은이파리들은 짐승의 공격이 가까웠다고, 나더러 그들을 막아야 한다고 요구하고 있었다. 앞날의 예지도 믿을 것이 없다고, 짐승들보다도 더욱 영리하고 교활해져야 한다고, 더욱 질기고 강인해져야 한다고 사방에서 북을 두드리고 있었다. 어떻게 해야 하는가. 내게 그런 능력이 있기는 한 걸까? 이 땅이 나를 점찍었다면, 붉은이파리들이 하나같이 믿는다면, 어쩌면…… 가능할 수도 있지 않을까.
 준호의 질긴 울음소리가 이어지고 있었다. 문득 생뚱맞은 생각이 들었다. 준호가 통로를 찾아 자기들 세상으로 돌아간다면 그는 우리 어른이 편에서 싸워줄 수 있을까? 내가 이 어른이 세상에서 그를 감쌌듯이 그 역시 그곳에서 우리를 감싸줄 수도 있지 않을까? 혹 내가 준호와 함께 그의 세상으로 간다면…… 내가 우리 단풍동을 위해 할 수 있는 일이 있을까?

전쟁

*　　　　불새달 마지막 날 한밤중에 미단부리가 내 방에 들어섰다.
"그것을 꺼내와."

몸이 떨렸다. 미단부리가 준비하라는 것은 형 기남의 칠성함이었다. 마차 소리가 들리기 시작했다. 마차가 집 앞에 멈추면서 생나무 껍질을 벗긴 듯한 진액 냄새가 풍겨왔다. 자위대 복장을 한 군인 둘이 마차에서 무언가를 조심스럽게 내렸다. 커다란 나무판에 눕혀진, 내 형 기남이었다. 그들이 기남을 나무판째로 탁자 위에 올려놓았다. 그의 부상은 치명적이었다. 그의 목과 가슴, 허리뼈가 다 어긋나 뒤틀려 있었고 나무판을 흠뻑 적신 흰 피가 탁자를 적시고 마당으로 떨어져 내렸다. 준호가 달려들어 어떻게든 살려보려고 했지만 소용없는 일이었다. 기남이 눈을 뜨려 애썼다. 하지만 눈은 떠지지 않았다. 그의 입술이 가까스로 실룩였다.

"어머니, ……나야."

"그래, 기남. 자오 미단과 운흘 하전이 캔 유일한 아들."

미단부리가 기남의 얼굴을 어루만졌다. 기남은 더 이상 말이 없었다.

장례 준비가 이뤄지는 동안 기남을 데려온 두 부하로부터 그간의 상황을 들을 수 있었다.

 단풍동 보안대의 모든 무기와 폭약들을 접수한 이는 예상했던 대로 이안과 노란두건 떼 두목 사흔이었다. 그들은 보안대장 차미한 가쟁에게 접견을 요청했다. 자신들이 맑은이임을 밝힌 후 그들은 '보안대가 가진 무기와 폭약들을 자기들에게 넘겨주는 일만이 이 땅의 평화와 안녕을 가져오는 길'이라고 말했다. '폭약들이 자칫하여 살촉군으로 넘어가면 단풍동 주민들의 피해는 물론이고 땅 자체가 쪼개져 단풍동이라는 이름조차 남지 않을 것'이라는 경고도 함께였다. 마지막으로 그들은 '이번의 단호한 결정을 계기로 차미한 가쟁은 단풍동의 영원한 영웅이 될 것이며 가쟁의 목숨 또한 당연히 보장됨'을 강조했다. 한 치의 의심 없이 그들의 말을 믿은 가쟁은 무기와 폭약들을 즉시 그들에게 넘겨주었다. 그리고 새로 임명된 살촉군 대장에게 제 발로 찾아가는 실수를 범했다.

 ─내 고향 단풍동 사람들은 한 명도 희생시킬 수 없소. 그리고 나 역시 당신이 총을 쏘더라도 죽지 않아. 목숨을 보장받았거든.

 새 살촉군 대장이 가쟁의 입과 앞눈 두 개에 그의 총알을 박았다.

 이안과 사흔은 가쟁에게서 얻은 폭약으로 살촉군 막사와 나루샘마을의 선착장, 청매 나루를 향해 마주 놓기 시작한 다리 기둥들을 차례로 폭파했다. 이안의 뒤를 이은 단풍동 주둔 살촉군 대장은 급히 군대를 수습하여 단풍동 서쪽의 자루목샘으로 이동시켰다. 호랑가시동을 거쳐 육로로 오고 있는 800명의 살촉동 본토군과 힘을 합치기 위해서였다. 하지만 단풍동 주둔 살촉군은 자루목샘에 닿기도 전에 나루샘마을로 되돌아가야 했다.「나루샘에 남았던 살촉군 대장과 장교들이 노란두건 떼에 납치되어 목숨이 위험하다」는 화급한 전령 때문이었다. 물론 그것은 전 대장 이안이 보낸 가짜 전령이었다.

육로 폭파를 계획하고 있는 기남의 결사대를 돕기 위함이었다. 사흘의 노란두건 떼와는 별도로 기남은 지난 몇 년 동안 청매동의 천대받는 햇빛족들을 모아 40여 명의 결사대를 꾸려왔다. 동굴국의 가장 깊은 심장, 누구에게도 짓밟힐 수 없는 단풍동을 지키기 위해 언제고 목숨을 버릴 각오가 되어있는 용감한 정예 대원들이었다.

한편 단풍동을 공략하기 위해 육로를 택한 살촉동 본토군은 아후밀탄 몰래 호랑가시동에 잠입하는 데 성공했다. 그들은 숨 돌릴 틈 없이 단풍동으로 향했다. 하지만 호랑가시동을 벗어나면서 마주친 나무인간들의 갑작스러운 함성에 주춤하지 않을 수 없었다.

―가지 마! 단풍동과는 싸우지 마!

―단풍동은 건드리지 마! 너희는 다 죽어, 죽는다고!

―단풍동은 앞날을 훤히 보는 종족이야. 그들이 너희들의 잠입을 모를 것 같아?

살촉군이 동요하기 시작했다. 가뜩이나 호랑가시동의 짙은 어둠에 익숙지 않은 데다 그들은 '동굴국의 뿌리 단풍동을 건드리면 벌 받는다', '땅의 저주를 받으면 죽어서도 갈 곳이 없다'는 식의 말들을 본토에서부터 들어온 터였다.

―맑은이들이 너희 털북숭이들을 노려보기만 해도 너희는 다 죽어!

―입이 들러붙고 발이 들러붙고 되돌아서지도 못해! 봐, 벌써 그렇잖아!

나무인간들의 고함은 더욱 거세어졌다. 나무인간들의 요사스러운 입을 막기 위해 도끼를 든 군인 몇이 그들 앞에 다가선 순간 희한하게도 군인들은 마치 나무인간처럼 발짝을 떼지 못했다. 그 모습을 본 나머지 군인들 역시 발이 떼어지지 않는다며 비명을 지르기 시작했다. 고심하던 책임 대장은 일단 진격 명령을 거뒀다. 폭탄과 무기를 실은 마차와, 마차를 호위할 최소 병력만 챙겨 단풍동에 먼저 보내고, 나머지 군사들은 호랑가시동에서 며칠 더 적응하는 시간을 가지기로 했다. 그의 판단으로는 단풍동에 당장 시급한 것은 보병이 아니라 폭탄과 무기였다.

폭탄과 무기를 실은 마차가 호랑가시동을 향하자 나무인간들 역시 잠잠해졌다. 도리어 그들에게 '단풍동에 가까이 갈수록 안전하다'며 손까지 흔들어주었다. 나무인간들이 그런 행동을 한 이유는 간단했다. 살촉본토군보다 이틀 먼저 도착한 기남으로부터 '살촉본토군의 진격을 며칠만 막아주면 호랑가시동에서 멀리 떨어진, 나무인간들이 살지 않는 깊은 숲 지대에서 싸움을 벌이겠다'는 약속을 받았기 때문이었다. 그곳은 또한 기남이 처음부터 결전지로 정해놓은 곳이기도 했다.

결사대의 폭약이 매설된 지점에 살촉군의 폭탄 마차가 닿는 순간 굉음과 함께 숲 전체가 흔들렸다. 폭탄 터진 자리가 움푹 패어 아버시강 물이 폭포처럼 흘러들었다. 새로 생긴 물줄기는 엄청난 기세로 몰아쳤다. 단풍동 먼 남쪽으로 흐르던 작은 샛강 줄기와 이어진 것은 순식간이었다. 호랑가시동에서 단풍동 북단으로 흐르던 아버지강의 본류가 둘로 나뉘어져 흐르면서 밤낮으로 지형이 바뀌기 시작했다. 단풍동으로 들어가는 육로는 이제 없었다. 새로 생긴 굵은 샛강이 가로막으면서 그 지점이 길이었던 사실조차 지워버렸다.

수적으로 열세인 결사대의 두 번째 목표는 단풍동에 남아 있는 살촉군들을 자루목샘마을 바깥 숲으로 끌어내어 맞붙는 것이었다. 단풍동 땅과 주민들을 보호하기 위해서는 어떻게든 그들을 바깥으로 끌어내는 것이 중요했다. 하지만 살촉군은 걸려들지 않았다. 기남의 작전이 소홀했던 탓도 있었다. 호랑가시동 인근의 나무인간들을 이용했듯 단풍동 인근의 나무인간들과도 먼저 합의를 봤어야 했다. 사실 결사대가 단풍동 인근 나무인간들에게 협조를 구하지 못한 이유는 그들의 싸움이 단풍동 밖에서 이루어질 경우 나무인간들의 희생이 불가피했기 때문이었다. 우직한 성품의 기남은 그들에게 거짓말을 해가며 협조를 구할 정도로 뻔뻔하지 못했다.

 폭탄의 굉음과 갑작스러운 물살로 겁에 질려있던 단풍동 인근의 나무인간들은 결사대와 맞붙기 위해 숲으로 나오는 살촉군들에게 죽기 살기로 비명을 질러대었다.

 ─오지 마! 오지 마. 우리 쪽으로 오기만 하면 다 죽어! 바로 근처에 결사대들이 좍 깔려있어!

 ─결사대들의 폭탄이 얼마나 센지 몰라!

 ─한순간에 너희는 가루가 되어 강물에 씻겨갈 거야! 제발 오지 마!

 겁에 질린 살촉군들은 자루목샘마을의 민가에 숨어들어 방어에 집중했다. 결사대와 살촉군들의 밀고 밀리는 싸움이 지지부진 이어졌다. 그러는 사이에 결사대는 자신들이 이미 자루목샘마을 한가운데 들어섰음을 알았다. 더 이상은 곤란했다. 단풍동의 중심인 저잣거리까지 싸움터로 만들 수는 없었다. 자루목샘마을에서 결사대가 가진 마지막 폭약들이 터졌다. 큰 폭발이 연이어 일어났다. 마을 천장으로 튄 폭탄 파편들이 살촉군과 결사대와 결사대 대장 기남에게 쏟아져 내리면서 그들의 삶도 끝났다.

 "육로가 잘렸으니 그쪽으로 쳐들어오는 일은 없겠지요. 문제는,"

 기남의 부장이었던 두 결사대의 말이 교대로 이어졌다.

 "이제부터지요. 단풍동에 갇힌 살촉군들이 패악을 부릴 것이 분명해요. 그들은 폭약도 무기도 별로 없어요. 하지만 그들은 훈련된, 생식이 얼마 남지 않아 겁이라곤 없는 5, 60대들이지요."

기남의 장례는 간단히 치러졌다. 그의 몸을 씻기고 새 옷을 입혀 어미산의 조용한 바위에 올린 것이 다였다. 기남의 시신을 바위에 올리자마자 벌레들이 까맣게 모여들었다.

'땅으로 가시네. 땅으로 가시네. 기남 어르신이 땅으로 돌아가시네.'

칠성함을 옮긴 여섯 명의 하인들이 땅에 엎드려 배를 땅에 붙이고 벌레 흉내를 내었다.

'억울해라. 억울해라. 땅으로 가셨네. 하늘에는 오르지 않으셨네.'

또 다른 하인들 두 명이 양손으로 큰 날갯짓을 하기 시작했다.

새는 한 마리도 보이지 않았다. 자루목샘마을에 널린 살촉동 군대와 결사대들의 시신에 새 떼들이 몰려간 탓이었다.

"당연하지! 내 아들 기남은 땅으로 돌아갈 거야. 살 한 점도 다른 곳으로는 보내지 않을 거야."

미단부리가 눈을 흘겼다.

기남의 뼈와 그의 칠성함이 높은마당에서 태워졌다. 그리고 그 재들은 미단부리의 손에 의해 아랫마당에 펼쳐진 인형 세상에 뿌려졌다.

"뭘 그리 넋 놓고 쳐다봐? 얼른 지붕을 들지 못해?"

하인들 일곱과 내가 중간마당에 놓인 덮개를 들어 아랫마당의 인형 세상 위에 조심스레 내려놓았다. 이로써 미단부리의 나라가 완성되었다. 기남의 뼈와 미단부리의 인형들이 영원히 살아갈 땅이었다. 계우가 하인들을 시켜 아랫마당으로 내려가는 계단을 뭉갰다. 덮개 위에 짚과 나뭇가지들을 얹음으로써 아랫마당은 집의 일부가 아닌 자연으로 돌아갔다.

나루샘마을에 갇힌 이백여 명의 살촉군은 예상했던 대로 불량하고 난폭했다. 여자들을 낚아채어 추행을 저지르고, 횃불을 들고 다니며 가게에 불을 질렀다. 하지만 아무도 그들에게 대항하지 못했다. 집단으로 몰려다니는 그들의 손에는 칼과 창, 화살들이 들려있었다.

그 와중에 누군가가 나를 찾았다. 삼신어른 생을 그림자처럼 호위하던 어미산 자위대장이었다.

"나루샘마을 쪽 어미산 철책이 뚫렸습니다. 놈들이 산자락에 씨를 뿌리고 있습니다."

그는 '삼신어른 유고 시 운흘 연토에게 삼신어른직을 맡긴다'는 생의 명령을 따르는 중이었다. 청매동으로 다시 떠난 생은 소식이 없었다. 누군가는 어미산을 지켜야 했다. 붉은이파리들의 노래대로 '어미산은 어미산이 아니'어도 털북숭이들에게 순순히 내어줄 수는 없었다. 내가 계우에게 말했다.

"삼신각에 올라야겠어."

"나도, 아이들도 같이 오를 거야."

계우 역시 어미산을 오를 채비를 하는 중이었다. 그녀가 하인들과 함께 짐을 꾸리는 동안 나는 준호와 미단부리에게도 같이 갈 것을 권했다. 준호는 얼른 따라나섰지만 미단부리는 들은 체도 하지 않았다. 알 수 없는 노래를 흥얼거리며 중간마당을 서성일 뿐이었다.

"미단부리는 안가. 기남 삼촌과 인형들을 지킬 거야. 하지만 다시 만날 수 있어. 밝고 따뜻한 연못에서."

스물두 명의 갓난아이들을 진두지휘하는 희안은 한 번도 가보지 않은 따뜻한 연못에 대해 말하고 있었다. 희안의 나이 고작 한 살이었다. '서른 살이 되어야 앞날의 그림을 볼 수 있다'는 말을 곧이곧대로 믿은 나는 '머리를 장식으로 얹고 다니는 박쥐새끼'임이 분명했다.

삼십여 명의 어미산 자위대가 삼신각에 오른 내게 예를 갖추었다.

그들의 종용으로 나는 삼신어른의 복장을 갖춰 입었다. 자위대장의 보고가 이어졌다.

"어미산 자락에 오른 군인들은 당장 삼신각을 점령할 생각은 없어 보입니다. 여자들을 채어 그들의 씨물을 어미산 자락에 뿌리는 것이 그들 상부의 명령인 듯합니다."

한시가 급했다. 어떻게든 그들의 씨물이 땅에 뿌리내리기 전에 사태를 수습해야 했다. 그렇다고 뾰족한 방법이 있는 것도 아니었다. 가쟁이 죽은 후 단풍동 보안대는 흐지부지 해산되었고, 어미산 자위대에 노란두건 떼를 합쳐봤자 열 오른 살촉군들을 대적하기에는 역부족이었다. 준호가 안을 내놓았다.

"삼신각에서 흘러내리는 물에 비상초 가루를 타. 씨물을 뿌리는 살촉군들이야 간단히 죽일 수 있지."

준호 역시 그 방법이 좋지 않음은 알고 있었다. 어미산이었다. 땅속에서 자라고 있는 어른이들의 피해는 물론이고 어미산 전체가 폐허로 변할 터였다. 머뭇거리던 그가 다시 입을 열었다.

"연토, 불화살은 어때?"

그는 이 순간에도 어미산 곳곳을 밝혀 자신의 통로를 찾을 생각이었다. 그를 미워할 수는 없었다. 어떻게든 살아남는 것, 그것이 산 자의 단 하나의 의무였다.

"불화살은 안돼. 게다가 불은 위로 올라가며 타올라. 이 삼신각뿐 아니라 어미산 꼭대기의 맑은이밭까지 화를 입을 거야."

붉은이파리들이 아무리 얄밉고 교활해도 어미산 꼭대기의 맑은이밭, 특히 자오 본가에 새로 마련된 그들의 밭까지 태울 수는 없었다. 지금껏 이 땅이 그래왔듯이 훗날에도 그들의 예지와 지력이 필요할 것이었다.

삼신각 주위를 둘러보았다. 그나마 얻은 작은 성과는 삼신각 주변을 쌓은 두 겹의 돌담, 그리고 생이 모아놓은 백여 개의 돌판들이 있다는 점이었다. 제울의 바다, 어른이들의 알을 키우는 양식장 주위에도 돌담들이 곳곳에 있었다. 외적이 양식장을 공격할 때 그 담을 무너뜨려 물속의 알들이 대피할 수 있도록 시간을 벌기 위한 것이었다.

살촉군이 나루샘마을 쪽에서 오른다면 그들은 결국 남쪽, 저잣거리 쪽의 완만한 산자락으로 퍼져갈 터였다. 북쪽 은은샘 쪽으로는 산자락이 좁고 가팔라서 오르기 힘든 데다 그들이 씨물을 뿌릴 땅도 별로 없기 때문이다. 저잣거리 쪽으로 퍼진다면, 그들이 '조용한작별바위'를 지나 삼신각으로 오르는 큰길 주위로 씨물을 뿌린다면, 삼신각에서 굴리는 돌이 효과적인 공격이 될 수 있었다. 당장은 그것이 방법이었다. 자위대들에게 긴 나무들을 구해 오도록 했다. 돌담 안쪽으로 나무들을 눕혀 한꺼번에 돌을 굴릴 수 있도록 채비했다. 돌담 위에 삼신어른 생이 모아두었던 돌판들도 더 얹었다. 모양이 제각각인 돌담의 돌보다 넓적한 돌판이 미끄러져 내리면 속도도 빠르고 목표를 정확히 노릴 수도 있을 것이었다.

돌 공격 역시 문제가 없는 것은 아니었다. 삼신각으로부터 돌이 구르면 가장 먼저 피해를 입을 땅은 하얀이밭이었다. 태어날 때가 가까운 이들은 봉분이 붕긋하게 부풀어 올라 그만큼 크게 다칠 수 있었다. 그제야 나는, 푸푸와 훈치가 덜 자란 하얀이들까지 내려보낸 것이 생각났다. 단 한 명이라도 피해를 줄이려 그들이 애쓴 것만은 틀림없었다.

생은 반딧불이달 아흐렛날에 돌아왔다. 내가 어미산에 오른 지 엿새 만이었다.

"옷이 잘 어울리는구나."

삼신어른의 복장을 갖춘 나를 보고 그는 몇 번이고 고개를 끄덕였다.

그가 돌아온 것은 기적에 가까웠다. 육로가 끊긴 것은 물론이고 배편도 불가능한 상황이었다. 나루샘 선착장이 파손되어 배를 댈 수도 없다는 소식은 청매동에도 이미 알려져 배를 띄울 엄두조차 낼 수 없는 상황이었다.

"청매 나루에서 운 좋게 용개와 예홍을 만났지."

용개와 예홍 역시 단풍동 사람들이었다. 고향의 위기를 나 몰라라 멀찌감치 구경할 사람들이 아니었다. 몇 번이고 고개를 내젓는 뱃사공에게 용개의 푸짐한 돈이 효력을 발휘했다.

— 훨씬 상류로 올라가서 배를 띄운 후 어떻게든 건너봐야지요.

호랑가시동 쪽으로 바짝 올려 띄운 배는 신통하게도 호랑가시동과 단풍동 사이에 난 새 샛강으로 들어섰다. 샛강 물살이 본류보다 훨씬 얌전했다. 배는 자루목샘 마을의 강안에 어렵지 않게 닿았다. 생 일행의 눈에 가장 먼저 띈 광경이 바로 자루목샘의 참상이었다.

"그 평화롭던 마을이 한순간에 잿더미가 되다니."

생이 몇 번이고 한숨을 내쉬었다. 그의 한숨이 나는 반갑고 고마웠다. 그가 아무리 짐승이라 해도 단풍동의 미래를 진심으로 걱정하는, 그리고 세상에서 가장 나를 아끼는 단 한 명임이 분명했다.

"청매동 쪽 다리 폭파는 실패했어. 그리고 무질도 잃었어. 놈들이 나를 발견하여 총을 겨눴는데 무질이 일부러 소리를 질러 그들의 주의를 돌렸어. 아까운 무질, 내가 죽고 그가 살았어야 했는데. 내가 아니라 너희들 젊은이들이 이 땅을 지켜야 하는데. 이제 비축했던 폭탄도 다 썼고 다른 방도가 없네."

선치 무질의 얼굴이 눈앞에 어른거렸다. 유곽 앞에서 다 큰 사내인 척 빼기던 어린 날의 무질. 마약으로 큰돈을 버는 아버지를 진정으로 창피해하던 그. 하지만 더 이상의 연민은 낭비였다. 바로 이 순간에도 단풍동의 수많은 이들이 어이없이 희생되고 짓밟히고 있었다. 피곤함으로 다리를 절뚝이는 생도, 삼신으로서 수시로 어미산 자락의 동태를 보고받는 나도 온 힘을 다해 어미산을 지켜내는 것만이 그들 죽음에 대한 진정한 예의이자 올바른 애도일 터였다.

자위대장의 호위를 받으며 우리는 삼신각 망루에 올랐다. 나루샘 마을 쪽에서 살촉군의 함성과 여자들의 비명이 희미하게 들려왔다. 생에게 삼신각 주위의 돌담을 무너뜨려 살촉군들을 공격할 계획을 털어놓았다. 성공 여부는 공격 시점이었다. 살촉군들이 어미산 낮은 자락인 황인밭에 있을 때에는 돌 공격의 효과는 거의 없을 터였다. 돌덩이가 황인밭까지 굴러 내리지도 않을뿐더러 양이 모자랐다. 그들이 하얀이밭에 오르는 때, 또는 삼신각을 향해 접근했을 때가 최적의 공격 시점이었다. 우리 쪽의 병력으로 몸싸움을 벌일 시점도 그때였다. 생이 고개를 끄덕였다.

"우리 쪽 희생도 당연히 각오해야겠지. 황인밭에 뿌려진 씨물을 제거할 방법은 나중에 찾는 수밖에."

생 역시 별다른 수는 없어 보였다.

그때 자위대 한 명이 누군가를 데리고 망루로 올라왔다. 외삼촌 미곤이었다. 그의 뒤에는 미곤의 몸피보다도 훨씬 더 큰 타조를 힘겹게 들고 오는 하인 둘이 따르고 있었다. 미곤은 민망할 정도로 쪼그라들어있었다. 몸피뿐 아니라 맑은 피부도, 보기 좋게 한들거리던 그의 머리털도 간데없었다. 마을에서 뛰노는 황인 노인들과 별반 다름없는 그는 무서울 정도로 번득이는 눈빛과 야유 가득한 입만 살아있었다.

"건방들은 하여간! 박쥐새끼 한 마리 잠깐 보자는데 왜 이리 질척

거리는 것들이 많아?"

하인들이 타조를 내려놓았다. 목도 제대로 가누지 못하는 늙은 타조였다.

"영기의 타조군요."

내가 영기에게 데려다준 바로 그 타조였다. 타조 한 마리를 안전하게 몰고 가는 것만이 소원이었던 어린 시절. 도마뱀이나 실뱀의 그림자라도 비치는가 싶으면 기어이 덤불에 대가리를 처박던 그 말썽쟁이.

"영기년은 죽었어! 다 뒈져가는 이놈의 타조는 뭣 땜에 갖다주라는지 원."

미곤은 화가 많이 나 있었다.

"그년은 많이 아팠어. 샘 수원의 독초를 걷어내면서 독에 많이 중독되었거든. 그런 것들 좀 내버려두라고 그렇게 말했는데도. 미련한 년."

―……운명이 용서하신다면 한 번 정도는 거슬러도 되겠지요. 내가 아끼는 도련님을 위해. 훗날 제가 죽었다는 걸 알게 되면, 한 번만 무릎을 꿇어주세요. 이 늙은이의 피곤했던 삶을 잠시만 기억해 주세요.

환하게 웃음 짓던 영기의 얼굴이 피어올랐다. 나는 울음을 삼키며 무릎을 꿇고 타조를 품에 안았다. 그때 허공을 가르는 화살이 엎드린 내 머리 위를 스쳐 망루 기둥에 꽂혔다. 생도 준호도 미곤도 깜짝 놀랐다. 모두들 급히 지하 밀실로 피했다. 나 역시 타조를 안고 뒤를 따랐다.

"봐, 내가 이럴 줄 알았어. 아끼는 도련님은 무슨, 너 따위 하찮은 박쥐새끼를 살리기 위해 영기가 절벽에서 뛰어내렸지. 제 스스로 목숨을 끊다니 말이 돼?"

밀실 계단에 걸터앉은 미곤이 나를 노려보았다. 그는 내가 미운 것이었다. 붉은이파리들이 선택한 마지막 희망이 나라는 사실이, 이 위급한 시기에 나처럼 미련한 놈을 믿을 수밖에 없다는 사실이 억울하고 분한 것이었다.

연이어 '돌담을 무너뜨리라'는 자위대장의 고함이 들렸다. 살촉군이 가까이 접근한 모양이었다. 드디어 몸싸움이 시작될 시점이었다. 미곤은 그런 사정 따위 안중에 없었다. 한쪽에 늘어선 계우와 아이들을 보고 화를 내었다.

"계우, 넌 뭐야. 네가 왜 여기 섞여 있어? 너도 이 더러운 짐승놈들과 한패야?"

미곤을 노려보던 생이 입을 열었다.

"아직은 시간이 있는 모양이군. 붉은이파리 미곤이 서두르지 않는 걸 보면. 자, 미곤, 이왕 왔으니 바쁜 연토 대신 내 의문이나 하나 풀어주지 그래? 우리 쪽 교각을 자취도 없이 폭파시킨 건 바로 너희 붉은이파리들이야. 그런데 연토에게 굳이 거짓말까지 시켜가며 나를 청매동으로 보낸 이유가 뭐야? 결국은 실패할 일로 나를 따돌리고 너희들끼리 할 일이 있었나? 너희의 뛰어난 예지로 머리를 맞대고 이룬 일이 고작 이 어미산에 털북숭이의 씨를 받는 것이었나?"

미곤이 계단에서 일어났다. 그가 생을 내려다보며 말했다.

"궁금하시다면 풀어드려야지, 훌륭이 지나치신 삼신어른 생. 청매동 쪽 다리 폭파는 실패하지 않았어. 왜? 네놈이 터뜨린 첫 번째 폭탄으로 다리를 놓던 짐승들 수십 명이 몰살했어. 게다가 그 소란을 틈타 노란두건 떼들이 단풍동으로 건너올 수 있었지. 두건 떼가 아니면 이나마 이 땅을 누가 지키겠나? 두 번째 시도도 나쁘지 않았지. 교각은 끊지 못했지만 교각 위에 모였던 기술자 짐승놈들을 몽땅 처리했지. 덕분에 당분간 다리 작업은 이루어지지 않을 테고. 왜 널 보냈느냐고? 짐승의 피는 짐승이 거둬야지. 우리가 뭣 때문에 네놈들의 더러운 피를 손에 묻히겠어?"

생의 얼굴에 핏기가 없어졌다.

"그, 그게 무슨. 너희 붉은이파리도 짐승의 후손이야. 너희 어깨에 있는 단풍잎 혈흔, 그게 바로 짐승의 피가 섞였다는 지울 수 없는 증거 아닌가. 너희도 알고 있잖아? 그런 이유로 하전도, 너도, 나를 도와준 것 아니었나?"

미곤이 계단에서 뛰어내려와 바닥에 배를 깔고 엎드린 타조를 힘껏 발로 찼다. 타조는 꼼짝하지 못했다. 미곤이 미친 듯 발길질을 계속했다.

"미련한 박쥐새끼 연토! 언제까지 내가 네 아비란 놈의 헛소리를 들어야 해? 연토 네놈이야말로 언제까지 정을 떼지 못하고 저놈들에게 끌려다닐 거야!"

온몸이 푸른빛으로 휩싸인 미곤이 생을 다시 노려보았다.

"필요할 때 생, 너를 이용했을 뿐이야. 먼먼 옛날의 붉은이파리들이 너희의 머리와 손발을 빌렸던 것처럼. 백연부리가 일림을 시켜 네놈 손에 독초를 건넨 것처럼. 네가 독초를 뿌려준 덕에 우리는 사람들의 원망도 피하면서 새로이 씨를 뿌릴 밝은샘 계곡을 확보했지. 살촉군 전체가 씨물주머니를 들고 휘두른다 해도 해골이 뒹구는 밝은샘마을에 씨를 뿌리겠나? 이 어미산이야 뭐, 그놈들의 잡씨를 키우든 말든. 앞으로 이 땅에 올 붉은이파리들도 마찬가지일 거야. 마치 너희 짐승들의 후손인 양 비위를 맞춰 너희들을 이용하겠지. 그런데, 훌륭하신 생, 설마 네가 진짜로 어른이가 되었다고 착각하는 건 아니지? 어떻게 어미산에 묻힐 생각을 해? 감히 어떻게 이 땅의 새 생명으로 태어날 생각을 해? 돌로 쳐 죽이기에도 돌에 묻을까 겁나는, 불에 태우려도 검불 날릴까 걱정되는, 이 사특한 검은대가리!"

생의 무릎이 꺾였다. 그때 그의 머리 위로 짐승말이 쏟아졌다.

〈봐, 생! 저 영악한 붉은이파리들을 봐. 그들은 내내 당신을 조롱하고 이용했어. 자기들이 살인을 저지르고도 당신에게 덮어씌웠어. 저들의 편을 들어줄 일도, 이해할 일도 없어. 저들에게 중요한 것은 자기들 몇의 목숨밖에 없어!〉

준호의 목소리였다.

〈뿐인가, 당신이 자식으로 알던 연토 역시 당신을 속였어. 앞날의 그림 따위 보지도 못하면서 모든 것을 아는 척, 나랑 당신을 완벽하게 기만해 왔어. 생, 이놈들은 사악해. 이 컴컴한 칠흑 속에서 살아가는, 살아봤자 우리에게 전혀 득 될 것 없는 괴물 변종들일 뿐이야. 게다가 이곳은 곧 전쟁이 나. 우리도 곧 죽는다고! 생, 통로를 알고 있지? 이제 우리 세상으로 돌아갑시다.〉

준호는…… 지금 내가 자기 말을 알아듣지 못하리라 생각하고 있는 것인가? 그는 결국 지난 세월 동안 단 한순간도 나를 친구로도, 은인으로도 생각지 않았던 것인가?

바닥에 주저앉은 생이 준호를 올려다보았다. 그의 말이 이어졌다.

〈준호, 잘 들어. 이곳에서 지낸 모든 세월이 헛되었다 해도 나는 어른이들 편이야. 모든 것이 맑은이들의 계략, 이런 순간을 대비해 내게 자식을 캐게 하고, 그에게 정을 붙이게 했다 하더라도, 이곳에 인간들을 들여놓을 수는 없어.〉

생이 일어났다. 그리고 우리말로 내게 말했다.

"운흘 연토, 자위대 대장에게 명령하여 준호를 죽여라. 그는 지금껏 너를 배신해 왔다. 앞으로도 그는 모든 순간 너를 배신할 것이다. 너는 이 땅을 책임질 맑은이다. 한낱 짐승에게 흔들려서는 안 된다."

준호가 괴성을 지르며 울부짖었다.

〈살려줘! 제발 이 지옥에서 나를 꺼내줘! 제발 나를 이 끔찍한 악몽에서 깨어나게 해줘!……〉

이미 숨이 끊어진 타조를 발로 짓이기던 미곤은 이번에는 희휘와 희안을 흔들어대었다.

"얼른 아이들을 챙겨서 자오 본가로 가자니까? 맘대로 해! 더 이상은 나도 몰라. 내 씨물이야 어차피 잘 자라고 있으니까. 너희 운흘 놈들까지 내가 걱정할 필요는 없지."

생이 갑자기 정신을 차린 듯 미곤의 어깨를 잡아채었다.

"연토의 자식들은 밝은샘에 데려갈 수 없어! 그곳에는 아직도 독초 기운이 남아 있어. 미곤, 내가 맡는다. 내가 목숨을 바쳐서라도 아이들을 지킨다."

"터진 입으로 말은. 네가 무슨 수로 어미산을 지켜? 통바위 속에 숨어 나가지도 못하는 주제에! 저 알량한 돌판들 몇 개로 삼신각이 지켜질 것 같아?"

미곤은 더 이상 판단력이 없었다. 그가 팔짝팔짝 뛰며 흥분했다.

"입 아프게 말해준들 어찌 알겠어, 덜 떨어진 것들이! 눈으로 보여준들 뭘 알겠어, 저 멍청한 박쥐새끼가! 삼신각 천장 서까래에 다 써 있잖아!

「나무가 흙을 이기고 흙이 물을 이긴다. 물이 불을 이기고 불이 나무를 이긴다.」

자, 불의세월 중에서도 지금이 무슨 달이야? 흙의 달도, 나무의 달도, 물의 달도 아닌 불의 달이지. 어찌해야겠나? 삼신각 3층, 네 개의 기둥 중 물의 기둥에 해법이 있겠지?

「귀신의 집이 더럽혀지기 전에 물로 씻어라. 밝은 돌 밑 우물에 국자가 있다. 세 개의 해가 집 안을 청소하리라.」

미곤이 생을 노려보았다.

"무슨 뜻인지 알겠나, 생? 물로 씻어내라잖아. 이 삼신각에 적의 손이 닿기 전에! 국자로 물을 푸라잖아. 사흘이면 깨끗해진다고! 누가 이 말을 써놓았냐고? 너희들, 똑똑하기 짝이 없는 짐승들이. 무슨 글자로? 너희가 죽고 못 사는 너희 제례 글자로. 누가 시켜서? 그 옛날의 붉은이파리들이 시켜서. ……그런데 계우! 넌 정말 안 따라나설 거야? 멍청이 박쥐새끼와 살더니 같이 박쥐가 되어버렸군. 그만둬!"

미곤이 휭하니 서고를 빠져나갔다. 미곤과 자리를 바꾸듯 지하 서고로 들어선 이는 놀랍게도 광대패 두목 사흔이었다.

"희휘 도련님, 희안 아가씨와 함께 갓난이들을 이끄셔요. 얼른 미곤 어르신을 따라가셔요. 도련님들의 임무는 단 한 가지, 온전히 살아남는 일이지요."

사흔의 뒤를 따라 들어온 노란두건 떼 서넛이 아이들을 재촉했다. 밀실을 채웠던 아이들이 하나둘 계단을 오르기 시작했다.

아이들이 사라진 후 사흔이 예를 갖추었다.

"새 삼신어른, 다시 뵈옵니다. 석축이 꽤 도움이 되겠네요. 화살 공격만 당하지 않는다면 며칠은 버티겠어요. 살촉놈들도 조총은 들고 있지만 탄환과 폭약이 거의 없거든요."

기남의 결사대가 자루목에서 장렬히 최후를 맞는 동안 사흔과 노란두건 떼는 나루샘의 살촉군 막사를 급습하여 살촉군 대장과 그 호위병들의 최후를 지켜보았다. 하지만 불상사도 있었다. 살촉군들 중 일부가 어미산으로 향한 데에는 폭약 취급에 서투른 노란두건 떼 몇 명이 막사 창고의 폭약을 섣불리 터뜨린 결과이기도 했다. 사흔의 원래 전략은 자루목에서 살아남은 살촉군들이 나루샘에 모두 돌아왔을 때 폭약을 터뜨려 그들을 몰살시키는 것이었다. 작전보다 이르게 터진 폭탄의 굉음을 듣고 살촉군들이 발길을 돌렸다. 자신들의 죽음을 예견하고 어미산에 올라 씨물을 뿌린 것이었다. 결과적으로 단풍동을 어미산으로 삼으려던 털북숭이들의 의도는 일부나마 관철된 셈이었다.

밀실 계단으로 또 다른 이들이 들어왔다. 약장수 용개와 예홍이었다. 용개가 몸을 떨었다.

"저잣거리도, 금강샘의 나으리 댁도 놈들에게 다 접수되었어요. 놈들이 미쳐 날뛰어요. 여자들을 마구 끌고 가는데, 희실 마님도 그만, '나는 움직이지 못해. 나는 나무라니까!' 저항하는 마님에게 군인놈 하나가 달려들어 칼로······."

"미단은! 미단 마님은 괜찮으신가?"

생이 급히 물었다. 예홍이 입을 열었다.

"마님은 피하셨어요. 이안 어르신이 오셔서 밝은샘으로 모셔갔어요. 이안 어르신이 저더러 삼신어른께 이 사실을 전하라 하셨어요."

"안돼! 미단은 안돼. 밝은샘은 위험해. 내가 지킨다니까!"

생이 밖으로 뛰쳐나간 것은 눈 깜짝할 새였다. 그리고 바로 이어 생의 비명 소리가 들려왔다. 자위대의 등에 업혀 들어온 삼신어른은 이미 피투성이였다. 준호가 삼신어른의 가슴과 배에 꽂힌 화살을 뽑고 자신의 옷을 찢어 환부를 눌렀다. 생의 분홍색 피가 천을 적시고 바닥으로 퍼지기 시작했다. 밀실 밖으로 다시 튀어 나간 사혼의 목소리가 들려왔다. '한꺼번에 무너뜨리는 거야! 자, 밀어!' 굉음과 함께 서고가 흔들렸다. '그렇지! 성공이야!' 용개가 품에 있던 마약을 생의 입에 넣어주었다.

"다행이에요. 여러 사람들이 당신의 시간을 벌어주었어요."

생이 준호에게 입을 떼었다.

"준호, 연토를 도와라. 여, 연토, 나, 나는……."

그의 입으로 벌컥벌컥 피가 솟구쳤다. 준호가 통곡하며 생의 상체를 부여잡았다. 생의 마지막 순간은 길지 않았다. 내가 그의 눈을 감겨주는 것으로 더 이상의 고통도 없었다. 말을 다 하지 못했어도 나는 그의 마음을 다 들을 수 있었다. '연토, 나는 네가 있어서 좋았다. 네가 있어서 내가 있었다…….'

사혼의 지휘력은 대단했다. 삼신각에 오르는 살촉군들을 돌로 밀어버리고 그들에게서 빼앗은 활과 화살로 자위대와 노란두건 떼를 재무장시켰다. 하지만 어미산 아랫자락에서 날뛰는 살촉군 수는 아직도 백여 명에 가까웠다. 우리 쪽 인원과 무기로 그들과 맞붙은 것은 무모한 일이었다. 돌덩이도 이제 넉넉지 않았다. 하지만 살촉군 역시 더 오를 생각은 하지 않고 있었다. 우리의 상태를 모르기 때문이었다.

소강상태를 틈타 나는 자위대장과 함께 다시 삼신각 3층 망루에 올랐다. 물의 기둥에 쓰인 제례 글자들이 그제야 눈에 들어왔다.

「귀신의 집이 더럽혀지기 전에 물로 씻어라」「세 개의 해가 집 안을 청소하리라」「밝은돌 밑 우물에 국자가 있다」

수백 번 되씹어보아도 알 수 없는 말이었다. 미곤을 다시 불러 묻는다 해도 그 역시 모를 터였다. 이 절박한 순간에 삼신각을 내게 맡기고 간 그는 화내는 것 이상 아무것도 할 수 없는, 죽음을 앞둔 초라한 노인일 뿐이었다.

산 아래쪽에서 사람들의 수런대는 목소리가 들려왔다. 자위대장이 귀띔했다.

"살촉군은 아닌 듯합니다. 저자 사람들인 것 같습니다."

그의 만류에도 불구하고 나는 삼신각에서 내려와 아랫자락으로 향했다. '어떻게든 더 올라가야 해.' '숨을 못 쉬겠어. 나는 안 되겠어.'

'작별바위까지만 가자니까? 거기만큼은 우리가 지켜야 해.' 두려움에 떨면서도 서로를 북돋는 소리는 놀랍게도 복인 무리였다. 팔다리가 없는, 얼굴이 씰그러진, 눈이 보이지 않는 이도 있었다.

"조심하시오. 어떻게 여기까지……."

"삼신어른이다! 봐! 우리 어미산을 지키고 있지 않소! 단풍동은 안전해. 만세!"

옷차림으로 내가 삼신어른임을 알아챈 이는 다리 한쪽이 없어 맹인에게 업혀있는 복인이었다.

"그럼 그렇지! 삼신어른이 우릴 두고 어디 가시겠어?"

"만세, 이제 살았어."

사흔이 뛰어내려와 앞을 막아섰다. 아래쪽으로부터 혹시 날아올지 모를 화살을 제 몸으로 막을 심산이었다.

"맑은이들은 몸을 피하시오. 단풍동의 앞날이 당신들에게 달렸소."

내가 그를 뒤로 물렸다. 그러나 사흔은 다시 내 앞으로 서서 나를 비호했다.

"피하다니요, 그건 정신이 흐려진 노인들이나 하는 짓이지요. 존경하는 삼신어른."

한바탕 만세를 부르던 복인들이 예를 갖추었다. '걱정 마세요 삼신어른. 저희가 그놈들 발목이라도 잡고 늘어지려고요.' '겁도 주고요. 여기서 씨 뿌리면 고추에 독이 오른다고요. 기분 좋을 리 있겠습니까.' '점을 쳐주는 것도 괜찮지. 빨리 내려가야 살 수 있다고. 여기서 어물대다가는 사흘 안에 죽는다고.' 입으로는 떵떵대면서도 그들은 잔뜩 겁에 질려있었다. 그들의 뒤를 따라 오르는 이들이 또 있었다. 손에 곡괭이와 낫을 든 늙은 농부들이었다. 담장에나 올라앉아 뛰놀 조그만 노인들도 보였다. '내가 씨를 턴 자리는 내가 지켜! 아무도 건드리지 못해!' '털북숭이 놈들, 오기만 해봐. 저 죽고 나 죽으면 그뿐이지.' '단풍동 만세! 삼신어른 만세!'

사흘의 종용으로 나는 다시 지하 밀실로 돌아왔다. 준호가 기다렸다는 듯 간책 한 권을 내밀었다. 약삭빠른 준호는 어느새 내게 잘 보이려 애쓰는 중이었다.

"연토! 전에 보았던 『세상교통』이라는 책이야.「……하늘 위 짐승세상의 큰물을 이용한다. 마중물의 손잡이는 아름다운 방에 있다.」나는 이 '아름다운 방'이 삼신각 밀실을 가리키는 줄 알았어. 통로에 대한 열쇠가 이곳 어딘가에 있다는 뜻으로 해석했어. 그런데 미곤의 '물을 이용하라'는 말을 들으니 이런 장치가 실제로 있는 것 같아. 옛날 너희 맑은이들이 불의세월을 대비해 만들어놓은 장치 말야."

준호의 말이 결정적인 해답일 수 있었다. 하지만 정작 '아름다운 방'이 어디인지, 무슨 뜻인지 모르고서는 아무 소용 없는 말이었다. 우리의 말을 듣던 계우가 꼼짝하지 않았다. 그녀는 무언가 골똘히 생각하는 중이었다.

내가 준호를 쳐다보았다. 지금이야말로 그가 살아 돌아갈 수 있는 마지막 기회였다.

"준호, 지금 밖으로 나가서 아이들이 간 방향으로 가. 밝은샘으로 가는 지름길 어딘가에 네가 찾는 통로가 있어. 더 이상은 나도 몰라. 서둘러. 꼭 살아서 너희 세상으로 가."

준호가 놀라 계우 뒤로 숨었다.

"아니, 안 갈 거야. 이곳에서 너희와 함께 싸워야지. 지금까지처럼 네 곁에 있을 거야."

그는 내가 자신을 밀실 밖으로 내쫓아 죽이려는 줄 알고 있었다. 아니었다. 그가 내 곁에 남으면 정말로 내 손으로 그를 처분해야 할 상황이 올지 몰랐다.

"빨리 가! 횃불을 가져가. 밝은샘 폭포 주변일 수도 있어, 생이 백연부리를 만난 곳. 명심해. 밝은샘마을에 들어서면 누구에게도 도움을 청해선 안 돼. 풀 한 포기 벌레 한 마리도 네 편은 없어."

"한가하시군요. 짐승 한 마리에 연연하시다니."

따라 들어온 사흔이 혀를 찼다. 준호가 울음 섞인 목소리로 내게 사정했다. 짐승세상 말이었다.

〈연토, 물론 나는 어떻게든 내 세상으로 돌아가고 싶어. 하지만 나 혼자는 통로를 찾을 수 없어. 네가 같이 가준다면 몰라도. 연토, 나와 함께 같이 가면 안 돼? 너도 삼신어른이 되기 싫잖아. 게다가 너는 맑은이도 아니잖아. 이곳 맑은이들은 자기들 생각뿐이야. 이들이 지금은 너를 위하는 척해도, 자기들 마음대로 너를 부리고는 결국은 가차 없이 너를 버릴 거야. 같이 가자. 가서 검은머리짐승으로 살자. 연토, 네 자식을 볼 수 있어. 너를 꼭 닮은 네 자식을 키울 수 있어.〉

나 역시 짐승세상 말로 대답했다. 단 한 번, 앞으로는 절대 사용할 수 없는 말이었다.

〈나는 이 땅의 산물이야. 이 땅에 묻히고 이 땅에서 새 생명을 받아 다시 태어나야 해. 준호, 빨리 가. 통로를 찾을 수 없거든, 맑은이들에게 들켜 정 위험해지거든 물로 뛰어들어. 밝은샘 물을 따라 내려가서 아버지강으로 가. 강 하류에 폭포가 있어. 두 개의 험한 폭포를 지나면 바다가 나올 거야. 바다 건너 저쪽 어딘가 너희가 사는 세상이야. 그쪽 강과 아버지강을 오간 잉어가 말했어. 너희 세상으로 돌아가거든, 우리를 생각해 줘. 어둠 속에서 조용히 사는 우리가 다치지 않도록 도와줘.〉

준호의 눈에서 눈물이 흐르기 시작했다. 그가 자신의 가슴에 내 손을 끌어다 올려놓았다.

〈너를 잊지 않을게. 밤이 되면 우리가 만들어낸 불을 끄고 이곳의 칠흑을 기억할게. 운흘 연토, 너를 기억할게.〉

목에 걸고 있던 사흔의 향료통을 준호의 목에 걸어주었다. 그가 안전하게 돌아가기를, 짐승세상으로 돌아가 이곳 단풍동의 기억을 까맣게 잊는다 해도 이 땅의 기운이 항상 그를 보호해 주기를.

"빨리 가라니까, 귀찮은 검은대가리!" 사흔이 흥분하는 것은 상황이 급박하다는 뜻이리라. 준호가 튕겨 나가듯 서고를 뛰쳐나갔다. 나는 잠시 눈을 감았다. 그의 삶은 이제 누구도 지켜줄 수 없었다. 온전히 그의 몫이 된 것이다. 자위대장이 급히 들어왔다.

"놈들이 다시 올라오고 있습니다. 나머지 돌을 쓰겠습니다."

사흔이 앞으로 나섰다.

"내가 지휘하겠소. 자위대장은 계우 마님을 맡으시오. 어떻게든 안전하게 밝은샘으로 모셔야 하오."

자위대장이 계우에게 예를 갖추었다.

"마님, 가셔야 합니다. 서두르지 않으면 위험합니다."

계우는 꼼짝하지 않았다. 자위대장의 손을 바라보기만 했다. 그 순간 느껴지는 것이 있었다. 계우의 짝, 계우의 알에 씨물을 뿌릴 사람은 내가 아니라 사흔, 맑은이 사흔일 수 있었다. 가슴이 찢어지는 듯했다. 하지만 표를 낼 수는 없었다.

"사흔, 당신이 계우와 함께 자우 본가로 가시오. 자위대장과 내가 이곳을 맡겠소."

"아니," 계우가 입을 떼었다.

"이대로 어미산을 포기할 수는 없어. 단풍동의 모든 이들이 온전해야 자오의 맑은이들도 온전할 수 있어. 아까 미곤 삼촌이 한 말, 물의 경구 말이야. '불이 성하면 물로 끈다'는 것, 내가 할 수 있을 것 같아. 내 아버지 위총부리와 어머니 후란이 나를 캘 때를 기억하고 있어. 눈이 보이지 않는 위총부리가 내가 태어난 곳에서 몇 발짝 떨어지지 않은 바위 하나를 손으로 더듬으며 웃었어.

─봐, 딸이라 했잖아. 아름다운 방에 감춰진 빛의 국자, 그 국자로 물을 푸는 사람은 남자가 아니라 여자거든.

위총부리가 왜 나를 삼신각에서 공부하게 했는지 알겠어. 이것은 내가 할 일이야. 사흔, 연토와 내가 빛바위에 오를 거야. 물의 공격이 시작될 때까지 이곳에서 버텨줘."

사흔이 즉각 허리를 굽혔다.

"마님 말씀을 따르겠습니다."

그렇다. 맑은이의 명료한 지성은 자신들의 안전만을 지키기 위함이 아니었다. 모든 어른이들의 어머니인 땅이 모든 어른이들을 위해 자신의 진액으로 빚어낸 이들이었다.

빛바위로 오르는 길은 무척 힘들었다. 숨이 답답하고 가슴이 터질 듯했다. 하지만 포기하거나 쉬어갈 수 없었다. 단풍동의 무고한 생명들이 죽어가고 있었다.

"힘내! 아이들도 잘 캐었잖아. 지금은 칠성함도 없는데 뭘 그래."

맑은이인 계우는 확실히 나보다 잘 나아갔다. 그러나 맑은이밭을 지나고 빛바위에 오를 때에는 그녀도 무척 힘들어했다. 내가 계우의 손을 잡아 이끌었다. 거대한 숲의 두려움과 사막의 참을 수 없는 건조함을 견딘 나였다.

빛바위, 단풍동에서 가장 높은, 천장을 뚫은 수정 절벽 앞에 섰을 때 계우가 주위를 둘러보았다.

"내가 태어난 자리야. 그리고……"

한동안 머뭇거리던 그녀가 드디어 한 지점을 가리켰다.

"여기야. 내 아버지 위총부리가 이 바위를 만졌어."

빛바위 아랫부분을 받치고 있는 작은 바윗덩이를 잡은 그녀는 두 손으로 그것을 잡고 다짜고짜 흔들어대기 시작했다. 왜 하필 그 바위인지, 왜 그런 행동을 하는지 알 수 없었다. 하지만 그녀는 멈추지 않았다. 그녀의 손에서 투명한 진액이 흐르기 시작했다. 계우의 진액이 묻은 뾰족한 바위를 내가 대신 쥐었다. 바위는 꿈쩍도 하지 않았다. 포기할 수 없었다. 단풍동 모든 어른들의 앞날이 내 손에 달려 있었다.

내 손에서도 흰 진액이 흐르기 시작했다. 계우가 큼직한 돌을 집어 들었다. 나 역시 돌을 집어 계우가 치는 방향으로 바위를 치기 시작했다. 손에 쥐었던 돌이 몇 개째 부서져 나갔다. 더 이상 돌을 쥘 수 없을 만큼 양 손바닥이 해어졌을 때 삐끗, 바위가 빠지는 듯한 느낌이 들었다. 그리고 이어 둔탁하면서도 여운 있는 소리가 났다. 계우와 내가 서로 쳐다보았다. 바위 안쪽으로 무언가가 떨어져 내린 것이다. 빛 바위 밑으로 빈 공간이 있는 것이다! 온 힘을 다해 바위를 옆으로 젖혔다. 손과 팔, 다리를 집어넣어 온몸으로 젖히고 또 젖혔다.

얼마 후 우리는 빛바위 밑으로 통하는 동굴 입구에 몸을 밀어 넣을 수 있었다. 서늘하고 축축한 동굴의 공기가 우리 몸을 감쌌다.

앞장서서 가던 계우가 몇 발짝 떼지 못하고 멈추었다. 그리고 자신의 어깨띠를 벗어 머리 전체를 감쌌다. 수정바위의 빛이 눈을 뜨지 못할 정도로 강했다. 나 역시 당혹스러웠다. 잠시 후 내가 앞장서서 그녀를 이끌기 시작했다.

"연토, 괜찮은 거야? 눈 뜰 수 있어?"

그녀가 나를 걱정했다. 하기야 밝은샘을 오가며 살던 그녀는 금강샘마을의 나보다는 빛에 익숙할 터였다. 나 역시 문제없었다. 사막과 제울의 햇빛에 익숙해 있던 내 눈이 제 기능을 발휘하고 있었다.

빛바위 아래, 이토록 큰 광장이 있으리라고는 누구도 생각지 못했으리라. 광장을 싸고 있는 바위벽들을 보고 우리는 한동안 입을 다물지 못했다. 위쪽 천장으로는 수정바위, 절벽과 작은 양의 물이 흐르는 아래쪽 바닥에는 주황색과 흰색, 진한 황토색의 주름 잡힌 지층이 마치 고운 비단을 펼쳐 세워놓은 것처럼 아름답고 황홀했다. 물의 솜씨였다. 수천만 년, 수억 년 동안 천장에서 흐른 물이 지층들을 매끄럽게 깎고 다듬어 이 찬란한 공간을 만들어놓은 것이었다.

"국자, 국자를 찾아."

국자라니. 국자가 있으려면 불 피운 흔적이라든지 그릇들이 있어야 할 터였다. 사람의 흔적은 없었다. 답답했다. 커다란 바위들과 그 밑에 쌓인 고운 흙, 축축한 물이 고인 웅덩이가 있을 뿐이었다.

"국자가 있을 거야. 아주 큰, 아니, 아주 작을지도 몰라. 국자로 물을 퍼야 해."

광장 바닥을 샅샅이 뒤지던 나는 결국 지쳐 주위 벽을 올려다보았다. 축축하게 젖어있는 주황색 벽에 이끼가 덮여 있었다. 그 이끼들 위로 가느다란 빛줄기가 얼룽덜룽 무늬를 남기는 중이었다. 하나, 둘, 셋, 넷, 다섯, 여섯, 일곱. 일곱 개의 환한 점이 눈에 들어왔다.

"계우, 저기 봐! 빛들이……."

"국자네! 맞아, 빛의 국자!"

계우가 주저하지 않고 그 벽을 향해 달려갔다. 계우를 따라 뛰면서도 일곱 개의 별이 어떻게 국자가 될 수 있는지 나는 한동안 고개를 갸우뚱거렸다. 그때 갑자기 떠오르는 것이 있었다. 짐승세상의 밤을 밝히는 별들. 준호가 별에 관한 얘기를 한 적이 있었다. 검은머리짐승들은 하늘에 빛나는 별들로 몇 가지 형체를 만들어 방향과 시간을 기억한다. 그 얘기 중에, 그렇다, 국자가 있었다. 칠성함에 새겨진 일곱 별, 그들의 형체. 터질 듯한 가슴을 안고 나도 계우를 따라 벽으로 다가섰다. 계우가 손으로 점들을 가리켰다.

"왼쪽의 네 점이 움푹한 국자라면…… 평평하게 뻗어간 오른쪽의 세 점이 국자의 손잡이겠지. 그렇다면, 국자를 잡으려면…….'

계우가 손잡이 부분을 손으로 더듬었다. 축축한 물기와 빛이 키운 갖가지 색깔의 이끼 꽃들이 계우의 손톱으로 뜯겨져 나갔다. 그녀의 손톱에서 다시 진액이 흐르기 시작했다. 그러고도 얼마나 시간이 흘렀을까. 답답했다. 진전이 없었다. 그러던 중 우리는 또, 마치 환청처럼 무슨 소리를 들었다. 쩽, 작지만 분명한 쇳소리였다. 이끼 밑에 숨겨져 있던 커다란 쇠 돌쩌귀가 나타나는 순간이었다.

"자, 얼른!"

계우의 힘으로는 어림없었다. 내가 달려들어 돌쩌귀를 돌리기 시작했다. 팔 힘만으로 되는 일이 아니었다. 온몸의 무게를 실어 벽의 돌쩌귀에 매달렸다. 끼긱거리는 소리와 함께 돌쩌귀가 돌아가는 것이 느껴졌다. 동굴 천장 한가운데서 물방울이 떨어지기 시작했다. 방울방울 떨어지던 물이 어느새 작은 물줄기로 변했다. 물줄기가 굵어졌다고 느낀 순간 물은 폭포가 되어 쏟아져 내렸다. 우렁찬 소리와 함께 동굴 바닥에 물이 차오르기 시작했다. 물은 옆으로 위아래로 정신없이 휘돌고 솟구쳤다. 우리가 선 자리까지 차오른 것도 순식간이었다. 높이, 더 높이, 우리는 돌쩌귀가 있는 벽을 타고 위쪽으로 몸을 피했다. 동굴 천장 가까이, 비어져 나온 높은 너설에 올라 우리는 거세게 휘몰아치는 물줄기를 내려다보았다. 물이 동굴을 거의 채우면서 귀를 때리던 물소리도, 휘돌던 물굽이도 얌전해졌다. 물은 더 이상 불지 않았다. 어디선가 들어오는 물과 어디론가 빠져나가는 물의 양이 비슷한 모양이었다. 우리는 그저 물을 바라보았다. 물길은 어느새 얌전한 너울이 되어 주황색과 흰색의 지층을, 황토색의 지층을 부드럽게 쓰다듬고 있었다.

 계우의 담담한 목소리가 들려왔다.

 "내 할아버지 담연부리가 말한 적이 있어. '빛바위 밑, 단풍동의 모든 샘으로 갈라지는 물줄기가 있다'고. 그리고 '은은샘의 차가운 호수가 우리를 살린다'고. 그때는 나도 무슨 말인지 몰랐지."

 어미산 빛바위는 단풍동의 가장 높은 천장에 박혀 있다. 준호가 읽은 『세상교통』의 글귀처럼 빛바위는 단풍동 위 햇빛세상의 커다란 호수 밑바닥에 위치하는 듯했다. 그 물을 끌어들이는 마중물이 은은샘의 차가운 호수였던 것이다. 평소에는 빛바위 틈서리로 스며들어 밝은샘과 은은샘, 그리고 은은샘의 지류인 나머지 여섯 샘의 수원이 되어주던 호숫물이 돌쩌귀를 돌려 방향을 바꿔줌으로써 한꺼번에 이 동굴로 쏟아져 내리는 것이었다. 누가 이 장치를 만들었을까! 맑은이들의 조종을 받은 선대의 검은머리짐승들?

 동굴에 모인 물들은 필시 빛바위 이곳저곳을 뚫고 흘러 어미산의 표면을 씻어줄 것이다. 그렇다. 어미산 중턱까지 오른 살촉군들, 그들의 폭압으로 뿌려진 아랫자락의 알들도 모두 물에 씻겨 가리라. 하지만 다른 한편으로…… 어미산을 지키고자 올랐던 죄 없는 이들, 저 잣거리의 사람들, 모든 집과 길들도 이 엄청난 물에 휩쓸리리라. 앞으로 사흘, '세 개의 해가 집 안을 청소'하고 나면 깨끗하게 씻긴 어미산은 털북숭이가 아닌 민달팽이들의 고향으로 되돌아올 수 있을 것이었다. 제발 어른이들의 희생이 크지 않기를. 그나마 위안이 되는 것은 어미산에서 크고 있는 덜 자란 생명들에게는 돌이나 불의 공격보다는 물의 정화가 훨씬 나으리라는 점이었다.

준호는 어떻게 되었을까. 자신의 소원대로 무사히 통로를 찾았을까? 그를 이곳에 데려와 이 동굴 광장의 색색의 지층을, 이 웅장한 물의 춤을, 빛이 그리는 일곱 개의 별을 보여줄 수 있다면.

"바로 이 장면을 보았어. 너와 함께, 높이 비어져 나온 바위에서 엄청난 물의 소용돌이를 내려다보던 그림. 그래서 너랑 결혼하기로 결심했지."

"서당에서 너를 처음 보았을 때는 정말 건방진 여자아이라고 생각했는데."

"너야말로 하얀이 주제에 얼마나 건방졌던지. 툭하면 붉은이파리나 들먹이고."

계우와 나는 서로 마주 보고 웃었다. 계우가 말을 이었다.

"자오 집안에 전해 내려오는 말이 있어. 「외민족이 쳐들어오면 그 책임은 단풍동의 최고 집안이 진다」 내 선조인 자오의 맑은이들은 자오의 허약함을 깨달았어. 더 이상 단풍동을 대표하는 집안이 될 수 없음을 알았지. 미곤 삼촌을 밖으로 밀어낸 것도, 시집가는 딸들에게 샘물과 샘마을을 주어 다른 집안들을 키운 것도 자오 집안의 선조들이 짜낸 고육책이었어. 생에게 통로를 허용한 것도, 독초를 쥐여주어 밝은샘마을을 희생시킨 것도 내 큰할아버지 백연부리의 결정이었어. 생에게 밝은샘마을을 허용하지 않았다면 그는 아마 이 동굴, 어미산 빛바위의 속살을 탐했겠지. 그랬다면 붉은이파리들은 어쩔 수 없이 생을 제거해야 했을 테고."

"내 아버지 하전도 밝은샘 독초 사건의 전말을 알았을까?"

"그럼. 그의 어머니 마래 부인도 자오 출신의 맑은이였어."

그리하여 하전은 청매동으로 향했던 것이다. 운흘 집안이 가지고 있던 나루샘과 자루목샘을 팔아 훗날을 대비하고, 원하든 원치 않든 새로운 문물을 접해야 할 단풍동 주민들에게 서투르나마 그것들을 소개하는 자신의 임무를 해냈던 것이다.

"연토, 네가 맑은이가 아니어서 다행이야."

계우가 다시 말을 이었다.

"맑은이들은 머리만 굴릴 뿐 세상을 이끌어갈 힘도, 감당할 능력도 없어. 그들이 가진 예지력 역시 미래의 위기에 행여 도움이 될지 모를 하찮은 열쇠, 자기들 스스로도 어디에 어떻게 꽂아야 할지 모르는 미래의 끊어진 장면들일 뿐이야. 앞날의 충격적인 장면, 수많은 위험을 보는 그들로서는 세상의 모든 일, 삶의 시간에 대해 회의적일 수밖에 없어. 다른 이를 품거나 안심시킬 아량 따위는 기대할 수도 없지.

그들에 비해 운흘 연토, 너는 아냐. 앞날을 볼 능력이 없기 때문에 네게는 옳다고 믿는 일을 밀고 나갈 힘이 있어. 살아있는 이들의 노력으로 운명이 바뀐다는 것을, 맑은이들이 보는 미래의 그림 역시 우리가 노력함으로써 바뀔 수 있는 밑그림일 뿐임을 너는 네 행동으로 증명하지.

운흘 연토, 네 생각이 옳아. 이 땅의 진액은 붉은이파리 맑은이만이 아냐. 이 땅에서 태어난 모든 어른이들, 풀과 나무들, 벌레들, 반갑지는 않지만 검은머리짐승들까지 포함하여 살아있는 것들 모두가 이 땅의 진정한 산물이자 진액이야. 운흘이 단풍동의 최고 집안인 이유는 연토, 너를 운흘 집안에서 거뒀기 때문이야."

동굴 천장 한 귀퉁이, 계우와 내가 비집고 들어선 틈서리로 비치는 빛줄기를 누군가가 막아섰다. 희한한 일이다. 강한 빛이 오히려 형체를 가린다. 어둠이 있어야 한다. 빛은 어둠 속에서만 비로소 자신의 형체와, 쓸모와, 아름다움을 얻는다. 빛 가운데의 검은 점이 서서히 우리 쪽을 향했다. 어둠의 형체, 어둠이 스스로 보여주는 자신의 모습이 있다면 꼭 그러했을 것 같은 형상이었다.

우리가 디딘 너설에 거의 다가섰을 때에야 나는 그의 형체를 알아보았다. 사흔이었다. 아니, 나는 그가 사흔인 줄 이미 알고 있었다. 그가 좀 더 늦게 오기를 바랐을 뿐이었다. 그가 옴으로써 계우와의 작별이 다가오기 때문이었다. 그는 혼자였다. 그를 따르던 노란두건 떼들도 물에 휩쓸린 모양이었다. 혼자 살아남은 그를 욕할 수는 없었다. 자신의 생명을 지키는 것이야말로 살아있는 이가 해내야 할 단 하나의 의무였다.

"존경하는 삼신어른, 그리고 계우 마님, 살촉군은 물러갔습니다. 물의 힘이 참으로 위대했습니다."

사흔은 웃고 있었지만 온몸을 심하게 떨고 있었다. 그의 한쪽 팔이 덜렁거렸다. 가슴의 부상도 깊다. 투명한 진액이 그의 배와 다리로 흘러내리고 있었다. 그가 한숨을 쉬며 다시 웃었다.

"할 일이 끝나면 저도 좀 쉬려고요."

지체할 시간이 없었다. 나는 계우에게 빨리 너설을 내려가도록 했다.

"계우, 사흔과 함께 밝은샘으로 가. 그를 얼른 쉬게 해줘."

자오 계우, 한때 내 아내였던 여자. 계우뿐 아니었다. 한때 내 자식이었던 희휘, 희안과의 작별을 나는 맞고 있었다. 그래도 사흔이라 위안이 되었다. 사리분별이 바르고 믿음직한 사흔이라면 계우와 함께 단풍동의 미래를 책임질 훌륭한 맑은이들을 남길 수 있으리라. 하지만 계우는 움직이지 않았다.

"나는 가지 않아."

"얼른 가. 내 걱정은 마. 물꼬는 나 혼자 바꿀 수 있어. 물도 많이 줄었고."

계우가 사흔을 바라보았다.

"사흔, 밝은샘 본가로 가. 그들에게 자오 계우가 이곳 어미산을 지킨다고 전해."

잠시 머뭇거리던 사흔이 이내 예를 갖추었다. 그리고 돌아서서 동굴을 빠져나갔다.

"내가 남편으로 선택한 이는 너야."

그녀의 말이 이어졌다.

"단풍동 땅의 대부분을 포기하고 밝은샘마을을 새 어미산으로 만들겠다는 붉은이파리 맑은이들의 발상이 잘못된 것이었음을 우리는 이미 알고 있어. 이 땅의 모든 어른이들에게 짧아도 수십 년, 길면 백여 년 동안의 단절을 감수하면서 맑은이들 뜻에 따르라고 강요할 수는 없어.

연토 너와 함께 이 어미산을 지킬 거야. 그리고 너와 함께 이 어미산에 후손을 남길 거야. 맑은이의 순수 혈통만이 무언가를 해낼 수 있다는 생각은 맑은이들만의 편견, 치기에 지나지 않아. 남의 의사를 존중하고 함께 아파할 줄 아는 하얀이들, 서로의 힘을 모으고 삶을 즐길 줄 아는 황인들 모두가 이 땅의 진액이야. 모두가 힘을 모아야 우리 땅을 지킬 수 있어. 우리는 더욱 강해져야 해. 우리의 의지가 굳으면 밝은샘과 은은샘의 맑은이들도 결국 우리 뜻에 동참할 거야."

계우는 역시 훌륭한 자오의 여신이었다. 그녀를 아내로 둔 내가 참으로 행복한 사내였다. 그녀가 나를 똑바로 쳐다보았다.

"그리고 연토, 너도 네가 원하는 삶을 살아. 어미산 삼신으로 묶일 필요는 없어. 어디든 떠나. 네가 가고 싶은 곳에 가서 네가 옳다고 생각하는 일을 해."

내가 그녀를 보고 웃었다.

"그곳이…… 더러운 짐승세상이라 해도?"

"짐승들이…… 아주 멋진 단풍나무 한 그루를 보게 되겠지."

그녀도 나를 보고 웃었다.

"네가 짐승들의 문명, 그들의 삶에 치우쳐 있음을 내가 알아. 맞아. 아무리 짐승들을 밀어내고 혐오해도 그들이 온 땅의 운명을 쥐고 있는, 가장 비중 있는 주역인 것만은 틀림없어. 그곳에 네가 간다면 우리 어른이들의 선한 뜻과 희망을 조금 더 알릴 수도 있을 거야. 네가 처음도 아냐. 수많은 어른이들이 짐승들의 삶에 이끌려, 또는 어른이로서 그들에게 무언가를 알리려는 피할 수 없는 소명을 안고 그쪽으로 떠났어. 짐승들이 비록 우리의 뜻을 알아듣지 못한다 해도 그것은 그들 일이야. 우리는 우리 일을 할 뿐이지. 어디에서든, 무슨 일을 하든, 우리는 모두 땅의 진액이야. 흙으로 돌아갔다가 다시 태어나는 날, 우리는 어떤 형태로든 더욱 반갑게 다시 만날 수 있어."

사흘 밤낮. 천장에서 쏟아지는 물은 더 이상 없었다. 동굴 벽을 타고 내리던 물방울들이 위쪽부터 서서히 말라가며 바닥을 적실 뿐이었다. 우리가 움직일 차례였다. 일곱 점으로 빛나는 물꼬의 손잡이를 제자리로 돌려놓았다. 그리고 동굴 입구로 향했다. 이제 은은샘의 차가운 호수에도, 빛의 세상에 있는 호수에도 물이 다시 고이기 시작하리라. 먼 훗날 불의세월, 누군가의 손에 의해 열릴 때까지 이 아름다운 동굴 역시 휴식의 시간을 가질 것이었다.

새로운 시작

✱   저자 광장에 사람들이 모여든다. 위령제를 지내기 위해서다. 각 샘마을을 대표하는 무녀들도 예홍의 악대도 없다. 물그릇과 나뭇가지, 떡시루를 올려놓을 변변한 제상조차 없다. 그래도 간짓대가 세워지고 사흔의 걸개그림이 걸렸다. 비단천에 그려진 그의 그림은 저잣거리 길목까지 떠내려오면서 색이 빠지고 귀퉁이도 찢겨나갔지만, 양옆의 흰날개호랑이와 푸른용만큼은 중앙에 자리한 어미산 산신을 무사히 호위했음을 확인받기라도 하듯 부릅뜬 눈동자들이 형형하다.

어미산 꼭대기로부터 쏟아진 물 폭탄으로 살촉군의 씨물은 깨끗이 씻겨나갔다. 하지만 우리의 피해도 못지않다. 저잣거리 가게와 샘마을의 집들이 대부분 파손되고 그곳에 깃들었던 많은 사람들, 가축들, 풀과 나무들이 물과 함께 자취를 감췄다. 삼신각 역시 심하게 파손되었다. 남은 것이라곤 거대한 수조가 되어버린 지하 밀실뿐, 화려한 조각의 벽과 난간들도, 잠언이 새겨진 나무 기둥들도 간데없어 원형을 찾을 수 있을지조차 의심스럽다.

지난 시간 동안 우리는 어미산을 복구하는 데에 온 힘을 기울였다. 살아남은 모든 이들이 어미산에 올라 굴러내린 바위와 흙더미들을 치웠다. 그리고 적과 싸우다 희생된 수많은 이들, 봉분이 패여 태어나기도 전에 목숨을 잃은 하얀이밭과 황인밭의 생명들을 작별바위에 올리는 일에 나머지 힘을 짜 모았다. 어제로 끝난 새생명이태어나는큰달 52일 동안 우리 중 단 한 명도 자식을 얻지 못한 것도 사실이다.

 하지만 앞으로는 다를 것이다. 내년 새생명이태어나는큰달에는 새로이 정비된 어미산에서 온전한 자식들을 캐어 그들과 함께 단풍동의 앞날을 열어갈 것이다. 머지않아 저잣거리도 삼신각도 훌륭하게 다시 세워 후손들에게 당당히 물려줄 것이다.

 "삼신어른, 시작하시지요."

 집사의 말에 따라 사방을 향해 절을 올린다. 빛바위를 우러르고 땅에 엎드려 입을 맞춘다. 손을 들어 가슴을 친다.

 "세상만물을 받치시는 땅, 저희를 길러준 어미산에 감사하나이다. 높이 계신 산의 주인을 받드나이다. 당신을 가벼이 여겨 파헤치고, 쑤시고, 더럽혀 죄송하나이다. 이 몸과 마음 둘 곳을 모르나이다."

 주위 사람 몇이 우물우물 복창한다. 세상만물을 받치시는 땅, 저희를 길러준 어미산에 감사하나이다. 높이 계신 산의 주인을…….

 위령제가 끝나면 새해다. 한 해를 여는 새생명을심는큰달에는 단풍동의 모든 남녀, 자위대 식구들 모두 어미산 생식에 참여할 것이다. 나 역시 계우와 함께 어미산에 씨를 뿌릴 것이다. 새로운 생명을 품지 않는다면 어미산은 더 이상 어미산이 아니다.

 "저희 생명을 지켜주시는 모든 물줄기, 저희를 싸고도는 아버지강에 감사하나이다. 낮게 계신 물의 주인을 모시나이다. 당신을 가벼이 여겨 막고, 틀고, 더럽혀……."

 저희 생명을 지켜주시는 모든 물줄기, 저희를 싸고도는 아버지강에……. 이번 복창은 꽤 또렷하다.

불의세월 열세 해 중 우리는 고작 두 해를 보냈다. 앞으로 11년, 우리 단풍동은 더욱 큰 재난을 겪어야 할지 모른다. 붉은이파리들조차 내다보지 못한, 또는 그들이 분명히 보고도 차마 말하지 못한 단풍동의 마지막 그림이 이번 불의세월 안에 펼쳐질 수도 있다. 하지만 우리는 살아있다. 우리 땅을 지키고 후손을 지키기 위해서라면 우리는 무슨 일이든 마다하지 않을 것이다.

떡시루가 앞에 놓인다. 이제 날짐승과 길짐승, 미물들에 대한 제사를 치를 차례다.

"귀한 생명들을 저희가 감히 잡고 죽이고 먹었으니 뭇 생명들이여, 이제 저희를 맛있게 드소서. 노여움을 푸소서……."

언제 어떤 생명으로 다시 태어날 수 있을지는 아무도 모른다. 이 땅의 부드러운 재 한 줌으로 돌아갔다가 기적처럼 새 생명을 얻게 된다면, 무언가를 생각하고 판단할 수 있는 지력을 다시 가지게 된다면 나 자신이 얼마나 귀하고 어렵게 태어난 존재인지 나 스스로 깨닫게 되기를. 살아있음에 감사하고 기꺼이 순종하는 어떤 풀과 나무들의 부분과, 어떻게 살아갈지 끝없이 방황하고 희망과 좌절을 되풀이하던 어떤 동물들의 부분과, 자신들의 생명인 땅을 지키기 위해 온갖 고생을 마다않던 어떤 어른들의 부분이 합쳐져 내 몸과 정신을 이루었음을 내가 기억해낼 수 있기를. 그리하여 세상의 모든 생명들과 욕심 없이 어울려 삶의 환희를 함께 노래할 수 있기를.

저만치 자오 계우가 서 있다. 무슨 기분 좋은 일이 있는지 그녀가 나를 보며 환히 웃고 있다. ✤

추천의 말

　이 소설은 적어도 『금오신화』 이래 한국형 본격 판타지의 현대적 부활을 고지하는 획기적 작품임을 언명해야 하겠다. 멀리 『남가태수전』과 가까이 쥘 베른의 지저세계 상상의 맥락 속에서 작가는 고유의 신화적 감성과 준일한 필치로 독자적 풍격風格을 지닌 한국 판타지를 빚어냈다.
　지상에는 뿌리박힌 나무들이, 그러나 지저에는 자유로운 '나무인간' 곧 수인樹人의 세계가 존재한다는 발상이 흥미롭고 경이롭다. 소설에서는 수인 집안, 세대 간의 갈등, 굴곡진 개인사는 물론 영웅적 수인의 성장, 모험, 투쟁 등 과거 가문소설과 군담소설의 재현을 방불케 하듯 수인 종족의 일대 파노라마가 펼쳐진다. 근래 우리에게 이처럼 장려한 구상과 복잡한 정절情節의 판타지는 없었다.
　기서奇書 『산해경』의 신화적 세계관을 토양으로 전개된 작중 세계에서 작가는 '나무인간'의 눈으로 침통히 인간 존재의 당위성을 심문한다. 나아가 '생명의 연대성'에 근거하여 인간중심주의를 해체하고 숱한 이타적 존재의 생존방식에 대해 호혜의 따뜻한 시선을 보낸다. 이 작품을 단순히 환상을 현실의 알레고리나 도피로 보는 관점과는 다른 차원에서 읽어야 할 이유가 여기에 있다.
　이른바 '부족의 시대'가 도래하는 이 시점에서 사라진 물활론적 감성을 일깨우는 이 작품으로부터 우리는 환상이 삶의 비의秘義를 계시하는 유력한 방안이 될 수 있다는 좌증을 발견한다. 이러한 의미에서 이 소설의 등장은 진정한 한국 판타지의 출현을 갈망해 온 독자들에게 큰 복음이 아닐 수 없다. 이제 판타지의 유수한 고국古國이었던 우리도 그 지위에 상응하는 걸출한 작품을 갖게 되었다.

　　　　　　　　　　　　　—**정재서**(신화학자·문학평론가·이화여대 명예교수)

해설

환상문학의 진경眞境, 그 가능성을 찾아서
-『숨은 골짜기의 단풍나무 한 그루』와 '단풍나무'의 이야기

1. 기起, 나무와 함께

윤영수의 소설『숨은 골짜기의 단풍나무 한 그루』(이하『단풍나무』)를 읽는 동안 나는 내내 1980년대 초엽에서 중엽으로 넘어갈 무렵, 유학생 시절에 티브이로 보았던 영화 〈미스터 시커모어〉(Mr. Sycamore, 1975)를 기억에 떠올렸다. 우체국 배달원으로 삶을 살아가던 존 궐트라는 사나이가 오비디우스의『변신 이야기』에 수록된 이야기에 영감을 받아, 공허한 현재의 삶을 뒤로하고 나무가 되겠다는 꿈을 꾼다. 오비디우스의『변신 이야기』에는 주피터 신전을 지키다가 아름다운 나무로 변신하는 필레몬과 바우키스라는 노부부의 이야기가 나오는데, 이 이야기 속의 평화롭고 아름다운 나무와도 같은 삶을 갈망한 나머지 그는 마침내 자기 집 마당 한구석을 파고 발을 묻는다. 그리고 우여곡절 끝에 그는 한 그루의 잎이 무성한 시커모어-우리에게 플라타너스라는 이름으로 알려진 나무-로 변신한다. 영화가 남긴 묘한 여운에 이끌려 몇몇 장면을 오랜 세월 기억의 저편에 저장하고 있었는데,『단풍나무』와 함께하는 과정에 되살아났던 것이다.

어디 영화뿐이랴. 어느 틈엔가 시도 한 편 기억에서 되살아나 소설을 읽는 동안 내내 함께했는데, 이는 김형영 시인의「나무 안에서」다.

"벚나무를 안으면/ 마음속은 어느새 벚꽃동산,/ 참나무를 안으면/ 몸속엔 주렁주렁 도토리가 열리고,/ 소나무를 안으면/ 관솔들이 우우우 일어나/ 제 몸 태워 캄캄한 길 밝히니// 정녕 나무는 내가 안은 게 아니라/ 나무가 나를 제 몸같이 안아주나니,/ 산에 오르다 숨이 차거든/ 나무에 기대어/ 나무와 함께,/ 나무 안에서/ 나무와 하나 되어 쉬었다 가자."(「나무 안에서」, 2~3연). '내'가 나무를 안는 것인지와 나무가 '나'를 안는 것인지가 구별되지 않는 경지, 아니, '내'가 나무가 되고 나무가 '내'가 되는 경지, 그리하여 '나와 나무가 '하나'가 되는 초월의 경지를 노래한 이 시가 영화 〈미스터 시커모어〉와 함께 『단풍나무』를 읽는 동안 내 마음에서 떠나지 않았던 이유는 무엇일까.

말할 것도 없이, 『단풍나무』는 나무가 전하는 나무들의 삶에 관한 이야기를 담은 환상소설이기 때문이다. 아니, 좀 더 정확하게 말해, 나무가 아니라 '나무와 같은 인간' 또는 '나무 인간' — 즉, '동물적 존재'로서의 인간이 아닌 '식물적 존재'로서의 인간 — 의 이야기를 소재로 삼아 창작된 작품이기 때문이다. '나무와 같은 인간' 또는 '나무 인간'이라니?• 예컨대, 인간이 나무와 같이 물 이외에 어떤 자양분도 취하지 않은 채 생명을 이어갈 수 있다면! 그럼으로써 배설도 하지 않고 부패의 냄새도 풍기지 않은 채 맑고 깨끗한 삶을 살 수 있다면! 정녕코, 『단풍나무』에 등장하는 연토나 연토의 어머니 미단 등등의

• 작가는 "나무인간"의 존재까지 상정하고 있거니와, 이는 나무처럼 붙박이 상태에서 생각하고 말하는 나무를 가리킨다. 즉, 작가는 '인간과 같은 나무'를 지시하기 위해 이 표현을 사용한다. 이와는 달리, 우리는 '인간과 같은 나무'가 아닌 '나무와 같은 인간'이 소설에 등장하는 주된 인물들이라는 점에서 '나무 인간'이라는 표현을 사용하고자 한다. 다시 말해, 작가가 말하는 '인간과 같은 나무'가 아니라 '나무와 같은 인간'을 지시하기 위해 작은따옴표를 동원하여 '나무 인간'이라는 표현을 고수하기로 한다. 그리고 이처럼 '나무와 같은 인간'과 대립되는 개념으로서의 우리네 인간을 지시하기 위해 역시 작은따옴표를 동원하여 '동물 인간'이라는 표현을 사용하기로 한다.

'나무 인간'들처럼 우리네 인간이 나무의 장점을 고스란히 간직한 채 생각하고 말하고 움직이며 삶을 살아갈 수 있다면! 그리하여, 나무의 평화로움과 정갈함이 인간의 것이기도 하다면!

작가 윤영수는 '나무 인간'―작가의 표현에 기대자면, "가지를 잘라내면 새로운 씨눈에서 움트는 나무"와도 같은 인간, "수정된 알을 땅에 떨어뜨려 자식을 번식하는" 면에서도 나무와 같은 인간, "하지만 발이 달려 움직일 수 있다는 점에서는 동물"인 인간, 그래서 "자기 씨를 안전한 곳에 가려가며 심을 수 있"는 "동물과 식물의 중간"에 해당하는 인간―의 존재를 상정함으로써 '동물 인간'인 우리에게 삶과 존재의 의미를 근원적으로 되돌아보게 한다. 바로 이 점만으로도 『단풍나무』는 예사롭지 않은 환상소설이다. 문학의 역할 가운데 하나는 화석화하고 정형화한 우리의 인식에 충격을 가하여 세계와 삶을 새롭게 되돌아보게 하는 데 있거니와, 환상문학은 이를 위한 하나의 효과적인 수단일 수 있다. 그럼에도, 적지 않은 양의 환상문학이 표현의 상투화와 내용의 정형화라는 늪에 빠져 있어서, 의미 있는 충격의 수단이 되고 있지 못한 것이 오늘날 우리 환상문학계의 현실이기도 하다. 바로 이러한 현실 자체에 충격을 가하는 동시에 환상문학의 잠재력을 일깨우고 있다는 점에서 『단풍나무』는 우리 문학계에 하나의 사건으로 기록될 수도 있으리라.

이제 이어지는 논의에서 『단풍나무』가 환상문학으로서 갖는 나름의 참신하고도 독자적인 위치와 그 의미를 우리 나름의 시각에서 짚어보고자 한다. 이어서, 결코 한숨에 읽기 어려운 방대한 분량의 작품을 통해 작가 윤영수가 전하는 이야기의 전체적인 흐름과 내용 자체에 눈길을 주되, 이 과정에 작가가 창조한 환상세계가 어떤 의미를 갖는지에 대해서도 우리 나름의 시각으로 살펴보기로 한다.

2. 승承, 『단풍나무』 안으로

'하나의 사건'으로 기록될 수 있다는 우리의 평가에 맞서, 『단풍나무』에서 작가 윤영수가 일깨운 환상의 세계는 결코 새로운 것이 아니라는 반론이 있을 수도 있다. 따지고 보면, 지상세계 저 아래 어딘가에 '지저세계地底世界'가 존재한다는 식의 믿음은 동서양을 막론하고 오래전부터 있었던 것이고, 지상세계 어딘가에 지저세계로 통하는 출입구가 존재한다는 투의 믿음 역시 지저세계를 다룬 온갖 환상문학 작품의 공통된 특징이기도 하다. 즉, 발상의 측면에서 새로울 것이 없다는 비판이 있을 수 있다. 따지고 보면, 지상세계 인간이 어쩌다 지저세계를 방문한다든가 지저세계 인간이 지상세계를 찾는다는 이야기조차 새로운 것이 아니다. 또한 지저세계에는 지상세계와 종족이 다르지만 인간이 살고 있다는 이야기 또한 새로운 것이 아니다. 심지어 세계 문학 사상 가장 중요한 환상문학 가운데 하나인 단테의 『신곡』에서 보듯 나무가 되는 벌을 받은 인간들이 지저세계에 머문다는 이야기도 있다. 즉, 단테는 그가 방문한 제7지옥에서 살아생전에 자신의 육체를 포기한 자들—즉, 자살자들—이 『단풍나무』에 등장하는 "나무인간들"처럼 한자리에 붙박인 채 움직일 수 없는 나무가 되어 있는 것을 목격하기도 한다. 어찌 보면, 이처럼 이야기 전개나 소재의 측면에서조차 새로울 것이 없는 것이 『단풍나무』이기도 하다.

그럼에도 여전히 『단풍나무』는 새로울 것이 없는 소재의 이야기를 새롭지 않은 시각에서 다룬 평범한 작품이 아니다. 아니, 새로울 것이 없는 구태의연한 소재를 상상하기 어려울 정도의 새로운 시각에서 다루고 있는 작품이 『단풍나무』로, 앞서 주목한 바 있듯 나무의 성질을 지녔지만 동물과 같이 움직이고 말을 하는 '나무 인간'을 상정함으로써 우리네 '동물 인간'을 낯선 관점에서 새롭게 돌아보게 했다는 점만으로도 이 소설은 더할 나위 없이 참신한 환상소설이다. 하지만 그것이 전부는 아니다.

전부가 아니라니? 무엇보다 이 소설이 담고 있는 것은 여느 환상소설이 그러하듯 지상세계의 인간이 지저세계에서 보고 느낀 바를 전달하는 식의 이야기가 아니라는 점을 주목해야 할 것이다. 『단풍나무』의 이야기는 일인칭 화자의 시점에서 전개되고 있는데, 그 화자는 놀랍게도 '나무 인간'인 연토다. 즉, 지저세계―연토의 표현을 따르자면, "어른이세상"―의 한 인간이 자신의 세계와 삶에 대해, 나아가 어쩌다 지저세계로 추락하여 슬프고 고단한 삶을 살게 된 '동물 인간'인 준호와 함께 생활하면서 보고 느낀 바를 일인칭 화법으로 전하는 이야기를 담은 것이 『단풍나무』다. 다시 말해, '동물 인간'이 전하는 낯선 세계의 낯선 인간에 대한 보고서가 아니라, 낯선 세계의 낯선 인간에 대한 보고서가 아니라, 낯선 세계의 낯선 인간이 전하는 자신의 세계와 '동물 인간'에 대한 보고서다.

만일 이 같은 차이가 대단한 것이 아니라고 생각하는 사람이 있다면, 그는 무엇보다 우리가 알고 있는 '인간'과는 아예 범주가 다를 뿐만 아니라 존재하지도 않는 가상의 실체―즉, '나무 인간'―를 상정하고, 그 실체의 입장에서 삶과 세계에 대한 관찰과 이해를 자연스럽게 이어가기란 결코 수월치 않다는 점에 유의해야 할 것이다. 게다가, 주된 관찰과 이해의 대상 가운데 하나가 자신이 속해 있는 인간군##―즉, '동물 인간들'―일 때 어려움은 가중되지 않을 수 없다. 이와 관련하여, 연토라는 '나무 인간'이 작중 화자이지만, 작중 화자인 연토의 입장에서 세상을 보고 생각하며 이야기를 이어가는 실질적인 주체는 작가 윤영수라는 점을 잊지 말아야 할 것이다. 즉, 작가는 자신과 범주가 다른 '나무 인간'을 상정하고 그 입장에서 자신과 동일 범주에 속해 있는 '동물 인간들'의 삶에 대한 관찰과 분석을 시도하고 있는 것이다. 요컨대, 작가는 자신이 소속된 범주의 인간들과 거리두기를 시도하는 셈이다. 물론 작가란 자신이 다루고자 하는 그 어떤 대상과도 거리를 두어야 하는 존재다. 하지만 거리두기의 대상이 어떤 특정한 인간 또는 자기 자신이라는 인간이 아니라 '인간 그 자체'라면, 거리두기란 그 어떤 작가에게도 만만한 일이 될 수 없다. 스스로 인간의 정체성 자체에 대해 근원적인 문제를 제기하고 이에 대한 답을 모색해야 하기 때문이다.

이런 관점에서 보면. 작가 윤영수의 시도는 『단풍나무』에서 자신을 외계인으로 상정하고 외계인의 시각에서 지구인을 관찰하는 것과 다름없다. 스스로 지구인이기를 유보한 작가는 이를테면 '유체 이탈'을 시도하고 있는 셈이다. 이처럼 작가가, 저 유명한 『걸리버 여행기』의 걸리버처럼, 우리와 범주가 같은 인간을 내세워 그에게 자신이 경험한 낯선 세계를 자기 입으로 이야기하도록 하는 방식을 취하지 않은 이유는 무엇일까. 아니, 어려움을 무릅쓰고 구태여 지저세계의 인간을 작중 화자로 설정한 이유는 무엇일까. 한마디로 말해, 이는 우리네 인간 자체를 낯선 시각에서 인식하고자 하는 작가의 의지에 따른 것이리라. 그럼으로써, 평소 우리가 의식하지 못한 채 지극히 당연하고 자연스러운 것으로 받아들여 왔던 우리네 인간이 얼마나 기괴하고 야릇한 존재인가를 전경화(前景化, foregrounding)하고자 했던 것은 아닐지? 준호에 대한 연토의 시각이 아니라면, 어찌 준호와 같은 지상세계의 인간이 "가축보다도 훨씬 못한 검은머리짐승 한 마리일 뿐"이라는 사실을 그처럼 생생하고 설득력 있게 드러낼 수 있었겠는가. 요컨대, 우리네 '동물 인간들'의 삶과 모습에 대한 적나라한 되돌아보기를 시도하기 위해 작가는 '동물 인간'이 아닌 '나무 인간'을 작중 화자로 동원한 것일 수 있으리라.

문제는 『단풍나무』에서 작가가 일인칭 화법으로 전하는 연토의 이야기가 얼마만큼의 개연성(蓋然性, plausibility)을 갖는가에 있다. 물론 우리와는 전혀 다른 의식구조와 세계를 지니고 있을 법한 존재인 연토라는 '나무 인간'의 일인칭 진술이 작가의 상상에서 나온 것임을 모르는 사람은 아무도 없다. 하지만 작가에게는 여전히 연토의 이 야기가 단순히 작가 자신의 자의적恣意的인 상상이 만들어 낸 것이 아니라 무언가 필연의 과정을 거쳐 접하게 된 것. 그리하여 개연성을 갖는 것임을 독자에게 설득할 의무가 있다. 그렇게 하지 않고서는 독자로부터 '자발적인 불신감 유보 willing suspension of disbelief'*를 기대할 수 없을 것이다. 하기야 우리 주변에는 우리와 아예 범주가 다른 실체의 의식으로 들어가 그 실체가 생각하거나 느끼는 바를 추론하여 이를 전하는 소설이 더러 있는 것도 사실이다. 예컨대, 고양이의 입장에서나 만년필의 입장에서 인간의 세계를 관찰하거나 비판하는 소설이 있다. 하지만 이런 작품을 쓴 작가에게 '당신이 어떻게 고양이나 만년필의 의식 세계로 들어갈 수 있었는가'를 묻는 사람은 없다. 그 이유는 간단하다. 이런 소설의 저변에는 '내가 만일 고양이나 만년필이라면 이러저러한 생각을 했을 것'이라는 작가의 의도가 숨어 있기 때문이다. 그리고 이를 통해 작가가 시도하는 것은 우회적 시각에서

---

* 이는 영국의 시인이자 비평가인 새뮤얼 테일러 코울리지(Samuel Taylor Coleridge)가 만든 용어로, 독자는 작품을 즐기기 위해 자신이 몸담은 세계의 현실이나 논리를 잠시 유보한 채, 작품의 초자연적 세계를 있는 그대로 또 하나의 현실로 받아들이려 하는 경향을 보인다는 것이다. 하지만 이 같은 '불신감의 유보'는 아무 때나 가능한 것이 아니다. 작가가 "인간적 관심과 진실의 진실다움"(『문학 전기』 [*Biographia Literaria*], 제14장)을 상상의 이야기 안에 성공적으로 주입하여 개연성을 확보했을 때 독자는 기꺼이 판단 유보의 상태에 들어갈 수 있는 것이다.

의 현실 비판 또는 풍자일 뿐, 그 이상도 그 이하도 아니다. 그렇다면, 『단풍나무』도 '내가 만일 지저세계의 연토라면 이러저러한 생각을 했을 것'이라는 작가의 의도가 숨어 있는 작품으로 이해하고 여기서 논의를 멈출 수 있을까. 이 물음에 대한 답은 쉽지 않다. 단풍나무는 단순히 우회적 시각에서 시도한 인간에 대한 비판과 풍자에 그치는 소설이 아니기 때문이다. 단순히 인간에 대한 풍자와 비판을 넘어서서 그 자체로서 절대적이고 완결된 하나의 환상 공간을 제시하고 있는 것이 이 소설이기 때문이다. 다시 말해, 작중 화자인 연토는 고양이나 만년필에 상응하는 일종의 단순하고 편법적인 표현의 도구나 수단일 수 없다. 연토라는 작중 인물은 자체로서 자족성과 독립성을 지니는 유기적인 실체―가상적이고 환상적인 세계에 존재하지만 그럼에도 여전히 살아 숨쉬는 유기적인 실체―다. 톨킨의 『호빗』이나 『반지의 제왕』의 세계가 그러하듯, 그가 살아가는 세계도 독자성과 자족성을 지니는 하나의 독립된 공간 또는 우주다. 이 같은 공간 또는 우주에 존재하는 인물을 제시하는 일은 단순히 고양이나 만년필과 같은 편의적인 작중 화자를 제시하는 일과 결코 같은 것일 수 없다.

이른바 "어른이세상"의 독자성과 자족성을 의식한 듯, 작가는 어른이세상의 인간들이 구사하는 고유의 언어와 함께 그들만의 능력인 초음超音과 예지豫知를 상정하기도 한다. 즉, 그들은 우리네 지상세계의 인간과는 전혀 다른 언어 능력을 갖추고 있다는 것이다. 문제는 작가가 어떤 신비한 능력을 소유하고 있어 이처럼 전혀 다른 언어 능력을 지닌 연토의 이야기를 지상세계의 언어로 바꿔 전하게 되었는가를 개연성 있게 설명해야 한다는 데 있다. 이에 덧붙여 문제를 더욱 어렵게 하는 것은 지저세계의 인명이나 지명뿐만 아니라 시간관과 세계관을 드러내는 표현의 상당 부분이 한자나 한글에 기대어 뜻풀이가 가능하다는 사실에 있다. 어른이세상이 초음과 예지뿐만 아니라 독자적인 언어 체계를 갖추고 있는데, 어찌하여 이런 일이 일어날 수 있겠는가. 자신이 창조한 환상세계의 개연성 확보를 위해 가상의 언어 체계까지 만들었던 톨킨의 노력에 비춰볼 때, 작가 윤영수는 이 문제를 간과하거나 안이하게 생각했다는 비판이 뒤따를 수도 있다. 기본적으로 언어의 문제로 귀결될 수 있는 이 논란거리와 관련하여 적절한 해명이 없는 한, 일인칭 화법으로 제시된 연토의 이야기에 대한 독자의 '자발적인 불신감 유보'를 기대하기란 쉽지 않을 것이다.

 이를 의식한 듯, 작가는 연토가 전하는 연토 자신의 이야기가 시작되기에 앞서 「시작」이라는 짤막한 도입부를 제시하고 있다. 바로 여기서 연토의 이야기를 전하는 '나'라는 사람—추정컨대, 뒤에서 논의하겠지만, 현재의 작가가 아니라 작가가 상상 속에서 상정한 미래의 작가 자신—이 어떻게 연토의 이야기에 귀 기울이게 되었는가를 밝힌다. '나'는 어느 날 "만 네 살이 된 손주"와 함께 "낙엽 쌓인 골짜기"를 찾는다. 그런데 그곳에서 손주가 인간의 말을 하는 "단풍나무"가 있음을 알아챈다. 여기서 우리는 어른과 달리 자연과 말을 나눌 수 있는 순수하고 맑은 영혼의 소유자가 어린이라는 일반의 믿음을 떠올릴 수도 있겠다. 놀랍게도 '나' 역시 단풍나무의 말을 알아듣게 된다. 이는 손주와 눈높이를 맞출 수 있을 뿐만 아니라 손주와 영혼의 마음과 순수함을 공유할 수 있는 존재가 다름 아닌 할머니이기 때문이 아닐지? 어떤 이유 때문이든, '나'는 곧 문제의 단풍나무가 어른이세상으로 불리는 지저세계에서 지상세계가 궁금하여 찾아왔다가 "땅에 뿌리가 박[혀]" 움직일 수 없게 된 '나무 인간' 연토의 변신임을 알게 된다. 즉, 지저세계의 '나무 인간'이 지상세계에서 말 그대로 '나무'로 바뀐 것이다. 이처럼 '나무'로 변신한 연토가 예전에 준호를 통해 익힌 '동물 인간'의 언어로 '나'에게 전한 이야기를 종합한 것이 다름 아닌 『단풍나무』의 주된 내용인 것이다.

작가 윤영수는 짤막한 도입부에 이어 연토의 입을 통해 실로 놀랍고도 환상적인 세계를 우리에게 펼쳐 보인다. 하지만 아직 해명이 미진한 부분이 있다. 어찌하여 한자나 한글을 통해 의미 추론이 가능한 인명이나 지명 또는 개념어가 이른바 어른이세상에 존재하게 된 것일까. 심지어 예민한 감성의 독자라면 '어른이세상'이라는 표현 자체에 대해서도 거부감을 느낄 수 있겠다. 이 자체가 작가와 준호가 공유하는 지상세계─그것도 우리나라─의 언어적 표현을 그대로 차용한 것임을 모르지 않을 수 없기에. 하지만 연토가 이야기의 마지막 부분에 가서 "검은머리짐승들"이 "먼먼 옛날부터 우리 어른이세상 곳곳에 깊숙이 침투되어 영향을 끼쳤었음이 분명"하다는 사실을 깨닫게 됨에 유의하기 바란다. 여기서 확인할 수 있듯, 『단풍나무』는 개연성의 문제뿐만 아니라 언어의 문제와 관련해서도 나름의 치밀하고 빈틈없는 서사 체계를 갖추고 있다. 바로 이 점에서도 이 소설이 환상문학으로서 갖는 의의는 과소평가 될 수 없다.

『단풍나무』가 환상문학으로서 갖는 의의와 관련하여 우리가 이 자리에서 반드시 짚고 넘어가야 할 또 하나의 사실이 있다면, 이 작품에서는 서양의 환상문학에서 종종 확인되는 두 세계 사이의 극단적인 이분화나 첨예한 대립 구조가 좀처럼 짚이지 않는다는 점이다. 이분화와 대립 구조가 서로 다른 두 범주의 생명체들 사이의 것이든, 인간과 자연 또는 인간과 신 사이의 것이든, 인간의 세계와 미지未知의 세계 사이의 것이든, 서양의 환상문학은 수많은 경우 그와 같은 이분화와 대립 구조 속에서 전개된다. 물론 『단풍나무』에도 '나무 인간'과 '동물 인간' 사이의 서로에 대한 이해 결여와 무지 또는 갈등이 존재하는 것도 사실이다. 그럼에도, 바로 위에서 잠깐 언급했듯, 지저세계의 과거와 현재에 관여하고 나름의 질서를 부여하는 데 중요한 임무를 수행한 존재가 지상세계의 인간이다. 심지어, 뒤에 가서 밝히겠지만, '나무 인간들'의 미래에 도움을 줄 존재로서 '동물 인간'이 상정되기도 한다. 이처럼 서로 다른 두 존재가 상호의존적임은 '나무 인간'인 연토와 '동물 인간'인 준호 사이의 만남과 우정 — 그것이 일방적인 것이든 아니든, 서로를 그리워하고 찾는다는 점에서 우정이라고 말할 수 있는 그런 의미에서의 우정 — 을 통해 단적으로 드러난다. 넓게 보아, 지상세계에서 식물과 동물이 상호의존적인 '하나'의 세계를 이루듯, 지저세계에서도 '나무 인간'과 '동물 인간'이 상호의존적인 '하나'의 세계를 이루고 있는 것이다. 두 세계 사이에 차이가 있다면, '나무 인간'이든 '동물 인간'이든 어떤 범주의 생명체가 생태계에서 표면상 우위를 차지하느냐가 아닐지? 요컨대, 자아와 타자를 분리하여 이원론적 대립 구조 속에 놓고 양자 사이의 반목과 충돌을 기본적인 서사 구조로 삼는 서양의 수많은 환상문학과 달리,『단풍나무』는 두 세계의 만남과 이해와 수용을 서사 구조로 삼고 있다. 이런 관점에서 볼 때,『단풍나무』는 동양의 일원론적 세계관에 바탕을 둔 작품이라고 할 수 있다.

3. 전轉, "단풍나무"의 이야기를 따라서

도입부에 잠깐 등장할 뿐인 '나'에게 들려주는 연토의 이야기는 모두 4부로 이루어져 있으며, 이야기는 연토의 나이가 18세일 때부터 시작하여 40세가 될 때까지 계속된다. 어른이세상의 세월 계산법에 따르면, 물의세월 여섯째 해에서 불의세월 둘째 해까지 22년 동안의 이야기다.* 물론 어른이세상의 세월 계산법은 지상세계의 그것과 다르지만, 하루의 절대 길이가 지상세계와 같고 1년이 365일 또는 366일이라는 점에서, 어른이세상의 세월은 지상세계의 세월로 환산이 가능하다. 연토가 전하는 이야기를 지상세계의 세월로 환산하면 언제부터 언제까지에 해당하는 것일까. 이야기의 마지막 부분에서 생식生殖의 장소인 "어미산"을 지키는 "삼신어른"의 역할을 맡아온 생은 자신이 검은머리짐승 – 그것도 "조선 사람" – 으로, 어쩌다 "햇빛족마을"이 있는 지저세계로 떨어진 것은 "조선이 일본으로부터 해방되었다는 소식"을 듣고 난 뒤 "혹독한 겨울"을 몇 번 겪고 "이미 칠순"의 나이가 되던 때임을 고백한다. 이후 얼마 동안의 세월을 햇빛족과 지냈을 때, 연토의 할아버지인 "운흘 순부부리"를 죽음의 위기에서 구한 것이 계기가 되어 순부부리의 아들이 되었음도 밝힌다. 그런 그가 이야기의 마지막 시간적 배경인 연토의 나이 40세일 때 "지난 60여 년을 이곳에서 지냈"다고 말한 점에 비춰보면, 연토가 전하는 이야기의 시간적 배경은 대체로 1990년대 어느 시점에서 2010년대 어느 시점으로 추정할 수 있다.

한편, 소설의 마지막 부분이 암시하듯. 연토가 새로운 삼신어른이 되어 어른이세상인 "단풍동의 앞날을 열어"가는 데 상당한 시간을 보냈을 것으로 추정한다면, 그가 "궁금"증에 이끌려 지상세계로 올라온 것은 적어도 그보다 몇십 년 후의 일이 아닐지? 그런 맥락에서 본다면, 단풍나무로 변신한 연토가 소설의 시작 부분의 '나'와 만나는 것은 우리가 현재 살고 있는 시대인 2010년대를 넘어서서 훨씬

• 여기서 잠깐 "어른이세상"의 세월 계산법을 참조하자면, '흙의세월 13년→ 물의세월 13년→ 푸른나무(또는 붉은나무)의세월 13년→ 불의세월 13년' 식으로 이어진다. 다시 말해, 동아시아 문화권에서 육십갑자(六十甲子)를 바탕으로 하여 60년의 세월을 하나의 주기로 계산하듯, "어른이세상"에서는 52년의 세월을 하나의 주기로 본다.

미래의 일이리라. 우리가 앞선 논의에서 "현재의 작가가 아니라 작가가 상상 속에서 상정한 미래의 작가 자신"이 바로 '나'일 수 있음을 지적한 것은 바로 이런 이유에서다.

3-1. 만남의 이야기에서 받아들임의 이야기로

이제 이야기 안으로 들어가자면, 제1부는 연토의 나이 18세에서 물의세월 다섯째 해인 22세까지의 이야기를 담고 있다. 연토의 이야기는 그가 어머니 미단의 심부름 때문에 무녀 영기를 찾는 것으로 시작된다. 무녀 영기는 연토에게 그를 도울 "운명의 존재"가 오고 있음을 예언한다. 그리고 얼마 후 연토는 검은머리짐승인 준호와 만난다. 준호는 전직 산부인과 의사로, "땅속으로 폭 꺼지고 싶다"는 바람이 이루어지기라도 하듯 76세의 나이에 어른이세상으로 떨어진 사람이다. 그가 누구이든. 어른이세상의 사람들이 보기에 준호와 같은 지상세계의 인간은 "검은 실타래처럼 칙칙하고 떡진 머리카락이 위에 얹힌, 어쩌다 길에서 마주쳐도 재수 없어 침을 뱉는 검은머리짐승 한 마리"일 뿐이다. (후에 수용소에 잡혀갔다가 탈출한 준호가 밝히듯, 지상세계에는 물론 "검은머리짐승뿐 아니라 노랑머리, 흰머리짐승도 있"다.) 그런데 놀랍게도 연토는 이 "흉측한 검은머리짐승"인 준호를 집으로 데려온다. 왜 그랬을까. 무녀 영기가 예언한 "운명의 존재"라는 예감 때문일까. 이유가 무엇이든 "창피함과 자괴감"에도 불구하고, 연토는 "재수 없는 검은머리짐승"인 준호를 집으로 데려와 축사에 넣었다가 측은한 마음이 들어 자신의 방으로 데려온다. 그렇게 해서 둘 사이의 관계가 시작된다.

이렇게 시작된 둘 사이의 만남과 관련하여 우리가 무엇보다 주목해야 할 것이 있다면, 외출을 나온 연토가 준호에게 먹이를 줄 것을 잊었다는 사실을 깨닫고 당황한다는 점이다. "먹이. 먹이! 바로 먹이였다. 검은머리짐승에게 필요한 것은 바로 먹이였던 것이다. 내가 음식을 먹지 않으니 녀석에게 먹이를 줄 생각을 미처 하지 못했던 것이다. 그놈이야말로 이름 그대로 짐승 아닌가. 왜 그 생각을 하지 못했을까!" 앞서 언급한 바 있듯, 검은머리짐승이 가축이 그러하듯 먹이를 먹지 않고서는 생명 유지가 불가능한 것과는 달리, 어른이세상의 맑은이들과 그보다 한 단계 아래인 "하얀이"들은 "상노인이 되기 전에는 음식을 먹지 않는다". 어른이나 하얀이가 음식을 먹고 배설하는 지상세계의 인간들을 짐승 취급하거나 그들이 풍기는 "쿰쿰하면서도 오래 삭힌 듯한 오물 내"에 민감하지 않을 수 없음은 이 때문이다. 어찌 보면. 지상세계의 인간도 인간 이외에 동물이나 길들인 동물인 가축뿐만 아니라 심지어 타 인종의 인간이 풍기는 냄새에 민감하게 반응할 뿐만 아니라 혐오하기까지 하거니와, 자신들이 풍기는 냄새에는 둔감한 지상세계의 인간 자체에 대한 풍자를 여기서 읽을 수도 있으리라.

연토와 준호의 만남 이외에 제1부의 이야기에서 우리의 관심을 끄는 것은 연토가 태어나기 15년 전에 수많은 사람을 죽음으로 몰아간 "독초 사건"이 있었다는 점, 그리고 그 사건의 전모가 아직 밝혀지지 않았다는 점이다. 이 수수께끼는 소설의 마지막에 가서야 풀린다. 또 하나의 수수께끼가 제1부에서 암시되는데, 이는 연토의 출생에 관한 것이다. 연토는 자신의 어머니가 미단인 것은 확실하게 안다. 반면. 하전을 아버지로 모시고 있고 다른 사람들도 하전을 그의 아버지로 알고 있지만, 연토는 하전이 아닌 다른 사람이 아버지일 수 있음을 모르지 않는다. 하전이 고향으로 돌아와 연토의 나이를 묻고 이야기를 나누는 과정에도 그는 자신이 하전의 자식이 아님을 모르지 않는다. 아울러, 제2부에서 밝혀지지만, 그는 자신의 아버지가 생일 것으로 추측하기도 한다. 하지만 이 수수께끼에 대한 최종의 해답이 주어지는 것도 역시 소설의 마지막 부분인 제4부에서다.

제1부는 연토의 이야기 전체를 기승전결起承轉結의 구조로 조망할 때 기起에 해당하는 부분으로, 여기서는 앞서 거론한 준호 이외에 연토의 어머니 미단, 아버지 하전, 형 기남, 연토의 삼촌이자 삼신어른인 생 등의 주요 등장인물이 소개된다. 또한 역시 앞서 잠깐 언급한 무녀 영기 이외에, 장차 연토의 아내가 되는 계우, 외삼촌 미곤, 고모 희실, 훈장 하람 등이 소개되거나 언급된다. 아울러, 제1부에서 우리는 연토의 아버지가 오랜 객지 생활 끝에 괘종시계와 같은 기계를 가지고 오는 바람에 미단과 갈등을 한다든지, 연토의 형인 기남의 성년식을 갖는다든지, 또는 하전이 사진기를 도입하여 사진관을 열지만 사업에 실패한다는 이야기와 만나기도 한다. 하전의 사진관 사업이 실패하는 것은 "혼을 뺏"길 것이라는 데서 오는 사람들의 두려움 때문이다. 사실 사진기가 혼을 빼앗아간다는 투의 두려움은 지상세계 인간들에게도 그리 낯선 것이 아니다. 사진기가 일반화되기 시작한 19세기 말 이후 어쩌다 사진기와 처음 만난 지상세계 인간들에게도 이는 두려움의 대상이었다. 하전은 사진관 사업뿐만 아니라 각종 사업을 시도하지만 이러저러한 이유로 번번이 실패한다.

하전이 도입하는 문명의 이기利器와 관련하여 우리는 특히 시계에 관한 이야기를 주목하지 않을 수 없는데. 이는 시계에 대한 어른이세상 사람들의 반응이 특이하기 때문만이 아니라 지상세계 인간들의 시계에 대한 인식 및 시간에 대한 고정관념을 원론적으로 되돌아보도록 유도하기 때문이다. 우선 우리는 시계에 대한 하전의 입장을 주목하지 않을 수 없는데, "시계가 가리키는 시간은 한 치의 오차 없이 정확하며, 새벽을 알리려 목청을 빼는 수탉이나 밤을 알리려 푸드득대는 박쥐들이 어미산 빛바위에 맞춰 행동하는 것같이 보여도 실은 이 시계에 맞춰 우는 것이고 그 이유는 단풍동의 빛바위가 빛의 땅 제울에서 제작한 이 시계에 맞춰 밝아지고 어두워지기 때문"이라는 것이 그의 생각이다. 그의 생각에서 우리는 '시간이 있기에 시계가 만들어지게 된 것'이 아니라 '시계가 있기에 시간이 만들어지게 된 것'이라는 묘한 논리를 감지할 수 있다. 하지만 오늘날의 지상세계 인간들은 무의식중에 이 같은 논리에 순응하고 있는 것은 아닐지? 시계와 시간에 대한 미단의 논리는 이에 대한 비판, 그것도 더할 수 없이 명쾌하고 설득력 있는 비판으로 읽힌다.

"아무리 들어봐도 시계가 치컥대며 하는 말은 딱 한 가지야. '시간이 얼마나 중요한지 알아? 알아? 알아? 알아?' 시계는 밤낮으로 흘러가는 모든 시간이 똑같이 중요하며 똑같이 귀하다고 종주먹을 대. 빛바위가 자고 모든 생명들이 잠든 순간에도 그는 깨어 건방을 떨어. 자기가 자지 않고 시간을 쟀기 때문에 그만큼 시간이 흘러갔으며 그 시간들은 영원히 되찾을 수 없다며 야죽거려. 시계는 끊임없이 명령해. 자기 말을 들으라고. 후회하지 않으려거든 자기에게 맞춰 자고, 자기에게 맞춰 일어나고, 자기에게 맞춰 일하라고.

하지만 하전, 시계가 없을 때에도 빛바위는 꼬박꼬박 밝아졌고 어두워졌어. 시계가 없을 때에도 우리는 잘 살았고 잘 죽었어. 우리뿐 아냐. 나무와 풀과 가축과 새들 모두 잘 살았고 잘 살고 앞으로도 계속 잘 살 거야. 우리는 모두 시간을 마음대로 쓰고 마음대로 낭비할 권리가 있어. 하전, 네 말대로 시계는 기계야.

사람이 만든 기계가 사람을 휘두를 수는 없어. 편리함을 가장한 기계의 감시 따위 나는 더 이상 받을 수 없어." (155~156)

미단의 말이 어찌 어른이세상에만 적용되는 것이겠는가. 따지고 보면, 시계가 알려주는 시간의 노예가 되어 삶을 살아가지 않을 수 없는 우리 모두에게도 마찬가지로 적용되는 것이 아닐지? 거듭 말하지만, 작가 윤영수의 『단풍나무』는 단순히 환상세계의 창조 그 자체에만 목적이 있는 환상문학이 아니다. 이는 우리가 살아가는 세계와 삶 자체를 낯설게 하고 다시 돌아보게 하는 환상소설이기도 하다. 그런 의미에서, 『단풍나무』는 스위프트의 『걸리버 여행기』와 비교할 만한 환상문학이기도 하다.

3-2. 받아들임의 이야기에서 끌어안음의 이야기로

소설의 전체적인 구조로 볼 때 승(承)에 해당하는 제2부에서 우리는 연토가 준호와 함께 생활한 지 6년이 되는 연토의 나이 23세에서 푸른나무의세월 여섯째 해인 31세까지의 이야기와 마주하게 된다. 무엇보다 주목해야 할 이야기는 역시 준호에 관한 것으로, 준호는 미단이 인정할 만큼 연토의 집에 없어서는 안 될 존재로서의 자리를 굳힌다. 그는 사실 연토의 집에 온 지 "2년"이 되었을 때 이미 "집안에 없어서는 안 될 큰 일꾼"이 되어 있었다. 문제는 준호가 삶의 의욕을 점점 잃는다는 사실이다. 그는 어른이세상에서 6년여를 살아가는 동안 "젊어지는 샘물"을 마신 듯 몸이 젊어짐을 느끼지만, "이 답답한 어둠 속에서" 살아야 하는 미래의 삶에 절망한다. 지상세계에서 살아갈 때 준호는 "점점 힘이 빠져가는 노년의 시간들이 너무 지루하고, 지겹고, 무의미하다"는 생각에 "젊어지는 샘물"과 같은 것을 갈망했던 것이 사실이다. 이제 몸이 젊어지고 있지만, 이는 역설적으로 "어둠의 세상에 떨어진 것"에 따른 것이다. 만일 이런 상황을 그가 "그동안" 지상세계에서 "잘못 살아온 데 대한 형벌이라 받아들이"고 있다면, 이것이 의미하는 바는 무엇일까. 어찌 보면, 무언가를 얻는다는 것은 다른 무언가를 희생함으로서만이 가능한 것인지도 모른다. 즉, 과거에 "늙음이 싫었"던 준호는 이제 '젊음'을 얻었지만 이에 대한 반대급부로 '빛'을 잃은 것이다. '빛'을 잃은 형벌의 상황에 그가 연토에게 하는 "다시 생각해 보니, 늙음으로써 받는 축복이 있었어"라는 말에서 우리는 '잘못 살아온 것'에 대한 반성뿐만 아니라 '잘못 생각했던 것'에 대한 반성까지 읽을 수 있으리라. 사실 오늘날 우리 시대의 사람들은 어떤 희생이 따르더라도 오래 살고 젊어지는 것에 대해 광적으로 또는 병적으로 집착한다. 바로 이 같은 광적인 또는 병적인 집착에 대한 작가의 비판적 메시지를 여기서 읽을 수 있지 않을까.

아무튼, 준호의 몸이 젊어지다니? 이와 관련하여 우리가 주목해야 할 것은 어른이세상과 검은머리짐승들의 세상에서 사람들이 나이를 먹는 일은 정반대 방향으로 진행된다는 사실이다. 준호 역시 늙어가는 대신 어른이세상에서 살면서 물 때문이든 무엇 때문이든 지상세계에서와 달리 몸이 젊어지고 있는 것이다. 연토는 이처럼 서로 다른 두 세계의 특성을 다음과 같이 요약한다.

> 검은머리짐승과 우리의 삶 중 한쪽을 거꾸로 놓고 견줘보면 신통하게도 맞아떨어지는 부분이 있음은 신기했다. 우선 몸피가 그러하다. 검은머리짐승은 조그맣게 태어나 점점 커져서 결국 7, 80년 후 몸이 큰 상태로 죽음을 맞는다. 우리 어른이는 크게 태어나 점점 작아져 7, 80년 후 조그만 몸체로 죽음을 맞는다. 또

검은머리짐승은 태어나서 20년 후 가장 건강할 때 수컷이 암컷의 몸에 씨를 뿌려 후손을 만든다. 그리고 나머지 60년 동안 서서히 늙어간다. 우리 어른이는 몸에 붙었던 딱딱한 각질을 5, 60년 동안 서서히 떼어낸다. 몸이 가장 자유롭고 잘 움직일 때쯤 배우자와 함께 어미산에 올라 씨물과 알을 심는다. 그 후 1, 20년 동안 어른이들의 몸과 머리는 급격히 작아진다. 땅으로 돌아가기 직전, 거의 온종일 잠자다가 숨을 멈추는 어른이의 모습 역시 갓 태어난 검은머리짐승의 모습과 묘하게 맞아떨어지는 것이다. 완전히 반대의 삶을 살면서 두 세상에서 공통인 점도 있었다. 태어나서부터 7, 80년쯤 혹은 그 이상도 살아간다는 것. 갓 태어난 이를 귀히 여기고 죽음에 임박한 노인들을 본능적으로 싫어한다는 것도 우스울 정도로 똑같았다. (186~187)

나이를 먹는 것만이 "완전히 반대"인 것은 아니다. 어른이세상에서는 자식을 잉태하는 방법도 "완전히 반대"인데, "수컷이 암컷의 몸에 씨를 뿌려 후손을 만든다"와 "배우자와 함께 어미산에 올라 씨물과 알을 심는다"는 체내수정과 체외수정의 차이를 암시한다. 즉, 어른이세상의 사람들은 체내생식이 아니라 체외생식을 통해 수정된 알을 어미산에 심고, 수정된 알은 "땅속에서 50여 년 동안 키워진 후 몸체와 함께 완성된 머리를 가지고 태어"난다. 이처럼 수정란이 오랜 세월 후에 성체成體가 되었을 때, 이를 심은 당사자들과 관계없는 남녀가 어미산에 올라가 캐내어 자식으로 삼는다. 또한 성체로 태어난 자식은 이미 완벽한 인지 능력을 갖추고 있기 때문에, 태어나는 순간부터 자신의 아버지와 어머니를 눈으로 확인하고 누구인지를 알게 된다. 연토의 경우, 자신이 태어날 때 아버지의 모습을 직접 눈으로 확인하지는 못했지만 그래도 목소리로 자신의 아버지가 생일 것으로 짐작하고 있었던 것이다. 이상에서 확인되는, 어른이세상의 나이 먹음이나 출생과 관련된 작가의 설정이 지나치게 작위적이라는 비판도 있을 수 있다. 하지만, 우리가 당연한 것으로 여겨왔던 우리의 삶과 세계 자체를 근본적으로 되돌아보기 위한 효과적인 전략임을 부정하기란 어렵다.

준호는 절망감에도 불구하고 연토의 집안을 돌보는 일뿐만 아니라 의사였던 자신의 과거 경험을 되살려 어른이들의 피부병을 고치는 등 자신이 해야 할 역할에 더할 수 없이 성실하다. 그런 준호를 보며 연토는 검은머리짐승에 대한 고정관념에서 벗어난다. 연토의 깨달음을 보이는 다음과 같은 대목이 예사롭게 읽히지 않는다면, 이는 더럽고 냄새나는 짐승이 지상세계의 인간들이라고 해도 그들 역시 여전히 아름다운 존재일 수 있음을 암시하기 때문이다.

준호가 비록 나와 다른 생각을 가졌고 모든 이에게 질시받는 검은머리짐승이라 해도, 자기 스스로를 믿고 무언가를 끝까지 해내려는 모습은 존경스럽기도 하고 어떤 때는 아름답게 느껴지기도 했다. 짐승세상에서 의사였던 그는 특히 아픈 사람들을 보면 어떻게든 낫게 해주려고 애썼다. 다른 이가 욕을 하건 겁을 내건 불이나 훈증을 이용하여 사람들의 상처를 지지기도 하고, 죽어가는 이에게 자신이 만든 죽을 먹여 살려내기도 했다. 환자의 고통이 안쓰러워 같이 밤을 설치고, 병이 나으면 자기 일처럼 기뻐하는 그는 사람들의 칭송처럼 '땅이 보낸 구원자'의 모습이었다. 준호야 당연히 부정하겠지만 나는 준호 역시 우리와 같은 몸체인 생명나무의 한가지라는 생각이 들었다. 다른 이가 행복하면 나도 즐겁고 다른 이가 고통스러우면 나 역시 괴로워지는 것, 그것은 서로 사랑하는 이들 사이에서만 국한된 감정은 아니다. 사람들뿐 아니라 풀, 나무, 박쥐, 축사에 갇힌 타조라도 그가 행복하고 편안하면 그 감정이 내게 전해진다. 모든 생명이 보이지 않는 땅속 뿌리로 다 이어져 있다는 증거 아니겠는가. (233)

준호에 대해 따뜻하고 긍정적인 이해를 드러내고 있음에도 불구하고, 위의 진술은 단순히 그것만을 이야기하는 것으로 읽히지 않는다. 어찌 보면, 위의 인용 마지막 부분은 준호에 대한 연토의 바람이 무엇인지를 암시하는 것일 수 있다. 준호는 동물을 '타자'로 상정하는 서양의 이분법적 세계관에 뿌리를 두고 있는 '인간중심주의'anthropocentrism, 오늘날 지상세계 어디에나 만연해 있는 인간중심주의에 매여 있는 존재다. 준호의 표현에 따르면, "이 세상 모든 것들이 우리 짐승들을 위해 존재할 뿐"이라는 믿음에서 벗어나지 못하는 생명체인 것이다. 그리하여 그는 "사람들뿐 아니라 풀, 나무, 박쥐, 축사에 갇힌 타조"조차 감정을 지니고 있음을 이해하지 못한다. 그의 의식에는 "동물이 식물보다 우월한 것"이라는 고정관념이 뿌리 깊이 박혀 있기 때문이다. 사실 제1부에서 이미 연토는 "준호 자신도 우리 집의 가축"임에도 불구하고 그가 "다른 종족의 생각은 무시되는 것이 마땅하다는 발상"에 얽매여 있는 것에 놀라기도 한다. 연토의 우려는 준호가 "존경스럽기도 하고 어떤 때는 아름답게 느껴지기도" 하는 존재이지만, 그럼에도 "말 못 하는 나무들, 풀들, 덤불들"이 "말하지 못한다 해서 감정까지 없는 것은 아니"라는 깨달음에, 그리고 "움직이지 못한다 해서 움직이는 것들보다 열등한 것은 아니"라는 깨달음에 끝내 이르지 못할 수 있다는 데 있다. 따지고 보면, 연토의 생각에서 감지되는 이른바 생태학적 상상력 ecological imagination은 우리에게 단지 '구호'로만 존재하는 것이 우리의 현실이 아닌가. 이 같은 현실을 일깨운다는 점에서도 『단풍나무』는 환상문학의 범위를 뛰어넘어 우리네 '동물 인간'의 오만함에 대한 깊은 반성과 성찰을 이끄는 작품으로 읽을 수 있다.

다시 준호 이야기로 돌아가자면, 그는 어른이세상에서 벗어나 검은머리짐승들의 세상으로 되돌아가고자 하는 희망을 잠시도 버리지 않는다. 이를 극명하게 보여주는 일이 연토의 나이 29세일 때인 푸른나무의세월 넷째 해에 일어나는데, 그해에 준호는 지저세계로 떨어진 중국인 장저훤과 한국인 김점례와 만난다. 연토가 보기에 이들은 "축사의 가축보다도 못"한 짐승, "남에 대한 이해도 없고 건방지기 짝이 없"을 정도로 "뻔뻔한" 짐승이다. 하지만 안하무인인 데다가 극도로 자기중심적인 이 두 검은머리짐승에게 준호는 더할 수 없이 헌신적이다. 또한 그는 장저훤과 김점례의 기억에 기대어 지상세계로 되돌아갈 수 있는 길을 찾는 일에도 열의와 성의를 다한다. 하지만 모든 시도가 무위로 끝나고, 준호조차 장저훤과 김점례와 함께 보안대로 끌려간다. 준호를 구출하기 위해 달려간 연토에게 그가 건네는 다음과 같은 체념의 말은 지상세계로 되돌아가기 위해 어떤 방도라도 찾겠다는 그의 집념이 얼마나 절실한 것인가를 단적으로 보여준다. "아냐 연토. 나 그냥 잡혀가려고. 청매동의 짐승 수용소에 가려고. 이곳에서는 내가 할 수 있는 것이 없어."

말할 것도 없이, 제2부에서도 우리는 어른이세상에서 벌어지는 다양한 일과 접하게 되는데, 연토의 할아버지 순부부리의 죽음과 장례식이, 이어서 연토의 성년식과 결혼식이, 또한 그들의 '자식 캐기'의 의식이 이어진다. 이 과정에 우리는 어른이세상에서 결혼이 의미하는 바와 자식을 갖는다는 것이 의미하는 바가 무엇인지에 대한 구체적인 이해에 이르게 된다. 물론 결혼이란 지상세계에서와 마찬가지로 남녀가 결합하여 함께 생활하고 자식을 갖기 위한 기본 절차다. 문제는 자식을 갖는 일이 지상세계에서와는 다른 것이라는 데 있다. 앞서 언급했듯, 어른이세상에서는 어미산에 묻힌 수정란이 자라 성체가 되었을 때 산에 오른 부부가 이를 '캐내어' 자식으로 삼는다. 한편 부부가 자신들의 수정란을 어미산에 심는 일은 혼례를 치르고 나서 수십 년의 세월이 지나 50여 세가 되었을 때다. 요컨대, 거듭 말하지만, 그들이 캐낸 자식은 자신들이 심은 수정란과 아무런 관련이 없다. 지상세계의 인간들로서는 도저히 상상조차 하기 어려운 부모와 자식의 관계가 여기서 암시되고 있거니와. 지상세계의 인간들이 고집스럽게 매달리는 자식과 부모의 관계에 대한 고정관념을 낯설게 하는 것이 바로 이 같은 이야기가 아닐지?

이와 관련하여 우리가 주목해야 할 것은, 연토에 대한 미단의 태도에서 보듯, 어른이세상의 사람들은 놀라울 정도로 자식에게 냉랭하다는 사실이다. 연토가 "사랑하는 가족들을 위해 자신의 목숨도 기꺼이 내놓는다는 검은머리짐승들끼리의 정, 끈끈함"이 그립다는 말을 할 정도다. 이는 바로 그들의 자식이 실제로는 자신들의 유전자를 물려받은 생명체가 아니기 때문일까. 반대로 지상세계의 인간들이 자신들의 자식에게 그토록 애착을 갖는 것은 자신들의 유전자를 물려받은 생명체이기 때문일까. 답이 무엇이든, 이런 물음으로 우리를 유도함으로써 작가는 지상세계의 인간이라면 누구에게도 거의 예외 없이 확인되는 자식에 대한 맹목적인 사랑의 근원에 대해 다시 한번 생각할 기회를 제공한다.

또 하나 우리가 주목하지 않을 수 없는 것은 연토의 어머니인 미단의 인형 만들기다. 미단이 그토록 인형 만들기에 집착하는 이유는 무엇일까. 나아가, 인형을 만드는 행위 자체가 암시하는 바는 무엇일까. 한 걸음 더 나아가, 미단이 만든 인형이 연토의 진술을 통해 확인할 수 있는 것처럼 사람들을 매혹했다면 그 이유는 무엇일까. 혹시 여기서 우리는 미단의 고독을, 자신의 고독을 고독으로 인정조차 하지 않으려 할 만큼 강인한 성격의 인간임에도 불구하고 떨치지 못할 법한 고독을 읽을 수 있지 않을까. 또한 그의 작품에서 고독을 견뎌 내기 위해 나름의 세계 창조에 몰두하는 자의 목소리를, 바깥세계를 향해 던지는 고독한 자의 절박한 목소리를 감지할 수 있지 않을까. 이때 우리가 고독이라 함은 단순히 부부 사이나 그 밖의 인간관계의 소원함으로 인해 비롯되는 것만을 말하고자 하는 것이 아니다. 어떤 세상의 인간이든 인간이라면 세상을 살아가면서 느끼지 않을 수 없는 절대 고독이라는 것이 있거니와, 우리가 알고 있는 온갖 예술 창작의 행위는 이와 무관하지 않을 것이다. 작가 윤영수가 우리에게 펼쳐 보이는 어른이세상의 이야기가 단순히 '낯선 세계'를 살아가는 '낯선 인간들'의 '낯선 삶'에 대한 평면적인 이야기에 머무는 것이 아니라는 점을 힘주어 말하고자 하는 이유 가운데 하나는 미단과 같은 예민한 감성과 입체적인 성격의 '나무 인간'이 존재하기 때문이다.

 제2부에서 우리가 또 하나 주목해야 할 이야기가 있다면, 이는 연토가 준호로부터 검은머리짐승들의 교접 행태에 대한 이야기를 듣고, 이에 이끌려 "검은머리짐승들"이 할 법한 교접 행위를 시도한다는 점이다. 그는 자신의 부인 계우뿐만 아니라 그를 짝사랑하는 유곽의 여인인 예홍에게도 그 행위를 시도하나, 상대를 놀라게 할 뿐 그의 시도는 실패로 끝난다. 도대체 그가 그런 시도를 하게 된 동기는 무엇일까. 이는 단순히 준호로 인해 일깨워진 낯선 세계의 낯선 삶의 방식에 대한 부러움 또는 호기심에 따른 것일까. 아니, "남의 알과 씨

물로 태어난 낯선 자식이 아니라 우리 둘의 알과 씨물로 만든, 너와 나만의 자식"을, "죽어도 좋을 만큼의 환희"를 진정으로 체험하고 싶어 하는 마음의 표현일까. 이유가 어디에 있든, 연토는 깊은 자기성찰의 길로 내몰린다.

> 밤새 잠을 이룰 수 없었다. 내 머리와 몸에 가득 차 빠져나가지 않는 것은 미단부리도, 미단부리의 인형도 아니고 지금까지의 내 삶이 무엇이었던가 하는 의문이었다. 그녀의 손으로 만들어진 인형들은 적어도 그녀의 분신. 그녀의 한 부분이다. 하지만 나는 아니다. 미단부리는 나를 캐웠을 뿐 나는 그녀의 분신이 아니다. 수십 년 전 어느 모르는 이가 뿌린, 미단부리로서는 우연히 맞닥뜨린, 의무와 관습에 의한, 땅이 던져준 일거리에 불과하다. 그렇게 태어난 나는 지금껏 무엇이었던가. 지난 30년 동안 내가 한 일이라고는 미단부리의 인정을 받으려 애쓴 것. 그리고 짐승 준호와의 교류밖에 없지 않은가. '운명을 함께할 존재'를 맞아 짐승세상의 발달된 기계와 문명을 부러워하고 급기야는 그들의 교접 흉내까지 낸 것. 그것 이상 무엇이 있었던가. (368)

고뇌가 깊어진 연토는 "방에서 꼼짝 않"는다. 어른이들의 경우, 몸을 움직이지 않고 한자리에 머무는 시간이 길어지면 마침내 "뿌리를 내려 나무가" 된다. 실제로 연토는 후에 "제울"의 바닷가 동굴에서 "땅에 뿌리내린 어른이"와 만나기도 한다. 아무튼, 이제 완전히 뿌리가 내려 나무가 될 시점에 계우는 연토를 밖으로 내몬다. "근 한 달 동안의 재활운동 끝"에 다시 "두 발로" 서서 움직이게 된 연토는 외삼촌 미곤을 찾고 "떠나"라는 조언을 받는다. 어머니 미단도 미곤과 같은 의견이다. 그리하여 연토는 오랜 여행길에 오르게 되는데, 여행의 이야기를 담고 있는 것이 제3부다.

3-3. 끌어안음의 이야기에서 깨달음의 이야기로

이제 기승전결 구조의 전轉에 해당하는 제3부의 이야기를 검토할 차례다. 연토의 나이 32세인 푸른나무의세월 일곱째 해에서 열셋째 해인 38세까지 이어지는 여행의 과정에 그는 많은 곳을 찾고 많은 것을 보고 배우며 깨닫는다. 다시 말해, 연토는 여행을 통해 견문을 넓힐 기회를 얻는다. 이처럼 한 인간이 여행을 통해서든 또는 그 외에 어떤 것이든 의미 있는 삶의 체험을 통해 성숙한 인간으로 성장해 가는 과정을 그린 작품이라는 점에서 보면,『단풍나무』는 '성장소설'Bildungsroman로 분류될 수도 있다.『단풍나무』가 지니는 성장소설로서의 의미를 한층 깊게 하는 것은 바로 여행길에 오른 연토의 이야기를 전하는 제3부일 것이다.

여행길에서도 연토는 준호를 잊지 못한다. 이와 관련하여 우리는 제2부에서 준호가 수용소로 끌려간 뒤 하인들이 "축사 담장"의 "틈서리"에 숨겨져 있던 준호의 일기장을 발견하는 일이 일어났던 것을 떠올리지 않을 수 없다. 연토는 일기장을 발견한 뒤 "준호로부터" 배운 "짐승세상 글자"에 대한 지식에 기대어 "준호의 기록"을 "열심히 들여다본"다. 무엇 때문에? 연토의 다음 진술은 그 이유와 함께. 준호에 대한 씁쓸한 마음을 솔직하게 드러낸다. "내가 준호의 기록을 그토록 열심히 들여다본 이유는 아마도 공책 속에서 그가 나를 생각했던 마음, 친구로서의 애틋한 정을 찾아내기 위해서였을 것이다. 하지만 그런 글은 단 한 줄도 없었다. 준호는 오로지 살기 위해 내게 친한 척했을 뿐 친구로서의 정 따위는 느끼지도 주지도 않았던 것이다. 씁쓸했다. 준호를 잃었다는 괴로움보다 그에게 내가 아무것도 아니었다는 사실이 참기 힘들었다." 그럼에도 준호에 대한 연토의 그리움은 여전하다. "준호를 떠나보낸 후 나는 단 하루도 그를 기억하지 않은 날이 없었다. 그가 나를 좋아하지 않았어도, 오로지 내 일방적인 우정이었다 해도 나는 그가 그리웠다." 준호는 그에게 "답답한 마음을 터놓을 수 있었던 유일한" "친구"였기 때문이다. 여행 도중 연토는 준호를 찾아 심지어 "검은머리짐승들"의 "수용소"를 찾기도 하고, "우연히 검은머리짐승들을 거래하는 골목에 들어"서서도 준호를 찾는 일을 잊지 않는다. 하지만 준호의 행방은 묘연할 뿐이다.

오지奧地인 단풍동을 떠난 연토는 "호랑가시동"과 "청매동"을, 이어서 "붓동"과 "살촉동"을 차례로 찾은 뒤, 대상 행렬의 틈에 끼어 거대한 숲을 지나 "아후밀탄"에 이르는데, 숲을 지나는 동안 죽을 고비를 넘기기도 한다. 여행을 이어가는 동안 연토는 "햇빛족"과 "밀림족"의 사람들과 만나거나 교류하기도 하고, 마침내 아후밀탄에서는 여관 손님을 상대로 몸을 파는 여자인 미호와 얼마 동안 동거하기도 한다. 후에 미호가 그의 곁을 떠난 뒤 연토는 또 다른 대상 행렬의 틈에 끼어 사막을 건너 마침내 앞서 언급한 제울에 이른다. 온갖 고통과 어려움 끝에 도착한 제울은 건조한 동시에 햇빛이 강하게 내리쪼이는 곳이다. 말하자면, 제울은 연토의 고향인 단풍동과 정반대라고 말할 수 있을 정도로 환경이 다른 곳으로, 바다를 옆에 끼고 있기도 한 곳이다. 바다 너머에는 어떤 세계가 펼쳐져 있을까. 연토가 '초음'을 통해 말을 주고받는 수많은 바다의 생물 가운데 하나인 '바다잉어'에 의하면, 그곳은 이른바 "갈고리족"의 세상이다. 그곳에는 "사랑이니 인정이니 달짝지근하게 포장했지만 주고받는 모든 것이 다 날카로운 쇠갈고리인 인간들, 심지어 "제 자식들에게도 갈고리를 던"지는 그런

인간들. "서로 엉켜 끝없이 피를 흘리고 비명을 지르는" 인간들. "끊임없이 '젊어지는 샘물'을 찾"는 인간들이 산다는 것이다. 이는 연토가 준호를 통해 알게 된 지상세계의 인간들을 지칭하는 것이 아닐지? 또는 잉어의 눈을 빌려 작가 윤영수가 펼쳐 보이는 우리네 지상세계의 인간들에 대한 비판적 시각이 아닐지?

제울에 와서 연토가 보내는 세월은 4년이나 된다. 그곳에서 실로 다양한 사람과 만나고 다양한 일을 하지만, 무엇보다 "물 인간"이자 부부인 바히체와 해츠무와의 만남은 더할 수 없이 소중한 것이다. 그들과 함께 바다를 드나들며, 또한 바다 생명들과 교류하며 살아가는 동안, 연토는 마침내 헤아릴 수 없이 많고 깊은 깨달음에 이른다. 다소 길지만 한마디도 놓치기가 아쉽기에 깨달음의 말 가운데 일부를 있는 그대로 이 자리에 옮기기로 하자.

그렇나. 어둠노. 땅도, 생명을 살리는 물조차 우리를 위해 존재하는 것은 아니다. 우리가 기댈 대상은 무심한 자연도, 발달된 문명도 아닌 살아 있는 우리 자신인지 모른다. 생각을 바꾸고 몸을 바꿔서라도 어떻게든 삶을 이어가고자 하는 우리의 안간힘, 내 몸속에 깃든 나의 주인. 제 몸빛으로 광대한 어둠을 밝히는 바다 달팽이, 그의 몸속에 깃든 주인처럼.

죽음 후의 우리가 어떻게 될지, 땅이 과연 우리를 생명으로 태어나게 할 것인지조차 우리는 모른다. 확실한 것은 지금 살아 있는 우리가 땅으로서는 최선의, 기적에 가까운 결과물이라는 사실이다. 우리는 살아 있다. 살아 있으므로 판단하고 선택할 수 있다. 살아 있으므로 우리 자신을 지금까지와는 다르게 발전시킬 수 있다. 그렇다. 죽음이 아니라 삶이 답인 것이다. 이전의 죽음과 앞으로 올 죽음을 이어주는 것이 지금의 삶이 아니라, 이전의 삶에서 앞으로의 삶으로 넘어가기 위한 잠깐의 숨 고름. 그것이 죽음인 것이다. 죽음 후의 내가 어떤 형태로든 생명을 얻게 될 때……나는 과연 이 조그만 달팽이라도 되어 어른이의 땅에 안착할 수 있을까? 손에 들었던 달팽이를 조심스레 갯벌에 놓아주었다. 잘 살아가기를. 삶의 시간들을 후회 없이 보내기를. (547)

아름답지 않은가. 작가의 언어도 아름답지만 그 언어가 전하는 연토의 깨달음 역시 더할 수 없이 아름답다. 사실 제울에서의 삶을 이야기하는 장章인 「제울에서」 전체의 분위기는 아름다울 뿐만 아니라 꿈결처럼 환하다. 특히 연토가 나무인간, 붉은열매선인장, 전갈과 나누는 대화나 잉어, 거북, 장어, 명령어, 여자인어와 남자인어 등 온갖 바다 생명과 나누는 대화는 더할 수 없이 시적이기도 하다. 그런 대화 가운데 특히 우리의 눈길을 끄는 것은 "이쪽 어른이들이 바다 건너 저쪽으로 가면 나무인간이 [된다]"는 명령어의 말이다. 즉, 지상세계로 가면 어른이와 같은 '나무 인간'은 나무가 되어 한자리에 붙박이게 된다는 것이다. 소설의 처음을 여는 시작을 통해 우리는 이미 단풍나무로 변신하여 한자리에 붙박여 있는 연토와 만난 바 있거니와, 연토는 지상세계로 가면 자신이 어떤 운명을 맞이하리라는 것을 명령어를 통해 알고 있었던 것이다.

요컨대, 오랜 세월 제울에서 생활하는 동안 연토는 인간의 삶과 세상에 대해 더할 수 없이 소중하고 깊은 깨달음을 얻는다. 이제 연토에게 남은 일이란 그가 그리워하는 "단풍동의 깊은 어둠"으로 돌아가는 것이다. 그곳으로 되돌아가 자신에게 주어진 역할을 다하고 최선의 삶을 사는 것, 그것이야말로 이제 연토에게 남은 과제인 셈이다.

3-4. 깨달음의 이야기에서 새로운 시작의 이야기로

이야기의 결結에 해당하는 제4부에 이르러 우리는 오랜 객지 생활 끝에 고향으로 향하는 연토와 만날 수 있다. 시간적으로는 푸른나무의세월 열셋째 해인 그의 나이 38세 때의 일이다. 제울을 떠나 사막을 건너는 도중 연토는 자신이 "맑은이가 아니라 [예지의 능력을 결여한] 하얀이"라는 사실— 주변의 몇몇 맑은이가 이미 감지하고 있던 바로 그 사실— 을 자각하게 되는데. 이 같은 깨달음은 연토에게 자신의 정체성 확인을 위한 긴 여정이 완결에 가까워왔음을 의미한다. '가까워왔다'고 말함은 예지력을 결여한 하얀이 연토에게는 아직 알고 이해하고 깨달아야 할 것들이 더 있기 때문이다. 아무튼, 불의세월 둘째 해인 연토의 나이 40세에 이르기까지 펼쳐지는 제4부의 이야기는 그가 아후밀탄을 거쳐 살촉동에 도착하는 것으로 이어진다. 그리고 그곳에서 "갓바치 일립"의 아들이자 예지력을 지닌 맑우이인 사흔과 만나게 되는데, 사흔을 통해 자신이 단풍동의 미래를 책임지리라는 예지의 말을 듣는다. 단풍동의 미래를 책임지다니? 단풍동에 곧 무언가 심상치 않은 일이 일어나리라는 암시가 이 말에 담겨 있다.

단풍동에 이르기 전에 예상치 못한 사건이 연토에게 일어나는데, 그는 고향으로 가기 위해 찾은 나루터에서 수용소를 탈출하여 단풍동으로 가기 위해 갖은 애를 다 쓰는 준호와 재회한다. 준호를 데리고 고향으로 돌아온 연토는 준호가 그리도 극진하게 보살피던 자신의 할머니 양이가 죽은 지 오래됨을 알게 된다. 또한 (우리가 이미 어른이세상의 세월과 지상세계의 세월 대비를 위해 밝힌 바 있지만) 삼신어른 생을 찾는 연토는 생이 어른이가 아니라 "검은머리짐승"임을 알아차리기도 한다. 그리고 "집으로 돌아온 지 어느덧 1년 반"이 지났을 무렵 그는 계우와 아기를 캐기 위해 어미산에 올랐다가 딸을 얻기도 하고. 평탄치 않은 삶을 살다가 마침내 죽음을 맞이한 하전의 장례식을 지켜보기도 한다. 곧이어, 연토의 나이 40세가 되었을 때 "나루샘마을에서 폭탄이 터"지는 사고가 일어나기도 하는데, 이는 앞으로 일어날 전쟁을 예고하는 사건으로서의 의미를 갖는다.

모든 것은 시간의 흐름에 따라 변하지만 변하지 않는 한결같은 것이 있다면, 이는 지상세계로 가는 통로를 찾고자 하는 준호의 집념이다. 준호의 집념에 마지못해 굴복한 연토는 살촉군의 단풍동 침략 시도를 좌절시키기 위해 떠난 생이 자신에게 맡긴 삼신각의 열쇠를 이용하여, 그곳에 보관된 서책에 준호가 접근하는 것을 허락한다. 이를 통해 준호는 옛날 삼신어른들의 정체는 물론 앞서 말한 바와 같이 검은머리짐승들이 "먼먼 옛날부터" "어른이세상 곳곳에 깊숙이 침투되어 영향을 끼쳤었음이 분명"함을 낱낱이 밝힌다. 이로써 독자는 앞서 말했던 한자와 한글로 뜻풀이가 가능한 어른이세상의 온갖 표현과 관련된 의혹이 한순간에 풀림을 확인하게 될 것이다.

수수께끼의 풀림은 이것으로 전부가 아니다. 제4부에 이르러 생은 스스로 연토에게 그의 아버지가 자신임을 확실하게 밝힌다. 어쩌다 그와 같은 일이 일어난 것일까. 물론 앞서 어른이세상 사람들의 출생 과정과 관련하여 확인한 바 있지만, 생과 미단이 지상세계 인간들의 표현인 이른바 '불륜 관계'를 맺어 태어난 자식이 아니라, 하전 대신 생이 미단과 함께 어미산에 올라가서 캔 자식이 연토다.

독초 사건에 관한 수수께끼에 대한 답도 제4부를 통해 제시된다. 준호를 통해 옛날의 삼신어른들과 관련된 온갖 비밀을 알게 된 연토가 생을 찾았을 때, 생은 놀랍게도 독초 사건의 주범이 자신임을 밝힌다. 그는 자신이 찾곤 하던 지상세계로 통하는 "통로로 오르는 길에서 자오 백연부리와 마주[친]"것이 계기가 되어 연토에게 외할아버지인 백연부리를 제거하고자 했다는 것이다. 그리고 이를 실행하기 위해 "밝은샘 수원"에 독약인 "비상초"를 담갔음을 실토하기도 한다. 그리하여 백연부리와 함께 "밝은샘마을의 이백여 명이 같이 희생"되었고, 생은 "가책이 강해질수록" "단풍동을 위해 최선을 다"하게 되었다는 것이다.

이 독초 사건과 관련하여 우리가 특히 눈여겨보아야 할 것은 생이 그 사건을 어른이세상의 최상층을 차지하는 동시에 예지력을 갖춘 맑은이들이 자신을 "옭아매기 위한" "계략"에 따른 것이라고 믿는다는 점이다. '계략'이라니? 백연부리와 여타의 맑은이들은 예지력을 통해 백연부리 자신을 포함한 수많은 사람이 죽음에 이를 것이라는 사실을 미리 알았을 것이다. 그런데, 연토의 외삼촌 미곤이 그에게 밝힌 바에 따르면, "백연부리가 이립을 시켜" 생의 손에 "독초를 건"넸다는 것이다. 그렇다면. 자신이 죽임을 당하는 것조차 적어도 백연부리에게는 이른바 '계략'의 일부가 되는 셈이다. 하지만 백연부리와 여타의 맑은이들에게 자신들이 죽임을 당하는 것을 포함하는 것이 어찌하여 그들 자신이 짠 계략일 수 있겠는가. 만일 맑은이들이 독초 사건에 눈을 감았다면, 이는 자신들조차 어쩔 수 없는 '운명'임을 미리 알고 받아들이지 않을 수 없었기 때문이 아닐지? 아울러, 생이 단풍동에 필요한 존재임을 미리 알았기 때문이 아닐지? 심지어 하전은 소설의 제1부에서 "생은 단풍동을 구할 사람"이라고까지 말한다. 어찌 보면, 생이 자신과 관련된 일을 '계략'으로 생각하는 것은 지상세계의 인간이란 초음이나 예지의 능력은커녕 이해력마저 부족한 지극히 어리석은 존재임을 예시적으로 보여주는 하나의 사례가 아닐지? 제2부에서 연토는 준호가 "좀처럼 흥분하지 않고 차근차근 문제를 풀어가는 이성적인 존재"이지만 "감정의 상처를 입고 아파하는 약한 동물"임을 감지하기도 하는데, 이처럼 약한 동물 또는 결함이 있는 동물이 곧 검은머리짐승 또는 지상세계의 인간 아닐지?

결국 모든 수수께끼에 대한 답은 소설의 결말 부분에서 밝혀지는 셈이다. 바로 이런 구도로 인해 『단풍나무』의 독자는 수수께끼에 대한 답을 찾아 소설 읽기를 끝까지 이어갈 수 있다. 사실 서사적 소설의 이야기란 독자의 입장에서든 작중 인물의 입장에서든 모름의 상태에서 앎의 상태로의 이행 과정을 담은 것일 수 있거니와, 『단풍나무』 역시 여기서 예외일 수는 없다. 소설의 마지막 부분에 이르러 온갖 수수께끼에 대한 답을 얻은 독자는 홀가분한 마음으로 책을 덮을 수 있으리라.

문제는 한자와 한글로 뜻풀이가 가능한 어른이세상의 온갖 표현으로 인해 소설을 읽는 도중에 계속 독자는 작품의 개연성에 대해 의문을 가질 수도 있다는 점이다. 다시 말해. 독자에게는 '자발적인 불신감 유보'의 상태에 들어가기가 어려울 수도 있다. 이로 인해 작가가 얻는 것은 무엇인가. 단언컨대, 아무것도 없다. 사실 불신감을 유보할 수 없기에 작품 읽기를 중도에서 포기하는 독자에게 편한 변명거리만 제공할 뿐이다. 하지만 이렇게 볼 수도 있지 않을까. 즉, 행여 작가는 어떤 문학 작품이든 읽다가 이른바 불신감으로 인해 작품 읽기를 중단하는 독자를 떨쳐내기 위한 전략을 구사하고 있는 것 아닐지? 따지고 보면, 오늘날과 같이 삶과 세계에 대한 간접 체험의 매체가 헤아릴 수 없이 많은 세상에 문학 작품 읽기란 그 자체로서 이미 시대착오적인 것일 수 있다. 바로 이처럼 시대착오적인 문학 작품 읽기로 독자를 이끌면서도 여전히 시대착오적이라고 해서 읽기를 꺼리는 독자가 있다면 기꺼이 읽기를 중단해도 좋다는 메시지를 작가는 전하고 있는 것은 아닐지? 오로지 작품 읽기의 마지막 순간에 이른 독자에게만 응분의 보상을 의도하고 있는 것은 아닐지? 혹시 그것이 작가의 의도였다면, '작품 해설'이라는 명분으로 지금 내가 이 자리에서 이어가고 있는 이 글 자체가 말 그대로의 사족蛇足, 아니, 불필요할 뿐만 아니라 작가의 의도를 해칠 뿐인 사족일 수 있다.

사족임을 알면서도 이제까지 이어온 논의를 관성에 따라 계속하자면, 연토의 이야기는 단풍동을 공략하려는 살촉군과 이를 방어하려는 단풍동 사람들 사이의 전쟁으로 이어진다. 전쟁의 와중에 "짐승이라 해도 단풍동의 미래를 진심으로 걱정하"던 생은 죽음을 맞이한다. 준호는 살촉군을 무찌르는 데 필요한 "결정적인 해답"을 연토와 계우에게 건넨 다음, 연토의 지시에 따라 그가 그토록 찾던 지상세계로의 통로로 가기 위해 연토의 곁을 떠난다. 준호는 "이제 누구도 지켜줄 수 없"는 사람, 그리하여 "온전히 그의 몫이 된" 삶을 살게 된 것이다. 그런 그가 연토와 계우에게 건넨 "결정적인 해답"은 무엇인가. 이는 그가 삼신어른이 머무는 삼신각에서 찾아 읽은 "『세상교통』이라는 책"을 통해 확인한 정보, 즉, "마중물의 손잡이"가 "아름다운 방"에 있다는 정보다. 연토와 계우는 합심하여 준호가 말한 "아름다운 방"을 찾아 들어가, 그곳에서 물꼬를 틈으로써 어미산으로 쳐들어온 살촉군을 "물 폭탄"으로 퇴치한다. 이로써 연토는 맑은이들이 예상하고 기대했던 역할―즉, 단풍동을 지키는 역할―을 완수하게 된 것이다.

소설의 마지막에 이르러 작가는 「새로운 시작」이라는 제목의 짤막한 장章을 덧붙인다. 여기서 우리는 『단풍나무』의 이야기가 「시작」으로 시작됨을 떠올릴 수 있다. 하지만 「새로운 시작」은 소설의 이야기를 여는 앞선 「시작」과 달리 연토의 이야기를 담고 있다. 즉, 미래의 작가인 '나'의 이야기가 아니다. 「새로운 시작」에서 연토는 단풍동의 사람들이 전쟁으로 인해 희생된 사람들을 기리는 위령제를 지내게 되었음을 밝힌다. 위령제에서 사람들은 어미산에 감사해하고, 새 생명의 탄생을 위해 어미산을 새롭게 정비할 것을 다짐한다. 「새로운 시작」은 위령제를 지내는 동안 "무슨 기분 좋은 일이 있는지 [저만치 서 있는 자신의 아내 계우]가 나를 보며 환히 웃고 있다"는 연토의 진술로 끝난다. 연토는 이것으로 이야기를 끝맺고 있지만, 우리는 상상 속에서 어른이세상에서 위령제 이후 계속 이어질 연토의 삶을, 또는 지상세계로 와서 단풍나무로 변신한 연토가 미래의 작가에게 들려줄 이야기가 앞으로도 계속 이어질 것임을 믿어 의심치 않는다.

4. 결結, 논의를 마무리하며

『단풍나무』는 200자 원고지로 계산하여 3,000매 가량이 되는 방대한 분량의 소설이다. 나는 작품 읽기를 이어가는 동안뿐만 아니라 읽기를 마친 후에도 기꺼움을 느끼지 않을 수 없었는데. 이제 비로소 우리도 현대적 의미에서의 환상문학이라는 이름에 값할 만한 작품을 갖게 되었다는 판단에 따른 것이었다. 사실 우리말로 창작된 우리 주변의 환상문학을 보면, 대개의 경우 도입부도 거의 예외 없이 천편일률적이고, 이야기의 진행도 거의 예외 없이 천편일률적이다. 또한 서양의 환상문학에 영향을 받아서인지는 몰라도, 서양의 중세 시대를 배경으로 하거나 마법이 난무하거나 마법의 지팡이나 검이 소도구로 등장하는 경우가 적지 않다. 그리고 작중 인물의 이름이나 지명 등 고유명사에 어찌 그리 출처 불명의 서양식 표현이 많은지! 글을 시작하며 잠깐 언급했듯, 상투화한 표현과 정형화한 내용의 환상세계로 독자를 이끄는 빤하고 도식적인 환상문학이 적지 않은 것이

오늘날 우리의 현실이다. 아울러, 현실도피 이외에 아무런 존재 이유도 없어 보이는 시대착오적인 환상문학이 적지 않다는 점도 지적하지 않을 수 없다. 사정이 그러하니, 어찌 환상문학이 제대로 문학으로서의 대우를 받을 수 있겠는가. 이런 상황에 비춰볼 때,『단풍나무』는 예외적인 작품이 아닐 수 없다. 이제『단풍나무』의 환상문학적 특성 가운데 아직 살피지 못한 몇몇 주안점을 짚어보는 것으로 우리의 논의를 마치고자 한다.

무엇보다 무녀 영기의 "[연토를] 도울 운명의 존재가 오고 있[다]"는 예언이 제대로 실현되었는가의 문제다. 앞서 여러 차례 논의했지만, 연토는 준호를 통해 많은 것을 배우고 깨닫는다. 실제로 준호는 연토에게 많은 도움을 줄 뿐만 아니라 어른이세상의 사람들을 위해서도 많은 일을 한다. 하지만 그는 지상세계로 나가기 위한 출구를 찾으려는 집념에 매여 있을 뿐. 그를 감싸고 온갖 형태로 도움을 주는 연토에 대해서조차 "[그]를 생각했던 마음 친구로서의 애틋한 정"을 갖고 있지 않던 것으로 보인다. 심지어 전쟁의 위급한 상황에서도 그는 "자신의 통로를 찾을 생각"뿐이다. 결국에는 전쟁의 와중에 놓인 단풍동을 내팽개친 채 "컴컴한 칠흑 속"의 세상을 벗어나 "우리 세상으로 돌아"가자고 생을 부추기기까지 한다. 이처럼 이기적인 준호가 어찌하여 연토를 도울 "운명의 존재"인가. 앞서 확인했듯. 준호는 지상세계로 통하는 통로를 찾는 가운데 읽은 책을 통해 연토와 계우에게 살촉군을 무찌르는 데 도움이 될 "결정적인 해답"을 주고 있거니와, 이로써 그가 연토에게 도움이 되는 "운명적 존재"로서의 역할을 다한 셈이 되는 것이 아닐지?

따지고 보면, 준호가 남을 돕고 보살피는 일에 헌신적이지만 이와 동시에 자신과 관련된 일에는 이기적이라는 점은 준호라는 인물 자체에 '입체감'을 부여하는 것도 사실이다. 제4부에서 연토는 이기적일 뿐만 아니라 "약삭빠른" 준호를 "미워할 수는 없"음을 말하기도 하는데, "어떻게든 살아남는 것. 그것이 산 자의 단 하나의 의무"라는 점을 부정할 수 없기 때문이다. 연토의 말대로 모든 생명은 어떻게든 살아남기 위해 갖은 애를 쓰는 존재이고, 특히 인간은 생이 그랬던 것처럼 극단의 경우 남을 죽음으로 몰기까지 할 정도로 이기적인 존재인지도 모른다. 사실 『단풍나무』에 등장하는 어른이세상의 사람들도 이기적인 존재들―연토가 읽은 준호의 생각에 따르면, "오로지 자신의 이익과 안녕만이 관심사인 반 식물 반 동물의 괴물들"이자 "이해할 것도 상대할 것도 없는 쓰레기 같은 존재들"―이기는 마찬가지다. 바로 이런 측면에 대한 진지하면서도 솔직한 묘사로 인해 작가는 그들 모두에게 응분의 '입체감'을 부여한다. 특히 걸핏하면 화를 내고 타인에게 차갑고 냉소적인 미단, 미곤, 하전, 또는 매사에 자기중심적이고 온갖 면에서 밉상을 떠는 희실 등의 작중 인물에 대한 작가의 묘사는 더할 수 없이 생동감 넘친다.

여기서 하나 짚고 넘어가야 할 것은 연토라는 인물 자체에 대한 작가의 묘사다. 그는 성실하고 착한 인간이며, 이타적인 정과 사랑을 넘치도록 지닌 인간이기도 하다. 또한 겸손할 뿐만 아니라 남을 배려하고 이해할 줄 아는 관대하고 너그러운 인간이기도 하다. 이처럼 나무랄 데 없는 인간 연토를 작가는 최상위층인 '맑은이'가 아니라 그 아래인 '하얀이'로 설정하고 있다. 그와 같은 설정을 한 작가의 의도는 어디에 있는 것일까. 이 물음에 대한 답은 살촉군을 무찌르고 단풍동을 방어하기 위한 "물 폭탄" 작전을 성공리에 수행한 뒤 계우가 연토에게 하는 다음과 같은 말에서 우리는 그 답을 찾을 수 있다.

맑은이들은 머리만 굴릴 뿐 세상을 이끌어갈 힘도, 감당할 능력도 없어. 그들이 가진 예지력 역시 미래의 위기에 행여 도움이 될지 모를 하찮은 열쇠, 자기들 스스로도 어디에 어떻게 꽂아야 할지 모르는 미래의 끊어진 장면들일 뿐이야. 앞날의 충격적인 장면, 수많은 위험을 보는 그들로서는 세상의 모든 일, 삶의 시간에 대해 회의적일 수밖에 없어. 다른 이를 품거나 안심시킬 아량 따위는 기대할 수도 없지

그들에 비해 운훌 연토, 너는 아냐. 앞날을 볼 능력이 없기 때문에 네게는 옳다고 믿는 일을 밀고 나갈 힘이 있어. 살아 있는 이들의 노력으로 운명이 바뀐다는 것을, 맑은이들이 보는 미래의 그림 역시 우리가 노력함으로써 바뀔 수 있는 밑그림일 뿐임을 너는 네 행동으로 증명하지. (729)

이상과 같은 계우의 판단은 곧 작가의 판단이 아닐지? 사실 연토가 예지력을 지니고 있지 않지만, 아니, "앞날을 볼 능력이 없기 때문"에, "옳다고 믿는 일을 밀고 나갈 힘"을 갖게 되었다는 계우의 판단—나아가, 작가의 메시지—은 더할 수 없이 소중한 것이 아닐 수 없다. 따지고 보면, 지상세계의 이상적 또는 영웅적 인간 역시 연토와 같은 존재가 아니겠는가. 한 걸음 더 나아가, 예지력을 지니고 있지 않지만 '옳다고 믿는 것을 글로 옮기는 사람'이 다름 아닌 작가라는 말을 이 자리에서 덧붙이지 않을 수 있다. 작가란 모름지기 『단풍나무』의 작중 화자 연토와 같이 예지력을 갖추고 있지 않지만 자신이 옳다고 믿는 것을 독자에게 말할 수 있는 사람이리라.

끝으로 한마디 첨언하자면, 더럽고 냄새나는 존재가 인간이고 그런 한계를 벗어나지 못하는 것이 인간의 삶이라고 해도, 우리는 더럽

고 냄새나는 우리의 삶을 포기할 수 없다는 엄연한 사실을 되풀이해서 말하지 않을 수 없다. 어찌 보면, 더럽고 냄새나는 부족한 존재가 우리 자신이고 또 부족한 인간이 이어가는 것이 우리의 삶이기 때문에, 우리는 그만큼 '인간'으로서 소중한 존재이고 우리의 삶이란 살아볼 가치가 있는 것이 아니겠는가.『단풍나무』는 인간과 인간의 삶에 대해 되돌아보고 반성할 소중한 기회를 우리에게 제공하지만, 이와 동시에 연토와 준호의 만남과 헤어짐의 이야기를 통해 결함투성이인 우리네 인간들과 인간들의 삶 자체에 대한 적극적이고 따뜻한 이해로 우리를 유도하는 것도 사실이다. 작가 윤영수의 환상적인 환상소설『단풍나무』가 우리에게 소중함은 바로 이 때문이다.

— **장경렬** (문학평론가 · 서울대 영문과 교수)

작가의 말

내가 마침 글을 쓰고 있었으므로, 또는 글 쓰는 일을 마다하지 않았으므로 내게 이런 기회가 왔는지 모른다. 우연히 가을 산자락에 올라 손주의 눈과 귀를 통해 만난 붉은 단풍나무 한 그루, 운흘 연토의 이야기를 그대로 흘릴 수는 없었다. 연토가 나직이 들려준 그의 아내 자요 계우, 어머니 미단과 아버지 히전을 비롯한 딘풍동 사람들, 그리고 그곳에서 삶을 마감한 생과 우리 세상으로 다시 돌아와 어디엔가 살고 있을지 모를 준호의 사연들. 내 기억력과 글솜씨가 부족하여 이만큼밖에 전하지 못하는 것이 연토에게 영 미안하다.

연토의 얘기를 받아 적는 동안 나는 어느새 손주가 4명으로 늘어났다. 녀석들은 내가 낳고 키운 저희 어미나 아비를 너무 닮았고 또 한편으로는 영 닮지 않아서 서글프고 우습다. 스물, 서른 또는 마흔? 녀석들이 어른이 되어 삶이 영 재미없고 고달플 때 이 운흘 연토의 이야기를 읽어주면 좋겠다. 감각적인 쾌락이나 세련된 사치를 남들처럼 누리지 못한다 해도 인간으로 태어났다는 사실이 얼마나 대단한 특권이고 기회인지 깨달을 수 있으면 좋겠다.

때가 되면 나 역시 죽음을 맞으리라. 내 몸뚱이와 거기에 잠시 깃들었던 의식도 연토의 말대로, 금방 흙으로 돌아갈 것이다. 나를 이루었던 일부 또는 작은 분자들이 불로 물로 나무로, 또는 수도 없이 흩어져 누군가의 사진 속 자연의 한 풍경으로 남게 될지 모른다. 자연으로 돌아가는 것만큼 자연스러운 일이 또 있을까.

그러다가 어느 날, 연토의 말대로, 멀리 또는 바로 가까이의 분자들과 합쳐져 새로운 생명체로 태어나는 일이 있을지 모른다. 새 삶을 얻는다는 것은 정말 커다란 행운이다. 길고 긴 무념, 지구라는 땅덩어리의 수십억 년 세월에 비하자면 거대한 바다고래나 열대 밀림의 풀 한 포기 나무 한 그루, 현미경으로나 보일 미생물로 태어날지라도 그것은 도저히 믿기지 않는 기적이다. 그런 기적을 또다시 어찌 바라랴.

뭐, 굳이 생명으로 태어나지 않아도 괜찮을 것 같기는 하다. 물 한 방울이 되어 시냇물로 폭포로 바다로 또 구름으로 떠돈들 어떠랴. 혹시 알겠는가. 땅으로 땅으로 스며들어 단풍동 어른이들의 몸으로 들어갈지도. 그러다가 또 어느 날 옛 분들의 말씀대로 '젊어지는 샘물'이 되어 이 땅 어느 바위틈으로 다시 솟아날지도.

윤영수